णाणं पयासयं

वीर नि.सं. 2470

ई. सन 1944

भारतीय ज्ञानपीठ

# मृत्युंजय

ज्ञानपीठ पुरस्कार से सम्मानित

असमिया उपन्यास का रूपान्तर

# मृत्युंजय

बीरेन्द्र कुमार भट्टाचार्य

रूपान्तर

डॉ. कृष्ण प्रसाद सिंह मागध

भारतीय ज्ञानपीठ

पहला संस्करण : 1980
पाँचवाँ संस्करण : 1988
दसवाँ संस्करण : 2009
ग्यारहवाँ संस्करण : 2013
बारहवाँ संस्करण : 2016
तेरहवाँ संस्करण : 2022

राष्ट्रभारती लोकोदय ग्रन्थमाला : ग्रन्थांक 412

**ISBN : 978-93-263-5224-6**

**मृत्युंजय**
(असमिया उपन्यास)
**बीरेन्द्र कुमार भट्टाचार्य**

प्रकाशक : **भारतीय ज्ञानपीठ**
4695, 21-ए, दरियागंज, नयी दिल्ली-110 002

मुद्रक : आर. टेक ऑफ़सेट प्रिंटर्स, दिल्ली-110 032



MRITYUNJAYA
(Assamese Novel)
by Birendra Kumar Bhattacharya

Published by
**Bharatiya Jnanpith**
4695, 21-A, Daryaganj, New Delhi-110 002
Ph. : 011-23273167/23275710
e-mail : bharatiyajnanpithsale@gmail.com

**Thirteenth Edition : 2022**

**Price : INR. 300**

# आमुख

(प्रथम संस्करण से)

लेखक के नितान्त अपने दृष्टिकोण से देखें तो पुस्तक के लिए किसी आमुख की आवश्यकता नहीं होती। स्वाभाविकता इसी में रहती है कि पुस्तक और पाठक के बीच सम्प्रेषण निरवरोध हो। मेरे जैसे लेखक के लिए तो, जो अपनी रचना के प्रति अनासक्त रहना चाहता हो,, आमुख लिखना और भी दुष्कर हो जाता है। पर प्रस्तुत पुस्तक के प्रसंग में कुछ लिखना शायद उपयोगी हो।

हमारे यहाँ साहित्यिक विधा के रूप में उपन्यास पश्चिम से आया; और देखते-देखते इसने यहाँ घर कर लिया। भले ही हमारी परम्परा काव्य को विशेष मान्यता देती आयी, पर पाठक-जगत् ने उपन्यास को फिर भी युग का प्रतिनिधि सृजन-रूप माना। रवि बाबू जैसी महान कवि-प्रतिभाओं तक ने महत्त्वपूर्ण उपन्यास लिखे और इस विधा को गरिमा प्रदान की। फिर तो उपन्यास न केवल समाज के लिए दर्पण बना, बल्कि सामयिक विचार-चिन्तन की अभिव्यक्ति का माध्यम भी हुआ।

मैंने स्वयं जब सामाजिक वास्तविकता की भाव-प्रेरणा पर उपन्यास लिखना प्रारम्भ किया, तब असमिया में यह विधा काफी प्रगति कर चुकी थी। भविष्य इसका कैसा और क्या होगा, यह आशंका समीक्षकों के मन में अवश्य थी। हाँ, विवेकी समीक्षक उस समय भी आश्वस्त थे। उनके विचार से असमी जीवन की विविधरूपता के कारण लेखक को सामग्री का अभाव कभी न होगा। और सचमुच देश के उत्तर-पूर्वी क्षेत्र की सामाजिक वास्तविकता को आपसी तनावों ने ऐसा विखण्डित कर रखा था कि लेखक के लिए सदाजीवी चुनौती बनी रहे।

जितना कुछ अब तक मैंने लिखा वह सब न अमृत ही है, न निरा विष। कुछ है वह तो ऐसे एक व्यक्ति का प्रतिबिम्ब मात्र, जो अमृत की उपलब्धि के लिए वास्तविकता के महासागर का मन्थन करने में लगा हो। मेरे प्रमुख उपन्यासों के प्रमुख पात्रों में ऐसा कोई नहीं जिसके अन्तर्मानस में एक सुन्दर और सुखद समाज

की परिकल्पना हिलोरती न रहती हो। कहीं व्यक्तिगत रूप से तो कहीं सामूहिक रूप से, वे सभी इस महामारियों के मारे वर्तमान जीवन-जगत् की बीभत्स वास्तविकता को अस्वीकार ही अस्वीकार करते रहते हैं। किन्तु सच्चाई यह भी है कि वे चरित्र-पात्र एक सम्भवनीय मानव-संसार के सम्भव प्राणी मात्र होते हैं, और उस समूची परिकल्पना का सृजेता स्वयं भी सम्भवन की अवस्था में होता है।

उपन्यास-लेखक को सामने की वास्तविकता से ऊपर उठकर उसे विजित करना पड़ता है, तभी ऐसे चरित्रों की परिकल्पना और सर्जना सम्भव हो पाती है जो उसकी विचार-भावनाओं के प्रतीक और संवाहक बन सकें। सच तो, अपने अभीष्ट चरित्रों की खोज में उसे पल-घड़ी लगे रहना होता है। ऐसा न करे वह तो उसके भावित चरित्र उसी का पीछा किया करेंगे। और जहाँ अभीष्ट चरित्रों का रूपायन हुआ कि फिर उसे एक ऐसे कल्पना-प्रसूत लोक-परिवेश की रचना करनी होती है जहाँ वे सब रह सकें, सक्रिय हों, सोचें-विचारें और गन्तव्य की ओर बढ़ते जा सकें। अवश्य अपना एक-एक चरित्र उसे लेना होगा युगीन वास्तविकता से ही : और लेना भी होगा बिलकुल मूल रूप में : मृत चाहे जीवित। एक सीमा-बिन्दु तक पहुँचने के बाद फिर लेखक की ओर से चरित्र-पात्रों को छूट मिल जाती है कि अपने-अपने वस्तुरूप का अतिक्रम करें और उसकी अपनी भावनाओं और मूल्यों के साथ एकाकार हों।

वास्तव में सृजन प्रक्रिया को शब्द-बद्ध कर पाना कठिन होता है। किस प्रकार क्या-क्या करके किस रचना का सृजन हुआ, इसमें पाठक की रुचि नहीं होती। उसका प्रयोजन सामने आयी रचना से होता है। और सामने आयी रचना पर तो सृजन-पीड़ा के कोई चिह्न कहीं होते नहीं। अनेक बार होता है कि अनेक चरित्रों के भाव-रूप अनेक-अनेक बरसों तक लेखक की चेतना के कोटरों में अधमुँदी आँखों सोये पड़े रहते हैं, और फिर रचना-सृजन के समय उनमें से कोई भी हठात् आकर कथानक में भूमिका ग्रहण कर लेता है। ये तीनों उपन्यास—'इयारूइंगम', 'प्रतिपद' और 'मृत्युंजय'—लिखते समय ऐसा ही हुआ।

इनके चरित्र-पात्र समाज के उन स्तरों से लिये गये हैं जो सामाजिक वास्तविकता के बीभत्स रूप को देखते-भोगते आये हैं और अपनी स्वाभाविक मानवीयता तक से वंचित हो बैठे हैं। वे अब उत्कण्ठित हैं कि संघर्ष करें और यथार्थ मानव बन उठने के लिए अपने को भी बदलें और समूचे समाज को भी। किसी भी मूल्य पर वे अब सामाजिक बीभत्सता का अस्तित्व लुप्त कर देना चाहते हैं; और चाहते हैं कि समाज का बाहरी ही नहीं, भीतरी ढाँचा भी स्वस्थ और सहायक रूप ग्रहण करे।

'मृत्युंजय' की कथावस्तु है 1942 का विद्रोह : 'भारत छोड़ो' आन्दोलन का असम क्षेत्रीय घटना-चित्र और इसके विभिन्न अंगों के साथ जुड़ा-बँधा अन्य वह सब जो रचना को प्राणवत्ता देता है, समृद्धि सहज मानवीय भावनाओं के चिरद्वन्द्वों की अछूत छवियों द्वारा। कथानक आधारित है वहाँ की सामान्यतम जनता के उस विद्रोह की लपटों को अपने से लिपटा लेने पर, और कैसा भी उद्‌गार मुँह से निकाले बिना प्राण होम कर उसे सफल बनाने पर। घटना के 26 वर्ष बाद यह उपन्यास मैंने लिखा। उस समय की वह आग ठण्डी पड़ चुकी थी; पर उसकी आत्मा, उसका यथार्थ, अब भी साँसें ले रहे थे। उपन्यास में विद्रोह-सिक्त जनता के मानस का, उसकी विभिन्न ऊहापोहों का चित्रण किया गया है। सबसे बड़ी समस्या उस भोले जनसमाज के आगे यह थी कि गाँधीजी के अहिंसावादी मार्ग से हटकर हिंसा की नीति को कैसे अपनाएँ; और सबसे बड़ा प्रश्न यह था कि इतनी-इतनी हिंसा और रक्तपात के बाद का मानव क्या यथार्थ मानव होगा? वह प्रश्न शायद आज भी ज्यों-का-त्यों जहाँ का तहाँ खड़ा है।

भारतीय ज्ञानपीठ के प्रति मैं आभारी हूँ कि यह कृति हिन्दी पाठकों के सम्मुख पहुँच रही है। इसका हिन्दी रूपान्तर गुवाहटी विश्वविद्यालय के हिन्दी विभागाध्यक्ष डॉ. कृष्ण प्रसाद सिंह 'मागध' ने किया है। मैं उनका आभारी हूँ, और दिल्ली विश्वविद्यालय के हिन्दी प्राध्यापक डॉ. रणजीत साहा का भी जिनका सक्रिय सहयोग इसे मिला।

गुवाहाटी, 9 अक्तूबर, 1980

—बीरेन्द्र कुमार भट्टाचार्य

# एक

"बर्रों के छत्ते को छेड़ दें तो फिर उनसे अपने को बचा पाना कठिन हो जाता है।"

बात भिभिराम ने कही। घुटनों तक खद्दर की धोती, खद्दर की ही आधी बाँह की कमीज, पाँवों में काबुली चप्पल जिन्हें खरीदने के बाद पॉलिश ने छुआ ही नहीं, घुँघराले बाल, लम्बी नाक, और लम्बोतरा साँवला चेहरा : एक सहज शान्ति की आभा से युक्त।

साथ में थे धनपुर लस्कर और माणिक बॅरा। तीनों जन कामपुर से रेल द्वारा जागीरोड उतरे और नाव से कपिली को पार करके पगडण्डी पकड़े हुए तेज पाँवों से दैपारा की ओर जा रहे थे। आगे था पचीसेक मील का रास्ता। बीच में एक मौजा पड़ता : मनहा। तीनों जन का चित्त अब उद्वेगमुक्त हो आया था। क्योंकि मनहा से आगे का समूचा रास्ता घने जंगल से होकर जाता था। रास्ते के दायें-बायें पहाड़ियाँ थीं या घनी वनानियाँ। कहीं-कहीं दलदली चप्पे मिलते, नहीं तो खुले खेत होते। दूर दाहिने झलझल करता ब्रह्मपुत्र की बालू का प्रसार, उन्मुक्त पसरा हुआ बालूचर।

धनपुर लस्कर! तरुणाई की साकार मूर्ति। बड़े चकोतरे जैसा गोल-मटोल चेहरा, काली घनी मूँछों की रेख, बाल पीछे को कंघी किये हुए, लम्बी-बलिष्ठ देह, बड़ी-बड़ी आँखें : पैनी वेधक दृष्टि। जो इसे देखता प्रभावित हुए बिना न रहता। लगता जैसे आँखों से अग्नि-शिखाएँ फूटी आती हों। बहुत चेष्टाएँ करके भी हाई-स्कूल की दहलीज पार न कर सका। बीड़ी-सिगरेट का लती, पर चिरचल ग्रहों की नाईं सतत क्रियाशील, और अपने तरुण हृदय में छिपाये हुए एक मूक व्यथा। अभी तक औरों को यह गोचर न थी। आज दोनों साथियों पर प्रकट कर उठने को आकुल-सा हो आया : इसलिए कि यात्रा का श्रम भूला रहे, और इसलिए कि अपने चरम विपदा-भरे कार्य-दायित्व पर रोमांचित हुए आते मन को दूसरी ओर फेर सके।

भिभिराम रह-रहकर धनपुर की मोटी-गँठीली उँगलियों को सभय देख उठता था। देहाती प्रवाद के अनुसार ऐसी उँगलियों वाला व्यक्ति बिना द्विधा में पड़े किसी की भी हत्या कर सकता। धनपुर ने भिभिराम की उस दृष्टि को लक्ष्य किया। बोला :

"तुम ठीक ही कह रहे थे भिभिराम भइया, कि हम लोग बर्रों की तरह हैं।

बरों का अस्त्र डंक होता है। पर मैं तो सच में कसाई हूँ, कसाई।'' मुट्ठियों के रूप में दोनों हाथों की उँगलियों को भींचकर उन्हें देखता हुआ आगे बोला, ''भाभी तो मेरी इन उँगलियों पर आँख पड़ते ही भय के मारे मुँह को दूसरी ओर कर लेती हैं।'' दो क्षण कहीं खोये रहकर कहा, ''भगवान ने ये उँगलियाँ मुझे कलम पकड़ने के लिए नहीं दीं, ये हथौड़ा और दाव चलाने के लिए हैं।''

भिभिराम गम्भीर हो आया :

''जानता हूँ धनपुर। तुम्हारी भाभी तो इसके प्रतिकार के लिए उपाय तक कराने गयी थी। गोसाईं जी को तुम्हारी जन्म-कुण्डली दिखायी। उन्होंने दुष्ट-ग्रह बहुत प्रबल बताये; मारक योग तक का संकेत किया। कुछ पूजा आदि भी सुझायी थी। कुछ हुआ उसके बाद, मुझे नहीं पता!''

''होना क्या था। उसके बाद तो हाथ में रिंच सँभाल ही लिया।''

भिभिराम चुप हो रहा।

उसे कामपुर हाईस्कूल में हुए स्ट्राइक का दिन याद हो आया।

उस दिन धनपुर ने ही झण्डा फहराया था। उस दिन ही उसे शान्ति-सेना में भरती करके 'करेंगे या मरेंगे' की शपथ दिलायी थी। कामपुर के पास ही शान्ति-सेना का शिविर लगा हुआ था। मगर शिविर में बीड़ी-सिगरेट पीना मना था, इसलिए धनपुर वहाँ जाना ही बचा गया। भिभिराम को बहुत बुरा लगा। पर करता क्या? नेता लोग गिरफ्तार किये जा चुके थे। बचे थे इने-गिने कार्यकर्ता; इन्हें तत्काल आगे का कार्यक्रम देना था। कार्यक्रम : मिलिटरी की सप्लाई काट देना, रेल-पुल आदि नष्ट करके यातायात भंग कर देना।

समूचा देश उन दिनों मिलिटरी की एक विराट छावनी बना हुआ था। जापानी सेना चिन्दुइन नदी के उस पार पहुँच गयी थी। ब्रिटिश, अमेरिकी, चीनी और आस्ट्रेलियाई सेनाएँ सारे में फैली थीं। ऊपर से यमदूतों की तरह दया-मायाहीन पुलिस और सी.आई.डी. हाथ धोकर देशसेवकों के पीछे पड़ी हुई थी। कमी देशद्रोहियों की भी नहीं थी। शहर तो शहर, गाँवों तक में इन दुष्टों के दल खड़े हो गये थे। कम्युनिस्ट लोग अलग अपनी-सी करने पर उतारू थे। युद्ध का विरोध न करके, ये उसे फासिस्ट-विरोधी संग्राम बताकर अपना सहयोग दे रहे थे। इतना ही नहीं, देशसेवकों के हर काम को ये गलत ठहरा रहे थे।

यह अवस्था होते भी कार्यकर्ता लोगों ने न साहस छोड़ा न मन में निराशा आने दी। कार्यक्रम को चलाने के लिए अच्छे और विश्वस्त व्यक्तियों को खोज-खोजकर अपने साथ ले रहे थे। कामपुर में उनकी दृष्टि धनपुर पर पड़ी।

और एक दिन कामपुर में टेलीफोन और टेलीग्राफ के तार काट दिये गये। साँझ घिरे रेल-लाइन की फिश-प्लेट भी निकाल दी गयीं। परिणाम यह कि गोला-

बारूद से लदी चली आती मालगाड़ी भड़भड़ाकर नीचे गिरी। आग तो लगी ही, पास वाले मिलिटरी कैम्प के जैसे हाथ कट गये। दूसरे दिन उधर के यमुनामुख पुलिस स्टेशन पर तिरंगा फहराया गया; दो रेल-पुल ध्वंस किये गये।

इन सब कामों में प्रमुख भूमिका धनपुर की थी। कितनी सफाई के साथ अपने हर दायित्व की पूर्ति उसने की, यह देखकर भिभिराम ही नहीं, अन्यान्य कार्यकर्ता लोग भी दंग रह गये।

इसके बाद तो जो होता, हुआ ही। पुलिस, सी.आई.डी. और मिलिटरी के उत्पात बेहिसाब बढ़ उठे। धनपुर एकदम से गायब हो गया : भूमिगत। ऐसा वेश मिस्त्री का अपना बनाया उसने कि कोई जान ही न सका कि अचानक गया तो कहाँ। किन्तु सरकारी दमन बहुत अधिक बढ़ उठने के कारण, कामपुर में आन्दोलन इस बीच स्वभावत: कुछ ढीला पड़ आया। अधिकारियों ने आन्दोलन को एकबारगी ही कुचल डालने की नीयत से सिपाहियों के एक बड़े दल-बल के साथ मेजर फ़िन्स को वहाँ भेजा। इतना क्रूर था यह व्यक्ति कि याद आने पर लोगों के आज भी रोंगटे खड़े हो जाते हैं।

धनपुर अवसर पाते ही यहाँ से खिसककर रोहा पहुँचा। रोहा : अर्थात् वहाँ का बुनियादी केन्द्र। वहीं उसे पता चला कि बारपूजिया में शान्ति-सेना की एक सभा बुलायी गयी है। और धनपुर अपने उसी छद्मवेश में वहाँ जा पहुँचा।

उसके पास शान्ति-सेना का बैज था और था जेब में गोस्वामी जी का एक पत्र। यही दिखाकर उसने केन्द्र में प्रवेश किया। यह पत्र गोस्वामी जी ने उसे भूमिगत होने से पहले यमुनामुख जाने के लिए दिया था। निर्देश उनका यह था कि थाने पर तिरंगा फहराने के बाद तत्काल उसे नष्ट कर दें। यह इसलिए कि प्रमुख कार्य-संचालकों के हाथ की लिखावट पुलिस के हाथ पड़ना निरापद न होता। धनपुर ने तत्काल वैसा न कर कुछ दिन बाद नष्ट करने की सोची। कारण केवल यह था कि उस पत्र में कई बड़े भावपूर्ण वाक्य आये थे जिन्हें वह मन में बैठा लेना चाहता था, और था एक राष्ट्रीय गीत जो कण्ठस्थ होने में नहीं आता था।

सच तो, पढ़ाई आदि में उसकी रुचि बचपन से ही न थी। पाठ्य पुस्तक की तो कोई बात दिमाग में घुसती ही न थी। क्लास-रूम में मास्टर जब गणित समझाते तब उसका मन और-और ही कहीं पेंगें भरा करता। एक दिन तो आँखें मूँदे हुए एक मिकिर षोडशी के बारे में ही सपनाने लगा था। उधर पहाड़ की तलहटी में बसा हुआ था एक छोटा-सा गाँव रंगखाङ्; उसके पास से जाती पगडण्डी, आगे आता कामपुर। मिकिर षोडशी उसी गाँव की थी।

भिभिराम की पत्नी के पास अकसर आया करती। उनके लिए कपास की पूनियाँ लेकर। इतनी चतुर थीं कताई में कि दस-बारह तो मुँह का पान पूरा होते-

होते कात लिया करतीं। कभी-कभी यह षोडशी रात को भी यहीं रह जाती। साथ में होती बूढ़ी माँ। कभी और-और चीजें भी खाँची में लाती, और जाकर बाजार में बेचा करती। बहुत बार कौनी के दाने भी लाती जो गरम पानी में भिगोकर खाते अच्छे लगते। बीच-बीच में लाख के पेड़ का गोंद भी ले आती : डेलियों के रूप में।

बड़ी गौरांगी थी वह। सुघड़ देह, उभरा हुआ वक्ष, सुन्दर सुडौल पिण्डलियाँ! असमी तरुणियों में तो वैसी देखने को न मिलें। नाम था डिमि; माँ का कादम। डिमि के गले में 'लेक' पड़ी होती, कानों में 'काडेङ् सिन्रो', कलाइयों में 'रॅई', वक्ष पर 'जिन्सो'; और कटिभाग पर लपेटे रहती रंगीन 'पिनि'। धनपुर ने उसी से पूछ-पूछकर ये सब नाम याद किये थे। बूढ़ी माँ पहने रहतीं केवल 'पिनि' और 'जिन्सो'।

बूढ़ी कादम और डिमि कभी-कभी भिभिराम के यहाँ के लिए अदरक-मिर्च और सन्तरे आदि भी लाया करतीं। उस दिन दोनों माँ-बेटी यही सब चीजें लेकर आयी थीं। रात को वहीं टिकीं। अकौड़ा लगा हुआ था। सब आग सेंकते बैठे थे। तभी कादम ने 'हरत कुँवर' की कहानी सुनायी थी।

अपूर्व थी कहानी। कब आधी रात बीत आयी, किसी को भान न हुआ। भिभिराम की पत्नी तो जँभाई पर जँभाई लेती ख भे से टिकी बैठी ही रही। और डिमि! वह माँ से सटी बैठी थी, मगर आँखें बार-बार धनपुर की ओर जा रहतीं। कहानी में हरत कुँवर का सूर्यदेवता की छोटी बेटी के साथ ब्याह हुआ था। धनपुर तो इतना विभोर हुआ सुनकर कि कई दिनों सब कुछ भूला रहा। उस दिन गणित की क्लास में भी डिमि सूर्यदेवता की बेटी बन उठी थी और वह स्वयं बुन चला था सपने आकाश में उसके साथ उड़ने के।

एक दिन तो वह स्कूल न जा डिमि के पीछे-पीछे कपिली तक गया। कादम ने देखा तो हँसी-हँसी में पूछा भी :

"अरे, तुम साथ-साथ ही चले आ रहे हो बेटा!"

धनपुर तो एक बार को ऐसा हो रहा कि किसी तरह वहीं धरती में छिप जाए। उधर डिमि के होठों पर एक सकुची-सकुची मुसकराहट छिटक आयी।

नदी तट आ गया था। पास ही घास से ढका एक टीला था। कादम ने प्यार से धनपुर को पुकारा और बैठते हुए बोली :

"आ बेटा, पान खा ले। डिमि, एक भुट्टा दे इसे।"

डिमि ने खाँची में से निकालकर आगे को बढ़ाया खूब भुना हुआ भुट्टा। नाक में सोंधी-सोंधी गन्ध गयी तो धनपुर ने आँखें उठाकर डिमि की ओर देखा। कटहल के पेड़ की छाया साँझ के सुरमई रंग में और रँगी आ रही थी। भुट्टा देते हुए डिमि का हाथ अचानक धनपुर के हाथ से छू गया।

मुसकरा पड़ी वह। उसने भी पूछा :

"हाँ, पीछे-पीछे तुम क्यों चले आये?"

"यों ही; कपिली को देखने के लिए।"

झूठमूठ का उत्तर। मगर एक क्षण को कपिली की ओर उसकी आँखें उठीं अवश्य। मानो डिमि का ही प्रतिरूप हो कपिली। पूस के महीने की मदिर-मन्थर धारा। दोनों ओर धूप में नहायी घास के अंचल। बीच से झिलमिल-झिलमिल करती दिखती कपिली की तरल तरंगें!

डिमि ने कपिली की ओर देखा। फिर धनपुर की ओर। उसके बाद होठों पर उभरती हँसी में खो रही।

"कपिली को तुम लोग भी प्यार करते हो क्या?" कादम ने सुपारी काटते-काटते पूछा।

"हाँ, हम लोग तो बहुत मानते हैं।"

बूढ़ी उसका भुट्टा खाना देख रही थी। देख रही थी : कभी दाने चबाते से मुँह अटक रहता, कभी न जाने कितने दाने होते मुँह में कि चलता तो चलता ही रहता। एकाएक बोली कादम :

"जानते हो धनपुर, कपिली के कई गुह्य नाम भी हैं। यह भी एक देवता है, देवता।"

"हाँ, देवता है।"

दो क्षण मौन रहा धनपुर। फिर एकदम से बोला :

"तुम लोग अब पार कैसे जाओगी?"

"नाव देखनी होगी कोई।"

धनपुर की आँख दूर सामने बालू पर पड़ी एक नाव पर गयी। नाववाला कहीं दिखाई नहीं दे रहा था। धनपुर बोला :

"मैं पार करा दूँ? उधर नाव है।"

"तुम्हारी है बेटा?"

"नहीं; मगर मैं पार करा सकता हूँ।"

"ना बेटा, तुम अब घर जाओ। गुस्सा करेंगे घरवाले।"

"मैं उनसे नहीं डरता। एक भाई ही तो हैं : वह मुझे चाहते हैं।"

बूढ़ी जैसे एक सकपकाहट में पड़ी :

"पर एक बात बताओ बेटे, तुम इतनी दूर साथ-साथ आये क्यों?"

धनपुर धीमे से हँसा :

"सच बताऊँ? डिमि के लिए।"

माँ-बेटी दोनों खिलखिला पड़ीं। डिमि से धनपुर दो-एक बरस छोटा ही रहा

होगा। कादम ने समझाया :

"इसकी सोचना बेकार है बेटा। इसकी मँगनी हो चुकी।"

धनपुर ने डिमि की ओर देखा, जैसे विश्वास न हुआ हो। डिमि हँस दी : हलके से, सहज भाव से।

कादम ने धनपुर की पीठ पर हाथ रखते हुए कहा :

"भुट्टा खाओ बेटा! तुम तो लिये ही बैठे हो।"

धनपुर ने शायद सुना ही नहीं। उलटे पूछा :

"अच्छा कादम काकी, हरत कुँअर के ब्याह की कथा सत्य है क्या? यह कपिली ही थी क्या नदी वह?"

"ना बेटा, वह नदी और थी।" कादम की मुखमुद्रा गम्भीर हो आयी।

"पर कहा तो जाता है कि उन युगों में पत्नी ऐसे ही मिल पाती थी।"

डिमि जोर से हँसने लगी।

कादम ने उसे बरजा; फिर बड़े सरल भाव से धनपुर से पूछा :

"तुझे भी अपने लिए वैसी ही बहू चाहिए क्या?"

धनपुर ने कहना तो चाहा 'हाँ डिमि जैसी', मगर लाजवश कह कुछ न पाया। कपिली की दिशा में देखता रह गया।

कादम ने बताया डिमि का एक 'गारो' युवक के साथ ब्याह होनेवाला है।

"गारो युवक?" धनपुर चौंका।

"हाँ, बड़ा भला लड़का है। डगारु नदी के उस पार रहता है। कई खेत हैं उसके।"

धनपुर और न खा सका भुट्टा। कपिली में फेंक दिया।

"क्यों, फेंक क्यों दिया?" कादम ने पूछा।

"भूख नहीं है।"

डिमि फिर खिलखिल करती हँस पड़ी।

कादम ने डाँटा। धनपुर को पान देते हुए कहा :

"तुम अब जाओ बेटा, नहीं तो घर पहुँचते रात हो जाएगी। अगले महीने इसका ब्याह हो जाएगा।"

"अच्छा!" मुँह ऊपर किये बिना उसने पान लिया और अचल हुआ खड़ा रहा। एक बार डिमि की ओर देखने की लालसा हुई; देख नहीं सका।

कादम ने डिमि को पास बुलाया। आकर खड़ी हो गयी वह।

"धनपुर!" कादम के स्वर में सचमुच मार्दव था।

"क्या है?" अनमना-सा धनपुर बोला।

"बेटा, इसे अपनी बहिन समझो! बहिन।"

धनपुर ने एक निर्भाव-सी हुंकारी भरी। उसकी आँखें फिर कपिली की ओर जा लगीं। डिमि मौन खड़ी सुन रही थी; देख रही थी।

डिमि! कपिली के साथ कितनी मिलती है उस अप्सरा की देह! सच कितनी! उस दिन के बाद डिमि को कभी नहीं देखा। याद जब-तब बराबर आती रही, पर मुँह से एक शब्द नहीं निकला। आज कपिली को पार करते समय सारी यादें बरबस कुरेद उठीं।

हठात् भिभिराम ने टोका :

"अरे बारपूजिया वाली घटना तो तुमने सुनायी ही नहीं!"

धनपुर का चिन्तन तार-तार बिखर गया। भिभिराम से बोला :

"समय ही कहाँ मिला। कामपुर पहुँचे तीन ही दिन तो हुए हैं। एक दिन भाभी ने रोक रखा, दूसरा गोस्वामी जी के साथ बीता। उसके बाद ही गया। अब बताये देता हूँ, सुनो। हाथ में समय है। दैपारा पहुँचते तो देर लगेगी। रात भी हो आए तो असम्भव नहीं। मगर रास्ता तो मालूम है?"

"हाँ मालूम है। तीनेक घण्टे और लगेंगे, बस। पर इधर का अंचल निरापद है। तुम बेखटक बताओ।"

धनपुर ने बीड़ी सुलगायी। भिभिराम का बैग इस कन्धे से उस पर जा लटका। फिर भिभिराम ने पूछा :

"अरे, तुम्हारी भाभी ने शिव-पार्वती की मनौती मानी थी, मालूम है?"

धनपुर ने धुआँ आकाश की ओर छोड़ा। कहा :

"उस सबसे कुछ नहीं हुआ करता। मैं तो..."

भिभिराम ठठा पड़ा। धनपुर ने विचित्र मुद्रा में उसकी ओर देखा :

"क्यों, इस तरह हँस क्यों दिये?"

"तुम्हारी ही बात याद करके! डिमि को पाने के लिए तुम्हीं ने काला बकरा भेंट चढ़ाने की मनौती नहीं मानी थी?"

"जरूर, मगर डिमि मिल सकी क्या? ये सब ढकोसले हैं! निरर्थक!"

"कह लो कुछ भी, भगवान तो हैं।"

धनपुर के कण्ठ से एक गहरी साँस निकली। धीमे स्वर में बोला :

"तुम्हारे महापुरुष शंकर देव के ही जन्म-दिवस पर मेजर फ़िन्स ने कामपुर के वॉलण्टियरों को अपने बूटों से नहीं रौंदा क्या, फुटबाल की तरह नहीं उछाला-ठुकराया क्या! कितनी बेरहमी के साथ उन पर लाठियाँ बरसायीं उसने! भगवान होता तो नृसिंह के रूप में अवतार जरूर लेता। लिया कहीं आज के दिन तक भी?"

"मगर अवतार तो हुआ है धनपुर," माणिक बॅरा ने झट से कहा।

"सब झूठ," धनपुर के स्वर में उपेक्षा से अधिक उपहास था।

पर माणिक भक्त प्रकृति का था। बात-बात में प्रह्लाद के उदाहरण ले आता। उसकी मान्यता थी कि नृसिंह की नाईं इस युग में दरिद्रनारायण का अवतार हुआ है। वह बोला :

''तुम तो भाई, गुरु-गोसाईं, देव-पितर किसी को भी नहीं मानते। मगर इतना जान लो कि भगवान को अन्याय-अत्याचार सहन नहीं होता। कभी नहीं हुआ। गाँधीजी ने जो मार्ग दोहराया है, हमें उस पर चलना है।''

''किन्तु बारपूजिया में जो वह अहिंसामार्गी युवक एक ही गोली से उड़ा दिया गया!'' धनपुर के स्वर में व्यंग्य झलक आया।

''किसकी बात कह रहे हो धनपुर?'' भिभिराम ने पूछा, ''तिलक डेका की?''

''हाँ।''

''समझा। ठीक से बताओ तो क्या हुआ।''

''मैंने तो रोहा में सुना था। कॅली दीदी रोहा में ही थीं। उसके पास सब ओर से समाचार पहुँचा करते हैं। उधर गौहाटी से, इधर कलियाबर से। कामपुर की तो बात ही छोड़ दो। बड़ी चतुर और भली स्त्री हैं। बुनाई के काम में तो बहुत ही निपुण। बारपूजिया की हैं। जानते ही हो। कामपुर के एक कोच घर में ब्याही गयीं। शायद मनुराम कोच नाम था उस व्यक्ति का। दुर्भाग्य से पिछले वर्ष किसी अनजाने रोग से मृत्यु हो गयी। याद है न?''

''भोले, कॅली दीदी को कौन नहीं जानता। घर की हालत देखकर मैंने ही यहाँ रखाया था। आज भी कॅली दीदी वैसी की वैसी युवती बनी हुई हैं : सुन्दर भी, भली भी।''

''हाँ, सचमुच कॅली दीदी आज भी बड़ी अच्छी लगती हैं!'' दो क्षण रुककर धनपुर बोला :

''तो सुनो उस दिन वहाँ क्या हुआ। एकदम से कॅली मुझसे बोलीं : मेरे साथ चल सकोगे क्या? मैंने जानना चाहा : कहाँ? उन्होंने बताया : बारपूजिया तक। मैंने प्रयोजन जाने बिना हाँ कर दी। अपनी गठरी-मुटरी लेकर वे तुरन्त साथ चल दीं। दोपहर का समय था। फिर भी तेज पाँवों बढ़ी जा रही थीं। देखने में चम्पाफूल जैसी। उनके साथ कहीं जाने का यह अवसर पाकर मेरा मन यों ही गद्गद हो उठा था।''

भिभिराम के मुँह की ओर एक बार उसने देखा और कहता गया :

''चलते-चलते एक गाँव पहुँचे हम लोग। गाँव का नाम याद नहीं। पर चिड़िया का एक बच्चा तक जो वहाँ हो। मिलिटरी पुलिस तड़के ही आकर बच्चे बूढ़ों—सभी को पकड़ ले गयी थी।''

''क्यों?'' बीच में ही भिभिराम पूछ उठा।

"इसलिए कि पिछले ही दिन इन लोगों ने बारपूजिया में मीटिंग की थी। शान्ति सेना भी थी वहाँ। तिलक डेका गाँव के बाहर रास्ते पर पहरा दे रहा था। मृत्यु-वाहिनी की बैठक हुई और किसे कहाँ क्या करना है, यही निश्चय किया जा रहा था। सी.आई.डी. ने भनक पाकर रोहा थाने के ओ.सी. शइकीया को खबर दी। शइकीया उसी दम अपने लाव-लश्कर सहित आ धमका।"

"ऐसा?" माणिक के स्वर में घबराहट की झलक थी।

धनपुर कहता गया :

"रात घिर चली थी जब बारपूजिया वाली सड़क पार करके वे लोग गाँव के निकट पहुँचे। तिलक डेका एक बड़े पेड़ की ओट खड़ा था। बढ़ते आते बूटों की आवाज कान में पड़ी। सावधान हो वह कि तीन-तीन टॉर्चों का प्रकाश उसके मुँह पर था। तत्क्षण सिंगा फूँककर गाँववालों को सचेत करने के लिए उसने हाथ ऊपर किया। कैप्टेन ने कड़ककर उसे रोका। मगर तिलक की पोर-पोर में आग की चिनगियाँ चिनक उठी थीं। मौत सामने थी, फिर भी सिंगा गूँजकर रहा।"

कोई देखता उस समय तो लक्ष्य करता कि भिभिराम की छाती गर्व से तन उठी थी। सचमुच कितनी तत्परता के साथ तिलक डेका ने कर्तव्य का पालन किया!

धनपुर ने आगे बताया :

"नेता और कार्यकर्तागण संकेत पाकर हवा हो गये; कुछ जहाँ-तहाँ जंगल-झाड़ियों में जा छिपे। किन्तु इससे पहले ही तिलक डेका की जवान उमंगों-भरी देह नीचे लुढ़क चुकी थी।"

बीड़ी जलाकर एक लम्बा कश धनपुर ने खींचा और धुएँ को घूँटकर अपनी गँठीली उँगलियों को देखता हुआ बोला :

"तिलक के बाद एक और युवक को भी गोली से उड़ाया गया। उसके बाद मिलिटरी पुलिस और सी.आई.डी. के जवान गाँव में घुस पड़े। एक वॉलण्टियर तक कहीं न दिखा। शिकार हाथ से निकल जाने पर शइकीया का गुस्सा आसमान को छू उठा। फिर तो जो मिला उसे मार-मारकर पुलिस थाने ले गयी। थाना रोहा का! लोहे की छड़ें लाल कर-करके उनसे जहाँ-तहाँ दागा गया कि कोई तो कुछ बात उगल दे!"

भिभिराम की दृष्टि धनपुर की ओर घूमी। धनपुर कहीं खोया हुआ सुनाता जा रहा था :

"जिन्हें पर-पुरुष ने कभी छुआ न था उन स्त्रियों को खुले रास्तों ऐसी निर्लज्जता के साथ खींचा-घसीटा गया कि कपड़े फट गये और नंगी देह छिल-छिलकर रक्त बहने लगा। बच्चों को माँ की गोद से छीनकर धरती पर पटका गया और रोने पर मुँह में कपड़ा ठूँस दिया गया। पुरुषों को न केवल निर्दय होकर लाठियों

से मारा, बल्कि पीछे हाथ बाँधकर नंगे बदन तपती धूप में सूरज की ओर मुँह किये घण्टों-घण्टों खड़े रखा। समूचे दिन इस प्रकार गाँव के जन-बच्चों को मिलिटरी पुलिस ने सन्त्रस्त किया।''

अचानक माणिक बॅरा को लगा जैसे धनपुर की गरदन कुछ और तन उठी हो। धनपुर कह रहा था :

''लेकिन सब कुछ करके भी किसी से कुछ कहला न सकी पुलिस। इतना अत्याचार इस प्रदेश में पहले कभी नहीं हुआ था। बर्मी आक्रमण के समय भी नहीं, फूलगुड़ी काण्ड में भी नहीं। ये पशु सभी से बढ़कर निकले। दूसरे दिन वहाँ जाने पर सुना कि ऊपर से समूचे गाँव से दण्ड वसूला गया। घर-घर कुर्की पड़ी; जब्तियों का कोई अन्त न था।''

धनपुर की आवाज रुँध आयी थी। जैसे गला दबाया जाता हो!

''क्या हुआ?'' माणिक बॅरा ने पूछा।

माणिक की देह पर सफेद सूती चादर थी और खद्दर का सफेद कुरता। सिर पर बालों का छोटा-सा चूड़ा। धनपुर से पुलिस के अत्याचारों की कथा सुनते-सुनते वह स्वयं आतंकित और रोमांचित हो उठा था। इसलिए उसे बूझते देर न लगी कि धनपुर का कण्ठ क्यों रुँध आया। पर उत्सुकता पूरी कथा सुनने की भी थी।

कम विचलित भिभिराम भी न था। भीतर से भीग आया था। कष्ट-कथा अपने में ही कष्टप्रद होती है : न कहते बनती है न सुनते। बस जी को झँझोड़ डालती है।

कुछ सेकण्ड एक पीड़ित मौन छाया रहा। धनपुर आगे बताने लगा :

''उसके बाद कॅली दीदी एक सँकरी-सी पगडण्डी के रास्ते निकलकर एक घर के द्वार पर पहुँची। पुकारा : 'सुभद्रा!' कुछ देर बाद एक बूढ़ी स्त्री द्वार खोलकर बाहर निकली। कॅली दीदी को देखते ही धाड़ मारकर रोने-पीटने लगी। बार-बार उसके मुँह से यही निकलता : हाय मैं लुट गयी, मेरा सब-कुछ चला गया!

''कॅली दीदी मुझे चारों तरफ नजर रखने के लिए वहीं खड़ा करके भीतर चली गयीं। बूढ़ी के साथ कुछ देर कानोंकान बातें करती रहीं। क्या बातें, किस बारे में, मैं नहीं सुन सका। उसके बाद कॅली दीदी बाहर निकलीं : बाँहों में किसी तरह एक लड़की को सँभाले हुए। पीली-सफेद पड़ी हुई थी लड़की। कपड़ों पर रक्त के बड़े-बड़े धब्बे। पाँव धरती पर टेकते न बनता। कण्ठ से अस्फुट कराहें। मैं तो देखता रह गया।''

धनपुर काँप-सा गया। मानो समूचा दृश्य सामने हो। सँभलते हुए बोला :

''बूढ़ी बिलख-बिलखकर कह रही थी, 'इसे बचा सकेगा बेटा? कल रात से आँख लगाये बैठी हूँ। कोई जो मानुख का जाया इधर आया हो। तू जैसे देवता

रूप आ गया बेटा!' कॅली दीदी से बोली, 'पर इसे ले कैसे जाओगी? हालत तो देख ही रही हो।' लड़की सचमुच ढही जैसी पड़ रही थी।

''कॅली दीदी मेरा मुँह जोहने लगीं। मानो पूछ रही हों : ले चल सकोगे उठाकर? छह मील का रास्ता है।

''मेरी दृष्टि लड़की की ओर गयी। आँखें अब भी मुँदी हुई थीं। घुटी-घुटी कराहें बराबर निकल रही थीं। चेहरा कॅली दीदी से भी सुन्दर। पर एकदम जैसे निचोड़ दिया गया हो। अँगलेट इकहरी...''

कहते से एक पल को कहीं खो रहा धनपुर। बोला फिर :

''डिमि को तो जानते हो भिभि भइया! वैसी ही थी यह भी। पिण्डलियाँ तक उसकी जैसी। कॅली दीदी को मैंने संकेत किया : जरूर ले चलूँगा दीदी। बूढ़ी को आश्वस्त करते हुए बोलीं वे : सुभद्रा का भार अब मुझ पर दादी; मगर उन दुष्टों को भी शिक्षा दे सकूँ तब तो!

''बूढ़ी के भर आये कण्ठ से निकला, 'बेटी, इसे फिर देख तो पाऊँगी मैं? मेरा यही तो सर्वस्व थी। हाय, कैसी लुट गयी मैं!'

''कॅली दीदी ने धीरज बँधाया, 'देख क्यों न पाओगी दादी! सब ठीक हो जाएगा। चलूँ अब।'

''मुझसे उस लड़की को सँभालकर उठाने को कहा। मैंने पूरी सावधानी रखी। फिर भी सुभद्रा की चीख निकल ही गयी। शायद कहीं पेट दब गया था। उसकी सारी देह तप रही थी। जरूर तेज ज्वर था। पीड़ा और लाज के मारे आँख नहीं खोल रही थी। उँगलियाँ तों उसकी देखते ही बनती थीं : पतली-पतली लम्बी। बारपूजिया की लड़कियाँ होती भी सुन्दर हैं...एकदम छरहरी।''

भिभिराम की कमर पर एक गमछे का फेंटा कसा हुआ था। उसी के एक छोर में पान और चूने-तमाखू की डिबियाँ लिपटी बँधी थीं। भिभिराम ने खोलकर एक पान निकाला और चूने-तमाखू सहित मुँह में दिया। फिर तो माणिक ने भी माँगा और धनपुर ने भी। बीड़ी फेंककर पान चबाते हुए धनपुर ने आगे कहना शुरू किया :

''सुभद्रा की देह से कच्ची मछली जैसी बास आ रही थी। कभी-कभी तो इतनी असह्य हो उठती कि नाक पर रूमाल रखना पड़ता। कॅली दीदी चलते रास्ते को छोड़कर काँस के झुण्डों में से होती हुई अगली बस्ती के निकट पहुँचीं और वहाँ से सीधा रास्ता पकड़कर आगे बढ़ चलीं। दोपहर हो आया था। कलङ् के किनारे-किनारे हम दोनों चुपचाप चले जा रहे थे। उनके हाथ में एक पोटली थी जिसमें एक कटार उन्होंने छिपा रखी थी। चारों ओर जंगल में नाहर के सुन्दर-सुन्दर पौधे दिखाई दे रहे थे। सच तो, कॅली दीदी स्वयं एक गतिमान नाहर का पौधा लग रही थीं। भय तो उस युवती को छू तक नहीं पाया था।

''हठात् चलते से वे रुक गयीं। बोलीं : 'एक बड़ी भूल हो गयी धनपुर!' जानने के लिए मैंने उनकी ओर देखा। उन्होंने बताया, 'सुभद्रा की माँ के पास तो एक अधेला भी नहीं। थोड़ा-सा धान था, सो मिलिटरी वाले भर ले गये। कुछ रुपये दे आती तो उसे सहारा होता। पर यहाँ तो मेरे पास भी कुछ नहीं। इधर यह भी लग रहा है कि यह डरपोक डॉक्टर इस बेचारी को भी देखेगा या नहीं। यों आदमी बुरा नहीं।'

''मैंने कहा, 'मेरे पास थोड़ा-बहुत है, दादी को दे आएँ?' सोचती हुई वे बोलीं, 'चल, अभी तो इधर ही चल। उन नासपीटों में से कहीं कोई मिल गया तो फिर सर्वनाश ही समझ।'

''मैं समझा नहीं। इसलिए पूछा। दीदी ने लाज-शर्म को जैसे बलात् एक ओर ठेलकर बताया, 'देखता नहीं इस अबोध का हाल! और दो-पाँच नहीं तीस-तीस जन! फौजी! मेरी पोर-पोर दहक उठी है। पर कैसे बदला लिया जाए, यही बराबर सोच रही हूँ। पुल उड़ाना क्या बदला लेना हुआ!'

''पूछा मैंने, 'तब?'

''उनका उत्तर था, 'युद्ध करना होगा। चीन जैसा युद्ध।'

''मैं उनका मुँह ताकने लगा। बोलीं वे, 'अखबार नहीं पढ़ता है क्या? चीन जिस तरह जापान से युद्ध कर रहा है वैसा युद्ध! सभी कहीं तो मचा है युद्ध। कल बारपूजिया में भी यही सोचा गया है! अब तो गोली-बन्दूक और हथगोलों की जुगाड़ करके गॅरिला फौज का संगठन करना है।' ''

धनपुर ने दोनों साथियों की ओर देखते हुए कहा :

''मैं जानता न था गॅरिला का क्या अर्थ होता है। इसलिए दीदी से पूछा। मीठी झिड़की के साथ उनका उत्तर आया, 'तेरा सिर! अर्थ तो मैं भी नहीं जानती, पर मुख्य बात है छिप-छिपकर इन दुष्टों के साथ अविराम युद्ध करना। गोली-बारूद जमा करके—' कॅली दीदी कहने से एकबारगी रुक गयीं। मेरे मुँह की ओर देखती हुई बोलीं, 'पर खबरदार, कहीं जो एक शब्द भी मुँह से निकला। अपनों तक के आगे नहीं। ऐसी बातों के लिए दीवारों तक के कान हुआ करते हैं। समझा!'

''मैंने उन्हें विश्वास दिलाया। फिर सोचने लगा। मुझे जान पड़ा कि सचमुच ऐसा ही कुछ हमें करना होगा।''

माणिक बॅरा ने लक्ष्य किया कि भिभिराम की मुखमुद्रा गम्भीर हो आयी है। पूछने को हुआ वह, पर धनपुर आगे बताने लगा था :

''थोड़ी देर कॅली दीदी और मैं चुपचाप चलते रहे। सुभद्रा को मैं कन्धे से लगाये बाँहों पर सँभाले हुए था। जरा-सा झटका लगते ही बेचारी की चीख-सी निकल जाती। पर ऊँचा-नीचा रास्ता : सावधानी रखते भी झटका कभी-कभार लग

ही जाता। दो-एक बार तो उसके कपड़े भी और रँग-रँग गये।

"एकाएक कॅली दीदी ने आँखों में आँखें डालते हुए पूछा, 'तुझे मरने से तो भय नहीं लगता रे?' मैंने उत्तर दिया, 'मरने से भय किसे नहीं लगता दीदी? मगर न्याय और सच्चाई के लिए मरना पड़े तो उसके लिए तैयार हूँ।' कॅली दीदी हलके से हँस दी, 'ठीक कहता है भइया। भगवान ने तुझे साहस भी दिया है, हृदय भी।' सुभद्रा की ओर देखती हुई बोलीं फिर, 'मैं सहारा दूँ क्या कुछ देर के लिए?' मैंने कहा, 'नहीं, मैं ले चलूँगा। मगर यह है कौन दीदी?'

"कॅली दीदी चलते-चलते हठात् मिट्टी के एक ढूहे पर बैठ गयीं। बुझी-बुझी आवाज में उनके मुँह से निकला, 'उसी बूढ़ी की बेटी है। कताई और बुनाई में अत्यन्त निपुण। घर-घर जाकर कातना और बुनना सिखाती रहती है। हर तरफ की खबरें भी उसमें इसे मिल जाती हैं। मैंने कई बार सावधान किया था : इन कलमुँहे फौजियों की आँख पहले से ही इस पर थी। मेरी बात को कान नहीं दिया। ईश्वर पर बहुत भरोसा था इसे। क्या कर लिया ईश्वर ने अब!' "

धनपुर चलते-चलते एक स्थान पर रुका। पीक थूककर थोड़ी दूर पर दिखाई देते एक दलदली चप्पे की दिशा में संकेत करता हुआ कहने लगा :

"इधर ही है शायद लुइत का कछार! सुनते हैं बहुत ही उपजाऊ है यह समूचा खण्ड। यह भी सुना जाता है कि अनगिनत नेपाली और मैमनासिंही आ-आकर इधर बस गये हैं।"

भिभिराम ने बताया कि मैमनासिंहियों को तो स्वयं सरकार ने लाकर बसाया है। कारण कि मुसलिम लीग वाले यहाँ से असम को पाकिस्तान के साथ जोड़ देना चाहते थे।

"यह तो लीग के पुरखे भी नहीं कर पाते।" खँखारकर गला साफ करते हुए माणिक बॅरा बोला।

धनपुर ने एक और बीड़ी सुलगायी। कहने लगा :

"हमारे भी हल सँभालने का समय आ गया अब। कपिली से यह कलङ् का कछार ज्यादा उपजाऊ है। ढिंग से लेकर यहाँ तक का समूचा अंचल उर्वर मिट्टी से भरा हुआ है और दलदल कहीं नाम को नहीं...।"

कोई सपना जैसे आँखों में तिर आया हो! बोला आगे :

"स्वाधीनता मिल जाने के बाद इधर ही खेती जमाऊँगा। कामपुर में तो मेरे पास एक बित्ता भर भी जमीन नहीं। भइया तो गोसाईंजी के यहाँ से अध-बटिया पर गुजारा कर लेता है, देखता मैं ही रह जाता हूँ। वैसे भी कपिली में हर साल ही तो बाढ़ आती है। कोई तो उसके कोप से बच नहीं पाता!"

भिभिराम सुभद्रा वाली घटना का शेषांश सुनने के लिए उत्सुक था। धनपुर

को टोका उसने :

"यह सब तो ठीक भाई, अपनी वह कहानी पहले पूरी कर। रोहा तो पहुँच ही गये होंगे तीनों निरापद?"

धनपुर सुनाने लगा :

"हाँ, पहुँचते-पहुँचते अँधेरा झुकने लगा था। सुभद्रा को सँभालकर आश्रम के कमरे में लिटा दिया। तब देखा उसके ही कपड़े और नहीं रँग गये हैं, मेरे कपड़ों पर भी जगह-जगह धब्बे आ गये हैं। वह कच्ची मछली जैसी गन्ध तो नाक में बस ही गयी थी। सुभद्रा अब भी उसी तरह आँखें मूँदे निढाल लेटी थी। पहली नजर में तो पहचानना मुश्किल था कि साँस भी ले रही है या नहीं। मैं उसे वहीं लेटा छोड़ तालाब की तरफ लपका। कपड़ों के धब्बे धोये, नहाया; मगर वह गन्ध तो मानो छोड़ने का नाम नहीं ले रही थी।"

अजीब-सा मुँह बनाते हुए उसने आगे बताया :

"कमरे में लौटा तो कॅली दीदी ने कहा, 'जा, देखकर आ डिस्पेन्सरी में डॉक्टर हैं या नहीं। हों तो बुला लाना।' मुझे नाक पर रूमाल रखते देखा तो झिड़कते हुए बोलीं, 'एक की गन्ध से यह हाल? मिलिटरी और पुलिस ने तो न जाने ऐसी कितनी-कितनी बेचारियों का सर्वनाश किया है। कितनी ही तो अपंग हुई पड़ी हैं। कोई देखे तो खौल उठे। मगर इस गन्ध से अब परिचित होना पड़ेगा भइया। यही तो अत्याचार की गन्ध है। जा, डॉक्टर को जल्दी ले आ। देर होने से कहीं यह मर ही न जाए।'

"मैं डिस्पेन्सरी की तरफ चल दिया। किन्तु मन-ही-मन सोचता हुआ कि अत्याचार की भी गन्ध होती है क्या?"

धनपुर हठात् फिर उसी सोच में खो चला था। भिभिराम ने माणिक बॅरा के मुँह की तरफ देखा। माणिक स्वयं खोया-खोया हो आया था। बोला :

"सुनते नहीं बनता, भिभिराम। मुझे भी घेरे आ रही है वही गन्ध। किन्तु बढ़मपुर के जंगल में जो लाशों का ढेर लगा था, उनकी गन्ध इससे दसों-बीसों गुना असह्य थी।"

"बढ़मपुर गये थे क्या तुम?" धनपुर ने पूछा।

"हाँ।"

"क्या हुआ वहाँ बताओ न?"

"पहले सुभद्रा की पूरी बता लो।"

धनपुर आगे बताने लगा :

"डिस्पेन्सरी पहुँचने पर देखा कि सब-इन्स्पेक्टर बाहर निकल रहा है। मैं झट से पेड़ की आड़ में छिप गया। देख न पाया वह। नहीं तो सर्वनाश हुआ रखा था। मैंने दबे पाँवों किनारे-किनारे बढ़कर कमरे में झाँका। कोई न था वहाँ : डॉक्टर सन्न-

सा चुप बैठा था। मैं भीतर पहुँचा। मगर क्या बताऊँ? वहाँ भी वही कच्ची मछलियों की सड़ीली गन्ध!

''डॉक्टर ने मेरे ऊपर आँख पड़ते ही डरे-से स्वर में पूछा, 'कौन हो तुम?' मैंने बताया, 'मुझे कॅली दीदी ने भेजा है। सुभद्रा की हालत ठीक नहीं है। आपको अभी बुलाया है।' डॉक्टर ने बाघ की जैसी आँखों से मेरी ओर देखा। पूछा, 'कहाँ घर है तेरा?' कामपुर का नाम सुनते ही दो पल को वह चुप रहे, उसके बाद चश्मे के पीछे से अपनी पैनी आँखें मेरी आँखों में गड़ाये हुए बोले, 'गोसाईंजी के आसपास कहीं क्या?' मेरे 'हाँ' करने पर वे सन्तुष्ट जान पड़े।

''एक नजर द्वार के बाहर देखकर बोले, 'सब-इन्स्पेक्टर आता होगा। अभी भीतर जाकर छिप रहो।'

''हठात् वही सड़ायँध यहाँ भी घेर आयी। पूछने पर उन्होंने बताया, 'जोंगाल-बलहु गढ़ में एक आदमी को गोली मार दी थी।' मैंने जानना चाहा, क्यों? खीजते हुए बोले वे, 'क्यों-क्यों क्या! वॉलण्टियर होने का शक हुआ कि गोली मार दी। यह पड़ी है लाश!'

''मैंने देखा टाट में बँधा हुआ एक बेडौल गट्ठर एक तरफ को लुढ़का पड़ा था। मन को आघात लगा। बेचारा! सोचा, यह हुआ मानव के जीव का मूल्य! परचून की दूकान में जैसे गुड़ की बोरी पड़ी हो! कमरे में अँधेरा था, और सड़ायँध भरी थी।''

मुँह की बीड़ी से दूसरी जलाते हुए धनपुर कहता चला गया :

''डॉक्टर से पूछा, कहाँ मारा गया यह, तो उसके चेहरे का रंग उड़ गया। थूक निगलते हुए अस्फुट स्वर से बोला, 'जोंगालबलहु गढ़। गोली चली थी।' दो बार पूछने पर नाम बताया : गुणामि बरदलै। इसके बाद एकदम से जैसे झल्ला उठा, 'तुझसे कहा न; दारोगा किसी भी पल आ पहुँचेगा, जल्दी से भीतर कहीं छिप जा!'

''मैं तुरन्त पीछे के आँगन में चला गया। वहाँ गोसाईंजी की बहिन आइकण दीदी थीं। देखते ही वे चौंककर चिल्लाने को हुईं। मैंने अनुनय की। 'दीदी, मैं धनपुर हूँ, चिल्लाइए मत।' सच तो उन्हें वहाँ देखकर मुझे स्वयं आश्चर्य हुआ। बाद को ध्यान आ गया कि यही डॉक्टर तो आइकण दीदी के पति हैं। आगे और सब बताने को हुआ कि डॉक्टर साहबवाले कमरे से आती दारोगा की आवाज सुनाई दी।

''आइकण दीदी मेरी शक्ल देखकर ही सब समझ गयीं। धीरे से बोलीं, 'उधर एक कमरा है, वहाँ बैठो। मैं चाय बनाकर लाती हूँ।' बैठ गया वहाँ अँधेरे में जाकर। थकान और आशंकाओं के मारे मेरे प्राण मुँह को आ रहे थे। ऐसा जान पड़ता था जैसे किसी नागपाश ने जकड़ रखा हो। थोड़ी देर बाद दीदी ने आवाज दी। दारोगा चला गया था। उन्होंने हलवा और चाय दी।''

भिभिराम के मुँह से अचानक निकला, "हाँ, आइकण दीदी सचमुच ही बड़ी स्नेहालु महिला हैं। और निर्भीक भी।" आगे बोला : "फिर क्या हुआ?"

हलकी-सी खँखार के साथ धनपुर बताने लगा :

"चाय पीते-पीते मैं बरामदे में निकल आया था। तभी आइकण दीदी ने बाहर वाले कमरे की तरफ से आते हुए बताया, 'तेरे जीजाजी कॅली दीदी के यहाँ गये! तुझे ठहरने को कह गये हैं। दवा आदि ले जानी होगी।' अचानक पूछा उन्होंने, 'अच्छा, हुआ किसे क्या है रे?' मैं उनका मुँह देखने लगा, 'कहते लाज लगती है दीदी।' वे हँस दीं। कितनी सुन्दर थी गोसाईंजी की यह पुत्री!

"किसी तरह कुछ बताने चला मैं कि एकदम से बोलीं, 'अच्छा-अच्छा, कोई स्त्री लगती है। अत्याचारों की सुनते-सुनते तो कलेजा मुँह को आ गया है।' आन्तरिक व्यथा और आकुलता के मारे उनका चेहरा उतर गया। आखिर स्त्री ही तो थीं वे भी!"

खोया-खोया-सा हठात् धनपुर बोला :

"गला जैसे सूख रहा है भिभि भइया। पता नहीं क्या हुआ है मुझे। तुम्हारे चोंगे में थोड़ा-बहुत दही या दूध है?"

भिभिराम के पास थोड़ा-सा दही था। गठरी खोलकर उसने चोंगा निकाला और ढकना खोलते हुए धनपुर से अंजलि आगे करने को कहा।

माणिक बॅरा ने अपने गड़ुए से दो घूँट जल पिया और दही खा चुका धनपुर को थोड़ा-सा हाथ धोने के लिए उसे दिया। भिभिराम ने चोंगे को केले के पत्ते में लपेटकर अपनी गठरी में यथास्थान रख लिया। तीनों फिर रास्ते पर बढ़ चले।

सूरज धीरे-धीरे पश्चिमी दिगन्त पर पहुँच आया था। धूप की महिमा समाप्त हो रही थी। पर सुनहली किरणों से वनराजि दूर-दूर तक जगमगा उठी थी। रास्ते के दोनों ओर खेतों की नमी सूख चली थी। यहाँ-वहाँ पेड़ : इक्के-दुक्के नंगे, सूने।

हठात् माणिक बॅरा अपनी उत्सुकता से हारकर पूछ उठा :

"तो उसके बाद क्या हुआ? बची या नहीं सुभद्रा?"

धनपुर बताने लगा :

"हाँ, किसी तरह जान-भर बच गयी। कॅली दीदी और मैं रात-भर बैठे देखभाल में लगे रहे। यात्रा की थकान के कारण नींद बराबर दबोचती, पर सामने सुभद्रा के प्राणों का प्रश्न था : रात के एक-एक पल को पलकों में ही बिता दिया। भोर की उजास फूटने आयी तब सुभद्रा की आँखें फड़कीं। जैसे भयार्त हरिणी टुक-टुक देखती हो। उसकी पलकें तक बेजान हो गयी लगीं।

"डॉक्टर महोदय उसे डिस्ट्रिक्ट हॉस्पिटल पहुँचाने का दायित्व मुझे सौंप गये थे। चिन्ता इस बात की थी कि ले कैसे जाऊँ। उपाय किया सद्भाग्य ने। फूकन महाशय गौहाटी जाने के लिए नौगाँव से आये थे। लौटते समय कॅली दीदी से मिलने

आये। सम्बन्ध अच्छे थे। कॅली दीदी के कहने के साथ ही सुभद्रा को डिस्ट्रिक्ट हॉस्पिटल तक पहुँचाने को तैयार हो गये। मुझे भी कार में साथ ले लिया। सुभद्रा को पीछे की सीट पर लिटा दिया और मुझे नीचे बैठ जाने को कहा, जिससे कि पुलिस की आँख न पड़ने पाए। हॉस्पिटल में लेडी डॉक्टर ने परीक्षा करके आवश्यक दवा आदि दी और आश्वस्त किया कि विशेष चिन्ता की बात नहीं है। फूकन महोदय की कार ही हमें वापस भी ले आयी।''

धनपुर ने भिभिराम और माणिक बॅरा की ओर देखते हुए कहा :

''यह फूकन महोदय सचमुच बहुत अच्छा व्यक्ति था। कन्दर्प जैसा चेहरा-मोहरा। बातचीत के ढंग में भी आभिजात्य। सुभद्रा की चेतना इस बीच लौट आयी थी। बस, लगी फफक-फफककर रोने कि जब विदेशियों ने देह को ही अपवित्र कर दिया तो इसे बनाये ही क्यों रखा जाए! फूकन जी ने समझाया, 'स्त्री की देह तो मास के मास कलुषमुक्त हो जाया करती है। कलुष जहाँ स्रवित हो गया कि देह फिर पवित्र। यों भी देह का क्या! आततायी विदेशी तुम्हारी आत्मा को तो स्पर्श नहीं कर सके!'

''सुभद्रा अविश्वास-भरी आँखों उनकी ओर देखती रही। उसे प्रतीति नहीं पड़ रही थी। गाँव का समाज क्या ऐसे तर्कों को कान देगा? फूकन जी ने उसके मन का भाव ताड़कर फिर समझाया, 'देखो सुभद्रा, मेरी बातें तुम्हें अटपटी लग रही हैं। अटपटी लगने का कारण है नहीं। सीता का उद्धार करने के बाद रामचन्द्र उसे मन के सन्देहों के कारण त्याग देना चाहते थे। साधारण मनुष्य की नाईं उन्होंने भी सोचा था कि रावण ने शायद सीता की देह को कलुषित किया हो, इसलिए उसे ग्रहण करना ठीक न होगा। सीता ने तब यही कहा कि रावण ने मेरी देह भले स्पर्श की हो, मेरे हृदय को कभी नहीं; और यह आत्मा तो सदा तुम्हारी ही रही। इन विदेशियों ने भी तुम्हारी देह मात्र का स्पर्श किया है, आत्मा का नहीं। आत्मा अपवित्र होती ही नहीं।'

''सुभद्रा तड़क-सी उठी, 'किन्तु बारपूजिया के लोग इन बातों को समझेंगे? सीधे से मुझे और माँ को अलग कर देंगे।' फूकन इतना ही कह सके, कि यह तो भारी अन्याय होगा। सुभद्रा पूर्ववत् अपने में खो रही। उसकी देह से वह गन्ध मुझे अब भी आ रही थी। अत्याचार की गन्ध! एक बार उसने मेरी ओर देखा, फिर मुँह दूसरी ओर कर लिया! कितनी मथी जा रही थी वह भीतर-भीतर! मुझे स्वयं मर जाने जैसा लगा। कितना नृशंस होकर एक गुलाब के फूल को मसला गया था!''

माणिक बॅरा पुकार उठा :

''पता नहीं इन पापिष्ठों ने हमारी कितनी-कितनी बहिन-बेटियों को नष्ट किया होगा! क्या होगा उनका! सोचने लगें तो आती नींद भी बहक जाए। इस बेचारी

का ही अब क्या होगा? कौन करेगा इसके साथ ब्याह?''

एकदम से धनपुर तड़का :

''मैं करूँगा। मैंने सोच लिया है। अभी वह आश्रम में है। वहीं रहेगी। उसकी देह में कहीं दोष नहीं है।''

भिभिराम अभिभूत-सा हो आया।

माणिक को आश्चर्य हुआ :

''अरे, तुझे क्या धर्म-भय बिलकुल नहीं है?''

हँस उठा धनपुर :

''धर्म-भय? यही तो धर्म होगा। कॅली दीदी ने कहा है कि आन्दोलन समाप्त होने तक सुभद्रा को वे आश्रम में ही रखेंगी। इसके बाद हमारा ब्याह होगा। अर्थात्—इस बीच यदि मैं मारा न जाऊँ।''

भिभिराम की मुखमुद्रा खिल आयी थी। बोला :

''देख-भालकर चलने पर कोई जोखम आड़े नहीं आती। किन्तु धनपुर, मैं तुम्हारी सराहना किये बिना नहीं रह सकता। अपनी भाभी को बता दिया है न?''

''हाँ, उन्हें जैसे अच्छा नहीं लगा। न लगे, उससे क्या होता है। मेरा निश्चय अटल है।''

तीनों मौन। रास्ते पर बढ़ते गये।

भंग किया मौन को माणिक बॅरा ने :

''सुना है बेबेजिया पुल पर पुलिस ने तीन जन को गोली मार दी। खबर सच है क्या धनपुर?''

''हाँ, सच है। मैं उस दिन डॉक्टर जीजाजी के पास फिर गया था। रात को भी रहा। आइकण दीदी के पास सब तरफ से खबरें पहुँचती ही रहती हैं। अखबारी बातों का भी उन्हें पता रहता है। उन्होंने बताया था।''

आधएक मिनिट चुप रहकर आगे बोला धनपुर :

''इधर जयप्रकाश नारायण और कुछ नेताओं के पत्र भी प्रसारित हुए हैं। इनमें जोर देकर कहा गया है कि असम प्रान्त में आन्दोलन को बराबर चलाये रखा जाए और एक 'असम गॅरिला वाहिनी' का भी संगठन किया जाए। गोस्वामी जी ने कॅली दीदी के पास हम लोगों के लिए एक पत्र भी भेजा था। जानते हो...''

धनपुर के होठों की कोरें एक अर्थभरी मुस्कान से उजल उठीं :

''इस प्रकार के पत्र और आदेश आदि कौन लाता-पहुँचाता है? यही फूकन महोदय! यों फूकन एक ठेकेदार हैं, पर हृदय से हमारे साथ हैं। इसीलिए आदेशवाहक का काम करते हैं। अब असल बात कहता हूँ, सुनो!''

धनपुर ने चुनकर एक लम्बी-सी बीड़ी निकाली और उसे सुलगा लेने के बाद

भिभिराम की ओर कनखियों से देखता हुआ बोला :

"उस दिन रात को वहाँ पहुँचा तो आइकण दीदी बोलीं, 'मैं डर रही थी कि तुम आज आओगे या नहीं। ये तो बेबेजिया गये हुए हैं; दारोग़ा शइकीया के साथ। वहाँ पुल पर तीन जन को गोली से उड़ा दिया गया है।' मैं बीच में बात काटकर पूछ उठा, 'क्यों?' उन्होंने बताया, 'पुल तोड़ने की आशंका पर।' मैं भौचक रह गया। इसके बाद कहा उन्होंने, 'सुनो, बहुत सावधान रहना है अब। कहीं भी आना-जाना तो देख-सँभलकर...। कोई कागज-पत्र हों तेरे पास तो मुझे देते जाना। समझे?'

"मेरे मुँह से भी स्वीकृति-सूचना में निकला, 'समझा!' एकदम से दीदी का स्वर गूढ़ हो आया। कान के पास मुँह लाकर बोलीं, 'चारों तरफ सी.आई.डी. के आदमी फैले हैं। एक सी.आई.डी. इन्स्पेक्टर लापता है, मालूम है?' मुझे मालूम न था। दीदी से कहा यह तो डाँटते हुए बोलीं, 'क्यों नहीं मालूम? हर बात का पता रखना चाहिए। नहीं तो काम कैसे करोगे! बारपूजिया की ओर ही तो कहीं जनता ने गुस्से में आकर उसे मार डाला।"

माणिक बॅरा की साँस को चलते से एक झटका लगा। भिभिराम होठ भींचे अपनी दृढ़ गति से पाँव बढ़ाये चल रहा था। धनपुर कहता गया :

"कुछ सेकण्ड के लिए आइकण दीदी किसी सोच में पड़ी रहीं, बाद में एकाएक बोलीं, 'पर जनता भी क्या करे! कितना-कितना तो अत्याचार हो रहा है! यम-यातना से भी भयंकर!' उस दिन डॉक्टर जीजा घर नहीं लौटे। दीदी और मैं सारी रात बैठे ही रहे! मुझे तो रह-रहकर उनके वे शब्द भी कुरेद उठते : 'बहुत सावधान रहना है! कोई कागज-पत्र हों तेरे पास तो मुझे देते जाना!'

"गोस्वामीजी का वह पत्र जेब में ही था। एक बार को हुआ दीदी को सौंप दूँ। फिर बीड़ी पीने के बहाने बाहर गया और अपने हाथों उसे नष्ट कर दिया। ऐसा ही तो हम मृत्यु-वाहिनी वालों को आदेश है। है न?"

भिभिराम ने हाँ की और बताया कि गोली से मारे गये उन तीन जन में से एक का नाम हेमराम पाटर था, दूसरे का कानाई कोच। तीसरे का पता नहीं चला, शायद कोई देशवासी था।

धनपुर का भी ऐसा ही अनुमान था। अपनी बात जारी रखते हुए आगे बोला वह :

"कई दिन मैं बाहर निकला ही नहीं, डॉक्टर जीजा भी तीन दिन तक नहीं लौटे। और जब लौटे तो ज्वर से तपते हुए। आते ही गृहिणी आइकण से बोले, 'जान पड़ता है टाइफाइड हुआ है।' टाइफाइड ही निकला भी। समझते हो न भगत भइया—टाइफाइड!"

माणिक बॅरा सिर हिलाता हुआ बोला :

''जानता हूँ भाई; मेरे पिता इसी रोग में तो गये। ज्वर आकर जाने को ही नहीं होता। कम हो जाएगा, फिर बढ़ उठेगा। बस जैसे चन्द्रमा की कला : घटती जाएगी, फिर बढ़ने लगेगी।''

शायद धनपुर की उँगली को बीड़ी की छूँछ का चहका लगा। उसे फेंककर उसने दूसरी निकाली। होठों के बीच लेते हुए बोला :

''डॉक्टर जीजा के विचार से उस सी.आई.डी. इन्स्पेक्टर का मारा जाना ही अच्छा हुआ : उनका कहना था कि शइकीया तो अब पागल कुत्ते की तरह बौखला उठा है। बारपूजिया के लोगों ने उस इन्स्पेक्टर की लाश तक को कलङ् में बहा दिया।''

हठात् माणिक बॅरा ने पूछा :

''पर किसने किया होगा यह दुःसाहस?''

''पता नहीं; शायद मृत्यु-वाहिनी के नायक ने स्वयं।''

तभी उँगली से एक ओर संकेत करते हुए भिभिराम ने कहा :

''इसी मोड़ के उस तरफ है सत्र।''

इतने में तीनों ने देखा कि तीसेक साल का एक हट्टा-कट्टा भेंगा मछुआरा कन्धे पर जाल सँभाले सामने के पोखर से निकलकर आया। इन पर आँख पड़ते ही गम्भीर होता हुआ बोला :

''कहाँ के हैं आप लोग? इधर कहाँ जा रहे हैं?''

उत्तर भिभिराम ने दिया :

''कामपुर के हैं; इधर गोसाईंजी के यहाँ जाना है!''

''कौन गोसाईंजी?''

''यही दैपारा सत्र के महत् गोसाईं।''

''मगर उनके तो कामपुर में कोई शिष्य हैं नहीं।'' मछुआरे के स्वर में सन्देह का भाव झाँक आया।

''नये शिष्य हैं हम लोग।'' भिभिराम ने आश्वस्त किया।

मछुआरे की खँचिया में खरभराहट-सी हुई। पूछा भिभिराम ने :

''कौन-कौन मछली पकड़ीं भाई?''

''दो खरिया हैं, चार माँगुर। मगर आप लोग यहाँ कहाँ आ गये? यह तो जाग्रत स्थान है। भगवान महादेव का। ओझाओं का गढ़ है। मिथ्या बोलनेवालों का तो मरण ही समझो।''

भिभिराम मुसकराया :

''अरे स्वयं मृत्युदूतों को कहाँ मृत्युभय! अच्छा इन गोसाईंजी को जानते हो

तुम ?''

''अच्छी तरह। काँग्रेस के सभापति हैं। आप लोग भी काँग्रेसी हैं क्या?''

खँचिया की एक मछली फिर फड़फड़ायी। मधु केवट कीचड़ से लथपथ खड़ा था। देह में जगह-जगह खुजलाहट भी मची थी। दोनों पैर जोंकों के लग जाने के कारण रक्त से लाल हो रहे थे।

माणिक बॅरा ने सुझाया :

''ठहरो, मैं अभी एक बूटी ला देता हूँ, दोनों पैरों पर रस लगा लेना।'' और वह इधर-उधर निगाह डालकर चट से गदहपूरन की पत्तियाँ तोड़ लाया। चुटकी से हथेली पर उसने मसलीं और मधु के पैरों में लगाने को हुआ ही कि पैर खींचते हुए बोला वह :

''किस बिरादरी के हो भाई? भगतों को तो पैर छूने नहीं दिया जाता!''

माणिक बॅरा सकपका गया :

''मैं कोच हूँ। और तुम?''

''केवट।''

माणिक ने उस बूटी का रस मधु की हथेली पर ढाल दिया। मधु ने पैरों पर कई जगह मला। मलते-मलते बोला :

''यह सामने जंगल है न? इसके पार होते ही दैपारा सत्र आ जाता है। अपूर्व स्थान है! किसी जुग में ऋषि-मुनि लोग ऐसे ही स्थानों में आश्रम बनाया करते थे। गोसाईंजी भी बड़े ज्ञानी पुरुष हैं। पर आप आये किस काम से हैं?''

उत्तर में उलटे प्रश्न किया धनपुर ने :

''भई, तुम काँग्रेस में हो या नहीं?''

''क्यों न हूँगा? कौन नहीं है काँग्रेस में!''

धनपुर मुसकराया! दो मिनट जैसे चारों चुप रहे। मधु ने ही उसके बाद पूछा :

''कोई कागज-पत्तर लाये हो क्या? याने किसी की चिट्ठी?''

''हाँ!''

''किसकी है?''

''कामपुर के गोसाईंजी की।''

''तब फिर आइए चलिए!'' आगे जोड़ा मधु ने, ''मैं अब समझ गया। हमारे प्रभु ने गोसाईं महाराज को लिखा होगा! चलिए!''

भिभिराम मुसकरा दिया :

''हाँ भाई, लिखा तो था।''

हठात् माणिक बॅरा गुनगुनाने लगा। भाव था :

हमें मृत्यु का भय नहीं है। देह नश्वर है : एक दिन इसका नाश होगा ही।

खेद और पीड़ा इस बात की है कि शरीर न रहने पर तेरे श्रीचरणों के दर्शन क्यों कर होंगे।

मधु ने पूछा :

"किसका पद है भइया? बड़ा मार्मिक है।"

"हाँ, शंकरदेव महाराज का है। चारों ओर आग लगी देखकर गोप-गोपी मधुसूदन को गुहारने लगे थे। उसी समय का है।"

"आपका कण्ठ भी बड़ा मधुर है!"

बीच में ही धनपुर ने टिप्पणी की :

"अरे, किसी युग में इन पदों को सुनकर श्रद्धा जगती थी, अब तो जी भभक उठता है।"

सुनकर तीनों चकित रह गये। मधु ने माणिक बॅरा से पूछा :

"ये कौन हैं भाई?"

किसी ने उत्तर नहीं दिया।

धनपुर ही आगे कहता गया :

"भगवान होता तो अब तक आविर्भाव हो जाता। इतना-इतना अत्याचार क्या देख पाता वह? नहीं; गोपियों का कृष्ण-कन्हैया अब कहीं नहीं है।"

धरती पर अँधेरा उतर चला था।

माणिक बॅरा ने विरक्त होते हुए कहा :

"तेरे आँखें ही नहीं हैं धनपुर! अन्धा है तू!"

"माणिक भाई, अँधेरे में सभी अन्धे हुए रहते हैं।"

तभी सान्ध्य आरती के शंख और मृदंग बज उठे।

# दो

सँकरी सड़क। ढलान की ओर फूटती हुई पगडण्डी जैसे विधवा की माँग। दोनों ओर दो बड़े-बड़े पेड़। एक अशोक का, दूसरा बकुल का। मधु ने बताया :

"ये पेड़ प्रभु वृन्दावन से लाये थे।"

"वृन्दावन से!" माणिक बॅरा ने बड़े भक्ति-भाव से पूछा।

"हाँ!"

वे तीनों जन पेड़ों के पास ठमक गये। तभी मधु ने कहा :

"लाओ, चिट्ठी दे दो। प्रभु को दिखा लाता हूँ। हर किसी का उधर जाना मना है।"

भिभिराम ने जेब से निकालकर देते हुए कहा :

"लो, पर देर मत करना।"

धनपुर ने एक और बीड़ी सुलगा ली।

माणिक बॅरा अपने सहज भक्ति-भाव में भीगा हुआ एक पेड़ के तने से लगा हुआ गाने लगा :

हे कुरुबक अशोक चम्पा
कहो बात कर अनुकम्पा
मानिनी का दर्प कर चूर
गये बता कृष्ण कत दूर
री तुलसी बतला दे ना
तू ही हरि की चरण-प्रिया

"माणिक भैया!" बीड़ी का धुआँ छोड़ते हुए धनपुर ने कहा, "बकुल की गन्ध तले गोपी बनने का जी कर रहा है क्या? तुम्हारे ये गीत मुझे तो नहीं सुहाते।"

पद पूरा करते हुए माणिक ने उत्तर दिया :

"तुम्हारा तो स्वभाव ही आसुरी है, धनपुर। तुम कहाँ समझोगे इन गीतों को! जैसा स्वभाव, उसी के अनुरूप विचार।"

धनपुर ने और गहरा कश लगाते हुए कहा :

"सुभद्रा पर अत्याचार होते समय तुम्हारा भगवान कहाँ चला गया था?"

"भगवान को उसने पुकारा था क्या?"

"हाँ! कह रही थी, अपनी पूरी शक्ति लगाकर उसने कृष्ण-हरि और राम को पुकारा था। पर कोई फटका तक नहीं। अब उसे भी लगने लगा है कि भगवान-अगवान कहीं कोई नहीं।"

माणिक बॅरा ने कहा :

"तो यह सब उसके पूर्व-जन्म का फल है भाई। कर्मफल शेष न रह जाने पर भगवान आएँगे ही।"

धनपुर ने नाक से धुआँ छोड़ते हुए कहा :

"मिथ्या! पूर्वजन्म-परजन्म सब मिथ्या! जो है वही एक जन्म होता है।"

माणिक बॅरा से उत्तर देते न बना। कहने लगा :

"अँग्रेजों ने स्कूलों में गलत-गलत शिक्षा देकर बच्चों का दिमाग खराब कर दिया है। उलटे शास्त्र पढ़कर सब कोई 'उलट बुद्धि' हो गये हैं।"

धीमे स्वर में धनपुर ने कहा :

"माणिक भइया, मैंने पढ़-पढ़कर नहीं, झेल-झेलकर सीखा है। पर डॉक्टर जीजा तो प्राणी-विद्या जानते हैं। उनका भी कहना है कि ईश्वर नहीं है, केवल प्रकृति हुआ करती है।"

"नहीं भाई, प्रकृति और पुरुष दोनों हुआ करते हैं, और दोनों के नियन्ता हैं एकमात्र माधव।"

धनपुर हँस दिया :

"देखा और जाना तो प्रकृति को ही। कुछ 'और' तो कहीं दिखाई पड़ा नहीं। फिर कैसे उस 'और' पर विश्वास कर लूँ?"

माणिक बॅरा झल्लाहट में बड़बड़ाने लगा : "तीन दिन बीत गये और काम के नाम कुछ नहीं। तुम जैसों का तो संग-साथ न होना ही भला। सुनता हूँ तुम्हें मद्य-मांस से भी परहेज नहीं और जात-कुजात, मुसलमान-क्रिस्तान, नगामिकिर सबका छुआ खा लेते हो!"

इस बार धनपुर ने और भी जोर से कश खींचा और व्यंग्य-भरी मुसकराहट के साथ गाने लगा :

ईश्वर परम करे अकर्म।
तेजस्वी को नहीं अधर्म ॥

और माणिक बॅरा ने झोले को एक कन्धे पर से दूसरे कन्धे पर पलटते हुए गाया :

तर्क वेदागम ज्ञान योगशास्त्र में, कहते मनुज को अन्ध।
कोटि-कोटि जन्म ले मुझे न जानते, यदि रहे तम का बन्ध ॥

भिभिराम अब तक दोनों के तर्क-वितर्क सुन रहा था। अब बोला :

''भाई, जिसे जो अच्छा लगे वही मानो। यहाँ आये हो काम के लिए, व्यर्थ का वाद-विवाद क्यों? इस सबके लिए समय ही समय मिलेगा। अभी केवल अपने काम को देखो। काम ही मूल बात है। कर्म ही धर्म है।''

भिभिराम के स्वर में अनुशासन की गूँज थी। इसीलिए शायद दोनों चुप हो गये। इतने में थोड़ी दूर सामने से मधु ने पुकारा :

''इधर आ जाइए आप, प्रभु बुला रहे हैं।''

धनपुर ने टिप्पणी की, ''तो यह अब 'तुम' से 'आप' पर आ गया!''

भिभिराम बोला :

''इसलिए कि गोसाईंजी ने हमारा परिचय दिया होगा।''

धनपुर ने बीड़ी फेंक दी और सँभलकर आगे बढ़ने लगा। पीछे-पीछे भिभिराम। सबके बाद माणिक बॅरा।

सामने ही ऊँची कुरसी का लगभग तीस हाथ लम्बा और पन्द्रह हाथ चौड़ा एक हॉलनुमा घर। बाँस का फटका : थोड़ा खुला, थोड़ा बन्द। पहले भिभिराम भीतर घुसा। उसके पीछे धनपुर और अन्त में माणिक बॅरा। अलाव लगा हुआ था। उसके पास पीढ़ों पर चार जन बैठे हुए थे। एक का आसन सबसे ऊँचा था। इस आसन के पास ही तुलसी-स्तम्भ था।

इस आसन पर बैठे व्यक्ति की वय लगभग तीस होगी। लम्बी देह, मोटे खद्दर का कुरता-धोती, लालिम गौर वर्ण, सुन्दर मुख, नाक किंचित् नुकीली, आँखें उज्ज्वल और काली—जैसे बड़ी-बड़ी आभायुक्त मणियाँ हों, और केश पीछे की ओर को जूड़े के रूप में समेटे हुए। यही थे दैपारा सत्र में गोसाईंजी।

भिभिराम की ओर ध्यान से देखकर बोले :

''सामान नीचे रखकर आराम से बैठिए। रास्ते में किसी प्रकार की असुविधा तो नहीं हुई?''

भिभिराम ने गठरी उतारकर ख भे के पास सँभालकर रख दी। उसी ओर शायद रसोईघर था : बरतन खनकने की आवाज आ रही थी।

पीढ़ा लेकर बैठते हुए उसने उत्तर दिया :

''जी, मनहा के पार होने तक कुछ आशंका लगी रही, उसके बाद तो मायङ् में आ गये : मानो अपने 'स्वाधीन' राज्य में हों।''

चारों जन हँस पड़े।

धनपुर के पास एक छोटा पोर्टफोलियो बैग था। उसे नीचे रखकर वह भी वहीं आ बैठा। सैण्डल उतारकर धीरे-से पीछे को डाल दिये। फिर अपनी लम्बी-चौड़ी बलिष्ठ देह के मुखभाग पर विराजमान नयनों द्वारा सबका समवेत निरीक्षण

करते हुए बोला :

"आपके मायङ् की कहानियाँ बचपन से सुनता आया हूँ। यह भी सुना है कि यहाँ आनेवालों को भेड़-बकरी बना दिया जाता है। सचमुच ऐसा है क्या?"

उत्तर दिया जयराम मेधि ने :

"सच और झूठ का प्रमाण तो मैं हाथों-हाथ दे सकता था। किन्तु जब से प्रभु ने काँग्रेस के काम में लगा दिया है, तब से वह सब छोड़ दिया। नहीं तो जिस पीढ़े पर बैठे हो, उसी पर चिपकाकर छोड़ देता, समझे? मन्त्र तो कितने-कितने हैं! कुमन्त्र भी, सुमन्त्र भी!"

"तात्पर्य कि मायङ् की महिमा अब नहीं रही!"

तभी माणिक बॅरा को अपनी गठरी में से गमछा निकालते देख धनपुर ने द्वार से लगे खड़े मधु केवट से कहा :

"सुनो भई, भगतजी नहाएँगे। तुम एक दीपक लेकर इन्हें पोखर में स्नान करा लाओ। ठण्ड बढ़ चली है : देर करना ठीक नहीं।"

सब कोई माणिक भगत की ओर देखने लगे। भगत अपना कुरता आदि उतार चुके थे। उनकी गठीली मांसल देह सबकी आँखों के सामने थी। केशों का जूड़ा तो प्रभु के जूड़े से भी बड़ा था।

जयराम पूछ उठे :

"आप किस सत्र के भगत हैं?"

बड़े प्रेम भाव से बताया माणिक ने :

"कुरूवावाही का।"

"अच्छा! चारों सत्रों में मुख्य सत्र के। मैं कई बार वहाँ रास देखने गया हूँ। किन्तु वहाँ धन-सम्पत्ति अपेक्षया कम है। अवश्य, मान-प्रतिष्ठा यथेष्ट है। शिष्य भी बहुत हैं।"

"आप किस सत्र के हैं?" माणिक बॅरा ने जानना चाहा।

"मैं यहीं का हूँ।"

"इसी सत्र के? चैतन्यपन्थी हैं क्या आप लोग?"

"जी हाँ।"

इतने में मधु केवट ने पुकारा :

"आइए, स्नान कर लीजिए।"

कन्धे पर गमछा रखे माणिक भगत पीछे पोखर की ओर चले गये। भिभिराम जिज्ञासु हुआ :

"तब आप लोग तो राधा को मानते होंगे?"

"हाँ।"

''और 'कीर्तन घोषा' और 'दशम' को?''

''इन्हें क्यों नहीं मानूँगा? सब में ही तो 'भागवत' की कथाएँ हैं। भेद जो कुछ है, थोड़ा-बहुत भक्ति के रूप और प्रकार में।'' जयराम ने उत्तर दिया और पास रखे पनबट्टे से लेकर पान चबाने लगे।

भिभिराम गम्भीर होता हुआ बोला :

''महापुरुषों की बातें उठाना ठीक तो नहीं। किन्तु महापुरुष शंकरदेव घरबारी थे और चैतन्य प्रभु संन्यासी। हमारे महापुरुष एक सौ बीस-बीस वर्ष तक जीवित रहे, लेकिन वे मात्र अड़तालीस वर्ष। उनकी भक्ति थी मधुरा, जिसे हम लोग नहीं मानते।''

**सुनकर** ऊँचे आसन पर बैठे हुए गोसाईंजी के होठों पर हलकी-सी हँसी तिर आयी। बोले :

''पन्थ भले ही दो हैं, लक्ष्य एक है। वास्तव में भिभिराम, धर्म को लेकर तर्क करना वृथा है। मैं चैतन्यपन्थी हूँ, लेकिन महापुरुष शंकरदेव को मानता हूँ। धर्म के विषय में स्वयं महाप्रभु चैतन्य ने कहा है :

आपनि आचरि धर्म सबारे शिखाय।<br>आपनि ना कैले धर्म शिखान नायाय ॥''

दो क्षण ठहरकर आगे कहा उन्होंने :

''धर्म सचमुच अपना-अपना व्यक्तिगत होता है। किन्तु हम पराधीन लोगों का भला क्या धर्म? जो लोग अपनी प्रकृति से धार्मिक होते हैं, वे ईश्वर के अतिरिक्त किसी के सामने नहीं झुकते। महात्मा गाँधी भी हैं वैष्णव ही; पर वे गणशक्ति की उपासना करते हैं। भगवान का अवतार ही आज दरिद्रनारायण के रूप में हुआ है। जब तक देश स्वाधीन नहीं होगा, भगवान सन्तुष्ट नहीं होंगे।''

भिभिराम ने धनपुर की ओर देखते हुए कहा :

''सुनते हो! तुम तो कहते हो भगवान हैं ही नहीं।''

सबकी दृष्टि धनपुर पर गयी। जयराम ने पूछा :

''ये किस पन्थ के हैं?''

''हिन्दू ही हैं।'' भिभिराम ने बताया।

धनपुर ने स्पष्ट किया :

''जी मैं मनुष्य हूँ, भगत नहीं। भगवान को कहीं देख नहीं पाया। इतने-इतने अत्याचार होने पर भी नहीं दिखे। एक सरल-मन तरुणी पर सैनिकों द्वारा भीषण अत्याचार हुआ। भगवान सामने फिर भी नहीं आये। भगवान यदि हैं ही, तो अन्धे हैं या बहरे।''

सब अवाक् रह गये। जयराम के मुँह से निकला :

"नास्तिक कहीं का!"

आहिना कोंवर अफीमची था। इधर थोड़ी-बहुत छोड़ दी थी; मगर आँखें अब भी हरदम मुँदी रहती थीं। अवस्था चालीस-बयालीस। वह भी पट् से आँखें खोलता हुआ बोला :

"यह बामाचारी मलेच्छ कहाँ से आ निकला? कृष्ण! कृष्ण!!"

भिभिराम कहने लगा :

"रास्ते-भर भी माणिक भगत के साथ इसी तरह तर्क करता आया है। बात यह है कि बारपूजिया की सुभद्रा पर जो सब बीता, वह घटना आपने सुनी ही होगी। मिलिटरी ने उस भोली कन्या पर अमानुषिक अत्याचार किया। इसका मर्म उससे चोट खा गया है।"

तभी दधि बरदलै गा उठा :

> विष्णु वैष्णवक करै धिक्कार।
> काटिबे आण्टिले जिह्वाक तार ॥

धनपुर की नजर दधि की ओर घूमी। अवस्था पचीस के लगभग होगी। तन पर लम्बा-सा कुरता और घुटनों तक धोती। स्थानीय प्राइमरी स्कूल में मास्टर था। थोड़ी पूजा-पाठ भी कर लिया करता था। धनपुर ने उनसे कहा :

"तुम दिखा सकते हो भगवान कहाँ हैं? दिखा सको तो विश्वास कर लूँगा। तुम्हारे यहाँ तो मन्त्रों के ज्ञाता लोग भी हैं।"

जयराम ने उत्तर दिया :

"प्रमाण चाहो तो दिखला सकता हूँ।"

"तुम ओझा हो क्या?"

"थोड़ा-बहुत तो तन्त्र-मन्त्र जानता ही हूँ।"

धनपुर ने उसकी ओर गौर से देखा :

"अच्छा तब अपने मन्त्र-बल से ही उन मिलिटरी वालों को कुछ करो। हथियारों से तो उनसे पार पाना कठिन है।"

धनपुर ने पॉकिट से बीड़ी निकाली। बड़ों के आगे एक तरुण को बीड़ी पीने की हिम्मत करते देख आहिना कोंवर भड़क उठा :

"इसी को कहते हैं अल्पविद्या भयंकरी! हे कृष्ण, दो अक्षर अँग्रेजी-बँगला क्या पढ़ गये कि सिर आसमान पर चढ़ गया। सिद्ध-मुनिगण जिसके लिए आजीवन तप किये, उसे ही यह आज के मूढ़मति पाँवों के आगे की मिट्टी में पाना चाहते हैं। कृष्ण-कृष्ण! गोरों के ये स्कूल और कचहरी-दफ्तर क्या आये : मलेच्छों की

भरमार हो गयी। इन्हें निकाले बिना नहीं चलेगा। हे कृष्ण, हे कृष्ण! यह नीच कहता है भगवान हैं ही नहीं। मैं तो तुम्हें हाथोंहाथ दिखा सकता हूँ। अरे, प्रभु गोसाईं के आसन के पासवाले खूँटे में भी भगवान हैं।''

धनपुर बीड़ी का धुआँ हाथ में छितराते हुए ठठा पड़ा। सर्वथा निर्भय, सर्वथा सहज। गोसाईंजी को छोड़ और सबकी कोप-दृष्टि उसी पर। भिभिराम हतबुद्धि-सा सोचता हुआ।

इतने में भीगा गमछा लपेटे एक पद गुनगुनाते हुए माणिक बॅरा ने प्रवेश किया और गठरी से धोती आदि निकालकर पहनने लगा। किसी ने उस ओर ध्याम न दिया। वह गुनगुना रहा था :

''मरिबार बेला ईटो अजामिले नारायण नाम लेइलॅ
कोटि जनमरो जॅत महापाप तारो प्रायश्चित भइलॅ''

सभी चुप। तभी मधु केवट आकर बोला :

''प्रभु! माताजी आपको भीतर बुला रही हैं।''

गोसाईंजी ने कहा : ''हाँ, उन्हें ही चाय लाने को कह दो। कोई बात नहीं है। और कह देना, भोजन तीन जन के लिए और बनेगा।''

दधि बरदलै ने कहा :

''नहीं-नहीं, गोसाइन जी क्यों कष्ट करेंगी? हम लोग स्वयं अपनी व्यवस्था कर लेंगे।''

''नहीं दधि,'' गोसाईंजी बोले, ''आज कई जरूरी बातें करनी हैं। तुम थोड़ा हाथ बँटा देना, बस, सब हो जाएगा। आपके लिए भी सबके साथ चलेगा न भगतजी?''

माणिक बॅरा ने उत्तर दिया : ''जब से स्वराज्य के लिए वॉलण्टियर बना हूँ तब से नीति-नियमों में भी शिथिलता आ गयी है। बुरा हुआ क्या प्रभु?''

''बुरा क्यों, अच्छा ही हुआ—''

थोड़ी देर वे सोचते-से रहे। उसके बाद बोले :

''देश में सचमुच धर्म तो रहा ही नहीं। केवल नाम के नीति-नियम हैं। इन्हीं का आधार लेकर लोग ब्राह्मण बन जाते हैं, भगत बन जाते हैं, मौलवी-मुल्ला बन जाते हैं। वास्तविक धर्म तो होता है मानव धर्म। मानव का दुःख निवारण करने के लिए ही बुद्ध का अवतार हुआ। महापुरुष शंकरदेव और महाप्रभु चैतन्य ने भी मानव-प्रेम पर ही बल दिया। मानव के अन्तर में ही ईश्वर है। ईश्वर के विषय में उन्होंने कुछ कहा ही नहीं; 'बहुजन हिताय, बहुजन सुखाय' को ही अपना एकमात्र धर्म बताया।''

गोसाईंजी फिर अपने में खो रहे। कई मिनट बाद बोले :

"मैं देश में चौदह वर्ष घूमा हूँ। स्थान-स्थान पर प्रवास करते समय अनुभव में यही आया कि मठ-मन्दिर और मसजिद-गिरजे में केवल पुरोहित-मौलवी और पादरी का वास होता है, भगवान का नहीं। भगवान दु:खी और निर्धन के साथ रहते हैं। देश के जन-जन से प्यार, दुखियों के लिए अपना जीवन तक उत्सर्ग कर देना : यही वास्तव में हम सबका युग-धर्म है।"

मुस्कराते हुए एक दृष्टि धनपुर की ओर डालकर उन्होंने आगे कहा :

"इन्होंने अपने मन की बात साफ-साफ कह दी, यह मुझे अच्छा लगा। सत्य को मान लेने से धर्म को समझना सरल हो जाता है। भगवान इस समय देश से सचमुच विमुख हो चुके हैं। हमें अपना आत्मबल जाग्रत करके उन्हें लौटा लाना होगा।"

माणिक बॅरा अलाव के पास आ बैठा। खँखारकर गला साफ करते हुए गोसाईंजी को सम्बोधित किया :

"विश्वासे मिलय हरि, तर्क बहु-बहु दूर!! आपके सत्र का यह शस्य-श्यामल अनुपम है प्रभु! भगवान का यहाँ निश्चय वास है। हमें केवल उन्हें निद्रा से जगाना होगा।"

तभी सूती मेखला-चादर में लिपटी और सिर पर आँचल सँभाले एक लघुकाय गौरवपूर्ण महिला आयीं और माणिक बॅरा के पास चाय की दो कटोरियाँ रखकर भीतर चली गयीं। दधि ने उस स्थान को पहले ही हाथ से झाड़कर साफ कर दिया था। फिर वे एक कटोरी चाय और लायीं। कटोरी धनपुर ने लेने के लिए हाथ बढ़ाया; मगर गोसाइनजी ने कटोरी उसे न देकर साफ किये हुए स्थान पर ही रखी।

धनपुर ने उनकी कलाइयों में पड़ी चूड़ियों की खनक सुनी और देखा झलक-भर ताजे-ताजे खिले गुलाबों जैसा मुखड़ा। गोसाइनजी अवस्था में गोसाईंजी से बहुत कम लगीं : सामान्यत: ब्राह्मण बालिकाओं का विवाह कम वय में ही कर दिया जाता है। दधि ने धनपुर को समझाया :

"भइया, गोसाइनजी के हाथ से चाय नहीं लेनी चाहिए। कटोरी छू जाती और उन्हें अभी फिर स्नान करना पड़ता।"

धनपुर खिलखिला पड़ा :

"लगता है प्रभु, भगवान की बातों का उल्लंघन हो रहा है।"

गोसाइन ने भीतर से पूछा :

"चाय और चाहिए दधि?"

दधि ने आहिना की तरफ देखा। धीरे से बोला आहिना :

"एक कटोरी और मिलने से अच्छा तो रहता।"

''और तुम्हें जयराम?''

''नहीं।''

गोसाइन फिर निर्वाक् प्रतिमा की तरह अन्दर चली गयीं। उनके मेखले की खसमस बन्द होने पर भिभिराम ने धनपुर की ओर कड़ी आँखों से देखते हुए कहा :

''दस भले जन के बीच उठने-बैठने की रीति भी सीखो धनपुर। इतना भी नहीं सीखोगे तो देश का काम कैसे करोगे?''

धनपुर ने होठों में दबी बीड़ी निकालकर फेंक दी और चाय चुसकने लगा। आधएक मिनट बाद आहिना की चाय आते ही वह भी पीने लगा।

मधु मछली धोकर लाया और रसोईघर की चौखट के पास रख दी। माँगुर को हाँड़ी में जीवित ही रख छोड़ा था। पानी कम होने के कारण खरभर-खरभर कर रही थीं।

चाय पीते-पीते आहिना मुसकराकर बोला :

''धनपुर तो कामपुर से यहाँ ऐसे आये जैसे दिति राजा आये। लेकिन हमारे यहाँ भी बानेश्वर राजा हैं। मायङ् के राजा! यहाँ के रीति-रिवाज सीखो भाई, नंगे पैरों नाचो मत!''

गोसाईंजी ने इस बार धनपुर की ओर देखते हुए कहा :

''रेल की पटरी तुमने पहले कभी उखाड़ी है?''

''जी।''

''कहाँ?''

''कामपुर में।''

''औजार हैं?''

''जी, रेलवे के एक गैंगमैन से माँग लाया हूँ।''

''दे दिये उसने?''

''जी हाँ। कामपुर, बढ़मपुर और रोहा में बहुत-बहुत अत्याचार हुए हैं; जनता इसलिए क्षुब्ध हो उठी है। इधर क्या स्थिति है?''

गोसाईंजी ने बताया :

''यह स्थान तो भीतरी अंचल जैसा है। इसलिए ज्यादा अत्याचार यहाँ नहीं हुए। लेकिन पास के बिलिमारा गाँव में मिलिटरी ने एक बुढ़िया को बूटों से कुचल-कुचलकर अधमरा कर दिया। बात कुछ नहीं थी। काजलीमुख में इनका एक कैम्प है। वे लोग बुढ़िया के खेत से धान काटकर ले गये। सुनते ही बुढ़िया झाड़ू लिये हुए उन्हें खदेड़ने दौड़ी। इसी पर वे लोग पगला उठे और उस बेचारी का हाल बेहाल कर दिया। चार दिन तक खून की उलटियाँ करती रही। अब कुछ ठीक है।''

भिभिराम के मुँह से निकला :

"इन दुष्टों में दया-धर्म, आचार-विचार तो नाम को नहीं।"

गोसाईंजी बोले :

"साम्राज्यवादी सेना होती ही ऐसी है। पैसे के लिए काम करती है न! सेनापति जो कहे वही उनके लिए वेद-वाक्य। इनका यदि मन पलट जाए तो एक दिन में ही रावण की तरह अँगरेजों का भी पतन हो जाए। अच्छा, तिलक डेका ने क्या सिंगा फूँकने में प्राण दिये?"

धनपुर ने बताया :

"जी हाँ। उसके बाद गुणाभि बरदलै भी मारा गया जोंगालबलहु गढ़ में।"

जयराम बोले :

"जोंगालबलहु तो बड़ा पवित्र स्थान है। वहाँ रक्त बहा है, तो अब रक्षा नहीं।"

"सो कैसे?" भिभिराम ने जानना चाहा।

"जोंगालबलहु में ही यहाँ के राजाओं के पूर्वज थे," जयराम ने बताया : "मायङ् के राजा भी उनके ही वंशज रहे। जब से बानेश्वर राजा को यह खबर मिली है, उनका खून खौल रहा है।"

धनपुर ने टिप्पणी की :

"अरे राजा कहलाने से क्या हुआ? नाम के ही तो हैं। जनतन्त्र के इस युग में राजा-वाजा सुनते भी अच्छा नहीं लगता?"

आहिना कोंवर ने टोका :

"क्या कहते हो? आज के छोकरे, पर बातें परशुराम की! कृष्ण भज, कृष्ण भज!"

माणिक बॅरा ने कहा :

"नहीं भाई, बुरा मत मानो। आजकल के लड़के तो गुरु-गोसाईं, राजाबहादुर किसी को भी नहीं गिनते!"

धनपुर ने एक और बीड़ी जला ली। सबका चाय पीना हो चुका था। कटोरियाँ उठाकर मधु पोखरे की ओर ले चला। धनपुर ने कहा :

"सच्ची बात कहना तो अधर्म नहीं—तेजवान के लिए तो कुछ भी अधर्म नहीं।"

जयराम बोला :

"यह तो कृष्ण गोसाईं हो गया : अरे कोई तन्त्र-मन्त्र कर उठूँगा तो जान से जाएगा! हाँ! मुझे जानता नहीं है।"

धनपुर हँसा :

"तुम्हारे तन्त्र-मन्त्र को तो मैं ढाक के पत्ते पर रखकर चाट जाऊँगा।"

जयराम ने क्रोध में आकर पास रखा पनबट्टा उठाकर धनपुर के सिर पर मारा। धनपुर ने सिर एक ओर कर लिया। पनबट्टा जाकर मछलीवाली हाँडी पर गिरा। उसका ढकना लुढ़क गया और मछलियाँ उछलकर बाहर जा पड़ीं और छटपटाने लगीं।

धनपुर के इस व्यवहार पर सभी को बुरा लगा। मन्त्र-तन्त्र के माननेवालों को उसकी बात बिच्छू के डंक की तरह लगी। सब एक-दूसरे का मुँह ताकने लगे; लेकिन धनपुर निश्चिन्त बैठा बीड़ी पीता रहा।

जयराम मिसमिसाता हुआ बोला :

"पाखण्डी कहीं का! मायङ् में आकर मन्त्र विद्या का अपमान! मैं इसका बदला लूँगा। आप लोग मुझे दोष मत देना। मैं इसे मन्त्र द्वारा बाँध न दूँ तो..."

"अरे आप इस अजामिल की बातों पर ध्यान न दें," भिभिराम ने समझाया।

आहिना कोंवर ने अधमुँदी आँखें खोलीं :

"लड़के, दुर्जन की सारी दुर्जनता निकालना हम जानते हैं। यहाँ कितने आये और भेड़-बकरी बना दिये गये। कृष्ण, कृष्ण! ऐसे-ऐसे बाण हैं हमारे पास जो थाली में सजी अग्नि की जोत की तरह पीछा करें। कृष्ण, कृष्ण!"

धनपुर ने आहिना कोंवर की ओर देखते हुए कहा :

"बहुत-बहुत ओझा देख चुका हूँ, आहिना कोंवर भाई। एक थे जो साँप के डँसे को ठीक करने गये, पर पानी-पानी हुए लौट आये। दूसरे, अपने मन्त्र से ज्वर उतारने चले थे; पर ज्वर ने एक जो सुनी हो उनकी! तीसरे महोदय मन्त्र द्वारा लड़कियों का सिर फिरा देते और उनसे ब्याह किया करते। यही सब है आपकी ओझाई? और फिर विवाह में कुमन्त्र से काम लेना! उपवास के कारण कहीं वह अचेत हो जाए तो कहा जाए कुमन्त्र किया गया। जाल फैलाकर आप लोग बाघ पकड़ते हैं और भाले भोंक-भोंककर मारते हैं, मगर घोषित करेंगे कि उसे मन्त्र द्वारा मारा। सचमुच समर्थ हो तो मेरे ऊपर चलाओ मन्त्र। देखूँ तो—"

जयराम इस बार घूँसा ताने धनपुर की ओर लपका।

गोसाईं बोले :

"क्या यह खोखले काठ की तरह तुम लोग एक-दूसरे से भिड़ रहे हो? मैं सिर पर आग की हाँडी उठाये हुए हूँ और तुम हो कि सारे उद्देश्य को ही जैसे भूल गये। इस तरह नहीं चला करता। मेरे ही पास मन्त्र-तन्त्र की अनेक पोथियाँ पड़ी हैं। मैंने किसी को छुआ तक नहीं है। मन्त्र-तन्त्र के दिन अब गये। अब युग यन्त्रों का है। अब काम बाहुबल से करना होगा।"

माणिक बॅरा ने पूछा :

''भोजन में और कितनी देर है?''

गोसाईं ने मधु की ओर देखा। उसने मछलियों को पुनः हाँडी में डालकर ऊपर ढकना रख दिया था। बोला वह :

''देर कोई नहीं है। अभी सब हो जाता है। सबके लिए यहीं प्रबन्ध करूँ? क्यों भगतजी, ठीक न?''

माणिक बॅरा ने कहा :

''हाँ-हाँ, इसमें भला ठीक न होने की क्या बात! गोसाईंजी के यहाँ का प्रसाद और जगन्नाथजी का प्रसाद एक ही तो हैं।''

धनपुर मुसकराया :

''प्रसाद! सीधा-पानी साथ लेकर घूमने वाले भगत और ब्राह्मण आजकल रह कहाँ गये हैं। सभी तो एक समान हो गये हैं।''

''कलयुग है न भाई।'' दधि ने कहा।

हठात् गोसाईं बोले :

''कामपुर से गोसाईंजी ने पत्र में लिखा है कि तुम लोग हमारी सहायता करने आये हो। ठीक है न?''

भिभिराम ने उत्तर दिया :

''जी हाँ। समय अब ऐसे ही कामों का है। आपने वहाँ से आये कागज-पत्रों को देख लिया है न?''

''हाँ, देख लिया। लगता है अब इन लोगों के पास और उपाय है नहीं। अँगरेजों की हालत अच्छी नहीं है। जापानी दबाते हुए आगे बढ़ते आ रहे हैं। इनकी भगदड़ को देख, लगता है असम क्षेत्र इनसे खाली होते बहुत समय नहीं लगेगा। मगर हमें जापान की अधीनता भी स्वीकार नहीं करनी है। इसीलिए अपनी गुरिल्ला सेना संगठित करके स्वाधीन सरकार स्थापित करनी होगी। सुना है कि आई.एन.ए. के साथ सुभाषचन्द्र बोस भी आ गये हैं।''

''मगर कम्युनिस्ट लोग तो उन्हें जापानी पिट्ठू बता रहे हैं।''

गोसाईं गम्भीर हो आये :

''बिलकुल निराधार। वे क्यों किसी के पिट्ठू होंगे? वे तो हमारे सर्वमान्य नेता हैं। अपने पत्र में गोसाईंजी ने हाजारिका की बात भी लिखी है। बन्दूकें जुटा ली गयीं क्या?''

''बारपूजिया वाली सभा में योजना बनी थी। दस-बारह हाथ में भी आ गयी हैं। लेकिन बन्दूकें जमा करके होगा क्या? चाहिए गुरिल्ला युद्ध के लिए प्रशिक्षण। हमारे पास तो सुभाष बोस जैसा नेता भी नहीं।''

गोसाईंजी जैसे भीतर-भीतर सोच रहे हों, इस प्रकार बोले :

"हाँ, हमारे तो नेता क्या और स्वयंसेवक क्या : कोई एक तीर तक नहीं साध सकता। फिर जैसा एकान्त स्थान इस काम के लिए चाहिए वह भी कहाँ है! इस समय तो सिखानेवाला है न सीखनेवाले। ऊँचे स्वर से 'अहिंसा बुरी चीज है, बुरी चीज है' चिल्लाने मात्र से तो कुछ होगा नहीं?"

"इसकी व्यवस्था आप मायङ् में ही क्यों नहीं करते?"

"उसी की तो सोच रहा हूँ। प्रश्न है आदमियों का और पैसे का। अच्छा खैर, ये बातें धीरे-धीरे पूरी होंगी। अभी तो सामने खड़े काम की बात करूँ। सात दिन हुए हमारा एक दल गया था। बिना कुछ किये लौट आया।"

"क्यों?"

"लता-काटा युद्ध की कहावत सुनी है न? समझ लो इन्होंने भी सारा समय लता काटने में ही खपा दिया।"

भिभिराम ने उच्छ्वास लेते हुए कहा :

"यह तो बड़े खेद की बात हुई।"

"हाँ, लेकिन वे रास्ता देख आये हैं। और जगह भी निश्चित कर ली है।"

"पर काम क्यों नहीं कर सके?"

"मिलिटरी का पहरा रहता है न। सैनिकों को गश्त लगाते देख डर गये।"

"कायर।" भिभिराम ने विरक्तिपूर्वक कहा।

"तुम्हारे आदमी कैसे हैं?"

"भरोसे के और साहसी।"

"ठीक है; खा-पीकर और बातें करेंगे। भोजन लग रहा है। और जयराम सुनो, माणिक बॅरा को सोने के लिए तुम अपने घर ले जाना। धनपुर तुम्हारे साथ जाएगा, मधु। इस बीच आज ही रात धनपुर को साथ लेकर शिलडुबि जाना और बन्दूक सहित लयराम को लिवा लाना।"

"लयराम कौन है?" भिभिराम ने पूछा।

"लयराम कोच। बड़ा दुर्जय शिकारी है।"

"अच्छा रहेगा! बन्दूक तो हमें चाहिए भी।"

इतने में गोसाइनजी ने भोजन परस दिया। बासमती चावल की सुगन्ध! एक बार को तो सभी को तर कर गयी। धनपुर ने पत्तल की ओर देखा :

टमाटर पड़े शीतल मछली का झोल, केले के फूल की भाजी, और शीतल मछली का ही तला हुआ पेटू। धीरज रखना भारी हो आया तो बोला :

"चलिए, भोजन परोसा हुआ है, देर करने से क्या लाभ।"

गोसाईंजी हलके से हँस दिये और उठकर सन्ध्या-वन्दन के लिए अन्दर

चले गये। भिभिराम हाथ-मुँह धोकर आ गया। जयराम और दधि भी अपनी-अपनी पत्तलों पर आ जमे। माणिक पहले से था ही। आहिना को मुँह का पान थूककर आने में चार-एक मिनट लगे। मधु भात परोसने के लिए वहाँ तैनात रहा।

आहिना के आते-आते धनपुर की पत्तल लगभग साफ हो चुकी थी। उसे जोर की भूख लगी हुई थी। खाने का तरीका भी अलग था : चटाचट-सपासप की आवाज होती। कच्ची मिर्च भी पूरी की पूरी चबा रहा था। कौर निगलता तो उसकी भी आवाज आती। और को भोजन करने में सामान्य समय जैसा लगा।

आहिना 'हे कृष्ण, हे कृष्ण' कहता हुआ भोजन करने बैठा तो धनपुर की ओर देखने लगा। धनपुर मधु से भात और तरकारी और माँग रहा था। आहिना के मुँह से निकला :

"हे कृष्ण, पिछले जनम में यही भीम रहा होगा। तभी तो हम कौर तक नहीं उठा पाये और इसने पूरी पत्तल साफ कर ली।"

अन्य सब जन चुप रहे। जयराम और माणिक बॅरा भोजन करते समय बोलते नहीं थे। दधि बरदल चतुर आदमी था : भोजन और वाद-विवाद को तीन और छह जैसा मानता था। आहिना ने उसकी ओर देखते हुए कहा : "हे कृष्ण, तुम क्या दधि, चुप्पी ही साधे रहोगे?"

"नहीं कोंवर, वैसी बात नहीं है। पर देखता हूँ तुम तो खा ही नहीं रहे हो।"

कोंवर के कहे जाते ही आहिना मानो आसमान से जा लगा। बड़ा आत्म-सन्तोष मिला उसे। बोला :

"तुम तो पढ़े-लिखे हो भाई। सब समझते ही हो। हमें चिलाराय ने बसाया था। कृष्ण, कृष्ण!"

इस बार जयराम मेधि ने मौन भंग किया :

"कोंवर की दुम लगी होने पर तो यह हाल है, राजा के बेटे होते तो पता नहीं क्या करते। कुल को पहचानना इतना सरल नहीं।"

आहिना ने चिड़चिड़े स्वर में कहा :

"कृष्ण, कृष्ण! तुम्हारे जैसा हमारे वंश का नाम मिटा नहीं है। तुम्हारे तो पूर्वज लालुङ् थे, अब कहीं कोच की पंक्ति में आये हैं।"

धनपुर भात परसे तक हाथ चाट रहा था। बोला :

"ऐसे ही तर्क-वितर्कों से देश चौपट हुआ है। आहोम राजाओं के समय बाप-दादे घुटनों तक धोती खूँटे वीर-साहसी कहलाते थे। अँगरेजों के काल में लोग लहँगा धारण कर लुगाई बन रहे हैं।"

तभी मधु आकर भात और तरकारी परोस गया। धनपुर उधर जुट गया। अचानक आहिना कोंवर के मसूड़े में मछली का काँटा आ अटका। काँटा निकालकर

उसने एक घूँट पानी पिया। तब कहा :

''अरे, तुम लोग तो सब रैयत-मजदूर थे। कछारी राजे तुम सबको लस्कर कहते थे, और आहोम राजे 'लहकर'। इसलिए तुम्हें अब कुल की ओर देखते डर लगता है। कृष्ण-कृष्ण!''

धनपुर हँस दिया। होठ पर लगे भात के दाने पत्तल पर गिरे। बोला :

''तब रैयत थे, मगर अब नहीं देखते कि हम सभी स्वराज्य के सैनिक बने हुए हैं। जमाना अब रैयत-मजदूर का ही है, राजा-मन्त्री का नहीं। तुम्हारे मायङ् के राजा का अब क्या धरा है? आहोम, कोच, कछारी सभी राजे तो चले गये।''

आहिना बोला :

''जरा अँगरेज चले जाएँ तो देखना! हम मायङ् में राजा बनाते हैं या नहीं, कृष्ण-कृष्ण!''

धनपुर ने कहा :

''भगत, उन पर अब चुल्लू-भर पानी छिड़क दो तो अच्छा। अब तो देश में मतदान होगा। मतदान द्वारा मेम्बर चुनकर शिलङ् भेजना होगा। मेम्बर ही अपनों में से मन्त्री चुनेंगे, और ये मन्त्री ही देश चलाएँगे।''

''हे कृष्ण-कृष्ण, इस भूत की बातें सुनने से क्या लाभ!'' आहिना बड़बड़ाया।

धनपुर कहने लगा :

''ये तुम्हारे सीमावर्ती राजाओं के बच्चे अब भी राज्य की आशा नहीं छोड़ना चाहते। लेकिन समझ रखो यह सब अब चलेगा नहीं।''

भिभिराम बीच में पड़ा :

''झूठमूठ का विवाद मत बढ़ाओ धनपुर। जब से आये हो तब से बराबर ही खरोंच रहे हो। और आहिना भइया, इतना तुम भी जान लो कि अब वोट तो होगा ही। यही युगधर्म है। द्वादश स्कन्ध में वसुमती ने राजाओं के बारे में क्या कहा है, स्मरण है न?

अन्य सब जितने राजे हैं, दैत्य तक भी
हो महासूर महाबली और बुद्धिमन्त।
हाथों काल के सभी हो चुके हैं चूर्ण
धरती पर रह गयीं अब मात्र कहानियाँ।''

अन्तिम ग्रास समाप्त करते हुए जयराम ने भी हाँ में हाँ मिलायी :

''ठीक ही कहते हो भाई। रह गयीं अब मात्र कहानियाँ।''

माणिक बॅरा भी खाना शेष कर चुका था। बोला :

''आगे की कड़ी तो और भी भावपूर्ण है :

अन्त समय आया सबकी हुई विसंगति।
छोड़ मुझे वे सब कहाँ गये नृपति ॥
उत्पन्न सभी मुझसे मुझमें होते लीन।
बूँद-बूँद जैसे होता जल विलीन ॥''

भोजन को भूल आहिना कोंवर अवाक् हुआ पद सुन रहा था। अन्य सभी जन अपना-अपना शेष कर चुके थे। सब उठने की तैयारी कर रहे थे। धनपुर तो नियम भंगकर अपना पत्तल उठाये हुए पीछे की ओर जा भी चुका था। मधु ने कहा :

''कोंवर ने तो खाया ही नहीं। खा लीजिए न जल्दी। रात काफी बीत चुकी है। कई और काम पड़े हैं।''

आहिना कोंवर जल्दी-जल्दी खाने लगा।

भिभिराम ने कहा :

''मधु, गोसाईंजी भोजन कर चुके?''

''नहीं, अभी तो करने बैठे ही हैं।''

भिभिराम को नींद सताने लगी थी। मधु को बिछौने की व्यवस्था करने के लिए कहकर वह अलाव के पास चिलम सुलगाने लगा। वहीं से उसने देखा कि जयराम मेधि और आहिना कोंवर भी खाना खाकर उठे और चले गये। थोड़ी देर बाद मधु और धनपुर भी चले जाएँगे। गोसाईंजी से अन्दर बातें करके दधि बरदलै भी अभी-अभी चले गये।

थोड़ी देर बाद मधु ने लाकर एक चटाई बिछा दी। थोड़ा पुआल उस पर डाला और खद्दर की चादर ऊपर बिछा दी। सिरहाने एक फूलदार तकिया भी रखा गया और अन्त में एक कम्बल भी। यह सब करके धनपुर को साथ लिये हुए मधु वहाँ से चला गया।

कुछ ही मिनिट गये होंगे कि गोसाईंजी बाहर आ गये और भिभिराम के पास आ बैठे। उसकी आँखें झपकती देखकर वे बोले :

''अच्छा, तुम्हें नींद आ रही है। देर तक नहीं रोकूँगा।''

भिभिराम ने चिलम एक तरफ रख दी और सिर को एक झटका-सा देते हुए कहा :

''नहीं-नहीं, नींद की सोचने से नहीं चलेगा। हाथ में जो काम है वह जितना जरूरी है उतना ही खतरे का। आपने उस स्थान को स्वयं देखा है न?''

''स्वयं तो नहीं देखा, मगर कामपुर के गोसाईंजी ने पूरा विवरण वहाँ का दिया है।''

''मुझे भी बताया था उन्होंने दो पहाड़ों के बीच एक सँकरा स्थान। उनके अनुसार रेलगाड़ी को यदि पटरी से वहीं गिराया जाए तो डब्बे इधर-उधर लुढ़ककर

खड्ड में जा गिरेंगे और तब कई दिनों तक मिलिटरी को रसद-पानी तक के लिए हाथ मलते रह जाना पड़ेगा।''

गोसाईंजी की मुखमुद्रा गम्भीर हो आयी। गाल पर हाथ रखते हुए बोले :

''हाँ, विवरण से स्थान तो यही लगता है : लेकिन...''

भिभिराम की प्रश्न-भरी दृष्टि एकदम से उनकी ओर उठी।

गोसाईं ने एक-एक शब्द को तौलते हुए कहा :

''भिभिराम, सुशिक्षित सैनिकों से भूल हो जाती है। हम साधारण जनों से तो और भी हो सकती है। मैं इसलिए सोच-विचारकर यथासम्भव सही ढंग से काम करने के पक्ष में हूँ। क्यों न कल को हम लोग यहाँ से तीन दलों में बँटकर कमारकुची आश्रम तक जाएँ और आवश्यक लगने पर उस स्थान के बारे में फिर विचार कर लें? काम के आदमियों का बहुत अभाव है। तुम्हारा यह धनपुर जरूर एक योग्य व्यक्ति लगता है। देखते हो न, उसमें न दुराव-छिपाव है न चापलूसी। अच्छा, फिश प्लेट यह खोल तो सकेगा न?''

भिभिराम हँस दिया।

''हे भगवान्, तब क्या मैं साथ में अयोग्य व्यक्ति लाया हूँ? धनपुर बड़ा दुर्दम है, निर्भय। बिल्कुल जैसे सिंह हो।''

गोसाईं ने जानना चाहा कि फिश प्लेट खोलने में उसे कितना समय लगेगा।

भिभिराम ने बताया कि पन्द्रह मिनट तो लग ही जाएँगे। अधिक भी लग सकते हैं।

गोसाईं सोचते हुए बोले :

''बीसएक मिनट में पूरा हो जाए काम, तब लौटकर आ सकते हैं। नहीं तो गश्त लगानेवालों के हाथों पकड़ लिये जाने की सम्भावना है।''

''ठीक है, उसे जल्दी से जल्दी काम निबटाने के लिए कहना होगा।'' थोड़ा ठहरकर भिभिराम ने पूछा, ''आपके यहाँ से कौन-कौन जाएगा?''

''जिन्हें आज यहाँ देखा, वे ही सब।''

''सब विश्वसनीय हैं?''

''हाँ, आहिना कोंवर थोड़ा आलसी है, बस। सारा जीवन अफीम खाने से ऐसा हो गया। अब ठीक हो आया है।''

भिभिराम ने आशंका प्रकट की :

''कहीं गलग्रह न बन जाए।''

''नहीं। वह तमाम रास्तों से परिचित है।''

गोसाईं ने कहा :

''हमारे लोगों में दो ही बुरी आदतें हैं। बातें बहुत करते हैं; और जाति-पाँति

को लेकर भी उलझ पड़ते हैं। इस अवसर पर ध्यान रखना होगा।''

''इतनी जल्दी जानेवाली आदतें नहीं ये गोसाईंजी।'' भिभिराम बोला।

''किन्तु परिस्थिति स्वयं इन्हें छोड़ने के लिए बाध्य करेगी। अच्छा भाई, हम दोनों अलग-अलग दलों में रहेंगे। एक पकड़ा गया तो दूसरा बचा रहेगा।''

भिभिराम किंचित् चिन्तित हो आया :

''ठीक है, इस नैया के न डूबने तक खेऊँगा ही।''

गोसाईंजी हँसकर बोले :

''तुम बुद्धिमान हो भाई। विप्लवी इसी प्रकार बनते हैं। गर्भ से सीखकर कोई नहीं आता।''

भिभिराम ने कहा :

''जी हाँ, अपना काम करते हुए छह महीने भी यदि हम टिक गये, तब अच्छे कार्यकर्त्ताओं की कमी नहीं रहेगी।''

''किसी भी दशा में अपनी शक्ति को संघटित करना हमारे लिए बहुत आवश्यक है। अस्थि में छह व्यक्तियों को फाँसी की सजा मिली है। सिमुर में घरों में से लोगों को खींच-खींचकर उन पर अकथ अत्याचार किये गये हैं। बलिया, सतारा, मेदिनीपुर : जिधर देखो यही हाल है। तब भी तो हमारी पंचायती सरकार स्थिर नहीं रह सकी है।''

भिभिराम ने कहा :

''उन बातों की चर्चा करने से क्या लाभ? 'करेंगे या मरेंगे' हम इसी भावना से आगे बढ़ेंगे। सरूपथार की रेल-दुर्घटना के कारण कहीं कुशल कोंपर को फाँसी की सजा ही न मिले और...।'' कहते हुए भिभिराम का स्वर खो रहा।

गोसाईं बोले :

''सुना है बढ़मपुर में भी तीन जन मारे गये!''

भिभिराम ने विस्तार से बताया :

''बड़े भोज के दिन मैं वहीं था। भोज के बाद हम सब काम में जुटने को थे। अकस्मात् कई मिलिटरीवाले आ निकले और लगे दागने गोली। भोगेश्वरी फुकननी आगे थी। 'महात्मा गाँधी की जय' कहती हुई लुढ़क गयी। साठ वर्षीया वृद्धा। सब उसे दादी कहते। उसे गिरते देख ठगी सूत आगे बढ़ा। फुकननी के हाथ के तिरंगे को उसने सँभाल लिया। अगले ही क्षण वह भी गोली का शिकार बना। उसके बाद लक्ष्मी हाजारिका दौड़ते हुए पहुँचा। वह भी मारा गया। लाशें सुरक्षित स्थान पर लाकर रखने के बाद देखा गया कि लखी में अभी प्राण शेष थे। उसी अवस्था में उन्होंने जेब में बचे हुए छह पैसे निकाले और स्वराज्य-निधि को अर्पित कर दिये। उस दृश्य को देखने के बाद जीवन के प्रति मेरा सारा मोह ही जाता

रहा। दो दिन आगे या पीछे मरना सबको है ही।"

महदानन्द गोसाईं स्थिर दृष्टि से भिभिराम के मुँह को देखते हुए कुछ देर चुप रहे। बाद में बोले :

"तुमने अभी घर-संसार बसाया नहीं है क्या?"

"सब हैं; पर अब सब का भार भगवान पर सौंप आया हूँ।"

गोसाईं के स्वर में चिन्ता घुल आयी :

"भगवान तुम्हारे परिवार को सकुशल रखें।"

उसके बाद एक सघन उच्छ्वास उनके कण्ठ से निकली। और सामने शून्य में देखते हुए वे अपने में खो रहे। तीनएक मिनट बाद हठात् भिभिराम ने पूछा :

"कोई और बात क्या?"

"नहीं; पर घर में ये सब मैंने भी बताया नहीं है। सोच रहा हूँ क्या बताऊँ, कैसे!"

"आपको तो शायद विवाह किये अभी बहुत दिन नहीं हुए?"

"हाँ, अच्छा छोड़ो। अपने साथ थोड़ी खाद्य-सामग्री और बरतन आदि भी तो ले जाने होंगे। कमारकुचि में कई और जन भी साथ हो जाएँगे। गोसाईंजी ने चिट्ठी में लिखा भी है। मधु शिलडुबी से बन्दूक लेकर कल लौट आएगा। आते-आते रात हो जाएगी। भोजन के उपरान्त कल को ही चल दें? कैसे रहेगा? राजा मायङ् सोणमाटि, बरगाँव आदि में तो पहरा लगा है। इसलिए सीधे रास्ते जाना नहीं बनेगा। तुम्हारे साथ दधि को कर दूँगा। वह बुद्धिमान है। मधु को सब रास्ते मालूम हैं। उसके लिए किसी प्रकार की चिन्ता नहीं है।"

भिभिराम को नींद घेर रही थी। जँभाई लेते हुए बोला :

"और कोई बात? सामान का इन्तजाम तो हो गया होगा?"

"चावल निकाल रखा है। हाँड़ी-करछुल घर से ले लेंगे। थाली-कटोरी का काम पत्तों से लिया जाएगा। कुछ और आवश्यक लगा नो कमारकुचि में देख लेंगे। ओ, तुम्हारी आँख झपक रही है। जाओ सोओ।"

भिभिराम कम्बल ओढ़ते हुए बोला :

"यहाँ सरकारी भेदिये तो नहीं आते न?"

"नहीं। उनकी खबर पहले ही मिल जाती है। अपने आदमी भी बराबर लगे रहते हैं।"

गोसाईं कुछ देर गुमसुम बैठ रहे। फिर जैसे अपने को स्वयं उठाते हुए धीरे-धीरे चले गये।

# तीन

मधु को हलका-हलका बुखार था। मगर उसके लिए यह मामूली बात थी। सच में चिन्ता उसे दूसरी ही कुरेद रही थी और वह थी कि रेलगाड़ी के उलटने से इंजन और डब्बे ही चूर-चूर नहीं होंगे, सैकड़ों जन की जानें भी जाएँगी। धर्म-अधर्म का यह यक्ष-प्रश्न उसे निरन्तर कुरेद रहा था। भले ही उनकी चमड़ी गोरी हो; मगर हैं तो वे मनुष्य ही!

उसके पीछे-पीछे धनपुर चला आ रहा था। अपनी बँधी चाल। बीड़ी पीता हुआ। निर्द्वन्द्व। चारों ओर के घुप अँधेरे में उसकी बीड़ी का गुल आकाशदीप-सा टिम-टिम कर उठता था।

मधु को रह-रहकर लगता कि आज यदि महात्माजी जेल के बाहर होते तो इस प्रकार के कामों की अनुमति कभी नहीं देते। गोसाईंजी के यहाँ भी जब इस कार्यक्रम पर विचार किया जा रहा था, उस समय भी अपनी सहमति उसने व्यक्त नहीं की थी। अब कार्यक्रम जब हाथ में ले लिया गया तब उसने किसी प्रकार की बाधा उपस्थित करना ठीक नहीं समझा। असमंजस में पड़े रहना, गलत सलाह देना, या रास्ते में रोड़े अटकाना : उसे कभी नहीं सुहाया। गोसाईंजी को तो वह देवता स्वरूप मानता रहा है। आज भी मानता है। लेकिन मानव-हत्या के भय से ही उसकी आत्मा काँप रही है। उसके मन में भी वैसा ही विषाद उत्पन्न हो रहा था जैसा कभी अर्जुन के चित्त में उत्पन्न हुआ था। काम करने से वह कभी नहीं कतराया। लेकिन आज! आज अपने कर्तव्य-पालन में उसे द्विधा सता रही थी।

लयराम मछली का ठेकेदार है। मायङ् की गारङ् और पकरिया झीलों का ठेका उसे ही मिलता रहा है। हजारों की कमाई उसने मछली की बिक्री से की है। बन्दूक का लाइसेंसदार भी है। साथ के साथ यहाँ जूट की लम्बी-चौड़ी खेती भी जमा रखी है। घर गुवाहाटी नगर में है। एक नगाँव में भी है। गोसाईंजी का अन्तरंग मित्र जैसा है वह।

लेकिन लयराम की धनाढ्यता ही मधु जैसे कई मछुओं के मरण का कारण भी बनी। स्वयं मधु जिस झील में एक युग से मछली मार-मारकर अपनी जीविका चला रहा था, उसे इधर कई वर्षों से लयराम नीलामी में लपक लेता था। बाध्य होकर वह गोसाईं के पास चला आया था।

गोसाईंजी की अपनी खेती-बारी है और पोखर भी। वे स्वयं इन्हें नहीं देख पाते; सारी देखभाल दूसरों से ही कराते हैं। मधु उनकी जमीन को बटाई पर जोतता है। साथ ही, पोखर में मछली भी पकड़ा करता है। गाँव के और भी कई हैं, जो इसी प्रकार अपनी जीविका चलाते हैं। गोसाईंजी ने दुनिया देखी है। देश में दूर-दूर तक घूमे-फिरे हैं। इसलिए व्यवहार-कुशल ही नहीं, प्रबुद्ध भी हैं वे।

साँझ के समय उनके यहाँ प्राय: बैठक जमा करती। ऐसी ही एक बैठक में रेलगाड़ी उलटने का निर्णय लिया गया था। उस समय वह समझ नहीं पाया था कि ऐसी कार्रवाई से होगा क्या। अब जैसे-जैसे समय निकट आता गया, उसकी समझ में पैठता चला कि उस सबका अर्थ क्या होगा। कुछ दिन पहले गोसाईंजी के यहाँ एक बैठक में जो कार्यकर्ता लोग इकट्ठा हुए थे, वे सब भी इसी पर विचार करते रहे थे। स्वभावत: अब उसे लग रहा है कि यह कार्यक्रम गाँधीजी के सत्याग्रह का भाग नहीं है। यह तो सीधे-सीधे जीवहत्या होगी; नरमेध।

धनपुर के होठों में दबी बीड़ी अपना अस्तित्व धीरे-धीरे खो चली थी। मधु और वह दोनों अब एक पहाड़ी सोते के पास जा पहुँचे थे। वहीं एक पुलिया भी थी। उस पर खड़े होकर दोनों ने क्षण-भर के लिए दूर-दूर तक देखा। कहीं कुछ दिखाई नहीं पड़ा।

"जरा दियासलाई की एक तीली तो जलाओ।" मधु ने कहा।

"नहीं," मुँह की बीड़ी फेंकते हुए धनपुर फुसफुसाया।

"अरे यहाँ कोई नहीं। डरो मत। इधर शहतूत का जंगल है। उसके पार नदी और किनारे-किनारे बलुई धरती। लयराम का घर भी वहीं कहीं है।"

मधु को धनपुर में फिर भी कोई सुगबुगी जगती नहीं लगी। तीली जलाना तो दूर, उसने जेब से दियासलाई तक नहीं निकाली। इतना अवश्य धीरे-से कहा कि इस सोते में घुटने-भर पानी होगा, हम लोग आसानी से पार कर लेंगे।

मधु ने बताया :

"पुलिया से दो हाथ आगे दायीं ओर मुड़ते ही एक पगडण्डी है। उसी से आगे बढ़ना ठीक रहेगा।"

दोनों पुलिया से नीचे उतर आये और गऊघाट की ओर बढ़ चले। सोते में पानी सचमुच कम था। आसानी से उसे पार करके दोनों पगडण्डी की ओर बढ़ने को हुए कि अचानक किसी के खँखारने की आवाज आयी।

मधु एक क्षण को सहम-सा गया। धनपुर के कान में फुसफुसाया :

"लगता है फौजी पहरे पर हैं। उधर से जाना ठीक नहीं। इधर आओ। लयराम के पिछवाड़े की तरफ जो घना जंगल पड़ता है, उधर निकलना ठीक होगा। कैसा सब भुतहा लग रहा है यह जंगल भी। तुम्हारे पास दाव तो है न?"

"हाँ; डरते क्यों हो?" धनपुर ने उसकी तरफ कनखियों से देखा।

दोनों सोते के किनारे-किनारे अँधेरे जंगल को चीरते हुए आगे बढ़ने लगे। उधर से लकड़हारों और भेड़-बकरियों के आने-जाने का रास्ता था। इसी से जहाँ-तहाँ मिट्टी के टीले थे, सारे में ऊबड़-खाबड़ और कँटीली झाड़ियाँ। मधु रास्ता पहचानता हुआ आगे-आगे चल रहा था। धनपुर चुपचाप उसके पीछे-पीछे।

दोनों जब जंगल के दूसरे छोर पर पहुँचे तब मधु ने कहा :

"अरे, एक बात तो मैं बताना ही भूल गया! कैसा वज्र मूर्ख हूँ मैं भी!"

"क्या हुआ?" धनपुर के कान खड़े हुए।

"लयराम के पास तो एक ही बन्दूक है। इस एक से अंग्रेजी फौजियों का सामना कैसे करेंगे! अपनी साधारण बुद्धि से मैं तो यही समझ पाता हूँ कि हिंसा को अपनाकर हम कुछ नहीं कर सकेंगे।"

धनपुर हँसने लगा :

"जिसमें कुछ कर गुजरने का साहस न हो वह न कुछ हिंसा से कर सकता है न अहिंसा से। लगता है तुममें साहस की ही कमी है।"

मधु को बहुत बुरा लगा। बात जैसे उसके कलेजे को छेद गयी। फिर भी अवसर का ध्यान करके धनपुर से उसने धीरे-से कहा :

"आपकी तो हर बात ही निराली है। आप जैसे वेद-विधानों से ही नहीं, चारों सीमाओं से भी परे हैं। पर मैं तो किसी से भी अलग नहीं। तभी तो चिन्ता में पड़ा हूँ। मेरी आत्मा इतने प्राणियों की हत्या को स्वीकार नहीं कर पाती।"

"अरे, मगर अब घाट पर पड़े मुरदे की तरह बड़बड़ाने से लाभ! कुछ भी अब सोचना-कहना अधिकार के बाहर है। इससे अब छुटकारा भी नहीं। उधर तुरही बजी और इधर रणचण्डी उठ खड़ी हुई! बस! हमें अब रण में ही उतरना है। तुम सोचो तो मधु भाई, कि जिन फौजियों ने तिलक का कलेजा छेद डाला, भागेश्वरी की हत्या की, सुभद्रा बेचारी पर उस तरह जुल्म ढाया—हमारी यह लड़ाई उनके विरुद्ध है। मौवामरियों और बर्मियों के युद्धों से भी यह कहीं अधिक भयंकर है। बस, इतना जान लो कि हमारी असली लड़ाई तो यह है।"

धनपुर ने एक बीड़ी सुलगा ली।

चलते-चलते दोनों जंगल के बाहरी बेड़े के पास आ गये। बेड़ा अधिक ऊँचा नहीं था। दोनों फाँदकर पार हो गये। हठात् थोड़ी देर के लिए दोनों ठिठके। मधु ने धनपुर का चेहरा देखना चाहा। अँधेरे के कारण, लेकिन दिखा कुछ नहीं। चुनौती के स्वर में उसने कहा :

"मैं मधु हूँ, समझे! कोई ऐरा-गैरा नहीं। आदमी की जिन्दगी भी ऐसी-वैसी चीज नहीं होती कि बलि का बकरा समझ लिया जाए। भला बताइए तो

कुरुक्षेत्र में ही अर्जुन को क्या हो गया था? ऐसा नहीं कि भय के कारण कातर हो उठा था। उसे धर्माधर्म के विचार ने झिंझोड़कर विषाद में डाला था। जीवहत्या महापाप है, जानते हो!''

''तो आप मछली क्यों मारते हैं? मछली मारना पाप नहीं?''

मधु निरुत्तर! सोच में पड़ा। क्या मनुष्य और मछली के प्राण एक समान नहीं?

धनपुर ने आगे कहा :

''देखा नहीं, गाँधीजी के ही स्वयंसेवकों का क्या हाल हुआ?''

मधु के मुँह में बोल न था। धनपुर देख नहीं सका, पर उसके माथे पर पसीने की बूँदें छलक आयीं।

धनपुर कहता गया :

''पता है माणिक भगत और भिभिराम जैसे लोगों ने गुरिल्ला युद्ध की क्यों सोची? इसलिए कि दूसरा चारा नहीं है। विदेशियों को भारत के बाहर खदेड़ना ही होगा।''

मधु ने इस बार भी कोई उत्तर नहीं दिया। धनपुर भी इसलिए चुप ही रहा। मधु की तबीयत वैसे भी ठीक नहीं थी। लेकिन उसकी चिन्ता न करके वह अपने तात्कालिक कर्तव्य और दायित्व के बारे में ही सोच रहा था।

शहतूतवाला वह जंगल घना नहीं था। बीच-बीच में किसी ने रेशम का कीड़ा भी पाल रखा था। आस-पास कोई पहरेदार होने का संकेत नहीं मिला। दोनों जहाँ आकर खड़े हो गये थे, वहाँ साफ-सुथरी जगह थी। केंचुए या झींगुर तक नहीं थे।

जंगल से थोड़ा ही आगे ब्रह्मपुत्र से निकला एक सोता था। इसके पार ही लयराम के गंगबरार वाले खेत शुरू हो जाते थे। इधर कई बरस से इन खेतों को ब्रह्मपुत्र की बाढ़ ने भी मुक्त रखा था। एक-एक खेत लहलहा रहा था। इस बार फसल वैसे भी अच्छी हुई थी। खरीफ की फसल तो इस जमीन पर चाहे जितनी उगायी जा सकती थी।

तत्काल तो मधु और धनपुर के सामने प्रश्न यह था कि सामने के सोते को कैसे पार किया जाए। नाव मिले न मिले। रात में यों भी नहीं चला करतीं। प्रत्यक्ष था कि तैरकर ही पार करना था। धनपुर के कन्धे पर एक बैग था। उसने सोचा कि खड़ी तैराई करके पार हो सके तो बैग भीगने से बच जाएगा। उनका अनुमान था कि किनारे खड़े सेमल के पेड़ के नीचे से धार को पार करना आसान होगा। पानी वहाँ जरूर कम गहरा होना चाहिए।

ब्रह्मपुत्र की ओर से आती हुई हवा धनपुर की तरुण देह की ऊष्मा को छूती हुई जंगल के ऊपर से निकल गयी। उसके स्पर्श से शहतूत की पत्तियाँ बाँसुरी की तरह बज उठीं। पर मधु का शरीर सिहर उठा। किसी तरह अपने को सँभालते

हुए उसने पूछा :

''धनपुर भाई, खड़ी तैराई सम्भव है या नहीं! आगे भी एक सोता पड़ेगा। कपड़े और साथ का सामान भीगने से बच सके तो अच्छा। तुम तैर सकोगे न खड़े-खड़े?''

मधु के प्रश्न ने धनपुर को अचरज में डाला। वह तो मन-ही-मन सोचने लगा था कि मधु कहीं इस क्रान्ति को ही विफल न किये देता हो। और शायद इसीलिए बन्दूकें जुगाड़ने में भी अनमना रहा है। यही इसकी चुप्पी का भी कारण हो सकता है। और संशय तो संशय! धनपुर का हाथ सहज ही काठी में पड़े दाव की मूँठ पर चला गया था। एकाएक मधु के प्रश्न ने उसके सारे सन्देह को छितरा दिया। दाव की मूँठ छोड़कर दाहिने हाथ की उँगलियों ने बायें हाथ की बीड़ी को सँभाल लिया। मधु को उत्तर देता हुआ धीरे-से बोला :

''नहीं भाई, अभी तक किसी तरह की तैराई भूला नहीं हूँ। कलङ् कपिली, ब्रह्मपुत्र—सबकी धारों से परिचित हूँ। और खड़ी तैराई तो कॅली दीदी भी जानती हैं।''

अनेक यादें धनपुर को घेर आयीं। सुनाने लगा :

''तुम्हें शायद पता नहीं, मधु भाई, पच्चीस सितम्बर को नगाँव दिवस मनाया गया था। मैं तब जालाह से थोड़ी दूर रिहाबारी गाँव में था। इस आयोजन में बहुत लोग आये थे। कितनों की तो बोली भी कुछ भिन्न थी। किन्तु थे फिर भी सब असमियां ही। और कामरूपी असमिया तो बड़े काम के लोग होते हैं। ब्रज शर्मा के बारे में कभी सुना है?''

मधु ने सिर हिलाया। धनपुर बताने लगा :

''शर्माजी अपनी नाटक मण्डली लेकर सारा देश घूमे हैं। वैसा कुशल अभिनेता इस अंचल में दूसरा नहीं हुआ। गोसाईंजी से भी अधिक देशों का उन्होंने भ्रमण किया है; और तो और अरब आदि मुसलिम देशों में भी गये थे। विचित्र बात तो यह कि साथ के साथ देश के इस संग्राम में भी उन्होंने एक मोर्चा सँभाला। एक बार तो उन्होंने लाक्षागृह दाह का नाटक किया और उसी में सरभोग के फौजी हवाई अड्डे को नष्ट कर दिया। सारा काण्ड उन्होंने इतनी सतर्कता से किया कि सीटी बजाते ही एक-एक जन वहाँ से हवा हो गया और हवाई अड्डा राख का ढेर। पर यह था नाटक का एक अंक। बाद को और कई अंक घटित हुए। मिलिटरी पीछे पड़ी। कहाँ नहीं खोजा गया ब्रज शर्मा को। पर ब्रज शर्मा कहाँ मिलने वाले! यहाँ-वहाँ भागते-छिपते भी वह नाटक ही करते रहे। कभी मियाँ बन गये तो कभी मजदूर, कभी ब्राह्मण तो कभी मछुआरे। एक दिन में एक स्थान पर रहते हुए भी कई-कई रूप। एक बार तो बुढ़िया तक का स्वाँग भरा उन्होंने। पुलिस उनकी परछाईं तक नहीं छू पायी।''

मधु ने उड़ते-उड़ते सब सुना था, पर विश्वास नहीं होता था। धनपुर ने उसे बताया :

"कामरूप में और भी कई घटनाएँ हुईं। उन सबके विस्तार में जाने का न तो अब समय है और न बहुत आवश्यकता ही। अभी तो रिहाबारी की ही। वहाँ उस दिन एक विराट सभा हुई। कौन-कौन आये, यह तो याद नहीं। लेकिन उनमें एक महिला भी थीं। सभा चल रही थी कि पुलिस ने चारों ओर से धर घेरा। अन्य अनेक वक्ताओं के साथ उस महिला को भी गिरफ्तार कर लिया। जनता क्रोध में पागल हो उठी। बिलकुल फुलगुड़ी जैसा दृश्य सामने था। जनता अपने नेताओं को पुलिस से छीन लेने को आगे बढ़ी। सबसे आगे कौन थे, जानते हो? दो छोटे-छोटे बच्चे। निर्दयी फौजियों ने दोनों को भून दिया। लोग भाग खड़े हुए। जिनमें साहस था, वे बढ़े और दोनों लाशें लेकर लौट आये। जानते हो क्या हुआ फिर?"

बीड़ी का कश खींचते हुए धनपुर एक पल के लिए ठहरा। उसके बाद गर्व से छाती तानते हुए बोला :

"ऊँची आवाज में किसी ने कहा : 'अब मैं देखूँगा क्या होता है। कलेजा फटने पर भी किसी के मुँह से बोल नहीं फूटा। लेकिन याद रखो यह अब बर्रों के छत्ते को छेड़ा गया है। इसका परिणाम भयंकर होगा।' उसके बाद घर लौटने पर भीष्म प्रतिज्ञा की गयी : 'यों नहीं अब बन्दूक उठानी होगी।' कौन था यह व्यक्ति? रूपनारायण! एक तरुण, कॉलेज का छात्र!"

मधु ने यह घटना पहली बार सुनी। उसका कलेजा दहल उठा। पूछा उसने :

"और वे दोनों लड़के कौन थे? कितनी पीढ़ियों के पुण्य से घर में लड़का जनमता है और उन्हें भी इन राक्षसों ने मार डाला!"

"मदन और राउता। पहला कलिता, दूसरा कछारी था। दोनों निहत्थे थे। ऐसे अत्याचार सहन नहीं होते। उसी समय मुझे लग गया कि मैं अब जिन्दा शहीद हूँ। कुछ न कुछ मुझे भी अब करना ही है। दोनों की देह सामने पड़ी थी, कई-कई जगह से छिदी हुई। रक्त बह रहा था। दोनों की माँ छाती पीट-पीटकर धरती-आकाश एक कर रही थीं। उनके क्रन्दन ने पेड़-पेड़ और पत्ते-पत्ते तक को स्तब्ध कर दिया था। उस दिन उस हाहाकार के साक्ष्य में कलिता और कछारी सब एक हो गये थे। वहाँ खड़ा एक-एक जन यों मौन था मानो हरेक के कलेजे को गोली छेद गयी हो।"

कुछ मिनट धनपुर की वाचा खोयी रही। फिर बोला :

रूपनारायण ने पास बुलाकर कहा : "यों अवाक् क्यों रह गये? पकड़े जाना चाहते हो क्या? चलो यहाँ से : मैं धनपुर और ढेकियाजुली की ओर जाऊँगा। तुम कॅली दीदी के पास जाओ। याद रखना, आँधी ऊँचे-ऊँचे पेड़ों को ही झकझोरती है।" कहता गया धनपुर :

''आज इस सोते के किनारे पहुँचने पर रूपनारायण की वह बात याद हो आयी है। नगाँव का ही है वह। उसने कहा था, 'मरना तो है ही, तब कोई अच्छा काम करके क्यों न मरा जाए।' तभी यह सारी बातें तय हुई थीं। मैं वहीं से कॅली दीदी के पास लौट आया। रास्ते में पड़ी कलङ् नदी। भूत ऐसा सवार था कि आव देखा न ताव—सीधे पानी में उतर गया। तब भी पास यही बैग था। तब भी खड़ी तैराई की थी। आज भी तैर जाऊँगा। लेकिन जल्दी करें। अब समय हथेली पर प्राण लेकर आगे बढ़ने का है।''

मधु सेमल की ओर चल पड़ा। रेशम के कीड़ों की सुगबुगाहट ने उसमें नये उत्साह का संचार भरा। धनपुर की बातें उसकी चेतना पर छायी थीं। मदन और राउता का ध्यान आते ही उसके भीतर प्रतिशोध की ज्वाला भड़क उठी। मौत एक दिन होनी ही है : तब क्यों न मोवामरियों की तरह कर लेना है—'मर जाऊँ तो मर जाऊँ, गुरु-दक्षिणा चुका जाऊँ।'

नदी के प्रवाह और मानव-तन की गति प्रायः समान होती है। जटाधारी संन्यासी की तरह सूखकर इसका अस्थि-चर्म ही शेष रह जाता है, तो कभी पूर्ण यौवना बाला की तरह सारी देह गदरा उठती है। कलङ् भी इसी तरह कभी सूख जाती है, तो कभी बढ़कर उफनने तक लगती है। मधु का चिन्ताग्रस्त मन भी अब जैसे अचानक आयी बाढ़ से उद्वेलित हो उठा था। उसे इस समय धर्म और कर्तव्य में भेद कर पाना कठिन हो रहा था। यह द्वन्द्व कभी उसे ब्रज शर्मा की तरह रुद्र रूप में, तो कभी कोमल-भाव गोसाईंजी की शान्तचित्त मुद्रा में, और कभी धनपुर की भाँति हिंस्र बना रहा था। उसे निर्णय कर पाना कठिन हो गया था कि इनमें से किसे अंगीकार करे। इतना सच था कि अब सुख का परिवारी जीवन बिताने की स्थिति तक नहीं रह गयी थी। तभी एक कामरूपी कहावत याद हो आयी : कहा लाने को पटेला, दिया लाकर धनुष। सच, कौन समझ पाता है इस संसार की माया-महिमा। अजब नहीं कि अब इसी काम में इस देह की लीला पूरी हो। जैसे प्राण उन सबने दिये वैसे ही मुझे भी करना होगा। और इस निश्चय पर पहुँचते ही मधु ने गरदन जरा ऊँची की और सेमल की दिशा में बढ़ गया।

वहाँ मधु ने पानी की गहराई का अनुमान लगाया। समझ लिया कि पानी जितना भी हो, तैरना होगा और कपड़े भीगेंगे ही। धनपुर को भी उसने सावधान कर दिया। बीड़ी फेंककर धनपुर ने तत्क्षण धोती को ऊपर उठाकर कस लिया। हँसते हुए मधु ने कहा :

''चलो!''

पानी में उतरते ही मधु का शरीर काँपने लगा। ज्वर शायद इस बीच बढ़ आया था। किन्तु इसकी चिन्ता उसने नहीं की। कपड़े उतारकर एक हाथ में सँभाले

और खड़ी तैराई तैरने लगा। धनपुर कहाँ से उतरा और किधर से बढ़ा, उसे पता न चला।

तैरने में आज उसे कुछ समय लग रहा था। एक बार को ऐसा तक अनुभव हुआ मानो जीते जी वैतरणी पार कर रहा हो। एकाएक मन में जैसे कौंधा कि उसका तो कोई वारिस भी नहीं है। पत्नी है, लेकिन बाँझ। कई जन इधर दूसरे ब्याह का प्रस्ताव लेकर आये; उसी ने हामी नहीं भरी। लयराम के रिश्ते की एक भतीजी की भी बात चली थी। मधु ने ही अस्वीकार कर दिया। पर उस सबका कोई पछतावा उसे नहीं है। कौन जाने आगे क्या होता। अवश्य, एक सन्तान हो जाती तो अच्छा रहता। लड़का पिण्डदान कर सकता, और लड़की होती तो रो-पीट लेती, कुल की एक निशानी भी रह जाती। संसार में और कुछ अपना रह ही क्या जाता है। 'खेती का फल धान, संसारी का फल सन्तान।'

अब तो बस प्राण न रहने पर यह बुढ़िया ही रो-धो लेगी। यह भी पीछे कितने दिन और जिएगी : यही कुछ साल। उसके बाद तो मधु की याद भी किसे रहेगी! मगर मरने के बाद उसकी आत्मा स्वर्ग जाएगी या नरक? देश के शत्रुओं का नाश करना क्या पाप है? यह भी क्या अन्य जीवों की हत्या समान है? अब जो भी हो उससे मुझे क्या। गोसाईंजी को वचन देकर अब इधर-उधर करना उचित नहीं। वचन निभाना ही तो धर्म है।

मधु को पता नहीं चला कि वह कितनी देर तैरता रहा। समूची छाती जैसे बर्फ हो गयी थी, और कमर तो बिलकुल सुन्न। तभी एक तरफ से धनपुर की आवाज सुनाई पड़ी :

"इतनी देर कहाँ लग गयी? मैं तो डर गया था। हर ओर अँधेरा ही अँधेरा। पानी में दुबारा कूद भी जाता तो क्या कर लेता! आओ, ऊपर आ जाओ।"

किसी तरह मधु ऊपर आया, लेकिन साँस ऐसी फूल रही थी कि धनपुर को उचककर उसे थामना पड़ा। बोला फिर :

"यह क्या? तुम तो थर-थर काँप रहे हो। ठण्ड लग गयी क्या?"

मधु ने बताया :

"ज्वर था न।" आगे बोला, "कन्धों को नहीं, कमर को कसकर थामो। यह तो जैसे रह ही नहीं गयी। जैसे-तैसे लयराम के घर तक पहुँच जाएँ, फिर देखा जाएगा। जरा सँभालो, धोती-कुरता पहन लूँ।"

धनपुर ने मन ही मन कहा : सेंकने को थोड़ी आग होती तो अच्छा रहता। लेकिन अगर जलाऊँ भी तो उसमें जोखम है! किसी तरह कपड़े पहने मधु ने। बोला :

"कसकर पकड़े रहो। तुम्हारी गरम-गरम देह छूती है तो चैन-सा मिलता है।"

"कौन है?" एकाएक किसी ने कड़कती आवाज में पूछा।

धनपुर और मधु दोनों चुप रहे।

"बताते क्यों नहीं? कहाँ के हो? कहाँ जाना है?"

मधु ने समझ लिया कि पूछनेवाला पास ही कहीं खड़ा है। शायद कोई माझी है। साहस के साथ उत्तर दिया :

"महाजन के पास जाना है हमें।"

"तब मायङ् के ही हो क्या?"

"हाँ, तुम कौन हो?"

"महाजन का ही आदमी हूँ। मछुआ हूँ। नाव में सोया हूँ। रात में इसे खेना है।"

मधु के कान खड़े हुए। सहज रहते हुए पूछा :

"महाजन तो घर ही होंगे?"

"हाँ, होंगे तो। पर भेंट होना मुश्किल है। अपनी मौज-मस्ती में होंगे। वह औरत भी है न यहीं।"

"कौन औरत भाई?"

इस बार वह माझी नाव से उतर आया। हाथ में बत्ती थी। हुक्का गुड़गुड़ाते हुए ही छपरी से निकल आया था। बत्ती का उजाला पड़ते ही अचकचाया :

"क्या हुआ? इस तरह क्यों काँप रहे हो? नाव में आ जाओ। ओढ़ना भी है यहाँ।"

मधु सचमुच इतना काँप रहा था कि धनपुर थामे हुए न होता तो उतना चलना-बोलना भी दूभर था। बत्ती के धीमे उजाले में माझी ने ऊपर से नीचे तक धनपुर को भी एक बार देखा। मधु के माथे को छूते हुए बोला वह :

"चलते समय भी ज्वर था क्या? अब क्या हो? महाजन के यहाँ ही चलना शायद ठीक हो। हम दोनों थामे रहेंगे।"

धनपुर बोला :

"मैं भी यही कह रहा हूँ। मुझे पता ही न था इन्हें ज्वर है।"

मधु के होठों पर निर्जीव-सी मुसकुराहट आयी :

"अरे इतनी सर्दी-गरमी तो देह की देह में पचती रहती है। दवा तो मैंने कभी छुई भी नहीं। आज भी सवेरे से ही शरीर थोड़ा भारी लग रहा था। फिर काम में लग गया। सब बात भूल गया। धार में उतर आने पर लगा कि देह टूटी जा रही है। सेंकने को आग मिल जाए तो सब ठीक हो जाएगा। चलो, महाजन के यहाँ ही चलें। काम जरूरी है।"

माझी ने सरल भाव से कहा :

''अब ऐसा कौन काम आ पड़ा कि आधी रात को दौड़े? शरीर का भी तो ध्यान रखना चाहिए।''

मधु धीरे से हँसा :

''हाँ भाई, बात तो सच है। कहा भी तो है :

बड़भागों मिलती नर-तन जैसी दृढ़ नाव
गुरु बनते कर्णधार अनुकूल वायु कृष्ण
नहीं तिर पाते संसार आत्मघाती मन—''

''मैं अपने को आत्मघाती नहीं मानता। काम पूरा करने आया हूँ, पूरा करके रहूँगा।'' दर्दभरे स्वर में धनपुर ने कहा।

माझी ने उसके चेहरे की ओर देखा। थोड़ा सन्देह भी उसे हुआ। मगर समझ कुछ नहीं पाया। हाँ, सोचा जरूर कि ऐसी अन्धी अँधेरी रात में यों ही नहीं निकले होंगे।

मधु ने सारी स्थिति को भाँपते हुए उस प्रसंग को ही टाला :

''आओ चलें! कष्ट में काम आनेवाले तुम्हारे जैसे भले जन तो साक्षात् दामोदर होते हैं। आओ धनपुर, ये मुझे दूसरी तरफ से थाम लेंगे तो हम तीनों जन बढ़ चलेंगे।''

कुछ देर चलने के बाद माझी से पूछा उसने :

''उस औरत का क्या नाम बताया, भाई?''

''कांचनमती। उससे तो परिचित भी होंगे! गोसाईंजी की रिश्ते की कोई बुआ हैं, उन्हीं की लड़की है। बचपन से ही चाल-चलन ठीक नहीं था। ब्राह्मणों के यहाँ ऋतुमती होने से पहले ही कन्या ब्याह देने का नियम रहा है। इसके लिए कोई ठीक वर मिला नहीं। अन्त में एक बूढ़े के साथ ब्याही गयी और कुछ ही दिनों बाद माँग का सिन्दूर पुँछ गया। फिर तो बचपन का स्वभाव रंग ले उठा। सुन्दर और आकर्षक थी ही, ऊपर से चंचल। सब कोई रीझ जाते। महाजन का जी भी लहरा गया। ब्याहता पत्नी गुवाहाटी तो रहती ही थी, असुन्दर भी थी। बस कांचनमती को रखैल के रूप में यहाँ रखा हुआ है। सारी दुनिया जानती है। आप लोग भी वहाँ पहुँचकर देख लेंगे। आखिर औरत तो लता की तरह होती है : उसे तो सहारा चाहिए।''

धनपुर हँसने लगा :

''हाँ, ऐसा कुछ मर्द में होता है जरूर। चाहे तन में होता हो चाहे मन में। मगर मर्द भी औरत में कुछ जरूर पाता है। जो लता में होता है, वही पेड़ में भी। इसका अनुभव भी है।''

''यह तो व्यभिचार हुआ। सरासर व्यभिचार!'' मधु के मुँह से निकला।

धनपुर की देह में एक झनझनाहट-सी लहक उठी थी। अभी तक कितने ही शब्दों का भाव तक उसे पता न था। परिचय ही ऐसा किसके साथ होने में आया था। ले-देकर केवल डिमि को कुछ जाना था और आज तक उसे नहीं भूल पाया। शायद वह भी उसे नहीं भूली। पर कोई किसी की ओर यों ही तो आकर्षित होता न होगा! जरूर दोनों में किसी-न-किसी बात की कमी रहती है जिसे पूरी करने के लिए वे मिलते हैं। कितना अच्छा होता यदि वह भी डिमि के साथ रहता और डिमि के गर्भ में उसकी सन्तान पलती। जीवन में इसका अवसर भी उसे नहीं मिला। और इसका सारा कारण : समाज। जो भी हुआ, अब तो वह जी-जान से सुभद्रा को चाहता है और कैसी अजब बात कि सुभद्रा की आँखें, गाल और ठुड्डी ही डिमि की जैसी नहीं, हँसी और आवाज भी बिलकुल मिलती है। पता नहीं इतनी समानता दोनों में कहाँ से आ गयी? कौन जाने दोनों के मन भी एक समान हों, न हों।

लेकिन यह लयराम वाली विधवा ब्राह्मणी? बिलकुल और होते हुए भी...किन्तु मनुष्य रूप और देह का लोभी होता ही है। देह का धर्म जैसा है वह। प्रत्यक्ष रूप में समाज भले न माने, पर व्यक्ति तो प्रत्येक मानता ही है। हो सकता है व्यभिचार होता हो यह। लेकिन सुभद्रा पर सैनिकों द्वारा ढाये गये अत्याचार जैसा तो यह हो नहीं सकता। उस बेचारी का तो कोई दोष ही नहीं था। वस्तुतः बलात्कार ही व्यभिचार है। वे सैनिक पशु बन गये थे।

धनपुर का रक्त खौल उठा। ऐसा ही हुआ करे तब तो न रहेगा समाज, न समाज की रीति-नीति, न कोई नैतिकता ही। ठीक हैं, ये सब बातें, उसकी बुद्धि से बाहर की हैं। सोचने और समझने की उसमें क्षमता ही कितनी है! मगर जो आँखों के आगे है उसे तो देख ही सकता है। इसीलिए शायद मधु की बात उसे नहीं रुची। और उस विधवा ब्राह्मणी के लिए उसके हृदय में दया और सहानुभूति उपज आयी।

बोला धनपुर : ''यह व्यभिचार-उभिचार क्या होता है, मैं नहीं समझता। लेकिन हैं तो आखिर सब हाड़-मांस के पुतले ही।''

मधु उसकी बात का विरोध करते बोला :

''ये सब राक्षसी तर्क हैं। राम-राज्य में इनके लिए स्थान नहीं।''

धनपुर खिलखिला पड़ा :

''मधु भाई, आदमी ही कभी राक्षस बनता है और कभी देवता। कामदेव के बाण से गोपियाँ ही नहीं, श्रीकृष्ण भी तिलमिला उठे थे।''

मधु ने प्रकट रोष के साथ कहा :

''रासलीला का मर्म नहीं समझते तो पढ़ते क्यों हो? उसका गूढ़ार्थ है : परम-तत्त्व का आनन्द। ब्राह्मणी और लयराम की तुलना गोपी और श्रीकृष्ण से

कर रहे हो! राम-राम! ये बातें पहले सुनी होतीं तो तुम्हारी छाया से भी दूर रहता। अब तो दोनों एक ही काम से निकले हैं : साथ चलना ही होगा।''

काम का नाम आते ही धनपुर को अपनी भूल का बोध हुआ। इतना ही कहा उसने :

''मेरी बातों से आपको दुःख पहुँचा। मैं चुप रहूँगा। सबकी अपनी-अपनी समझ होती है। जाने दीजिए। सामने की तरफ उँगली उठाता हुआ बोला : ''महाजन का घर वही है क्या?''

उधर एक लम्बा-चौड़ा फूस का घर था। भीतर पेट्रोमैक्स जल रहा था। माझी ने कहा :

''हाँ, वही है घर। महाजन शायद जगे हुए हैं। आप इन्हें पकड़े रहिए, मैं उन्हें खबर करता हूँ। क्या नाम बताया था?''

''मैंने? मधु केवट। कहना गोसाईंजी ने भेजा है।''

माझी अन्दर चला गया।

''कैसा जी है अब?''

मधु ने बेपरवाही से उत्तर दिया :

''चिन्ता की बात नहीं। काम रुकने नहीं पाएगा।'' आश्वस्त होने के लिए उसने पूछा : ''तुम्हारे और साथी भी तो तुम्हारी तरह पक्के जी के हैं न?''

''एकदम। और आपके साथी?''

मधु ने अपनी कमर को सहलाते हुए बताया :

''हमारे साथी तो मायङ् के चुने हुए लोगों में से हैं। दधि एक ज्योतिषी के बेटे हैं। कहीं मास्टर हैं। बड़े ही सत्यनिष्ठ। साहस की नहीं जानता। दुबली-पतली काया है : मन भी उसका तितली के पंख जैसा। आहिना कोंवर सम्मान्य व्यक्ति, किन्तु अफीमची। तरुण फुकन भी उनकी लत नहीं छुड़ा पाये। इसी अंचल के होने से तमाम रास्तों से परिचित हैं। बड़े काम के आदमी हैं। जयराम पहले ओझा थे। इसीलिए टोना-टोटकों में उलझा करते हैं। यों बहुत तेज हैं। गोसाईंजी के दाहिने हाथ। राजाजी से तुम्हारी भेंट हुई नहीं। शायद हो भी न। देखते ही बिलकुल राजकुमार लगते हैं। कान्तिमान चेहरा, प्रभावी व्यक्तित्व। मगर घुन्ने। मन के भी कठोर। हाँ, गोसाईंजी की बात मानते हैं।''

धनपुर ने आशंका व्यक्त की :

''इतने सब? ऐसे कामों में दो-चार निपुण और साहसी सहयोगी ही रहें तो अच्छा। पहरेदारों की आँख से बचने में भी सुविधा रहती।''

मधु ने कहा :

''इन सबका चुनाव गोसाईंजी ने किया है। तुम निश्चिन्त रहो। मायङ् तो ऐसे

भी गढ़ जैसा है। एक ओर ब्रह्मपुत्र और दूसरी ओर पहाड़ और बीच में ये झील। इस सबके मध्य हैं बहा और मायङ् की पहाड़ियाँ। दोनों पर गणदेवता गणेश अधिष्ठित हैं : विघ्ननाशक। लेकिन तुम तो ठहरे नास्तिक। देव-पितरों पर तुम्हारा विश्वास ही नहीं। हम सबने तो पहले से ही मनौती मान रखी है।''

''क्या?'' धनपुर ने हँसते हुए पूछा।

''दो रोहू मछलियाँ।''

''अच्छा, गणेशजी ने तुम्हारी कोई आशा कभी पूरी की?'' धनपुर मुसकराया।

''नहीं। एक बार एक सन्तान पाने के लिए एक पाठे की मनौती मानी थी, पर उन्होंने आँख उठाकर देखा तक नहीं।''

धनपुर के स्वर में कटाक्ष खनका :

''देवता होते ही ऐसे हैं। अन्धे-बहरे, गूँगे और नपुंसक।''

मधु झल्ला उठा :

''चुप कर! जो मुँह में आता है बक देता है। जानता नहीं, यह तन्त्र-मन्त्र का देश है।''

धनपुर हँसने लगा।

इतने में माझी लौट आया। महाजन ने दोनों को बुलवा भेजा था। तीनों अन्दर चले गये।

महाजन एक पीढ़े पर बैठ फूँकें मार-मारकर आग सुलगा रहे थे। मधु को देखते ही पूछा उन्होंने :

''कौन हैं ये लोग?'' मधु ने धनपुर का परिचय दिया। लयराम ने सिर से पैर तक उसे गौर से देखा। फिर दोनों को अलाव के पास ही बैठा लिया।

माझी एक ओर को बिछावन लगाने लगा। मोटा-सा गद्दा, उसके ऊपर एक फटी-सी मैली चादर और सिरहाने एक चीकट तकिया। बूढ़ा अपनी नाव की ओर लौटने लगा तो लयराम ने टोका :

''चिलम पीनी हो तो उधर से भर लो। और चाय पीने की इच्छा हो तो पानी चढ़ा दो। पीकर चले जाना।''

''चिलम का एक दम मार लेता हूँ। चाय बनने तक रुक नहीं पाऊँगा।'' धीमे से आगे कहा : ''तड़के ही तो निकलना होगा।''

इतना कहकर वह अन्दर चला गया और थोड़ी देर बाद एक चिलम तम्बाकू और साथ ही पतीली में पानी लिये हुए बाहर आया। अलाव पर पानी चढ़ाकर उसने चिलम पर आग सजायी। फिर सुट्टा लगाकर मुँह से धुआँ छोड़ते हुए बोला :

''तम्बाकू तो बड़ी जोरदार है। अपनी यह बंजर और बलुआही जमीन भी कामधेनु निकली। इस गंगबरार पर कब्जा जमाने के बाद से ही मालिक के भाग

चमक पड़े। यह धरती सचमुच लछमी है।''

लयराम की बाँछें खिल आयीं : ''अरे मेरी यह नयी पत्नी ही जो लक्ष्मी ठहरी। जो कहती है, वह होता है।''

मधु पूर्वजों के बनाये नियमविधानों का माननेवाला था। मुँह से कुछ भी बोले बिना वह बिछावन पर जा पड़ा। ज्वर उसे था ही।

धनपुर यों ही कुछ नहीं बोला। उसे यही बात बड़ी बेतुकी लग रही थी कि घर की उन्नति होने न होने का कारण कोई स्त्री हो सकती है। धरती ही उपजाऊ न हो या फसल की ठीक से देखभाल न की जाए तो हाथ में कुछ आएगा ही कहाँ से!

कुछ समय इसी में बीत गया। चुपचाप। तब गुदड़ी में लिपटे-लिपटे मधु ने कहा :

''गोसाईंजी ने मुझे क्यों भेजा, यह तो आपने पूछा ही नहीं!''

लयराम गम्भीर हो आया। थोड़ी देर के बाद सवाल लौटाते हुए बड़ी चतुराई से बोला :

''हाँ, इस बीच काम कितना आगे बढ़ा? मुझे तो चिन्ता हो चली थी।''

''काम बहुत आगे बढ़ चुका है। हमें तो तुरन्त लौटना भी है।'' मधु ने उत्तर दिया।

इस बीच माझी उठकर चला गया।

''इतने तेज ज्वर में कैसे लौट सकोगे?''

''जैसे आया था वैसे ही लौट भी सकूँगा। जरूरी है काम करना। वह चीज दे दें तो हम अभी लौट जाएँ।''

लयराम के चेहरे की गम्भीरता और गहरा गयी। मधु को लगा कि यह सात दिन पहले वाला लयराम नहीं है। उस दिन इसने इसी जगह गोसाईंजी का साथ देने की बात दोहरायी थी। उसके मन को थाहने के लिए मधु ने कहा :

''पूरा शिलडुबी अंचल आपको जानता है कि अपनी बात से आप हटते नहीं। इसीलिए मैं और भी भरोसा लेकर आया। जिस काम में हम लोग हैं, वही अब हमारी मौत है या जिन्दगी है। न तो आप अपनी जुबान को काटकर फेंक सकते हैं, न हम ही दहकते हुए अग्निकुण्ड में कूद जाने के बाद बाहर निकल सकते हैं। अब ऊपर से सिर पर लाठी तो न बरसाएँ आप!''

धनपुर अनजान बना चुप बैठा तम्बाकू पी रहा था।

मधु की बातों से लयराम का मुँह लटक आया। सँभलने का प्रयत्न करते हुए बोला :

''बात से पीछे हटने की मैं नहीं सोचता। पर सचाई यह है कि मेरे लिए

दोनों दिशाएँ काल बनी खड़ी हैं। उधर रोहा थाने का सब-इन्स्पेक्टर शइकीया पीछा नहीं छोड़ रहा। जब-तब आ धमकता है और उसकी आँखें न जाने क्या खोजती-टटोलती रहती हैं। पता नहीं कैसे वह जान गया है कि इधर कहीं शान्ति-सेना का अड्डा है। बन्दूक के बारे में भी बड़ी बारीकी से पूछताछ करता रहता है। अब यदि बन्दूक आप लोगों को दे दूँ तो आप तो पकड़े जाएँगे ही, मारा मैं भी जाऊँगा। आज तो अपनों पर भी विश्वास नहीं होता। इस माझी का ही कौन भरोसा!''

''क्या सचमुच ऐसा?'' मधु ने अचकचाकर पूछा।

''बिलकुल। यह शइकीया का भी आदमी हो सकता है और तब उसे कल ही खबर लग जाएगी।''

मधु बिछावन पर उठकर बैठ गया :

''तो आप यह कहना चाहते हैं कि यह भेदिया है?''

''जरूर।''

मधु अलाव के पास उठ आया और धनपुर से बोला :

''सुना तुमने? उसे छोड़ देना ठीक न होगा। तुम अभी पीछा करो, उसे सिखा दो कि बीच में न आए।''

हाथ की चिलम नीचे रखते हुए बोला धनपुर :

''बड़ी कच्ची बुद्धि के हो भाई। हम केवल दो हैं। अलग-अलग हो जाने पर मुसीबत आ सकती है। हमारा एक साथ रहना ही उचित होगा।'' आगे धीरे से कान में कहा : ''सन्देह होने पर तो मैं इसे भी नहीं छोड़ूँगा। पहले खोज-खाजकर बन्दूक ले आइए। मैं तब तक इसे सँभालता हूँ। बाद को इसके साथ ही उसे भी धर दबोचूँगा। किसी ने भी चीं-चपड़ की तो काटकर पानी में बहा दूँगा। और अगर सब कुछ ठीक रहा तो उसी की नाव से जाकर सत्र वाले घाट पर उतर जाएँगे।''

मधु को लगा कि धनपुर ठीक ही कह रहा है। बोला :

''वानेश्वर राजा के घाट पर उतरना ठीक होगा। वहाँ गोसाईंजी को समाचार भिजवाना सुगम होगा।''

लयराम को सन्देह हो चला था। पूछने लगा :

''इस तरह कानों-कानों क्या बात कर रहे हैं?''

दोनों मुसकरा दिये। उत्तर मधु ने दिया :

''जानते नहीं थे न ये। इसलिए आपकी इन पत्नी के बारे में पूछ रहे थे।'' कहकर मधु और भी हँस दिया। फिर बोला : ''मगर आपकी इस द्विधा का कोई कारण भी तो होगा।''

''सो तो है। मैंने जब से गोसाईंजी को सहयोग देने की बात कही है तब

से मेरी यह पत्नी बराबर मिन्नतें कर रही है कि इन झमेलों में न पड़ूँ। कहीं जाने तक नहीं देती मुझे। एक और भी बात है। अब छह महीने होने को आये कि इसके पैर भारी हैं। अर्थात् मेरी सम्पत्ति में अपना भाग बँटा लेने की भी धुन पकड़े है। मैं क्या करूँ, तुम ही बताओ।''

''यह सब तो ठीक नहीं। अच्छा मैं उन्हें समझाने-बुझाने की कोशिश करता हूँ। आप तब तक इनके साथ बातें कीजिए।'' और आँख से धनपुर को इशारा करते हुए मधु भीतर घुस गया।

लयराम देखता का देखता रह गया। मधु को पुकारता हुआ बोला :

''मधु, यह ठीक नहीं। वहाँ एक महिला है।''

तभी लयराम की नजर धनपुर के हाथ के दाव पर गयी। देखते ही घिग्घी-सी बँध गयी। ऊपर से धनपुर कड़का :

''खबरदार जो जरा हिले या जुबान हिलायी। इसे देखते हैं न।''

चाय का पानी खौल रहा था। चिलम धरती पर औंधी पड़ी गन्धा रही थी। आग ठण्डाने लगी थी। लकड़ियाँ जल चुकी थीं। लयराम भय से काँप रहा था। उसने समझ लिया था कि धनपुर की कथनी और करनी में अन्तर नहीं। यह तो दाव की धार गरदन पर भी उतार देगा। अलाव में लकड़ी डालने तक का साहस उसे नहीं पड़ा। धनपुर की बड़ी-बड़ी पैनी आँखें जमी हुई थीं।

उधर मधु ने अन्दर घुसते ही पहले उस महिला का पता लगाया। देखा गाढ़ी नींद में सो रही है। फिर लयराम के कमरे में घुसा। यहाँ कई बार आ चुका था। इसका भी उसे पता था कि बिस्तर पर तकिये के नीचे लयराम बन्दूक रखता है। लैम्प जल ही रहा था। बन्दूक हाथ में उठाकर कारतूस खोजने लगा। देखा अलमारी में ताले में बन्द हैं। पलक मारते उसने बन्दूक के कुन्दे से अलमारी का शीशा फोड़ा और कारतूस की पेटी उठाकर बाहर निकल आया।

लयराम उबला :

''तो डकैती करने आये थे यहाँ?''

साथ के साथ धनपुर की घुड़की कानों में आयी : ''चुपचाप खड़े रहो और बिना एक शब्द मुँह से निकाले जैसे हो वैसे ही हमारे साथ चलो। हमारे पास एक पल का भी समय नहीं। चलो।''

लयराम कहने लगा :

''मगर इन कपड़ों में कैसे बाहर जाऊँगा? मेरे ऊपर आखिर इतना अविश्वास क्यों? विपक्षियों के साथ तो मैं हूँ नहीं। और माझी भी आदमी तो मेरा ही है! मुझे आप लोगों का व्यवहार सचमुच अच्छा नहीं लगा।''

मधु के चेहरे पर ज्वर की बेचैनी एक क्षण को छलक आयी। फिर भी

तत्काल ही बन्दूक में गोलियाँ भरकर वह कड़े स्वर में बोला :

"न लगे अच्छा, हमारे पास उपाय नहीं। गोसाईंजी ने कहा था, यहाँ पहुँचते ही बन्दूक मिल जाएगी। यहाँ बात कुछ और ही पायी। यह भी दिखा कि आपने एक भेदिया भी पाल रखा है। ऐसे में हमें क्या करना चाहिए, इसे हम भी समझते हैं और आप भी। हम मरने के लिए निकले हैं और आप हैं कि जीना चाहते हैं—अधम बनकर। उस जिन्दगी से मौत अच्छी। याद नहीं महात्माजी ने क्या कहा था : 'जो जीना चाहता है वह मरेगा और जो मरना चाहता है वह जीवित रहेगा।' उठिए अब देर मत कीजिए।"

धनपुर ने मधु की ओर बिलकुल ही बदली हुई दृष्टि से देखा। मुँह से उसके निकला :

"मधु भाई, तुम्हारा यह रूप देखकर मेरी छाती और चौड़ी हो गयी। सारा भ्रम बिला गया। अब जल्दी करो। सीधे नाव की ओर।" लयराम की तरफ दाव सीधा करते हुए आगे बोला : "जरा भी इधर-उधर किया तो उसी क्षण सिर ब्योंत दूँगा। शइकीया के साथ दोस्ती गाँठ रखी है। आजादी मिलते ही पहले तो उसे ही फाँसी पर लटकाना होगा।"

लयराम आगे-आगे चल रहा था, दाव लिये धनपुर उसके पीछे, और भरी बन्दूक सँभाले सबसे अन्त में मधु। अपमान, भय और लांछना ने लयराम की जान जैसे सोख ली थी। यह समझ नहीं पा रहा था कि उससे कहाँ कौन-सी चूक हो गयी। शइकीया को एक भी गुप्त बात अब तक नहीं बतायी। यह जरूर कि इस माझी से कुछ इधर-इधर की खबरें उसे मिल जाती होंगी। पर इसे भी कितना क्या पता है। फिर कोई पराया आदमी यह है नहीं। किन्तु ये बातें भी कहने में वह डर रहा था। मधु को बताने की हिम्मत उसमें अब भी थी, लेकिन धनपुर की ओर देखते भी डरता था। वह मनुज नहीं, दनुज लगता था। उसे ऐसा प्रतीत हुआ मानो कहीं युद्ध चल रहा है और अज्ञानी सैनिक उसे युद्धबन्दी बनाकर लिये जा रहे हैं।

मधु ज्वर की पीड़ा से हलके-हलके कराहता हुआ आगे बढ़ रहा था, लेकिन चाल में ढीलापन फिर भी न था। थोड़ी देर बाद तीनों नाव तक पहुँचे। उस समय माझी कपड़े पहनकर कहीं जाने की तैयारी में था। धनपुर ने बत्ती की रोशनी में देखा कि नाव की रस्सी वह खोलने को है। उसने लयराम को नाव में चढ़ने का संकेत दिया। पीछे-पीछे वे दोनों भी सवार हो गये।

"माझी, तुम नाव के सामने वाले सिरे पर रहो।" धनपुर ने उसे आदेश दिया।

माझी थर-थर काँप रहा था।

"मैंने कुछ नहीं किया है साब, बस धोती-भर बदली है।"

धनपुर जोर से घुड़का :

"चुप कर। शइकीया का भेदिया बना है। सीधे-सीधे नाव को राजघाट ले चल। जरा उस्तादी दिखायी तो तेरे महाजन सहित तुझे भी काटकर नदी में बहा दूँगा।"

"आप लोग कौन हैं, साब।" माझी ने घिघियाते हुए पूछा।

"तेरी मौत, समझा!" धनपुर ने कहा, "चुपचाप नाव चला। किसी समय लचित बरफुकन ने शराईघाटी में नाव चलवायी थी, आज शिलडुबी घाट पर मैं चलवा रहा हूँ। हम सबका एक ही संकल्प है : स्वदेश की रक्षा। मधु भइया, तुम नदी और नाव की चाल पर ध्यान रखना; साथ ही, बन्दूक के घोड़े पर से उँगली न हटने पाए। कोई जरा भी इधर-उधर करे तो बस सीधे गोली। इस समय धर्म-अधर्म कुछ नहीं! ज्वर तक को भूल जाओ। सामने काम है : उसे पूरा करना है। काम करते हुए मरें, चाहे जीवित रहें। उसके लिए, जरूरी होने पर, मौत पर भी विजय पानी होगी।"

मधु ने उसी दम बन्दूक सँभाल ली, और माझी ने पतवार। लयराम के होश उड़ गये। थोड़ी देर बैठा रहा, उसके बाद छतरी के सहारे पड़ गया।

मधु बुदबुदाने लगा :

"पता नहीं, मेरे भीतर इस समय कौन आ बैठा है। सब जैसे उसी के कराये हो रहा है।"

धनपुर मुसकराया :

"कोई भी हो, है वह आदमी ही। बिलकुल सही आदमी।"

घर-खेती के सुख, रूपसी रखैल का संग-भोग : सबसे बलात् वंचित हुआ लयराम कुछ और ही सोच रहा था। उसे दिखने लगा था कि दो-दो यमदूतों द्वारा बन्दी होकर यमपुर ले जाया जा रहा है।

तभी मधु एक पद गुनगुना उठा। भाव था :

"आपत्ति सिर पर हो न हो, फिर भी यदि कोई धर्म को छोड़े, तब यमदूत भी उसे छोड़ते नहीं।"

धनपुर ने टिप्पणी की :

"इस समय युद्ध करना ही धर्म है : तब हम दोनों यमदूत तो हुए ही। लेकिन भइया, मैं तुम्हारे पद और श्लोक आदि कुछ नहीं समझता। न ही मानता हूँ। क्योंकि धरती पर इतने धर्म इतने-इतने दिनों रहे : फिर भी कभी तो कुछ हुआ नहीं! सच यह कि कुछ हो, इसके लिए मनुष्य को स्वयं हाथ-पैर चलाने होंगे। नाव भी अब नयी चाहिए, घाट भी नया।"

## चार

रेलगाड़ी उलटने के लिए साथियों को कई टोलियों में भेजने के बाद गोसाईंजी उधर से झील में नहाते भी आये। घर आकर उन्होंने धोती बदल ली। पिठागुडी और केले का जलपान कर वे अलाव पर चाय का पानी रखने को ही थे कि उनकी पत्नी भीतर से बिछावन छोड़कर वहीं आ गयीं। उनके सिर से आँचल खिसका हुआ था और गोरे-गोरे गालों पर आँसुओं की धार थी। गोसाईं ने मुसकराते हुए पूछा, "क्यों, क्या हुआ ?"

"बिछावन पर यों ही लेटी थी। सारी रात एक झपकी तक नहीं आयी। आप लोगों की बातें सुन-सुनकर कलेजा मुँह को आ रहा है। उसके बाद..." कहते-कहते गोसाइन रो पड़ीं। गोसाईं ने अलाव की लकड़ियाँ उकसा दीं। आग की लपट तेज हो गयी। उस पर भगौनी चढ़ाकर उसमें लोटे का पानी उँड़ेल दिया। चारों ओर दृष्टि डालने के बाद वे चाय की डिबिया और गुड़ का बर्तन वहीं उठा लाये। फिर बोले :

"एक बार मैंने सोचा था, भीतर जाकर सोने के लिए कह आऊँ। पर उन सबको समझाते-बुझाते ही रात बीत गयी। मन की बात मन में ही रह गयी। इन दिनों पत्नी की अपेक्षा क्रान्ति के साथी ही अधिक निकट हो गये हैं।"

गोसाइन आँचल से आँसू पोंछती हुई बोलीं, "ऐसा मत समझिए कि इतने दिनों तक साथ रहकर मैं यह सारी बातें समझ नहीं पाती। सब कुछ समझ चुकी हूँ। कल रात आपने एक हिरणी का क्रन्दन नहीं सुना क्या ?"

"ऊँ हूँ।" गोसाईं ने अलाव को फिर कुरेद दिया। उसमें थोड़ी सूखी लकड़ियाँ डालने के बाद पासवाली हाँड़ी में ही उन्होंने कटोरी धोयी। ऊपर तख्ते पर पड़े छन्ने को उतारा और उसमें थोड़ी-सी चाय-पत्ती छानते हुए बोले, "क्या हिरणी भी आदमी की तरह रोती है ? सुनने में तो तुम्हें थोड़ा बुरा लगेगा। दरअसल वह तुम्हारे मन का ही भाव है।"

"लेकिन मुझे डर लग रहा है। यह सोच-सोचकर घबरा जाती हूँ कि कहीं आपको कुछ हो न जाए!" अपने को सँभालती हुई गोसाइन ने उत्तर दिया और फिर रो पड़ीं।

पानी को खौलता देख गोसाईं ने अलाव की कुछ लकड़ियाँ हटाकर आँच कम कर दी। फिर छन्ने से उसे एक दूसरी कटोरी में छान लिया। बिना दूध की

चाय : खून की तरह एकदम लाल। बर्तन से गुड़ की एक डली ली और चाय पीने लगे। गुड़ के साथ वे चाय की चुस्की लेते हुए बोले :

"तुम इतनी चिन्ता मत करो। जो होना होगा, वही होगा। तुमने देखा ही था, अब सब कुछ तय हो चुका है। मैंने माणिक बॅरा और जयराम को एक साथ भेजा है। वे धिपुजी पाही पर जाकर रुकेंगे। वह गाँव जयराम की मुट्ठी में है। वह नाव का बन्दोबस्त भी वहीं कर लेगा; फिर दाल, चावल, बर्तन आदि का इन्तजाम कर गाँव की ओर बढ़ जाएगा।

"माणिक बॅरा नेपाली बस्ती में दूध खरीदने के बहाने वहाँ के लोगों के मन की थाह पाने का प्रयत्न करेगा। यदि उनके मन को बदलने में वह सफल हो गया तब तो कोई बात ही नहीं रह जाएगी। सम्भवतः वह ऐसा कर लेगा। उसे नेपाली भाषा भी आती है। इसलिए नेपाली बस्ती हमारे साथ हो गयी तो कोई विशेष चिन्ता नहीं रह जाएगी। और धनपुर, वह शेर की माँद में भी हाथ डाल सकता है। गारोगाँव में ही रहेगा वह। वहाँ डिमि नाम की एक महिला से उसका पुराना परिचय है। वहीं रुककर हमारी प्रतीक्षा करेगा।

"मधु सीधे कर्म-स्थली पर ही जाएगा। वहीं पहाड़ी पर एक अच्छे स्थान पर चुनाव कर वह बन्दूक सँभालकर डट जाएगा। गश्ती दल की गतिविधि का पता करेगा। वह पहाड़ी है भी दुर्ग की तरह। वहाँ के घने जंगलों में सूरज की रोशनी भी नहीं पहुँच पाती है। वह स्थान बाँस और बेंत की झाड़ियों से भरा हुआ है; पहाड़ी कठलुवा बनसोम, सेमल और मदार के पेड़ों से आच्छादित। उसके बीच से पहाड़ी के उस पार रेलवे लाइन के मोड़ तक उतरने के लिए भी वह एक राह बना लेगा। हाँ, यह काम बड़ी सावधानी से करना होगा। रेलवे लाइन पर गश्ती दल आता-जाता रहता है। उसे एक चौकी से दूसरी चौकी तक जाने में कितना समय लगता है, मोड़ कितने समय तक गश्तियों की आँख से ओझल रहता है, फिश प्लेट खोलने में कितना समय लगेगा, काम समाप्त कर पहाड़ी पर चढ़ने में कितना समय लगेगा—इन सबका हिसाब लगाने के लिए भी मैं उसे कह चुका हूँ।"

गोसाईं ने फिर एक गुड़ की डली ली और चाय की चुस्कियाँ लेने लगे। तभी गोसाइन ने पूछा :

"उसे तो बुखार आ गया है। क्या वह यह सब कर लेगा?"

"कर लेने या न कर लेने की बात क्यों करती हो? उसे तो करना ही होगा। वह नहीं करेगा तो करेगा कौन?" दो घूँट चाय लेते ही गोसाईंजी खाँसने लगे। खाँसी बढ़ जाने पर उन्होंने चाय की कटोरी जमीन पर रख दी। छाती पर हाथ रख उन्होंने अपना मुख अलाव की ओर कर लिया। कष्ट अनुभव करते हुए बोले :

"लगता है, मधु की बात कहते-कहते मेरी साँस की बीमारी भी उभर

आयी है।''

गोसाईं के मुँह से कुछ देर तक आवाज न निकली। गोसाइन ने कहा :

''अब इन सारी बातों को मुझे सुनाकर क्या होगा! सारी रात वही सब तो सुनती रही हूँ। आहिना और भिभिराम कमारकुची गये हैं, तो दधि पर दैपारा की देखभाल करने का जिम्मा है वगैरह-वगैरह, मुझे सब मालूम है। क्या मुझे यह नहीं पता कि वह रखैल भी यहीं आकर पड़ी है और लयराम एवं नाविक शान्ति-सेना के शिविर में रखे गये हैं। लेकिन यह सब करने से क्या होगा? जब तन ठीक नहीं, तो अकेला मन कहाँ तक खींचकर ले जाएगा। फिर अस्त्र-शस्त्रों से लैस मिलिटरी के सामने सिर्फ कुछ एक जन क्या कर सकेंगे? ये सब वैसे ही मरेंगे जैसे तिलक, गहपुर में कनकलता, ढेकियाजुली में तिलेश्वरी...''

एकाएक गोसाइन चुप हो गयीं। उन्होंने पाया कि गोसाईंजी उन्हें आँखें फाड़कर देख रहे हैं।

''यह सारी खबर तुम्हें किसने दी?'' गोसाईंजी ने अपनी पीड़ा को दबाकर पूछा।

''कॅली दीदी ने। वह कल ही आयी हैं।'' गोसाइन ने आगे बताया, ''यही नहीं, वह एक हृदय-विदारक खबर भी लायी हैं। वही खबर उन्हें पहुँचानी थी इसीलिए वे यहाँ रुकीं नहीं। बाहर से ही वे दधि के घर चली गयीं। उस खबर को सुनाते हुए मुझे भी बड़ा बुरा लग रहा है।''

''बताओ तो सही, क्या बात है?'' गोसाईंजी की आवाज अब भी सहज नहीं हुई थी। बीच-बीच में खाँसी उभर आती थी। बोले, ''मकरध्वज होगी क्या?''

''हाँ, है। कविराज द्वारा भिजवायी गयी सारी दवाइयाँ तख्ते पर ही बर्तन में पड़ी हैं। खरल भी वहीं है। अदरक भी। एक खुराक बनाकर खा लें और साथ में रख भी लें। नहीं तो चलना-फिरना मुश्किल हो जाएगा। मैं स्वयं ही तैयार कर देती, लेकिन मेरी देह तो अभी बासी है।''

पत्नी की सलाह पर गोसाईं ने मकरध्वज पीसकर अदरक के साथ पी लिया। इसी बीच गोसाइन ने भी उनकी गठरी में मकरध्वज और अदरक डाल दिया। लौटकर बोलीं :

''सामान ठीक है, सिर्फ खरल साथ में रख लें। चाय, गुड़, कटोरी आदि सभी चीजें गठरी में ही हैं। थोड़ी देर आराम कर लीजिए। अभी तो सवेरा भी नहीं हुआ। हाँ, और वह खबर नहीं सुनना?''

''क्या बात है, बताओ।''

''सुभद्रा आग लगा जल मरी।'' गोसाइन धीरे से बोलीं।

गोसाईं आश्चर्य में पड़ गये। उन्होंने पूछा :

"क्या? फिर मिलिटरी के हाथों पड़ गयी थी क्या?"

"नहीं, मिलिटरी के हाथों नहीं पड़ी। शायद उसकी मति मारी गयी थी। धनपुर जिस दिन उससे विदा लेकर यहाँ लौटा था, उस दिन तो वह एकदम ठीक थी। हँस-बोल रही थी। बाद में उसे वहाँ न पा वह बावली-सी हो गयी थी। सपने में भी कभी-कभी मिलिटरी का अत्याचार देखा करती थी। कभी धनपुर को गोली लगने के सपने देखती तो कभी भूत-ग्रस्त की नाईं अनाप-शनाप बकने लगती। कोई उपाय न देख कॅली ने उसे डॉक्टर को दिखलाया। डॉक्टर ने बताया कि उसे कोई बीमारी नहीं। ओझा से उसकी झाड़-फूँक भी करवाई गयी। तब भी उसका रोना, चिल्लाना, बड़बड़ाना कम नहीं हुआ। बस यही कहती थी, 'अब जीकर क्या होगा! उन निगोड़ों ने मेरी देह जूठी कर दी है।' बीच-बीच में कलप उठती।

"कॅली दीदी बता रही थीं कि उसकी रुलाई जंगली हिरणी के रुदन जैसी ही लगती थी। इस तरह का रोना अपशकुन माना जाता है। परसों रात वह कॅली दीदी के पासवाले कमरे में सोयी थी। उसने तभी अपनी देह पर मिट्टी का तेल छिड़ककर आग लगा ली। पहले तो किसी को पता भी न चला, पर आग लगती देख लोग चिल्ला उठे। लेकिन तब क्या होता? तब तक वह जल चुकी थी। कमरे में आग लग चुकी थी। आश्रम का बहुत-सा सामान भी जल गया। उसके तुरन्त बाद कॅली दीदी यहाँ आयीं। हमसे यह सब कहते-कहते वह स्वयं रो रही थीं। उन्हें रोते देख मैं भी रो पड़ी थी। वह रखैल भी रो उठी थी।" गोसाइन ने जैसा सुना था, बिना लाग-लपेट के सब कुछ बता दिया।

"तुम लोग कब रोती-धोती रहीं? हमें तो इसका कुछ पता ही न चला।"

"पता कैसे चलता! हम सब दूर बखार के बगल में थीं। कॅली दीदी को यहाँ घर आना ठीक न जँचा। उन्होंने सोचा, कहीं काम में बाधा न आ जाए। विशेषकर धनपुर का मन बैठ जाने से सारा काम बिगड़ जाने की सम्भावना दिखी। और हम लोग भी रोहा की रहदै, तिपाम की भादै और शिलगड़ी की आघोनी की तरह एक साथ रो-गाकर अपने घरों को लौट गयीं। कॅली दीदी दधि के घर चली गयीं। उस रखैल के लिए ढेंकीवाले घर में ही एक बिछावन लगा दिया है। उसके पाँव भारी हैं। ऐसी अवस्था में उसे बाहर भी तो नहीं रखा जा सकता। तब से बिछावन पर पड़ी-पड़ी मैं आपकी बाट जोहती रही। अकेले होने के कारण मेरा दिल घबरा रहा था। तभी जंगल से हिरणी के रोने की आवाज सुन पड़ी। लगा जैसे सुभद्रा ही रो रही है। अब आप ही बताइए कि यह सब मैं कैसे सहन करूँ?"

अलाव के उजाले में गोसाईं ने पत्नी के चेहरे की ओर देखा। उनका आँचल फिर खिसक गया। जूड़ी खुल जाने के कारण बाल भी पूरी तरह बिखरे हुए थे। लेकिन गोसाइन का ध्यान कहीं और था। सुभद्रा की यन्त्रणा ही मानो उनकी आँखों

के सामने नाच रही थी। उनका मुँह पके अनार जैसा दीख रहा था। यह सब गोसाईंजी को अच्छा नहीं लगा। उन्होंने कराहते हुए टिप्पणी की :

"आत्महत्या करके सुभद्रा ने अच्छा नहीं किया। न आगे, न पीछे, वह अकेली ही तो थी। फिर उसने ऐसा क्यों किया?"

"मैं भी होती तो यही करती। उसकी देह तो जूठी हो ही गयी थी। उधर से गुजरनेवाले लोग ऊपर से फब्तियाँ कसते थे। कमरे से बाहर निकलना तक दूभर हो गया था। अन्तत: धनपुर से आश्वासन पाकर ही उसे थोड़ी राहत मिली थी लेकिन उसके दपारा आने की बात सुन वह पागल-सी हो गयी। ओझा ने बताया कि यह किसी दुष्टात्मा के कारण हुआ है। आश्रम के बगल वाला पीपल का पेड़ भुतहा है भी। उस पर भूत और कई दूसरे पिशाचों का वास है। उन्हीं में से किसी एक ने उसे पकड़ लिया होगा। छोड़ता ही नहीं होगा। सरसों पढ़कर झाड़ने का भी कोई नतीजा नहीं निकला। स्वयं ओझा भी चिन्तित हो उठा था। उसे जयराम के पास मायङ् तक पहुँचाने की भी बात थी। यहाँ झाड़-फूँक करवाना चाहती थी। अब क्या होगा भला! इसके पहले ही उसे काल निगल गया। अब इस जंगल में वह हिरणी बनकर रहती है। आयु पूर्ण न होने तक वह जाएगी कहाँ? अभी भी संसार का भोग बाकी रह गया है न! इसलिए हुड़दंग तो मचाएगी ही।" कहते-कहते गोसाइन की देह वैसे ही काँपने लगी मानो उन पर भी कोई भूत सवार हो गया हो।

यह सब सुनना गोसाईंजी को अच्छा नहीं लग रहा था। भूत-प्रेत, मन्त्र-तन्त्र शैतान, ब्रह्म—ये सब मन के भ्रम मात्र हैं। मायङ् में रहते हुए भी उन्हें मन्त्रों पर विश्वास नहीं। हो भी कैसे? मन्त्र का मतलब हो गया है जादू, मन्त्र का अर्थ हो गया है टोटका। किसकी बलि दी जाए, विवाह-वेदी पर किस दूल्हे को मूर्च्छित किया जाए, किसकी उम्र घटाई जाए—यही सब आज इसके विषय हो गये हैं। मन्त्रों से कभी भी मनुष्य की भलाई हुई है? इससे न खेती में वृद्धि हुई है; न हाट, न बाट, न घाट; कुछ तो नहीं बना है। इससे विदेशी शासन को समाप्त करने में सहायता मिली है क्या? तभी तो आजकल के पढ़े-लिखे युवक-युवतियों का विश्वास भी इन मन्त्रों से हटता जा रहा है। सुभद्रा भूत-प्रेत से आक्रान्त नहीं थी। जैसे सीता एक छोटी-सी लांछना से मर्माहत होकर पाताल में समा गयी थीं, वैसी ही लांछना से आहत होकर सुभद्रा भी आत्मघातिनी बन गयी। गोसाईंजी बोले :

"मुझे इन सब पर तनिक भी विश्वास नहीं है। यदि वह इस छोटी-सी लांछना से मर्माहत होकर आत्महत्या नहीं करती तो अच्छा होता! कनकलता और तिलेश्वरी की मौत उससे बेहतर थी। वे कुछ-न-कुछ करके तो मरीं। कॅली ने उन दोनों को बातें नहीं बतायीं न, वे कैसे मरीं? उन्हें क्या हुआ था? घिरनी कब

तक घूमती है? जब उसमें धागा होता है; लेकिन धागा रहते हुए भी सुभद्रा की जीवन-घिरनी ने घूमना बन्द कर दिया—वह सब सोचते ही कलेजा दहलने लगता है।''

मकरध्वज की खुराक लाभकारी सिद्ध हुई। थोड़ी-सी राहत पाते ही उन्होंने चाय की भगौनी फिर चढ़ा दी और कटोरी की चाय गुड़ के साथ पीने लगे। गोसाइन पनबट्टा उठा लायीं और पान चबाते हुए बोलीं :

''कॅली दीदी ने दोनों की बातें बतायी हैं। कनकलता भरी-पूरी युवती थी : ललाट पर सिन्दूर की बिन्दी लगाये और बूटेदार रिहामेखला पहने। तब गहपुर थाने की ओर जुलूस बढ़ रहा था। चींटी की तरह आदमियों की कतारें थीं। जैसा कि दीदी ने बताया, उन दिनों मंगलदे में भी जनता इसी तरह जाग उठी थी। पाथरिघाट का भी यही हाल था। अपनी कनकलता सबसे आगे थी। कनकलता सचमुच कनकलता ही थी—नाम, गुण और साहस; हर बात में। हाथ में तिरंगा और मुँह में 'भारत छोड़ो' का नारा। साथ ही, सारी जनता के मुख से निनादित दसों दिशाओं को हिलाकर रख देनेवाली आवाज।

''जुलूस तेजी से आगे बढ़ता जा रहा था। दारोगा और पुलिसवाले भी आतंकित थे। पर इससे क्या? आखिर थे तो वे अंग्रेजों के ही खरीदे हुए दास। वे भी सुरक्षा के लिए सन्नद्ध हो गये। बन्दूकों में गोलियाँ भर ली गयीं। कनकलता अब तक थाने के सामने आ चुकी थी लेकिन जब आगे बढ़ने से रोक दी गयी तो उसने कहा, 'क्या जनता का सारा उत्साह यों ही व्यर्थ जाएगा? चढ़ते पानी में मछली मारने के लिए आयी थी, तो क्या बिना मछली पकड़े ही लौट जाऊँगी! विदेशियों के झण्डे को उतार, तिरंगा फहराकर ही दम लूँगी।' जैसी कथनी वैसी करनी। और तब किसी ने उसे छप्पर पर चढ़ा दिया। इस विदेशी झण्डे को उतार उसने वहाँ तिरंगा लहरा ही दिया। तभी उसकी छाती को बेधती हुई एक गोली निकल गयी। 'मैं तो चली, इसे गिरने मत देना, लो थामो इसे' कहती हुई वह लुढ़क गयी थी।

''इसके बाद एक-एक कर कई लोग झण्डा थामने आगे बढ़े। पुलिस ने सबको भून दिया। गोलियों की बौछारें शुरू हो गयी थीं। हमारे लोग निहत्थे थे। तीर्थयात्रियों की तरह। पता नहीं कितने लोग मारे गये! उसके बाद कुछ लोग लाशें लेकर लौट आये। कनकलता के सीने पर मानो एक और दहकती हुई सिन्दूर-बिन्दी दिखाई पड़ी थी। कुमुदिनी की पंखुड़ी की तरह उसकी आँखें सदा के लिए बन्द हो चुकी थीं।''

गोसाईं चाय पीकर आँच कम करते हुए बोले :

''पानी गर्म हो गया है। चाहो तो नहा भी सकती हो। नहा-धोकर जी करे तो चाय पी लेना। तब तक मैं तैयार होता हूँ। सवेरा होने से पहले ही मायङ् पहुँचना

है। लेकिन तिलेश्वरी के बारे में तुमने कुछ नहीं बताया।''

गोसाइन ने पान उनके आगे बढ़ा दिया। उसके अलावा एक डिबिया में कुछ-एक पान-बीड़ा अलग से भी रख दिये। बोलीं :

''ढेकिया जुली में भी ठीक वैसी ही घटना हुई है। आस-पास के कछारी, कोच आदि सब एक साथ ही थाने पर तिरंगा फहराने गये थे। इसके पहले कोई सभा भी हुई थी शायद। अब कॅली दीदी को सब कुछ विस्तार से बताने का मौका भी तो नहीं मिला। तिलेश्वरी भी गुलाब के लहलहाते हुए पौधे की नाईं निर्दोष थी। अभी उम्र ही कितनी हुई थी! सिर्फ बारह साल : एकदम कच्ची वय। पुलिस ने उसे भी गोली से उड़ा दिया।''

गोसाइन की आवाज भारी होती जा रही थी। उन्होंने आगे कहा :

''कौन जानता है कि आगे किसके भाग्य में क्या है। कितनों की कोख और कितनों की माँगें सूनी होंगी। कोई घायल होगा, कोई अपाहिज।''

''अब आपद-विपद की बातें क्यों कर रही हो?'' गोसाईं ने टोका। ''झील में मछली पकड़ते समय कभी-कभी आदमी खुद ही डूब मरता है। फिर यह क्यों सोचती हो कि इस युद्ध में विघ्न-बाधाएँ आएँगी ही नहीं। यह सब तो लगा ही रहता है। इनको झेलते हुए ही आजीवन जुटकर काम करते रहना मनुष्य का धर्म है।...मैं और नहीं रुकूँगा, चलने का समय हो गया है।'' उन्होंने पनबट्टे से एक पान-बीड़ा उठाया और उसे मुँह में डालते हुए गोसाइन की ओर बिना देखे ही कपड़े बदलने के लिए कमरे में चले गये। गोसाइन वहीं बैठी रहीं।

कपड़े बदलकर हाथ में गठरी सँभालते हुए उन्होंने गोसाइन को आवाज दी। गोसाइन बाहर आ गयीं, पर बोलीं नहीं। गोसाइन के मन को बड़ा आघात लगा। वे आँगन में उतर गये। बथान की तरफ नजर दौड़ाने पर उन्हें चारों ओर सूना-सूना दीख पड़ा : मधु के चले जाने से गाय-बैल की देखभाल करनेवाला भी कोई नहीं रह गया था। कल से ही घर में दूध नहीं होगा। बगीचा भी उजड़ चुका है। खेती भी नहीं हुई है इस बार।

तभी कहीं से दौड़ता हुआ एक कुत्ता आया और गोसाईं के पैरों में कूँ-कूँ करने लगा। कुत्ता बानेश्वर राजा का था। गोसाईं ने उसे पहली नजर में ही पहचान लिया। वे बाहरी फाटक की ओर बढ़ गये। उन्होंने देखा : दो जन वहाँ एकान्त पाकर बातचीत कर रहे हैं।

''कौन?'' गोसाईं ने पूछा।

''मैं हूँ बानेश्वर राजा और ये हैं दधि मास्टर। गोसाईं जी, जरा इधर तो आइए। जाने के पहले इन दो बातों का फैसला करते जाएँ।''

बानेश्वर राजा की आवाज भारी थी किन्तु थी तीखी। गोसाईं आगे बढ़े और

बानेश्वर राजा के सामने खड़े हो गये। पूछा :

''क्या हुआ राजाजी, कहिए तो?''

अँधेरे में कोई किसी को अच्छी तरह देख नहीं पा रहा था। बानेश्वर ने कहा : ''लयराम और उसके नाविक को छोड़ देना चाहता हूँ। आप क्या कहते हैं? निर्भीक और बाहुबली समझा जानेवाला आपका धनपुर गल-घण्टा है। तिल का ताड़ करता है। अब केवल अटकल पर ही तो ऐसा काम नहीं करना चाहिए। लयराम मेरा मित्र है। न जाने कितनी बार इसी झील में शिकार कर हमने एक साथ ही दावतें उड़ायी हैं, साथ-साथ कितनी रातें बितायी हैं। गाँधीजी के मना करने और यह सब छोड़ने के पहले कई बार ताड़ी-दारू के दौर भी चले हैं। वह आदमी डरपोक और तितली की तरह चंचल है जरूर, पर उसने बन्दूक न देने की बात कभी नहीं बतायी। शइकीया को भी उसने कोई भेद नहीं दिया। अपने इस आन्दोलन को बिखरते देखकर डर तो लगा ही था उसे। फिर, वह रुपये का लालची और भुक्खड़ भी है। मिलिटरीवालों को मछली तिगुने दाम पर बेचकर पता नहीं कितना कुछ कमा चुका है इस बार। वैसे उसने सब कुछ कबूल कर लिया है। नाविक तो उसका बायाँ हाथ ही है। वह उसे खुद सँभाल लेगा, ऐसा वह कहता भी है। इसके बावजूद उसकी वह रखैल भी आकर रो-पीट रही है। एक दिन और एक रात तो बन्द रखा ही जा चुका है। अब छोड़ देना ही अच्छा है। आपकी क्या राय है?''

''दधि, तुम क्या सोचते हो?'' गोसाईं ने पूछा।

''उसके बारे में ही तो अभी बात हो रही थी। मान लीजिए कि छोड़ भी दिया गया तो उसे सँभालेगा कौन? कौन लेगा उसका जिम्मा? यदि उसने कहीं कोई मुसीबत पैदा कर दी, तब क्या होगा? राजाजी दायित्व उठाएँगे क्या?'' दधि ने गोसाईं की ओर देखते हुए पूछा, ''शान्ति-सेना में से किसी का भी मन उसे छोड़ने का नहीं है। यह कोई साधारण बात नहीं। थोड़ा भी इधर-उधर होने पर मुसीबत खड़ी हो जाएगी।''

''मेरी भी यही राय है,'' गोसाईं ने दृढ़ स्वर में अपनी सहमति दी।

बालेश्वर राजा ने अपने को तनिक अपमानित-सा अनुभव किया। बोले :

''अगर मैं उसका भार ले लूँ तो छोड़ देंगे उसे?''

''आपकी यह बात भी विचारणीय है।'' गोसाईं मुस्कुराये। ''जब लयराम पर एक बार अविश्वास हो गया है तब फिर से उस पर विश्वास लौटने में समय लगेगा। अभी वक्त भी नाजुक है। छोड़ दिये जाने पर वह शइकीया के साथ मिलकर सर्वनाश कर सकता है।''

बानेश्वर राजा ने इस पर अपने को और भी अधिक अपमानित महसूस किया। यह नहीं कि उन्हें यह बात बुरी लगी, बल्कि इसलिए कि उनकी बात मानी नहीं

गयी। राज-पाट न होने पर भी राजा तो आखिर राजा ही होता है। बैठकखाने में अब भी उनकी शाही पालकी टँगी है। पूर्वजों की ढाल-तलवार भी सुरक्षित है। अंगरेजों के चले जाने पर उन्हें पुनः अपना राज-पाट तो सँभालना ही पड़ेगा। लयराम कभी-कभी ऐसी बातें उनसे कहता भी रहा है जिसे सुनकर उनका मन भी बदल जाता है। उसके द्वारा खुशामद किये जाने पर ही बानेश्वर राजा यह बात गोसाईं से कहने को राजी हुए थे। अब मायङ् में भी राजा की बात न चलेगी तो कहाँ चलेगी? उन्होंने गुस्से में भरकर कहा :

''गोसाईंजी, आपने सोच-विचारकर नहीं कहा। लयराम ने मुझे सारी बातें साफ-साफ बता दी हैं। उसने कुछ भी नहीं छिपा रखा है। शायद रखैल की वजह से ही आप उससे नाराज हैं। हैं न? और देश के नाम पर बदला लेना चाह रहे हैं उससे!''

गोसाईं को भी क्रोध आ गया। बोले :

''उस पर भी विचार करेंगे। लौट आने दीजिए। फिर आपके दरबार में ही पंचायत बैठेगी। यदि प्रतिशोध की भावना से मैंने कुछ करवाया होगा तो मैं कोई भी सजा सह लूँगा। लयराम को जाकर बता दीजिए और आप स्वयं भी विचार कीजिए। हम लोग एक विशेष प्रयोजन में बँधकर ही काम कर रहे हैं। उस संकल्प से अभी कोई इधर-उधर नहीं हो सकता। न तो आप और न मैं, और न ही लयराम। यदि कोई दूसरे ढंग से सोचता है तो भूल उसी की है। मुझे तो इतना ही कहना है। मेरे पास समय नहीं। मैं जाता हूँ। मायङ् और दैपारा का भार अब मुझ पर नहीं, दधि पर है। उसी से पूछिए। मैं चलता हूँ।''

गोसाईं जाने को तत्पर हो गये।

''मैं भी जा रहा हूँ।'' बानेश्वर ने कहा। ''इन नादान लड़कों के साथ बकवास करने की मुझे फुर्सत नहीं। आप लोगों की कुनीतियों को वहन करने के लिए मैं काँग्रेस में नहीं आया था। गाँधीजी की बात सुनकर ही सहयोग दिया था। पर आप हैं कि उनके बताये हुए मार्ग को छोड़ दूसरी ही राह पकड़ रहे हैं। आप सबने हिंसा का मार्ग अपना लिया है। इस मार्ग पर चलने के लिए आपको किसने कहा? कहिए तो जरा, मैं भी सुनूँ!''

''उसका भी विचार पंचायत में ही किया जाएगा।'' गोसाईंजी गम्भीर होते हुए बोले। ''आप सब कुछ जानकर भी अनजान बन रहे हैं। मृत्यु-वाहिनी किसने गठित की? शान्ति-सेना किसने बनायी? गुरिल्ला-युद्ध के लिए किसने परामर्श दिया था? आप सारी बातें जानते हैं। मैं सिर्फ एक काम के लिए जा रहा हूँ। बचा रहा तो दूसरा काम करूँगा। यदि नहीं बचा तो कर्तव्य करते हुए मरूँगा। आप ठहरे राजा आदमी। इसलिए आप कुछ किये बिना भी चले जाएँगे। हम नहीं

चल सकेंगे। जान लीजिए, मैं नायक नहीं हूँ, सैनिक हूँ, राजा नहीं, गयी-गुजरी प्रजा हूँ।''

''आपकी तरह मैं जुबान तो चला नहीं सकता गोसाईंजी, लेकिन इतना याद रखिए कि आप लोग अत्याचार कर रहे हैं।'' राजा ने उत्तर दिया।

तभी दधि बोल उठा :

''आप राजा हैं, राजा बनकर ही रहें। हमारी शान्ति-सेना आपके घर पहुँच गयी होगी। दोनों को हम अभी ससम्मान शान्ति-सेना शिविर में लाएँगे। कहा नहीं जा सकता कि अपने मित्र से आपकी भेंट होगी कि नहीं। आप खुद समझदार हैं। आपकी सहायता के बिना हमें थाह पाना मुश्किल है। मैं यदि झूठ बोलूँ तो मुझे दस भक्तों की हत्या करने का पाप लगे। अनेक कठिनाइयों को झेलते हुए हम लड़ाई के लिए तैयार हुए हैं। ऐसी स्थिति में हमारी ओर देखते हुए आप धीरज रखें।''

इस बार बानेश्वर राजा कुछ नरम पड़ गये। बोले :

''नाप-तोलकर बातें करना नहीं जानता। यह तुम लोगों का काम है। पर देखना, बरगद को उखाड़ फेंकने पर विश्राम के लिए कहीं जगह भी न मिलेगी।''

बानेश्वर राजा तेजी से लौट पड़े। उनके पीछे-पीछे उनका शिकारी कुत्ता भी चलने लगा।

गोसाईं ने कहा, ''राजा का मन बड़ा दुर्बल है। भलीभाँति ध्यान रखना। लौटने पर सब कुछ ठीक हो जाएगा।''

''मैं भी वही सोचता हूँ।'' दधि ने उत्तर दिया। ''अभी मैं उन्हीं के यहाँ जाऊँगा। टाल-मटोल करेंगे तो ठीक बात न होगी।''

गोसाईं बोले, ''नहीं, कोई टाल-मटोल नहीं करेंगे। तुम अपने साथ कॅली दीदी को भी लेते जाना। कॅली समझा-बुझा सकेगी। दोनों पुराने सहयोगी हैं।''

इतना कह गोसाईं आगे बढ़ आये। उन्हें लगा मानो खुद उनके कदम नहीं बढ़ रहे, बल्कि कोई मशीन है जो उन्हें बढ़ा रही थी। गोसाईं सोचते जा रहे थे—आन्दोलन भलीभाँति नहीं चल रहा है। नेता-जन दो दलों में बँट गये हैं। एक दल अहिंसा के पथ पर बढ़ना चाहता है, तो दूसरा हिंसामार्ग को ग्रहण कर रहा है। उनमें मतभेद होने के कारण कार्यकर्ताओं में मतभेद हो गये हैं। कुछ चुपचाप बैठे हैं तो कुछ एक गुरिल्ला युद्ध की बात सोच रहे हैं। यही तो सुनहरा अवसर है : ब्रिटिश फौज बर्मा से भाग रही है। जापान सेना कोहिमा पहुँच चुकी है। ब्रिटिशों के भागने पर वह यहाँ जापानी साम्राज्य कायम करना चाहेंगे।

—हम ऐसा होने नहीं देंगे। हम न ब्रिटिशों को चाहते हैं और न जापानियों को। हम एकान्त में ही गुरिल्ला-वाहिनी संगठित कर अपनी सरकार कायम करने के लिए प्रयत्नशील हैं। जो अहिंसा और असहयोग की बात सोचते हैं, वे भी जनता

को संगठित करें। ऊपरी असम की जनता ने वैसा किया भी है। वे जोरहट के मलिया, बरुवा, कटकी, गोस्वामी—सभी जगह पर संगठन बनाने में जुटे हैं। इधर बरुवा, कोंवर, गगै आदि हमारे साथ हैं—हमारे विचारों के साथ। हाजारिका आदि मार्घेरिटा की ओर जाकर विदेशी सैनिकों के बारूद वगैरह जुटा लाये हैं। आदमियों के जुटाने का काम चल रहा है। यह ठीक है कि काम में तेजी नहीं है, और बहुत सारे लोग बैठ भी गये हैं। गोलाघाट के सरुपथार में गन्धसरै गाँव के अनेक जन गिरफ्तार कर लिये गये हैं। सरुपथार में रेलगाड़ी उलटने में कहीं-न-कहीं गलती रह गयी थी। यह भाग्य का ही फेर है कि उनके लिए एक अहिंसक व्यक्ति ही दोषी ठहराया गया। इसी कारण उधर के सहयोगियों का दिल बैठ गया है।

—निचले असम में चौधुरी आदि काम में जुटे हैं। लेकिन सरभोग का हवाई अड्डा जलाने के अलावा कोई काम तो हुआ नहीं। नियमित संगठन भी समाप्त हो गया है। ग्वालपारा में निधन कोच की हत्या कर दी गयी। दूसरे कुछ स्थानों पर हुई हत्याओं की तरह ही उसकी भी हत्या हुई है। सब-के-सब नेता जेल में हैं। इधर लड़के-लड़कियाँ स्कूल-कॉलेजों में लौटने को तैयार हैं। कम्युनिस्टों के अतिरिक्त अन्य छात्र-नेता भी यही चाह रहे हैं।

—राष्ट्रीय भावधारावालों की नीयत अभी ठीक है। किन्तु उनमें संगठन का अभाव है। इधर ब्रिटिश फौज की ताकत बढ़ती जा रही है। सब जगह अमेरिकी, चीनी, अफ्रीकी, आस्ट्रेलियाई सैनिक भरे जा रहे हैं। भारत के अन्य हिस्सों में भी आन्दोलन ठण्डा पड़ता जा रहा है। इसीलिए गुरिल्ला-वाहिनी गठित करने में मुश्किलें बढ़ती जा रही हैं। इन सारी बातों पर कमारकुची में या उसके बाद और कहीं विस्तारपूर्वक विचार करना होगा। अब एक विस्तृत योजना बनाकर काम करने का समय आ गया है। नगाँव के कार्यकर्ताओं में अभी संगठन है। मनोबल भी है। यहीं आकर कोई योजना बनानी होगी।

चलते-चलते गोसाईं एक खेत की मेंड़ पर पहुँचे। खेत में धान के पौधे लहलहा रहे थे। ठण्डी हवा के झोंके लगते ही उनके रोयें खड़े हो गये। उनका कलेजा काँपने लगा। थोड़ी दूर पर झील से कुछेक पक्षी उड़ चले। पंखों की फड़फड़ाहट से ही गोसाईं उन्हें पहचान गये। गोसाईं को अपने बचपन की याद है : तब किसी आदमी की आहट पाकर भी डरते नहीं थे ये पक्षी। तब इस दुर्गम झील में कभी-कभार ही कोई शिकारी बन्दूक लेकर शिकार करने आता था। लेकिन अब तो शिकारियों का ताँता लगा रहता है। आजकल डिप्टी-कमिश्नर से लेकर साधारण किरानी-चपरासी तक—हर कोई यहाँ शिकार करने चला आता है। इसीलिए वे अब आदमी की आहट पाते ही फुर्र से उड़ जाते हैं। कभी-कभी इस झील में दूर-दराज से भी पंछी आते हैं। तब तो इसकी शोभा महापुरुष शंकरदेव

के 'वृन्दावनी वस्त्र' से भी निराली हो जाती है।

—बरदोवा की तरह ही यह मायङ भी शस्य-मत्स्य से परिपूर्ण स्थान है। अब पहले का-सा जमाना नहीं रह गया है। पेड़-पौधों और प्राकृतिक वैभव में भी कमी आ गयी है। हाँ, नदी और सोते वही हैं। किसी सहोदरा की भाँति कलङ और कपिली ब्रह्मपुत्र से मिलकर एकाकार हो गयी हैं। इतिहास-प्रसिद्ध काजलीमुख भी पास ही है : 'हाथी, घोड़े और पदातिकों के आघातों से पानी रक्तमय हो जाएगा। जंगल भर ही बचा रहेगा। वहाँ झुण्ड-के-झुण्ड हिरण आएँगे। लम्बी दाढ़ीवाले ठिगने माजूम खाँ को गुवाहाटी छोड़कर कूचबिहार भागना पड़ेगा।'

—जाने को तो वह गया, पर काजलीमुख पर चोट करके गया। लौटती बार भी उसने यहीं डेरा डाला था। मायङ के राजा के अतिरिक्त दूसरे छोटे-मोटे रजवाड़ों ने भी एकजुट होकर यहाँ कभी भी मुसलमानी बादशाही नहीं जमने दी। शराई घाटी-युद्ध में भी ये अहोमों की ओर से लड़े थे, जिसमें अनेक क्षत्रिय राजाओं से सहयोग प्राप्त हुआ था। तीन लाख प्रजा सहित पहाड़ी राजा भी आये थे। सबके चेहरे पर उत्साह, हृदय में शक्ति और चाल में मस्ती दीखती थी। तभी लचित बरफुकन ने कहा था—'मुगलिया फौज क्या चीज है? क्या हमारे राज्य में वैसे बहादुर नहीं?' और असमिया सैनिकों ने इस शराई घाटी लड़ाई को गुरिल्ला तरीके से लड़कर जीत लिया था। यह अंचल सुरक्षित रहा आया था। यह इतिहास-सिद्ध घटना है। लेकिन अब इसे हम भूल गये हैं।

—हां, हम सिर्फ भूल गये हैं, गोसाईं ने सोचा। उन्हें बचपन में ही 'बाँही' में अथवा कहीं और पढ़ी हुई कमलाकान्त की एक उक्ति याद हो आयी : 'वस्तुत: कायर का कोई धर्म नहीं होता। कायरता ही उसका एकमात्र धर्म होता है। जिसका तन और मन सबल है, उसके पास ही नैतिक बल अधिक रहता है।' यह सच है। इस समय ये बातें याद आते ही मन अस्थिर हो जाता है। हम असमिया भीरु बन गये हैं। इसीलिए हमारा कहीं भी स्थान नहीं। हमारा जीवन संकीर्ण हो गया है। हमें इसे विस्तृत करना होगा। महान त्याग के बल पर हमें अपने को प्रतिष्ठित करना पड़ेगा।

खेत की मेंड़ पर तेजी से बढ़ते हुए गोसाईं मोड़ पार कर राजा मायङ के रास्ते पर आ पहुँचे। वहाँ से भी उसी तेजी से चौकीघाट की ओर चल पड़े। चौकीघाट से कमारकुची तक एक घण्टे का रास्ता है। गोसाईं ने एक बार आकाश की ओर देखा। अभी पौ नहीं फटी थी। पर रास्ता साफ दीख रहा था। उनके मन से चिन्ता धीरे-धीरे विलीन होती गयी, चित्त सहज होता गया।

चौकीघाट पर एक गश्ती चौकी थी, इसी रास्ते से पाँच फुट पर। किन्तु वह स्थान गोसाईं के परिचितों से भरा था। वे सभी इन्हें सदा उसी रास्ते कमारकुची सत्र

आते-जाते देखते हैं, इसलिए वहाँ आशंका की कोई बात नहीं थी।

गोसाईं धीरे-धीरे चौकीघाट पार कर गये। उसके बाद शुरू हो जाता है, घना जंगल। तब तक सूर्य भी निकल आया। निराले रंगों के घोड़ों पर सवार सूर्य ने अपनी सुदूर की यात्रा आरम्भ कर दी। जंगल के बीच एक सँकरी-सी पगडण्डी थी जो ओस गिरने के कारण फिसलन-भरी हो गयी थी। अगल-बगल फैली काई पर जोंकें रेंगती दीख रही थीं। छत्तन के एक पेड़ पर बैठे कुछ बन्दर गोसाईं की ओर घूर रहे थे। एक पेड़ से लिस्सा चू रहा था। शायद वह लाह या धुना का पेड़ था। पेड़ में कहीं छिपी एक बुलबुल गा रही थी। गोसाईं ने ऊपर की ओर देखा, पर कुछ दिखाई न पड़ा। पेड़ के पत्तों से रोशनी छनकर नीचे फैल रही थी। उसमें कुछ कपौ फूल चमक उठे थे। कुछ और पक्षियों का कलरव सुन गोसाईं का मन कातर हो उठा। वे समझ नहीं पाये कि वह पक्षियों की मिली-जुली आवाज थी या स्वयं उनकी पत्नी गोसाइन की। उन्हें लगा, मानो किसी ने सुनहरे फूलों को रेशमी धागों में पिरोकर आकाश में टाँग दिया हो। या किसी लड़ाई के नौसिखिये सिपाही रो रहे हों। या कि यह कहीं मौन की ही आवाज तो नहीं? जंगल को हिला देनेवाली उस हृदय-विदारक आवाज से उनका हृदय दहल उठा। चलते समय गोसाइन से बात न कर पाने का दुःख भी उन्हें विचलित करने लगा।

गोसाईं के पग अब और तेजी से बढ़ने लगे थे। वे सोच रहे थे : गोसाइन सचमुच डर गयी है। वह इस तरह कभी डरी नहीं थी। पर डरने का कोई कारण तो है नहीं। यही न कि मैं मर जाऊँगा? मरना तय है तो मरूँगा ही। ऐसा कहने में कुछ लगता नहीं, किन्तु सोचते ही हृदय काँप उठता है। कोई भी मरने के लिए तैयार नहीं होता। सभी जीना चाहते हैं।

—अब तक की किसी योजना में कहीं चूक भी तो नहीं हुई है। कहीं पर भी कागज का टुकड़ा तक नहीं छोड़ा, जिस पर एक भी शब्द लिखा हो। समाचार-पत्रों में तस्वीर छपवाने-सा यह काम तो है नहीं। वह सब तो सुखी और गपोड़ियों का काम है। वे लोग अपने वक्तव्य को जान-बूझकर समाचार-पत्रों में छपवाते हैं। कुछ भी नहीं छिपाते वे। जेल जाते समय उन्हें गेंदे की माला मिलती है और जेल से छूटकर बाहर आने पर भी। इस काम में न तो माला मिलनी है और न प्रचार ही होना है। छोटा-सा पुर्जा भी मिल गया तो पकड़े जाने का डर है। कुशल कोंवर के कुछ अक्षर ही उसके लिए काल बन गये। उसे फाँसी भी हो सकती है। इन्द्रेश्वर, मेठोन आदि को भी सजा हुए बिना न रहेगी।

—सुना है, अब कोंवर की पत्नी जीते जी विधवा की तरह ही रोती रहती है। गोसाइन के प्राण भी आशा-निराशा में आन्दोलित हैं। हिरणी के क्रन्दन ने मौत

की सूचना जो दे दी है। बस, इसी आशंका में सन्तप्त बिल्ली-सी तड़प रही है। मेरी मौत पर सबसे अधिक वह ही रोएगी और लोग तो आह-ओह कर रह जाएँगे।

—कहेंगे, 'हाय राम! दयालु आदमी था।' कुछ और लोग कहेंगे कि 'इकतारा के तार की तरह ही सीधा और साफ दिलवाला था।' स्त्री और पुरुष का यह मेल कितना आश्चर्यपूर्ण है कि वह दोनों एक-दूसरे के लिए इस प्रकार समर्पित हो जाते हैं। एक प्राणी दूसरे के लिए इस प्रकार सोचता है। जो भी हो, ऐसा सोचना ही आदमीयत की पहचान है।

—आनेवाली विपदा के बारे में सोचना अच्छा नहीं। भला मैं मरूँगा ही क्यों? अब तक तो सब काम सुचारु रूप से ही हुआ है। अलग हो जाने के बावजूद लयराम अभी अपनी मुट्ठी में है ही। बानेश्वर राजा, वह ठहरे जिद्दी स्वभाव के। न तो उनकी जुबान पर लगाम है और न मन में स्थिरता ही। हाँ, लयराम को उनकी नजरों से दूर ही रखना पड़ेगा। फिर जब पंचायत बैठेगी तब लयराम को सबसे अधिक डाँट-फटकार वे ही सुनाएँगे। ऐसे व्यक्ति के साथ शान्त वातावरण में ही काम करने का आनन्द मिलता है। इस लड़ाई के मोर्चे पर तो उन पर गुस्सा ही हो आता है। कभी-कभार क्रोध और आनन्द एक जैसे लगने लगते हैं। दधि ठहरा बुद्धिमान। वह बानेश्वर राजा को किसी-न-किसी तरह सँभाल लेगा। सिर्फ उस रखैल को सँभालना कठिन होगा। किन्तु वह भी हमारी गुप्त योजना की सूचना शइकीया को देगी नहीं। इन बन्धनों के बीच ही तो मायङ् के लोग रह रहे हैं। वरना इतने पहरेदारों और इधर की बात उधर फैलानेवाले चुगलखोरों के होने पर इस काम की सूचना सरकार को जरूर मिल जाती।

गोसाईं को अपने आगे अचानक बरगद का एक विशाल वृक्ष दिखाई पड़ा। पास ही एक विशाल चट्टान पर लम्बोदर गणेश की एक मूर्ति उत्कीर्ण थी। सहज ही यह भान नहीं होता था कि वह मूर्ति गणेश की ही है। वहीं बैठे आहिना कोंवर और भिभिराम आँख-कान बन्द किये पान चबाने में मग्न थे। आहिना अचकन और धोती में था। उसके सिर पर एक पगड़ी थी। माथे पर एक गाढ़ी लम्बी रेखा भी उभर आयी थी।

मुँह में ताम्बूल लिये आहिना कोंवर ने कहा : "वह तो एकदम जोरू का गुलाम है, हे कृष्ण।"

"किसकी बात कह रहे हों कोंवर?" आहिना के आगे रुकते हुए गोसाईंजी ने पूछा। इस बार भिभिराम आँखें खोलकर खड़ा हो गया और गोसाईं की ओर देखते हुए बोला :

"धनपुर की, और किसकी?"

"धनपुर के लिए इतना क्रोध क्यों?"

"वह पहाड़ की तरह अटल जो है।" भिभिराम हँस पड़ा।

आहिना कोंवर तमतमा उठा :

"हे कृष्ण, क्या वह भी मनुष्य की गिनती में है? वह तो किसी अन्धे देश के व्यक्ति-सा लगता है। भला देखिए तो, हे कृष्ण, क्या लयराम को जिन्दा मछली की तरह फाँसकर लाना चाहिए था! वह स्वभाव से लाचार है, हे कृष्ण, यानी मैं लयराम के बारे में कह रहा हूँ। उसकी ही कृपा से हम लोग मछली-अछली खा-पी रहे हैं। जरूरत पड़ी तो उससे अफीम भी मिल जाती है। मुसीबत में दो-चार पैसों से भी वही मदद करता है, हे कृष्ण! और वह साल में दो-तीन बार लोगों को भोज भी खिलाता है। एक बार बिहु में, एक बार महापुरुष शंकरदेव की तिथि पर और फिर बाढ़ के उतर जाने पर। हे कृष्ण, इस पाखण्डी ने उसे एकदम पुतला बनाकर रख दिया है।"

गोसाईं गम्भीर बने रहे। बोले :

"आतन बूढ़ागोहाईं की एक उक्ति याद है आप लोगों को? 'घरुवा पोखर का पानी उलीचने में सिंघी मछली भी आठ-दस व्यक्तियों को बींध लेती है।' फिर यह तो युद्ध ही है, इसलिए थोड़ा मतभेद होने पर भी आप लोगों को सब कुछ सँभाले हुए ही चलना है। धनपुर के बारे में अभी कुछ न कहें। राजा से भी मैं यही कह आया हूँ। गलती किसकी है, आखिर बात क्या थी—इन सब पर पंचायत में विचार किया जाएगा। अभी काम करने का समय है। यहाँ रुकने से काम नहीं चलेगा। चलिए, अब सूरज भी निकल आया है।"

"हे कृष्ण! कमर दुखने लगी है, गोसाईंजी। अब तो शरीर में जोर भी नहीं रह गया। बूढ़े बाघ से कोई नहीं डरता। हिरण भी गाल चाटने चला आता है। इसे आपने लेकिन, बहुत बढ़ा-चढ़ा दिया है। मूर्ख को सिर पर चढ़ा लेना विपदा-जनक है, हे कृष्ण..." कहते हुए कोंवर भी चलने की तैयारी करने लगे।

तभी भिभिराम ने मुस्कराते हुए कहा :

"कोंवर झूठ-मूठ सन्देह कर रहे हैं। हम भोजन करते हैं पाँचों अँगुलियों से लेकिन जब अँगूठा ठेलता है तभी खाना भीतर जाता है। धनपुर जैसे शरारती को सँभालने के लिए ही तो आप जैसे साथियों को लाया हूँ। आप स्वयं अपने को छोटा न बनाएँ।"

आहिना कोंवर हाथ में लाठी लिये हुए हाँफते-हाँफते चल पड़े। चलते समय लम्बोदर गणेश के आगे उन्होंने एक बार अपना सिर झुकाया।

गोसाईं ने भिभिराम से पूछा, "धनपुर और मधु को गये काफी देर हो गयी। वे अपने सामान को ठीक-ठाक ले गये हैं न?"

"हाँ, ले गये हैं। धनपुर के हाथ में रिंच, दाव और लोहे का एक डण्डा है। मधु को बन्दूक बड़ी होशियारी से ले जानी पड़ी है। वे अब तक कपिली को पार कर चुके होंगे।"

गोसाईं ने सन्तोष की साँस ली। फिर बोले :

"सुभद्रा ने आत्महत्या कर ली है।"

"क्या?" भिभिराम अकचका गया।

"हाँ।" कॅली दीदी ने आकर समाचार दिया है।

गोसाईं ने संक्षेप में पूरी घटना सुना दी। सुनते ही भिभिराम का मन भारी हो आया। आहिना कोंवर के मुँह से ठण्डी आह निकल पड़ी। वह बोला :

"हे कृष्ण! कलेजे से धुआँ उठ रहा है।"

गोसाईं ने आगे कहा :

"सिर्फ सुभद्रा की ही नहीं, कुछ और भी बातें हैं। गहपुर और ढेकियाजुली में भयानक अत्याचार हुए हैं। एक युवती और एक छोटी-सी लड़की को गोली से उड़ा दिया गया है।"

गोसाईं ने इस बार गोसाइन से सुनी कहानी दोहरा दी। दोनों घटनाओं के बारे में सुनकर भिभिराम की भृकुटी तन गयी। आहिना कोंवर 'हे कृष्ण-हे कृष्ण' कहते हुए ठण्डी आहें भरने लगे। बातचीत बढ़ाने की किसी की इच्छा नहीं हुई। इन्हीं घटनाओं को सुनते-सुनते दो मील का लम्बा रास्ता और आधे घण्टे का समय कब पार हो गया, किसी को पता भी न चला।

और आगे चर्चा करने की किसी की इच्छा न थी। फिर भी आहिना कोंवर से चुप नहीं रहा गया। बोला :

"फूलगुड़ी के धेवा आन्दोलन के बारे में पिताजी से सुना था, हे कृष्ण! पिताजी वहाँ गये भी थे : अफीम की खेती बन्द करने के लिए। हे कृष्ण, लोग अस्त्र-शस्त्र लेकर उठ खड़े हुए थे। अफीम की खेती तो एक बहाना-भर था। वह दरअसल आजाद होने की इच्छा थी। वहाँ सिंगर साहब की हत्या कर दी गयी थी। हे कृष्ण, लोग एकजुट होकर बढ़ते चलें तो डर नहीं है। इसके लिए तो चींटी से लेकर हाथी तक को एकजुट होकर रहना पड़ेगा।"

"यही तो मैं उस समय से कह रहा हूँ, कोंवरजी। चींटियाँ यदि एक साथ बह जाएँ तो भी मरतीं नहीं। लयराम और धनपुर में किसकी गलती अधिक है, इसका विचार बाद में किया जाएगा। किन्तु अभी काम का समय है।" कहता हुआ भिभिराम एकाएक ठिठक गया। उसकी नजर कहीं दूर जा अटकी थी। गोसाईं के पास सिमटकर फुसफुसाया, "जरा उधर तो देखिए। लगता है, सिपाही ही हैं। इसी ओर चले आ रहे हैं।"

गोसाईंजी का ध्यान पहले ही उधर जा चुका था। धीरे से बोले :

"हमें बातें बन्द कर चुपचाप चलना चाहिए, यही अच्छा होगा। अब छिपने की कोशिश करने पर वे सन्देह करेंगे।"

तीनों चुपचाप आगे बढ़ते हुए फौजियों के पास पहुँचे। संख्या में पाँच थे वे। शायद कपिली पार कर ही इधर आये थे। चार के हाथों में बन्दूकें, पीठ पर बोरे और पैरों में बूट थे। खाकी वर्दी भी बिलकुल गुड़ी-मुड़ी दीख रही थी, शायद दो-तीन दिनों से बदली नहीं होगी। मुँह सूखे हुए थे। एक के हाथ में जरीब थी। गोसाईं को देख एक ने टूटी-फूटी हिन्दी में कहा :

"मायङ् कितना दूर? वहाँ से काजलीमुख कितना दूर?"

"यहाँ से मायङ् साढ़े सात मील और काजलीमुख बारह मील है।" गोसाईं ने शुद्ध हिन्दी में उत्तर दिया।

दूसरे फौजी ने पूछा : "नाव से कितना टाइम लगेगा?"

गोसाईं ने बताया : "काजलीमुख तक चार घण्टे।" आगे खुद ही प्रश्न कर बैठे, "आप क्या यहाँ जमीन नाप करने आये हैं या कोई और काम है?"

फौजी ने हँसते हुए जवाब दिया :

"सुना है, इस इलाके में काफी धान हुआ है, लेने आया है।"

गोसाईं कुछ बोले नहीं। उन्होंने कोंवर और भिभिराम को आगे बढ़ने का इशारा किया। कुछ दूर आगे एक सुरक्षित स्थान पर पहुँचकर कहने लगे :

"भिभिराम, समझ गये न, क्या हो रहा है?"

"समझने को कुछ भी बाकी नहीं। इन्हें किसी ने यहाँ धान होने की खबर दी है। जरूरत पड़ने पर ये खेत से भी धान काटकर ले जाएँगे। यही न!"

"हे कृष्ण, दाम देंगे या नहीं?" आहिना कोंवर को चिन्ता व्यापी।

"दाम तो देंगे ही, लेकिन बाजार भाव से आठ रुपये कम।"

"डाकू कहीं के! हे कृष्ण।"

"मुझे तो कुछ और ही सन्देह हो रहा है," गोसाईं बोले।

"क्या?" भिभिराम ने पूछा।

"इन्हें बुलाया किसने? मुझे तो लगता है कि यह लयराम के सिवा और किसी की करतूत हो ही नहीं सकती।"

"अरे वही, अपना लयराम? हे कृष्ण, हो सकता है। उसके तो धान का भी कारोबार है : पुराना धन्धा। मायङ् के सब लोगों का धान वही खरीद लेता है।"

गोसाईं ने कहा, "उसने यह अच्छा नहीं किया। इसके पीछे कुछ और रहस्य जान पड़ता है। मिलिटरीवाले तो उसी के यहाँ टिकते हैं न!"

"टिकेंगे क्यों नहीं।" आहिना कोंवर ने अनुमोदन किया। "यह तो जाने पर ही पता चलेगा कि वहाँ रात में क्या होता है। हे कृष्ण, उस रखैल ने आप लोगों के कुल को भी कलंकित कर दिया है। अब वह सम्पत्ति में भी हिस्सा माँग रही है। कृष्ण-कृष्ण!"

"तब तो मेरा सन्देह ठीक है," गोसाईं ने कहा। "लेकिन आप और बानेश्वर राजा उसे जितना सीधा समझते हैं, वह उतना सीधा है नहीं। उस पर विश्वास नहीं किया जा सकता।"

"हे कृष्ण, आपकी यह बात भी एकदम सही है। सेम की लता का ओर-छोर पाना बड़ा मुश्किल होता है।"

तभी भिभिराम पूछ बैठा :

"आश्रम अब और कितनी दूर है?"

"वह रहा, उन पहाड़ियों के बीच।"

# पाँच

सन्ध्या का समय। चारों ओर ऊँची-ऊँची पहाड़ियाँ। पेड़-पौधों को ढाँकती हुई उतर आयी एक विशाल पक्षी के डैनों की तरह काली छाया।

सामनेवाली पहाड़ी पर दूसरी ओर से आती हुई एक काली गाय पर गोसाईं की नजर टिक गयी। गाय रँभा रही थी, जैसे उसका बछड़ा कहीं खो गया हो। धीरे-धीरे वह गोसाईं के पास आ पहुँची। गोसाईं धुँधले प्रकाश के बावजूद उसे पहचान गये। साथ ही उनका चिन्ता से बोझिल मन हलका हो गया। उसकी पीठ सहलाते हुए उन्होंने पूछा, ''बछड़े को कहाँ छोड़ आयी?''

गोसाईं का हाथ एक बार उसकी आँखों पर जा पड़ा। अँगुलियों के भीजते ही वे समझ गये कि इसका बछड़ा अब जीवित नहीं है। इसका नाक-मुँह आँसुओं से भीग गया है।

तभी हाँफते हुए आहिना कोंवर कहीं से आ निकले। अँधेरे में वह एक भालू की तरह ही झूमते हुए आते दिखाई पड़े। उनके हाथ में एक टोकरी थी। ''किस साहस से, हे कृष्ण, भीतर जाऊँ?'' घबराहट का यह स्वर उनके मुँह से रुक-रुककर वैसे ही निकल रहा था जैसे चापाकल से पानी।

''क्यों?'' गोसाईं ने विस्मित होते हुए पूछा।

''वनराज!...देखते नहीं कितनी उत्कट दुर्गन्ध फैल रही है! दहाड़ भी सुनी है। हे कृष्ण, उसने दो गायें मार रखी हैं।''

आहिना आँगन में ही बैठ गया। उसने टोकरी में पड़े नाहर के बीज की ओर इशारा करते हुए कहा :

''तो भी काम हो गया। हे कृष्ण, नाहर के बीज रास्ते में जलाने के लिए अच्छा होगा। हे कृष्ण, भिभिराम ने आम के झंखाड़ भी इकट्ठे किये हैं। वह भी तो वनराज की तरह ही साहसी है। उसने एक मोटे झंखाड़ को काटकर ही दम लिया, हे कृष्ण।'' आहिना एक ही साँस में यह सब कह गया।

गोसाईंजी ने गाय का थन छुआ, ''दूध पसीज रहा है।''

आहिना ने भी गाय की ओर देखा। बोला :

''दहेज में आपको यही गाय मिली थी न? हे कृष्ण, यह यहाँ कैसे आ गयी?'' थोड़ी देर रुकने के बाद पुनः बोला, ''हाँ, समझ गया। हे कृष्ण, यह

उसी ठेकेदार का काम है। मसाले बनानेवाला, दुश्मन कहीं का, हे कृष्ण!"

गोसाईं ने कुछ नहीं कहा। वे सोचने लगे : आजकल गाँव से गाय-बैल-भैंस सबको इसी तरह हाँककर अन्यत्र बेच देना आम बात हो गयी है। इस गाय का बछड़ा या तो कहीं बिछुड़ गया है या फिर उसे बाघ खा गया है। किन्तु वे दो गायें किसकी हैं? आते समय उन्हें अपनी गौशाला एकदम सूनी दिखी थी। सम्भवतः इस रास्ते से हाँककर लाते समय इसने इस आश्रमवाले घर को पहचान लिया, तभी जंगल से भटककर यह इधर चली आयी है। निश्चय ही यह घटना कल घटी होगी। परसों रात से ही मधु गाय को बाँध नहीं सका।

हाँकनेवाले को भी शायद यह जंगल में नहीं मिली। तभी से यह यहीं छूट गयी। यह गाय गोसाइन की आँखों का तारा है, बिलकुल सन्दूक की ही तरह। इसका एक बछड़ा अभी एक माह का भी नहीं हुआ था। गोसाईं ने अनुमान लगा लिया कि गायें बचीं नहीं। सम्भवतः बैल भी बाघ का आहार बन चुके हैं।

यह समय सोच-विचार का नहीं था। वे गाय को तुरन्त आश्रम के बगलवाले गौशाला में हाँक ले गये और उसे भीतर कर बाहर से बेड़े को बन्द करके लौट आये। तब तक चाँदनी फैल चुकी थी।

आहिना गठरी उठाकर चलने को तत्पर हुआ। भिभिराम तब भी पहुँचा नहीं था। गोसाईंजी ने अगहनी पूनम के चाँद की ओर देखा। उन्हें लगा जैसे उनके अन्तस् में बहती नदी के दोनों छोर कटते जा रहे हैं और उसका सोता किसी विशाल गह्वर में प्रविष्ट होता जा रहा है। औरों के लिए उस चित्र को देखना सम्भव नहीं था, लेकिन आँखों से आँसू झरझराती इस काली गाय की नाईं ही गोसाइन का अश्रुपूर्ण मुखड़ा और पूजा में बलि चढ़ानेवाले के ललाट पर चमकते हुए लाल टीके के समान पूर्णिमा के इस चाँद को देखते ही उस नदी का चित्र उनके समक्ष प्रत्यक्ष हो उठा था।

तभी कहीं से उड़ता हुआ एक पक्षी कार्तिक में जलाये जानेवाले आकाशदीप पर विश्राम करने की इच्छा से आ बैठा। किन्तु बाँस के हिल उठने से वहाँ से भी उड़कर वह पास ही आश्रम के छप्पर पर जा बैठा।

"यह उल्लू है, हे कृष्ण! इसे पहचानते हैं न गोसाईंजी?" उस पक्षी की ओर संकेत करते हुए आहिना ने पूछा।

गोसाईं ने सिर उठाकर देखा। आहिना धा-धाकर उसे भगाने की कोशिश करने लगा। तभी हाथ में मशाल लिये भिभिराम आ पहुँचा। किसी से कुछ न कह वह सीधे अन्दर चला गया। थोड़ी देर बाद कन्धे और पुरानी गठरी और हाथ में मशाल सँभाले हुए बाहर आया। आते ही उसने आहिना से कहा :

"आहिना भैया! एक मशाल आप भी ले आइए।" फिर गोसाईं को लक्ष्य कर बोला, "प्रभु! अब हमारे लिए यहाँ से चल देना ही अच्छा रहेगा।"

"ए बहुरुपिये! देखता नहीं, हे कृष्ण, घर की मुँडेर पर क्या है! इसकी आँखों के सामने धनपुर की आँखें ना-कुछ हैं। हे कृष्ण, ठीक वैसी ही आँखें हैं। हे कृष्ण, सिर पर इस काल को लेकर कहाँ जाओगे?"

भिभिराम पहले कुछ उदासीन-सा हो गया। लेकिन फिर सतर्क हो बोला, "पक्षी ही तो है। देखिए न, इसके आँख, चोंच, पंख, टाँग—सब कुछ हैं। आदमी होकर इससे डरना क्या?"

भिभिराम के मुख की ओर देखकर आहिना अवाक् रह गया। कैसा रौद्र रूप धारण कर लिया है इस दुबले-पतले बहुरुपिये ने! वह खामोश ही रहा, और चुपचाप अन्दर चला गया।

भिभिराम ने कहा, "लगता है कि आप भी मन-ही-मन लोहार की भट्ठी की तरह स्वयं जल रहे हैं। मन को इतना चंचल नहीं होने देना चाहिए। मैं कल से ही गौर कर रहा हूँ, माया आपको पीछे की ओर खींच रही है। पत्नी, गाय-बैल, धान; और तो और आकाश का यह चाँद भी—सब माया ही तो है। रूपनारायण के आने की बात थी, अब तक वह भी नहीं आया। इस संसार में आते समय कोई किसी को साथ लेकर नहीं आता। आये हैं अकेले और यहाँ से जाएँगे भी अकेले ही। यह आहिना भी अन्दर से एकदम खोखला है—खाली बक्से की तरह। इसने असलियत अभी जानी ही नहीं है। चलिए, चलें।"

गोसाईं ने भिभिराम की ओर देखा और अपनी उसी गम्भीर मुद्रा में बोले :

"यह सच है कि मैं अपनी प्रिय चीजों को नष्ट होते देखकर थोड़ा विचलित अवश्य हो गया हूँ, किन्तु मैंने किसी काम में शिथिलता नहीं बरती है। काम ही असली बात है न? कमारकुची आश्रम से अभी चलने का समय नहीं हुआ है। जो भी हो, रूपनारायण अवश्य आएगा। उसके साथ किसी और के आने की भी बात थी। यहाँ थोड़ी देर और रुकना ही अच्छा होगा। इसलिए मशाल अभी बुझा दो भिभि!"

"कहा नहीं जा सकता कि रूपनारायण के अभी तक यहाँ नहीं पहुँचने का क्या कारण है। पहले सूचित किये गये सहयोगियों में से किसी के आने की बात थी क्या?" भिभिराम मशाल को जमीन पर पटक-पटककर बुझाने लगा। उसकी चिनगारियाँ चारों ओर बिखर गयीं। गोसाईं ने वहीं से आहिना को पुकारते हुए कहा :

"अभी मशाल मत जलाइए। और हाँ, पतीले में चाय के लिए थोड़ा-सा पानी रख दीजिए।"

आहिना को यह रुचिकर लगा। पिछले दो दिनों से वह अफीम की टिकिया भी गर्म नहीं कर पाया था। उसके लिए मानो यह सुयोग मिल गया। अलाव पर पानी रखकर वह अफीम की टिकिया, पान के डण्ठल, चीनी आदि सामान निकालकर

वहीं जम गया।

मशाल बुझते ही गोसाईं ने कहा, "यहाँ से घटना-स्थल तक का रास्ता जंगलों से होकर जाता है। बाघ, भालू, हाथी, साँप—कुछ भी मिल सकते हैं। यहाँ से गारोगाँव का रास्ता दो घण्टे का है। उसी के पास नेपाली बस्ती है। इस अंचल में सरकारी गश्ती दल भी हैं। कल और आज दो दिनों से इधर मिलिटरीवालों की चहल-पहल भी बढ़ी हुई दिखाई दे रही है। वे मील आधा-मील पर चौकियाँ बना रहे हैं। वस्तुत: उन्हें चौकियाँ न कहकर लुकने-छिपने के अड्डे कहना ठीक होगा। इसलिए गारोगाँव का रास्ता अभी आज रात ही तय करना होगा। कल वहाँ से कर्म-स्थली पर पहुँचने के बारे में भी आज ही निर्णय कर लेना होगा। इसीलिए उनमें से किसी एक को बुलाया था। इसके बावजूद ऐसी परिस्थिति में सोच-समझकर ही एक-एक पग बढ़ाना होगा।"

आँगन में चाँदनी फैल चुकी थी। उल्लू तब भी मुँडेर पर बैठा था। गोसाईं को ऐसा प्रतीत हुआ मानो वह उन पर, उनके द्वारा चलाये जानेवाले आन्दोलन पर और देश के भविष्य पर नजर जमाये हुए है। वे मन-ही-मन हँस पड़े। परम्परागत संस्कारों से सम्पन्न होने के कारण वे सोचने लगे : लक्ष्मी का वाहन भी तो है उल्लू। लक्ष्मी और नियति—मंगल और अमंगल, सौभाग्य और दुर्भाग्य दोनों एक ही जीव में निहित हैं।...और तभी उन्होंने उल्लू को अपनेपन की भावना से स्वीकार कर लिया।

भिभिराम अपनी धुन में था। वह बोला :

"दो-चार और बन्दूकों की आवश्यकता थी। फिर मधु को बुखार भी था। उसी हालत में वह गया है। पता नहीं, कहीं उसने कुछ उत्पात तो नहीं किया। आप क्या समझते हैं?"

"जब तक धनपुर है, तब तक तुम एकदम निश्चिन्त रह सकते हो। बस, संक्षेप में इतना ही जान लो।" गोसाईं ने अनमने भाव से ही उत्तर दिया। उस समय उन्हें बन्दूकों की चिन्ता नहीं थी। वे चिन्ता कर रहे थे मनुष्य के अज्ञान की, और अज्ञान से मुक्ति पाने के लिए मानव द्वारा प्राप्त किये गये ज्ञान की। ज्ञान और अज्ञान—कितनी विचित्र हैं ये भावनाएँ! एक कुरूप पक्षी तक मनुष्य की नियति और लक्ष्मी : दुर्भाग्य और सौभाग्य बन जाता है। मतलब यह है कि दुर्भाग्य और सौभाग्य के बीच लेशमात्र का ही अन्तर है। इस बात को प्राय: सभी समझते हैं। और उन बैलों की ओर क्यों नहीं देखते? अभी कुछ समय पहले तक वे थे गोसाईं के घर के सौभाग्य यानी लक्ष्मी, किन्तु अब वे वनराज के आहार बन चुके हैं। बड़ी मछली छोटी मछली को निगल जाती है; प्रकृति के नियम की यही नियति है, यही दुर्भाग्य है। हिरणी का क्रन्दन भी वैसा ही है। कुछ दिन पहले तक वह हिरणी थी जंगली जीव,

पर अब वह सुभद्रा बन गयी है। पुनर्जन्मवाद भी एक धोखा है? इसके बावजूद है वह कितना सुन्दर और आकर्षक, और साथ ही साथ मन की सान्त्वना के लिए एक काल्पनिक आधार!

भिभिराम ने बात आगे बढ़ायी :

''उस पर मेरा भी विश्वास है। लेकिन धूमकेतु की तरह ही अगर कोई किसी पर गिरा तो वह भी कुछ नहीं कर सकता। निश्चय ही वह ऐसा-वैसा आदमी नहीं है। वह जितना देह बचाकर चलना जानता है, समय आने पर अपने को उतना झोंक भी सकता है। फिर भी बाघ, हाथी जैसे जंगली जानवरों को ध्यान रख एक-दो और बन्दूकें तो चाहिए ही।''

''चाहिए कहने भर से ही कहीं से मिल तो जाएँगी नहीं। दो दिनों से चक्कर लगा रहा हूँ, पर अभी तक एक भी तो नहीं पा सका हूँ। अब एकमात्र रूपनारायण पर ही भरोसा है। पता नहीं उसका क्या हुआ?'' गोसाईं ने अचानक प्रश्न किया।

भिभिराम कुछ चिन्तित हो उठा : इस देश में घड़ी के काँटे मिलाकर, ठीक समय पर काम करना कठिन है। मन के काँटे मिलाने पर ही काम होता है। कामपुर हो या नगाँव या फिर रोहा, सभी जगह पुलिस और मिलिटरीवाले जनता से सामूहिक जुर्माना उगाह रहे हैं। सवेरा होने के पहले ही वे बैठकखाने का दरवाजा खोलकर घरों में घुस आते हैं। कुहराम मचाकर सोये हुए लोगों को जगाते हैं, उनसे जुर्माना माँगते हैं। जगने पर बेचारे आँखें मलते यदि इतना ही पूछ बैठें कि जुर्माना किस बात का है, तो वे थप्पड़, लात, घूँसे और बन्दूक के कुन्दों से मार-मारकर कहते हैं 'भोले बनते हो? मृत्यु-वाहिनी को तुम लोग ही बढ़ावा देते हो, उन्हें पाल-पोस रहे हो, चन्दे देते हो, घर में छिपाकर हमें धोखा देते हो, घर के पिछवाड़ों से भगाकर हम पुलिसवालों को गालियाँ देते हो; ठेकेदार के आने पर उसे बाँस, लकड़ी, चावल-दाल, मिर्च-मसाले, आलू-अरुई—कुछ भी नहीं होने के बहाने बनाते हो; जान-पहचानकर भी पुल तोड़नेवालों, सड़क काटनेवालों को बताते नहीं हो और इस समय पूछते हो कि जुर्माना कैसा! सरकार ने सामूहिक जुर्माना किया है। हम उसे ही वसूलने आये हैं। आदमी का घर देखकर ही जुर्माना लगाया गया है। नकद देना है तो बीस रुपये, नहीं तो उसके बदले बर्तन वगैरह देने होंगे। वह भी नहीं दे सकते हो तो औरत के गहने-जेवर उतारकर ही दो। कोई भी सुनवाई नहीं होगी। जहाँ कहीं से भी हो, दो। नहीं देने पर मार तो पड़ेगी ही, गिरफ्तार भी किये जाओगे और घर का सामान नीलाम पर चढ़ा दिया जाएगा।'

—घर के भीतर सीधे बूट पहने हुए ही घुस आते हैं वे। उसके घर की भी कुर्की होने की बात थी। ऊपरी असम हो या निचला असम, कहीं भी बाकी नहीं है। सब जगह एक ही बात है। उसके बाद वे सबको गिरफ्तार कर थाने ले जाते

हैं। दुधमुँहे बच्चों को लिये माताओं; फ्रॉक, गमछे, फटे जाँघिया पहने लड़के-लड़कियों को गाय-बैल की तरह हाँकते हुए थाने में पहुँचा देते हैं। जो भी उस दृश्य को देखता है, हाय-हाय कह उठता है। कुछ तो क्रोध में आग-बबूला हो जाते हैं और कुछ दुःख से कलङ् की धारा की तरह आँसू बहाने लगते हैं।

—आजकल शान्ति-सेना पर भी अनेक दायित्व आ पड़े हैं : जैसे, बन्दी बनाये गये लोगों को थाने से जमानत पर छुड़ाना, थाने में उन्हें खिलाने-पिलाने और वकील खोजकर जेल से छुड़ाने की व्यवस्था करना और अन्त में भाड़े वगैरह का इन्तजाम कर उन्हें घर तक पहुँचाना आदि-आदि। कई बार रोगी और बीमार जन के लिए डोली-खटोली की व्यवस्था करनी पड़ती है। तिस पर भी घर लौटने पर लोग न केवल पुलिस और मिलिटरीवालों को, बल्कि वॉलण्टियरों को भी गाली-गलौज करने से नहीं चूकते। वॉलण्टियरों के लिए जो नाना प्रकार के सम्बोधन और गाली-गलौज प्रयुक्त होते हैं, उन्हें सुनकर अनुभव-हीन और कच्चे लोगों को क्रोध आये बिना न रहे।

—किन्तु महात्मा गाँधी के इन स्वयंसेवकों का क्या कहना! ये एकदम भिन्न प्रकार के प्राणी हैं। सब कुछ सुनकर भी सह लेते हैं, रोनेवालों को सान्त्वना देते हैं, गाली सुनने पर भी मुस्कराते रहते हैं और बार-बार भगाये जाने पर भी समझदारों की तरह धीरज बाँधकर बैठे रहते हैं। फिर लोगों में राग-द्वेष, क्रोध-शोक—ये सारे भाव रहते ही कितनी देर तक हैं, यही सोचकर गाँधीजी के ये वॉलण्टियर उस मनोभाव के मन्द होने तक प्रतीक्षा करते हैं। गजब का धैर्य है इसमें! मनुष्य का स्वभाव भी वृक्ष की नाईं है। डाल-पात काट लिये जाने पर वृक्ष को दो-एक दिन तो पीड़ा अवश्य होती है, लेकिन उसके बाद उसका घाव सूख जाता है। ठीक वही हालत मनुष्यों की है।

—शायद रूपनारायण भी इसी काम में जुटा है। तिस पर भी वह पण्डित है। शास्त्रों का अध्ययन भी उससे छूटा नहीं है। बन्दूकें एकत्र करने के लिए कहे जाने पर वॉलण्टियर पहले पुरजोर विरोध करते हैं, किन्तु बाद में जब रूपनारायण समझा देता है तो सभी स्वीकार कर लेते हैं कि बात बिलकुल ठीक ही है : कायर के लिए हिंसा या अहिंसा का कोई मूल्य नहीं होता। फिर गाँधीजी भी तो सबको अपना भार स्वयं ही सँभालने को कहते हैं। इस विकट परिस्थिति में अपनी बुद्धि ही साथ देती है। रूपनारायण द्वारा समझाये जाने पर मूर्ख भी समझदार बन जाते हैं। कभी-कभी समझाते समय वह घड़ी देखना तक भूल जाता है। समय का उसे ध्यान ही नहीं रहता। कभी-कभी तो मुसीबत आने पर भागना भी भूल जाता है। उसके साथ यही मुश्किल है।

भिभिराम ने कहा, ''यदि कोई अघटनीय घटना नहीं घटी तो वह आएगा जरूर।''

"मेरी भी यही धारणा है।" गोसाईं की खाँसी उपटना ही चाहती थी कि उन्होंने उसे संयमित कर लिया। इसे चौबीस घण्टों तक तो रोकना ही होगा। उसके बाद जो होगा, देखा जाएगा। उन्होंने गौशाला की ओर कान लगाया। बछड़े के लिए गाय अब भी रँभा रही थी। उसकी रँभाई उसके प्राणों का करुण क्रन्दन थी। उन्हें बार-बार गोसाइन की याद आने लगी।

उन्होंने चन्द्रमा की ओर निहारा। लगा, कि बादलों की एक टुकड़ी ने चाँद को वैसे ही ढक लिया है जैसे आँचल ने गोसाइन का मुखड़ा। यह चाँद भी विचित्र है! ग्रामीण वधू के मुखड़े जैसा कभी नहीं लगता वह। वह तो आँचल या ओढ़नी-विहीन अत्याधुनिक मेम साहिबा के मुखड़े जैसा ही दीखता है। या फिर कभी जिले के बड़े साहब के साथ शिकार के लिए मायङ् आनेवाली मेमसाहिबा के मुख जैसा दीखता है। मेम साहिबाओं के चेहरे ठण्डे देशों में ही सुन्दर दीखते हैं, इस गर्म देश में तो उनका चेहरा घमौरियों से भर जाता है। रहतीं तो वे अर्धनग्न हैं। गोसाइन की तरह नहीं रहतीं। शयनकक्ष से बाहर निकलते समय भी गोसाइन अपनी देह को पर-पुरुष की नजरों से भरसक बचाने की ही चेष्टा करती हैं। वृद्धावस्था तक यही रीति जारी रहेगी। आजीवन ऐसा ही चलेगा। पता नहीं क्यों, उन्हें अपने देह-सौष्ठव को प्रदर्शित करने में एक प्रकार का भय, संकोच होता है

"कल यदि मुझे कुछ हो जाए तो क्या होगा? हुँह, इन आपदाओं की बात भला मैं स्वयं क्यों सोच रहा हूँ। आकाश में जब तक चाँद रहेगा, तब तक वे भी रहेंगी और मैं भी रहूँगा," गोसाईं ने अपने आप से कहा।

अचानक बाहरी फाटक के खुलने की आवाज सुनाई पड़ी। भिभिराम आगे बढ़ गया। थोड़ी दूर पर ही उसने देखा कि रूपनारायण तो नहीं, हाँ एक महिला अवश्य इसी ओर आ रही है। उसे देखकर भिभिराम अचकचा गया। महिला को रोकते हुए उसने पूछा :

"कौन हो तुम? आश्रम में क्यों आयी हो?"

वह खिलखिलाकर हँस पड़ी। बोली :

"मैं डिमि हूँ। भिभि भैया, तुमने मुझे पहचाना नहीं?"

"डिमि!" भिभिराम की हालत ऐसी हो गयी, मानो वह जमीन पर खड़ा ही नहीं रह सकेगा : आश्चर्य है! इसे पता कैसे चला कि हम यहाँ हैं? फिर यहाँ आने की इसे आवश्यकता क्यों पड़ी? इससे पूछताछ कर अभी ही सब कुछ स्पष्ट कर लेना होगा। यह कामपुर का घर नहीं कि मुझे अपनी पत्नी के पास बैठाकर यह स्वयं कुदाल उठा खाँढ़-पिछवाड़े की सफाई करने के लिए निकल जाए। यह है लड़ाई का मैदान!

"यहाँ क्यों आयी हो डिमि? बोलो!" सतर्कता के लिए भिभिराम ने काठी

में पड़े दाव की मूठ पर अपना हाथ रख लिया।

डिमि फिर हँसने लगी। बोली, "क्या मैं पनवाड़ी का पान हूँ जिसे एक ही बार में काट दोगे? या मैं बलि का सुअर हूँ जिसकी तुम बलि दे दोगे? दाव पर से हाथ हटा लो, भिभि भैया। मैं यहाँ एक काम से आयी हूँ।"

"क्या काम है?" भिभिराम ने चाँदनी में उसके गोल-मटोल चेहरे पर नजर जमाये हुए ही पूछा, "और कौन आया है?"

"धनपुर।" डिमि हँसने लगी। "अब तो मान गये न कि यह सारी जगह मेरी आँखों में है। धनपुर ने ही मुझे यहाँ तक लिवा लाने को कहा और मैं उसे साथ लेकर यहाँ आयी हूँ।"

दाव की मूठ पर से भिभिराम ने अपना हाथ हटा लिया। फिर पूछा, "वह स्वयं क्यों नहीं आया?"

"वह धीरे-धीरे आएगा। यहीं, रास्ते के पास ही है। उसके साथ रूपनारायण भी आया है।" डिमि ने कहा।

भिभिराम ने जेब से एक बीड़ी निकाली। डिमि ने कहा, "बीड़ी क्या पीते हो? मेरे पास सनलाइट सिगरेट है। पिओगे?" और अपनी झोली से एक सिगरेट निकाल उसके आगे बढ़ा दी।

"यह तो कीमती सिगरेट है! कहाँ से लायीं?" कहते हुए भिभिराम ने बीड़ी अपनी जेब में रख ली। वह कभी अभाव में काम आएगी। सनलाइट सिगरेट मुँह में लगाते ही डिमि ने उसे निस्संकोच भाव से जला दिया और कहा :

"हमारे नोक्मा, गाँव के मुखिया, के यहाँ 'बँगला' उत्सव हो रहा है। आज छत्छत् छोवा हुआ है। वही बहुत सारी सिगरेटें लाया है।"

भिभि ने टोका :

"मिकिर लोगों का कोई बँगला उत्सव तो है नहीं। तुम लोगों का तो मैंने रंकेर उत्सव देखा है। यह बँगला क्या है?"

डिमि हँसती हुई बोली, "मेरी शादी गारो के साथ हुई है। लगता है, जैसे तुम जानते ही नहीं? बहाने क्यों बना रहे हो? यह उत्सव भी वही है। हमारे यहाँ आर्णाम पारोवे की पूजा होती है और यहाँ छालजङ् की। छालजङ् माने चिकलो—चन्दा।"

"ओ, अच्छा-अच्छा। लेकिन तुम गारो-पूजा छोड़कर क्यों आयीं।"

"नोक्मा को कहकर आयी हूँ," डिमि से उत्तर मिला।

हठात् चन्द्रमा को देखकर वह लजा गयी। बड़ा दुष्ट है यह चाँद। इसके सामने कोई बच नहीं सकता। आकाश से यह उसके वक्षदेश के गुप्त भाग को घूर रहा था।

धनपुर को बहुत दिनों के बाद पाकर डिमि बड़ी आनन्दित हुई। जो भी हो उसने एक दिन डिमि से प्यार हो आने की बात कही थी। डिमि को वह

आज भी याद है। विवाह नहीं हुआ तो क्या हुआ, मन के द्वार भी नहीं खुलेंगे क्या? पर अब तो धनपुर को भी एक लड़की मिल गयी है। कैसे बेधड़क हो सारी बातें बतायी थीं उससे। सुभद्रा का चेहरा बिलकुल उसके जैसा ही है। इसीलिए उसे अपना बनाने की इच्छा हुई। भला इससे अधिक दूसरा आदमी और क्या कहेगा? उसके प्रति उसमें बहिन जैसा ही स्नेह उमड़ पड़ा है। उसमें कोई और भाव नहीं है। सच बात तो यह है कि वह अपने देवर के मंगल के लिए ही उसके साथ यहाँ तक आयी है। इस स्थान के चप्पे-चप्पे से वह परिचित है। इस स्थान पर ही बाघ कई आदमियों को मारकर खा गया है। अभी दो दिन ही तो हुए हैं जब उसका देवर भी बाघ का आहार बन गया। बाघ को मारने की बात कहकर ही इन दोनों ने नोक्मा से बन्दूकें माँग ली हैं। आज रात ये बाघ को मारकर ही रहेंगे। जंगल के पास ही एक मचान है। अब तक ये उस पर अड्डा जमा चुके होंगे। वह उन्हें रास्ता दिखाती हुई आयी है। बाघ से बचने के लिए उसने बचपन में अपनी माँ से एक मन्त्र सीखा था। उसकी माँ गाँव की जानी-मानी ओझाइन थी। डिमि मन्त्र जानती है, यह सोचकर ही नोक्मा ने उसे इनके साथ आने की अनुमति दी है।

भिभिराम से सारी बातें विस्तारपूर्वक कहने का साहस डिमि नहीं कर सकी। उसने मात्र इतना ही कहा :

''मैं नोक्मा से कह आयी हूँ। मैं न होती तो इन्हें इधर का रास्ता कौन दिखलाता? दोनों रास्ता नहीं जानते थे।''

डिमि के यहाँ आने के गूढ़ रहस्य को जानने के लिए भिभिराम के मन में कौतूहल हो रहा था। लेकिन उन सब प्रश्नों को पूछना उचित न होगा, सोचकर वह चुपचाप रह गया। वह एकान्त मन से सिगरेट पीता रहा।

इधर डिमि ने भी एक सिगरेट जला रखी थी। वह पूनम के चाँद को टकटकी लगाये देख रही थी। साथ ही वह गुनगुनाकर मन्त्र पढ़ रही थी। बाघ झाड़ने का मन्त्र जानते हुए भी वह टकेरे या ओझाइन नहीं थी। किन्तु हड़बड़ी में भला इतनी रीति-नीति कौन मानता है? उसकी तो मात्र एक इच्छा थी—धनपुर को बाघ के आक्रमण से बचाना। मन्त्र पढ़ते-पढ़ते न जाने उसे क्या हो गया। उसे लगा जैसे चाँद नाचने लगा है—एकदम रिचमा नृत्य की तरह। नहीं, रिचमा की तरह नहीं बल्कि ओझा की तरह। नृत्य के ताल पर घर-द्वार, आर्णाम-आटुम, पेड़-पौधे और कपिली—सब-के-सब झूमने लगे हैं। बाघ मारने के पहले उसके गाँव में 'रंकेर पी' उत्सव मनाया गया था। उस समय गाँव के अनेक लोग सुअर, पाठे आदि की बलि देते हैं। मुखिया के घर पर भोज आयोजित होता है। उसके बाद भी यदि जंगल से बाघ नहीं भागता है, तब उसे मारने की व्यवस्था की जाती है।

डिमि को अब भी वैसे ही एक आयोजन की धुँधली स्मृति है—एक बार मन्त्र द्वारा कील देने के बाद लोगों ने जंगल की एक ओर जाल तानकर दूसरी ओर से ढोल बजाकर खेदा करते हुए बाघ को फँसा लिया था। फिर उसे तीर-भालों से गोद-गोदकर मार डाला था। जब वह जमीन पर गिर पड़ा तो 'उचेपि' ने खड़े हो उसके वंश का वर्णन किया था। ऐसा कहा जाता है कि पहले बाघ और मिकिर लोगों के पूर्वजों में मेल-जोल था, उनमें भाई-चारा था। किन्तु कालान्तर में लोग बाघ को छोड़कर चले आये। आजकल तो बन्दूक की एक गोली से ही बाघ मर जाता है। उसकी माँ कहा करती थी कि कभी भाले गाड़कर भी लोग बाघ को मारते थे। बाघ के आने-जानेवाले रास्ते पर भाले गाड़ दिये जाते थे। ठीक से लगने पर भाला बाघ के कलेजे और पीठ में घुस जाता था।

—ये सब पुरानी बातें हैं। लेकिन आज चाँद देवता इतना क्यों नाच रहे हैं! उसकी देह पर देवी आ गयी है क्या? उसका मरद का कहना है कि छालजङ् यानी चन्द्रमा के प्रसन्न मन से नाचने पर खेती अच्छी होती है—धान निर्विघ्न रूप से घर के बखार में आ जाता है। किन्तु आज तो कुछ और ही कारण है। रिचमा नृत्य करनेवाले तरुणों की नाईं ही आज तारे भी ढोलकिये बन गये हैं। अरे, यहाँ तो कोई वंशी बजा रहा है! कौन बजा रहा है यह! मेरी देह भी नाच उठी है।

भिभिराम ने सिगरेट का आखिरी कश खींचा। फिर डिमि को सावधान करता हुआ बोला :

"ये लोग वहाँ कर क्या रहे थे?"

"ये लोग दिन-भर इधर-उधर घूमते रहे।" डिमि ने मुस्कराकर कहा : "दो व्यक्ति और हैं—दोनों नेपाली हैं। मैं नहीं जानती कि वे क्या करते हैं। फुसफुसाकर कुछ बातचीत करते रहते हैं। शायद साहबों को खदेड़ने की बातचीत। धनपुर से पूछने का समय भी तो नहीं मिला। रात भोजन के समय थोड़ी-सी बात हुई थी। शायद यहाँ शिकार करने आये हैं। फिर इन सारी खबरों की मुझे जरूरत ही क्या ठहरी! मैंने सिर्फ इतना ही पूछा कि वह ब्याह कब करेगा। उसने बताया कि सुभद्रा नाम की किसी लड़की से वह विवाह करनेवाला है। कैसी है वह लड़की?"

भिभिराम का मुख म्लान पड़ गया। 'डिमि को सही खबर बतलाना उचित नहीं होगा' सोचकर वह चुप हो गया। छप्पर पर बैठा उल्लू तब भी बाघवाले जंगल की ओर एकटक देख रहा था। भिभिराम की इच्छा उसे उड़ा देने की हुई। उसने एक ढेला उठाया कि तभी गोसाईं ने आवाज लगायी :

"ढेला मत मारो भिभि। यह नियति नहीं, लक्ष्मी है—दुर्भाग्य नहीं, सौभाग्य है। देखते नहीं, इस साल धान की फसल कितनी अच्छी हुई है। खेतों को देखते ही मन आह्लादित हो उठता है। फिर इन बातों को सोचने से लाभ ही क्या है?

किसके साथ कर रहे हो तुम बातें? मुझे तो अब चिन्ता हो रही है। चलने का समय हो रहा है। उनमें से कोई भी दिखाई नहीं पड़ रहा है अब तक।''

गोसाईं की बातें सुन भिभिराम ने हँसते हुए कहा :

''शायद आपने हमारी बातें नहीं सुनीं। हाँ, हम बातें भी तो धीरे-धीरे ही कर रहे थे न! यह हमारी तरफ की ही मिकिर लड़की है—डिमि। यहीं गारो गाँव में ब्याही गयी है।''

गोसाईं आगे बढ़ आये। पूछा :

''डिमि यानी डिलि की पत्नी, है न?''

डिमि गोसाईं को पहचान गयी। मुसकराती हुई बोली :

''अरे, ये तो हमारे दैपारा के गोसाईंजी हैं! आप कब आये? यह आश्रम भी तो आपका ही है न, क्या हालत बना रखी है आपने इसकी? हमारे यहाँ के लोग जब भी इधर से गुजरते हैं तो घर लौटने पर खेद प्रकट करते हैं। गोसाईंजी के आश्रम पर उल्लू और लकड़खोदे बैठते हैं। दुनिया-भर के चरवाहे यहाँ आकर हाथ-मुँह धोते हैं, थूक-खँखार फेंकते हैं। बातें कहते हुए छाती फटने लगती है। इतने दिनों बाद आज यहाँ की याद कैसे आ गयी? आप आ कैसे गये?''

गोसाईं ने खिली चाँदनी में देखा : यौवन की प्रत्यक्ष मुकुलित आभा—सब प्रकार से एक लायक नारी। कहा उन्होंने, ''एक खास काम से आया हूँ। तुम क्यों आयी हो?''

इस बार डिमि ने भिभिराम के साथ हुई बातों को ही दोहरा दिया। गोसाईं समझ गये कि इधर क्या काम चल रहा है। रूपनारायण और धनपुर गारोगाँव में ही हैं। घूमने के बहाने वे पास-पड़ोस के स्थानों का निरीक्षण कर रहे हैं। माणिक बॅरा और जयराम मेधि नेपाली बस्ती में हैं, पर यह अन्दाज करना कठिन है कि वे क्या कर रहे हैं। डिमि नेपाली बस्ती की बातें नहीं जानती है। सबसे अच्छी बात यह है कि डिमि के गाँव का भी कोई व्यक्ति यह नहीं जानता कि वस्तुतः ये लोग यहाँ क्यों आये हैं। गाँववाले बँगला उत्सव में मग्न हैं।

पूछा उन्होंने :

''वे हैं कहाँ? यहाँ आये क्यों नहीं?''

डिमि ने उत्तर दिया, ''दोनों पास ही कहीं बातचीत कर रहे हैं। आने ही वाले हैं।''

''मैं आगे बढ़कर देखता हूँ। इनके देर करने से ठीक नहीं होगा।'' कहता हुआ भिभिराम चलने को तत्पर हुआ।

गोसाईं ने अनुमोदन किया, ''जाओ, देखकर जल्दी आओ। थोड़ी चाय-वाय पीकर इस चाँदनी में ही चल देना ठीक रहेगा। कल से घूमने-घामने के

पश्चात यही अन्दाज हुआ है कि यहाँ अधिक समय तक रुकना उचित नहीं। आध एक मील पर उनकी चौकियाँ हैं। इसलिए जाओ, उन्हें बुला ही लाओ।''

भिभिराम के चले जाने के बाद गोसाईं ने चन्द्रमा की ओर एक बार फिर निहारा। डिमि भी सिगरेट फेंककर उसी ओर देखने लगी। बहुत देर तक किसी के मुख से कोई बात नहीं निकली। उधर गाय जोर-जोर से रँभा रही थी। उसकी रँभाहट में झींगुरों की झंकार भी लुप्त हो गयी थी। बीच-बीच में हवा के झोंकों के साथ जंगल में बाघ के होने की दुर्गन्ध भी नाक में पड़ रही थी। आकाश टिड्डे के पंख जैसा फैला था : हल्का पीताभ और कुछ-कुछ लालिमा लिये। और, चाँद था मानो टिड्डे का मुँह। दूर दिशाओं में जंगल क्षितिज के साथ सटा हुआ प्रतीत हो रहा था जिससे नीले और काले रंग की एक पट्टी बनती हुई दिखाई पड़ रही थी। गोसाइन को वैसी ही पट्टी अच्छी लगती है—परस्पर मिले दो मनोभावों की तरह : एक मन था सुन्दर और सत्य, किन्तु दूसरा कुछ-कुछ मैला।

डिमि को तारे नहीं दिखाई दे रहे थे। मानो वे नाच-नाचकर डेका या फिर टेरांग के घर सो चुके हैं। ओझाइन तब भी नाचती ही जा रही है। एक बार वह 'हाई' की तरह रोती है तो दूसरी बार कपिली की तरह हँसती है। उसकी मेखला चमक रही है। कमर से 'वानकोक' खिसककर गिरने को हो गया है। 'हाई' की बातें याद आते ही उसे दुःख होने लगा। उसके गीत सुनते ही उसकी आँखों से आँसू ढुलक पड़ेंगे। कितना निष्ठुर राजा था वह! वर और कन्या की मिली-मिलायी जोड़ी उसने तोड़ दी। वह स्वयं कन्या को ब्याह ले गया। उसके शोक में ही मरकर हाई आकाश में चला गया। जोड़ी बनती है दो प्रकार से। पहली जोड़ी है वह जिसमें लड़के-लड़कियाँ स्वयं अपने मन से चुनाव कर लेते हैं। दूसरे प्रकार की जोड़ी मिलाते हैं माता-पिता। इनमें किसे अच्छा कहा जाए? यदि उसे अपनी जोड़ी मिलाने की छूट होती तो वह निश्चय ही धनपुर को वर लेती! छिः! मन में यह कैसी भावना आ रही है। यह भाव उसके मन को वैसे ही खाये जा रहा है, जैसे कीड़े धान की पकी बालियों को कुतर-कुतर कर खाते हैं।

एकाएक वह सुभद्रा की बातें सोचने लगी। विधाता ने सुभद्रा की रचना भी एकदम उसी के समान कैसे कर दी! क्या आदमी भी मिट्टी का घड़ा है कि एक के फूटते ही वैसा ही दूसरा मिल जाता है! तब भी उसकी इच्छा हुई सुभद्रा को एक बार देखने की। उसे वह भाभी कहकर पुकारेगी। नहीं, उसे वह 'नें' यानी बहू कहेगी और धनपुर को 'चेकले' यानी देवर। डिलि से कहकर वह एक दिन सुभद्रा को देखने जाएगी। इस बार उसने गोसाईं की ओर देखकर कहा :

''गोसाईंजी, आप सुभद्रा को पहचानते हैं न?''

''क्यों?''

"धनपुर उससे ब्याह करेगा," कहती हुई डिमि खिलखिला पड़ी।

गोसाईं ने कोई उत्तर नहीं दिया। वे चुपचाप चाँद की ओर देखते रहे।

डिमि ने फिर वही प्रश्न दुहराया।

इस बार गोसाईं को कहना पड़ा, "अच्छी लड़की है।"

"क्या वह अभी रोहा के आश्रम में ही है? एक बार उसे देख आने को जी करता है।"

डिमि का उत्साह देख गोसाईं झूठ बोलने के लिए बाध्य हो गये। "मैं नहीं जानता हूँ," कहते हुए वे फिर आकाश की ओर देखने लगे। क्या वहाँ वाली हिरणी भी रो रही है? डिमि भी चुप्पी साधे रही।

थोड़ी ही देर में पास ही में गोली चलने की आवाज सुनाई पड़ी। गोसाईं अचकचा गये। मिलिटरी की गोली की आवाज है या बाघ के शिकारियों की? लेकिन इस समय बाघ का शिकार करनेवाले आएँगे कहाँ से? गोसाईंजी सोच ही रहे थे कि गोली के छूटने की एक बार फिर आवाज आयी।

गोसाईंजी चंचल हो उठे और आहिना को खबर देने अन्दर चले गये। अन्दर कोंवर अफीम के नशे में धुत पड़ा था। उसे चाय के लिए पानी रखने को कहा गया था, किन्तु कलसी में पानी ज्यों-का-त्यों था। उसे भीतर चौके से उठा भर लाया था वह।

गोसाईं कमरे से बाहर आये। अपने साथ गठरी भी ले रखी थी उन्होंने। यह देख डिमि आश्चर्य में पड़ गयी। उसने पूछा :

"कहाँ जा रहे हैं गोसाईंजी?"

"थोड़ा सावधान हो रहा हूँ। कहा नहीं जा सकता कि वे सब डाकू हैं या मिलिटरी वाले।" गोसाईं कुछ असमंजस में होकर बोले। साथ के साथ पूछा भी, "इनमें से कोई भी तो अभी तक नहीं आया। कहाँ रह गये सब!"

डिमि खिलखिलाकर हँस पड़ी। बोली :

"क्षमा करें गोसाईंजी, मरद होकर भी आपमें साहस की कमी है। गोली चलने की इन आवाजों से डर गये हैं न? ये सब इनकी बन्दूकों की गोलियाँ हैं।"

"किनकी?" विश्वास न होने के कारण गोसाईं ने पुनः पूछा।

"इनकी, और किनकी? ये लोग बाघ का शिकार करने के लिए हमारे गाँव के नोक्मा की दोनों बन्दूकें माँग लाये हैं। लगता है अभी-अभी बाघ का शिकार किया है।" डिमि की कथन-भंगिमा ने गोसाईं के अन्तस् में एक बार फिर साहस का संचार कर दिया।

डिमि ने आगे कहा, "दो बाघ हैं। दोनों ने हमारे गाँव की गाय, भैंस, बकरियों को मार-मारकर यहाँ का पशु-जीवन तहस-नहस कर दिया है। परसों

मेरे देवर को इसने आहार बना लिया। गाँव में हाहाकार मचा है। धनपुर ने नोक्मा से कहा था, 'चिन्ता न करो, दोनों बन्दूकें दे दो। दोनों बाघों को मारने की जिम्मेदारी हमारी।' शायद उन्होंने एक को तो अभी मार भी डाला। रूपनारायण की बात तो मैं नहीं जानती, किन्तु धनपुर का निशाना तो बचपन से ही सधा हुआ है। वह उड़ती चिड़िया को भी मार गिराता है। आप डरें नहीं गोसाईंजी, वे अब आ ही रहे होंगे।"

डिमि की बातों से, या शायद उसकी बात करने की भंगिमा से गोसाईंजी बड़े आनन्दित हुए। इन सबके मुख से निःसृत असमिया भाषा कभी-कभी अमृत की तरह मधुर लगती है। ज्योतिप्रसाद आगरवाला की फिल्म 'जयमती' में डालिमी के मुख से उच्चरित असमिया भी ऐसी ही थी। एकदम उसी की प्रतिध्वनि जैसी प्रतीत होती है इसकी आवाज। अपनी प्यारी बोली दूसरे की जिह्वा से दबकर शहद की मिठास लिये उच्चरित हो तो अपनी ही प्रतिध्वनि-सी प्रतीत होती है। किसी आदमी की बोली सब समय उसकी-सी नहीं होती। इस समय डिमि की बोली में उसकी अन्तर-आत्मा प्रकाशित हो रही है। गोसाईंजी ने कहा :

"तूने बड़ी अच्छी खबर दी है डिमि। सिर्फ पहरेदारों को पता नहीं चलना चाहिए। तुम यहीं ठहरो, मैं थोड़ी चाय बना लाता हूँ। एक को चाय बनाने का भार सौंपा था। वह अफीम खाकर सब भूल गया। अच्छा, तुम ठहरो।"

"चाय तो मैं भी बनाकर दे सकूँगी, गोसाईंजी! मेरे हाथों की बनी चाय नहीं पिएँगे क्या? आप लोगों में भेदभाव भी ज्यादा है न!" डिमि की बातों से हँसी फूट रही थी।

गोसाईं के विवेक को चोट लगी। उन्हें उत्तर देते नहीं बना।

डिमि ने कहा, "धनपुर बहुत अच्छा है। वह एक ही दिन में गारों लोगों के साथ घुल-मिल गया। रूपनारायण पहले हमारे साथ खाने में संकोच कर रहा था। धनपुर ने उसे पहली रात ही समझाया—'रूपनारायण, खाओगे नहीं तो अपने भी नहीं बन सकोगे। और अपना नहीं बनने पर काम भी नहीं कर सकोगे।' सुना है, आप भी जाएँगे। हमारे गाँव में जाने पर मेरे हाथ का बनाया हुआ खाना पड़ेगा।"

क्षण-भर विचार करने के बाद गोसाईं ने कहा, "जाकर चाय बनाओ।"

"पिएँगे न?"

"हाँ पिऊँगा। चौके में तख्ते पर ही सारी चीजें हैं। वहीं टोकरी में बाँस के चार चोंगे भी पड़े हैं।"

डिमि अन्दर चली गयी। थोड़ी देर बाद आहिना कोंवर अपनी गठरी-मोटरी सँभाले बाहर निकल आया और बोला :

"हे कृष्ण, आपकी मति मारी गयी है क्या गोसाईं जी? डिमि के हाथ

की चाय पीएँगे, हे कृष्ण! मैं तो नहीं लूँगा, हे कृष्ण!''

''राम ने भी तो गुह चाण्डाल के हाथ का भोजन किया था। उससे क्या हुआ? जो होगा देखा जाएगा। इसका विचार आप लोग बाद में करेंगे। काम हो जाने के बाद यदि जीवित रहे तो फिर सोचा करेंगे। अब बभनई और भगतई छोड़ देनी होगी कोंवर।''

''हे कृष्ण, भाग्य में यही बदा था क्या? इससे दोष लगेगा, हे कृष्ण!'' आहिना धीरे-से बड़बड़ाया।

''संस्कार और धर्म एक नहीं हैं कोंवर। अभी तर्क करने का समय नहीं है। आपने सुना न, धनपुर वगैरह आ रहे हैं।''

''हाँ, उनके आने की बात डिमि ने बतायी है। हे कृष्ण, अब स्थिति गम्भीर होती जा रही है। धनपुर विजयी हो आया है, हे कृष्ण। आपकी बातों में पड़कर मैंने हिंसा में हाथ डाला। हिंसा में हाथ देते ही, हे कृष्ण, आ गयीं बन्दूकें। बन्दूक के साथ ही आयी डकैती। उसके बाद हे कृष्ण, ज्यों-ज्यों घटना-स्थली के पास पहुँचता जा रहा हूँ, उतना ही एक-एक कर अपनी प्रिय चीज को छोड़ना पड़ रहा है। हे कृष्ण, जाति गयी, सत्य गया—अब बैकुण्ठ कैसे जाएँगे, हे कृष्ण! भला इन भूतों के साथ गड्ढे में कहाँ गिरने चले आये, हे कृष्ण!''

''कृष्ण की चिन्ता करने से ही सब ठीक हो जाएगा। और सब छोड़ दें आहिना कोंवर! जात-पाँत, छुआछूत—इन सबका समाप्त हो जाना ही अच्छा है। हाँ, हिंसा का प्रश्न—हिंसा-अहिंसा की समस्या महत्त्वपूर्ण अवश्य है। किन्तु मछली खाने में भी तो एक जीव की हत्या करनी पड़ती है। साग-सब्जी आदि बनाने पर भी जीव-हत्या होती ही है। पोखरी उड़ाहते समय भी तो सिंघी मछली बींधती है। गेहुअन साँप अथवा बाघ के आक्रमण के समय आप भला उसके आगे हाथ जोड़कर प्रार्थना करेंगे या उसे मारेंगे? इस समय भी वैसा ही प्रश्न उपस्थित हो गया है।''

आहिना ने अपनी उदासीनता प्रकट करते हुए कहा :

''हे कृष्ण, मैं तर्क तो कर नहीं सकता, किन्तु मुझे शुरू से ही बुरा लग रहा है। अब तो धनपुर ही लायक आदमी हो गया है, हे कृष्ण!''

गोसाईं ने समझाया : ''सब का समय होता है। कभी आपके बिना काम नहीं चलता और कभी धनपुर के बिना भी नहीं चलता।''

तभी भिभिराम दिखाई पड़ा। तुरत ही गोसाईंजी ने पूछा, ''क्या हुआ भिभिराम? अकेले क्यों आये? वे अभी तक बाघ को नहीं मार पाये, क्या?''

''धान अगोरने के लिए बनायी गयी मचान पर बैठे हैं वे। मैं एक दूसरी खबर लेकर आया हूँ।''

''कौन-सी खबर?''

"देखिए, यह क्या है?"

तभी उनके समक्ष एक कुत्ता आ पहुँचा।

गोसाईं ने कहा, "अरे, यह तो बानेश्वर राजा का कुत्ता है। क्या हुआ है इसे?" भिभि ने अपनी झोली में से टॉर्च निकालकर जलायी और कुत्ते को देखते हुए आहिस्ता से बोले, "कुछ समझ रहे हैं, यह क्यों आया है?"

आहिना ने गौर किया कि कुत्ता काँप रहा है। उसकी अगली टाँग देखकर बोला वह :

"देखिए, यहाँ किसी चीज की खरोंच है, हे कृष्ण!"

भिभिराम ने भी देखा—"निश्चय ही यह संगीन की खरोंच है। अब आपके मायङ् में भी अत्याचार शुरू हो गये हैं। कुत्ते को आया देख मुझे अनुमान हो रहा है कि इधर गाँव से भी कोई आदमी आया है।"

कुत्ता काँपते-थरथराते हुए जमीन पर गिर पड़ा। आहिना के मुख से आह निकल गयी :

"अब इसकी आयु पूरी हो गयी, हे कृष्ण! मुझे भी यही लगता है, कोई आया है।"

"आएगा क्यों?" कहते हुए गोसाईं ने भिभिराम को टॉर्च पकड़ाकर अपनी झोली में आयोडीन की शीशी निकाली और थोड़ी-सी कुत्ते के घाव पर लगा दी। वह काँय-काँय कर उठा।

उन्होंने कहा, "यह भाग आया होगा। तुम लोग थोड़ी देर रुको। मैं आगे बढ़कर देखता हूँ। डिमि चाय ले आएगी। तब तक तुम लोग चाय लो। धनपुर आदि आएँ तो देर नहीं करने को कहना। मैं कुत्ते को लिये जाता हूँ।"

भिभिराम बोला, "अकेले जाना क्या ठीक रहेगा? हम जिस रास्ते से आये थे, कुत्ता भी उधर से ही आया है।"

"विशेष चिन्ता करने का कोई कारण नहीं है।" गोसाईं ने कहा और कुत्ते को साथ ले रास्ते से ढलान की ओर उतर पड़े। जाते-जाते कहते गये, "तुम लोग मेरी प्रतीक्षा न करना। चाय पीकर चल देना। यहाँ रुकने का समय नहीं है। केवल धनपुर को ठहरने के लिए कह देना।"

चाँदनी में बहुत दूर तक गोसाईं और उनके पीछे-पीछे वह कुत्ता—दोनों साथ-साथ जाते हुए दिखाई पड़ते रहे।

अपने बोझिल मन को हल्का करने की इच्छा से भिभिराम ने आहिना से पूछा : "अफीम की टिकिया खा लेने के बाद अब आपका मन शायद यहाँ तो होगा नहीं? लगता है, मायङ् चला गया है? आप कुछ समझ रहे हैं या नहीं?"

आहिना को गुस्सा आ गया :

''मायङ् कैसे चला जाएगा, हे कृष्ण! अफीम का मजा कभी मिला है तुम्हें? खाने पर देह की पीड़ा दूर हो जाती है, यह मन को हल्का कर देती है और मन तब रथ पर सवार हो स्वर्ग पहुँच जाता है। हे कृष्ण, तुम लोगों की करतूत देखकर अब मुझसे सहा नहीं जाता। चूहे के बिल में घुसा रहे हो गेहुअन साँप को! भला चूहे के बिल में है क्या, हे कृष्ण! जाति देने से तो अफीम खाना ही बेहतर है, हे कृष्ण।''

भिभिराम ने उत्तर दिया, ''यदि भगवान कृष्ण कुब्जा मालिन के घर भोजन कर सकते हैं, यदि सीता अशोक वन में राक्षसी के हाथ का भोजन खाकर जी सकती हैं, तो क्या हम डिमि के हाथ का खाकर अपनी जाति नहीं बचा सकते? सच तो, यह है कि जात-पाँत ही चूहे का बिल है : एकदम घुप्प अँधेरा। इससे हम न निकल सकते हैं, न इसमें घुस ही सकते हैं और ऐसे बाहर साँस भी नहीं ले सकते हैं। फिर आदमी की पहचान तो उसके काम से होती है। अब आप चाहें तो खूब दूध-दही खाएँ या रूखे-सूखे रहें। यदि गारोगाँव में भोज खाने को मिले तो क्या करेंगे?''

आहिना कोंवर विस्मित हो गये। बोले वह :

''हे कृष्ण, म्लेच्छ के साथ होने से स्वयं भी म्लेच्छ बन जाना पड़ा है। मैं तुम लोगों के साथ अब एक डग भी आगे नहीं जाऊँगा। हे कृष्ण, देखता हूँ कि रेलगाड़ी कैसे उलटते हो। इस मरघट में दुर्भाग्य ही तुम सबको घसीट लाया है, हे कृष्ण!''

भिभिराम मजाकिया लहजे में बोला, ''धनपुर को अब आना ही चाहिए। 'नहीं जाऊँगा, नहीं करूँगा' कहने पर वह लयराम के समान ही तंग करेगा। आप समझ नहीं रहे हैं कि हम किस संकल्प से यहाँ आये हैं। इसलिए सावधान ही रहें। दो बन्दूकें भी लाये हैं वे।''

''कौन?'' आहिना ने पूछा।

एकाएक भिभिराम ने सामने की ओर संकेत करते हुए कहा, ''देखिए न, ये दोनों यमदूत नहीं लग रहे हैं?''

आहिना कोंवर ने पीछे मुड़कर देखा, दो बन्दूकधारी चले आ रहे हैं। धनपुर की आमड़े-जैसी बड़ी-बड़ी आँखें चाँदनी में और भी भयानक लग रही थीं। उसकी मोटी अँगुलियाँ बन्दूक के कुन्दे पर टिकी थीं। उसके भरे-पूरे चेहरे पर भुवनमोहिनी हँसी फैल रही थी। आते ही उसने कहा :

''आहिना कोंवर! हम आपको लेने आये हैं। चलिए!''

आहिना कोंवर को गुस्सा भर आया। बोला :

''पाखण्डी कहीं के, कहाँ ले जाओगे? हे कृष्ण, मेरी हथेली में आयु अब भी है। मुझे लयराम समझते हो क्या?''

धनपुर हँसने लगा। बोला वह :

''हमें सचमुच यमदूत समझते हैं क्या? हम भी आदमी ही हैं। हम सब एक ही राह के राही हैं। यहाँ अधिक देर तक रुकना अच्छा नहीं होगा। लयराम को इसलिए बाँधा था कि वह हमारी राह छोड़कर भाग जाना चाहता था। आप तो हमें छोड़कर भागना नहीं चाहते हैं न? और ये हैं अपने का—म—रे—ड।''

आहिना कोंवर ने डरते-डरते पूछा, ''यह कौन-सा शब्द है? हे कृष्ण, फिर से तो कहो!''

धनपुर ने समझाया :

'' 'का' यानी काम करेंगे : एक साथ, 'म' यानी मरेंगे : एक साथ, 'रे' यानी रेतना : शत्रुओं का गला रेतना और 'ड' यानी डबरा : गड्ढे में डाल देना। अर्थात् हम जो काम कर रहे हैं, उसे करेंगे या मरेंगे। जरूरत पड़ने पर दुश्मनों को रेत देंगे, डबरे में दफना देंगे या फिर जिन्दा ही गाड़ देंगे।''

''हैजा हो जाए तुम्हें, वही काल ले जाए तुम्हें।'' कहते हुए आहिना ने छप्पर पर बैठे उल्लू की ओर इशारा किया।

उल्लू को देख धनपुर को हँसी आ गयी। बोला :

''काल यही है न! इसके उत्पात से कोई नहीं बचा है। सबके भय का कारण यही है। इसलिए धनपुर इसे अभी मार देगा।'' कहते हुए उसने उल्लू को अपनी गोली का निशाना बना डाला। फिर बोला, ''अब सबके भय का कारण दूर हो गया। अब हम सभी कामरेड हैं। वह कहाँ गयी?'' और उसने जोर से पुकारा : ''डिमि!''

डिमि दो चोंगे में चाय लेकर बाहर निकल आयी। उसने आते ही कहा :

''लायी थी दो के लिए। बाघ का खून पीनेवाले भी दोनों आ ही गये। क्या तुम लोगों की प्यास वहाँ नहीं बुझी?''

''आदमी की प्यास उससे ही बुझती है क्या?'' धनपुर ने चुटकी ली।

डिमि लजा गयी। बोली :

''यदि प्यास लगी है तो पहले तू ही पी। और इसे कौन लेगा? ये ही लें।'' इतना कह उसने एक चोंगा धनपुर की ओर और दूसरा आहिना की ओर बढ़ाया। चोंगा ले धनपुर चाय पीने लगा, किन्तु आहिना चुप नहीं रहा। कहने लगा :

''इस पाखण्डी की करतूत देखकर मेरी प्यास यों ही दूर हो गयी, हे कृष्ण! ओह! कितना कुधर्मी है यह। जाओ, इसे भिभिराम को दे दो।''

धनपुर ने हँसते हुए कहा :

'' 'का' माने काढ़े जैसा गटगट चाय पी, 'म' माने मैंने करा, 'रे' माने रेहाई दिया और 'ड' माने डपटकर भगा देंगे।''

डिमि को गुस्सा आ गया। धनपुर को डपटती हुई बोली वह :

''क्या अपने से बड़ों के साथ ऐसे ही बात की जाती है? चुप रहो। अपनी सुभद्रा के आने पर ही ऐसा हँसी-मजाक करना।'' और वह बड़े प्रेम से आहिना कोंवर को चोंगा थमाकर अन्दर लौट गयी।

भिभिराम भावी विपत्ति से शंकित हो उठा। यदि सुभद्रा की बात धनपुर को अभी कह दी जाए तो सर्वनाश हो जाएगा। उसकी हिम्मत टूट जाएगी। इस बार उसने ही बनावटी धमकी दी :

''तुम बहुत ही बढ़-चढ़ गये हो। कोंवर को वैसा कहना ठीक नहीं। क्षमा माँगो।''

आहिना भी बोल उठा :

''तुम्हारी खुराफात बढ़ गयी है, हे कृष्ण। बड़े अत्याचारी हो गये हो। तूने उस उल्लू को तो मार दिया, पर जानते हो, हे कृष्ण, वह कौन था? तुम्हारी...''

इस बार भिभिराम की आशंका दुगुनी बढ़ गयी। वह आहिना को हाथ पकड़ दूसरी ओर ले गया और कान में फुसफुसाते हुए बोला :

''क्या गोसाईंजी की चेतावनी भूल गये? उससे कह देने पर सर्वनाश हो जाएगा। जीवित रहकर भी वह मरा हुआ बन जाएगा। उसका तो बचपन से स्वभाव ही ऐसा है। आप तो बुजुर्ग हैं, तनिक धैर्य से काम लीजिए।''

आहिना ने बात मान ली। ''अच्छा-अच्छा! नहीं कहूँगा। हाँ, कई रसोइयों के होने पर सारा भोजन ही गुड़-गोबर हो जाता है।''

भिभिराम और आहिना की फुसफुसाहट की ओर धनपुर के कान खड़े हो गये। वह सोचने लगा, 'ये किसके बारे में बातें कर रहे हैं? मेरे बारे में ही क्या?'

चाय पी चुकने पर धनपुर ने भिभिराम से पूछा :

''आप लोग क्या गुप-चुप कर रहे हैं?''

''हम लोग गुपचुप नहीं कर रहे हैं, धनपुर। मैं तुम्हारा पराया नहीं हूँ। ये ठहरे बुजुर्ग, अब इन्हें और मत चिढ़ाना। मैं इनसे भी यही कह रहा हूँ। तुम माफी माँगो। मैं तुम्हारा बड़ा भाई हूँ न?''

इस उत्तर से धनपुर यद्यपि सन्तुष्ट नहीं हुआ, फिर भी भिभिराम के आग्रह से उसने आहिना कोंवर से खेद प्रकट करते हुए कहा : ''इन बातों को मजाक भर समझेंगे, कोंवर! जीवन में कभी आनन्द की दुन्दुभि बजती है तो कभी क्रोध की। दोनों एक ही दुन्दुभि के स्वर हैं। मुझे नहीं लगता कि दोनों भिन्न-भिन्न हैं।''

धनपुर ने चाय पीकर चोंगा एक ओर लुढ़का दिया, फिर खामोशी तोड़ता हुआ बोला :

''गोसाईंजी कहाँ गये? अभी ही हमें यहाँ से चलना होगा। मेरी घड़ी में सात बज रहे हैं। रूपनारायण, तुम्हारा क्या विचार है?''

रूपनारायण : गम्भीर स्वभाव का सुन्दर युवक। दप-दप गोरा मुखमण्डल। वह अब तक उनकी हँसी-दिल्लगी देख रहा था। साथ ही गम्भीरतापूर्वक गौर कर रहा था प्रत्येक व्यक्ति की बातचीत और उनकी भंगिमा पर। और की कौन कहे, सुभद्रा की बात निकलते ही भिभिराम ने आहिना का मुख जिस प्रकार बन्द किया था, वह भी उससे अलक्षित नहीं रह सका था। उसमें उसे कोई रहस्य नहीं लगा, हाँ, थोड़ी गोपनीयता की आवश्यकता ही ध्वनित होती हुई लगी थी। उसने उत्तर दिया :

"हाँ, चलने का समय हो गया है। चाय पीते ही चल दूँगा। एक मशाल भी तो चाहिए। उधर उत्सव चल रहा है। हमें तड़के ही रवाना होना होगा। सम्भवत: मधु भी अब आता ही होगा। सबके बीच एक सामंजस्य तो हो ही जाना चाहिए। धनपुर ठीक ही पूछ रहा है—गोसाईंजी कहाँ गये हैं?"

भिभिराम ने सारी बात बता दी।

आहिना ने रूपनारायण के मुखड़े की ओर देखा। मन-ही-मन कहने लगा : रूपनारायण सच ही रूप का नारायण है। सारे आँगन में वह अपना प्रकाश फैला रहा है। पूछा :

"तुम्हारा घर कहाँ है बबुआ, हे कृष्ण!"

"कपाहेरा की ओर।"

"पढ़ रहे हो न?"

"हाँ। लेकिन कॉलेज छोड़कर आ गया हूँ। वे सारी बातें पीछे बताऊँगा। अब तैयार हो जाइए। गोसाईंजी ने हमें आगे चल देने को कहा था। धनपुर ही यहाँ रहे। आपका क्या विचार है?"

"हाँ। गोसाईंजी भी वही कह गये हैं। हम डिमि को साथ लेकर आगे बढ़ चलें।"

रूपनारायण ने स्थिति को समझते हुए कहा, "नहीं, डिमि भी यहीं रहे। डिमि के चले जाने पर गोसाईंजी को चाय देनेवाला कोई रह नहीं जाएगा। हम तीनों ही आगे बढ़ें। मशाल हाथ में ले लें। थोड़ा किरासन तेल भी साथ रख लें। आवश्यकता पड़ने पर रास्ते में जला लेंगे। गाँव के पास ही जंगल अधिक घना है। जलाना वहीं आवश्यक होगा।"

भिभिराम और आहिना चलने को तैयार हो गये। तभी डिमि दो और चोगों में चाय ले आयी। डिमि के हाथ से चाय का चोंगा लेकर रूपनारायण बड़े प्यार से मुस्कराते हुए बोला :

"डिमि दीदी, तुम और धनपुर दोनों थोड़ी देर यहीं बैठो। गोसाईंजी के आते ही चली जाना। हम तब तक आगे बढ़ते हैं। तुम लोगों की पूजा का आज अन्तिम

दिन है न?—''

डिमि को यह अच्छा ही लगा। आज दो दिनों से वह धनपुर के साथ अकेले में बैठकर शान्तिपूर्वक बातचीत करने का मौका ढूँढ़ रही थी। भगवान आर्णाम आटुम ने आज वह मौका दे ही दिया। उसने सन्तुष्ट मन से कहा :

''अपने जीजा को बता देना कि हम मेहमानों के पहुँचने के पहले ही पहुँच जाएँगे।''

डिमि भीतर चली गयी। धनपुर ने झोली से तुरही निकाल ली और उस पर एक बड़ा आह्लादक स्वर बजाया। उसे सुनकर आहिना का हृदय नाच उठा। भिभिराम के कान में फुसफुसाते हुए उसने कहा : ''इसे खबर मिल जाती तो यह ऐसा स्वर नहीं बजा पाता। विलाप का स्वर ही बजाता, हे कृष्ण। इसके पास गुण तो हैं, लेकिन है अधर्मी। हे कृष्ण, उस उल्लू को मारने का परिणाम क्या होता है, देखना!''

चाय पीते-पीते भिभिराम ने आहिना की बातें सुनीं। बोला फिर :

''उसका मरना अच्छा ही हुआ, कोंवर। इससे सब की आशंका तो दूर हो गयी है। उसने एक ही गोली से हमारी सारी बद्धमूल धारणाएँ समाप्त कर दी हैं। कुछ भी चिन्ता न करें। आपद्-विपद् की चर्चा करने से लाभ क्या है? विपद् को तो हमने स्वयं आमन्त्रित किया है।''

आहिना ने कुछ नहीं कहा। वे टकटकी लगाकर केवल चन्द्रमा को निहारते रहे।

चाय पी लेने के बाद रूपनारायण और भिभिराम जाने के लिए तैयार हुए। धनपुर से उन लोगों ने कुछ कहा नहीं। असल आदमी वही है। रेल की पटरियाँ उसे ही उखाड़नी होंगी। अच्छा है, वह बाजे बजाकर थोड़ा आनन्द तो मना ले। रूपनारायण बन्दूक सँभाले हुए आगे-आगे चला। भिभिराम और आहिना कोंवर उसके पीछे-पीछे हो लिये।

आश्रम के आँगन में चाँदनी फैलती रही और फैलता रहा तुरही का मादक स्वर। अन्दर बैठी थी डिमि। इसी बीच गौशाला में गाय बछड़े की याद में फिर से रँभाने लगी।

और आश्रम के छप्पर की ओलती पर गोली लगने से मरा पड़ा दिखाई दे रहा था वह काल—उल्लू।

# छह

भैंस के सींग से बना सींगे का स्वर कभी तेज होता तो कभी मद्धम। कभी कोमल होकर चारों दिशाओं में फैल जाता। कभी-कभी तो लगता कि वह एकदम स्थिर हो गया है।

अपनी झोली से उबाले हुए शकरकन्द, सिंगापुरी केले और कुछ सन्तरे लिये डिमि पास ही खड़ी थी।

ऊपर आसमान में, चाँद अब भी नाच रहा था—गाँव के ओझा की नाईं। डिमि की देह भले ही निश्चल थी, लेकिन मन चंचल हो उठा था। सींगे का स्वर उसके मनःप्राण को हिलोरे डाल रहा था। उसकी देह लचीली हुई जा रही थी। धनपुर भी कहीं खोया था। उसके पेट की भूख से मन की भूख कहीं अधिक तीव्र हो उठी थी।

—कहा भी जाता है कि आत्मा एक महीन धागे में झूलती रहती है। यदि ऐसा नहीं होता तो वह सुभद्रा की देह में कैसे उतर गयी, डिमि की तरह क्यों दीखने लगी उसे! एक देह का आकार और अनुपात जब किसी दूसरी देह से नहीं मिलता, फिर किसी की आत्मा में किसी और की आत्मा कैसे समा जाती है?

सींगे का स्वर मन्द हो चला था। फिर वह एकबारगी थम गया। चाँद भी नाचते-नाचते थककर बादलों की ओट में हो गया था। डिमि ने देखा कि धनपुर के साँवले और चिकने ललाट पर पसीने की बूँदें मोती की तरह चमक रही हैं। वह अब और खामोश नहीं रह पायी। उसने तममकर पूछा :

"तुम्हें भूख-प्यास नहीं लगती? हमेशा किसी-न-किसी काम में डूबे रहते हो। क्या इसी की खातिर तुम्हारा जनम हुआ है? मैं कब से यह सेब लिये खड़ी हूँ। लो न!"

धनपुर ने झोली में अपने सींगे को डाल दिया। उसने अपनी कमीज के निचले हिस्से को दामन की तरह फैलाया और डिमि की सौगात ले ली। वह सेब उदास मन से खाने लगा। बादलों की आँखमिचौली से लुका-छिपी करते चाँद को देखकर डिमि ने कहा :

"मेरा देवर भी वहीं कहीं छुपा होगा—वह अब तारा बन गया है। छटपटाते हुए उसने अपना दम तो तोड़ दिया लेकिन उसकी आयु तो पूरी नहीं हुई थी।

वह मुझे बहुत मानता था। गाँववाले मुझे अच्छी नजर से नहीं देखते थे। इसलिए नहीं कि मैं गारो थी बल्कि..." इतना कहते हुए वह किसी दूसरे संसार में खो गयी। फिर बोली, "यह सब तो तुम जानते ही हो, इसे क्या बताना। यह तो बहुत ही अच्छा हुआ कि दोनों आदमखोर बाघ मारे गये। हमारे गाँववाले तुम्हें देवता की तरह मानेंगे। मैं तो डर गयी थी। बस, 'टेकरे' मन्त्र पढ़े जा रही थी। खुशी है कि आततायी बाघ मारे गये।"

धनपुर ने शकरकन्द चबाते हुए कहा : "बाघ अपनी बाघिन के साथ था। इसलिए उन्हें मारते बड़ा बुरा लग रहा था। लेकिन उन्हें मारना तो था ही।"

"अच्छा, तो तुम्हें भी बुरा लगता है?" डिमि ने मीठी चुटकी ली। "किसी जोड़ी को तोड़ते हुए बुरा लगता ही है, क्यों?"

"क्यों, मैं आदमी नहीं हूँ? वैसे सच पूछा जाए तो इस देश में आदमी बनना भी बहुत ही मुश्किल है! यहाँ आदमी की पहचान उसके काम से नहीं, नाम-धाम, कुल-मर्यादा और जात-पाँत के आधार पर होती है। इसलिए तो मैंने उस अपशकुनी उल्लू को मार डाला।" कहते हुए धनपुर कुछ-कुछ उत्तेजित हो उठा।

डिमि हँसती हुई बोली, "तुम कौन-सा काम करने आये हो, यह तो तुमने बताया ही नहीं। मैं तो कब से पूछ रही हूँ।"

शकरकन्द निपटाकर धनपुर केला छीलने लगा। फिर कुछ सोचता और आकाश की ओर देखता हुआ बोला :

"तुम्हें पता होगा कि मेरे पिताजी कामपुर के गोसाईंजी की खेती बटाई पर जोतते थे। लिहाजा दो जून खाना तक नहीं मिलता था। पढ़ाई पूरी नहीं हो सकी और हम जैसे गरीब परिवार में पले-ढले लोगों के यहाँ हाकिम-मुंसिफ बनना भी बहुत मुश्किल है। इस संसार में खेतिहर होने के लिए भी खेत चाहिए। बटाई पर खेती करना एक तरह की दासता है। धर्म पर ब्राह्मणों का अधिकार है और इसी तरह कुछ गिने-चुने लोग ही वंशानुक्रम से सब कुछ भोग रहे हैं। हमारे लिए केवल जूठन ही बची रहती है। यह सब देख-सुनकर देह में आग लग जाती है। जी में आता है, एक बार भीम की तरह गदा घुमाकर सब कुछ मिट्टी में मिला दूँ, लेकिन...। भिभिराम ने बहुत समझाया, 'एक दिन में ही लंका जीतना आसान नहीं। पहले सेना जुटानी पड़ेगी, फिर समुद्र पर सेतु बाँधना होगा। इसके अतिरिक्त युक्ति चाहिए...तब कहीं जाकर यह सब सम्भव होगा। और इन सबके पहले चाहिए आजादी। इसके मिलते ही सारी बाधाएँ दूर हो जाएँगी। जात-पाँत, धनी-गरीब, ऊँच-नीच सबका भेदभाव मिट जाएगा।' उसका कहना ठीक है पर मुझे लगता है कि एक ही काम को पूरा करने में यह जीवन बीत जाएगा।"

डिमि ने देखा, धनपुर अपना खाना तक भूल गया है। उसे उस पर तरस

भी आया। गहरी उसाँस के साथ बोली वह :

''स्वराज्य मिलने के बाद क्या ब्राह्मण, भक्त, गारो, कछारी, अमीर-गरीब, सूबेदार और महाजन नहीं रहेंगे? तुम देखना, सब कुछ बना रहेगा। वे अब भी हैं और तब भी रहेंगे। तुम यह सब सोचकर बेकार ही घुटे जा रहे हो। अभी जो काम सामने है, उसे जी-जान से पूरा करो। और उसके बाद सुभद्रा से ब्याह कर लो। फिर देखना, बाधाएँ भर आएँ तो करने को ही क्या रह जाता है!''

''फिर भी, बिना सोचे-विचारे कुछ नहीं किया जा सकता! तब तो इसमें वह बात भी शामिल हो जाएगी, जिसके अनुसार तुमसे ब्याह करना भी तो लगभग तय था। पता नहीं, तुम्हें अब वह सब याद है या नहीं।'' धनपुर ने हँसते हुए कहा और केला खत्म करने के बाद हाथ पोंछने लगा।

''हाँ, याद है।'' कहती हुई डिमि का मन कहीं दूर चौकड़ी भरने लगा। ''अब उन बीती बातों के बारे में जानने-सुनने से क्या लाभ!''

''तभी सोचता था कि तुम्हें गारो और अपने को असमिया समझने की धारणाओं का समाप्त हो जाना ही अच्छा है।'' धनपुर ने खेद व्यक्त करते हुए कहना शुरू किया, ''मैं शुरू से ही पुरानी और सड़ी-गली रूढ़ियों का विरोधी रहा हूँ। सुभद्रा भी मेरे जीवन में कुछ इस तरह आयी। वह सबकी सहानुभूति खो चुकी थी। उसे देखते ही लोग भाग खड़े होते। दूसरों की बातें तो जाने दो, यहाँ तक कि वॉलण्टियर भी उससे मुँह चुराते। उसकी देह जूठी जो हो गयी थी, इसलिए हम लोगों ने भी उसे दुत्कार दिया। मुझे उसका उदास चेहरा देखकर बड़ा दुःख होता है। मैंने उससे साफ कह दिया था, 'चिन्ता मत करना, मैं तुम्हें अपनाऊँगा।' उसे देखकर मुझे हमेशा यही लगता रहा कि वह सुभद्रा नहीं, डिमि है। सचमुच, वह एकदम तुम जैसी ही है। हू-ब-हू तुझ जैसी।'' धनपुर की उदासी में थोड़ी-सी खुशी घुल गयी थी।

धनपुर की बातों ने डिमि को कहीं गहरे तक छू लिया था। लेकिन वह चिर-परिचित मुस्कराहट के साथ बोली : ''उसकी देह अपवित्र कैसे हुई?''

धनपुर ने फौजियों द्वारा ढाये गये जुल्म की सारी कहानी सुना दी और सुभद्रा का करुण प्रसंग जोड़ते हुए बोला :

''क्या यह सचमुच बुरा हुआ डिमि? मैं पिछले कई दिनों से तुम्हारी राय जानना चाहता था।''

''अब इसमें भला-बुरा क्या है, क्या होगा इसे सोचकर? जब उसको अपना ही चुके हो तो जितनी जल्द हो, उससे ब्याह कर लो।''

''हाँ, करूँगा। लेकिन पहले यह काम तो पूरा हो जाने दो।'' कहते हुए धनपुर का अन्तर्मन झंकृत हो उठा। उसे लगा उसका हृदय भी एक सींगा ही है, जो गूँज उठा है।

"आखिर कौन-सा काम आ पड़ा है कि इतना छुप-छिपाकर किया जा रहा है। मैं भी तो सुनूँ!" डिमि के स्वर में जिज्ञासा थी।

"हाँ," धनपुर ने इतना ही कहा। लेकिन उसके हृदय में कोई अज्ञात भय उसे सावधान कर रहा था। डिमि की आँखों के सामने अँधेरा-सा छा गया। थोड़ी देर के बाद बोली :

"मैं तो कुछ भी नहीं समझ पाती। हाँ, दैपारा के गोसाईंजी फौजियों की गश्त की बात कर रहे थे। तुम सब उनसे लड़ाई तो नहीं ठान रहे?"

"हाँ," धनपुर ने आकाश की ओर ताकते हुए स्वीकार किया। उसे लगा, जैसे सींगे की आवाज गगन को भेद चुकी थी।

डिमि की दृष्टि भी आकाश में जा लगी थी। उसे लगा, दूर मादल की थाप पर चाँदनी मानो अब भी नाच रही है। वह बुझे स्वर में बोली :

"तब इतनी जल्दी ब्याह हो पाना सम्भव कहाँ? स्वराज्य की लड़ाई तो बहुत ही लम्बी खिंचेगी।"

"आते समय सुभद्रा भी बहुत रो रही थी। वह बहुत ही भयभीत थी। मुझे भी उसका रोना-धोना बहुत अच्छा न लगा।" धनपुर इससे आगे कुछ न बता पाया।

"बताते क्यों नहीं? मुझसे कुछ छुपाते हुए तुम्हें बड़ा सुख मिलता होगा। है न! क्या मैं इतनी परायी हो गयी?" डिमि की आवाज टूट रही थी।

धनपुर ने डिमि के चेहरे की तरफ देखा। डिमि के गोल-मटोल चेहरे पर उसकी आँखों से आकाशी गंगा का पानी छलक रहा था। डिमि के मायके से आकाशी गंगा अधिक दूर नहीं। आकाशी गंगा झरने का ही दूसरा नाम है और नगाँव जिले में इसकी प्रमुखता है। कल रूपनारायण के साथ घूमते हुए ऐसे ही एक झरने के किनारे वह रुक गया था और दोनों में कितनी ही बातें होती रहीं।

वह रूपनारायण के बारे में सोचने लगा : रूपनारायण है युवक ही, लेकिन अगाध पाण्डित्य है उसमें। धर्मशास्त्र, राजनीति, समाजशास्त्र—सभी विषयों का जानकार। यही नहीं, छोटी-मोटी बातों से लेकर परमतत्त्व और अध्यात्म जैसी बातों पर भी वह पूरे अधिकार से बात कर सकता है। इतना होते हुए भी वह कर्म को ही धर्म, ज्ञान और मुक्ति मानता है। कर्म ही वास्तविक मुक्ति है उसके लिए। उसकी संगति पाकर धनपुर का मनोबल और भी दृढ़ हुआ है। धनपुर अनायास ही उसकी तुलना डिमि से करने लगा, हालाँकि इस बेतुकी तुलना पर उसे बाद में स्वयं हँसी आ गयी थी। डिमि...रूपनारायण की तुलना में वह कुछ भी नहीं है। प्रेम में पगा हाड़-मांस का एक जिन्दा लोथड़ा-भर है, बस।

—रूपनारायण से उसकी क्या तुलना! लेकिन...नहीं, यह नारी है। नारी होने के बावजूद वह कॅली दीदी की तरह नहीं है, पर क्या यही कुछ कम है

कि डिमि उसे इस रूप में प्यार करती है, अब भी?

धनपुर इस बात को अच्छी तरह समझता था कि इस काम को पूरा करने के बाद अपने को छिपाये रखना बहुत ही मुश्किल होगा। फौजियों ने अगर मायङ् को घेर रखा है तो वहाँ से बच निकलना भी तो आसान नहीं होगा। फौजियों के हाथ अगर मौत न भी हो तो फाँसी से कौन बचा सकता है भला! उसे भी कुशल कोंवर की तरह पकड़ लिया जाएगा। कुशल को फाँसी दे दी जाएगी, यह भी तय है...। क्या पता, सुभद्रा से भी भेंट हो या न हो! भिभिराम उसके बारे में बताता हुआ अचानक चुप क्यों हो गया था? क्या फिर उस पर कोई मुसीबत आ पड़ी?

वह मन ही मन हँसने लगा; इसमें छिपाने की कौन-सी बात है भला? फिर यह सब सोचने से क्या लाभ? अभी पूरे तेईस घण्टे बाकी हैं। कल रात सात बजे से पहले मिलिटरी एक्सप्रेस तो आएगी नहीं! इस समय डिमि से केवल बातचीत-भर करने का काम है। रूपनारायण गुवाहाटी के स्टेशन मास्टर से गुप्त सूचना जुटा चुका है। कल पूरी गाड़ी में मिलिटरी ही मिलिटरी होगी। और समय—ठीक सात बजे। घटना-स्थल पर जाने और वहाँ से लौटने आदि के बारे में रूपनारायण से सारी बातें हो ही चुकी हैं, सब कुछ निश्चित हो चुका है।

इन दो दिनों में डिमि से हुई मुलाकात उसे बहुत सुखद लगी। डिमि कपिली है और सुभद्रा कलङ्। यहाँ कपिली और कलङ् दोनों मिलकर एक हो गयी थीं। दोनों का जल इस संगम-स्थल पर एक-दूसरे से मिल गया था।

''खड़े-खडे इस तरह क्या सोच रहे हो?'' कहती हुई डिमि कुछ देर तक धनपुर को इस तरह खोयी-खोयी देखती रही। फिर खुद ही बोली :

''कह नहीं सकती, तुम्हारे साथ इस तरह फिर कभी भेंट होगी या नहीं। अगर कहीं स्वर्ग है तो वहाँ तुमसे भेंट होगी ही। वहाँ, स्वर्ग में तो गारो, असमिया, कछारी, मिकिर का भेद नहीं होगा।'' वह ओस में भीगी दूब पर बैठ गयी और धनपुर के उत्तर की प्रतीक्षा करने लगी।

''अरे, स्वर्ग-नरक सब इसी संसार में है। लेकिन मुझे पाने की इच्छा तुम्हारे मन में क्यों बसी है? तुम्हारा मरद तो बहुत ही अच्छा-भला आदमी है। मुझमें तो कुछ भी नहीं। बस, भविष्य के लिए सपना ही तो बचा है।''

धनपुर की आवाज बैठ गयी थी। डिमि ने कहा :

''यह ठीक है कि मेरा अपना मरद है, लेकिन तुम्हारी तरह निडर, सीधे-सच्चे और दुःख को दुःख न समझकर आगे बढ़नेवाले कितने जन हैं इस दुनिया में? तुम्हें मैं अपने से अलग नहीं मानती। आओ, मेरे पास बैठो ताकि मैं तुम्हें अपने दिल में उतार सकूँ। अगर तुम कभी किसी मुसीबत में फँस भी जाओगे तो तुम्हारे प्राण मेरे ही साथ होंगे। और जब तुम मुझमें रहोगे तो फिर तुम्हें किसी प्रकार

का भय भी नहीं रहेगा।''

धनपुर मुसकरा दिया। बोला :

''तुमने तो तेजीमला के किस्से की याद दिला दी, जिसमें वह पेड़, कमल और न जाने क्या-क्या बनती है। ऐसे किस्सों में ही किसी प्रेमी का दिल कोई प्रेमिका छुपाकर या चुराकर रख सकती है। वास्तविक जीवन में यह सब कहीं नहीं होता।''

डिमि ने बात को मानो झुठलाते हुए कहा, ''कभी-कभी किस्से भी सच लगते हैं। किस्सों में भी जो अपना इष्ट होता है उसे कभी मारा नहीं जाता। वह तो जीवित रहता ही है। विजयी भी वही बनता है। कितने ही किस्से हैं जिनमें हाऊँ-माऊँ-खाऊँ करता हुआ राक्षस खोजता फिरता है आदमी को ही, लेकिन अन्ततः मारा जाता है वह राक्षस ही, आदमी नहीं। खैर, जाने भी दो, जानते हो इस गाँव के लोगों से अभी तक अच्छी तरह घुल-मिल भी नहीं पायी हूँ।''

''इन दो दिनों में मैंने यहाँ क्या पाया है, तुम इसे सोच भी नहीं सकतीं। हमारे साथ और हमारे बीच हजारों बाधाएँ हैं—जिन्हें हम जानते हुए भी दूर नहीं कर पाते। तुम मिकिर हो तो मैं कछारी, डिलि गारो है तो रूपनारायण कैवर्त। हम सब अब तक असमिया भी नहीं बन पाये हैं, एक अच्छा आदमी बनना तो बहुत दूर की बात है। तुम इतने दिनों से गारो के गाँव में हो लेकिन तुम्हारे दिल में अब तक यह बात बैठी है कि तुम एक मिकिर लड़की हो। इसी तरह, वह भी अपने को भूल नहीं पाते। यह सब तभी बदलेगा जब हम आजाद होंगे और वर्तमान व्यवस्था दम तोड़ेगी।''

''कहते तो ठीक ही हो।'' डिमि ने हँसते हुए कहा, ''लेकिन इस जन्म में यह सब मुमकिन नहीं।''

''इसे इसी जन्म में बदलना होगा। अगले और उससे अगले जन्म के लिए यह सब छोड़ना ठीक नहीं।'' धनपुर ने उत्तर दिया और वह सन्तरे का छिलका उतारने लगा। उसकी कुछेक फाँकें डिमि को बढ़ाते हुए उसने कहा :

''तुमने इन दिनों में मेरी जितनी सेवा की है, उसे मैं मरते दम तक नहीं भुला सकूँगा। लेकिन तुम्हें सामने पाकर न जाने क्यों, सुभद्रा से मिलने की मेरी इच्छा अब और अधिक बढ़ गयी है। तुम शायद नहीं जानतीं, ऐसा क्यों हुआ है? उससे अगली बार मुलाकात नहीं हो पाएगी—मुझे ऐसा लगने लगा है।'' धनपुर का गला सूख गया था।

डिमि का दिल भी बैठ गया। वह धनपुर को दिलासा देती हुई बोली :

''तुम मुझे अपनी सुभद्रा मान लो। दुखी मत होओ। जो काम सामने पड़ा है, पहले उसे पूरा कर लो। उसके बाद मैं खुद तुम्हारी शादी रचाऊँगी। नहीं तो मुझे शान्ति नहीं मिलेगी; मैं सच कह रही हूँ।''

डिमि चुप हो गयी और धनपुर भी। इस खामोशी में डिमि का स्वर ही उभरा :

"लेकिन तुमने यह तो नहीं बताया कि काम क्या है ? मुझे नहीं बताओगे ?"

"पर..." धनपुर कुछ कहने के पहले सुगबुगाया।

"मुझे तो यही सन्देह हो रहा है कि तुम लोग किसी खतरनाक काम के लिए जा रहे हो—वरना इतना भय नहीं होता।" डिमि सशंकित थी।

धनपुर ने पूरा सन्तरा छील लिया था। उसके मुँह से बहुत देर तक कुछ नहीं फूटा। उसने डिमि से एक सिगरेट माँगते हुए कहा :

"तुम इतनी जिद कर रही हो तो बता दूँ कि सचमुच एक खतरनाक खेल खेलने जा रहा हूँ। लेकिन तुम्हें यह वादा करना होगा कि किसी को यह सब नहीं बताओगी—डिलि को भी नहीं।"

"सौगन्ध खानी पड़ेगी क्या?" डिमि के कथन में अभिमान का स्वर था।

"नहीं, वादा करना ही काफी होगा। मुझे तुम पर भरोसा न हो, ऐसी बात नहीं।" कहते हुए धनपुर ने सिगरेट का धुआँ ऊपर की ओर छोड़ दिया। फिर मुस्कराते हुए बोला, "इतने दिनों एकान्त पा मैंने चाँद से अपने मन की बहुत सारी बातें कही हैं। तुमसे भी कहूँगा। वादा करो। समझ लो कि आज की रात तुम ही चाँद हो।"

"कहो, एक भी बात मेरे मुँह से इधर-उधर नहीं होगी, सच कह रही हूँ।" डिमि ने उत्तर दिया। साथ ही कहा, "पर मैं चाँद नहीं हो सकती!"

"यह सच है कि तुम चाँद नहीं हो, वरना मेरे इतने नजदीक कैसे होतीं! लेकिन चाँद से कहने का कुछ मतलब होता है, यानी अपनी प्रियतमा से कुछ कहना। इधर उस काम को पूरा करने का समय जैसे-जैसे निकट आता जा रहा है, वैसे-वैसे सब कुछ साफ होता जा रहा है। इतने दिन तो केवल बाधाओं से जूझने में ही बीते हैं।" धनपुर के मुख पर मन्द मुस्कान-भरी आभा छिटक आयी।

"अच्छा, तो मैं तुम्हारी प्रियतमा हुई ?" डिमि ने प्यार से झिड़क दिया। लेकिन इसके साथ ही, उसके अन्तर का सारा ज्वार हर तरह की बाधाओं को पार कर एक झरने की तरह बह निकला—लहराता हुआ। उसके मन की उमंग जैसे तितली बनकर उड़ चली। धनपुर खामोश था। सिगरेट पीते हुए वह कहीं दूर नजरें जमाये था।

गौशाला में बँधी गाय बछड़े के लिए कातर स्वर में रँभा रही थी। सुनकर डिमि बोली :

"गाय के बछड़े को बाघ खा गया है। सुन रहे हो, कैसी कातर होकर रँभा रही है।"

"हाँ, मैं भी उसकी आवाज सुनता रहा हूँ...वह रो रही है।" धनपुर कहता-

कहता रुक गया और सोचने लगा : क्या मनुष्य अपने मन का भाव इतनी अच्छी तरह व्यक्त कर पाता है, जबकि उसके पास शब्द भी होते हैं! शायद नहीं! थोड़ी देर के बाद वह फिर बोला, "यह गाय नहीं, हमारी माँ है।"

"कौन माँ? तुम्हारी कामपुर वाली माँ!" डिमि ने पूछा।

"नहीं, यह सबकी माँ है—तुम्हारी भी, मेरी भी, गोसाईंजी की और डिलि की भी—हम सबकी। वही आज गोशाला में बँधी है। उसके बछड़े को बाघ ने मार दिया है और माँ रो रही है। क्यों! बता सकती हो?"

डिमि ने इसके पहले ऐसा कभी नहीं सुना था। उसका हृदय आवेग से भर उठा। अपनी झोली से उसने छत्छत्[1] का टुकड़ा निकाला और उसे दियासलाई की तीली जलाकर सुलगा दिया। उसकी सुगन्ध से धनपुर की तबीयत खिल उठी। उसका उद्विग्न चित्त शान्त और सहज हो गया। सिगरेट फेंकते हुए उसने कहा :

"मैं इसी सुगन्ध की बहुत दिनों से बाट जोह रहा था। यह सुगन्ध है शान्ति की और सच्ची मनुष्यता की। यह है मेरी प्रियतमा की सुगन्ध। तुमने मुझे उबार लिया डिमि! थोड़ी-सी और जलाओ न!"

डिमि ने झोली से छत्छत् का एक और टुकड़ा निकालकर जला दिया। बोली : "इसी की सुगन्ध तो तुम आज हमारे उत्सव में भी पाओगे। धूप, चन्दन या अगरबत्ती की तरह इसकी सुगन्ध भी बड़ी प्यारी लगती है। तुम्हें इसके पहले इस जैसी सुगन्ध नहीं मिली क्या?"

"ऊँ हूँ।" धनपुर ने डिमि की ओर देखते हुए कहा, "उसके पहले केवल अत्याचार की दुर्गन्ध मिली थी। मिलिटरी द्वारा सुभद्रा के साथ किये गये दुराचार के बाद उसकी जीर्ण देह को ढोकर लाते समय वही दुर्गन्ध मिली थी। अब भी वह दुर्गन्ध नाक में बसी है।"

प्रसंगवश धनपुर ने वर्तमान आन्दोलन के दौरान गाँववासियों पर मिलिटरी द्वारा ढाये गये अत्याचारों की कहानी दोहरा दी। उस वर्णन को सुनकर डिमि को मानो काठ मार गया। बोली वह :

"अब समझी हूँ तुम्हारी सारी बातें। लेकिन उनके साथ लोहा लेने पर वे और अधिक अत्याचार ही करेंगे।"

"करने दो। तब भी हम अपनी सारी शक्ति लगाकर उन्हें यहाँ से भगाने की कोशिश करेंगे।" धनपुर का उत्तर था।

"अच्छा! किन्तु अब यहाँ इस तरह एकत्र होकर क्या करना चाहते हो?" डिमि ने पूछा।

---

1. एक पेड़-विशेष की सुगन्धित छाल।

"एक रेलगाड़ी को उलटना चाहते हैं," धनपुर ने साफ-साफ बतला दिया।

"हाय दैया! नहीं-नहीं। ऐसा काम मत करना। यह महापाप है।" डिमि चिल्लाकर बोली। उसका मन विह्वल हो उठा।

"तुम कुछ नहीं समझीं डिमि!" धनपुर ने कहा। "हम अँगरेजों को यहाँ से खदेड़ना चाहते हैं। अभी तक अहिंसा के मार्ग पर चलते रहे, किन्तु वहाँ हमें सफलता नहीं मिली। अब हिंसा का मार्ग स्वीकार कर कोशिश कर रहे हैं। अभी तो हमने चरखे में पौनी ही लगायी है।" यह कह उसने शुरू से आखिर तक की सारी योजना को बतलाकर उसके परिणाम से डिमि को स्तम्भित कर दिया।

डिमि कुछ बोली नहीं। उसने देखा : आकाश में चाँद नाच रहा है। नाचने का कोई अन्त नहीं है। चाँद रुक-ठहर नहीं रहा है, ठहर तो वह स्वयं ही गयी है। धनपुर इस काम में जुटा है, इसका अर्थ यह नहीं कि यह काम अच्छा ही होगा। हिंसा, रक्तपात—ये सब कुछ घृणित काम हैं। किन्तु दूसरी ओर देश को आजादी दिलाने का काम भी तो बुरा नहीं है। इस काम का अर्थ वह समझती है। बचपन से ही वह भिभिराम के घर कामपुर में स्वयंसेवकों से मिलती रही है। साहबों के बदले देशी रजवाड़ों के होने पर रैयत की भलाई होगी, मालगुजारी माफ होगी, किसानों के लिए सीढ़ीनुमा खेत बनाये जाएँगे, चीजों की कीमतें कम होंगी, स्कूल-अस्पताल बनेंगे, जनता द्वारा चुने गये लोग शासन चलाएँगे—इन सबका अर्थ वह समझती है। लेकिन इसके लिए लड़ाई क्यों करनी चाहिए? लड़ाई बहुत बुरी चीज है। जापान के साथ अँगरेजों की लड़ाई छिड़ गयी है। इसी के कारण गारोगाँव के लोगों को भी धान, दलहन, मुर्गे, गाय, बाँस सब कुछ कम दाम पर ही बेचना पड़ रहा है। इधर सारी चीजों की कीमतों में आग लग गयी है। आठ आने के कपड़े में आठ रुपये लग जाते हैं। इसलिए अपने-आप यह लड़ाई मोल लेना अच्छा नहीं हुआ।

—जो बात कभी नहीं सोची वह भी आज उसे सोचनी पड़ रही है। क्योंकि यह लड़ाई धनपुर लड़ रहा है। धनपुर इस लड़ाई में खुद को मिटाने निकला है। उसे यह सब छोड़ने के लिए कहे तो कैसे कहे? वह है निपट वज्रलेप। अब इसे 'हाँ' कहने के सिवा और कोई उपाय नहीं है। इस प्रसंग को वहीं दबाते हुए वह धनपुर से बोली :

"तुम्हारी वीरता की कहानी तो सुन ली, किन्तु जिस लड़की के गले में हार डाल आये हो उसके बारे में भी तो कुछ कहना चाहते थे न! वह भी कह ही डालो!"

"हार नहीं पहनाया है, केवल वचन दिया है। वचन देना ही काफी है। विदा होते समय लौटने का वादा कर आया था लेकिन अब लगता है कि लौटना मुश्किल होगा। यमराज के यहाँ जाऊँ या न जाऊँ, लेकिन विवाह-वेदी पर बैठना शायद सम्भव न होगा। लौटती बार एक दिन तुम्हारे यहाँ रुकूँगा। इधर से नदी

के रास्ते ही मायङ् जाऊँगा। कुछ दिन वहीं छिपकर रहने की बात सोची है। पर ये सब बाद की बातें हैं। देखो—यह सब करने के लिए समय मिलता है या नहीं, अभी कुछ कह नहीं सकता। लगता है मायङ् में भी दमन-चक्र शुरू हो गया है। इसलिए शायद ही सुभद्रा अब मुझे जीवित देख पाए। डिमि, तू उसे धैर्य धारण करने को कहना।...नहीं-नहीं, रहने दो, कुछ नहीं कहना ही ठीक रहेगा।''

धनपुर चुप हो गया। किन्तु किसी अदृश्य लोक की सैर करता हुआ फिर बोला :

''हमने नगाँव में कलङ् नदी के किनारे एक घर बनाने की बात सोची है। जमीन भी देख ली है। अमला पट्टी के पार सड़क की बगल में ही कलङ्-तट से एक फर्लांग दूर रायसाहब की जमीन है। रायसाहब मान गये तो थोड़ी जमीन उन्हीं से लेकर एक घर बनवाऊँगा। तरह-तरह के फल-फूल के पौधे लगाऊँगा। एक बड़ा-सा पोखर खुदवाकर मछली पालूँगा। मछली पालने का शौक बचपन से ही रहा है। रोहू मछली के ही बीज अधिक डालूँगा। जोंगालबलहु गढ़ के पास वाली झील में किस्म-किस्म की मछलियाँ हैं। छोटी-मोटी एक फिशरी बनवाने की भी सोचता हूँ। नगाँव के हमारे भुइयाँ सर अभी जेल में हैं। उन्होंने ही मुझे यह राय दी है। घर के आगे एक फुलवारी लगाऊँगा। वह होगी तुम लोगों के छोटे साहब की फुलवारी जैसी ही। छोटे साहब, अरे वही गुणाभिराम बरुवा, नगाँववालों के बीच वे ही छोटे साहब के नाम से प्रसिद्ध हैं। उनकी फुलवारी की देखभाल करते हैं हमारे ठेकेदार फुकनजी। पत्तों की ओट में छिपे कटहल जैसे मधुर फल की तरह ही हैं वे। उनके यहाँ एक माली है। पच्छिम से आया है। उसी को बुलाकर तरह-तरह के फूल लगवाऊँगा। यहाँ के पहाड़ों पर कपौ फूल तो होते ही हैं। उन्हें तो लगाऊँगा ही; साथ-साथ बीच में एक थल-पद्म भी लगवाऊँगा। उसी के चारों ओर कई गोलाकार क्यारियाँ होंगी। पहली क्यारी में गुलाब, दूसरी में सूर्यमुखी, तीसरी में रंग-बिरंगे फूल होंगे। दाहिनी ओर एक छोटी पोखरी खुदवा उसमें लाल कमल लगवाऊँगा। कुमुदिनी भी रहेगी। पोखरी के ही एक किनारे पर पक्की छतरी में कलियाबर के मूर्तिकार द्वारा बनायी गयी महात्मा गाँधी की एक काष्ठ-प्रतिमा स्थापित कराऊँगा। घर के पिछवाड़े में अनेक प्रकार के फलों के पौधे होंगे—नासपाती, अमरूद, आम, अनानास....केले तो रहेंगे ही।''

बातें कहते-कहते धनपुर अपने को भूल गया था। थोड़ी देर रुकने के बाद डिमि की ओर देखते हुए वह हँस पड़ा। कहने लगा :

''पूरब की ओर एक अतिथिशाला बनवाऊँगा। वह चार परिवारों के टिकने लायक होगी। उसमें आधुनिक ढंग के शौचालय, पानी के नल और बिजली से चलने वाले पंखे होंगे। गाँव तथा दूर-दराज से आनेवाले शहीदों के सगे-सम्बन्धी

वहाँ टिक सकेंगे। रसोईघर सबके लिए एक ही रहेगा। वहाँ जात-पाँत का भेदभाव नहीं चलेगा। सबके लिए एक ही हाँड़ी चढ़ेगी। हाँ, कोई नहीं खाना चाहे तो उन पर दबाव नहीं डाला जाएगा। गोष्ठी, सभा, नाच, भाओना के लिए अतिथिशाला के सामने ही एक रंगशाला रहेगी। उसका नमूना रंगपुर की तरह का ही होगा, बनावट में बिलकुल नयापन होगा। उसकी दीवारों पर भी कुछ चित्रांकन कराने की बात सोचता हूँ। शहीदों के चित्र तो रहेंगे ही, महान लेखकों और वैज्ञानिकों की तस्वीरें भी रहेंगी। वहाँ फुकन बेजबरुवा महीने में एक-दो बार नाटक भी किया करेंगे। जिन दिनों नाटक नहीं होगा उन दिनों सभी वहाँ मिल-बैठकर बड़ी-बड़ी बातों पर विचार करेंगे।''

''उस स्वर्गपुरी में तुम और सुभद्रा रहोगे या नहीं?'' डिमि ने बीच में ही टोक दिया। ''मेरा मतलब है, तुम दोनों के लिए अलग से घर होगा या नहीं? ...बैठकी, सोने का कमरा, रसोईघर वगैरह...'' और फिर जवाब का इन्तजार किये बिना उसने छत्छत् का एक टुकड़ा फिर जला दिया। महमह करती खुशबू चारों ओर फैल गयी। धनपुर का सपना भी महक उठा।

''वाह, रहेगा क्यों नहीं'' धनपुर ताजा दम होकर फिर शुरू हो गया। ''मैंने बताया न, एक छोटा-सा घर होगा। छोटा—लेकिन पक्का। बैठकखाने की लम्बाई आठ हाथ और चौड़ाई चार हाथ होगी। सोने का कमरा दस हाथ लम्बा और पाँच हाथ चौड़ा होगा। उसके साथ ही बाथरूम लगा होगा। बगल में ही कॅली दीदी के लिए एक कमरा रहेगा। बूढ़ी हो जाने पर वह आश्रम में नहीं रह पाएँगी। फिर आश्रम में पड़े रहने की जरूरत भी क्या है? उन्होंने कितना त्याग किया है, और कितना कष्ट उठाया है! मैं स्वराज्य मिलते ही उन्हें अपने यहाँ ले आऊँगा और अच्छी तरह रखूँगा। वह किसी धनी के यहाँ नहीं, हम गरीब लोगों के बीच रहेंगी। वहाँ से पूरे इलाके में संगठन का काम करने की सहूलियत भी होगी।''

''यह कॅली दीदी कौन हैं?'' डिमि ने जानना चाहा।

''अरे, तुम उन्हें नहीं जानतीं? बीच-बीच में यहाँ आती तो रहती हैं। पिछले दिनों 'चरखा संघ' के गठन के लिए यहाँ आयी थीं।''

डिमि को याद हो आया : ''अरे हाँ, आयी थीं। वह तो बहुत ही अच्छी महिला हैं। कताई-बुनाई में बेजोड़। मेरे चरखे पर ही तो सूत काता था उन्होंने। इतना तेज और महीन सूत काता था कि देखकर हम सब दंग रह गयी थीं। अगर हम एक पूनी पाँच मिनट में कातें तो वह इतने ही समय में दो पूनियाँ निपटा देती थीं। उन्होंने अपनी मीठी बातों से और स्वभाव से सबका मन मोह लिया था। हमारे गाँव की औरतें तो अभी भी उनका नाम लेती रहती हैं।''

कॅली दीदी की प्रशंसा सुनकर धनपुर सचमुच बहुत खुश हुआ। ''दीदी

की तरह अगर सौ औरतें भी रोहा अंचल में होतीं तो वहाँ के लोगों को बनियों से कपड़े खरीदने की जरूरत नहीं पड़ती।'' धनपुर ने फिर याद दिलाया :

''मैं क्या कह रहा था?''

''हाँ, वह बात तो बीच में ही रह गयी। लेकिन तुमने फुकन बेजबरुवा या छोटे साहब जैसे शहरी बाबुओं के नाम लिये थे, उन्हें तो मैं जानती भी नहीं। और फिर उन्हें जानने की जरूरत भी क्या है? तुम अपने घर के बारे में बता रहे थे न।''

''हाँ, याद आया।'' धनपुर ने अपनी टाँगें घास पर पसार दीं। शायद उसे ठण्ड भी लग रही थी। उसने कमीज का ऊपरी बटन बन्द कर लिया।

डिमि ने टोका :

''तुमने कोई गर्म स्वेटर नहीं डाल रखा है? है नहीं क्या?''

''स्वेटर लेकर कहाँ रखता उसे? इस अण्डी की चादर से ही काम चल जाता है।'' धनपुर ने सफाई दी।

डिमि की सहानुभूति उमड़ आयी। उसे धनपुर पर बड़ा तरस आया। बोली :

''सुनो, मेरे पास गारो कुरता है, बुना हुआ। वह मैं तुम्हें दे दूँगी। चादर लेकर जाओगे तो ऐसे काम में दिक्कत होगी। भागते-दौड़ते हुए इसके काँटों में फँसने का डर है।''

डिमि की बातें सुनकर धनपुर का गला भर आया। वह बोला :

''कॅली दीदी के अलावा बस तुम्हीं हो जो मुझ पर इतना स्नेह रखती हो। सुभद्रा इस योग्य नहीं कि वह अपना प्यार जता सके। अब भी, उसके सपने में वही वहशी फौजी आ जाते हैं और तब वह चौंक उठती है। जब-जब उसका मन शान्त रहता है तो वह मुझसे बहुत सारी बातें करती है। उस समय उसकी बातें सुनकर बड़ा आश्चर्य होता है।''

''क्या कहती है वह? कहो न!'' डिमि ने आग्रहपूर्वक पूछा।

''कहती है कि तुम यदि इसी तरह मैले-कुचैले बने रहोगे तो मैं बुरा मानूँगी। काम में भिड़े रहने पर कभी-कभी मैं दो-तीन दिनों तक सोना, नहाना, खाना, पहनना सब कुछ भूल बैठता हूँ। आश्रम में लौटने पर मुझे अस्त-व्यस्त और थकान से चूर देखते ही वह रो-रोकर अधीर हो उठती है। कभी-कभार तो एकाध जून उपवास भी कर जाती है। और तब मैं एक-दो दिन साफ-सुथरे ढंग से जरा तेल-वेल लगाकर रहता हूँ। और सारी रात उसके पास ही बैठकर बातचीत में बिता देता हूँ। तब वह कहती है कि बढ़िया ऊन का एक स्वेटर बुन दूँगी, किन्तु बुनने के लिए उसे समय ही कहाँ मिलता है! फिर उसके पेट में दर्द तो अब भी होता ही रहता है।''

''दर्द होता है?'' डिमि का कौतूहल बढ़ गया। ''वह बीमार रहती है क्या?''

"हाँ। डॉक्टर ने कहा है कि यदि दर्द इसी तरह बना रहा तो उसे सन्तान होने की आशा नहीं। उसकी बच्चेदानी को गहरा धक्का पहुँचा है।"

"तब तो उससे ब्याह न करना ही अच्छा रहेगा।" डिमि की मुद्रा में गम्भीरता झलक आयी थी।

"नहीं, मेरा वादा इधर-उधर नहीं हो सकता। और यह कैसे कह सकती हो कि सन्तान होगी ही नहीं। डॉक्टर को अभी केवल सन्देह है, उसने निश्चयपूर्वक कुछ नहीं कहा है। फिर उस घर में मैंने सन्तान के लिए कमरे की भी तो व्यवस्था नहीं की है। हम जब तक जीवित रहेंगे तब तक वहाँ रहेंगे, रहेंगे यानी कि सुभद्रा भी साथ रहेगी। सुभद्रा अधिक घूम भी नहीं सकती। बीमार देह को वह कितना खींचेगी, लेकिन स्वराज्य मिलने पर मुझे तो घूमना ही होगा। नगर में रहकर क्या करूँगा! गाँव ही तो सच्ची कर्म-भूमि है। मुझे तो तब भी काम करना होगा। यदि मर गया तो बात और है, तब मेरे बदले में ये लोग काम करेंगे।...इन दो दिनों में रूपनारायण के साथ अनेक बातें हुई हैं। हमारे गाँवों में भूमिहीनों की संख्या अधिक है। उन्हें जमीन देनी होगी। केवल जमीन देने से ही नहीं होगा, कल-कारखाने भी लगाने पड़ेंगे। जरूरत पड़ी तो जमींदारों, पूँजीपतियों की व्यवस्था को समाप्त करना होगा। सभी बच्चों को शिक्षा की सुविधा प्रदान करने की बात तो है ही। अच्छा, इन सब बातों को छोड़ो। मैं तो ज्यादातर गाँवों में ही रहूँगा। हमारे मरने के बाद वह घर भी अतिथिघर बन जाएगा। अपने गाँववालों को नगर में आने पर विदेशियों की तरह रहना पड़ता है। वे लोग वहाँ पूरे अधिकार से रह सकेंगे, एकदम अपने घर की तरह रह सकेंगे।"

धनपुर कहता जा रहा था :

"मैं सुभद्रा को कलङ् के किनारे घुमाने के लिए ले जाया करूँगा। कलङ् के किनारे एजार के फूल खिलेंगे। और जब नदी में पानी कम हो जाएगा तब हम उसी के किनारे बैठेंगे। वहाँ हमारे सिर के ऊपर होगा इसी तरह का खिला हुआ चाँद, वहाँ भी होगा ऐसा ही एकान्त और तब मैं सुभद्रा को पुरानी बातें सुनाऊँगा। हमारे मन के भण्डार में अनेक बातें भरी होंगी। उन्हें कहकर भी पूरी नहीं कर पाऊँगा। बीच-बीच में सींगा भी बजाऊँगा। उसके बन्द होते ही सुभद्रा का मुँह भी खुल पड़ेगा। सींगे का सुर उसके भीतर में पैठ जाएगा—मानो मधुमक्खी के छत्ते में घुसकर उससे रस खींच लाएगा। उसे गाना-बजाना तो आता नहीं। हाँ, सोहर और मण्डप के गीत गा लेती है। आश्रम में रहकर इधर गाँधी-प्रार्थना भी सीख सकी है। 'विजयी विश्व तिरंगा प्यारा' गीत भी उसे आता है। गीत सिखाने के लिए मैं एक शिक्षक की व्यवस्था कर दूँगा। वह गीत सीखेगी।...हाँ, वह बातचीत करेगी। तब तक उसके भीतर बना मिलिटरी का भय भी तो निकल जाएगा। तब वह

फुलवारी में खिले फूलों के बारे में बातें करेगी : किस पौधे में सबसे अधिक मनभावने फूल खिले हैं, यह बात वह मुझे वहीं बताएगी। मैं सुनता जाऊँगा, फूलों की बातें सुन-सुनकर मैं विभोर हो जाऊँगा। उसके बाद!...उसके बाद वह सिनेमा देखने या फिर गुवाहाटी जाकर घूमने को कहेगी। गुवाहाटी जाने पर रुकेगी कहाँ, इस विषय में मुझसे जानना चाहेगी। मैं बताऊँगा कि वहाँ हम डॉक्टर बरुवा के घर पर रुकेंगे। डॉक्टर बरुवा मुझे बहुत मानते हैं। यदि सुभद्रा को तब भी बीमारी रही तो उसका इलाज भी मैं डॉक्टर से कराऊँगा। वहाँ से लौटते समय इधर के ही स्टेशन पर उतर तुम्हारे यहाँ भी आऊँगा। तब तक तो सड़कें भी चौड़ी हो चुकी होंगी। मोटर-गाड़ियाँ भी होंगी।''

''क्यों न होंगी?'' आँखें मूँदे हुए ही डिमि ने कहा।

धनपुर ने डिमि की ओर निहारा और बोला :

''रोती क्यों हो डिमि? होंगी, सभी बातें होंगी; तुम्हारा भी हित होगा और मेरा भी होगा, सुभद्रा का भी होगा, सबका हित होगा। अगर हित नहीं होगा तो केवल उनका—''

''किनका?'' डिमि भर्रायी आवाज में बोली।

''जो हमारे विरुद्ध हैं। नहीं-नहीं, जो स्वराज्य के विरुद्ध हैं।'' धनपुर रुक गया। ''जो इसके विरुद्ध नहीं हैं, पर जिनकी इसमें विशेष रुचि भी नहीं है, उन्हें भी आदमी बनकर रहना होगा। हाँ, आदमी बनकर।''

डिमि सुबकने लगी। धनपुर स्तब्ध-सा हो गया। कुछ समझ नहीं सका। क्या हुआ उसे?

''क्या हुआ डिमि? क्यों रोती हो? डिमि! डिमि!! डिमि!!!''

इस बार डिमि फफक-फफककर रो पड़ी। धनपुर अपने को असहाय महसूस करने लगा। उसने उसे बहलाते हुए कहा :

''डिमि, रोती क्यों हो? अभी तो तुझसे और भी बातें करनी हैं। मैं सुभद्रा को कितना प्रेम करूँगा। उसके लिए क्या-कुछ लाऊँगा, उसे कैसे रिझाऊँगा, कैसे कपड़े पहनाऊँगा, कौन-कौन से गहने लाकर दूँगा—किस तरह उसे खुद ही अपने हाथों सजाऊँगा।''

डिमि ने अपना सिर उठाया। आँचल से अपने आँसुओं को पोंछती रही। धनपुर चुप हो गया था।

डिमि ने सिसकते हुए कहा :

''इन बातों से मेरा दिल टुकड़े-टुकड़े हो गया, धनपुर! मैं तुम्हें कहीं जाने नहीं दूँगी, तुम्हें अपने आँचल में छिपाकर रखूँगी। तुम एकदम नादान बच्चे की तरह हो, तुम्हारा बचपना अब भी नहीं गया।...नहीं, अब तुम कहीं नहीं जाओगे।''

कहती हुई उसने धनपुर का हाथ अपने हाथ में ले लिया। ''गोसाईंजी भी तुम्हें मुझसे अलग नहीं कर सकते। मैं तुम्हें छिपाकर रखूँगी : सबसे अलग—सबसे दूर।''

धनपुर ने अपना हाथ तो नहीं छुड़ाया लेकिन इतना ही कह सका :

''सुभद्रा से एक बार मिल लेता, उसे एक बार गले लगा लेता तो...'' वह अपनी बात पूरी नहीं कर सका, भीतर ही भीतर तड़पकर रह गया।

''उसे बुलाकर लाने का समय भी तो नहीं।'' डिमि ने दिलासा देते हुए कहा, ''लेकिन तुम चिन्ता मत करो। तुम जैसे ही वापस आओगे, सुभद्रा तुम्हारे सामने होगी।''

धनपुर तनिक सहज होता हुआ बोला, ''तुमने मेरे दिल की बात को समझ लिया। तुम्हारे हृदय में औरत की भावना जो है। लेकिन तुमने शायद नहीं देखा, अभी-अभी जब सुभद्रा की बात निकली थी तो सब-के-सब कैसे गम्भीर हो गये। मुझे तो शक हो चला है।''

डिमि को धनपुर पर तरस आ गया : ''बेचारा...'' उसने कहा :

''कैसी बातें कर रहे हो! मैं मर गयी हूँ क्या? मेरी बातें भूल गये?'' डिमि उसका हाथ दबाकर उसे अपना प्यार जताने लगी।

धनपुर उसकी बातें सुनकर कुछ हैरान था। वह शायद अपने आपको सँभाल नहीं पाया। कहने लगा :

''तुम दोनों के चेहरे-मोहरे एक समान हैं। फिर भी, तुम मेरी नहीं, डिलि की हो। हालाँकि मैं तुम्हारा प्यार एक पल के लिए भी नहीं भूल पाया, भूल भी नहीं सकूँगा। मैं नहीं जानता, मुझे सुभद्रा के बारे में कोई खबर मिलेगी भी या नहीं। अगर उससे तुम्हारी भेंट हो जाए तो तुम मेरे सपने के बारे में सब कुछ बता देना, भूलना नहीं।''

''नहीं, नहीं। तुम स्वयं ही मिल सकोगे।'' कहने के साथ ही डिमि की सिसकियाँ बढ़ती गयीं।

धनपुर चुप हो गया। कहे भी तो क्या? थोड़ी देर बाद डिमि ही बोली :

''मैं सहन नहीं कर पा रही हूँ। तुम अपने को बलि का बकरा क्यों मान रहे हो? तुम मेरे भी तो हो, मेरे इस हृदय के टुकड़े।''

धनपुर तब भी कुछ बोला नहीं। उसे लगा कि देर हो रही है। उसने रास्ते की ओर नजरें दौड़ायीं। और फिर खड़ा हो गया।

डिमि तब भी बैठी रही। धनपुर ने उसे हाथ पकड़कर उठाते हुए कहा :

''डिमि! तुम मेरी साथी हो। इससे अधिक और कुछ होने की बात नहीं सोचना। सुनो, मेरे काम के बारे में किसी को नहीं कहना। मैं लौटकर तुम्हारे घर

में रुकूँगा। तभी बातचीत होगी।"

डिमि को राहत मिली। "लौटकर सचमुच आओगे न?"

"आऊँगा।"

तभी गोसाईं जाकर धनपुर के समक्ष खड़े हो गये। पूछने लगे :

"किसके बारे में बातचीत कर रहे थे तुम लोग?"

डिमि इस बीच सँभल गयी। उसने हँसते हुए कहा :

"सुभद्रा के बारे में। धनपुर कह रहा था कि स्वराज्य पाने के बाद वह नदी किनारे एक घर बनाएगा। सुभद्रा भी साथ ही रहेगी।"

गोसाईं ने एक दीर्घ उच्छ्वास छोड़ा और बोले :

"इन हवाई किलों के बनाने की बात अभी छोड़ो। अभी असली मुद्दे पर ही सोचो। मायङ् में दमन-चक्र शुरू हो गया है। वह कुत्ता मुझे एक झुरमुट तक ले गया था। जानते हो, वहाँ मुझे कौन-कौन मिले?"

"कौन मिले?" धनपुर की आवाज में उत्सुकता थी और दृष्टि में कुतूहल।

"अपनी पत्नी, राजा की पत्नी और, और भी कई महिलाएँ। वे सब डर के मारे भाग आयी हैं। बहुत सारे आदमी गिरफ्तार कर लिये गये। लयराम की खोज में शइकीया ने उत्पात मचाना शुरू कर दिया है। वह अभी लयराम को खोज नहीं पाया है। दधि ने उसे छिपा रखा है, किन्तु बानेश्वर राजा पकड़ लिये गये हैं। दधि भूमिगत हो गया है। हमारे नाम पर भी गिरफ्तारी का परवाना है।" बोलते समय गोसाईं को थोड़ी हँफनी आ रही थी। वे यह भी सोच रहे थे कि डिमि के सामने ये सारी बातें करना ठीक हुआ या नहीं। अन्ततः उन्होंने स्पष्ट रूप से पूछा :

"तुम हमारे साथ हो न, डिमि?"

"क्यों नहीं रहूँगी? जहाँ धनपुर है, वहीं मैं भी हूँ।"

"तब जाओ। गोसाइन वगैरह आ रही हैं, उन्हें आगे बढ़कर यहाँ लिवा लाओ। आज रात तुम यहाँ रह सकोगी क्या?"

"क्यों?" डिमि ने आश्चर्यपूर्वक पूछा। "मेरे गाँव में पूजा जो है, इसलिए क्या?"

"नहीं, डिमि, यह बात नहीं है। दरअसल ये सब भयभीत हो गयी हैं। तुम्हारे रहने से इन्हें साहस मिलेगा। पर हाँ, पूजा की भी तो बात है।" कहते हुए गोसाईं कुछ उद्विग्न-से दीखे। तभी धनपुर बोल उठा :

"मैं भी इसे यहाँ रखने के पक्ष में नहीं हूँ। इसके यहाँ रह जाने पर गारोगाँव में यह बात यों ही फैल जाएगी। वह अच्छा नहीं होगा।" कुछ क्षण चुप रहने के बाद फिर बोला, "एक बात की जाए तो कैसा रहेगा? अभी दूर तो गये नहीं हैं, क्यों न हम आहिना कोंवर को ही वापस यहाँ भेज दें?"

मन को अस्थिरता के कारण गोसाईं कुछ भी निश्चय नहीं कर पा रहे थे। मायङ् की घटनाएँ उन्हें विचलित कर रही थीं। किन्तु अब भी इस काम में कोई व्यवधान उपस्थित नहीं हुआ था। अभी तक जो गिरफ्तारियाँ की गयी हैं, वह भारत-सुरक्षा अधिनियम के अन्तर्गत ही हुई हैं। निश्चय ही पुलिस को हमारी इस योजना की टोह नहीं मिली है। पुलिस कमारकुची और गारोगाँव में भी आ सकती है। ऐसी ही अधिक सम्भावना है। इसलिए आहिना कोंवर को यहाँ रखना बुरा नहीं रहेगा। उन्हें भी यह ठीक लगेगा। आहिना पर परवाना जारी न होने की बात भी दधि ने लिखी है। इसलिए यही उचित होगा। जयराम पर भी परवाना जारी नहीं हुआ है, किन्तु वह उससे बचा नहीं रहेगा। आजकल में उसकी गिरफ्तारी का भी परवाना निकल जाएगा। यह सब सोचते-विचारते अन्त में बोले, ''अच्छा, तो वही करो। जाओ डिमि, आगे बढ़कर उन सबको वहाँ लिवा लाओ।''

डिमि जब चली गयी तो धनपुर ने कहा :

''गारोगाँव में यही एकमात्र सहारा है। इसलिए मैं इसे यहाँ रखकर नहीं जाना चाहता। लौटती बार हम गोवर्द्धन पहाड़ होकर आएँगे। तब इधर आना नहीं पड़ेगा। लेकिन गारोगाँव में एक बार मुझे जरूर जाना होगा। वहाँ डिमि के घर पर ही रुकूँगा। मैंने उससे वादा किया है। और हाँ, ये बन्दूकें नोक्मा की हैं। उसे बन्दूकें नहीं लौटाने पर हमसे उसका विश्वास उठ जाएगा।''

गोसाईं हँस पड़े। बोले, ''यह भी जान लो धनपुर, भागने के लिए केवल एक ही रास्ता है। कौन जानता है कि उस रास्ते से भागने में क्या संकट खड़ा हो जाए। दोनों बन्दूकों की बातों पर ज्यादा जोर नहीं देना। हाँ, गारोगाँव में रुकना तो पड़ेगा ही। वहीं से सुरक्षित स्थान की भी खोज करनी होगी। मायङ् में दमन-चक्र चालू हो गया है, यह बहुत गड़बड़ हुआ। खैर, अब चिन्ता करके भी इसे रोका नहीं जा सकता। मैं झटपट तैयार होता हूँ।''

''आप एक कप चाय तो पी लीजिए। डिमि अभी-अभी पानी गरम कर वहीं रख गयी है।''

''चाय की आवश्यकता नहीं है, धनपुर!'' गोसाईं की दृष्टि कहीं दूर जा लगी थी। ''अब और देर नहीं की जा सकती। केवल खाँसी उठने का ही डर है मुझे। इधर ठण्डक भी थोड़ी बढ़ गयी है। एक खुराक मकरध्वज है, पर इसे कल के लिए रख छोड़ता हूँ। जरूरी है न, क्या कहते हो?''

''हाँ, जरूरी है'' धनपुर अपनी दृढ़ता-भरी आवाज में बोला।

थोड़ी देर बाद गोसाईं अन्दर चले गये। बाहरी फाटक पर महिलाओं के आने की आहट सुनाई पड़ी। इसी बीच वह कुत्ता भी दौड़ता हुआ आया और आँगन में धम् से गिर पड़ा। धनपुर ने पास जाकर उसके घाव को देखा। फिर अपने बैग से फिनाइल की एक छोटी शीशी निकाल थोड़ी-सी उसकी अगली

टाँग के घाव पर छिड़क दी। जलन के कारण कुत्ता काँय-काँय कर उठा।

महिलाएँ धीरे-धीरे अन्दर आ गयीं। आगे थीं गोसाइन, उनके पीछे थीं बानेश्वर राजा की पत्नी और कई दूसरी स्त्रियाँ। सबके कपड़े अस्त-व्यस्त हो गये थे। चाँदनी में भी किसी का चेहरा अच्छी तरह पहचाना नहीं जा रहा था।

धनपुर आगे बढ़ गया। उसकी आँखों के सामने ठीक वैसा ही दृश्य नाच उठा जैसा उसने कभी बचपन में देखा था जब कामपुर स्टेशन पर बर्मा से आये हुए शरणार्थी जमा हुए थे। युद्ध छिड़ जाने के कारण वे दूसरे देश से यहाँ भागकर आ गये थे। उनमें से कई-एक की देह पर कपड़े तक नहीं थे। लेकिन यहाँ तो गोसाइन वगैरह को अपने घर में ही शरणार्थी बनना पड़ा है।

इसी समय गोसाईं कमरे से निकलकर बाहर आ गये। गोसाइन को देखकर वे वहीं ठिठक गये। उनके मुख से कोई बात तक नहीं निकली, मानो उन्हें काठ मार गया हो। गोसाइन ने आगे बढ़कर उनके पैर छुए और कहा, ''मैं आपको भगवान के हाथों सौंप चुकी हूँ। मैं भी अब उन्हीं की शरणागत हूँ।''

और फिर सिसकियाँ सुनाई पड़ीं।

धनपुर ने ढाढस बँधाते हुए कहा, ''आप लोग चिन्ता न करें। घण्टे-डेढ़ घण्टे के भीतर ही हम आहिना कोंवर को यहाँ भेज देंगे।''

डिमि ने एक बार फिर ऊपर की ओर देखा। चाँद अब भी नाच रहा था। वह किसी के भविष्य के बारे में क्या बताए!

धनपुर महिलाओं को कमरे में ले जाकर बैठा आया। फिर आकर डिमि से बोला :

''यदि तुम्हारी झोली में छत्छत् और हो तो यहीं देती जाओ। खाने के लिए भी जो कुछ है, उसे भी रखती जाओ।'' फिर गोसाइन की ओर मुड़कर उसने कहा, ''आप लोग तनिक भी चिन्ता नहीं करेंगी। चिन्ता करने से होगा भी क्या?''

''आज कई दिनों से रात में हिरणी का क्रन्दन सुन रही हूँ।'' गोसाइन इतना ही कह पायीं कि उनका गला रुँध गया। गोसाईं को आशंका हुई कि कहीं यह सुभद्रा की मौतवाली बात न कह उठे। अगर ऐसा हुआ तो सारा बना हुआ काम बिगड़ जाएगा, फिर कुछ भी नहीं हो सकेगा। इसीलिए उन्होंने आगे बढ़कर पुकारा : ''धनपुर! आओ चलें, चलने का समय हो गया। यहाँ किसी प्रकार का भय नहीं है। फिर भय से कोई लाभ भी तो नहीं।''

एक क्षण रुककर धनपुर ने काठी में पड़े दाव को निकाला और गोसाइन के हाथों में सौंपते हुए कहा, ''इसे रख लीजिए—शायद कभी जरूरत पड़ जाए।''

डिमि अपनी झोली से छत्छत् और खाने की दूसरी चीजें निकालकर गोसाइन के सामने रखती हुई बोली :

''यहाँ किसी प्रकार का डर नहीं है, गोसाइनजी। आदमी भी आते-जाते रहेंगे। इसके अलावा मैंने मन्त्र पढ़कर इस जगह को बाँध भी दिया है।''

# सात

ढोलक की थाप और सींगे की धुन पर युवक-युवतियाँ अब भी नाच रहे थे। बड़े-बूढ़े थककर बैठे थे। डिमि के घर में बैठे गोसाईंजी मकरध्वज वटी खल रहे थे। मधु बिछावन पर पड़ा खर्राटे ले रहा था। उसे लौटे हुए अभी अधिक देर नहीं हुई थी। रूपनारायण, भिभिराम और धनपुर बातचीत में मग्न थे। माणिक बॅरा, जयराम और आहिना कोंवर नेपाली बस्ती गये हुए थे—खाना खाने के लिए। वहाँ से पूरी तरह तैयार होकर ही आने की बात थी उनकी।

गोसाईं अण्डी का चादर ओढ़कर चटाई पर बैठे थे। मकरध्वज कूटते हुए उन्हें गोसाइन का असहाय चेहरा बार-बार याद हो आ रहा था। साथ ही साथ सोच रहे थे कि कमारकुची आश्रम से इस समय चाँदनी के सिवा शायद और कोई प्रकाश नहीं होगा। अन्दर जाड़े से सिकुड़ी-सिमटी महिलाएँ अलाव जलाने का साहस भी न जुटा पायी होंगी। वहाँ चारों ओर भयावह सन्नाटा होगा। गाय अब भी बछड़े के लिए रँभा रही होगी। आहिना के वहाँ जाने की बात थी, पर वह भी जा न सका। उसे भी रोक लिया है। क्या पता कब क्या काम आ जाए। इधर मायङ् से आये आदमी शइकीया द्वारा ढाये जा रहे अत्याचारों की बात बता रहे थे। जिस किसी के घर की तलाशी ली जा रही थी। पुलिस और मिलिटरी के जवान, लयराम की खोज में आकाश-पाताल एक किये दे रहे थे। जिस घर में लयराम को छिपाया गया था, शाम तक पुलिस उसका पता नहीं लगा पायी थी। लेकिन शायद अब काफी समय नहीं लगे। इसलिए लयराम को वहाँ से हटाकर अब कम-से-कम दो दिनों तक घने जंगल में ही छिपाकर रखना होगा। यदि यह भी सम्भव नहीं हुआ तो दधि ने उसका भी उपाय कर लिया था। पत्र में उसने यह भी लिखा था कि यदि लयराम को छिपाया नहीं जा सका तो नाविक के साथ उसकी भी हत्या कर डालने के सिवा और कोई उपाय नहीं रह जाएगा। दधि जैसा दयालु व्यक्ति भी, अब ऐसा निर्णय ले सकता है तो इसी से अनुमान लगाया जा सकता है कि वहाँ की स्थिति कितनी गम्भीर हो चुकी है।

लयराम के काम से सबको आघात लगा है। वह इस योजना की सारी बातें जानता है। शइकीया से मिलते ही वह भण्डाफोड़ कर देगा। तब रेलगाड़ी को उलटना तो दूर, साँस लेना भी दूभर हो जाएगा। इसलिए न चाह कर भी दधि

के निर्णय से ही सबको सहमत होना पड़ा।

हाँ, आहिना की आँखें जरूर भर आयी थीं। उसका हृदय बहुत कोमल है। भिभिराम, जयराम, माणिक बॅरा और रूपनारायण सभी चुप बैठे थे। उनमें से धनपुर ही ऐसा था जो अपने मत पर दृढ़ था। उसका साफ-सीधा कहना था : "लड़ाई तो बस लड़ाई ही है। उसमें लड़ना-मरना तो होता ही है। दया-ममता ही दिखानी हो तो फिर औरतों के पल्लू में छिपकर घर में ही बैठना चाहिए।"

बात ठीक ही है। क्या हमारे दुश्मन हम पर रहम खा रहे हैं? वे ऐसा साचेंगे भी क्यों? आहिना शास्त्र, भगवान और गाँधीजी की दुहाई दे-देकर लयराम के साथ ऐसा कुछ न करने की प्रार्थना कर रहा था। उसकी प्रार्थना से माणिक बॅरा का दिल भी पिघल गया। धनपुर के अलावा, सभी भगवान से डरने वाले हैं। ऐसे लोग, जो जीव-हिंसा के लिए भी एक नहीं दस बार सोचते हैं, अपने किसी पड़ोसी की हत्या करने का भला कैसे निर्णय ले सकेंगे?

धनपुर इन सबकी अनुनय-विनय-भरी बातों से खीज उठा था। उसने तमककर कहा था : "आप लोग सोचते क्यों नहीं? अगर लयराम शइकीया के हाथ पड़ गया तो रेलगाड़ी उलटने की सारी योजना धरी रह जाएगी। वह फौजी दस्ते के साथ इधर आ, हम सबको जानवरों की तरह मार डालेगा। और इस तरह यदि हम लोग अकाल मौत मारे गये तो समझ लो कि यह सारा आन्दोलन भी ठप्प हो जाएगा और क्रान्ति बीच में ही दम तोड़ देगी।

"आजादी तो जब आएगी तब आएगी, अभी तो चारों ओर से बुरी-बुरी खबरें आ रही हैं। कुछेक लोगों के जेल चले जाने या वहाँ घुट-घुटकर जान देने से भी कुछ नहीं होगा। हमारे बलिदान का भी कोई अर्थ होना चाहिए, क्योंकि हमें अपनी आजादी भी चाहिए। कुशल कोंवर, कनकलता, कमला गिरि, तिलक डेका आदि का बलिदान हमें हमारे लक्ष्य की ओर बढ़ने का आह्वान है। हमें दुगुने उत्साह से अपने संकल्प के साथ बढ़ना है। केवल साहस से ही कुछ नहीं होगा। लचित ने अपने मामा की हत्या की। क्यों? वह देश के प्रति अपने कर्तव्य को जानता था। गदाधर सिंह अपनी पत्नी जयमती पर होनेवाले दुराचार और फिर उसकी मौत को चुपचाप देखता रहा। इसके बाद कहीं वह लरा राजा का सामना करने का साहस जुटा सका था। मैं खुद युद्ध की नीतियों से परिचित नहीं—लेकिन जितना कुछ सीख गया हूँ, बाधा और विपत्तियों से टकराकर ही।"

किसी में इतना साहस नहीं हुआ कि वह धनपुर के तर्क को काटे। प्रायः सभी के भीतर अपनी-अपनी मौत का भय समा गया था। उस पर भी अँग्रेजों को खदेड़ने की इस योजना को अमल में लाने में अपनी दुर्बलता को जाहिर करना कौन चाहेगा भला? धनपुर की बातों का उत्तर दिया केवल रूपनारायण ने। उसने

कहा था—"देखो धनपुर, तुम्हारा तर्क सही है। किन्तु लयराम को अपने साथ मिलाकर चलना ही हमारा प्रधान लक्ष्य होना चाहिए। कितनी मेहनत और परेशानी के बाद, एक योग्य कार्यकर्त्ता तैयार हो पाता है। इसलिए अब उसे यों ही छोड़ देना उचित नहीं। उधर लयराम भी डर गया था। इसीलिए तो हमें वह बन्दूक न देकर, शइकीया के साथ मिलकर रहना चाहता था। तुम तो जानते ही हो कि वह मछली का व्यापार करता है, धान का व्यापार करता है—यह सब वह कैसे छोड़ देगा? धन का लालची तो है ही, वह औरत का भी लोभी है। एक कार्यकर्त्ता को ये सारी चीजें कमजोर बना देती हैं। जो भी हो, आखिर लयराम अपना पुराना सहयोगी है। इसलिए हमें निराश नहीं होना चाहिए, समझे धनपुर! मेरे विचार से तो शइकीया के हाथ में पड़ने से पहले उसे अपना सहयोगी ही बनाने की अन्त तक कोशिश करनी चाहिए। यही अपना कर्तव्य है। इस काम के लिए गोसाईंजी किसी आदमी को भेजें तो अच्छा रहे।"

उसने आगे कहा था : "यह कहना भी भूल है कि यों निहत्थे हो जेल जानेवाले या बलिदान हो जानेवाले हमारे मन को केवल साहस ही दे पाते हैं। सच कहें तो वे भी योद्धा हैं, उनकी लड़ाई भी एक योद्धा की लड़ाई है। कमलागिरि का ही उदाहरण लो न! सच है कि वह अस्त्र-शस्त्र से नहीं लड़ा, किन्तु इसमें दो मत नहीं हैं कि वह सत्य के मार्ग से कभी नहीं डिगा। वह अन्त तक जूझता ही रहा। बचपन से ही वह कांग्रेस के काम में लगा था। जनता का समर्थन और साथियों के मनोबल ही युद्ध में बहुत बड़े सम्बल होते हैं। बीमारी से भले ही वह मर गया, लेकिन सरकार से क्षमायाचना कर जेल से छूटने की बात उसके मुँह पर कभी नहीं आयी। इसलिए मैं समझता हूँ कि लयराम के बारे में अन्तिम निर्णय करने के पहले हमें उसे शइकीया के हाथ में नहीं जाने देने की बात भी सोचनी चाहिए।"

धनपुर ने रूपनारायण की बात मान ली थी। तब उसने कहा था : "इस काम के लिए अब चुना किसे जाए। काम मेरे जाने पर भी बनेगा और जयराम के जाने पर भी, लेकिन जाना भी अब कम मुसीबत से भरा नहीं है। पुलिस से बचकर ही जाना होगा। मेरे जाने पर इधर काम रुक सकता है। इसलिए जयराम ही जाएगा। अपनी मृत्यु-वाहिनी के विचार, अनुरोध, निर्णय जो भी हैं, वहाँ जाकर वह लयराम को बताएगा। उसके बाद भी, यदि वह नहीं मानता है तो परिणाम स्वयं भोगेगा ही।"

प्रस्ताव सबको मान्य हुआ था। सबकी इच्छा जान जयराम ने कहा था : "ठीक है, मैं ही जाऊँगा। खाना खाकर सीधे चल दूँगा। यहाँ नेपाली बस्ती के तीन-चार साहसी व्यक्तियों को हमने मिला रखा है। वे कल से ही कपिली घाट और गोवर्द्धन पर जलाऊ लकड़ी काटने के मिस चौकसी कर रहे हैं। आप लोगों के उधर से न

लौटने तक वे चौकसी रखेंगे। वे आपको कपिली के पार पहुँचा देंगे और लौटती बार पार होने के लिए उधर ही किसी सुविधाजनक स्थान पर नाव छोड़ आएँगे। वह स्थान बंगाली बस्ती से दो मील सीधे पूरब की ओर पड़ेगा। उन्होंने वहाँ पगडण्डी भी बना रखी है। हम बंगाली बस्ती भी गये थे। वहाँ मैननसिंही और नामशूद्र लोग बसे हैं। बड़े सरल और भोले-भाले हैं वे लोग। गोवर्द्धन पहाड़ के ठीक नीचे ही वह गाँव है। प्रस्तावित घटना-स्थल से वहाँ तक लौटने के लिए एक सीधा लेकिन बड़ा कठिन पहाड़ी रास्ता है। जंगली हाथी, बाघ उसी रास्ते से नीचे उतरकर आते हैं। काम पूरा हुआ कि उसी रास्ते से ही लौटना होगा। मेरे जिम्मे फिलहाल इतना ही काम था। इसे मैंने पूरा कर दिया है। आगे माणिक बॅरा रहेंगे ही। हाँ, मेरे जिम्मे एक और काम था, रास्ता दिखाकर ले जाना और फिर वहाँ से लौटा लाना। वह काम अब आहिना कोंवर करेंगे। आपका क्या विचार है?''

धनपुर ने ही कहा था, ''लेकिन आहिना को हम कमारकुची आश्रम में भेजना चाहते हैं। वहाँ भी तो एक आदमी चाहिए।'' भिभिराम का मत था कि वैसा करना अभी अच्छा नहीं होगा। जयराम ने भी विस्तारपूर्वक बताया था कि आहिना को कमारकुची भेजना क्यों ठीक नहीं होगा। उस ओर का व्यक्ति न होने के कारण वहाँ का रास्ता ढूँढ़ना उसे ही कठिन हो जाएगा।

जयराम की बात सभी ने मान ली थी।

जयराम, माणिक बॅरा और आहिना कोंवर को यहाँ से निकले अभी अधिक देर नहीं हुई थी। उनके जाने के बाद ही गोसाईं मकरध्वज पीसने बैठे। उनकी खाँसी पुनः बढ़ गयी थी। लेकिन कल दिन-भर तो खाँसी को रोककर रखना ही पड़ेगा। विध्वंस के इस कार्य के लिए सन्नाटा बनाये रखने की कितनी जरूरत होती है। खाँसने-भर से मुसीबत खड़ी हो सकती है। शत्रु को भेद भी मिल सकता है।

कल किस व्यक्ति के जिम्मे क्या काम रहेगा, धनपुर यही सब सोच रहा था। सच तो यह है कि काम का ठीक-ठीक बँटवारा हो जाए तो काम पूरा करने का आधा बोझ तो वैसे ही कम हो जाता है। उसने कहा :

''कोंवर पर रास्ता दिखाने का काम सौंपना खतरे से खाली नहीं है। उसे अफीम की डिबिया यहीं छोड़ जाने के लिए कहना था। अन्यथा कहीं रास्ते में ही अफीम खा बैठे तो फिर क्या हाल होगा?''

रूपनारायण को हँसी आ गयी। बोला :

''हाँ, यह बात तो बिलकुल सही है। पर अब अफीम खाने के लिए समय ही कहाँ मिलेगा उसे?''

''न खाए यह और बात है। लेकिन कहीं खा ली और काम में असफल हो गया तो विपत्ति आये बिना नहीं रहेगी,'' कहता हुआ धनपुर बेड़े की दीवार से

टिककर बीड़ी पीने लगा।

भिभिराम ने सावधान करते हुए कहा, ''अब काम की बात पर आ जाओ। जैसा कि मधु ने हमें बताया है, जाते समय हमें डिगास होते हुए पानवारी और पानखेती के बीच रेलवे लाइन के मोड़ तक पहुँचना होगा। तड़के ही कपिली पार करनी होगी। कहीं रास्ते में ही भोजन लेना होगा। मेरी, गोसाईंजी और माणिक बॅरा की गठरियों में कटोरी, हाँड़ी और चावल वगैरह सब हैं ही। जलाने की लकड़ी मिल ही जाएगी, जंगल जो है। नमक और थोड़े-से आलू भी रख लेने होंगे। मैंने डिमि से कह दिया है। वह अभी लाकर दे रही है। दिन में भोजन कब और कहाँ पहुँचने पर होगा, यह तय करना अभी बाकी है।''

पीढ़े पर बैठे भिभिराम ने भी दीवार का सहारा ले एक बीड़ी जला ली। कमरा छोटा था। डिमि और डिलि कोई भी न थे। नोक्मा के यहाँ भोज और नाच में सम्मिलित होने गये हुए थे। आज बँगला उत्सव की आखिरी रात थी। सुबह होने में अब ज्यादा देर नहीं थी। गठरी तैयार रखी थी। ढोलक और सींगे का सुर बन्द होने के पहले ही उन्हें यहाँ से कूच कर देना होगा। उत्सव के बाद यहाँ रुका नहीं जा सकता। डिमि के आते ही वे सब चल देंगे। आहिना कोंवर नेपाली बस्ती से सीधे कपिली घाट पर पहुँचेगा। यात्रा की व्यवस्था ऐसी ही की गयी है।

गोसाईं ने मकरध्वज पीसकर खा लिया। थोड़ी देर के बाद वह धनपुर से बोले : ''धनपुर, थोड़ी-सी आग जलाओ भाई! जरा हाथ-पैर सेंक लूँ। कैसे ठिठुर गये हैं!''

धनपुर अन्दर गया और वहाँ से कुछ लकड़ियाँ उठा लाया। लकड़ियाँ सूखी थीं। जल्दी ही दहक उठीं। गोसाईं आँच के पास खिसक आये और पीढ़े पर बैठकर उन्होंने अपने पाँव फैला दिये। साथ ही अपनी छाती भी सेंकते रहे। उन्होंने कमरे के चारों ओर अपनी नजर दौड़ायी। धनपुर और रूपनारायण की बन्दूकें पास ही रखी थीं। नोक्मा भी दो दिनों के लिए अपनी बन्दूकें देने को राजी हो गये हैं। लयराम से छीनी गयी बन्दूक मधु के बिछावन के पास ही पड़ी है। तीनों बन्दूकें भरी हैं। जरूरत पड़ी नहीं कि घोड़ा दबाया और धाँय...! पुलिस कभी भी छापा मार सकती है, इसलिए पूरी सावधानी रखनी पड़ेगी। गठरियाँ बाँध दी गयी हैं और छत्छत् छोवा का भोज खाकर सब एकदम तैयार बैठे हैं।

''मैं ऐसा सोच रहा था, धनपुर!'' एकाएक गोसाईं बोले।

''क्या?''

''दिन ढलते ही हमें पहाड़ी के नीचे उतरकर फिशप्लेटें खोलनी हैं। उन्हें हटाकर हमें फिर पहाड़ी पर चढ़ना होगा। वहाँ से हम फिर कपिली घाट तक वापस आएँगे। आहिना हमें रास्ता बताएँगे। ठीक सात बजे रेलगाड़ी आएगी। इसलिए हमें

छः बजे ही अपने काम में जुट जाना है। मधु पेड़ पर चढ़कर वहीं से गश्ती दल पर नजर रखेगा और जरा-सी भी आहट हुई तो सीटी बजा देगा। फिशप्लेटें तुम्हीं हटाओगे। रिंच, बटाली, हथौड़े वगैरह अपनी गठरी में ठीक से रख लेना।''

''आप एकदम निश्चिन्त रहें। मैं अपने काम के लिए पूरी तरह तैयार हूँ। रिंच वगैरह रूपनारायण के पास भी हैं। वह भी मेरे साथ ही किसी दूसरी जगह पर फिशप्लेटें खोलेगा''—धनपुर के स्वर में दृढ़ता थी।

''नहीं।'' रूपनारायण ने संशोधन करते हुए कहा, ''मैं तुम्हारे साथ फिशप्लेटें खोलने नहीं जा पाऊँगा। मैं बन्दूक लिये पटरी पर पहरा दूँगा। हमारे पास बन्दूक चलानेवालों की कमी है। इसके लिए भिभिराम तो है! वह तुम्हारे साथ जाएगा। तुम फिशप्लेटें तो खोल सकोगे, भिभिराम!''

''क्यों नहीं!'' भिभिराम ने बीड़ी का लम्बा कश खींचा और कहा, ''उन्हें हटाये बिना बात कैसे बनेगी। मैंने धनपुर से पहले ही सब कुछ सीख लिया है। वह सब तो होता रहेगा, लेकिन तुम्हारे पास रिंच, हथौड़ा या दूसरे जो भी औजार हैं, अभी मेरे हवाले कर दो। बाद में इन्हें लेने को रुके रहना ठीक नहीं रहेगा।''

रूपनारायण दो पीढ़ों को जोड़कर लुढ़का हुआ था। मच्छरों की भन-भन के कारण इतना परेशान था कि करवट तक नहीं बदल पाया था। कुछ थकावट दूर हो जाए, बस इसलिए पड़ा था। भिभिराम की बातें सुनकर वह तुरन्त उठ बैठा, और रिंच, हथौड़ा और बटाली निकालकर भिभिराम को सौंप दीं। भिभिराम ने भी देर न की, उन्हें अपनी गठरी में बाँध लिया।

रूपनारायण फिर लेट गया। उसकी मनोभूमि में हथौड़े ठनक रहे थे। वह पूरी तरह चौकस था—हाथ में बन्दूक लिये।

''बन्दूक तो मुझे या माणिक बॅरा को सँभालनी पड़ेगी।'' गोसाईं तनिक स्वस्थ हुए। ''इस काम के लिए तो मैं ही अधिक उपयुक्त हूँ। बन्दूक चलाना ही जानता हूँ। अच्छा हुआ, सबने अपना-अपना दायित्व अच्छी तरह समझ लिया। भगवान की कृपा रही तो हम अपना काम अच्छी तरह से सम्पन्न कर लेंगे। लेकिन इसके बाद जो कुछ होगा, वह भी लगभग तय ही है। हमें भी उसी आग में झोंक दिया जाएगा...। क्यों रूपनारायण?''

''ठीक ही कह रहे हैं आप। मैं भी यही सोच रहा हूँ।'' रूपनारायण ने लेटे-लेटे ही जवाब दिया। ''उस काम को पूरा कर लेने के बाद, सकुशल भाग निकलना ही मुश्किल होगा। मायङ की ओर भी नहीं जा सकते। चप्पे-चप्पे में पुलिस और मिलिटरी फैल गयी है। गुवाहाटी की ओर जानेवाला रास्ता दुर्गम और बीहड़ है। ब्रह्मपुत्र के रास्ते किसी तरह गुवाहाटी तक पहुँचा जा सकता है। लेकिन वहाँ पहुँचकर भी क्या होगा! वहाँ भी मिलिटरी पीछे पड़ी होगी।''

"मुझे नहीं लगता कि इस तरह भागते रहने से कोई लाभ होगा। अच्छा होगा यदि हम अपने सारे जरूरी कागजात या दूसरी चीजें डिमि के पास छोड़ दें। वह उन्हें किसी तरह नगाँव पार्टी-कार्यालय तक पहुँचा देगी।" रूपनारायण आनेवाले वक्त को पहचान रहा था। आगे बोला, "बर्मा से जिस तरह अँग्रेजों को खदेड़ दिया गया, ठीक उसी तरह उन्हें यहाँ से भी निकालकर बाहर करना होगा। इसके लिए केवल रेल की पटरियों को उखाड़ फेंकने से काम नहीं चलेगा। आस-पास के गाँवों में जाकर वहाँ के लोगों को एकत्रित कर गुरिल्ला फौज भी खड़ी करनी होगी। विदेशी फौजियों को कदम-कदम पर परेशान करना होगा। अन्यथा कुछ पाने की आशा नहीं कर सकते। इतने दिन बीत गये, आई.एन.ए. के साथ हमारा सम्पर्क भी न हो पाया। खैर, हमें अपना संगठन मजबूत करना चाहिए।"

धनपुर रूपनारायण की बातें सुन रहा था। उसको याद ही नहीं रहा कि उसकी उँगलियों में फँसी बीड़ी बुझ चुकी थी। बोला :

"रूपनारायण, मैं तुम्हारी बात को कुछ दूसरे ढंग से सोच रहा था।"

"वह क्या?" रूपनारायण मुस्कराया।

"हम अहिंसा-अहिंसा चिल्लाते-चिल्लाते ही मरे हैं। खाली जेल भरने से कुछ भी नहीं होने का! अब ऐसे नेताओं से काम नहीं चलेगा।"

इस बार किसी ने कोई जवाब नहीं दिया। प्रश्न बड़ा ही जटिल था। रूपनारायण उठकर बैठ गया। वह धनपुर की ओर देखते हुए बोला :

"मेरी धारणा भी यही है। जयप्रकाश नारायण ने जेल से भागकर अच्छा ही किया है। लोहिया द्वारा लिखित पुस्तिका 'विप्लवी आगे आएँ' पढ़कर मेरी यह धारणा और भी पुष्ट हो गयी है। समय भी बुरा हो चला है। छात्र-छात्राओं में से भी कुछ एक तो स्कूल-कॉलेजों की ओर फिर लौटना चाह रहे हैं। गुवाहाटी, नगाँव, जोरहाट, कलकत्ता-जैसे शहरों में लोग पहले की तरह काम करने लगे हैं। कल-कारखाने चल रहे हैं। इन लोगों को जब तक विप्लव की ओर मोड़ते नहीं तब तक हमारा अभियान सफल नहीं होगा। अब तक हमने जो कुछ किया है, वह तो बस उछल-कूद ही है। इससे आगे बढ़कर काम करने से ही कुछ हो सकेगा।"

गोसाईं ने गम्भीरता से कहा, "हम सैनिक हैं। हमारे सेनापति क्या कहते हैं, हमें उसकी प्रतीक्षा करनी होगी।"

धनपुर तमतमा उठा। बोला :

"लड़ाई के मैदान में सेनापति तो कोई दिखाई नहीं पड़ता। सबके सब जेलों में हैं। लड़ाई के मैदान में यदि सेनापति न रहे तो क्या किया जाएगा? इसलिए उनके आदेश के लिए प्रतीक्षा करने से कोई लाभ नहीं होगा। सैनिक जो भी निर्णय लेंगे,

सेनापति को वही मानना होगा। इसके सिवा और कोई चारा नहीं।''

रूपनारायण कुछ कहना चाह रहा था, तभी दरवाजा खोलकर डिमि अन्दर आ गयी। उसके हाथ में हल्दी, नमक वगैरह की पुड़ियाँ थीं। गोसाईं के हाथ में सौंपती हुई धीरे से बोली वह :

''पुलिस आयी है।'' उसके चेहरे पर हवाइयाँ उड़ रही थीं।

''कितने हैं?'' गोसाई ने सँभलते हुए पूछा।

''चार जन हैं।'' डिमि ने उत्तर दिया। ''आप लोग यहाँ से निकल जाइए। पिछवाड़े से एक रास्ता है। चलिए, उसे आप लोगों को दिखला दूँ। यहाँ पकड़ लिये जाने की आशंका है।''

सबने चुपचाप अपना-अपना सामान उठा लिया। गोसाईं ने मधु को जगाया। आँख मलते हुए उसने आश्चर्य से पूछा : ''चलने का समय हो गया क्या?''

''हाँ! पुलिस आ गयी है। गठरी और बन्दूक सँभालकर जल्दी निकलो।''

मधु झटपट उठ बैठा।

दहकती आग को गोसाईंजी ने बुझा दिया। अब केवल दीपक का प्रकाश ही वहाँ रह गया था। सबके जाने की तैयारी कर लेने के साथ ही रूपनारायण ने जेब से कुछ कागज निकालकर डिमि के हाथों में थमाते हुए कहा :

''सुनो डिमि, इन सबको तुम नगाँव के हमारे कार्यालय में जाकर जमा कर देना।''

''तुम लोगों का ऑफिस कहाँ है?''

''कलङ्‌ के किनारे वही बरुवाजी का घर। वहीं जाकर दे देना। बरुवाजी से कहना कि रूप ने दिये हैं।''

कागज-पत्र ले डिमि ने उन्हें शयन-कक्ष में ही कोने में पड़े एक बक्से में चुपचाप रख दिया। फिर उसने पूछा :

''बरुवा का मतलब वही न, जिनके घर में नगाँव जाने पर हम लोग टिकते हैं!''

''हाँ। उन्हीं के यहाँ।''

''तब मैं दे आ सकूँगी। अब चल दो।''

वहाँ से अधजली लकड़ियाँ हटाकर डिमि अन्यत्र रख आयी। गोसाईं, रूपनारायण और मधु तीनों ने कन्धे से बन्दूकें लटका लीं। धनपुर अपनी गठरी ले खड़ा हो गया। भिभिराम भी जाने को तैयार हुआ। इसी बीच डिमि धनपुर की ओर इशारा कर बोल उठी :

''तुम्हें एक गारो कुर्ता देने को कहा था न। रुको, अभी लाती हूँ।''

बाहर की चाँदनी बेड़े की बनी दीवारों के छिद्रों से आकर लोगों के चेहरों

पर पड़ रही थी।

डिमि अन्दर चली गयी और एक काले रंग का गारो कुर्ता लाकर धनपुर को देती हुई धीरे से बोली :

"तुम फिर आओगे न?"

झिलमिलाती चाँदनी में उसकी सजल आँखें चमक उठी थीं।

"अवश्य आऊँगा।" धनपुर मुस्कराता हुआ बोला। "यदि सुभद्रा न आयी तो तुम उसके पास जरूर जाना। मेरे सपने की बात याद है न? उसे भी बताना। और यहाँ शकरकन्द, सन्तरे और अच्छी सनलाइट सिगरेट जमा कर रखना। एक रात यहीं रुकूँगा, किन्तु खबरदार, रोना मत!"

डिमि की आँखों से आँसू बह चले। किन्तु कमरे के अन्दर चाँदनी का प्रकाश कुछ मद्धिम होने से कोई किसी का मुँह अच्छी तरह देख नहीं पा रहा था। केवल डिमि के सिसकने की आवाज सुनाई पड़ रही थी। धनपुर ने ढाढस बँधाते हुए कहा :

"क्यों रोती हो? तुम क्या छोटी बच्ची हो?"

"नहीं तो, लेकिन सहा भी नहीं जाता। भला तुम कैसे-कैसे काम में लगे हो?" डिमि के आँसू मानो हिरणी के आँसू बन गये थे।

"काम चाहे जो भी हो, सब बराबर के होते हैं, डिमि। यों किसी-किसी में मौत हो जाने का अन्देशा अधिक होता है और किसी में कम। इसलिए दुःख मत करना।"

तभी गोसाईं एकाएक चिन्तित स्वर में बोल उठे :

"माणिक बॅरा आदि की सूचना कैसे दी जाए? हमें यह पता कैसे चलेगा कि वे लोग घाट तक पहुँचे या नहीं?"

इस बार आँसू पोंछकर डिमि कुछ संयत हो गयी। बोली :

"माणिक बॅरा और उनके साथी नेपाली बस्ती में रहेंगे, इसलिए उनका पता करना कठिन नहीं होगा। लेकिन अब और देर होने पर कपिली को पार करना मुश्किल हो जाएगा। उन दुष्टों की नजर यदि कपिली घाट पर पड़ गयी तो आप सब-के-सब मारे जाओगे। मैं एक चालाकी कर आयी हूँ। उन पुलिसवालों को भोजन करने पत्तलों पर बैठा आयी हूँ। भोजन और नाच में अगर वे मग्न हो गये तो आप लोगों की चिन्ता टल जाएगी। कपिली पार करने में तब परेशानी नहीं होगी। एक घड़ा मदिरा भी रख आयी हूँ।"

डिमि की न केवल बुद्धि बल्कि अपने प्रति उसका झुकाव देखकर सब-के-सब मुग्ध हो गये।

डिमि के घर के पिछवाड़े से ही जंगल शुरू हो जाता था। वह आगे-आगे चल रही थी। कुछ दूर आगे बढ़ी ही थी कि थर-थर काँपने लगी। उसने ऊपर से

कोई शाल नहीं ओढ़ रखा था। धनपुर ने उसका दिया गारो कुर्ता ही उसे देना चाहा। वह आगे बढ़ा और डिमि के साथ हो गया। धीरे से बोला :

"तुम्हें ठण्ड नहीं लग रही? ऐसे क्यों चली आयीं! लो अपना यह कुर्ता डाल लो।"

"भला यह भी कोई ठण्ड है? ऐसी कितनी ही सर्दी-गर्मी से इस देह को जूझना पड़ता है। इस कुर्ते के पहनने का मतलब होगा ठण्ड से डर जाना। फिर अगर पहन लिया तो उतारने को जी भी नहीं करेगा।" और वह हँस पड़ी।

पेड़ों से छन-छनकर आनेवाली चाँदनी में उसकी हँसी चाँदी के फूलों की तरह झलक रही थी।

"उतारने की जरूरत भी क्या है। पहने रहना।" धनपुर ने कहा और वह गारो कुर्ता उतारकर देने लगा। डिमि ने हाथ बढ़ाकर उसे रोकते हुए कहा :

"जिद न करो। मेरे ऊपर से ऐसे कई मौसम इसी तरह गुजर जाएँगे, जैसे अब तक गुजरते रहे हैं।"

इस बीच एक उल्लू दोनों के सामने से तेजी से उड़ता चला गया और अपनी कर्कश आवाज पीछे छोड़ गया। दोनों ने एकबारगी चौंककर ऊपर देखा। वहाँ उल्लू तो नहीं, चाँद दीख पड़ा। वह अब भी तेजी से बढ़ता हुआ लगा।

धनपुर ने कहा : "विवाह के पहले दिन दैयन की जो मांगलिक रस्म होती है, जिसमें कलश पर हल्दी चढ़ायी जाती है, उसमें दूल्हे को उल्लू की आवाज सुननी पड़ती है। लेकिन अधिकतर दूल्हे न तो उल्लू को पहचान पाते हैं और न ही यह जानते हैं कि उल्लू-दर्शन का क्या मतलब है। मैंने अपने एक साथी को बताया था कि उल्लू सब पक्षियों का राजा है और उसका काम घड़ी की तरह ही अँधेरा छँटने की सूचना देना है। लेकिन वह बेचारा भी क्या जाने कि दैयन क्या बला है और दूल्हे की देह में दही-उबटन लगाने का क्या अर्थ है? लोगों का विश्वास ही तो है कि इससे शुभ होता है।"

उस समय दैयन की बातें सुनने का धैर्य किसी में नहीं था। औरों के मन में एकमात्र चिन्ता थी कपिली को पार करने की। डिमि की बात अलग थी। धनपुर की बातों के प्रति उसे बहुत लगाव था। कहने लगी :

"तुम्हारे ब्याह में दैयन देखने की बात सोचती हूँ। लौटते ही ब्याह रचा लेना, हाँ। कामपुर के गोसाईंजी के यहाँ किसी के ब्याह में गयी थी। वह दैयन का ही दिन था। थोड़ी रात बीतने पर ही लड़कियों में गजब की प्रसन्नता और चहल-पहल दीख रही थी। वे इस ताक में लगी थीं कि कौन किधर सो रहा है। नयी-नयी युक्ति निकालतीं वे—किसकी मूँछ में दही लगाने से हँसी-मजाक ज्यादा होगा। छैल-छबीलों और मजाकिये युवकों पर उनकी नजरें अधिक रहतीं

और वे सब भी मानो यही सब चाहते होंगे, समझे न! किसी युवती के हाथों से दही खाने का मौका पाना क्या कम भाग्य की बात है? फिर वे केवल दही खाकर रह जाते हैं क्या? उस युवती को भी तो वे खिलाते हैं। रोहा के डॉक्टर ने गोसाईंजी की जिस लड़की से ब्याह किया है, उसने भी एक ऐसे ही मौके पर डॉक्टर को दही खिलाया था। उस समय पढ़ ही रहा था, पास नहीं हुआ था।''

इस बार गोसाईं के खाँसने की आवाज आयी। रोकना चाहकर भी खाँसी को रोक नहीं सके वे। अगहन महीने की अन्तिम रात थी वह। कुहासे से ढकी कपिली के उस पार के खेत साफ-साफ नहीं दिखाई दे रहे थे। जंगल के बीच लकड़हारों की आने-जाने से बनी पगडण्डी पर खाँसी की आवाज फैलकर खामोश हो गयी। गोसाईंजी अण्डी चादर से अपनी छाती ढके हुए थे। नोक्मा के घर से उठ रही ढोल की आवाज अब भी उनके कानों में गूँज रही थी। नाम-कीर्तन के साथ इस नाच-गाने का कोई मेल नहीं। नाम-कीर्तन करनेवाले को तो भगवान के सामने स्वयं को समर्पण कर देना होता है। लेकिन यह बँगला उत्सव तो बिलकुल बिहु के समान है। नाचते-नाचते लोग आँगन तक हिला देते हैं। साथ ही, इसमें एक प्रकार की मस्ती भी आ जाती है। स्त्री-पुरुषों को मिलजुलकर एक ताल और लय में नाचते देखकर किसी का भी हृदय हिलोरें मारने लगता है। कोई समाज इस प्रकार भी चल सकता है, इसकी कल्पना उन्होंने स्वप्न में भी नहीं की होगी। उच्च कुल के संस्कारों के अनुसार स्त्री-पुरुषों के ऐसे सामूहिक नृत्य और गीत को सहज और स्वाभाविक नहीं माना जाता लेकिन आज उन्होंने जिस नृत्य-गीत को देखा है, वह तो सर्वथा सहज और स्वाभाविक है।

थोड़ी देर पहले डिमि ने भी नृत्य किया था, गाया था और उत्सव में अपने को बिलकुल तन्मय कर रखा था। इससे उसका कुछ भी तो नहीं बिगड़ा है; वह दूषित भी तो नहीं हुई है। वह अपने कर्तव्य का पालन करती हुई बिना किसी संकोच के हम सबके साथ घूम रही है। धनपुर के साथ उसने सब प्रकार की बातें करने में भी कोई संकोच नहीं किया, तब भी उसने अपनी सीमा का उल्लंघन कभी नहीं किया। सचमुच, वह सती-साध्वी है। चहारदीवारी के अन्दर रहकर सती-साध्वी होना सहज है। चहारदीवारी के बाहर मैदान में निकल आने पर किसी के द्वारा तनिक छू दिये जाने पर ही वे लाजवन्ती लता की तरह सिमट जाती हैं। उनके ठीक विपरीत है डिमि। बाहर खुले में अपने चित्त पर काबू रखती हुई डिमि बिलकुल मेम साहिबा की तरह दिखती है। सचमुच, डिमि साध्वी है।

खाँसी आने के साथ-साथ गोसाईंजी का मन पुलकित हो उठा। उनकी इच्छा गोसाइन से मिलने की हो आयी। वे उनसे मिलकर यह बताना चाहते थे—'इस तरह

बाहर निकल आना अच्छा ही हुआ है। अब बाहर निकलकर एकदम डिमि की पंक्ति में खड़ी हो जाओ। तभी तुम्हारा अबलापन दूर हो सकेगा, तुम्हारे मन में भी एक सबला शक्ति जग उठेगी। वही शक्ति है वास्तविक नारी।' जंगल के पेड़ों की पंक्तियों से छनकर आती हुई चाँदनी को देखकर गोसाईंजी ये बातें मन-ही-मन कह रहे थे।

वे गोसाइन से पुन: मिल सकेंगे क्या? कौन जाने? यह भी तो मालूम नहीं कि अगले जन्म में फिर वहीं मायङ् में ही पैदा होंगे। इन बातों का ज्ञान तो रात के आखिरी पहर की धुँधलाहट जैसा है। उनकी खाँसी भी बार-बार उभर आना चाहती थी, लेकिन उसे कम-से-कम अगली रात तक तो रोके रखना ही होगा। देह को कष्ट हो तो हो, लेकिन मन उसकी उपेक्षा कर इस समय कहीं और ही सन्नद्ध है। हाँ, गोली लगने पर इस देह का अन्त होते ही मन भी नहीं रहेगा।

धीरे-धीरे गोसाईं की खाँसी बढ़ती ही जा रही थी। किन्तु किसी का ध्यान उस ओर नहीं गया।

डिमि रोहा के डॉक्टर की बात करती जा रही थी, "डॉक्टर उन दिनों मूँछ रखता था। उसकी मूँछ पर दही के साथ ही मेहँदी का रंग भी चढ़ गया था। किसी ने दोनों को पहले से मिला दिया था। बेचारे पर तो शामत आ गयी। दिन-भर कोशिश करने पर भी वह अपने चेहरे पर से मेहँदी का रंग नहीं छुड़ा सका था। उसे जो देखता, वही छेड़ने लगता। आखिर में रंग लगानेवाली का नाम भी उसके साथ जुड़ गया। पहले लुक-छिपकर बातें शुरू हुईं और फिर उनका ब्याह हो गया।" कहती हुई डिमि धनपुर के बिलकुल करीब आकर कान में फुसफुसाते हुए बोली :

"तुम्हारे ब्याह में मैं भी दैयन खेलूँगी। तुम एक बार जल्दी लौट तो आओ।"

धनपुर मग्न हो रोहा के डॉक्टर और दैयन की बातें सुन रहा था। उसका मन सुभद्रा की ओर चला गया। उसे लगा मानो उसके गले में कुछ अटक गया है। हृदय में एक प्रकार के सूनेपन का भी अहसास होने लगा।

"डिमि! पहले बचकर लौट तो आऊँ। अभी कुछ भी नहीं कहा जा सकता।" धनपुर ने उच्छ्वास छोड़ते हुए कहा, "सुभद्रा मेरी राह देख रही है। मैं भी विवाह के लिए आतुर हूँ। लेकिन इधर कई दिनों से उसका कोई समाचार नहीं मिला है। डिमि, लगता है कि मेरा और कुछ तो शेष नहीं रहेगा, अगर रह जाएगा तो बस, तुमसे कहा हुआ सिर्फ मेरा सपना।" वह एक क्षण के लिए रुक गया। फिर डिमि के कान में फुसफुसाया, "तुम्हें और सुभद्रा को मैं एक ही मानता हूँ। तुम्हें अपनी बाँहों में एक बार भर लेने की प्रबल इच्छा हुई भी थी, लेकिन मैं वैसा कर नहीं सका। वह मैं कर भीं नहीं सकता। तुम दूसरे की पत्नी जो हो।"

वे दोनों बातों-बातों में आगे निकल गये। गोसाईं और साथी जान-बूझकर ही

पीछे रह गये थे। डिमि और धनपुर की बातचीत में वे बाधा नहीं डालना चाहते थे। सबका मन आगे आनेवाले कर्तव्य के बोझ से दबा हुआ था। सबके सब अपने प्रियजन के बारे में सोच रहे थे। औरों की कौन कहे, भिभिराम का मन भी घरमुँहा हो गया था। घर को छोड़े उसे कई महीने बीत गये थे। सामने दिख रही मौत के भय ने उसके मन में भी अपनी पत्नी से मिलने की इच्छा उत्कट कर दी थी।

चरम त्याग का मुहूर्त ही प्रेम का मुहूर्त है। त्याग यदि प्रतिप्रदा है तो प्रेम पूर्णिमा। एक रूपनारायण था जिसके मन में अब तक अपने किसी प्रिय जन की याद नहीं आयी थी। कॉलेज से निकले इस नवयुवक के लिए यदि कुछ था तो वह था देश; केवल देश और कुछ नहीं। जिस लड़की के प्रति इसमें आकर्षण जगा था, वह भी अब तक इससे बहुत दूर ही थी। इस समय वह आन्दोलन के बारे में ही शान्त चित्त से सोच रहा था : अब जबकि चारों ओर पुलिस और मिलिटरी का दबाव बढ़ता जा रहा है, हम सबको चाहिए कुछ दिनों तक चुप्पी साधकर केवल गुरिल्ला युद्ध जैसे कार्य करें। इसके लिए मायङ् ही सही जगह है। मायङ् और गुवाहटी के बीच बीहड़ जंगलों में ही गुप्त शिविर लगाये जा सकते हैं। इसके उत्तर की ओर होगी ब्रह्मपुत्र और दक्षिण की ओर खासी जयन्तिया की पहाड़ियाँ। इस काम को पूरा कर हमें यहीं कहीं आकर छुप रहना होगा। गुरिल्ला युद्ध में प्रशिक्षित कर कुछ लोगों को तैयार करने का समय अब आ गया है। अपनों में से ही कुछेक तो इस राय के हैं कि आजादी लड़कर नहीं बल्कि अँगरेजों से बातचीत के जरिये हासिल की जाए। कुछ अन्य लोग हैं, जो अँगरेजों के विरुद्ध आन्दोलन तो दूर रहा, उल्टे उनकी सहायता कर रहे हैं। अधिकांश तो आन्दोलन को ना-कुछ समझ, अपनी आजीविका को ही सब कुछ मान बैठे हैं। जो थोड़े आदमी हैं भी, वे कर्मठ सैनिक तो हैं नहीं इसलिए आजादी के लिए उठाया गया यह बीड़ा यदि सफल बनाना है, तो निश्चित ही एक बड़ा दल तैयार करना होगा।

रूपनारायण रंचमात्र भी उदास नहीं दिख रहा था। उसकी मुद्रा गम्भीर थी। डिमि और धनपुर की बातें जब कभी उसके कान से टकरा जातीं तब भी उस ओर उसका थोड़ा-सा भी ध्यान नहीं जाता था।

आकाश में फैली चाँदनी और जंगल के अन्धकार के बीच से आगे बढ़ती हुई डिमि अकस्मात् एक स्थान पर रुक गयी। बोली वह :

"आप लोग यहीं रुकें, गोसाईंजी। मैं माणिक बॅरा वगैरह को जाकर बुला लाती हूँ।"

इस बार सबके-सब आमने-सामने खड़े हो गये। किसी के मुँह से बात नहीं निकल रही थी। सभी अपनी-अपनी भावनाओं में डूबे हुए थे, सभी एक-एक ख भे की तरह खड़े थे। और क्या कहा जाए, किसी ने एक बीड़ी तक भी नहीं सुलगायी।

जंगल का आगे का रास्ता बड़ा ही बीहड़ था। चाँदनी और अँधेरे के मिले-जुले उस सन्नाटे में पास-पास खड़े होने पर भी सबके हृदय काँप रहे थे—भय से नहीं, किसी अज्ञात आशंका से। सबके-सब एक-दूसरे की उपस्थिति के कारण साहस जुटा रहे थे। मृत्यु और जीवन की सीमा-रेखा सभी को क्षीण होती हुई लग रही थी। गोसाईं की खाँसी भी अभी थोड़ी शान्त थी।

कुछ देर बाद डिमि माणिक बॅरा वगैरह को साथ लिये आ पहुँची। आते ही आहिना ने कहा, ''एक बड़ी बात हो गयी, गोसाईंजी!''

''क्या?''

''नेपाली बस्ती पुलिस से भर गयी है। हमने जिस घाट से नदी पार करने की बात सोची थी, अब उस घाट से पार करना सम्भव नहीं होगा।'' आहिना कोंवर के बदले माणिक बॅरा ने उत्तर दिया।

''अब चौथाई मील और आगे बढ़ना होगा। चलिए, देर करने की आवश्यकता नहीं है। डिमि, तुम अब लौट जाओ। जयराम को मायङ्‌ जाने के लिए कह आया हूँ। वह भी कम भगत नहीं है। कह रहा था कि गारो पोशाक पहनकर जाएगा। वैसे है चतुर, तब भी कुछ कहा नहीं जा सकता कि क्या होगा। इस बीच लयराम यदि पुलिस के साथ हो गया होगा तो सर्वनाश ही समझो। वे रेलगाड़ी को उलटने के पहले हमें ही उलट देंगे।'' माणिक बॅरा का चेहरा चाँदनी की एक रेखा के पड़ते ही झिलमिला उठा।

''रेलगाड़ी को उलटकर ही छोड़ेंगे। ढीले क्यों पड़ रहे हैं आप लोग? चलिए, चलें। नेपाली लोग नावों पर हैं या नहीं?'' धनपुर गरज उठा।

''हैं। वे बहुत पहले के ही गये हुए हैं।'' माणिक बॅरा ने जवाब दिया।

''तो आप लोग क्यों नहीं पहुँचे वहाँ?'' धनपुर का स्वर इस बार और अधिक कठोर हो आया था।

''क्या कहूँ? इन्होंने अफीम जो...'' माणिक बॅरा की बात पूरी हुई भी नहीं थी कि बीच में ही धनपुर ने कोंवर की ओर देखते हुए कहा :

''आप अगर अफीम की डिबिया यहीं फेंक नहीं देते तो हम यहाँ से एक डग भी आगे नहीं बढ़ेंगे। यह मुझे बिलकुल सहन नहीं है। अफीम खाकर दुश्मन से जूझना मुमकिन नहीं। इसी अफीम ने आपको आलसी बना दिया है और हम सब भी इसी वजह से कुछ-कुछ ढीले पड़ते जा रहे हैं। बोलिए, फेंकते हैं या नहीं?''

धनपुर की बातें सुन सभी अवाक् रह गये। अपमान की भट्ठी में जलते हुए आहिना बोला :

''देश का काम करने के लिए आने पर, हे कृष्ण, इस छोकरे को भी फटकार

सुननी पड़ी है। तुम हो कितने पानी में? मुझे तुम्हारे उपदेश की जरूरत नहीं। कहिए, आप लोग क्या कहते हैं, हे कृष्ण? अब चाहे तो इसे साथ रखिए या फिर मुझे, हे कृष्ण!"

हवा से पेड़ों की पत्तियाँ झिर-झिर कर रही थीं। उसके तले खड़े लोगों के चेहरों पर चाँदनी झिलमिल रास रचा रही थी। रूपनारायण ने समझाया :

"आप भी रहें और धनपुर भी रहे। हम किसी को भी छोड़ नहीं सकते। धनपुर झूठ नहीं कह रहा है, कोंवर। अफीम की डिबिया फेंक दें। अफीम नहीं छूटेगी तो फिर यह आलस कैसे जाएगा।"

रूपनारायण की बात का सभी ने समर्थन किया।

इस पर आहिना कोंवर को रुलाई आ गयी। पाँच एक मिनट के बाद धनपुर ने फिर टोका :

"बोलिए, फेंक रहे हैं या नहीं? यह घर नहीं है, लड़ाई का मैदान है। यहाँ अफीम-मफीम नहीं चलेगी।"

उसकी आवाज कर्कश हो उठी थी।

रोना बन्द कर कोंवर ने कहा, "आप जब सब मिलकर कह ही रहे हैं तो फेंके देता हूँ। हे कृष्ण, यह मेरे जीवन की बड़ी प्रिय वस्तु है। सोचता था कि यमराज के पास जाते समय भी इसे लेता आऊँगा। लेकिन यह नहीं हुआ। हे कृष्ण, लोग कहते हैं कि तीरथ यात्रा पर जाते समय अपनी प्रिय वस्तु का त्याग करना पड़ता है। आजादी की यह लड़ाई भी तीरथ की ही तरह पवित्र है, हे कृष्ण! तुम्हारी बातों पर ही इसे भी छोड़ रहा हूँ।" इतना कह उन्होंने अपनी गठरी से अफीम की डिबिया निकाल धनपुर के मुँह की ओर फेंक दी। डिबिया धनपुर के गाल से लगती हुई नीचे बिखर गयी।

"हाँ, अब ठीक हुआ।" धनपुर हँसते हुए बोला। "अब आप हम लोगों को रास्ता दिखा सकेंगे, इसके लिए अब हम सब निश्चिन्त हैं। चलिए, चलें।...डिमि, तुम भी अब लौट जाओ। कल फिर भेंट होगी।"

डिमि सिसक-सिसककर रोने लगी। लेकिन उसकी सिसकी सुनने के लिए कोई रुका नहीं। सभी कपिली घाट की ओर बढ़ गये।

चाँदनी अब भी सबके मुँह पर आँखमिचौनी खेलती हुई चल रही थी। इधर धनपुर के कानों में डिमि का वह सिसकना बजता रहा। जैसे-जैसे वह दूर होता जा रहा था, उसके अन्तर में एक तीव्र करुणा का राग उठता जा रहा था। उसके खयालों में मानो डिमि की सिसकी के सिवा और कुछ था ही नहीं। बाहर कुहासा और भीतर सिसकी।

सभी चुपचाप कदम बढ़ाते जा रहे थे। सबसे आगे था आहिना। उनके पीछे

था माणिक बॅरा। और लोग पीछे-पीछे चल रहे थे। छाया की तरह वे सब कपिली के किनारेवाले खेतों की मेंड़ पर से बढ़े जा रहे थे। हवा के हलके झोंके से धान की बालियाँ हिल रही थीं। तभी पास ही कहीं से खरखराहट की आवाज हुई। सुनते ही धनपुर के सूने अन्तस् में पैठी सिसकी और भी दुगुनी बढ़ गयी। और जब वहाँ नहीं समा सकी तो निकलकर बाहर की हलकी चाँदनी से मिल चारों ओर दूर तक फैल गयी। यहाँ तक कि कपिली की धारा में भी जा मिली।

किसी ने मछली पकड़ने के लिए कपिली में जाल डाल रखा था। नाव की छप्-छप् आवाज आ रही थी।

सब-के-सब सावधान हो गये। "बहुत ही होशियारी से आगे बढ़िए।" धनपुर ने कहा।..."और हाँ, बन्दूक भी सँभाल लीजिए। जरूरत हुई तो गोली चलानी होगी। नाव मछली मारनेवालों की भी हो सकती है और पुलिस की भी।"

धनपुर ने फुसफुसाहट के स्वर में ही यह बात कही थी पर सुन ली थी सभी ने और सतर्क भी हो गये थे। नाव की छपछपाहट की ओर ही सभी के कान लगे रहे। उजान की ओर जा रही थी वह नाव। उसके दूर निकल जाने पर जब आवाज सुनाई पड़नी बन्द हो गयी, तभी सबने फिर से घाट की ओर बढ़ना आरम्भ किया।

चारों ओर गम्भीर नीरवता थी। कपिली की धारा क्षीण हो चुकी थी। पानी तब भी कुहासे के कारण अच्छी तरह नहीं झलक रहा था। चाँदनी में कपिली की धारा एक उजले पहाड़ी साँप की तरह पड़ी दीख रही थी। ऐसा प्रतीत हो रहा था, मानो वह मनुष्य की हताशा, या चिर विरह का बहता हुआ स्रोत हो। कलङ्, कपिली और उचुपनी—तीनों वहीं आकर मिली हैं। एक नया संगम बन गया है वहाँ।

छोटी-छोटी चिड़ियाँ चहचहा रही थीं। कितनी ही चिड़ियों की चहचहाहट थी वह। मानो वे सब सवेरा होने का अनुमान पा उसकी वन्दना कर रही थीं। तभी एक मछरंगा नदी में एक डुबकी मारकर फिर से ऊपर उड़ गया। आदमी के पैरों की आहट पा, खेतों पर फैली चाँदनी में झिलमिलाती धान की सुनहरी बालियों के बीच से हंसों का एक झुण्ड भी ऊपर की ओर उड़ गया।

"यहाँ झील भी है क्या?" भिभिराम ने धीरे से पूछा।

"हाँ, एक झील है", आहिना ने उत्तर दिया। "यहाँ बहुत सारे हंस आते हैं शिकार करने के लिए। कई बार आया हूँ, यहाँ, हे कृष्ण।"

सभी की नजरें खेतों की ओर जा अटकीं। लगा, जैसे वे सो रहे थे—एक राजकुमारी की तरह निश्चिन्त होकर। राजकुमारी : जिसे जगाने के लिए कोई राजकुमार आया ही नहीं। कब आएगा, कोई नहीं कह सकता।

आहिना कोंवर आगे-आगे चल रहा था। ऊपर आकाश में चाँद भी मशाल की तरह आगे बढ़ता हुआ दीख रहा था। और उड़ते हुए केश—मानो काले बादल

उसका रास्ता रोकने के लिए ही उससे आगे निकल जाना चाह रहे थे।

कुछ दूर आगे बढ़ने पर सीटी की एक आवाज कानों में पड़ी। सब-के-सब और भी सतर्क हो गये। रूपनारायण ने कहा :

"लगता है किसी अपने ही आदमी ने सीटी बजायी है, घाट आ गया क्या?"

"घाट अभी थोड़ी दूर है।" माणिक बॅरा ने बताया, "सीटी किसी नेपाली ने ही बजायी है, लेकिन है यह किसी मुसीबत का ही संकेत। निश्चय ही इधर कहीं पुलिस या उसके भेदिये हैं। धान के खेत की ओट हो हमें कुछ देर तक उसका अन्दाज कर लेना चाहिए। यही ठीक रहेगा।" इतना कह वह धान के खेत की आड़ में चित हो सो गया। रूपनारायण भी लेट गया और सीटी जिधर से आयी थी, उसी दिशा में उसने अपनी बन्दूक तान ली। धीरे-धीरे और सब भी वहीं एक आड़ लेकर लेट गये।

थोड़ी देर बाद ही दो पुलिसवाले दिखाई पड़े। वे नदी के किनारेवाली राह पर धीरे-धीरे बातें करते चले आ रहे थे। सबकी नजरें उन्हीं पर जम गयीं। दोनों बातें करते हुए सीधे आगे बढ़ गये। उनकी बातें कान खड़े कर सभी ने सुनने की कोशिश की, पर कुछ भी किसी के पल्ले नहीं पड़ा। कुछ ही मिनटों में वे दोनों काफी दूर निकल गये। नदी के किनारेवाले जंगल से उनके ओझल हो जाने पर ही गोसाईं वगैरह उठकर खड़े हो सके।

सब मिलकर तेजी से नाववाले घाट की ओर बढ़ चले। आकाश में अब चाँद का प्रकाश क्षीण हो चुका था। भोर से पहले ही कपिली को पार कर जाना जरूरी था। नहीं तो किसी भी क्षण मुसीबत आ सकती थी।

घाट पर नाव तैयार थी। उसमें बैठा नाविक बीड़ी का कश खींच रहा था। वह उन्हीं की प्रतीक्षा कर रहा था। माणिक बॅरा ने आवाज दी, "बलबहादुर, नाव खेने के लिए तैयार हो जाओ।"

बालू पर चलते सभी उसकी ओर बढ़ गये। गठरी-पोटली सँभाल सबके नाव में बैठते ही बलबहादुर बोला :

"पुलिस आयी थी। मेरी सीटी सुनाई पड़ी थी न?"

"हाँ।" माणिक बॅरा ने उत्तर दिया। "क्यों आयी थी वह? उसने कुछ पूछा तो नहीं?"

"आप सबकी ही खोज में थी। शायद पुलिस को कुछ अन्दाज हो गया है। एक को गोसाईंजी और धनपुर का नाम लेते भी सुना। शायद गिरफ्तारी का परवाना है।"

बलबहादुर ने नाव खोल दी। पतवार से कपिली की धारा को काटते हुए उसने

नाव आगे बढ़ानी शुरू की। पानी के भीतर चमक रहा चाँद टूट-टूटकर छिटकने लगा। चाँद के टुकड़े रोहू मछली की चोई की तरह चमकने लगे। ठण्डी हवा लगने से गोसाईं को खाँसी आ गयी, लेकिन जिस-किसी तरह से उसे उन्होंने रोक लिया।

धनपुर ने एक बीड़ी सुलगा ली। देखादेखी औरों ने भी बीड़ियाँ पीनी शुरू कर दीं।

आधे घण्टे के भीतर ही नाव बंगाली बस्ती वाले घाट पर जा लगी। माणिक बॅरा ने कहा :

''बलबहादुर, तुम अब लौट जाओ। नाव यहीं पर छोड़ जाना, समझे न! हमें रात में ही फिर पार होना होगा। अब तुम यहीं तैयार मिलना। जरूरत हुई तो सीटी बजाना। समझ गये!''

बलबहादुर : गठीले कद का गोरा-चिट्टा और सुन्दर युवक। बोला वह :

''किसी प्रकार की फिक्र मत करना। निश्चिन्त होकर जाओ। और हाँ, नाव यहाँ नहीं रखूँगा। यहाँ से इस ओर थोड़ी दूर आगे नदी में बालू पड़ी है, वहीं पर रहेगी नाव। वहीं आना। जाओ डरना नहीं। हम यहाँ तुम लोगों के भागने-छुपने का सारा बन्दोबस्त कर रखेंगे। गारोगाँव में तुम्हारे कौन आदमी हैं?''

धनपुर ने बलबहादुर को एक बीड़ी बढ़ाते हुए कहा :

''लो, पीओ। गारोगाँव में एक महिला से हमारी पहचान है, समझे। उसका नाम है डिमि। उसे ही पूछने से हो जाएगा।''

''अच्छा-अच्छा! वह तो बड़ी भली औरत है।'' बलबहादुर बोला। ''एक ही औरत यदि लायक हो तो सौ आदमियों का काम करती है।'' वह हँसने लगा।

नदी के किनारेवाली राह पर धीरे-धीरे बढ़ते हुए यात्री ओझल होते गये। बलबहादुर भी नाव लेकर लौट आया।

और तभी पूरब के सूरज ने कपिली को अपना एक चुम्बन जड़ दिया।

# आठ

आहिना कोंवर ठहरा यथार्थवादी व्यक्ति। खा-पीकर उसने हाँड़ी को झरने के एक पत्थर से दे मारा और धार में बहा दिया। और फिर निश्चिन्त होकर एकान्त मन से एक पद गाने लगा :

कृष्ण-कृष्ण जप अन्तकाल में, जो तजते हैं अपने प्राण।
वही नाम ही कर देता है उन सबका दुनिया में त्राण ॥

लेकिन किसी ने भी उस पद की ओर कान नहीं दिया। झरने के नीचे की ओर एक लम्बी-चौड़ी समतल चट्टान पर पत्तलें बिछाकर सभी खिचड़ी खा चुके थे। कन्धे पर बन्दूक टाँग रूपनारायण खड़ा हुआ। उसने सूरज की ओर मुख किया। सूरज झुक आया था। लेकिन उसकी किरणों ने अभी भी अपना तेज नहीं छोड़ा था। रूपनारायण का नाटा कद, गोल-मटोल मुँह, बढ़ी हुई दाढ़ी, ओड़हुल के फूल की तरह लाल-लाल आँखें, बिखरे हुए बाल और किसी उद्दण्डी की नाईं ललाट पर क्रोध की खण्डित रेखाएँ—सब कुछ स्पष्ट हो उठे थे।

मुख धोकर वहाँ से चलने की तैयारी करते ही गोसाईंजी को खाँसी आने लगी। खाँसी रुकती हुई न देख वे फिर वहीं चट्टान पर बैठ गये। आहिना कोंवर ने बुझती हुई आग को थोड़ा कुरेद दिया और तब गोसाईं उसके पास जा अपनी छाती सेंकने लगे।

मधु और धनपुर कुछ पहले ही जा चुके थे। शायद वे रेलवे लाइन के निकट पहुँच भी गये होंगे। अब सिर्फ तीन जन रह गये थे। भिभिराम भी बढ़ गया था।

बीहड़ जंगल में यह स्थान कुछ खुला हुआ लगा। पास ही, जंगली हाथी और बाघ के पैरों के चिह्न दिखे। वे यहाँ पानी पीने आते होंगे। कहीं रास्ता न भूल जाएँ, इसलिए जाते समय मधु रास्ते में खूँटे गाड़ता गया था। नियत स्थान यहाँ से अब आधा मील भी नहीं रह गया था। उस समय रूपनारायण की घड़ी में दो बज रहे थे। सूरज ढलते ही काम पूरा कर लेना होगा। गाड़ी आने को तब भी एक घण्टा रह जाएगा। बात तो तब है, जब इस बीच गश्ती दल इस ओर न आए। और यदि आ ही जाए तो उसके सभी आदमियों को गोली से भून देना होगा। इसके सिवा और कोई चारा नहीं। दो बन्दूकों से चार लोगों को आसानी

से मार गिराया जा सकेगा। यदि उन लोगों के हाथों में भी बन्दूकें रहीं तो वे भी इन सब पर गोली चलाएँगे ही। पर सबको तो कहाँ मार सकेंगे? ज्यादा-से-ज्यादा एक या दो को। फिर गोली चलने की आवाज सुन छावनी से कुमक को आते-आते दो घण्टे से अधिक का समय तो लग ही जाएगा। तब तक तो मिलिटरी एक्सप्रेस गाड़ी उस स्थान पर जरूर आ पहुँचेगी। रेलगाड़ी के उलटने पर फिर कौन मरता है, कौन जीता है, कौन पकड़ा जाता है—इस बारे में कुछ भी नहीं कहा जा सकता।

"चलने का वक्त हो गया है।" रूपनारायण ने आवाज लगायी। उसकी इस आवाज में उसके भीतर का उमड़ता गुस्सा भी बाहर आ निकला। गोसाईं इसका कारण समझ रहे थे। कई-एक हवाई-जहाज आसमान में बार-बार चक्कर काटकर इस जंगल की टोह ले चुके थे। यह और बात थी कि उनकी नजर झरने की इस चट्टान पर न पड़ पायी हो। शायद वे पास की फौजी छावनी तक रसद पहुँचाने आये हों और अब लौट रहे हों। पर उनका आना-जाना अब भी रुका कहाँ था! रूपनारायण ने उन्हें एक-दूसरे का पीछा करते हुए भी देखा था। शायद बमबारी करनेवाला जो जापानी जहाज गुवाहाटी की ओर चला गया था, मित्र-देशों के जहाज ने उसे खदेड़ दिया हो। जहाज से पाँच बार गोली छोड़ने की आवाज भी सुनाई पड़ी थी। इसलिए रूपनारायण ने सबको आगे भेज दिया और यहाँ उसको मिलाकर कुल तीन जन रह गये थे। रूपनारायण युद्ध की कार्रवाई और तैयारियों से भी क्षुब्ध था। मायङ् के लोगों के बारे में वह जैसा सोचता था, दरअसल वे सब वैसे न थे। गुरिल्ला-वाहिनी के गठन के लिए न तो कोई योजना ही थी और न योग्य संचालन।

वह सोच रहा था : गुप्त शिविर-संचालन की दृष्टि से वह स्थान बहुत ही उपयुक्त है। पास ही दो बड़ी गुफाएँ हैं। वह वापसी के समय यहीं टिकना चाहता था। लेकिन गोसाईंजी इसके लिए तैयार न थे। आहिना कोंवर ने भी कुछ न कहा। न 'हाँ' न 'ना'। गोसाईंजी के अनुसार बिना दूसरे साथियों से विचार-विमर्श किये कोई काम नहीं किया जा सकता।

दूसरे और साथी हैं कहाँ। सब तो जेल में हैं। रेलगाड़ी उलटने के बाद छिपने के लिए कोई ढंग की जगह भी तो नहीं। मायङ् तो शइकीया की मुट्ठी में है। लयराम ने क्या कहा और जयराम ने क्या किया, इसका भी तो पता नहीं चला। बस तीन घण्टे की ही तो बात है। अगर इतनी देर भी सुरक्षित रहे तो बहुत है। उसके बाद जो होगा, देखा जाएगा। हम सब इन दोनों गुफाओं में बने रह सकते हैं। किसी में इतनी ताकत नहीं कि हमें यहाँ आकर पकड़ सके। यहीं छुपा रहना ठीक होगा। रूपनारायण ने गोसाईंजी से कहा भी था कि अब पीछे लौटने का उपाय नहीं। हम यहीं रहकर गुरिल्ला-वाहिनी का गठन कर सकते हैं।

उस समय भी गोसाईं ने कोई उत्तर नहीं दिया था। वह चुप हो रहे थे : अभी से क्या कहा जाए! इसलिए रूपनारायण ने जब गुप्त शिविर के संचालन की बात शुरू की तो वह अपनी सहमति नहीं दे पाये। उनके इस नकारात्मक रवैये पर रूपनारायण और धनपुर झुँझला भी उठे और ताव खाकर चुप रह गये। भिभिराम और आहिना कोंवर भी कोई निर्णय नहीं ले पाये। दोनों एक-दूसरे का मुँह ही ताकते रहे।

आहिना कोंवर रूपनारायण के पास आकर खड़ा हो गया। उसके सन-से सफेद बाल और चेहरे पर उग आयी दाढ़ी धूप में झिलमिला उठी। पान चबाते हुए बोला :

"नया अड्डा बनाने की अभी कोई खास जरूरत नहीं। पहले यह महाभारत तो निपटा लें। कृष्ण-कृष्ण! फिर देखा जाएगा। जेल भुगत रहे साथियों की सलाह भी तो चाहिए। तुम तो जानते ही हो, जितने मुँह उतनी बातें..."

रूपनारायण झुँझला उठा, "आप लोगों में साहस नाम की चीज ही नहीं। फिर सही काम पूरा कैसे होगा! एक ओर गाँधीजी के आदर्शों की दुहाई देते हैं, लेकिन उस पर चल भी नहीं पाते। दूसरी ओर हिंसा की लड़ाई भी नहीं लड़ी जाती आपसे। इसी तरह उधेड़-बुन में पड़े रहिएगा तो हमारे पास जो भी समय बचा है, हम उसका भी उपयोग नहीं कर पाएँगे।"

रूपनारायण को अपनी उग्रता पर दुख तो था लेकिन वह क्षुब्ध भी था। कहने लगा :

"यह अवसर हमारे हाथ से निकल गया तो हम अपने दुश्मनों को फिर कभी खदेड़ नहीं सकेंगे। इस समय भी हम नहीं चेत पाये तो हमारा देश-प्रेम ढोंग के सिवा कुछ भी नहीं रह जाएगा।"

रूपनारायण की आँखें आकाश में टँगी थीं। हालाँकि आकाश शान्त हो चुका था। हवाई जहाज ओझल हो चुके थे। पीली धूप धीमी पड़ गयी थी और दिन बोझिल हो चला था।

गोसाईं अब भी खों-खों किये जा रहे थे। उनकी यह बीमारी अलग परेशानी बनी हुई थी। आहिना कोंवर ने असन्तोष प्रकट करते हुए रूपनारायण की बात का जवाब दिया, "हे कृष्ण! अब हड़बड़ी में सारा काम एक साथ निपटाया भी तो नहीं जा सकता।"

गोसाईं उठ खड़े हुए। उन्होंने बिना किसी की ओर देखे आग बुझायी, और फिर अधजली लकड़ियाँ और राख झरने में फेंक आये। कन्धे पर बन्दूक टाँगे वह भी सामने आ गये। उनका चेहरा भी दाढ़ी-मूँछ से भर गया था। भोजन के पहले आपस में जो बहस ठन गयी थी, उससे सभी के मन में एक तरह की बेचैनी जग उठी थी।

यह बहुत अच्छा नहीं हुआ था, लेकिन उस समय उसे टाला भी नहीं जा सका।

रूपनारायण ने ऐसे ही एक शिविर की बात चलायी थी। उसे लगा कि यह जगह, हर तरह से एकदम ठीक है। रूपनारायण के साथ धनपुर, मधु और भिभिराम आगे बढ़कर उन दोनों गुफाओं का रास्ता भी साफ कर आये थे। उनके अन्दर तक धूप भी पहुँचती थी। खासी लम्बी-चौड़ी भी थीं वे गुफाएँ। उनके सामने पेड़-पौधे भी उगे थे, जिनसे बाहरी लोगों को कुछ पता न चल पाता कि वहाँ ऐसी कोई गुफा भी है। पुलिस और फौजी अधिकारियों को भी जल्दी सन्देह न होगा। गुफा से एक फर्लांग की दूरी पर झरना बह रहा था।

रूपनारायण का चुनाव एकदम सही था। उसमें कोई चूक न थी। लेकिन गोसाईं बहुत आश्वस्त न थे। उनकी चिन्ता जेल में पड़े उन साथियों के लिए थी : पता नहीं वे सब क्या सोच रहे हों। मायङ् के लोगों के साथ मिल-बैठकर सोचना-विचारना भी उन्हें आवश्यक जान पड़ा। वस्तुतः उनके मन में जो संघर्ष और द्वन्द्व था, वह हिंसा के प्रति उन्हें समर्पित नहीं होने दे रहा था। उनके इस असमंजस और नकारात्मक रुख को देखकर रूपनारायण को स्वभावतः गुस्सा आ गया था। लेकिन इस मौके पर गुस्सा कर बैठने की कोई वजह न थी। रूपनारायण ने तो यह निश्चय कर लिया था कि इस काम को पूरा कर वह इन्हीं गुफाओं में रहना पसन्द करेगा। इससे बेहतर दूसरी कोई जगह नहीं। गोसाईंजी ने इस प्रस्ताव पर विशेष ध्यान नहीं दिया और न तो वह इसका समर्थन ही कर पाये।

बीमारी और चिन्ता के कारण गोसाईंजी का मुँह सूख गया था। उन्हें गोसाइन की चिन्ता भी सता रही थी। लेकिन अपने कर्तव्य और दायित्व के साथ वह आगामी कार्यक्रम के लिए प्रस्तुत थे। वह अपनी सारी परेशानियों को भूल जाना चाहते थे।

कन्धे पर बन्दूक लटकाये वह रूपनारायण के पास आये। बोले :

"अब उन बातों को भूल जाओ। जैसा होगा, देखा जाएगा। मुझे नहीं लगता कि मैं वापस लौट पाऊँगा। पहाड़ के आगे-पीछे, ऊपर-नीचे हर जगह सेना की टुकड़ियाँ बिछी हुई हैं। ऐसी स्थिति में यह जंगल ही अपना घर है। अगर यहाँ रुकना पड़ा तो हमें गुफाओं में ही छिपे रहना होगा।"

रूपनारायण ने एक सिगरेट जला ली थी। वह कहने लगा :

"आप लोगों की यह आशंका ही कर्मनाशा है। मरना तो है ही। आदमी मरता है और एक ही बार मरता है। लेकिन मरते रहने की बात हमेशा नहीं सोचनी चाहिए।" एक गहरी उसाँस भरकर बोला, "जिन्दा रहूँगा और आखिरी दम तक दुश्मनों के साथ लड़ूँगा। यह सोचकर काम करना चाहिए।" रूपनारायण का स्वर धीमा हुआ। लेकिन वह अपने निर्णय पर पूरी तरह दृढ़ था।

गोसाईंजी रूपनारायण के हौसले पर प्रसन्न हुए। उसके चेहरे की ओर देखते

हुए उन्होंने कहा :

"यदि तुमने अपने मन में सचमुच ही ऐसा निर्णय कर लिया है कि ये गुफाएँ ही हमारा आश्रय होंगी और हम यहीं से अपना काम शुरू करेंगे तो मैं भी तैयार हूँ। लेकिन ऐसी स्थिति में, नेतृत्व का सारा भार भी तुम जैसे युवकों को ही सँभालना पड़ेगा। सँभाल पाओगे?"

इस बार रूपनारायण ने गोसाईं की बातों को समझने की कोशिश की। उनकी मुखाकृति को परखने की दृष्टि से उस ओर देखा भी। उसे निश्चय हो गया कि गोसाईंजी अपने निर्णय के प्रति समर्पित हैं और उद्देश्य के प्रति कर्मठ। लेकिन जब कोई रास्ता नहीं, उपाय नहीं तो वह विवश हो जाते हैं। जैसे कोई पहाड़ी झरना समतल मैदान या चटियल रेगिस्तान में पहुँचते ही सूख जाता है। उसी तरह उनमें भी नेतृत्व वहन करने की क्षमता छीजती चली जा रही है। उनमें अपने दायित्व और संकल्प को पूरा करने की अद्भुत लगन है, लेकिन कठिन और बदली हुई परिस्थिति में पूरे मोर्चे को कैसे सँभाला जाए और शत्रुओं से कैसे लोहा लिया जाए, इसका निर्णय वह तुरन्त नहीं ले पाते—जिसकी अभी सबसे अधिक आवश्यकता है।

रूपनारायण ने कहा :

"आपने गुफाएँ देखीं नहीं शायद। एक बार देख तो आइए। दस-पन्द्रह मिनट ही लगेंगे। इसके बाद जो निर्णय लेना होगा लेते रहिएगा। कोई कठिनाई या परेशानी हो, तो उस पर भी विचार करेंगे। आप जल्द लौट आइए, आहिना कोंवर हमारे साथ रहेंगे।"

"लेकिन, हे कृष्ण, मुझे भी गुफा देखने की इच्छा है।" आहिना कोंवर ने कहा।

रूपनारायण ने टोका :

"नहीं, सारा सामान यहीं पड़ा है। इसे छोड़कर जाना अच्छा नहीं होगा और देखते नहीं कि ये अनेक चीजें अभी इधर-उधर फैली ही हैं। बाँस के चोंगे भी ज्यों-त्यों पड़े हैं। आप इन सबको ठिकाने लगाइए।"

गोसाईंजी ने खिचड़ी पकाने और मिल-बैठकर खाने की जगह का अच्छी तरह परीक्षण किया। जहाँ-तहाँ जूठन पड़ी थी। उस ओर किसी का ध्यान भी नहीं गया था। शायद संस्कारवश भी जूठा उठाने में संकोच रहा आया होगा। चोंगे का पानी, जूठे चोंगे, केले की पत्तियाँ जहाँ-तहाँ बिखरी पड़ी थीं। कहीं-कहीं हल्दी और मसाले से जगह रँग गयी थी। टोह लेनेवाले खुफिया पुलिस और मिलिटरीवाले उसे देखते ही सन्देह करेंगे—ऐसा सोचकर ही उन्होंने बन्दूक की नली से जूठे पत्तों और चोंगों को ठेलकर पानी में बहा दिया। फिर एक चोंगे में पानी ला हल्दी और मसाले के दागों को धो डाला। पानी पड़ने से हल्दी का

दाग पत्थर पर भी फैल गया। रूपनारायण बोला :

"ये धब्बे आसानी से नहीं मिटेंगे।"

आहिना कोंवर भी कौतूहल से गोसाईंजी का यह सारा कार्य देख रहा था। कहने लगा :

"हे कृष्ण, गोसाईंजी को यह काम भी करना पड़ा। घर पर दूसरे का जूठा न तो आप उठाते और न मैं ही, पर, हे कृष्ण, यह तो विप्लव का समय है। रीति-नीति से यहाँ काम नहीं चलेगा, हे कृष्ण।" यह कहते हुए उसने बचे हुए एक पत्तल में सारी जूठन बटोर ली और उसे पानी में फेंक दिया।

गोसाईं ने कहा, "आहिना भैया, थोड़ी सावधानी बरतना। जरा चौकस ही रहना, हम दोनों जल्द लौट आएँगे। मेरा मन उद्विग्न है। लगता है कोई बुरी खबर मिलेगी। आकाश में गीध भी मँडरा रहे हैं। इधर कौवे भी काँव-काँव कर रहे हैं।"

गोसाईं की बात पर रूपनारायण को हँसी आ गयी। बोला :

"नहीं-नहीं, ये जूठन खाने के लिए आये हैं, पर उसे न पा काँव-काँव कर रहे हैं। और गीध—ये तो यों ही उड़ रहे हैं। फिर भी आप सावधान ही रहें कोंवरजी। बन्दूक भरी हुई है। आवश्यकता पड़ने पर इसे दागने में चूकेंगे नहीं?"

"न भैया, गोली छोड़ने से संकट खड़ा हो सकता है। यों सीटी बजाना ही अच्छा रहेगा, हे कृष्ण।" आहिना कोंवर ने समझाते हुए कहा। इधर गोसाईं अब तक सहज हो आये थे। मीठी चुटकी लेते बोले :

"आपकी श्रीमतीजी सुनतीं तो हँसते-हँसते लोट-पोट हो जातीं। बूढ़े भगत की नादानी और इस मुस्तैदी को देखकर उन्हें खुशी भी होती।"

हठात् आहिना कोंवर की मुखाकृति गम्भीर हो गयी। रूपनारायण ने उनके चेहरे की ओर देखते हुए पूछा :

"घर की याद सता रही है न? घर में कौन-कौन हैं? घर सँभालने वाला कोई लड़का है या नहीं?"

"यों तो घर-गृहस्थी का जंजाल बड़ा नहीं है, हे कृष्ण। बड़े बेटे की तीन सन्तानें हैं। शेष दो भी हल चलाने योग्य हो गये हैं। उनके लिए, हे कृष्ण, चिन्ता नहीं है। हाँ, घरवाली की सेहत अच्छी नहीं रहती है, हे कृष्ण। बारह महीने और तेरह बीमारियाँ, एक-न-एक व्याधि लगी ही रहती है। वैद्य-डॉक्टर कभी लगाया नहीं। हाँ, गोसाईंजी ही कभी-कभार देशी देवाई दे देते हैं, बस और कुछ नहीं। इतने दिनों तक मायङ् में एक दवाखाना भी नहीं बना।" ठण्डी आह भरते हुए आहिना ने फिर कहा, "कौन जाने, उससे फिर मिलना होगा या नहीं। हे कृष्ण, लगता है अब सुरग में ही मुलाकात होगी।"

बूढ़े की आँखों में आँसू छलक आये।

तभी गोसाईंजी एक पद गुनगुनाने लगे :

भगत-जन जग से रहते निर्लिप्त।
मंगलमय अरु सत् अभिराम, पतित पावन है हरि का नाम।
सदा सुखदायक प्रभु का यश! कृष्ण स्वयं हैं अमृत कलश।
परमानन्द-सागर सुखराज। सँवारे सबके बिगड़े काज।
परम मंगलमय सहज सरस। न इससे बढ़कर दूजा रस ॥

पद पूरा कर गोसाईं ने कहा, "जो दुःख तुम्हें है, वही मुझे भी है। किन्तु विषय-वासना में लिप्त होने का यह समय नहीं है। इसलिए आँसुओं की बाढ़ रोक लो।"

एक समय रूपनारायण का भी धैर्य टूट चुका था लेकिन 'कीर्तन' और 'नामघोषा' ने तो उसे कभी सान्त्वना ही नहीं दी है। हाँ, सान्त्वना मिली भी तो इतिहास से। शहीदों के प्रयोजन को कोई नकार नहीं सकता। उसका घर भी तो भरा-पूरा है। पिताजी ने उसे विवाह कर लेने की राय दी। फिर कॉलेज जा पढ़ाई-लिखाई कर अच्छी नौकरी प्राप्त करने को कहा। किन्तु उसे वह सब मान्य नहीं हुआ। देश के स्वाधीन न होने तक नौकरी और विवाह का भला क्या अर्थ है!

रूपनारायण के स्मृति-पटल पर पिछली बातें खिंच आयीं : वह पढ़ने-लिखने में बड़ा तेज था। नगाँव के वकील शइकीया की बड़ी लड़की है आरती। दसवीं कक्षा की छात्रा। शइकीया ने रूपनारायण को कई बार अपने घर चाय पर बुलाकर साफ-साफ कहा था, "पढ़ाई-लिखाई के लिए कोई चिन्ता न करना। मुझे भी अपने पिता की तरह ही समझो। इस घर को अपना ही घर मानो। पढ़ने-लिखने में आरती को भी थोड़ी-बहुत मदद कर दिया करो।" आरती से मेरा परिचय भी स्वयं वकील ने ही करा दिया था। नाहर के पौधे की तरह प्रसन्न चेहरा। साँवली-सलोनी, चिकनी देह, कमर तक लटकते हुए घुँघराले बाल और धूप में चाँदी-जैसी चमचमाती, पानी से लबालब कलङ् जैसा मुख-मण्डल। ऐसा रूप कि देखते ही आदमी अपनी सुध-बुध खो बैठे।...तब उसके समक्ष उसका सुन्दर भविष्य झिलमिला उठा था। उस भविष्य के मोह को त्यागने, आन्दोलन में सक्रिय बन अपना सब कुछ स्वाहा करने में वह डर भी रहा था। उसकी नजरों में भी भय था और थी एक कातर प्रार्थना। अन्त में, वह उन्हें भी झटककर चला आया था। उसे खेद भी हुआ था। पर राष्ट्र-प्रेम के भावावेग से उसका हृदय तरंगित जो हो उठा था। इसीलिए वह रुका नहीं, चला ही आया।

रूपनारायण को आरती की याद ताजा हो आयी। वह मानो उसे अब भी बुला रही थी : 'लौट आओ, लौट आओ न!' पर वह लौटे कैसे? उसके ललाट

पर पसीने की बूँदें झलक उठीं। उसे पसीना पोंछते देख गोसाईं को कौतूहल जागा, बोले :

"क्यों, क्या हुआ? ये असमय में पसीना क्यों, क्या बात है!"

और तब रूपनारायण संयत हो गया।

"तब तुम भी इसी रोग के मरीज हो क्या?" गोसाईं हँस पड़े। बोले, "तुमको क्या दिलासा दूँ, रूप? तुम तो खुद समझदार लड़के हो। चलो, चलकर गुफा देख आएँ। नहीं तो देर हो जाएगी।"

दोनों गुफा की ओर चल पड़े। झरने के पास की बड़ी चट्टान के दाहिने पाँच एक मिनट चलने के बाद वे फिर बायें घूमकर कुछ ऊपर की ओर चढ़ गये। फिर दूसरी ढलान की ओर उतरकर दो टीलों के बीच से होते हुए घने जंगल में ओझल हो गये।

गुफा के सामने खड़ा हो गोसाईं ने ऊपर की ओर ध्यान से देखा। उसकी ऊपरी सुरंग से, आकाश दिखाई पड़ता था। और धरती : बहुत दूर घने जंगल के उस पार। ऐसा तो उन्होंने सोचा भी नहीं था। एकदम निर्जन एकान्त। दोनों गुफाओं के द्वारों पर दो विशाल जरी के पेड़ खड़े थे और उनके बीचों-बीच पड़ी थी बड़ी-बड़ी कई शिलाएँ। रूपनारायण ने सोचते हुए कहा :

"ये दैत्याकार शिलाएँ कभी किसी आदिजाति की पूजा-स्थली होंगी। यह गुप्त शिविर के लिए बड़ा अच्छा स्थान है। आइए, अब गुफा के अन्दर चलें।"

गोसाईं चुपचाप रूपनारायण के पीछे हो लिये। पहली गुफा कुछ बड़ी थी। लगा कि उसके भीतर दस-बारह व्यक्ति आराम से बैठ जाएँगे। रूपनारायण और धनपुर ने जब पहली बार गुफा में प्रवेश किया था तो वहाँ उन्हें साँस लेना भी दूभर हो रहा था। लेकिन टॉर्च जलाकर अन्दर की थोड़ी सफाई की तब कहीं वह पूरी गुफा ठहरने के योग्य हो पायी थी। धनपुर ने कहा भी था : 'उसके द्वार पर एक टटिया लगा देने पर वहाँ दस-बारह व्यक्ति मजे में सो सकेंगे। हवा-पानी से ये पेड़ रक्षा करेंगे ही।' धनपुर ने ठीक ही कहा था।

वे दूसरी गुफा में गये। यह कुछ सँकरी लेकिन लम्बी थी। सामान रखने के लिए, गोदाम और ऑफिस के काम-काज के लिए यह गुफा अनुकूल रहेगी। गुफा में गन्दगी अटी पड़ी थी। रूपनारायण ने टॉर्च जलाकर अन्दर झाँका। पर क्या होता टॉर्च से, वहाँ तो दुर्भेद्य अन्धकार भरा पड़ा था। भीतर क्या है, इसका अनुमान लगाना भी सम्भव नहीं था। ऐसी ही गुफाओं में कभी-कभार अजगर, बाघ आकर भी पड़े रहते हैं। फिर भी लगता नहीं कि ऐसी गुफाओं में आदमी भी रह सकते हैं।

"बड़ा अच्छा रहेगा यह स्थान" रूपनारायण ने गोसाईं की ओर मुड़कर

कहा। "यहाँ एक फर्लांग की दूरी पर दाहिनी ओर एक झरना भी है। उसके पार बेंत के जंगल हैं। वहाँ से रेलगाड़ी की आवाज सुनाई पड़ती है। ऐसा प्रतीत होता है, मानो वह आवाज पाताल से आ रही हो। चारों ओर तीन मील तक पूरा निर्जन है। खेत, रेलवे लाइन, गाँव, नदी कुछ भी नहीं है। जगह बड़ी काम की है।"

"हाँ, जगह तो मिल गयी।" गोसाईं हँसते हुए बोले। "जगह तो मानो सामरिक घाटी ही है। सेनापति भी है। पर सेना कहाँ है? हथियार कहाँ है?"

रूपनारायण ने गोसाईंजी की मुखाकृति को ध्यान से देखा। उस धुँधले अन्धकार में भी उस पर सन्देह की रेखाएँ मानो बिलकुल स्पष्ट हो उठी थीं। रूपनारायण के मन को इससे बड़ी ठेस पहुँची। उसे आशा थी कि गुफाओं को देखने के बाद गोसाईंजी के चेहरे पर आत्मविश्वास का भाव जाग उठेगा, लेकिन इसके विपरीत उसे दिखाई पड़ी आशंका की छाया। उसका मन एक बार फिर क्रोध से भर उठा। एक कर्मठ कार्यकर्ता के अन्तर्मन में उठनेवाली आशंकाओं के ऐसे कुहासे ही जब कभी क्रान्ति का मार्ग अवरुद्ध कर देते हैं। रूपनारायण कुछ उदास-सा होकर बोला :

"इसका सीधा अर्थ तो यह हुआ कि आप भी प्रबल क्रान्ति की इस भावना को पूरे मन से नहीं स्वीकार कर पा रहे हैं।"

गोसाईं खामोश रहे। फिर एकाएक असमंजस-भरे स्वर में बोले :

"यह सोचना भूल होगी रूप, कि भारत की सारी जनता क्रान्ति के बारे में ठीक उसी तरह से सोचती है जैसा कि तुम या हम सोच रहे हैं। सबके लिए क्रान्ति अलग-अलग अर्थ रखती है। फिर भी यदि तुम नेतृत्व सँभाल सको तो मैं तुम्हारे साथ काम करने को तैयार हूँ। लेकिन गुरिल्लावाहिनी गठित कर लम्बे समय तक यह लड़ाई लड़ना सम्भव नहीं लगता।"

रूपनारायण ने इतना ही कहा :

"यदि आप मेरी तरह सोचते तो शायद ऐसी बात करते ही नहीं। प्रत्येक कार्यकर्ता के चेहरे पर आपकी तरह ही आज आशंका की छाया घिरती हुई प्रतीत हो रही है। कुछ तो मात्र जेल जाने के लिए बाट जोह रहे हैं। जेल चले जाने से वे कम-से-कम बचे तो रहेंगे।"

उच्छ्वास लेते हुए उसने आगे कहा : "मात्र धनपुर पर ही मेरी आशा टिकी हुई है।"

गोसाईं ने रूपनारायण के चेहरे की ओर देखा—मानो वहाँ प्रत्यक्ष अग्नि ही दहक रही हो। उस अग्नि के उत्ताप से ही उसकी देह मानो दग्ध हुई जा रही हो। देह ही नहीं, मन भी। गोसाईंजी ने उस समय तर्क करना ठीक नहीं समझा।

"अभी पन्द्रह मिनट नहीं हुए क्या?" गोसाईं ने पूछा।

"पाँच मिनट बाकी हैं अभी। चलिए, लौट चलें।"

लौटती बार किसी ने किसी की ओर न तो देखा और न बातें ही कीं। कहने के लिए कोई बात भी तो नहीं। अभी तो वे ही बातें दोनों के अन्तर को कुरेद रही थीं।

जंगल से दुर्गन्ध आ रही थी। दोनों को उससे अन्दाज हो गया कि आस-पास ही कहीं बाघ बैठा है।

इधर आहिना कोंवर हर क्षण किसी अज्ञात मुसीबत की आशंका से ग्रस्त हुआ जा रहा था। गोसाईंजी के लौटने की राह देखते-देखते उसकी आँखें पथरा गयी थीं। चट्टान पर फैली जूठन को नदी में फेंकने के बाद ही उसे कपिली की ओर से कुछ आवाजें सुनाई पड़ी थीं। आवाज कैसी थी, इस बारे में वह कुछ अन्दाज नहीं कर पाया था। लेकिन उसका मन तभी से शंकित हो उठा था। कुछ दूर आगे बढ़ एक ऊँचे टीले पर खड़ा हो घाट की ओर से आनेवाले रास्ते पर उसने नजर भी दौड़ायी थी। रास्ते के एक मोड़ पर उसे तीन आदमी इधर ही आते हुए दिखे थे। उस समय उसकी दृष्टि चौंधिया रही थी। बुढ़ापे की कमजोर आँखें उन चेहरों को पहचानने में असमर्थ ही रहीं। बेचारा दुःखी हो वापस आकर उसी चट्टान पर फिर बैठ गया और अफसोस करने लगा।

रूपनारायण पर नजर पड़ते ही आहिना कोंवर बोल उठा :

"हे कृष्ण, तीन आदमी आते हुए दिखे हैं।"

गोसाईं ने कुछ कहा नहीं। रूपनारायण ने गोसाईंजी की ओर देखा। उसने समझ लिया कि गोसाईंजी भी उन तीनों के बारे में कुछ अनुमान नहीं कर पाये हैं। असम्भव नहीं कि कहीं कुछ हो गया हो। ये दुश्मन भी हो सकते हैं और साथी भी। दुश्मन हुए तब तो संकट ही समझो। मुठभेड़ होगी। फिर या तो वे मरेंगे या खुद को मरना पड़ेगा। साथी हुए तो कोई चिन्ता की बात नहीं। हाँ, उन्हें यहाँ रखना अवश्य कठिन होगा! किन्तु उनके लिए बाट जोहने का समय है नहीं।

इधर अब जाने का भी समय हो रहा था। गोसाईंजी ने निरुपाय हो रूपनारायण की ओर देखा। रूपनारायण तो तैयार था ही। बोला :

"चलिए, आगे बढ़कर एक बार देख तो आएँ। नाव डूबती है तो चढ़ते समय या फिर उतरते समय। बीच मझधार में किसी छिद्र का होना उचित नहीं है।" उसने अपनी घड़ी देखी, और कहा, "अपने पास अब मात्र पन्द्रह मिनट का ही समय रह गया है।"

देर जब होनी ही है तो फिर उपाय क्या है!

गोसाईं और रूपनारायण टीले की ओर बढ़ गये और उसके ऊपर खड़े होकर आहिना कोंवर की नाईं ही कपिली घाट से आनेवाले रास्ते की ओर कुछ देर तक

देखते रहे। रास्ता जंगली और पतला था। पास ही एक ओर ऊँचे स्थान पर से रूपनारायण ने दृष्टि दौड़ायी। उसे एकाएक कई व्यक्तियों के चेहरे दिखे। चढ़ाई की ओर उन्हें सीधे रास्ते पर आते देख उसे अनुमान हो गया कि वे पुलिस या मिलिटरीवाले नहीं हैं। उसे यह भी निश्चय हो गया कि आनेवालों में एक महिला भी है। वह गोसाईं की ओर देखते हुए बोला :

''ये लोग अपने ही आदमी होंगे। निश्चय ही कोई विशेष खबर होगी। अन्यथा ये आते क्यों? फिर भी थोड़ा सावधान होकर ही रहना अच्छा है।''

गोसाईंजी का मुख-मण्डल चिन्तित हो उठा।

दोनों नीचे उतर आये और आहिना कोंवर के साथ ही थोड़ी दूर जाकर एक पेड़ की ओट ले खड़े हो गये।

''बन्दूक हाथ में सँभाले रखो, हे कृष्ण।'' आहिना कोंवर ने कहा।

कोई कुछ नहीं बोला। मनहूस साँझ की धूप और भी मनहूस लगने लगी थी। मानो सब ओर उद्वेग भरी खामोशी छा गयी थी। किसी चिड़िया की आवाज भी उन्हें सुनाई नहीं दे रही थी। हाँ, झरने का क्षीण झर-झर अवश्य ही कहीं दूर से आनेवाली आवाज-सी मालूम पड़ रहा था।

कोई दस-एक मिनट तक रूपनारायण घड़ी देखता रहा। राह देखते-देखते ऊब-सी होने लगी। कलेजा धक्-धक् करने लगा। गोसाईं ने अण्डी चादर से अपनी छाती को और अच्छी तरह ढक रखा था। खाँसी-दमा के रोगी जो ठहरे। आहिना कोंवर कोई पद बुदबुदा रहा था। इस प्रकार दो मिनट और बीते। तभी एक सीटी सुनाई पड़ी। सीटी की आवाज सुन गोसाईं का साहस लौट आया। बोले :

''ये अपने ही आदमी हैं। थोड़ा आगे बढ़कर देखा जाए।''

पेड़ की ओट से पहले गोसाईं बाहर आये और चट्टान पर बैठ गये। थोड़ी देर बाद बलबहादुर की आवाज सुनाई पड़ी। फिर उसकी आकृति भी दिखी। उसके बाद दधि, और दधि के पीछे कॅली की आकृति स्पष्ट दीख पड़ी। रूपनारायण ढलान पर आ एक चट्टान पर खड़ा हो गया। आहिना कोंवर भी वहीं आ गया।

और वे तीनों भी वहीं आ पहुँचे।

''मैं तो सोच रहा था कि भेंट होगी ही नहीं। बलबहादुर नहीं होता तो यहाँ तक आना भी मुश्किल था,'' कहते हुए दधि मास्टर वहीं बैठ गया। कॅली तब भी हाँफ रही थी। एक तो चढ़ाई का रास्ता और तिस पर उसका बड़ी तेजी से चलकर आना। केवल बलबहादुर ही शान्त था। रूपनारायण बलबहादुर के मुखमण्डल का बड़े गौर से निरीक्षण कर रहा था : गोरा और चमकदार मुखड़ा। बंगाली मूर्तिकारों द्वारा निर्मित महिषासुर के मुख को देख लेने पर उसे देखने की आवश्यकता नहीं रह जाती। मूँछें भी चमकदार। और आँखें एकदम निर्विकार—

उनमें कहीं किसी प्रकार का कोई गूढ़ भाव नहीं।

दधि क्षणभर चुप रहा। उसके गाल, मुख, आँखें—सभी धँस गये थे। आँखें लाल हो आयी थीं। थूक गटकते हुए बोला :

''लयराम हाथ नहीं आया। शायद अब तक वह पकड़ लिया गया होगा। शइकीया को सारी बातें मालूम हो गयी होंगी, उसकी जिम्मेदारी जयराम पर सौंप आया हूँ। गारो पोशाक में तो उसे मैं पहचान भी न सका था। उसी ने मुझे यहाँ आने को कहा। लयराम के आदमियों की देख-रेख शान्ति-सेना कर रही है।'' जैसे ज्वर में पसीना छूटता है, वैसे ही दधि के ललाट पर पसीने की बूँदें उभर आयीं। उसके कथन में एक अबूझ और अव्यक्त वेदना छिपी थी। उसने फिर कहा, ''एक और बात कहनी है।''

''क्या?''

दधि ने अपनी जेब से एक पत्र निकालकर गोसाईं को दिया। गोसाईं ने पत्र को पढ़कर रूपनारायण को थमा दिया। रूपनारायण ने उसे पढ़ लेने के बाद गोसाईंजी को फिर लौटा दिया। बोला वह :

''अब सम्भव नहीं है।''

''लगता है कामपुर के गोसाईंजी के मन में भय बैठ गया है। अन्यथा इस काम को रोकने के लिए आदेश क्यों करते। उन्हें निर्देश ही करना चाहिए था, उपदेश देने की क्या आवश्यकता थी?'' यह कह थोड़ी देर के लिए गोसाईं चुप हो रहे। फिर बोले, ''क्या तुम भी डर गये हो मास्टर!''

गोसाईं के आखिरी वाक्य से दधि का क्रोध उभर आया था, किन्तु उसे प्रकट न करते हुए ही बोला :

''शइकीया के आदमी आ धमकने ही वाले हैं। कमारकुचि से गोसाइनजी को भी उसने गिरफ्तार कर लिया है। उनकी कमर में रस्सी बाँधकर उन्हें ले गया है। उनके पैर भारी हैं। पता नहीं, रास्ते में क्या घट जाए! मुझे उन्हीं की चिन्ता सता रही है।''

''जो होगा, सो होगा,'' गोसाईं ने कहा। ''मायङ् तो सुरक्षित है?''

''हाँ, खँडहर जो बचे हैं। धान, चावल, मवेशी—सब कुछ जबर्दस्ती उठा ले गये हैं। लगता है गारोगाँव भी न बचेगा। अत्याचार वहाँ भी ढाये जाएँगे। गिरफ्तारी के पहले ही उन्होंने यह पत्र लिखा था। बाहर बच रहा है केवल हाजारिका। इस उदासी में भी वह ढाढस बाँधे हुए है। पत्र के एक कोने में उसने भी एक बात लिख दी है—'करेंगे या मरेंगे।' क्या आपने लिखावट नहीं पहचानी? कल रात वह भी रोहा से अपने शिविर में आया था। उसके हाथ-पैर सूज गये हैं। पहले जैसा स्वस्थ भी नहीं रह गया है। मन भी स्थिर नहीं रहता है। आन्दोलन की गति भी धीमी पड़ती जा

रही है। सुभाष बोस के आई.एन.ए. के साथ भी अभी तक अपना कोई सम्पर्क नहीं हो पाया है। उनका मन भी दु:खित है। अधिकांश कार्यकर्ता जेलों में डाल दिये गये हैं। उन्होंने कहा है कि रेल उलटना मुश्किल कार्य नहीं है, पर उसके बाद क्या होगा? ढाल नहीं, तलवार नहीं; फिर क्या, कहने को सरदार-भर बनकर बैठा रहना पड़ेगा।''

रूपनारायण को गुस्सा आ गया। बोला :

''दधि मास्टर! यदि तुम हमारे काम में बाधा उपस्थित करने आये हो तो वैसा नहीं हो सकेगा। और यदि डरते हो तो उसका परिणाम स्वयं भोगोगे ही। हाँ, यदि काम करने को सोचते हो तो यहीं रुक जाओ। यह सुविधाजनक स्थान है। गुप्त शिविर बनाकर यहीं से काम करेंगे। हमें अभी जाना है। इधर से इस ओर जाकर दाहिनी ओर मुड़ते ही दो गुफाएँ मिलेंगी। उन्हें साफ-सुथरा कर तुम वहीं ठहरो। तब तक हम लोग अपना काम पूरा करके लौटते हैं।''

रूपनारायण के चेहरे की ओर देख दधि स्तम्भित रह गया। गोसाईं ने बताया :

''हमारे और साथी मिलिटरी एक्सप्रेस उलटने के लिए जा चुके हैं। हमें देर हो रही है। शइकीया के आदमी यदि आएँ तो तुम लोग उनका यहीं प्रतिरोध करना। तब तक तो हम लोग काम पूरा कर चुके होंगे।''

दधि ने कहा :

''एक बार और सोच लीजिए। क्रान्ति यहीं नहीं समाप्त हो जाती। और भी अनेक काम करने होंगे। गुरिल्ला-वाहिनी गठित करने के लिए हमारी एक निश्चित योजना भी तो होनी चाहिए।''

''योजना तो है ही। उसे ही कार्यरूप में परिणत करने के लिए तैयार रहना होगा।'' गोसाईं ने कहा। ''विचलित होने से कोई लाभ नहीं। तुम यहीं रुको। कॅली बहन, तुम भी यहीं रुकना। हम लोग चलते हैं। और बलबहादुर, तुम्हें यहाँ रुकने की अभी जरूरत नहीं है। तुम जल्दी ही लौट जाओ। कपिली घाट पर रुके रहना और वहीं से उधर की देख-रेख करते रहना। हाँ, यह ध्यान रखना कि शइकीया के आदमी किसी भी प्रकार इधर आने न पाएँ। यदि आते दिखें और सम्भव हो, तो पहले ही खबर करने की व्यवस्था करना।'' गोसाईं क्षण-भर के लिए रुक गये। दम लेते हुए पुन: बोले, ''मुझे अब भी थोड़ी आशा है। आदमी वह बुरा नहीं है। हाँ, लेकिन है डरपोक। पर वही क्यों, हमारे बीच अभी ऐसे और भी तो डरपोक साबित हुए हैं। वह शइकीया को सारी बातें नहीं भी बता सकता है।'' कुछ क्षण रुक वे फिर बोले, ''पर हाँ, निश्चयपूर्वक कुछ कहा नहीं जा सकता। ठीक-ठीक कुछ भी कहना मुश्किल है।''

रूपनारायण चुप ही रहा। उसने गोसाईं को घड़ी की ओर देखने का संकेत

किया। और गोसाईं ने आहिना कोंवर को चलने के लिए इशारा किया।

तभी कॅली आगे आयी। बोली :

"आप लोग जाकर सकुशल लौट आइए। हम यहीं हैं। डिमि नगाँव गयी है। पर आप लोगों ने धनपुर को सुभद्रा के बारे में क्यों नहीं बताया? उसे बड़ा आघात लगा है। उससे भी अधिक बड़ा आघात लगा है इसलिए कि उससे सारी बात छिपाकर रखी गयी। यदि इस बीच वह कहीं मर जाए तो उसे सुभद्रा के विषय में मालूम भी नहीं होगा। आप लोगों के दिल इतने कठोर क्यों हैं?"

कॅली की बात का अनुमोदन करता हुआ बोला आहिना कोंवर :

"हाँ, मुझे भी ऐसा ही लगता है, हे कृष्ण! वह तो शेर की माँद में भी हाथ डालनेवाला आदमी है। सचाई का पता चलने पर भी तब वह सब कुछ सहन कर लेता। हे कृष्ण, सहने की उसमें गजब की शक्ति है। उसे बता देना ही चाहिए था, हे कृष्ण।"

गोसाईं ने कहा, "ठीक है, उसे बताने के लिए अभी समय नहीं भाग गया। पर तुम्हें आने की अभी क्या आवश्यकता थी, कॅली?"

कॅली कुछ क्षण तक धीर-स्थिर दृष्टि से गोसाईं की ओर देखती रही। उसकी आँखों से आँसू झरझरा पड़े। कहने लगी :

"मुझे आशंका थी कि कहीं मेरे प्यारे सपूतों को क्रान्ति के रास्ते से कोई विचलित न करा दे। महात्माजी से भेंट होने के बाद से ही मैं रोज सूत कातती हूँ। आज सवेरे भी डिमि के साथ सूत कातकर ही आयी हूँ। कताई में एक भी सूत उलझा नहीं था। तुम लोगों को सूत कातने का अभ्यास है नहीं। तभी तुम लोगों के मन में उलझन पैदा हो गयी, समझे न! तुम लोगों से कोई भूल नहीं हुई है। बस, अपना काम किये जाओ। यदि मौत भी आ जाए तो उसे भी स्वीकारना। बचकर ही क्या कर लोगे भला? मैं बूढ़ी हो गयी। फिर भी यदि तुम लोग चाहो तो मैं तुम्हारे साथ चलूँगी। यही सोचकर आयी हूँ। दधि जिस पत्र को लाया है वह कहीं तुम लोगों को उलझन में न डाल दे, मुझे ऐसी आशंका थी। पर अब कोई चिन्ता नहीं है। अपने मन में किसी प्रकार की उलझन न आने देना। मैं सभी की यहीं प्रतीक्षा करूँगी। खासकर धनपुर की। सुभद्रा के बिना उसका जीवन दूभर हो जाएगा, किन्तु मुझे उसकी आँखों के आँसुओं को रोकना होगा।"

रूपनारायण ने गोसाईं को एक बार फिर घड़ी दिखलायी। तीनों उस चट्टान के बगल वाले झरने को पारकर ऊपर की ओर चढ़ने लगे और धीरे-धीरे बीहड़ जंगल में ओझल हो गये।

दधि बहुत देर तक शान्त बना रहा। वह अपने आपको धिक्कार रहा था। लड़ाई के मैदान से भाग आना उसके लिए उचित नहीं था। शायद जीवन के प्रति उसे

मोह हो आया था। इस मोह को छोड़ना होगा। उसने बलबहादुर से कहा :

''चलो बलबहादुर, गुफा देख आएँ। उसके बाद तुम लौट जाना। लौटकर हमारे लिए तुम्हें थोड़ा राशन और हथियार जुटा देने होंगे। कॅली दीदी ने तो कुछ खाया भी नहीं है।''

बलबहादुर मुसकराते हुए कदम बढ़ाने लगा। बोला, ''इसकी कोई चिन्ता न करें। मैं सब पहुँचा जाऊँगा।''

दोनों गुफा देखने चले गये। कॅली ने कन्धे से झोला उतारकर उसमें रखी तकली निकाल ली। तकली बड़ी थी। वह वहीं बैठकर सूत कातने लगी। उसकी आँखों से आँसू बह चले थे। उसके मन में एक आलोड़न हुआ, मानो कोई तूफान चल रहा हो : प्रबल तूफान। और उस तूफान में जंगल के पेड़-पौधे जड़-मूल से उखड़कर गिर रहे हों। कुछ भी शेष नहीं रह गया हो। केवल आलोड़न और आन्दोलन! और आँखें झरना बन गयी थीं। चट्टान पर पड़े हल्दी के दाग उसके आँसुओं से मिलकर लाल हो उठे।

काफी देर तक तकली चलाते-चलाते कॅली का मन सूत कातने में तल्लीन हो गया। निर्झर अब सूख चुका था। आँसू थम चुके थे। उसकी जगह अब चमक उठी थी आँखों में शाम की मैली धूप की निखरती हुई हँसी।

# नौ

काँटों में बिंधकर गोसाईं की चादर तार-तार हो चुकी थी। तब भी बीहड़ को चीरते हुए वे रेलवे लाइन के किनारे की उस गहरी खाई के पास जा पहुँचे। आहिना भी किसी तरह रुकते-घिसकते खाई के निकट ही बरगद के तले पहुँच उसकी पीड़ से टिककर बैठ गया; उसे जोर से हँफनी चलने लगी थी। रूपनारायण वहाँ पहले ही पहुँच गया था। वहीं खड़े हो वह धनपुर आदि का अनुमान लगाने के लिए अपने कान लगाये था। लेकिन उन सबका पता लगाने के पहले ही उसे सुनाई पड़ी वही चिरपरिचित छक्-छक्-छक्-छक् की आवाज जिसे वह बचपन से ही सुनता आ रहा था। वह एक क्षण के लिए विस्मित हो उठा : गाड़ी छक्-छक् करती हुई केरेलुवा जैसे लाल कीड़े की भाँति कई टाँगों पर सवार होती हुई आ रही होगी।

बाँस का घना जंगल। आड़े-तिरछे बाँस बुरी तरह फैले थे। सूरज की किरणें भी उन्हें लाँघ नहीं पाती थीं। नीचे की मिट्टी गीली थी और उस पर सड़े-गले पत्ते तीखी बदबू के साथ सने हुए थे।

अफीम की चुस्की की सारी आशाओं पर पानी फिर जाने से आहिना भी उन विशेष क्षणों में भक्ति के राग में रमा था। कानों में आवाज पड़ते ही वह नामकीर्तन की पंक्तियाँ गुनगुनाने लगा :

> निरंजन निरंजन...निरंजन हरि।
> निरंजन निरंजन निरंजन निरंजन,
> हरि हरि राम, निरंजन निरंजन हरि...

इधर रेलगाड़ी के इंजन की छक्-छक् से उस टीले में भी कम्पन होने लगा। पेड़ के पत्तों की फाँक से रूपनारायण ने गगनभेदी आवाज करती आती रेलगाड़ी की दिशा में अपनी दृष्टि पसार दी।

तभी गोसाईं ने घड़ी देखी। साढ़े चार बज रहे थे। देर हो चुकी थी। यह सोचकर कि कम-से-कम रेलगाड़ी के गुजर जाने तक तो वहाँ रुकना ही होगा, उन्हें लगा कि क्यों न पान-तम्बाकू ही खा लिया जाए। उन्होंने आहिना कोंवर को इशारा करते हुए कहा :

"कोंवर, जरा अँगोछे में बँधी पुड़िया तो खोलो। और सुनो, काम का बँटवारा

हो गया है। आप यहीं पर चुपचाप बैठे रहेंगे। ऊँह-आँह भी न करेंगे। हमें अपनी-अपनी जिम्मेदारी निभानी है।''

आहिना कोंवर ने अँगोछे से एक पान निकाला। उसमें थोड़ी खैनी और सोंठ का एक टुकड़ा मिलाकर गोसाईंजी की ओर बढ़ाते हुए उनकी सन्तुष्टि के लिए कहा :

''एक टुकड़ा सोंठ का भी मिला दिया है। कम-से-कम, हे कृष्ण, दो घड़ी तक तो खाँसी बन्द ही रहेगी। एक बात और, इस ऊँचे-नीचे स्थान में चढ़ते-उतरते समय कभी रेंगना भी पड़ सकता है। एक रस्सी होती तो कितना अच्छा होता, हे कृष्ण! मैंने इधर पास में ही लम्बी-लम्बी लताएँ देखी हैं। उन्हें बटकर एक मोटी रस्सी बनायी जा सकती है जिसे किसी खूँटे से बाँधकर नीचे लटका रखना अच्छा रहेगा, हे कृष्ण! उससे जगह की पहचान भी बनी रहेगी, हे कृष्ण, और उसके सहारे ऊपर चढ़ने में भी आसानी होगी।''

गोसाईं पान का बीड़ा चबाने लगे। तब तक आहिना ने गठरी से दाव निकालकर रेलगाड़ी की आवाज के साथ ताल मिलाते हुए पास के ही एक छोटे पेड़ की एक पतली डाल काट उससे दो खूँटे बना लिये। उन्हें गोसाईं के पास छोड़ वह एक मजबूत लता की खोज में जुट गया। सौभाग्य कि दूर जाना नहीं पड़ा। पास के ही वृक्षों पर लम्बी-लम्बी लताएँ लटकी हुई थीं। उन्हें काटकर वह गोसाईं के पास ले आया। बरगद की जड़ों पर बैठकर ही उसने उन्हें बटकर एक मजबूत रस्सी का आकार दे दिया। फिर बरगद के घेरे की परीक्षा करते हुए बोला :

''हे कृष्ण, खूँटा इस पेड़ से थोड़े नीचे की ओर गाड़ना पड़ेगा। तभी इसका एक सिरा नीचे तक पहुँच सकेगा, हे कृष्ण। एक खूँटा रहने देता हूँ। बाद में कभी काम आएगा।''

मुँह में पान दबाये गोसाईं आहिना कोंवर का काम देख रहे थे। साथ ही वे अपने अन्तर्मन की ऊबड़-खाबड़ जमीन को गोड़कर इच्छा रूपी फावड़े से चौरस भी करते जा रहे थे।

कोंवर ने रस्सी खूँटे से बाँध दी और धीरे-धीरे उसे नीचे लटका दिया। फिर कुछ कँटीली झाड़ियों को साफ कर नीचे खाई की ओर झाँका। सन्तुष्ट हो वह गोसाईंजी के पास लौट जड़ों पर बैठ गया। खूँटा माप के अनुरूप ही गाड़ा गया था।

रेलगाड़ी निकट आती जा रही थी। धरती की धड़कन भी कई गुना तीव्र होती जा रही थी। कोंवर ने गोसाईं से कहा :

''प्रभु, जब आप नन्हे-से शिशु ही थे, आपके पिताजी और राजाजी के साथ रेलगाड़ी देखने जागीरोड गया था। वहाँ रेलगाड़ी में चढ़ते समय, हे कृष्ण, राजाजी ने पान-बीड़ा देकर प्रणाम भी किया था। कहते हैं, उसमें देवता का वास था,

हे कृष्ण। उसके बाद, याद नहीं किसने, अरे हाँ! हे कृष्ण, आपके पिताजी ने ही तो कहा था, 'चलो कोंवर, साहबों के रथ पर चढ़कर एक बार गुवाहाटी ही देख आएँ।' और, हे कृष्ण, हम दोनों गुवाहाटी गये भी थे। हे कृष्ण, रफ्तार तो उसकी बिजली-सी थी। गाड़ी के चलने पर हृदय काँपने लगा था। आपके पिताजी तो 'घोषा' गाने लगे थे :

निरंजन निरंजन निरंजन हरि।
निरंजन निरंजन निरंजन निरंजन...
हरि हरि राम, निरंजन निरंजन हरि!...

"क्या बताऊँ आपको! रेलगाड़ी के पहियों की आवाज और हरि का नाम दोनों एक हो गये थे, हे कृष्ण। तभी प्रभु ने कहा था, 'भगवान के बिना ऐसी तेज रफ्तार पहियों में कहाँ से आएगी?' और हे कृष्ण, धुआँ उगलने वाले उस इंजन की सीटी तो गोसाईं घर में बजनेवाले शंख की आवाज हो—ऐसा भान हो रहा था।"

गोसाईं को लगा जैसे आहिना कोई किस्सा सुना रहा हो। वह भी एक समय था जब मायङ् के लोग सभी बातों में बड़े ही सरल और भोले-भाले थे। तभी तो वे मन्त्र को भी देवता समझते थे। राजनीतिक चेतना तो किसी में थी ही नहीं। गाँव ही उनके लिए संसार था। वहाँ जो कुछ था वही उनका अपना था। बाकी के बारे में वे सर्वथा अपरिचित थे। और तब जिनको उन्होंने कभी देखा-समझा न था, उन्हें वे लोग भूत समझ लेते थे या देवी-देवता। तभी तो रेल की सीटी उनके पिता को शंख-ध्वनि जैसी लगी थी। उनके पिता तब तक यह भी न समझ सके थे कि अँगेरज साहबों ने असम में रेल की पटरियाँ क्यों बिछायीं। उन्होंने रेलें बिछायीं हमारे यहाँ से मिट्टी का तेल, कोयला और चाय की बाजारों तक ढुलाई के लिए, बड़े-बड़े बाजारों में बेचकर मुनाफा कमाने के लिए। मुनाफा कमा-कमाकर वे लगातार धनी बनते गये और इधर हमारे गाँव दिनों-दिन होते गये गरीब। मायङ् के राजा बानेश्वर बन गये प्रजा, और लन्दन की महारानी बन बैठी ऐसे साम्राज्य की अधीश्वरी जिसका सूरज कभी अस्त नहीं होता। उनके षड्यन्त्र को न समझने के कारण ही ऐसा हो गया।

एक बात और है। हमारे यहाँ के लोगों का मन भी दिनों-दिन निष्क्रिय होता गया। मशीनों के आविष्कार की ओर ध्यान नहीं दिया गया। तभी तो मशीनों को देखते ही उन्हें देवता समझने की भूल होने लगी, मानो वह किसी अलौकिक शक्ति का परिणाम हो। अपने पूर्वजों की नासमझी और सरलता पर ध्यान जाते ही गोसाईं को जैसे लज्जा आ गयी : जो रेलें कभी मुनाफे की चीजें ढोती थीं, आज वही विदेशी सेना और उनके लिए रसद ढो रही हैं। इसका मतलब है गोरे साहबों के व्यापार

की सुरक्षा। ...सोने के अण्डे देनेवाली इस चिड़िया पर बलपूर्वक अधिकार किये रहने की इन्होंने शपथ ले रखी है। रावण की तरह प्रण कर रखा है इन्होंने। तभी तो हमें राम की प्रतिज्ञा दोहरानी पड़ी है : 'निसिचर हीन करौं मही।'

यह देश, इस देश की सम्पदा, इस देश का शासन—सब कुछ अपने हाथों में लेना पड़ेगा। मिलिटरी ढोनेवाली इस रेलगाड़ी को उलट देने से कुछ सैनिक तो मरेंगे ही। इससे कुछ नहीं तो हमारे गुरिल्ला वीरों का मनोबल अवश्य बढ़ेगा। निपूत रहने से कुपूत का होना बेहतर है।

गोसाईं इस बार जमकर बैठ गये थे। कन्धे की बन्दूक सँभाली ही थी कि उन्हें रेलगाड़ी की निकट आती हुई आवाज सुनाई पड़ी। उन्होंने एक बार बायीं ओर नजर दौड़ायी। लगा कि धनपुर वगैरह भी रेलगाड़ी पर नजर टिकाये हैं। चारों ओर बड़ी सावधानी से अवलोकन के बाद वे निश्चिन्त हुए और पान की पीक फेंकते हुए बोले :

"मशीन अपने आप में निर्जीव होती है, कोंवर। ये गोरे लोग इसका प्रयोग हमारा शोषण करने के लिए कर रहे हैं। बता सकते हो, इस गाड़ी में क्या गया है?"

"क्या?"

"युद्ध का साज-सामान। यह मालगाड़ी थी। मेरा अनुमान सही है। मणिपुर के पास भीषण लड़ाई चल रही है। चमड़ी उधेड़ी जा रही है इनकी। तब फौजी गाड़ी पलट देने से तो इनका और भी बुरा हाल हो जाएगा। आप नाती-पोते वाले आदमी हैं, फिर भी एक बात याद रखेंगे। इन्हें देश से निकाले बिना हम शान्त नहीं बैठेंगे। इनका सारा अधिकार हम अपने हाथों में लेकर ही रहेंगे। भगवान का नाम भर लेने से ही संसार से मुक्ति नहीं मिल जाती। इन्द्र को वज्र की आवश्यकता पड़ती है। मेघनाद को पुष्पक विमान की जरूरत होती है। हनुमान को लंकादहन भी करना पड़ता है। हमें भी अग्निबाण चाहिए। आज हम यह अग्निबाण ही छोड़ने का कार्य कर रहे हैं। मरकर भी हमारी पराजय नहीं होगी। हमारी ये माटी की हड्डियाँ भी दधीचि की अस्थियों की तरह वज्र बनकर इनका नाश किये बिना नहीं रहेंगी।"

आहिना कोंवर ने कुछ कहा नहीं। ऐसी गम्भीर बातें उसके पल्ले नहीं पड़तीं। पान का बीड़ा मुँह में डालकर फिर खुरदन को झोले में रखता हुआ वह बोला :

"अब सैनिक तो बन ही गया हूँ। जब तक यह खुरदन हाथ में रहेगा तब तक तो लड़ूँगा ही, हे कृष्ण। यदि ये लोग पान-सुपारी होते, हे कृष्ण, तो इस खुरदन से ही अब तक इन्हें चूर्ण बना दिया होता। मैं तो बस, इतना ही जानता हूँ, हे कृष्ण।"

गोसाईं को हँसी आ गयी। सरलता के कारण ही संसार में जटिलता इतनी आकर्षक होती है।

मालगाड़ी वहाँ से पार हो बहुत दूर आगे जा चुकी थी।

रूपनारायण लौट आया और गोसाईं के पास ही एक पत्थर पर बैठ गया। उसने एक सिगरेट जला ली। उसका मुख बड़ा गम्भीर दिख रहा था मानो बहुत दूर तक की सोच रहा हो वह।

"क्या देखा?" गोसाईं ने पूछा।

"मालगाड़ी मोड़ पर बिलकुल गोलाकार हो गयी थी। इसी मोड़ के बीचों-बीच फिशप्लेटें खोलना अच्छा रहेगा। उसके पास वाली खाई में उतरकर भागने के लिए एक सँकरी पगडण्डी भी मैं देख आया हूँ। शायद अपने साथियों ने भी वहीं कहीं की फिशप्लेटें खोलने का निर्णय किया है। रास्ता भी बना लिया होगा। इस ओर की खाई से लाइन तक की ऊँचाई कुछ अधिक है। खाई उधर भी है, पर इतनी गहरी नहीं। बड़ा ही सुविधाजनक स्थान है। कौन कहाँ रहेगा, यह सब भी देख रखा है। मैं उधर खाई के उस पार रहूँगा। नीचे अँधेरा है। वहाँ से सूर्य का प्रकाश भी दिखलाई नहीं पड़ता है।"

तभी किसी के आने की आहट सुन पड़ी : जानी-पहचानी सी। धनपुर और मधु वहीं आ पहुँचे। मधु के कन्धे से बन्दूक झूल रही थी। दोनों की दाढ़ी बढ़ आयी थी। पास आकर धनपुर बोला :

"मैंने ठीक ही अनुमान किया था कि आप लोग यहीं होंगे। काम में जुटने का समय हो गया है। गश्तीदल थोड़ी देर पहले जा चुका है। अधिक से अधिक दस मिनट हुए होंगे। मिलिटरी एक्सप्रेस के आने के पहले ट्रॉली आ सकती है। उसके आने तक हमें रुकना नहीं चाहिए। ट्रॉली में भी मिलिटरी वाले ही होते हैं। उसके आने के पहले ही हमें काम पूरा कर लेना होगा। मोड़ पर आते ही ट्रॉली लुढ़क जाएगी। सभी ट्रॉलीवालों को गोली मारकर काम तमाम कर देना होगा। इसमें चूक नहीं होनी चाहिए, नहीं तो किया-कराया सब चौपट हो जाएगा।"

धनपुर काले रंग का चुस्त गारो कुर्ता पहने हुए था। उसने झोले से एक बड़ा रिंच निकाला और बोला :

"मैं उतरकर उस तरफ जा रहा हूँ। गोसाईंजी इसी ओर रहेंगे। भिभिराम को वहीं उतार आया हूँ। मधु पेड़ पर रहेगा। इस पर नहीं, उधर एक बढ़िया-सा पेड़ है। उसी पर बैठ वह गश्तीदल पर नजर रखेगा। और रूपनारायण, तुम उधर थोड़ा आगे बढ़कर रहोगे क्या?"

"हाँ।"

रूपनारायण ने आखिरी कश लेकर सिगरेट फेंक दी। फिर बन्दूक उठाकर खड़ा होते हुए बोला :

"तुम्हारी योजना के अनुसार ही काम होगा। मोड़ पर की फिशप्लेटें निकाली जाएँ तो कैसा रहेगा?"

''मैंने भी वहीं का निश्चय किया है, लेकिन भिभिराम को थोड़ा और आगे चलकर वहाँ खोलने के लिए बताया है। खाई के ठीक बगल में, जिससे गाड़ी सीधी उसी में गिरे। निश्चित समझो कि गाड़ी के वहाँ उलटने पर कोई भी नहीं बचेगा। सब के सब एक ही जगह गिरेंगे। अगर पिछला डिब्बा भी बचा रह गया तो भी अपने ऊपर मुसीबत आये बिना नहीं रहेगी। मेरी समझ में गोसाईंजी यदि थोड़ा नीचे उतरकर यहीं रुकें तो बहुत अच्छा होगा। नीचे छिपने की भी जगह है। जगह थोड़ी गीली जरूर है। पर और कोई उपाय भी तो नहीं है।''

हठात् धनपुर की दृष्टि पास ही जमीन पर पड़ी उस रस्सी पर जा अटकी। वह हँस पड़ा। बोला :

''इसे किसने बाँधा है? यह तो फाँसी की रस्सी जैसी लगती है।''

''रस्सी नीचे लटका दो आहिना कोंवर,'' गोसाईंजी ने कहा। धनपुर ने आहिना को बड़े गौर से देखा। फिर मुसकराते हुए कहा :

''अरे वाह, आज तो आप भी क्रान्तिकारी-जैसे लगते हैं। बड़ा अच्छा हुआ। आप यहीं बैठें। इच्छानुसार घोषा-पद गाया करें। हाँ, जरा एक पान-बीड़ा तो दीजिए, मुँह खट्टा-खट्टा हो रहा है।''

आहिना कोंवर के चेहरे पर इस बार हँसी खिल उठी। उसने अँगोछे की गाँठ खोलकर पान के दो बीड़े निकाले। एक धनपुर को दिया और दूसरा मधु की ओर बढ़ा दिया। तभी धनपुर ने पूछा :

''आप लोगों को आने में इतनी देर क्यों हुई?''

''दधि और कॅली, दोनों आ गये थे,'' गोसाईंजी ने बताया।

''क्यों?'' धनपुर की दृष्टि स्थिर हो गयी। ''वह मायङ् छोड़कर क्यों आया?'' उसके चेहरे पर सन्देह की रेखा उभर आयी।

''नहीं आता तो करता भी क्या? लयराम को शइकीया गिरफ्तार कर ले गया। नाविक को भी पकड़कर ले गया है। पुलिस गाँववालों को पकड़कर ले गयी है। अब तक तो वे हमारी खोज में इस जंगल में भी आ घुसे होंगे।'' इतना कह गोसाईंजी बन्दूक उठाकर खड़े हो गये। दो दिनों की बीमारी ने ही उन्हें पूरी तरह तोड़ दिया था। गाल, मुँह सब पिचक गये थे। मुँह तो दाढ़ी के बीच जैसे धँस ही गया था। सूखकर पूरी तरह चुनौटी हो गये थे। सब कुछ महसूसते हुए भी धनपुर कुछ बोला नहीं। यह सहानुभूति प्रकट करने का समय तो है नहीं। उसने टिप्पणी की :

''उसे मार डालना चाहिए था। एक व्यक्ति के कारण सब कुछ चौपट हो गया। आप सबको धोती छोड़ लहँगा पहन लेना चाहिए। खैर, जो हुआ सो हुआ। यह तर्क करने का समय नहीं। गोसाईंजी, आप जरा सावधान ही रहेंगे। गश्ती दल के आद दीखें तो बिना पूछे ही गोली मार देंगे। फौजी गाड़ी आने तक हमें सावधा

रहना होगा।"

"ठीक ही कहते हो," रूपनारायण बोला। "हमें किसी प्रकार लौटकर गुफा तक पहुँचना होगा। अब हमारा अन्तिम आश्रय वहीं होगा। अपने बिखरते हुए इस युद्ध की नयी व्यूह-रचना हमें वहीं बैठकर करनी होगी।"

"हमारी यही कोशिश होगी" कहते हुए धनपुर ने पूछा, "लेकिन कॅली दीदी क्यों आयी थी?"

अपनी बढ़ आयी दाढ़ी पर हाथ फेरता हुआ रूपनारायण बोला :

"हमें अपना यह काम न करने के बाबत कामपुर के गोसाईंजी ने एक पत्र भिजवाया था। बड़ा भीषण निर्देश था उसमें।"

"कैसा निर्देश?"

"इस काम से हमें विरत हो जाने को कहा गया था।"

"कारण?"

"कारण कुछ भी नहीं। मन टूट गया है, और क्या? सब-के-सब गिरफ्तार जो हो गये हैं। केवल हाजारिका ही बाहर बचा है।"

सुनकर धनपुर खिन्न हो गया। बोला :

"ऐसे लोग ही नेता हैं। कलेजा कच्चा है। ये सब केवल देखने के लिए ही हैं। खैर, छोड़ो इन बातों को। कॅली दीदी क्यों आयी थी?"

"इसलिए कि कहीं हमारे विचार भी ढुलमुल न हो जाएँ। बता रही थी कि वह हर दिन सूत कातती है, लेकिन उसकी तकली में आज तक कभी गुलझट नहीं पड़ी। कामपुर के गोसाईंजी वाली चिट्ठी कहीं हम सबके विचार उलझा न दे, यही सोचकर चली आयी थी।"

"चलो, अभी भी एक महिला तो है, जिसका विश्वास किया जा सकता है। और भी कुछ कहती थी क्या?"

गोसाईंजी थोड़े गम्भीर हो आये। बोले :

"नहीं, और विशेष कुछ नहीं बोली।" फिर एकाएक समय का ध्यान आते ही बोले, "चलो, अब सब अपने-अपने काम में जुट जाएँ। बातें तो बाद में भी होती रहेंगी।"

गोसाईंजी की ओर देख धनपुर चुप हो गया। सुभद्रा की खबर सुनने के लिए उसका मन बेचैन था। सुभद्रा!...कहीं उसे तो नहीं कुछ हुआ?

रस्सी के सहारे धनपुर नीचे उतर आया। उसके पीछे रूपनारायण। थोड़ी देर बाद गोसाईंजी भी नीचे उतरे और बाँसों की झाड़ी के तले लेटकर बन्दूक का निशाना साध लिया : काम पूरा न होने तक उसी अवस्था में उन्हें लेटे रहना है। मधु से संकेत मिलते ही गोली दाग देनी होगी। या फिर उसी हालत में रहना होगा।

निर्देश के अनुसार ही काम होगा। दुश्मन के आदमी को देखते ही गोली मार देनी होगी। ट्रॉली के गिरते ही उस पर सवार सभी आदमियों को भी गोली से उड़ा देना होगा।

अभी गोली चलाने में देर है।

नीचे कीचड़ होने के कारण गोसाईं की पूरी देह थोड़ी ही देर में भीग गयी। गीली मिट्टी का स्पर्श चादर को भेदकर अब उनकी छाती की हड्डियों को भी भेदने लगा था। धीरे-धीरे हाथों में भी कँपकँपी शुरू हो गयी। मिट्टी की देह मानो मिट्टी में ही मिलती जा रही थी। तभी उन्हें गोसाइन के आँसू भरे चेहरे की स्मृति ने झकझोर दिया : पुलिस उसे भी पकड़कर ले गयी है। उसकी कोख में एक शिशु पल रहा है, तब भी पुलिस ने उसे नहीं छोड़ा। भला उसने किसी का क्या बिगाड़ा?...पता नहीं लड़का होगा या लड़की—कौन जाने क्या होगा!

तभी उनके ठीक ऊपर की डाल पर कहीं से एक पक्षी आ बैठा। गोसाईं ने सिर उठाकर देखा। वे सोचने लगे, ओ पंछी, तू कहाँ से आया है? कहाँ जाएगा? तू चुप क्यों है? यह इतना सुन्दर रूप क्यों है तेरा? तेरे ये पंख इतने नीले और सफेद क्यों हैं? और तेरी यह चोंच—यह इतनी लाल क्यों है? ओ अनजाने, तू अपनी छोटी-छोटी आँखों से इधर-उधर देख रहा है? ओ प्राणधन! मेरे जिगर के टुकड़े! तू उससे मिलकर आया है क्या? क्या वह मुझसे रुष्ट है? बता न! हिरणी का क्रन्दन वह अब भी सुनती है क्या?

—तू बड़ा निर्दय है। कुछ बोलता क्यों नहीं? चुप क्यों है? कुछ बुरा समाचार है क्या? धत्, तू सीटी बजाकर क्या कहना चाहता है? बोलता क्यों नहीं? देख, मुझे बड़ा जाड़ा लग रहा है। बड़ी सर्दी है। खाँसी भी आना ही चाहती है। पर तेरे सामने मैं खाँसूँगा नहीं। तेरा क्या ठिकाना, कहीं उड़कर तू मेरी बीमारी की खबर उस तक न पहुँचा दे। पर भला मैं तुझसे कुछ छिपाकर कैसे रख सकता हूँ? नहीं, कुछ भी नहीं रखूँगा।...अच्छा, तूने मुझे बचपन में देखा था क्या? बचपन में भी मैं घर छोड़कर मारा-मारा फिरता था। तब एक भूत सवार था मुझ पर। मैंने देश का उद्धार करने का संकल्प लिया था। लेकिन यह काम बड़ा ही कठिन है। तेरे-जैसा ही आजाद बनना चाहता था। उसके लिए ही मैंने यह यज्ञ प्रारम्भ किया है। शायद, तुझे बहुत बुरा लग रहा है, है न? नहीं-नहीं, बुरा क्यों लगेगा? तू तो मेरे सुख-दुःख का साथी है। बोल न! कम से कम एक बार तो बोल! क्या तू मेरे पिताजी के पास से आया है? या माँ के पास से आया है? बता न! उन्होंने मुझे स्वर्ग में बुलाया है क्या? वैतरणी नदी कैसी है? हमारी कलङ् की ही जैसी है न? या फिर ब्रह्मपुत्र की तरह है? उसके उस पार कैसा है? वहाँ आदमी हैं या नहीं? उस पर पुल है कि नहीं?...

गोसाईं की चादर कीचड़ से सराबोर हो चुकी थी।

और वह पक्षी? उसकी चंचल दृष्टि सभी दिशाओं को समेट रही थी।

गोसाईं ने देखा : धनपुर रिंच निकालकर नट-बोल्ट खोलने में जुट गया है। वहीं थोड़ी दूर आगे भिभिराम भी वही काम कर रहा है। रूपनारायण नहीं दिखाई पड़ा। बनानियों को चीरकर उन्होंने एक बार देखने की कोशिश की। उस पार की खाई में पानी है। पानी क्या, वह तो झील है। वहाँ के वन-हंसों का कलरव सुनाई पड़ रहा है। कलरव नहीं, बड़ी करुण और हृदय-विदारक है उनकी आवाज। खाई के इस ओर एक छोटा टीला है। टीले पर एक बड़ा-सा दिमौर है। उसी के बगल में है एक बड़ी-सी चट्टान। और उसके बगल में ही एक और पत्थर। ये सब चिरस्मणीय खासी पहाड़ी क्षेत्र के ही भाग हैं। उन्हीं पत्थर-चट्टानों के बीच मूर्तिवत् अडिग खड़ा है रूपनारायण। उसके इर्द-गिर्द और सिर के ऊपर—सभी तरफ है रंग-बिरंगी जंगली झाड़ियों का फैलाव। पास ही में है चाँदी जैसा चमकता हुआ एक निर्झर-प्रवाह; और झाड़ियों के उस पार, बलि चढ़ानेवाले दाव में लगे रुधिर की तरह ही फैला हुआ है लालिम पश्चिमी क्षितिज। और उनके मध्य सूरज देवी की प्रतीक्षा कर रहे किसी पुरोहित के हाथ में नैवेद्य से सजे ताँबे के थाल-जैसा चमक रहा है। सूर्यास्त के पहले ही वह ललाई गोसाईं के प्राणों को कँपा रही थी। उनका जीवन-दीप टिमटिमा रहा था, मानो अब बुझा, तब बुझा।

रूपनारायण ने अपनी बन्दूक का निशाना गोसाईं के निशाने की विपरीत दिशा में साध रखा था। उसने मधु के निशाने की ओर देखने की कोशिश की। एक बार थोड़ा सिर उठाकर पास ही छितवन की डालियों की ओर उसने देखा। मधु भी उनके बीच लेटा हुआ था। उसकी बन्दूक ठीक नीचे की ओर तनी थी। सभी निःशब्द बने थे। गोसाईं की इच्छा हो रही थी मुँह में एक पान दबा लेने की, पर आहिना कोंवर को आवाज देने की उन्हें हिम्मत न पड़ी। बुलाने का वह समय भी नहीं था। कोई अलाव के पास की बैठकी या दालान तो था नहीं वह, जहाँ गप-शप करते हुए भी काम निपटाया जाता है। वह थी युद्ध-भूमि। युद्ध-भूमि में बातचीत सम्भव है नहीं। देखते हैं तो बस देखते ही रहना पड़ेगा। गोली चलानी हो तो गोली ही चलानी पड़ेगी। इधर-उधर कुछ नहीं किया जा सकता। टस-से-मस होने पर पराजय की आशंका रहती है।

उन्होंने एक बार फिर पक्षी की ओर देखा : बड़ा सुन्दर है पंछी, पर बिलकुल अनजाना। अपने इस अल्प जीवन में कितनी वस्तुओं को पहचान पाता है मनुष्य? कुछ ही को तो। जानते-पहचानते ही यह जीवन पूरा हो जाता है। एक पल में ही सब कुछ समाप्त हो जाता है। उसके बाद आत्मा कहाँ जाती है, शरीर का क्या होता है, कुछ भी नहीं जाना जाता। मानव अपने आपको भी कहाँ पहचान पाता है?

"तू सीटी क्यों बजाता है रे पंछी? सब ठीक है न?"

—धनपुर पूरी ताकत से रिंच घुमा रहा है। हथौड़ी चला रहा है। ठनाक्-ठनाक् की आवाज आती है। भिभिराम भी ठनाक्-ठनाक् कर रहा है।

—चारों ओर जंगल ही जंगल है। दोनों ओर दूर तक और कुछ भी नहीं दिखाई पड़ता। स्थान निरापद है, पर मुसीबत के आने में कितना समय लगेगा? सरकारी गश्ती दल को गये अभी बारह-चौदह मिनट भी नहीं हुए हैं। उनके लौटने में कितना-सा समय लगेगा? यह अवसर चूकना नहीं चाहिए।

वन-हंसों का करुण रव धनपुर के अन्तर में बार-बार सुभद्रा की स्मृति ताजा कर देता था। पर हथौड़ी की ठनाक्-ठनाक् में वह करुण पुकार स्वयं दब जाती थी। मानो हथौड़ी की चोट खा मन की सारी दुर्बलताएँ स्वयं चूर्ण-चूर्ण हो रही थीं।

रिंच चलाते-चलाते धनपुर के ललाट से पसीने की बूँदें टप-टप चूने लगीं। पन्द्रह मिनट तक बराबर कोशिश करते रहने के बाद ही वह फिशप्लेटें खोलने में सफल हो सका। पटरियों के सिरे अलग हो गये। फिर उसने एक बार भिभिराम की ओर देखा। भिभिराम उससे पहले ही काम में जुट पड़ा था, पर अब तक वह सफल न हो सका था। उसे तब भी एक जोड़ खोलना बाकी ही था।

धनपुर एक और फिशप्लेट खोलन के लिए कुछ आगे बढ़ गया। सूरज का प्रकाश धीरे-धीरे मन्द पड़ता जा रहा था। रूपनारायण के पासवाले टीले के उस पार आकाश का रंग फीका पड़ चुका था। धनपुर इस बार और अधिक तेजी से फिशप्लेट खोलने लगा। भिभिराम की ओर देखते हुए उसने कहा :

"जल्दी करो भिभि भैया, जल्दी करो!"

कड़ी मेहनत के बाद भिभिराम ने एक फिशप्लेट खोली और दूसरी ओर बढ़ गया। और फिर जितनी शीघ्रता से सम्भव था, दूसरी फिशप्लेट को खोलने में जुट गया।

हथौड़ी की चोट के साथ-साथ भिभिराम धनपुर की ओर मुड़कर देख लेता था। धनपुर पूरी तरह निडर हो काम में जुटा था। उसे कोई संशय या सन्देह नहीं था। फिशप्लेट का दूसरा जोड़ खुलने में अब कोई देर नहीं रह गयी थी। उसकी इच्छा-शक्ति प्रबल थी। इधर भिभिराम के हाथ मानो चल ही नहीं रहे थे। उसका मन कोई अव्यक्त आघात महसूस कर रहा था : आखिर कैसा था वह आघात? आदमियों के मरने का? कहीं इतने सारे मनुष्यों के मरने का परिणाम तो नहीं था वह?

नहीं, नहीं, प्रतिशोध तो लेना ही होगा। कनकलता, भोगेश्वरी, तिलक डेका, कमल गिरि आदि को जीते-जी मारने का प्रतिशोध तो लेना ही होगा। यही नहीं, देश को आज़ाद भी करना होगा। उसी के लिए तो सब कुछ होम कर यहाँ तक आये हैं। यह काम तो करना ही होगा। तो फिर चलाओ हथौड़ी और घुमाओ रिंच,

जब तक फिशप्लेट के जोड़ न खुल जाएँ। ...रे मन, अभी और सारी बातें भूल जा। घर की बात, कामपुर में रह रहे परिवार की बात, सगे-सम्बन्धियों की बात, मित्रों और बन्धु-बान्धवों की बात—सबको भूल जा। सिर्फ हथौड़ी चला, हथौड़ी!

रूपनारायण संकेत की प्रतीक्षा में था और बार-बार घड़ी की सुइयों की ओर देख रहा था। भिभिराम ने बहुत समय लगा दिया। गश्ती दल का क्या विश्वास? उत्तर-दक्षिण, पूरब-पश्चिम—चारों ओर गश्ती दल तैनात हैं। तिस पर लयराम से यदि शइकीया को इस काम का पता चल गया तो किसी भी क्षण संकट उपस्थित हो सकता है। किसी भी क्षण इस जीवन के जड़ बन जाने की सम्भावना है।

उसने वहीं से एक बार गोसाईं की ओर देखा : एकदम निर्जीव-से ही मिट्टी में सने पड़े हैं। उनकी देह में किसी प्रकार की हलचल नहीं है। उनकी बीमारी फिर उभर आयी है क्या?

उसने कान लगाकर गोसाईं की सुगबुगाहट का अनुमान लगाया : लगता तो है। साँस चल तो रही है। उन्हें उठने के लिए कहूँ क्या? नहीं-नहीं। जैसे हैं वैसे ही भले हैं। पहले जो कुछ तय हुआ है कि कौन-कहाँ रहेगा उसमें अब किंचित् भी फेर-बदल करना ठीक नहीं होगा। आदमी यों भी कम हैं। बन्दूकें भी तो कम ही हैं। थोड़ी-सी फेर-बदल हुई नहीं कि जान पर बन आयी। ऐसे समय उनका दमा उभरता है तो किया क्या जा सकता है।

अचानक रूपनारायण ने देखा—एक नाग पत्थर से रेंगता हुआ अपनी बाँबी में घुस गया। शायद वह अब तक धूप सेंक रहा था। रूपनारायण का कलेजा दहल उठा। सोचने लगा : क्या यह किस्से-कहानियों में ही होता है कि नाग द्वारा किसी के सिर पर फण फैलाने से कोई राजा हो जाता है। जैसा कि नीलाम्बर के बारे में कहा जाता है कि वह कामपुर का राजा बन गया था। वह भी राजा बनेगा क्या? यानी उसका दल भी गोरे साहबों से राजपाट पा लेगा क्या?

किस्सा सुनने में अच्छा लगता है पर उस पर विश्वास नहीं होता।

उसने जेब से एक सिगरेट निकालकर जला ली। पता नहीं क्यों उसे आरती की याद आ गयी। वह इसे यदि ऐसी हालत में देख लेती तो भयभीत हो शायद भाग खड़ी होती। क्या महाकाव्यों में वर्णित घटनाओं-जैसी वह हाथों में वरमाला लिये पति का वरण करती? निश्चय ही नहीं करती। और यदि वह यहीं मर जाए तब वह क्या सोचेगी? उसकी मृत देह को वह देखने भी आएगी क्या?

उसे हँसी आ गयी। इसी को कहते हैं जिन्दगी। कभी सुख और कभी दुःख—कहीं शुभ, कहीं अशुभ।

—कैसे जमाने में जी रहा है वह! ठीक किस्से-कहानियों और महाकाव्यों का ही जैसा है यह काल। सिर्फ नहीं हैं आज, वैसी वीरांगनाएँ। और, न ही वैसे

कहानीकार। बाकी सब कुछ है : यानी वीर हैं। धत्, यह क्या सब सोचने लगा है वह! बिलकुल अटपटी और असंगत बातें।

भविष्य में जो बच्चे जन्म लेंगे वे इस रेलगाड़ी के उलटने और स्वाधीनता संग्राम की बातें सुनकर क्या सोचेंगे? वे निन्दा करेंगे या प्रशंसा? या भूल जाएँगे इसे? यह केवल अकेले उसी का नहीं, अन्य सबके भी त्याग का मूल्य है : सारे राष्ट्र के त्याग का। अपना राष्ट्र सही-सलामत रहे, यही सोचकर तो कभी बन्दूक न छूनेवाले हाथ भी आज बन्दूक उठा रहे हैं। हमारा ध्यान इस ओर जाए या न जाए, यह और बात है। हाँ, पर इस प्रकार का काम करके मरने में भी सार्थकता है। इतिहास की बात इतिहास ही जाने।

भिभिराम लगातार हथौड़ी चलाये जा रहा था, फिर भी सफल नहीं हो पा रहा था। उसके हाथ थक चुके थे। उसने धनपुर की ओर निहारा।

धनपुर ने एक बीड़ी जला ली थी। भिभिराम की हालत देख उसे हँसी आये बिना न रही। वह धीरे-धीरे भिभिराम की ओर बढ़ आया और उसे काम छोड़कर उठ जाने को कहा।

भिभि मानो कोई नाटक देख रहा था। धनपुर ने उसके हाथ से रिंच और हथौड़ी ले ली। पर भिभिराम उठना नहीं चाहता था। यह काम उसी का था, धनपुर के हिस्से का काम तो था ही नहीं। जीवन-मरण का प्रण कर ही तो भिभिराम भी संग्राम में उतरा है। उसने कहा :

"मैं कर लूँगा, धनपुर। तुम्हारा काम हो गया। तुम भाग जाओ। ऊपर की ओर भाग जाओ!"

धनपुर ने बीड़ी फेंक दी। उसे देखकर वह फिर मुस्कराया और धीरे से बोला :

"छोड़ो, तुम हार चुके हो। जाओ, ऊपर चढ़ जाओ। मैं पाँच मिनट में इसे पूरा करके आ रहा हूँ। यह बच्चों का खेल नहीं है। हटो! अरे उठने के लिए कहता हूँ न, उठकर ऊपर की ओर जाते क्यों नहीं? तुम्हारी हथौड़ी चलाने की आवाज भी अधिक होती है। कहीं गश्ती दल ने सुन लिया होगा तो सब चौपट ही समझो। हटो, जाओ!"

और भिभिराम जाने को बाध्य हो गया। वह शर्म से भर गया। सिर झुकाये ही वह उठा और खाई को लाँघते हुए ऊपर जाकर आहिना कोंवर के पास बैठ गया।

"आ गये। लो, पान खा लो।" आहिना ने भिभिराम को देखते ही कहा। उसकी सारी देह गर्म हो उठी थी। उसने एक बार चारों तरफ दृष्टि दौड़ायी। मधु चापरमुख की ओर रेल-पटरियों पर ध्यान जमाये था और चट्टानों के बीच से रूपनारायण पानीखेत की ओर। गोसाईंजी भी बन्दूक का घोड़ा थामे जमे हुए थे। चारों ओर निस्तब्धता थी। बाँसों की पत्तियाँ तक नहीं हिल रही थीं। गोसाईंजी

के सिर के ठीक ऊपर शाखा पर एक पक्षी बैठा हुआ था, सर्वथा अपरिचित।

अकस्मात् मधु ने इशारा किया। शायद गश्ती दलवाले दिखे हों। वह तेजी से खाई के किनारे आ गया और शीघ्रतापूर्वक बन्दर की नाईं ऊपर चढ़ने लगा। किन्तु मुसीबत अभी टली नहीं थी। वह सोचने लगा : गोसाईंजी ने अब तक गोली क्यों नहीं दागी? मधु क्यों रुका है? शायद किसी के आने की आहट मिली है। पर पता नहीं चला कि कौन है वह!

इधर धनपुर ऊपर की ओर चढ़ता ही जा रहा था। एकाएक उसे लगा जैसे उसका दायाँ पैर टूट गया हो। उसकी पीड़ा बढ़ गयी थी। पैर को हिला-डुला पाना भी उसे सम्भव नहीं हो पा रहा था। लेकिन हाँ, बन्दूक चलने की आवाज उसके कानों में भी पड़ी।

सिर्फ एक बार ही नहीं, एक बार और। शायद मधु ने गोली चलायी होगी! आवाज ऊपर से आयी थी। वह घूमकर देख भी न पा रहा था। इस बीच नीचे से भी दो बार गोली चलने की आवाज आयी। ध्यान देने पर उसे अन्दाज हो गया कि गोली गोसाईंजी ने ही दागी है। इसके बावजूद चारों ओर सुनसान था। हाँ, खाई से वह पक्षी डरकर उड़ चुका था। जंगल से भी और सारे पक्षियों के उड़ने की आवाज आ रही थी।

धनपुर ने अपने सीने पर हाथ रखकर अनुभव किया कि उसका फेफड़ा अभी चल रहा है। अभी उसकी गति बन्द नहीं हुई है। फिर उसने अपना सिर टटोलकर देखा। वह भी ठीक-ठाक है। सिर्फ टाँग से खून बह रहा था। गोली उसमें अटकी नहीं थी, शायद लगते ही निगल गयी।

फिर वही निस्तब्धता। उसने इस बार रेलवे लाइन की ओर दृष्टि दौड़ायी। थोड़ी दूरी पर दो मिलिटरी वाले पीठ के बल गिरे पड़े थे। वह उन्हें देर तक देखता रहा। उसे विश्वास हो गया कि दोनों मर चुके हैं। उसके मुख पर मुसकान की रेखा खिंच आयी। यदि वे मरते नहीं तो आज न जाने क्या हाल होता। और फिर मिलिटरी एक्सप्रेस भी कैसे उलटी जाती! लेकिन अब आशा बाँधी जा सकती थी।

''भला, ये लोग रुके क्यों हैं, दोनों की बन्दूकें उठा क्यों नहीं लाते? वे अपने काम आएँगी।'' मन-ही-मन कहते हुए उसने ऊपर की ओर देखा। ''गोसाईं के दिमाग में कीड़ा घुस गया है क्या?'' उसने फिर चढ़ाई की ओर देखा। लगा जैसे कोई आ रहा है। हाँ, आ रहा है। पैरों की आहट मिली। धनपुर ने आँखें मूँद लीं। उसे सुभद्रा की याद ताजा हो गयी। काश! इस समय वह इसके पास होती। अच्छा ही हुआ कि वह पास नहीं है। उसे बड़ा कष्ट होता। डिमि को भी कष्ट होता, फिर भी उसका मन मानता नहीं।

इधर गोसाईंजी समझ नहीं पा रहे थे कि दोनों मर चुके या अभी भी जीवित

हैं। उठकर जल्दी से वह भिभिराम के पास पहुँचे। बोले :

"भिभि, जल्दी चलो। धनपुर घायल हो गया है, उसे उठाना पड़ेगा। आहिना कोंवर यहीं रहें। जरा चौकस ही रहिए।"

गोसाईं और भिभिराम तेजी से धनपुर की ओर बढ़ गये। जाते समय रस्सी भी खोलकर लेते गये।

रूपनारायण अपनी जगह से हिला नहीं था। उसने धनपुर को गिरते हुए देखा था और इधर से गोसाईंजी को उठकर जाते हुए भी। उसे लग रहा था कि ट्रॉली अब किसी समय आ सकती है। कब आएगी, कुछ कहा नहीं जा सकता। पर, अपनी जगह से हिलने का यह समय नहीं है। पल-पल पर मुसीबतें हैं।

मधु तब भी पेड़ के ऊपर ही डटा था। उन दोनों गश्ती देनेवाले को आते देखकर ही उसने शायद संकेत किया था। हाँ, उन्हें पहचानने में उसे देर अवश्य हुई थी। दरअसल वे रेल की पटरियों पर चलते हुए नहीं आये थे। जंगल की ओट लेते हुए लौट रहे थे। अन्यथा वह उन्हें पहले ही देख लेता। वह नीचे उतरना चाहता था, किन्तु जगह को छोड़ने का आदेश उसे था नहीं।

ऊपर से ही वह धराशायी हुए उन मिलिटरीवालों पर नजर जमाये था। उनके थोड़ा हिल-डुल करने पर वह वहीं से एक और गोली दाग देगा—यही सोचकर वह स्थिर बना हुआ था। कुछ देर तक ध्यानपूर्वक देखने के बाद वह उस ओर से निश्चिन्त हो गया। दोनों की छाती पर गोली लगी थी। वे अब निःशेष हो चुके थे। एक मरा था उसकी गोली से और दूसरा गोसाईं की गोली से।

गोसाईं ने दो गोलियाँ चलायी थीं।

गोसाईं छितवन के पेड़ तले जा खड़े हुए। उनके हाथ में रस्सी थी। वहीं एक खूँटा गाड़ उसमें रस्सी बाँधकर उसे नीचे की ओर लटका दिया। फिर हाथ में बन्दूक लिये ही वे धीरे-धीरे नीचे उतर गये। रस्सी को वे तब भी हाथ में थामे हुए थे।

यहाँ धनपुर एक बाँस को पकड़े हुए खड़ा था। गोसाईंजी को देखकर उसके मुँह पर हँसी खिल आयी। उसके घुटने से खून बह रहा था, जिससे वहाँ की धरती लाल हो गयी थी। गोसाईं ने धनपुर के हाथों में रस्सी थमाते हुए कहा :

"धनपुर, इसी के सहारे धीरे-धीरे ऊपर चढ़ते चलो।"

"चढ़ने के लिए इस टाँग में कुछ है नहीं," धनपुर हँसते हुए बोला। "दो आदमी मरे हैं। आप लोगों की गोली कारगर सिद्ध हुई। लेकिन उन दोनों की बन्दूकें उठा लानी चाहिए थीं। पहले आप दोनों बन्दूकें उठा लाइए।"

तीव्र वेदना होते हुए भी धनपुर के चेहरे पर कहीं कुछ ऐसा नहीं लग रहा था। गोसाईं सचमुच आश्चर्य में डूब गये। बोले :

"तुम ऊपर चढ़ने के लिए थोड़ी कोशिश तो करो। यहाँ रुका नहीं जा सकता।

हम किसी प्रकार से तुम्हें ले जाएँगे। भिभिराम, तुम जरा नीचे उतर आओ। इसे सहारा दो।''

भिभिराम नीचे उतर धनपुर के पास आ गया। धनपुर ने भिभिराम की ओर देखा, उसके चेहरे का रंग उड़ा हुआ था। अनुताप से उसकी आँखें धँसी जा रही थीं। ''मेरी बात न मानने के कारण ही तुम्हें गोली लगी है, धनपुर। यह गोली तो मुझे लगनी चाहिए थी।''

भिभिराम की आँखों में आँसू छलक आये। धनपुर ने मुसकराते हुए कहा :

''अब रोने से कोई लाभ नहीं। पहले दोनों बन्दूकें उठा लाओ। उनकी खुकरी और झोली को भी उठा लाना। जाओ, दोनों जल्दी जाओ। तुम्हारी आँखों के आँसू अब कुछ काम नहीं करेंगे, लेकिन वे बन्दूकें काम आएँगी। जाओ, जल्दी करो। ट्रॉली कभी भी आ सकती है। जाओ न! और हाँ, उन लाशों को खाई में धकेल देना। जल्दी करो। गोसाईं प्रभु! आप भी जाएँ। जाइए न प्रभु, रुके क्यों हैं? वहाँ दुश्मन का नामोनिशान नहीं रह जाए।''

''तुम...तुम उठ सकोगे या नहीं?'' इस बार गोसाई के कथन में आदेश का स्वर था। धनपुर ने एक बार गोसाईं के मुँह की ओर देखा और बोला :

''हाँ, उठ सकूँगा। धनपुर की शक्ति अटूट है, वह अभी मरा नहीं है। आप लोग अपना-अपना काम करें।''

गोसाईं ने फिर आदेश के स्वर में कहा :

''ऊपर चढ़ जाओ। हम बन्दूकें लाने जा रहे हैं।''

वे भिभिराम के साथ दोनों मृतकों के पास जा पहुँचे।

धनपुर ने रस्सी के सहारे ऊपर चढ़ना शुरू किया। पहले तो वह अपने घायल पैर को उठा भी नहीं सका। तब एक बार खूब जोर से रस्सी के सहारे छलाँग लगाकर काफी ऊपर तक चढ़ गया। पीड़ा के मारे अपनी दायीं टाँग को वह हिला-डुला भी नहीं पा रहा था। वेदना से उसका मुँह अब विकल हो गया था। किन्तु तब भी उसकी इच्छा-शक्ति अदम्य थी। ऊपर चढ़ने के लिए अब सिर्फ एक बार छलाँग लगानी थी। वह रस्सी के सहारे धीरे-धीरे ऊपर चढ़ने लगा। इस बार उसका पैर थोड़ा खिसक गया, पर किसी प्रकार वह ऊपर चढ़ ही गया। ऊपर पहुँचते ही उसे ऐसा महसूस हुआ मानो उसका दाहिना पैर है ही नहीं। अब तक ढेर सारा खून बह जाने के कारण उसका सारा तन अवसाद से भर चुका था। उसने अपने गारो कुरते को खींचकर फाड़ लिया और दोनों हाथों से दाहिने पैर के घाव पर पट्टी बाँधने की चेष्टा करने लगा।

ऊपर बैठे मधु को उसकी पीड़ा सह्य नहीं हुई। वह बोला :

''रुको, मैं नीचे आ रहा हूँ। घाव को बाँधे देता हूँ।''

"नहीं। अभी तुम वहीं रहोगे। तुम्हारा काम अभी पूरा नहीं हुआ है," धनपुर ने चिल्लाकर कहा।

"घाव को तुम स्वयं बाँध लोगे? खून बह रहा है," मधु ने आवाज दी।

"बाँध सकूँगा या नहीं, यह मेरी बात है। तुम अपने काम पर तैनात रहो।" धनपुर ने जोर देते हुए कहा।

मधु ने आगे कुछ नहीं कहा। लेकिन धनपुर के लिए उसका मन छटपटा उठा : ओह! खास आदमी ही घायल हो गया है!

धनपुर ने घाव को बाँधने की फिर कोशिश की। साथ ही वह बोला :

"मधु, गोसाईंजी का ध्यान रखना। कहीं फिर कोई आकर गोली न मार जाए।"

"अब इतनी जल्दी कोई नहीं आएगा।" मधु ने कहा। "मैं दोनों पहरेदारों को पहचान गया। ये दोनों पहलेवाले ही हैं। ये बड़े सतर्क थे। अन्यथा ये हथौड़ी की आवाज कैसे सुनते?"

"रोशनी रहने तक तुम वहीं रहना।" धनपुर ने जताया।

धनपुर की पीड़ा बढ़ती जा रही थी। वह घाव को एक बार फिर से बाँधने की कोशिश करने लगा। भीतर-ही-भीतर उसे सुभद्रा की याद आ रही थी। मन-ही-मन वह डिमि के लिए भी पुकार रहा था।

गोसाईं और भिभिराम ने उन मृतकों की देह पर से रायफल, खुकरी और गोली से भरी थैली उतार ली। दोनों शवों का सिर से पैर तक भलीभाँति निरीक्षण किया। जेब में उनकी डायरियाँ और तस्वीरें मिलीं। उन सबको भी उन्होंने ले लिया। उसके बाद दोनों ने शवों को बारी-बारी से खींचकर पास की खाई में लुढ़का दिया और शीघ्र ही उसी स्थान पर लौट आये।

धनपुर के खून से सनी लाल मिट्टी को गोसाईं ने खुकरी से खरोंच डाला। खून के निशान मिटाने के लिए उन्होंने सब प्रकार की चेष्टाएँ कीं। उसके बाद रस्सी के सहारे ऊपर चढ़ आये।

भिभिराम पहले ही ऊपर आ चुका था। उसने आते ही धनपुर को पीठ के बल लेट जाने को कहा। उसके दाहिने पैर के घुटने के नीचे पिण्डली में लगी गोली के घाव का भिभिराम ने अच्छी तरह निरीक्षण किया और उसके ही फटे कुरते से उस पर अच्छी तरह पट्टी बाँध दी।

उसके घाव के पास टूटकर उभर आयी हुई हड्डी पर गोसाईं की नजर गयी। उन्होंने पूछा :

"क्या गोली अन्दर ही है? लगता है, हड्डी चूर हो गयी है।"

"नहीं, गोली निकल गयी है।" धनपुर ने कहा। वह क्षणभर चुप रहा।

फिर बोला : "इन रायफलों को बाँट दें। एक मुझे दीजिए, दूसरी भिभि भाई को। लेकिन भिभि तो रायफल चलाना जानते ही नहीं। तो भी ले लें। काम ही आएगी। लाइए मैं गोली भर देता हूँ। हो सके तो सीख भी लीजिए। मेरे पिताजी ने तैरना सिखलाते समय पहले-पहल कपिली के पानी में मुझे फेंक दिया था। डूबने के डर से मैं तैरना सीख गया। मुसीबत में पड़कर आप भी रायफल चलाना सीख जाएँगे।"

"एक बन्दूक तो मेरे हाथ में है ही। पहले एक-दो बार बन्दूक चलायी थी। देखूँ इसे भी चला सकता हूँ या नहीं।" भिभिराम हाथ में बन्दूक लिये धनपुर की बगल में आ गया।

धनपुर ने रायफल खोलकर देखी। उसमें गोलियाँ भरी थीं। उन्हें चलाना भर है। फिर उसने भिभिराम को रायफल चलाने का तरीका बताया—कन्धे को ठीक से नहीं बचाने पर चलानेवाले को ही उलटकर गिरने की आशंका रहती है।

भिभिराम ने बड़े ध्यान से वह सब समझ लिया। बोला :

"बचपन में कामपुर वाले गोसाईंजी की बन्दूक चलाने की बात मुझे याद है। ...जरूर चला सकूँगा...फिर बिना चलाये तो चलने की नहीं; अब तो चलाना ही पड़ेगा। फिशप्लेट खुद न खोल सकने का परिणाम तो सामने ही है। तुम्हारे दाहिने टाँग की पिण्डली गोली का शिकार जो बन गयी...।"

गोसाईं ने घड़ी देखी। गाड़ी के आने में अब ज्यादा देर नहीं थी। सूरज धीरे-धीरे अस्ताचल की ओर बढ़ता जा रहा था। अभी भी उनकी मुद्रा गम्भीर बनी हुई थी। बोले :

"मधु, तू नीचे उतर आ। अब तुम्हारा वहाँ कोई काम नहीं है। रूपनारायण अभी वहीं रहे। ट्रॉली के न आने तक वह वहीं रुका रहे।"

मधु नीचे उतर आया। एकदम बन्दर की तरह।

नीचे आकर वह धनपुर के पास जाना चाहता था, लेकिन गोसाईं उसे आहिना कोंवर के पास ले गये। गोसाईं यों ही नहीं बुलाते, कोई-न-कोई बात अवश्य है।

आहिना कोंवर चुपचाप भगवान का नाम ले रहा था। गोसाईं को आते देख उसने पूछा, "धनपुर को क्या हुआ? कहीं...हे कृष्ण!"

"नहीं, वह जीवित है। किन्तु वह चल नहीं सकता। उसे ढोकर ले जाने के लिए एक स्ट्रेचर चाहिए। जितनी जल्दी हो एक स्ट्रेचर तैयार करो। मैं यहीं हूँ।"

गोसाईं ने फिर घड़ी देखी। अब भी थोड़ा-थोड़ा प्रकाश था।

उन्हें लगा कि उनका कलेजा एकदम जम गया है, और गला रुँध जाना चाहता है।

मधु और आहिना दो बाँस काट लाये। उनके चार टुकड़े कर लिये। दो लम्बे

टुकड़ों को फैलाकर उन पर बाकी दो टुकड़ों से छोटी-छोटी कमानी काटकर बिछायीं। फिर बनैली लताओं और कपड़ों से उनके जोड़ों को बाँध-छाँदकर पच्चीस एक मिनट के भीतर-भीतर एक स्ट्रेचर तैयार कर लिया। गोसाईं ने उस पर अपनी अण्डी चादर बिछा दी और कहा :

"आप लोग झोले में रखे कपड़ों को समेटकर एक तकिया जैसा बना दें और इसको धनपुर के पास ले चलें। भिभिराम और मधु उसे गुफा तक ले जाएँगे।"

आहिना कोंवर बोला : "मैं भी तो जा सकता हूँ, हे कृष्ण! कितनी-सी दूर है, हे कृष्ण। भिभिराम यहीं रहे। भगवन्, आप हमारे साथ चलें। आपकी यह हालत मुझसे देखी नहीं जाती, हे कृष्ण! हाय, आपका यह चेहरा, क्या था और क्या हो गया!"

गोसाईं कठोर होकर बोले :

"अभी बातों का समय नहीं, कोंवर। जो कह रहा हूँ वही करें। आप भी साथ ही जाएँ। इन्हें ले जाकर आज रात वहीं गुफा में रुकें। वहीं आप मलहम-पट्टी भी कर देंगे। यदि बलबहादुर से सम्भव हो तो रातों-रात नाव से इसे गुवाहाटी की ओर ले जाना होगा। यहाँ इसकी चिकित्सा नहीं हो सकती।"

गोसाईं खों-खों कर खाँस रहे थे। उनकी खाँसी उभरती देख आहिना कोंवर झोले से सोंठ का एक टुकड़ा निकालकर उन्हें देते हुए बोला :

"जेब में रख लीजिए, हे कृष्ण, जरूरत पड़ सकती है। और मेरी सौगन्ध, चादर आप स्वयं ओढ़ लें। स्ट्रेचर पर मैं कुछ और बिछाये देता हूँ। मेरे साफा से भी काम चल जाएगा, हे कृष्ण। अब अपनी देह को और कष्ट न दें, हे कृष्ण।"

गोसाईं मुस्करा दिये। कोंवर का मान रखते हुए उन्होंने स्ट्रेचर पर से अपनी अण्डी चादर उठा ली। दरअसल सर्दी उनके भीतर तक पैठ चुकी थी। कलेजे पर मानो हिमालय की बर्फ ही जमा हो गयी थी। वे थर-थर काँप रहे थे। आवाज भी बैठ गयी थी। उन्होंने सोंठ का टुकड़ा मुँह में डाला और चादर ओढ़ ली।

गोसाईं ने कड़े शब्दों में फिर याद दिलाया :

"अन्धकार फैलता जा रहा है। मधु, स्ट्रेचर उठाओ!"

स्ट्रेचर को लाते देख धनपुर मुसकराया। बोला :

"इस मुर्दे को ढोकर अब क्या होगा? आप लोग जाएँ भगवन्। मैं तो अब कुछ ही घण्टे का मेहमान हूँ। बेकार क्यों परेशान होते हैं। अच्छा होगा मुझे यहीं छोड़ दीजिए। जितना हो सकेगा, मैं अपने आपको सँभालता रहूँगा। हाथ में, रायफल तो है ही। शत्रु को देखते ही मार दूँगा। बच रहा तो उलटती हुई गाड़ी भी देख लूँगा और तब मेरे मन को शान्ति मिल जाएगी।"

"एक बात है, धनपुर।" गोसाईं ने समझाया, "तुम तो सब समझते ही

हो। लेकिन तुम्हारे इस प्रकार कहने से तो नहीं चलेगा। नायक मैं हूँ। मैंने अपना कर्तव्य ठीक से निभाया या नहीं, इसका विचार बाद में होगा। लेकिन अभी तुम्हें मेरे आदेश को मानना ही पड़ेगा। फिर भी तो असली लड़ाई लड़नी बाकी है। अभी कहीं से भी गोली चल सकती है, धनपुर। ऐसा नहीं सोचना कि शइकीया के आदमी सो रहे हैं। पीछे वे हमें ढूँढ़ते हुए आ रहे होंगे। मुमकिन है हमें यहीं लुक-छिपकर गोली चलानी पड़े। रेलगाड़ी के आने में अभी थोड़ी देर है। ट्रॉली के लिए तो मैं और रूपनारायण दोनों पर्याप्त हैं। तुम लोग आगे बढ़ शइकीया के लोगों से निपटो।''

कुछ देर तक धनपुर चुप्पी साधे रहा। गोसाईं की बातों को यों ही नहीं टाला जा सकता। तिस पर मूल बात थी नायक के आदेश की। युद्ध में उसका पालन करना ही होता है। उसने कहा :

''ठीक है, वैसा ही किया जाएगा। आप लोग काम पूरा करके ही लौटेंगे।''

मधु और भिभिराम ने धनपुर को स्ट्रेचर पर लिटा लिया। उस पर आहिना कोंवर का साफा बिछा लिया गया था। धनपुर ने अपने को औंधे लिटाये जाने की इच्छा की ताकि हाथ में रायफल दबाये रखने की सुविधा बनी रहे और फिर गोसाईं की ओर देखते हुए कहा :

''ट्रॉली के उलटने के बाद आप लोग यहाँ रुकेंगे नहीं। रूपनारायण को भी संकेत कर दें। रेलगाड़ी के उलटने के बाद मिलिटरी चुप नहीं रहेगी। वे लोग नदी-नाले, जंगल-पहाड़—यहाँ का चप्पा-चप्पा छान मारेंगे। इस रस्सी को भी यहाँ नहीं छोड़ देना। काम पूरा होते ही सीधे गुफा में आएँ।''

जाने का निर्णय कर लेने के बाद धनपुर को वहाँ और रुकना निरर्थक लगा। उसने मधु और भिभिराम की ओर देखते हुए कहा :

''चलो, और हाँ, तुम भी अपनी-अपनी बन्दूकें इस स्ट्रेचर पर ही रख दो।''

धनपुर के पैर की पीड़ा बढ़ गयी थी।

अपनी-अपनी बन्दूकें स्ट्रेचर पर ही रख मधु और भिभिराम ने उसे कन्धों पर उठा लिया। ''हे कृष्ण, चलो भैया,'' कहता हुआ आहिना उनके पीछे हो लिया।

अँधेरा बढ़ता जा रहा था। आहिना ने कहा :

''हे कृष्ण, एक मशाल जला लें तो कैसा रहे?''

गोसाईं कुछ देर तक धनपुर की ओर देखते रहे और धनपुर गोसाईंजी की ओर। बोले गोसाईं :

''हाँ कोंवर, मशाल के बिना जाने में असुविधा होगी। केवल टॉर्च से काम नहीं चलेगा। और हाँ, याद है न वह जगह, वही चट्टान जहाँ हम लोगों ने खाना खाया था। वहीं टिकेंगे। हमारे पहुँचने पर आप लोगों में से कोई एक वहीं मिलेगा।

याद रखिए, आज रात कोई झपकी भी नहीं ले सकेगा।"

आहिना जैसे ही मशाल जलाने को जाने लगा, गोसाईं ने एक और बात याद दिलायी :

"रास्ते में इसे सुभद्रा के बारे में कुछ भी नहीं बताएँगे। अभी इसके लिए उचित समय नहीं है।"

"हम तो नहीं कहेंगे, हे कृष्ण, पर कहीं कॅली न कह दे!" आहिना कोंवर चिन्तित हो उठा।

गोसाईं हँसकर बोले :

"ठीक है, यदि कॅली कहती है तो कहने दीजिए। मेरा मतलब इतना ही है कि इसकी चिकित्सा में कहीं कोई व्याघात न हो। बस और कुछ नहीं।" आहिना मशाल बनाते समय एक पद भी गाता रहा :

दीनबन्धु राम दयाशील देव,<br>
तव पद-कमल सदा करूँ सेव।<br>
मोर प्रभु राम करुणा-सागर,<br>
हम दुखियों को न छोड़े दामोदर॥<br>
मधु-रिपु आप कमल लोचन,<br>
तव गुण-नाम भव-भय मोचन।

मशाल जला ली गयी। आहिना स्ट्रेचर के पीछे-पीछे दौड़ने लगा। धनपुर के लिए आज उसका मन बड़ा दुखी था। धनपुर के प्रति उसका पिछला सारा क्रोध हवा हो चुका था। उसने मन-ही-मन प्रार्थना की, "हे दयामय हरि! इसे बचा लो। चाहो तो इसके बदले संसार से हमें उठा लो, हे कृष्ण।"

गोसाईं कुछ देर तक आहिना कोंवर की ओर देखते रहे। फिर हाथ में बन्दूक सँभाल रस्सी के पास खड़े हो उन्होंने एक संकेत-सूचक सीटी बजायी। रेलवे लाइन के उस पार टीले पर तैनात रूपनारायण के कानों तक वह आवाज पहुँची।

दिन का प्रकाश समाप्त हो चुका था। और गोसाईं का मन, वह भी सूखकर मरुभूमि बन गया था।

कलेजा पहले से भी अधिक सर्द हो चला था।

उन्हें उस पक्षी की याद आ गयी। वह जाने कहीं उड़ गया था। सब ओर केवल नीरवता ही नीरवता! कभी-कभार झींगुरों की झनकार सुनाई पड़ जाती थी। चिड़ियाँ भी शायद सो चुकी थीं। केवल हवा की साँय-साँय ही उस नीरवता को भंग कर रही थी।

गोसाईं ट्रॉली के आने की प्रतीक्षा करने लगे। रेलगाड़ी के आने का समय

भी हो चला था। अँधेरे के कारण रेल की पटरियाँ वहाँ से अब साफ-साफ नहीं दीख पड़ती थीं। सोचने लगे : ट्रॉली के आदमियों को भी पहचानने में कठिनाई हो सकती है। यदि वह पाँच-सात मिनट में नहीं आती है तो रूपनारायण को बुला लेना ही ठीक होगा। उसकी प्रतीक्षा में और देर तक रुका रहना ठीक नहीं।

टॉर्च जलाकर गोसाईं ने घड़ी पर नजर जमा ली। हाथ पानो यन्त्र बन चुके थे, अपने आप चल रहे थे।

एक मिनट।

दो मिनट।

तीन मिनट...और तभी...

''हाँ, ठीक ट्रॉली की ही आवाज है। बड़ी तेजी से आ रही है।'' गोसाईं भीतर-ही-भीतर बुदबुदाये। तभी उसकी रोशनी दिखी। रोशनी निकट आती जा रही थी : एकदम निकट। मोड़ पर पहुँचते ही 'धड़ाक्' की आवाज हुई। ट्रॉली उलट गयी थी। दो मिलिटरी-जवान धरती पर लुढ़क गये थे।

गोसाईं सँभल-सँभलकर तेजी से आगे बढ़े और बिलकुल निकट यानी मोड़ पर आ गये। नजदीक आते ही उन्होंने फिर टॉर्च जलायी। देखा कि ट्रॉली का ड्राइवर लाइन पर निस्पन्द पड़ा है। वह कराह तक नहीं रहा है। शायद उसे काफी चोट आ गयी थी। दोनों जवान जो टॉर्च से लाइन को देख रहे थे, गोसाईं के सामने पड़ गये। गोसाईं को इस बार निर्णय लेने में कोई विलम्ब नहीं हुआ। 'अभी-अभी, हाँ यही समय है। और रुकना ठीक नहीं।' और उनका हाथ यन्त्र की तरह चल पड़ा।

गोसाईं ने पास वाले जवान के सीने को लक्ष्य कर गोली दाग दी, जिसके लगते ही वह एक चीख के साथ वहीं ढेर हो गया। दूसरा जवान गोसाईं को अपना निशाना बना ही रहा था कि उसकी पीठ को भेदती हुई एक गोली निकल गयी। वह गोली चलायी थी दूसरी ओर से रूपनारायण ने। वह भी लुढ़क गया। रेलवे लाइन तब और गाढ़े अन्धकार में विलीन हो गयी।

यहाँ गोसाईं के मन पर छाया हुआ अँधेरा और घना होता जा रहा था।

रूपनारायण तुरन्त नीचे उतर आया। बड़ी सावधानी से वह रेलवे लाइन के मोड़ की ओर बढ़ गया। मृत जवानों के पास कुछ क्षण के लिए ठमक उसने आवाज दी :

''गोसाईंजी, जल्दी आइए। मुरदों को लाइन से अलग कर दें। समय बिलकुल नहीं है। गाड़ी आने ही वाली है।''

गोसाईं नीचे उतर आये। टॉर्च जलाकर दोनों ने ट्रॉली को देखा। वह खाई में जा गिरी थी। पहले मारे गये दोनों पहरेदारों के पास ही पड़ी थी वह। फिर वे मृतकों के पास आये, और एक-एक कर दोनों शवों को खींचकर उसी खाई में फेंक दिया।

दोनों बन्दूकें और गोलियाँ, वे शवों को फेंकने के पहले ही अपने अधिकार में ले चुके थे। अन्त में ड्राइवर की देह का निरीक्षण किया। दोनों को निश्चय हो गया कि वह मूर्च्छित है। उसमें धड़कन अब भी शेष थी। रूपनारायण ने उसे अपने कन्धे पर लटका लिया। वजनी न होने के कारण उसे अधिक श्रम महसूस नहीं हुआ। उसे वह उसी चट्टान के पास डाल आया, जहाँ वह पहले खड़ा था। तब तक गोसाईं रेलवे लाइन पर ही खड़े रहे। वापस आकर रूपनारायण बोला :

"काम पूरा हो गया। चलिए, जल्दी भाग चलिए। वह लाइट देख रहे हैं न?"

लेकिन यह क्या? गोसाईं के मुँह में जैसे आवाज ही नहीं थी। रूपनारायण ने दोनों बन्दूकें और गोलियाँ अपनी पीठ पर लाद लीं। फिर टॉर्च जला उसने गोसाईं के चेहरे की ओर देखा। उसे लगा मानो उनका मुँह नहीं बल्कि एक मूर्ति का पीला-पीला शिरोभाग हो।

उधर रेलगाड़ी आ रही थी। रूपनारायण चिन्तित हो उठा। नाव के डूबने की अधिक सम्भावना होती है दो बार ही—उस पर चढ़ते समय या उससे उतरते समय। पता नहीं, इस समय इन्हें क्या हो गया? वज्राघात पाये व्यक्ति की तरह खड़े हैं : एकदम जड़, स्थाणु।

रूपनारायण की आँखों में नाच उठा एक सर्वथा विषण्ण चेहरा। उसने उन्हें जोर से झकझोरते हुए कहा, "सुनते नहीं हैं क्या? चलिए न!"

गोसाईंजी बड़ी कठिनाई से सिर्फ इतना ही कह पाये, "मुझे सहारा दे वहाँ तक ले चलो रूप, और मेरे हाथ में वह रस्सी थमा दो। मेरी आवाज भी एकदम बैठ गयी है।"

गोसाईं को जैसे-तैसे रूपनारायण रस्सी के पास लिवा लाया। फिर वह तेजी से ऊपर चढ़ बन्दूक को छितवन के पास रखकर वापस वहीं आ गया। बोला :

"चलिए, धीरे-धीरे ऊपर चढ़ते चलिए।"

रूपनारायण के कन्धे को थामे गोसाईं रस्सी पकड़कर किसी प्रकार ऊपर चढ़ आये और वहीं बैठ गये।

रूपनारायण चिन्ता में पड़ गया। आखिर इन्हें हो क्या गया? उसने गोसाईं की नब्ज देखी। उसकी गति बड़ी तेज हो गयी थी।

यह एक और बड़ी समस्या खड़ी हो गयी।

—मिलिटरी-गाड़ी के आ जाने पर भागने के लिए भी समय नहीं मिलेगा। और गाड़ी के फौजी जवान कहीं बच गये तो इधर अवश्य आ धमकेंगे। पासवाले कैम्प से मिलिटरी के आने में आधा-एक घण्टा का समय लगेगा। सोच-विचार के बाद उसे लगा कि यहाँ बीसेक मिनट से अधिक नहीं रुका जा सकता है। उसके

बाद तो भागना ही पड़ेगा। तब तक गोसाईंजी की थोड़ी देखभाल करना बहुत जरूरी है। पर किया ही क्या जाए! यहाँ पानी भी तो नहीं है! अब तो गोसाईंजी के मनोबल, उनके साहस पर ही सब-कुछ निर्भर है। अकस्मात् उसके मन में एक विचार कौंध गया। गाड़ी की रोशनी निकट आती जा रही थी। उसने अन्दाज लगाया कि गाड़ी को यहाँ तक आने में कम से कम पाँच मिनट तो लगेंगे ही। इन पाँच मिनटों में वह गोसाईं को अपनी पीठ पर लादकर आगे बढ़ जाएगा। थोड़ी दूर आगे ही तो एक बड़ी-सी चट्टान है। उसके नीचे वहाँ सुरंग भी है। शायद एक झरना भी है। पानी भी वहाँ मिल सकेगा। गोसाईंजी को निश्चित ही प्यास लग आयी होगी।

बन्दूकें उसने छितवन के पेड़ तले ही छोड़ दीं। उसने गोसाईं को पीठ पर लादा और बड़ी सावधानी से टॉर्च जलाते हुए वह चट्टान के पास पहुँचा। वहाँ नीचे की सुरंग में उन्हें छोड़ वह पानी खोजने लगा। सौभाग्य से पास ही गड्ढे में पानी मिल गया। रूपनारायण जैसे अमृत पा गया था। अपनी झोली से काँच का गिलास निकाला और उसमें पानी भर लाया। जल्दी वापस आकर उसने गोसाईं के मुख के सामने गिलास कर दिया। गोसाईं सारा पानी गटागट पी गये। कुछ देर तक वह स्थिति पर विचार करता रहा। तभी गोसाईं के मुख से हलकी आवाज निकलनी शुरू हुई। कहने लगे :

"तुम बन्दूकें उठा लाओ। जैसे भी हो, तुम जाओ। झोली में सोंठ है। उसका एक टुकड़ा मेरे मुँह में डाल दो।"

सोंठ का एक टुकड़ा गोसाईंजी के मुख में देते हुए रूपनारायण ने कहा :

"हाँ, जैसे भी हो, जाना ही होगा। आप हिम्मत न हारें। मैं बन्दूकें वगैरह उठाकर अभी आया।"

"हाँ जाओ, उठा लाओ।" गोसाईं अपनी सारी शक्ति बटोरते हुए बस इतना ही कह पाये।

रूपनारायण चला गया।

उसके कानों में रेलगाड़ी के आने की 'हड़-हड़', 'छक्-छक्' सुनाई पड़ रही थी।

## दस

धनपुर को यखिनीखोर में रहना अच्छा नहीं लगा। उसने कहा :

"कोंवरजी, मुझे नाव तक ले चलो।"

आहिना कोंवर अलाव जलाने की तैयारी में जुटा था। भिभि और दधि ने उसे रोका। अलाव सजाने का मतलब होता शत्रु को सन्देश पहुँचाना। धनपुर की पिण्डली से खून रिसना बन्द नहीं हुआ था। अलाव पर सेंकने से भी शायद कुछ होता नहीं। सभी ने इसलिए उसे सँभालकर नाव तक ले जाने का निश्चय किया। तब तक बलबहादुर ने भी नाव तैयार कर रखी थी। छावनीदार नाव। धनपुर को उसमें छिपाकर ले जाना कठिन नहीं था।

कॅली दीदी उसके घाव को देख-देखकर सहलाती हुई रोये जा रही थीं। धनपुर ने अन्त में कहा भी :

"दीदी, यह सब क्या कर रही हैं? जानती हो मेरी मृत्यु निश्चित है। रोने से कोई लाभ नहीं। अब तो आँख मुँदने भर की देर है। पर सुभद्रा कैसी है, यह बताओ न! एक बार देख लेता उसे तो निश्चिन्त हो जाता।"

कॅली दीदी एकबारगी फफकीं। फिर अभियोग के स्वर में बोलीं :

"इन लोगों ने अब तक तुम्हें शायद बताया नहीं। सुभद्रा अब नहीं रही। उसने आत्महत्या कर ली।"

भिभि और दधि स्ट्रेचर सहेजने में लगे थे। आग के क्षीण उजाले में दोनों यमदूत-से दिख रहे थे। पास ही बैठा मधु रह-रहकर खँखारता हुआ अपनी छाती सेंकने में व्यस्त था। उसे ज्वर हो आया था। अंग-अंग टूट रहा था उसका।

धनपुर की ओर ध्यान केवल आहिना कोंवर का टिका था। टक लगाये वह परख रहा था कि मर्मघाती समाचार को धनपुर झेल पाता है या नहीं। किन्तु उसे जब लगा कि वह सहज-जैसा बना है तब भीतर-भीतर स्वयं आहत हो उठा। एक बड़ी टीस इसकी भी थी उसे कि उसने सब बता देना चाहा मगर और लोग रोकते ही रहे।

दो मिनट के पथराये मौन के बाद धनपुर के गले से बोल फूटा :

"मुझे लग रहा था कि कोई बात है जो मुझसे छिपायी जा रही है।" उसकी आँखें अनन्त आकाश की ओर उठीं, अस्फुट-सा इतना ही मुँह से निकला, "शायद

छिपाकर अच्छा ही किया; पर उसने आत्महत्या क्यों की दीदी?''

धनपुर के चेहरे पर यन्त्रणा की झाईं उभर चली थी। उसने मुँह घुमाकर दूसरी ओर कर लेना चाहा पर कर नहीं सका। कॅली दीदी ने झट उसका सिर उठाकर गोद में रख लिया। धनपुर ने अपने को किसी प्रकार सँभालते हुए फिर पूछा :

''बताओ न दीदी!'' और कॅली ने सारी घटना ज्यों की त्यों सुना दी।

एक उसाँस धनपुर के कण्ठ से निकली। धीरे-धीरे बोला वह : ''अर्थात् सुभद्रा ने निराश होकर आत्महत्या की। प्रतीक्षा करने का धैर्य उसमें न था। पर यदि मैं बच जाता तो! खैर, अच्छा हुआ। अब मैं निश्चिन्त हो गया--एकदम निश्चिन्त। न कोई चिन्ता करनेवाला घर में, न रोहा में। शान्तिपूर्वक जा सकूँगा।''

थोड़ा हिलने की उसने चेष्टा की, या कँपकँपी-सी भीतर से ही आयी। कॅली दीदी की आँखों में आँखें डालते हुए बोला :

''दीदी, देश को स्वाधीन देखना मेरे लिए नहीं बदा था। आप सब लोग जूझेंगे, स्वाधीनता को भी देखें-भोगेंगे। आन्दोलन की टूटती रीढ़ सँभालने में समय लगेगा।''

उसकी दृष्टि अपने में ही खो गयी। आसपास जो थे, उसे देख रहे थे। स्वयं वह कहाँ देख रहा था? किसे? कॅली दीदी की उँगलियाँ उसके माथे को सहलाने लगी थीं। हठात् धनपुर के मुँह से निकला :

''हाँ, सब होगा; रह जाएगा मात्र मेरा सपना। सपना।''

हाँ, धनपुर का सपना रह जाएगा। भविष्य में लोग चर्चा भी करेंगे। काम-काज के बाद जब अलाव तापते होंगे तो असम्भव नहीं कि उसका भरा-पूरा चेहरा लोगों को याद हो आए। और फिर चल पड़ेंगी बातें। उसकी, उसके दु:साहसी स्वभाव की, उसके शारीरिक गठन की। सचमुच कितना आकर्षक और प्रभावपूर्ण था उसका व्यक्तित्व!

माता-पिता से धनपुर ने देह पायी थी अवश्य, पर उसका मूल्य समझा था स्वयं उसने। इसीलिए अपने देह-रूपी हल को वह उसमें जुते बैल की तरह खींचता रहा था। आज मानो हल का काम समाप्त हो गया था। तभी उससे मुक्त होकर सो जाना चाहता था। निश्चिन्त, चिरनिद्रा में।

उसके हृदय की धड़कन तेज हो चली थी।

कॅली ने उसके बालों को एक ओर करके माथे पर हाथ फिराते हुए कहा :

''साहस से काम लो भइया, एक और सुभद्रा ला दूँगी।''

एक हलकी-सी मुसकराहट धनपुर के होठों पर फूट आयी। कितनी निष्प्राण, पर कितना-कितना कुछ कहते हुए! बोला :

''दूसरी कहाँ से बना लाओगी? ऐसा प्राणी क्या बनाया जा सकता है! हाँ, एक और सुभद्रा अब भी है। पता नहीं शहर से अभी लौटी या नहीं?''

कोई कुछ नहीं बोला।

धनपुर ने कहा : "कॅली दी, मुझे एक बार उसके पास ले चलो। इस अँधेरे में भी पुलिस को चकमा दे सकूँगा। मैंने उसके पास आने का वचन दिया था। वह प्रतीक्षा करती होगी। करेगा कोई साहस साथ जाने का?"

आहिना कोंवर बोला :

"क्यों नहीं? कृष्ण, कृष्ण! बस स्ट्रेचर पर तुम्हारे पहुँचने भर की देर है, सब हो जाएगा। डिमि से भी भेंट होगी, और गुवाहाटी भी पहुँचोगे, कृष्ण-कृष्ण! बरुआ डॉक्टर तुम्हें अच्छा जो करेंगे।"

फिर वही निष्प्राण मुसकराहट धनपुर के होठों पर उतर आयी :

"गारोगाँव ही ले चलो। साथ कौन जाएगा? मधु?"

जाने के लिए सभी तैयार थे। धनपुर ने कहा :

"दधि मास्टर यहीं ठहरें। गोसाईंजी आदि के लौटने तक।"

दधि ने स्वीकार किया। उसके बाद सबको बताने लगा :

"बन्दूकें आदि तुम सब लोग साथ लेते जाओ। रास्ते में जरूरत भी पड़ सकती है, सुन रहे हो न भिभि भैया। गारोगाँव से कुछ आगे थोड़ी दूर पर एकान्त घाट है। बलबहादुर को वहीं नाव रोकने के लिए कहना। वहीं डिमि को भी मधु बुला लाएगा। सुना न मधु! अरे, तुझे तो अभी भी ज्वर है! अच्छा डिमि को सब बताकर मायङ् चले जाना। पता नहीं लयराम वहाँ क्या कर रहा होगा! किसी नये बखेड़े की रचना न करे तो गोसाईंजी आदि को उसी के यहाँ छिपाकर रखना ठीक रहेगा।"

"मगर यह रूपनारायण यहाँ यखिनीखोर में क्यों टिकना चाहता है? मेरी कुछ समझ में नहीं आता। जो हो, यहाँ अब एक पल नहीं रुका जा सकता। हर तरफ मिलिटरी तैनात कर दी गयी है। डिमि के यहाँ जयराम भी होगा। वहाँ से गोसाईंजी के आश्रम आना। वहीं कहीं रहकर मायङ् के हाल-चाल लेते रहना। गोसाइनजी का तत्काल पता लगाना कि अब भी जेल में ही हैं या कहीं और। उनके पैर भारी हैं। मुझे चिन्ता लगी है। और हाँ, गोसाईंजी के आश्रम में शान्ति-सेना के कुछ लोग भी मिलेंगे। ये सब बन्दूकें उन्हें सौंप देना।"

मधु खड़ा होते हुए बोला :

"नाव से उतरकर मैं अकेले इतनी बन्दूकें कैसे ले जाऊँगा। कोई और साथ जाएगा क्या?"

दधि असमंजस में पड़ गया। कुछ क्षण बाद बोला :

"गारोगाँव वाली दोनों बन्दूकें तो वहाँ लौटा देना। शेष सारी बात वहाँ जयराम से कर लेना। समझ गये?"

मधु ने हाँ की और भिभिराम के साथ मिलकर धनपुर को स्ट्रेचर पर लिटाने

में जा लगा। हल्का-सा झटका लगते ही धनपुर के मुँह से चीख निकल पड़ती। मगर धनपुर तो अब भी धनपुर था। पीड़ा को वह यों ही पी गया। किसी तरह बोला :

"कॅली दीदी, तुम भी चलोगी साथ?"

आगे-आगे चल रहा था आहिना कोंवर। उस बूढ़े के होठ मानो सिल गये थे। पता नहीं कैसे इतनी भागा-दौड़ी और मानसिक चिन्ता-पीड़ा में भी वह नहीं टूटा।

स्ट्रेचर को भिभिराम और मधु उठाये हुए थे। धनपुर कह रहा था :

"दधि, तुम उस चट्टान तक आगे बढ़ जाना। गोसाईंजी वगैरह रास्ता भूल भी सकते हैं। उन्होंने वहीं टिकने के लिए कहा था। बता देना उन्हें, मुझसे अब भेंट न हो सकेगी। मैंने अपना काम कर दिया। वे सब अपना काम पूरा करें। मौत की चिन्ता नहीं। जनता को संगठित करो। जनता में सैकड़ों धनपुर हैं। मैं अब..."

पीड़ा असह्य होती जा रही थी। भिभिराम कहने लगा :

"गोसाईंजी को बता देना, यदि नाव में हम सब जा सके, तो हम लोग चले जाएँगे। तब उनसे भेंट होगी ही। और रूपनारायण को कहना कि यहाँ यखिनीखोर में टिकना अभी ठीक न होगा। रेलगाड़ी उलटी जाने के साथ ही मिलिटरी चप्पे-चप्पे की छान-बीन करेगी। यखिनीखोर भी उनकी नजरों से बचेगा नहीं। गोसाईंजी से यह भी कहना कि इस युद्ध में हार नहीं माननी है। देश में करोड़ों जन हैं। वे ही हमारी शक्ति हैं। डिमि को मैं बता जाऊँगा कि मेरी-उनकी भेंट कहाँ और कब होगी।"

कहते-कहते भिभिराम हाँफने लगा था। मधु और वह स्ट्रेचर सँभाले हुए चट्टान की ओर बढ़ते जा रहे थे : पीछे कॅली दीदी थीं। सबसे पीछे था दधि मास्टर। कुछ देर बाद सब चट्टान के निकट पहुँच गये। मधु आदि बिना रुके आहिना कोंवर सहित नीचे की ओर उतरकर आगे बढ़ते चले गये।

आकाश में तभी एक नक्षत्र चमक उठा। सोने-सा दीप्तिमान। दधि को बाँहों में भर कॅली ने उससे विदा ली :

"तुम डरना मत भइया! गाँधीजी की बात याद रखना कि भय मिट जाने पर ही मन को स्वराज्य मिल पाता है।...तुम तो यहीं ठहरोगे।"

कॅली के चले जाने के बाद दधि मास्टर एक बार को सिहर उठा। निश्चय ही कॅली दीदी के स्पर्श में कुछ था। उसके अन्तर में सचमुच ही एक निर्भयता जग रही थी। धीरे-धीरे सुनसान गहरा चला। आकाश में चाँद चमक उठा। और चट्टान के उस पार झाड़ी में इन्द्र के हजार नेत्रों की तरह जुगनुओं का प्रकाश फैल आया।

अचानक दधि मास्टर को दूर नदी की ओर से जंगली हाथियों की चिंघाड़

सुनाई पड़ी। पर उधर कान देने से होगा क्या! उसे तो चट्टान की भाँति यहीं खड़े रहना है। गोसाईं आदि के लौटने के बाद ही कहीं छुट्टी मिलेगी। हाँ, यहाँ भी एक स्कूल ही तो है। पेड़-पौधे, पशु-पक्षी, मिट्टी-पत्थर, प्राकृतिक रंग : सब प्रकृति से निर्दिष्ट पाठ सीखते हैं और परीक्षा पूरी करते हैं। और विचित्रता तो यह कि इस स्कूल में सभी अपनी-अपनी शृंखला स्वयं बनाये रखते हैं।

दधि मास्टर को याद आ गयी मायङ् की अपनी पाठशाला। चार महीने से बन्द है। मास्टर ही जो वहाँ से भागा हुआ है। जो दो-चार पढ़नेवाले बच्चे थे, वे मटरगश्ती करते होंगे, उनके माँ-बाप भी सोचते होंगे कि आखिर पढ़कर ही क्या तीर मार लेंगे वे। कितने ही उनमें ऐसे थे जिन्हें सवेरे से जुताई में लगना पड़ता और बाद को भी भूखे पेट ही स्कूल आना पड़ता। कभी-कभी तो आ भी नहीं पाते। धान का बीज डालने, रोपनी और सिंचाई के समय तो सबको माँ-बाप के साथ सारे-सारे दिन खेतों पर ही लगा रहना पड़ता है। न करें तो जितना कुछ पेट के लिए मिल पाता है, उसके भी लाले पड़ जाएँ। बानेश्वर राजा और आहिना कोंवर के बच्चों तक की यही हालत है। लड़कियों को तो जैसे स्कूल भेजना आवश्यक ही नहीं समझा जाता।

दधि का चिन्तन-क्रम चलता रहा। ध्यान हो आया उसे कि बच्चों की पढ़ाई के लिए इतना कुछ भी हो सका। इसके लिए गोसाईंजी को और स्वयं उसे कितना-कितना कुछ करना पड़ता है। किन-किन उपायों से अभिभावकों को राजी किया जाता है कि बच्चों को स्कूल भेजें। और स्कूल की यह हालत कि कीर्तनघर की तरह वहाँ दीवारें तक नहीं हैं। चार ख भों पर किसी तरह टिका हुआ एक छप्पर भर है। बैठने के लिए कहीं कुछ नहीं। उसका अपना घर ही ऑफिस है। बच्चे बैठने के लिए घर से चटाई का टुकड़ा या केले का पत्ता साथ लाते हैं। वह स्वयं अपने लिए चटाई लेकर जाता है। और तो और, चारों ओर से खुला होने के कारण गाँव के छुट्टे गाय-बैल आकर गोबर तक कर जाते हैं इसीलिए स्कूल आने पर मास्टर और छात्रों का पहला काम होता है सफाई करना। बारिश होने पर छप्पर चूने लगता है और जाड़ा आने पर तो ब्रह्मपुत्र से नहा-नहाकर आती पछुवा हवा मास्टर और लड़कों की कौन कहे, किताब-कापियों तक को कँपा-कँपा जाती है। ऐसे में जब-तब तो स्कूल में छुट्टी तक कर देनी पड़ती है : कभी आधे दिन की, कभी पूरे दिन की। निपट देहात होने के कारण स्कूल के इन्स्पेक्शन के लिए कोई अधिकारी भी कभी नहीं फटकते। भूले-भटके किसी के आने की खबर मिलते ही चारों ओर खलबली मच जाती है। किस-किस तरह से स्वागत किया जाता है! कितना-कितना सम्मान उन्हें मिलता है! मगर कुछ भी इन्हें याद रहता है क्या? लौटकर शहर पहुँचे कि किया-दिया सब साफ। अपने वेतन के लिए दौड़ते-दौड़ते दधि मास्टर के तलवे घिस जाते हैं। फिर भी मास्टर बना रहना चाहता है दधि। उसे बोध है कि शिक्षा के बिना सब मिथ्या

है। पर गाँव के लोगों को शिक्षित करने के लिए सचमुच हमें चाहिए एक नयी सरकार, अपनी सरकार। गोरे साहबों की सरकार कुछ नहीं कर सकेगी। इसीलिए तो स्वराज्य...

अकस्मात् आकाश-पाताल को कँपाती हुई एक भयंकर आवाज सुनाई पड़ी। दधि ने आँखें मूँद छाती पर हाथ रख लिये।

...और रूपनारायण ने देखा कि लम्बी रेलगाड़ी के विशाल इंजन की छक्-छक् अचानक बन्द हो गयी। इंजिन रेल की पटरी से लड़खड़ाकर खाई में लुढ़क गया। साथ ही कई डिब्बे एक-दूसरे से टकराते हुए खाई में जा गिरे।

सारी घटना क्षण-भर में घट गयी। लगा जैसे एक प्रचण्ड विस्फोट हुआ हो। खाई की गहराई प्रायः एक सौ पचास फुट रही होगी। सन्ध्या समय स्वयं रूपनारायण ने निरीक्षण किया था। दसों डिब्बों के उलटने और लुढ़कने के साथ ही भीषण चीख-पुकार रूपनारायण को सुनाई पड़ी। यह चीख-पुकार गाड़ी में सवार फौजियों की थी।

भीषण कोलाहल! हृदयविदारक चीख-पुकार।

कोई भी डिब्बा उलटे बिना बचा न था। कुछ डिब्बे पटरी के पास ही गिरे थे। पर तीन-चार बार लुढ़ककर और आपस में टकराकर ये भी एक जगह ढेर होकर रह गये।

कई डिब्बों में आग लग उठी थी। उसके प्रकाश में ही रूपनारायण यह सब देख पाया। भयंकर चीख-पुकार और हाहाकार के साथ ही मृतकों के जलने की चिरायँध असह्य हो उठी थी। सहसा किसी डिब्बे से छिटककर किसी का एक टूटा हुआ हाथ रूपनारायण के आगे आ गिरा। चौंककर वह दो हाथ पीछे को हटा। उसका रोम-रोम काँप गया।

उधर डिब्बों के टकराने, लुढ़कने और खण्ड-खण्ड होने की भयानक आवाज शून्य में डूबती गयी, इधर अनगिनत मानव-कण्ठों की चीत्कारें तीव्र होती गयीं। छह-सात डिब्बों से आग की भीषण लपटें उठ रही थीं। सँकरी और गहरी खाईनुमा घाटी, टुकड़े-टुकड़े हुई पड़ी रेल का बेडौल अण्टाला, पथराये हृदयों को भी चीरती आर्त पुकारें, जलती हुई मानव देहों की दुःसह दुर्गन्ध और समूचे अन्तरिक्ष को छोपे हुए अगम अन्धकार के अपार पंख! सब मिलाकर कैसा बीभत्स, कितना डरावना था वह दृश्य!

रूपनारायण रेलगाड़ी के मृतकों, घायलों और उस समय भी मौत से जूझते सैनिकों की कुल संख्या के बारे में अन्दाज लगा रहा था। कुल संख्या कितनी होगी, कुछ भी तो नहीं कहा जा सकता। पटरी के पासवाले दो डिब्बे जलकर राख हो चुके थे। और डिब्बों के खाई में गिरने से उनमें लदे सैनिकों के प्राण भी निकल ही गये

होंगे। जो कुछ बचे हैं, उनके प्राण छूटने में भी अधिक समय नहीं लगेगा। रेल के उलटने की आवाज पासवाले मिलिटरी कैम्पों में अवश्य ही सुनाई पड़ी होगी। उनका जत्था यहाँ शीघ्र ही आ जुटेगा। और तब सब जगह छान-बीन शुरू हो जाएगी। इस टीले पर तो वे सबसे पहले आएँगे। अतः, यहाँ जरा भी रुकना खतरे से खाली नहीं है।

रूपनारायण ने तीनों बन्दूकें उठा लीं। बड़ी तेजी से भागता हुआ वह गोसाईंजी के पास जा पहुँचा। गोसाईंजी तब भी पीड़ा से कराह रहे थे। उनके मुख में अब भी सोंठ का टुकड़ा था। रूपनारायण की टॉर्च की रोशनी देख बन्दूक का सहारा लेते हुए वे किसी प्रकार खड़े हो गये और बोल पड़े :

"मैंने आवाज सुनी है। लगता है सब ठीक ही रहा। अब यहाँ से चले जाओ। तुम आगे-आगे चलो।"

तीनों बन्दूकों का बोझ रूपनारायण को भारी पड़ रहा था। पर उससे भी अधिक भारी हो रहा था, दुर्घटना के दृश्य का स्मरण कर दुःखी मन का बोझ। बड़ा ही हृदय-विदारक था वह दृश्य। उसे देखकर उसका सिर चकरा उठा था। दुर्घटना की प्रचण्ड आवाज और फौजियों की दर्दभरी चीख उसके हृदय को रह-रहकर दहला जाती थी। इसीलिए वह कुछ भी न बोलते हुए चुपचाप आगे-आगे चल रहा था और गोसाईं अपने को सँभालते हुए धीरे-धीरे उसके पीछे।

आकाश में चाँद चमक रहा था, पर तब भी पेड़ों के तले धुँधला अन्धकार ही था।

गोसाईंजी के हाथ तब भी आदमी के खून से सने थे। वह खून उनके लिए असहनीय हो रहा था। थोड़ी दूर तक चलने के बाद उनके हाथ-पाँव काँपने लगे। ठण्ड तो उन्हें पहले ही जकड़ चुकी थी, तिस पर बुखार के बढ़ जाने से उनकी देह अब ढीली पड़ती जा रही थी और मन तो और भी अस्थिर हो चुका था। मन का आवेग संयमित न हो सकने पर वे बोल उठे :

"काश, किसी दुश्मन को यों न मारकर यदि उससे आमने-सामने संग्राम किया होता तो कितना सही होता! पर इन सबने वैसा करने नहीं दिया। काश, महात्माजी आज बाहर होते तो शायद ऐसी लड़ाई नहीं होती!"

रूपनारायण का आत्मविश्वास हिल उठा। दुर्घटना का साक्षी उंसका मुख मलीन हो गया। वह इस भावना से ग्रस्त नहीं हुआ था कि उसने कोई भूल की है, फिर भी अब उसमें पहले-सी उमंग नहीं रह गयी थी। आदमी के खून से हाथ रँगनेवाला व्यक्ति कभी आनन्दित नहीं होता। युद्ध बड़ा ही निष्ठुर होता है। स्वाधीनता की प्राप्ति के लिए इतने लोगों को मारना पड़ा। रूपनारायण यह भी नहीं जानता ये लोग कहाँ के थे। ये इंग्लैण्ड के भी हो सकते हैं और कैलिफोर्निया के भी, लुधियाने

के भी हो सकते हैं और पेकिङ् के भी। ये भारत आये थे जापानियों के खिलाफ मोरचा लेने के लिए। और इनका अपराध? मात्र यही कि बिना भारतीयों की अनुमति के ही ये यहाँ आ गये थे। इनकी शक्ति को समाप्त कर देने के लिए ही इनके विरोध में खड़े हुए हैं गुरिल्ला-वाहिनी के लोग।

—नहीं-नहीं, इन फौजियों ने और भी बड़ा अपराध किया है। शान्ति-सेना के अहिंसक स्वयंसेवकों को इन लोगों ने ही कुत्ते-बिल्लियों की तरह गोलियों से भूना है। अपने अपराध की आज इन्हें पहली बार उचित सजा मिली है।

—किन्तु अन्तर का वह उत्साह कहाँ खो गया है? बार-बार ऐसा क्यों लग रहा है कि मैं हत्यारा हूँ। न्यायोचित युद्ध करनेवाले सैनिक भी हत्यारे हैं। हाथ में बन्दूक थाम युद्ध करने और बन्दूकों से सही निशाना लगानेवाले यदि हत्यारे नहीं तो और क्या हैं? पटरियाँ खोलने का षड्यन्त्र कर रेलगाड़ी को उलट देने पर अब हत्यारा होने में कहीं कुछ बाकी रह गया है क्या? सच में हत्यारा हूँ, गोसाईंजी हत्यारे हैं, मधु हत्यारा है, धनपुर हत्यारा है—

—ये हत्याएँ विशेष उद्देश्य से प्रेरित हैं। ऐसी हत्याएँ नहीं करने पर देश स्वतन्त्र ही नहीं हो सकता। महान् उद्देश्य की पूर्ति के लिए ही तो यह सब किया गया है।

—'सीना तान लो, रूपनारायण!' वह अपने आप से बोला, 'अभी तो श्रीगणेश ही हुआ है। इसके बाद होगा आरोह, तब अवरोह और फिर अन्त।'

फिर भी रूपनारायण का विवेक उसे अशान्त ही किये रहा। शायद बिना किसी की हत्या किये प्रेम के बल पर विजय प्राप्त कर ही उसके हृदय को, उसके विवेक को शान्ति मिलती। पर वह वैसा कर कहाँ पाया! शायद ऐसा होना सम्भव भी नहीं।

अपनी दुर्बलता पर विजय पाने के लिए तर्क का सहारा ले वह गोसाईं से बोला :

"आदमी की हत्या किये बिना संसार में कहाँ किसी ने युद्ध किया है?"

"क्यों, गाँधीजी ने?" गोसाईं का तत्क्षण उत्तर मिला।

—गोसाईं की खाँसी उभर आयी। किसी भी प्रकार खाँसी को न दबा सकने के कारण वे यथासम्भव धीरे-धीरे खाँसने लगे।

रूपनारायण ने कुछ कहा नहीं। गाँधीजी की चर्चा छिड़ते ही उसे गुस्सा चढ़ जाता। वह सोचने लगता—वे तो ठहरे देवता। लेकिन स्वतन्त्रता का युद्ध अहिंसा से नहीं हो सकता। अगर ऐसा होता तो अब तक भारत स्वतन्त्र हो चुका होता। पर वह आज भी परतन्त्र है। इसके लिए गाँधीजी उत्तरदायी नहीं हैं क्या? सुभाष बोस ने ठीक ही कहा है, "स्वतन्त्रता पाने के लिए हमें युद्ध करना होगा।" जयप्रकाश और लोहिया ने असली राह दिखलायी है। हमें गुरिल्ला युद्ध करना पड़ेगा।

लेकिन...

इस 'लेकिन' ने ही तो उसके मन में सब कुछ गड़बड़ कर रखा है। इस ध्वंसलीला को देखने के पहले रूपनारायण का हिंसा की नीति पर अविचल विश्वास था। किन्तु हिंसा से आत्मगौरव नहीं मिलता। अन्यथा उसके मन, प्राण और हृदय में एक अजीब-सी रिक्तता क्यों महसूस होती? इस समय कोई उसके हाथ में यदि गुलाब का एक लाल फूल थमा दे तो उसमें उसे सौन्दर्य दिखाई नहीं पड़ेगा। उसे फूल में उस आदमी के खून की लालिमा ही दिखेगी जिसे उसने गोली मारी है। इसी तरह सन्ध्या के सूरज की लालिमा में उसे मृत सैनिकों के खून का रंग ही दिखेगा, उसमें सौन्दर्य की उपलब्धि नहीं होगी। उसे यह उपलब्धि न होगी तो न ही सही, इससे कोई अन्तर नहीं पड़ेगा। यह सच है कि इससे उसके मन का सूक्ष्म सौन्दर्य बोध गायब हो जाएगा, पर महत्त्व की बात यह होनी चाहिए कि भारत के भावी नागरिकों के मन पर इसका तनिक भी प्रभाव न पड़े। भविष्य में वे कोई भी युद्ध न देखें, युद्धहीन शान्ति और अहिंसा-प्रिय भारत में वे हँसें, बोलें, गाएँ, प्रेम करें—

तब भी वह अपने विवेक को समझाने में समर्थ नहीं हो रहा था। उसका विवेक मानता नहीं। ठीक ही तो है, गाँधीजी भी तो यही कह रहे हैं : हिंसा का परित्याग करो, अभी—इसी क्षण से। उसके बदले संग्राम आरम्भ करो प्रेम का : आक्रामक प्रेम का।

यह असम्भव है!

गाँधीजी महान् हैं। पर यह जरूरी नहीं कि उनके महान् होने से अन्य सभी भी महान् बन जाएँगे।

लेकिन...!

यह 'लेकिन' भी क्या बला है जो पीछा ही नहीं छोड़ती!

गोसाईं की युक्ति के विपरीत रूपनारायण को कोई उपयुक्त जवाब सूझ नहीं सका। यह गोसाईं की नहीं, गाँधीजी की युक्ति थी। अकाट्य, अतर्क्य।

लेकिन संसार का इतिहास देखने से पता चलता है कि फ्रांस, रूस, चीन, युगोस्लाविया, बर्मा कहीं भी लोगों ने हिंसा-विहीन विप्लव नहीं किया। कारण, खाली हाथों मात्र मीठी बातों से असहयोग आन्दोलन कर शोषकों को सत्ताच्युत करना आसान नहीं। ये सारे उदाहरण रूपनारायण की आँखों के सामने थे। उसने कहा : "गाँधीजी ने जो युद्ध छेड़ा है वह केवल आदर्श के लिए ही है। पर वस्तुत: हुआ क्या है, स्वयं खुली आँखों से देख लीजिए न! गाँधी की तरह ही साहसी हो अहिंसक सैनिक बनना सभी के लिए सम्भव नहीं है इसलिए हमने जो कुछ किया है, भारत को स्वतन्त्र करने के लिए। इसके सिवा और कोई दूसरा मार्ग नहीं है।"

गोसाईं ने कुछ नहीं कहा। हाँ, यह सच है कि उनकी इतिहास-चेतना उतनी प्रखर नहीं है।

गोसाईंजी हैं वैष्णव। उनके अन्तर में भी द्वन्द्व है। आदमी के खून से हाथ सना होने के कारण वे अपने विवेक को तनिक भी समझाने में विफल हो रहे हैं। जहाँ जीव, वहीं शिव। परन्तु अभी दुर्बलता प्रकट करने का समय नहीं है। इस समय जरूरत है अपनी देह की सुरक्षा की। पहले यह तो चंगी हो जाय। ठण्डक के कारण उसका बुरा हाल हो चुका है और उधर आवश्यकता है व्यूह को भेदकर निकल जाने की। फिर व्यूह भी तो एक नहीं। एक ओर है मिलिटरी और दूसरी ओर शइकीया। यहाँ से बच निकलने के बाद ही इन सब पर ठीक से विचार कर पाना सम्भव हो सकेगा। यह सब सोचकर ही वे बोले :

''मैं ऐसा स्वीकार नहीं करता कि अहिंसापूर्वक युद्ध नहीं किया जा सकता। किया तो जा ही सकता है, पर हम नहीं कर पा रहे हैं। हाथ में खून सानकर हमने अपने को कलुषित कर लिया है। इस विषय में अब चुप रहना ही बेहतर है।''

किन्तु गोसाईं चुपचाप रह नहीं सके। वे अपने विवेक के साथ अनवरत जूझते हुए ही आगे बढ़ रहे थे।

आधेक घण्टे में वे चट्टान के निकट पहुँच गये। वहाँ दधि बैठा हुआ दिखाई पड़ा। ठण्डक से उसकी सारी देह काँप रही थी। रूपनारायण और गोसाईंजी को आते देख वह खड़ा हो गया। बोला :

''ये तो चले गये। अब क्या करना है?''

दधि के पूछने का तात्पर्य रूपनारायण तुरन्त ताड़ गया। उसे समझने में भूल नहीं हुई कि दधि ने उन गुफाओं में टिकने के बारे में ही पूछा है। वह बोला; ''मेरे विचार से तो यहीं ठहर जाना उचित होगा। जब कुछ ठीक-ठाक हो जाए तभी यहाँ से कहीं और जाना चाहिए। उधर भी शइकीया और उसके साथियों ने जाल फैला रखा होगा। उधर भी बच पाना मुश्किल ही होगा।''

''गुफा में भूखे-प्यासे ही रुक सकेंगे क्या?''

''हाँ, यह भी तो एक समस्या ही है। पर किया भी क्या जाए? जरूरत पड़ी तो उपवास ही सही,'' कहते हुए रूपनारायण ने इस बार गोसाईंजी की ओर देखा।

लेकिन गोसाईं के देह में इस समय गोसाईं थे ही नहीं। उनकी हालत पतली हो चुकी थी। बार-बार प्रयत्नपूर्वक दबायी गयी खाँसी अब रोकने पर भी रुक नहीं रही थी। दिमाग भी काम नहीं कर पा रहा था। सहमते हुए बोले :

''दधि, थोड़ी आग सुलगा दो। इस देह में अब कुछ बच नहीं रहा है। कह नहीं सकता कि आत्मा किस क्षण देह का साथ छोड़ दे, कब प्राण-पखेरू उड़ जाएँ।''

दधि कुछ चिन्तित-सा हो गया। समझ नहीं पड़ रहा था क्या किया जाए। बोला :

"आग जला तो सकता हूँ, किन्तु अभी आग जलाने का मतलब होगा शत्रु को निमन्त्रित करना।"

"हाँ, सो तो है," गोसाईं ने कहा। "किन्तु मुझसे अब एक डग भी चला नहीं जा सकता। तुम लोग मुझे यहीं छोड़कर चले जाओ।"

"आपको कैसे छोड़ा जा सकता है, गोसाईं प्रभु?" रूपनारायण ने कहा। "इससे अच्छा तो यही होगा कि हम सब गुफा तक चलें और वहीं आग जलायी जाय। वहाँ रहने पर..."

रूपनारायण की बात अभी पूरी भी नहीं हुई थी कि आधेक मील की दूरी पर से आती हुई कुत्ते की भौं-भौं सुनाई पड़ी। रूपनारायण, दधि और गोसाईं—तीनों के कान खड़े हो गये। कुछ देर तक उन सबकी समझ में कुछ भी नहीं आया। तीनों चुप्पी साधे वहीं खड़े रहे। तभी रूपनारायण के मन में बिजली की तरह बात कौंध गयी। बोला :

"मैं समझ गया। रोहा थाने में शइकीया के पास एक बड़ा डरावना अलसेशियन कुत्ता है। शायद वही हो। अब तो यहाँ से इसी क्षण भागना होगा!"

"भागने के लिए केवल एक ही रास्ता है। और..." दधि इतना कह ही पाया था कि रूपनारायण भी झुँझला उठा :

"कोई न कोई रास्ता तो निकालना ही पड़ेगा। नहीं तो हम सब अनायास ही पकड़ लिये जाएँगे। और कोई बात नहीं। चलो, चल दें..."

दधि ने विचारकर कहा, "गुफा के पासवाले झरने से होकर सीधे आगे बढ़ जाने पर कलङ् तक पहुँचा जा सकता है। उसके आगे एक बड़ा-सा जलाशय है। दूसरी ओर मिलिटरी वाले भरे पड़े हैं इसलिए वहाँ से कलङ् के किनारे-किनारे ही हमें आगे बढ़ना होगा। पर जाएँगे कहाँ? लगता है कि हम लोग जाल में फँस चुके हैं।"

"गोसाईंजी, तब तो कोई उपाय नहीं दीखता।" रूपनारायण अधीर हो उठा। आवाज भी भर्रा गयी थी।

"एक उपाय है", गोसाईं ने कहा। "तुम लोग मुझे छोड़कर चले जाओ। दधि ने जिस रास्ते की अभी चर्चा की, उसी पर चलकर कलङ् तक जाना। और मैं, इस कुत्ते की लीला समाप्त कर सम्भव हुआ, तो आ जाऊँगा। नहीं तो हमारी यही अन्तिम भेंट समझो। इसके सिवा और कोई चारा नहीं है। तीनों के तीनों इस तरह यहाँ फँस जाएँ, इससे अच्छा तो यही होगा कि तुम दोनों यहाँ से भाग निकलो।" कहते हुए गोसाईं ने अपने कन्धे पर से बन्दूक उतार ली।

"गोसाईंजी, आप यह क्या कह रहे हैं? वे लोग होंगे ही कितने! अपने पास बन्दूकें भी हैं। आने दो, देख लेंगे। उनकी इतिश्री करके ही निकलेंगे।" दधि ने

सँभलते हुए कहा।

"क्या विचार है, रूपनारायण?" गोसाईं ने पूछा।

"दधि की बात ठीक नहीं जँचती।" रूपनारायण बोला। "वे लोग एक-दो तो होंगे नहीं। पूरा दल का दल आया होगा। केवल पुलिस ही नहीं, मिलिटरी भी। और साथ में लयराम भी आया होगा।...हाँ, पर यह मेरा अनुमान-भर है। उतने सब नहीं भी हों लेकिन रेलगाड़ी के उलटने की आवाज तो उन्होंने सुनी ही होगी। इसलिए उनके इक्के-दुक्के आने की नहीं सोची जा सकती। मुझे तो आपकी बात ही ठीक जँचती है, गोसाईंजी। तीनों का बच निकलना सम्भव नहीं। इसलिए हममें से अपने को छाँटना होगा। मेरे हिसाब से यहाँ मुझे ही रहना चाहिए। दधि और आपको चल देना चाहिए।"

गोसाईं ने हँसने का प्रयास किया, पर हँस न सके। इस बार उन्होंने दधि की राय जाननी चाही, "क्या कहते हो दधि?"

परेशानी से दधि के ललाट पर पसीने की बूँदें झलक आयी थीं। वह समझ नहीं पा रहा था कि इस हालत में उसके लिए क्या करना उचित है। क्रान्ति को जारी रखने की दृष्टि से गोसाईंजी और रूपनारायण दोनों की अनिवार्यता को कोई नहीं नकार सकता। इन तीनों में केवल उसे अपने जीवन का मूल्य कम प्रतीत हो रहा था। अत: यहाँ उसे ही रुकना उचित लगा। साहस बटोरते हुए वह बोला :

"एक बात कहूँ, गोसाईंजी। आप दोनों का जीवन बड़ा कीमती है। आप दोनों ही अपने को बचाने की कोशिश कीजिए। मैं यहाँ रुकता हूँ। फिर अगर उन लोगों को लयराम ही रास्ता दिखा लाया है, तो उसके लिए भी दोषी मैं ही हूँ। इसलिए यहाँ रहकर मैं कम-से-कम उसे तो खत्म कर डालूँगा।"

कुत्ते की भौं-भौं एक बार फिर सुनाई पड़ी। सुनते ही गोसाईं ने कहा :

"सुनो रूपनारायण, और दधि तुम भी! लयराम आ भी सकता है और नहीं भी। शइकीया उसके लिए बाट जोहते रहनेवाला आदमी तो है नहीं। फिर लयराम पर से मेरा विश्वास अब भी पूरी तरह समाप्त नहीं हुआ है। इसके बावजूद सचाई यह है कि दो को बचाने के लिए हममें से किसी-न-किसी को तो मरना है। फिलहाल और कोई उपाय नहीं दीखता है। पर मरेगा कौन, यह विचार करने का दायित्व मेरा है, दलपति मैं हूँ। फिर, मेरे प्राण यों भी क्षीण होते जा रहे हैं। खाँसी के मारे मेरा दम यों भी घुटा जा रहा है। अब तो यह भी पता नहीं चलता कि मेरा फेफड़ा काम कर रहा है या नहीं। मेरी साँस किसी भी समय रुक सकती है।

"एक बात और कहूँ, मेरे प्राण बुझ-से गये हैं। मेरा यह हाथ आदमी के खून से सना है। कितना असहनीय हो गया है यह मेरे लिए, कह नहीं सकता हूँ। मेरा विवेक साथ नहीं दे रहा है। दरअसल, मैं नैतिक द्वन्द्व से ग्रस्त हो गया हूँ। झूठ बोलने

से कोई लाभ तो है नहीं। मैं अहिंसा की लड़ाई को ही उत्तम मानता हूँ। सच्ची लड़ाई तो बस वही है। खैर! छोड़ो इन बातों को, उसे दोहराने से कोई लाभ नहीं। छाती की पीड़ा के कारण मेरी देह भी अब साथ नहीं दे रही है। यों भी रास्ते में मेरी मृत्यु हो ही जाएगी। हाँ, केवल दैहिक रूप में ही, नैतिक दृष्टि से नहीं। यह सब तुम लोग नहीं समझ पाओगे। मैं प्रतिज्ञा भंग नहीं करूँगा। क्रान्ति की गति शिथिल नहीं होने दूँगा। कर्तव्यच्युत नहीं होऊँगा। दलपति का कार्य मैं ही सँभालूँगा। तुम लोग जाओ, बचकर भाग निकलो। और हाँ, साथियों से मिलते ही उनसे कहना कि दलपति का आदेश है—क्रान्ति को जारी रखें।''

एक क्षण रुके और फिर कहने लगे, ''पता नहीं, अब तक धनपुर जिन्दा भी है या नहीं। यह भी कहना मुश्किल है कि और भी साथी गिरफ्तार कर लिये गये हैं या बच रहे हैं। फिर धर-पकड़ वगैरह तो होती ही रहती है। यह सब तो चलता ही रहेगा। चलने दो! तनिक भी चिन्ता न करो! रह गयी दलपति की बात सो उसकी इस दुर्बलता से सब लोग बचते रहें। अब जाओ, भगवान् की कृपा से एक काम हो गया। इस काम की सही जानकारी पाने के लिए वे सब प्रतीक्षा कर रहे होंगे। हाँ, एक बात और ध्यान में रखना। गोसाइन को यदि कोई सन्तान हुई और लोगों ने उसे जीवित छोड़ा हो, तो तुम सब उसकी देखभाल करना। मधु से कहना कि वह सत्र की देख-रेख करेगा। अब जाओ। बात करने का समय नहीं है, जाओ।''

रूपनारायण को लगा मानो वह किसी किस्से के वीर पुरुष की उक्ति सुन रहा हो। वह समझ गया कि गोसाईंजी की यह योजना अकाट्य और तर्कसम्मत है। फिर यह दलपति का आदेश था जिसे शिरोधार्य करना ही उसका कर्तव्य था। उसने एक बन्दूक दधि को थमा दी। गोसाईंजी की बन्दूक की भी परीक्षा की। उसमें गोली भरी हुई थी। जाने के पहले उसने कहा :

''आपकी बात सदा याद रहेगी। हम क्रान्ति का पथ नहीं छोड़ेंगे।''

दधि की आँखें डबडबा आयी थीं।

''मैंने वही किया है जो एक दलपति का कर्तव्य होता है। तुम सब बचकर रहो और अपना काम करो। मेरे लिए दुःख मत करना। मेरा अपना काम लगभग पूरा हो गया है।''

अपनी देह की सारी शक्ति समेटकर ही गोसाईं ने ये बातें कही थीं। फिर बन्दूक सँभाल वे वहीं औंधे लेट गये।

रूपनारायण और दधि—दोनों ने गोसाईंजी को प्रणाम किया। दुःखी मन लिये चट्टान से नीचे उतर गुफा की ओर बढ़ गये। उधर आकाश का चाँद भी मानो काँपता हुआ छिप जाना चाहता था।

रूपनारायण कोई भी बात ठीक से नहीं सोच पा रहा था। गोसाईंजी के इस

आत्मत्याग का प्रत्यक्ष उदाहरण देख उसमें वैचारिक द्वन्द्व चल रहा था।

दधि कुछ बोल नहीं पा रहा था। उसका दु:ख व्यक्तिगत था। वह सोच रहा था कि मायङ् में गोसाईंजी अब भला कहाँ मिलेंगे!

भौंकने की आवाज तेज होती जा रही थी। गोसाईं की देह भी धीरे-धीरे शिथिल पड़ती जा रही थी। तभी उन्हें जैसे कहीं से हिरणी का रुदन सुनाई पड़ा। उन्हें लगा, कहीं यह भ्रम तो नहीं। नहीं, यह तो गोसाइन के रोने की आवाज है। उन्हें भ्रम नहीं हो रहा है। भला इसमें भ्रम की क्या बात ठहरी? यही है संसार। विचित्र किन्तु क्रमबद्ध। उनका अपना कर्तव्य पूरा हो गया। पर पत्नी को कुछ नहीं दे सके। भला कौन किसको क्या दे पाता है? यही सब माया है। संसार में रह जाता है मात्र कर्तव्य—कठोर अलंघ्य कर्तव्य। कर्तव्य में वे खरे उतरे। रह गयी हिंसा की बात! वह यदि हुई भी है तो देश के लिए ही न! इसमें कोई दोष नहीं। इसके लिए इतिहास उन्हें क्षमा कर देगा। हाँ, उनका धर्मप्राण विवेक ही उन्हें क्षमा नहीं करेगा। आदमी की हत्या करना बुरा है। किसी भी व्यक्ति द्वारा आदमी के खून से निर्मित कोई भी मन्दिर स्थायी हो नहीं सकता। पर स्वयं भगवान् श्रीकृष्ण को भी यदा-कदा अपना सुदर्शन-चक्र धारण करना ही पड़ा था। दुष्टों का दमन करने के लिए हिंसा भी कभी-कभी आवश्यक हो जाती है।

इस बार कुत्ते की भौं-भौं बड़ी निकट से आती हुई लगी। गोसाईं ने भी अपनी बन्दूक साध ली।

# ग्यारह

"तुम सबसे जाने के लिए कहा है न, जाते क्यों नहीं?"

धनपुर बहुत ही कष्ट में था। बस, किसी तरह वह इतना कह पाया था। उसकी पीड़ा बढ़ती ही जा रही थी। उसकी टाँग से खून का बहना अब भी बन्द नहीं हुआ था। कोई उपाय न सूझा तो जयराम ने कच्चू के पत्ते से अपनी अंजलि में थोड़ा-सा जल लिया और वह 'करति-मन्त्र' जपने लगा :

"...जय जय करति जय मूरित : खाइल करति : खाइल करति दिन राति। खाइल करति, जपो। कुमन्त्र कुज्ञान काटो। काटि काटि पानी हेन करों। गण्ड गण्ड महागण्ड। चक्रे काटि करों खण्ड-खण्ड..."

तभी धनपुर की बात सुनकर वह सहम गया।

नदी किनारे धनपुर एक पेड़ का सहारा लिये टिका था। उसने उच्छ्वास छोड़ते हुए कहा : "मन्त्र-तन्त्र से कुछ नहीं होगा, जयराम। मायङ् के मन्त्र की तो छोड़ो, अब गोरे साहबों के डॉक्टर भी मुझे नहीं बचा सकते। बस, अब तो किसी तरह डिमि को बुला दो।"

"डिमि अब तक नहीं आयी। मुझे तो आशंका हो रही है। अच्छा, मैं समाचार लेकर तुरन्त आता हूँ। इन सबकी भी चिन्ता हो रही है।"

"किनकी? मधु वगैरह की क्या?"

"नहीं, वे लोग अब तक शायद मायङ् पहुँच गये होंगे। मायङ् पहुँच जाने पर कोई चिन्ता नहीं। तब तो गिरफ्तार करने के लिए कोई छिद्र भी नहीं मिलेगा। यों भी कोई गड़बड़ी नहीं हुई होती अगर लयराम ने बदला न लिया होता।"

"कुलांगार निकला। यह जानता तो पहले उसी की बलि चढ़ायी होती। अब तक गोसाईंजी आदि का समाचार भी न मिलना चिन्ता का विषय हो गया है।" कहते हुए धनपुर दर्द से एक बार फिर कराह उठा।

"बलबहादुर गया है। उसके लौटने पर सही समाचार मिल सकेगा।"

जयराम ने कच्चू के पत्ते का बाकी बचा जल वहीं डाल दिया। धनपुर यदि मरणासन्न न होता तो वह ऐसा अपमान सहन नहीं करता। किन्तु इस समय उसने तर्क करना अच्छा नहीं समझा। मायङ् के मन्त्र पर इतना अविश्वास।

वह चुपचाप नदी के किनारे जंगल से होकर जानेवाली राह पकड़कर डिमि

के घर की ओर बढ़ गया।

धनपुर को इस बार अकेलेपन का अनुभव हुआ। उस समय रात के दो या तीन बजे होंगे। नदी की ओर से शीतल हवा आ रही थी पर वह सर्द हवा भला असह्य पीड़ा से विकल हुए देह को क्या आराम पहुँचाती? और थोड़ी देर बाद तो वह उस पीड़ा की बेचैनी को भी अनुभव नहीं कर सकेगा। कमर तक का भाग तो जड़ बन ही चुका था। देह के ऊपरी हिस्से में भी मानो अब कुछ रह नहीं गया था। वह स्वयं सोच नहीं पा रहा था कि अभी तक उसके हृदय की धड़कन बन्द क्यों नहीं हुई। बंसी से पकड़ी गयी मछली किनारे पर छोड़ दिये जाते ही जैसे छटपटाने लगती है, वैसे ही उसकी छाती धड़क रही थी। उसे लगा कि यह मृत्यु की पूर्वसूचना है। इस संसार में वह फिर न जाने कहाँ जन्म लेगा। क्या पता कि वह सवेरे का सूरज भी देख पाएगा। दर्द से सिर मानो फटा जा रहा था। आँखों के आगे धुँधलका फैलता जा रहा था।

अब तक उसमें जो सोचने की थोड़ी-बहुत क्षमता शेष थी, अब वह भी समाप्त होती जा रही थी। रेल की पटरियाँ उखाड़ना, क्रान्ति, स्वाधीनता, क्रोध सभी कुछ अब जैसे दूर की बातें लग रही थीं। हाँ, सुभद्रा को वह अब भी नहीं भूल पाया था। घर-गृहस्थी रचाने की उससे की गयी पिछली सारी बातें उसे याद आ रही थीं। पर, वह जो नहीं रही। धनपुर सोच नहीं पा रहा था कि वह कहाँ चली गयी।

उसकी छाती अब और जोर से धड़कने लग गयी।

वह शायद पहले ही समझ गयी थी—बहुत पहले ही। धनपुर ही तो था जिसने उसे आशा बँधायी थी—बचे रहने की, घर बसाने की, देश का नये सिरे से निर्माण करने की। ठीक ही हुआ। आज जीवित होने पर उसे और अधिक कष्ट होता। वह इसे सह भी नहीं पाती...

तभी धनपुर की आँखों से आँसू झरझरा पड़े। क्या अब भी देह के भीतर पानी मौजूद है? हाँ है। चिता में शव को जलाते समय भी शायद देह में पानी रहता है।

सुभद्रा की एक प्रतिमूर्ति अब भी जीवित है। डिमि! डिमि! डिमि! डिमि—

सहसा बालू पर किसी के चलने की आहट मिली। किसकी हो सकती है यह आहट, वह अनुमान नहीं कर पा रहा था। उसे लगा जैसे फुसफुसाकर कोई बातें कर रहा है।

''डिमि!'' वह पुकार उठा, पर उसकी आवाज निकल नहीं पा रही थी।

''डिमि, डिमि, डिमि...''

थोड़ी देर बाद उसने महसूस किया कि उसके बालों को कोई सहला रहा है। सहलानेवाले हाथ कुछ कठोर-से लगे।

''कौन?''

"मैं हूँ रूपनारायण।"

कष्ट में कराहते हुए धनपुर ने कहा :

"रेल उलट गयी। मैंने आवाज सुनी थी। कौन मरा, कौन बचा, जरा इसके बारे में बताओ न!"

"मैं और दधि, दोनों आ गये हैं। गोसाईंजी वहीं रुक गये थे।"

"क्या?"

रूपनारायण ने धनपुर के पास बैठ सारी घटना को विस्तारपूर्वक बता दिया। अन्त में बोला :

गोसाईंजी की गोली की आवाज भी सुनाई पड़ी थी। दोनों ओर से काफी देर तक गोलियाँ चली थीं। लगता है गोसाईंजी अब जिन्दा नहीं हैं।"

"तो गोसाईंजी भी चले गये।" धनपुर की व्यथा दुगुनी हो गयी।

"हाँ।"

"तुम सब डटे रहना, हिम्मत न हारना। नाव को अन्त तक खेते जाना।"

"जरूर। मैं अब और नहीं रुकूँगा। बस यही अन्तिम भेंट समझो।" इतना कह रूपनारायण ने धनपुर का मुख चूम लिया। क्षणभर रुककर इतना ही पूछा : "डिमि आयी थी?"

"ऊँ हूँ।"

रूपनारायण ने उसे एक बार और चूमा और कहा, "हम जा रहे हैं। प्रत्येक क्षण इरादा बदल रहा है। यखिनीखोर छोड़ना पड़ा। तुम्हें गुवाहाटी भी न पहुँचा सका। गोसाईंजी तो अब हमको छोड़ ही गये हैं। पता नहीं उन लोगों ने बन्दूकें कहाँ रखी हैं? हमें भी कुछ बन्दूकें छोड़ जानी चाहिए थीं।"

"हमारी बन्दूकें मधु ले गया है। तुम सब इन्हें कहाँ रखोगे?" धनपुर ने पूछा।

"सवेरा होने तक तो साथ हो रखेंगे। फिर मौका पा इन्हें कहीं छिपा दूँगा।"

"फिर?"

"फिर हम सभी साथी कहीं एकत्र होंगे।" रूपनारायण ने उच्छ्वास छोड़ते हुए कहा।

"अच्छा, अब जाओ। सुबह होने में देर भी कितनी-सी रह गयी है!"

रूपनारायण खड़ा हो गया। धनपुर के निकट से धीरे-धीरे चलकर वह पेड़ तक आया जहाँ दधि उसकी प्रतीक्षा कर रहा था। वहाँ से दोनों ने एक बार फिर एक अज्ञात गन्तव्य की यात्रा आरम्भ की।

धनपुर गोसाईंजी के बारे में सोचता रहा : मुझसे पहले ही वे संसार छोड़ गये!

उसे इसमें दुःखी होने जैसी कोई बात नहीं लगी। दुःखी होने या बुरा लगने जैसी कोई बात थी भी नहीं। ऐसी ही मौत तो वह चाहते भी थे।

धनपुर की छाती की धड़कन और अधिक बढ़ गयी।

अचानक गारोगाँव में कुहराम-सा मच गया। धनपुर को लगा जैसे वहाँ के लोग शोर-गुल मचा रहे हैं, उनमें भाग-दौड़ मची हो। शायद अपने को बचाने के लिए चीख-पुकार रहे हों। उसका ध्यान कुछ देर के लिए उधर गया अवश्य, पर 'जो होता है, हो' सोचता हुआ वह उधर से उदास हो उठा। वह फिर इस चिन्ता में पड़ गया कि अभी तक डिमि क्यों नहीं आयी।

थोड़ी देर में ही जयराम लौट आया। आते ही उसने बताया :

"धनपुर भाई, गारोगाँव को चारों ओर से पुलिस ने घेर लिया है। डिमि के घर का घेराव तो उसने बहुत पहले से ही कर रखा था। बाहर ही बाहर पता चला है कि डिमि अभी तक लौटी ही नहीं है। वह कहीं रास्ते में ही रुक गयी है। शायद सुबह होने के पहले नहीं लौटे।"

धनपुर को विश्वास नहीं हुआ। उसने कराहते हुए कहा, "आने को कहा था उसने, इसलिए वह आएगी अवश्य।"

सहसा तभी बालू पर किसी के चलने की आहट हुई। जयराम ने कान लगाकर आवाज सुनने की कोशिश की। एक नहीं, कई व्यक्तियों के पदचाप सुनाई पड़ रहे थे। जयराम को लगा, शायद पुलिस होगी। तभी बलबहादुर की आवाज कानों में पड़ी—'इधर कहाँ जाएँगे सरकार? बीहड़-ही-बीहड़ है। इधर तो दिन में भी आदमी नहीं जा पाते।'

—ठीक। पुलिस की ही आहट तो है। बलबहादुर का भी यही संकेत था। यह सोच जयराम बोला :

"धनपुर, पुलिस आ चुकी है।"

"तुम यहाँ से भाग निकलो। देर मत करो। यहाँ कहीं नहीं रुकना, सीधे मायङ् की ओर चले जाना।"

जयराम ने कुछ नहीं कहा और चुपचाप जंगल में खिसक गया।

धनपुर बालू पर चलने की आहट को ध्यान लगाकर सुनने लगा। उसे एक बार जी भरकर हँसने की इच्छा हुई। वह समझ गया...ये यमदूत के कदमों की ही आवाजें हैं। ये ठीक समय पर आये हैं।

वे टॉर्च जलाकर जंगल की ओर देख रहे थे। उसकी रोशनी एक बार धनपुर पर भी आ पड़ी। सारी देह एकबारगी उस रोशनी में झलमला उठी। तभी वह देख पाया कि हाथ से वह जिस पेड़ की डाली थामे हुए था, वह बेर का एक पेड़ था। आस-पास और भी कई पेड़ थे। हरी-भरी पत्तियों पर उजली रोशनी के फैलने

से वह बीहड़ भी मनोरम हो उठा। धनपुर को इनके आने का कोई भय नहीं था। उसकी बस एक ही चाह थी। काश! डिमि को वह एक बार चूम पाता। उसे चूम लेने के लिए उसकी रगों में अब भी जोश शेष था। डिमि आ जाती तो उसकी यह साध पूरी हो जाती। उसे बड़ी शान्ति मिली होती।

टॉर्च की रोशनी धीरे-धीरे उसके गिर्द घूमने लगी : शायद उन लोगों ने रास्ते का सही अनुमान लगा लिया। उधर से आनेवाली जंगली पगडण्डी को खोज निकालने में उन्हें अब अधिक समय नहीं लगेगा। बलबहादुर उन्हें ज्यादा-से-ज्यादा दस-पन्द्रह मिनट तक ही इधर-उधर भटका सकता है। अन्त में वे उस पगडण्डी से इधर ही बढ़ आएँगे। बलबहादुर को वे सब शायद नाव खेने के लिए ही लिवा लाये होंगे। उनके साथ जरूर कोई-न-कोई इधर का रास्ता जाननेवाला भी होगा। वह गारोगाँव का न हो! हो सकता है, उसके साथ ही लयराम आया हो।

लयराम का ध्यान आते ही धनपुर के भीतर एक बार फिर क्रोध की आग भड़क उठी।

थोड़ी देर बाद उसे पुलिस पकड़ लेगी। बड़ी कठिनाई से उसने तुरन्त अपनी ज़ेब टटोली। सौभाग्य से उसकी जेब में कुछ नहीं था। उसे सन्तोष हुआ कि वे अधिक-से-अधिक इस देह को पा सकेंगे। उसका ध्यान अपने गारो कुर्ते पर भी गया। पर वह तो पहले चिथड़े-चिथड़े हो चुका था। उसने सोचा : नहीं, इससे उनका कुछ नहीं बननेवाला।

छाती की धड़कन लगातार तेज होती ही जा रही थी।

धीरे-धीरे डग भरने की आवाज मिली।

थोड़ी देर में ही वे यहाँ आ धमकेंगे। इस समय एक बन्दूक होनी चाहिए थी। पर न होना ही ठीक है। एक बन्दूक से मैं भला क्या कर लेता! ये बन्दूक भी लेकर चले जाते। अच्छा हुआ कि मैंने अपनी बन्दूक उन सबके हाथों भिजवा दी थी। वह किसी अच्छे काम में आएगी। हाँ, उन्हें केवल गिरफ्तार होने से बचे रहना चाहिए।

यह देह—अब इसमें रह ही क्या गया है! उसने निश्चिन्त होकर आँखें बन्द कर लीं। चिन्ता करने से कोई लाभ भी तो नहीं। गारोगाँव में शोर-गुल बढ़ता ही जा रहा है। गाँववाले शायद अपने बचाव के लिए इधर-उधर भाग-दौड़ रहे हैं। शायद उनकी धर-पकड़ करने के लिए मिलिटरी पुलिस ने वहाँ घर-तलाशी की है। करती रहे तलाशी। अब मिलेगा कौन?...किन्तु ये लोग निर्दोष हैं। भला इन सब पर जुल्म क्यों ढा रही है। अब तक लोग जंगल में इधर-उधर छिप चुके होंगे। डिमि के घरवालों पर भी भीषण अत्याचार ढाया होगा।

डिमि! डिमि!! डिमि—

कहीं उस पर तो कोई कहर नहीं ढाया गया। वह अकेली ही शहर गयी

थी। अकेले लौटते कहीं...

डिमि! डिमि! धनपुर चीखना चाहता था। चीख न पाया। कोशिश करने पर भी वह अपना सिर नहीं उठा पाया। बेर के पेड़ से सटकर उसकी देह मानो उस जैसी ही हो गयी थी। उसकी क्षीण पड़ती हुई चेतना में आस-पास की चीजें भी अब बहुत दूर की लगने लगी थीं, किन्तु तब भी संसार से उसका सम्बन्ध विच्छिन्न नहीं हुआ था। हाँ, विच्छिन्न होने में अब अधिक देर नहीं थी मौत कितनी सहज होती है! कामपुर की एक झोंपड़ी में उसका जन्म हुआ था और मर रहा था वह गारोगाँव के इस जंगल में। इनके बीच के कुछ दिन ही उसके जीवन के रहे। इस थोड़े-से जीवन में ही ये सारे झगड़े-टण्टे। सब कुछ सोचने पर बड़ा आश्चर्य होता है। स्वाधीनता चाहिए—गोरे साहबों के साथ काले भारतवासियों का युद्ध!

वेदना, असीम वेदना।

डिमि! डिमि!

टॉर्च की रोशनी धीरे-धीरे और निकट आ गयी। इस समय रोशनी भी असहनीय लग रही थी। एकाएक लगा जैसे गज भर की दूरी पर ही कई लोग आकर ठमक गये।

उनमें से एक बोला : "हाँ, इधर ही गया होगा।"

तभी दूसरे ने जरा गम्भीरता से कहा :

"चूहा जाल में फँस गया है। अब जाएगा कहाँ?"

"अरे एक वही मिल जाए तो काम बन जाए", पहलेवाला बोल उठा।

"कौन?"

"वही, जिसका नाम धनपुर है। उसके मिलने से ही..." पहले ने उत्तर दिया।

"हाँ, अगर वो पकड़ में आ जाए तब कोई बात बने।"

धनपुर समझ चुका था कि ये कौन लोग हैं। पहला था लयराम और दूसरा शइकीया। इन दोनों की आवाज से ही वह पहचान गया था। उसे हँसी आ रही थी : पास ही में तो पड़ा हूँ, पकड़ क्यों नहीं लेते! किन्तु अब पकड़कर भी कुछ कर नहीं पाओगे। धनपुर अब धनपुर नहीं रह गया है। वह तो अब हाथ-पैर कुछ भी नहीं हिला पाता। हाँ, यदि तुम मुर्दाखोर हो तो और बात है!

अब भी वे टॉर्च से सब ओर देख रहे थे। अचानक रोशनी बेर के पेड़ के तने पर ठहर गयी। सब कुछ साफ हो उठा। लेकिन शइकीया को अब भी सन्देह था। कुछ-कुछ डरता हुआ बोला :

"जरा इधर देखो तो, वह बाघ है या तेंदुआ?"

लयराम ने उस ओर निगाह डाली। बोला :

"भला बाघ या तेंदुआ उस तरह क्यों पड़ा रहेगा? सारी जिन्दगी जंगलों

में ही तो घूमा-फिरा हूँ।" थोड़ी देर सोचकर फिर बोला, "पास जाकर देखूँ क्या?"

लयराम उत्तर पाने के लिए रुका नहीं। वह उसके निकट जा पहुँचा। उसने देखा कि वहाँ औंधे मुँह कोई आदमी पड़ा है। पूछा :

"ए, कौन है तू?"

"तुम्हारा बाप," धनपुर का उत्तर था।

"धनपुर!" लयराम की खुशी का पार नहीं रहा। खुशी के मारे हड़बड़ाता हुआ कहने लगा, "मिल गया, पकड़ा गया। इस बार जाल में रोहू फँसा है।"

टॉर्च की रोशनी में अच्छी तरह देखने पर सहसा उसकी नजर धनपुर की दायीं टाँग पर गयी। देखते ही वह कुछ-कुछ निराश हो गया। बोला : "मछली मरी हुई है।"

शइकीया भी करीब आ गया। टॉर्च की रोशनी में धनपुर को सिर से पैर तक परखते हुए उसने कहा :

"इसकी टाँग देख रहे हो न?"

"हाँ, देख तो रहा हूँ।"

ँ जैसी ही हालत है। गोसाईं तो तभी मर गया था, पर यह अब भी छटपटा रहा है।

गोसाईं का नाम सुनते ही धनपुर कराहते हुए भभका : "तो तुम लोगों ने गोसाईंजी को मार डाला?"

लयराम बोला : "हाँ तुम्हारा गोसाईं अब नहीं रह गया है। उसकी लाश गाँव भेज दी गयी है। कहो, तुम्हारा यह हाल कैसे हुआ?"

"इससे तुम्हें मतलब?"

"मतलब है," शइकीया तमक उठा। "रेलगाड़ी को उलटने जा रहे थे, तभी ऐसा हुआ है न?"

धनपुर कुछ नहीं बोला।

शइकीया ने और भी जिरह शुरू की पर धनपुर कुछ बतला न सका। उसकी शक्ति क्षीण होती जा रही थी। वह किसी भी सवाल का जवाब न दे सका। शइकीया के आ जाने की भी उसे परवाह न हुई। वह मात्र यही सोच रहा था कि डिमि को कब देखे। क्या वह उसे देख पाएगा? गारोगाँव के लोग भी शायद इसी ओर भागे चले आ रहे हैं।

शइकीया के हार जाने पर लयराम ने धनपुर से पूछना चालू किया :

"धनपुर! बतलाता क्यों नहीं?"

धनपुर उबल पड़ा :

"तू विश्वासघाती! मुखबिर! तुझसे कौन बात करेगा? हाँ, एक बात सुन..."

उस चरम पीड़ा में सारी शक्ति समेटते हुए उसने आगे कहा :

"तुम लोगों पर आजाद भारत में विचार किया जाएगा। तुझ जैसे के बाल-बच्चे भी पछताएँगे, बिलख-बिलखकर रोएँगे..."

इतना ही कह पाया था कि एकाएक वह बेहोश हो गया।

शइकीया और लयराम एक-दूसरे का मुख ताकने लगे। उनके चेहरों पर हँसी नहीं थी। लयराम का मुँह लटक गया था। गोसाईंजी की मृत देह को देखकर ही उसका दिल बैठ गया था। इधर धनपुर की मूर्च्छा से वह असमंजस में पड़ गया। मरते समय भी वह उसे विश्वासघाती कह गया। किन्तु विश्वासघात करने की उसकी जरा भी इच्छा न थी। वह तो केवल प्रतिशोध लेना चाहता था। पर कहाँ ले पाया? वे स्वयं जूझकर चल बसे। बाकी के भाग खड़े हुए। अब भला किसी को कैसे पकड़ा जा सकता है? वह धनपुर के पास बैठ गया और उसकी नाड़ी देखने लगा। बोला :

"अब यह बोल भी नहीं सकता है।"

"रुको," शइकीया ने कहा, "जरा इसकी जेब की तलाशी ले लूँ। शायद कोई सुराग मिल जाए।"

अच्छी तरह तलाशी लेने के बावजूद शइकीया को कुछ नहीं मिला। वह निराश हो बोला :

"देश-भर के लोग धोखेबाज हो गये हैं। कोई उपाय नहीं है। किसे क्या कहा जाए! चलो, आगे चलें। पहले जिन्दा लोगों को पकड़ें। इस 'मुर्दे' को तो बाद में भी ले जाया जा सकता है। अभी यह पूरी तरह मरा नहीं है।"

"अब किसे पकड़ोगे? पकड़ भी पाओगे?" लयराम ने आह भरते हुए कहा।

शइकीया ने लयराम के चेहरे की ओर देखा। उसका हौसला पस्त हो चुका था। लगा जैसे वह अब पहले जैसा साथ नहीं दे पाएगा। बोला :

"चलो, गारोगाँव तक चलते हैं।"

"नहीं, अब इधर नहीं जा सकता। सबका रोना-बिलखना और कब तक सुनता रहूँ? उन बेचारों को व्यर्थ ही क्यों सता रहे हो?"

इस बीच लोगों का एक झुण्ड भागता हुआ वहाँ आया। उनमें से एक ने कहा :

"अरे इधर पुलिस खड़ी है। भागो, जल्दी भागो।" और सभी के सभी उल्टे पाँव भागे। तभी एक ने साहस बटोर पूछ ही लिया :

"यह लाश किसकी है? शायद गोसाईंजी के ही किसी साथी की होगी।" वह स्वयं थोड़ा आगे बढ़ आया और उसे पहचानते हुए बोला :

"अरे, यह तो डिमि का भाई है।"

"डिमि का भाई?" दूसरे ने चकित स्वर में कहा। "लगता है, बड़ा बहादुर

आदमी था।"

"हाँ," एक और ने हामी भरी।

किन्तु किसी को वहाँ रुकने का साहस नहीं हुआ। पुलिस के नाम से ही मानो उन्हें भय और घृणा हो गयी थी। कोई उपाय भी तो नहीं था।

निराश हो शइकीया वहाँ से चलने को था कि सहसा उस झुण्ड से निकलकर डिमि दौड़ती हुई वहाँ आयी। वह पूरी तरह हाँफ रही थी। धनपुर को दूर से ही देख वह जोर-जोर से रोने लगी :

"हाय, किसने मार दिया मेरे धन को! हाय मेरे धन!"

"धन! धन!!" पुकारती हुई डिमि धनपुर के पास आ बैठी। शइकीया चकित हो डिमि को घूरने लगा। इसे क्या हो गया! कौतूहलवश उसने टॉर्च जला दी जिससे धनपुर को देखने में डिमि को सुविधा हो गयी। वह बाहर से अभी-अभी लौटी ही थी कि जयराम से धनपुर की सूचना पा दौड़ती-भागती यहाँ चली आयी। उसके चेहरे पर संकोच का भाव कतई नहीं था। व्याकुल हो-होकर वह चिल्ला रही थी :

"धन, मेरे धन, जरा आँख खोलकर एक बार देख तो ले?"

किन्तु धनपुर की चेतना इस बार लौटी नहीं। उसने धनपुर के सिर को उठाकर अपनी गोद में रख लिया। फिर शइकीया की ओर देखकर बोली :

"तुम्हीं लोगों ने इसकी जान ली है न? दूर हट जाओ यहाँ से।"

लयराम सहानुभूति से भर गया।

डिमि के कपड़े अस्त-व्यस्त हो गये थे। जूड़ा खुलकर बिखर गया था। देह पर के वस्त्र भी खिसक गये थे। उसे अपनी सुध-बुध भी नहीं थी। उसने डपटते हुए कहा :

"यहाँ से गये नहीं अभी तक मक्कार! जानती हूँ, इस मुर्दे को खाकर ही तुम लोगों को चैन मिलेगा। देशद्रोही कहीं के, कमीने! कीड़े पड़कर मरोगे।"

लयराम के लिए यह सब असहनीय हो रहा था। उसने डिमि की ओर टॉर्च फेंकते हुए कहा :

"ले, यह टॉर्च लेकर अपने धन को देख ले। जी भरकर देख ले। हम लोग जाते हैं।" उसने शइकीया का हाथ खींचा और फिर दोनों वहाँ से चल दिये।

डिमि ने टॉर्च की रोशनी में धनपुर के चेहरे को देखा। धनपुर की साँस तब भी धीमी-धीमी चल रही थी। डिमि ने उसके मुँह को थोड़ा ऊपर उठाया। और बाँहों में भरकर चूमती हुई बोली :

"थोड़ी देर तक क्यों नहीं रुके रहे मेरे धन?"

धनपुर को बाँहों में समेटे वह पागलों की तरह बहुत देर तक विलाप करती रही। अचानक धनपुर की आँखें खुलीं। डिमि ने बड़ी आशा से उसकी ओर देखा

और पुकार उठी :

"धन, धन, मैं आ गयी धन!"

लेकिन धनपुर की खुली हुई आँखें इस बार खुली ही रह गयीं। उसकी देह ठण्डी होती गयी।

डिमि गुम-सुम बैठी रही। उसकी आँखों की कोरों से आँसू बहते रहे।

# बारह

डिमि गाँव लौटी। वह डिलि वगैरह को धनपुर की चिता सजाने के लिए बुलाने आयी थी। लेकिन डिलि को पुलिस पकड़कर ले गयी थी—हाथों में हथकड़ी डालकर। नोक्मा, गारोगाँव के मुखिया, को भी गिरफ्तार कर लिया गया था।

गाँव के सारे लोग भाग चुके थे। कहीं कोई दीया तक नहीं टिमटिमा रहा था। चारों ओर मरघटी सन्नाटा छाया हुआ था।

डिमि सारे गाँव में चिल्लाती फिरी : ''सारा गाँव कहाँ मर गया है? क्या यहाँ कोई मर्द नहीं रह गया? कोई हो तो निकल आए। किसी की चिता सजानी है।''

डिमि इसी तरह चीखती-पुकारती नोक्मा के घर पहुँची। दो दिन पहले जहाँ सारा गाँव उत्सव मना रहा था वहाँ भयानक सन्नाटा छाया हुआ था। डिमि को देखकर मुखिया का कुत्ता भौं-भौं कर दौड़ा। वह अपने मालिक के पकड़े जाने पर अपनी दयनीय स्थिति पर रो-बिसूर रहा था शायद।

घर में कोई था नहीं। सब भाग गये थे। मुखिया के यहाँ से वापस आकर डिमि ने पास-पड़ोस भी झाँक लिया; कहीं भी किसी आदमी की परछाईं तक नहीं मिली। चारों ओर अजीब-सी मुर्दनी और चुप्पी थी। हताश होकर उसने घर लौट जाना ही उचित समझा।

अँधेरा बढ़ता जा रहा था।

घर के आँगन में उसे शइकीया खड़ा हुआ मिला। वह हैरत में पड़ गयी। वह जब तक कुछ पूछती, शइकीया ने खुद आगे बढ़कर कहा :

''मैं तुम्हें इतना बताने आया था कि धनपुर की लाश पुलिस ले जा चुकी है।''

सुनते ही डिमि को चक्कर आ गया। पिछले कई दिनों से वह बुरी तरह परेशान रही थी। लेकिन अपनी भूख-प्यास और घुटन को भुलाकर वह भाग-दौड़ करती रही। उसने अपने आपको किसी तरह सँभाला। फिर घर के भीतर चली गयी। उसे लगा, वह किसी दूसरे के घर में तो नहीं घुस गयी।

कमरे की सारी चीजें इधर-उधर बिखरी हुई थीं। उमस भरे कमरे में अँधेरा भी बुरी तरह अटा हुआ था। वह कुछ समझ न पायी। कहीं उसके अन्तर की घुटन ही तो नहीं धुँधआ रही है—भीतर और बाहर! धनपुर को खोकर उसका हृदय खाली हो गया था। उसमें एक अतृप्त-सी प्यास भटक रही थी और उसे उसकी बुझी

हुई साँसें ढो रही थीं। वह डिलि तक को भुलाये बैठी थी। दारोगा की वर्दी में शइकीया उसके सामने खड़ा था...उसे डिलि की गिरफ्तारी की याद हो आयी।

शइकीया उसके सामने क्यों खड़ा था, यह वह नहीं समझ पायी। दरअसल, वह अभी भी सहज नहीं हो सकी थी। बचपन से ही वह जिस मूर्ति को अपने हृदय में स्थान दे चुकी थी, पूजती रही थी वह इतने वर्षों बाद अचानक आया और सदा के लिए विदा हो गया! डिमि को विक्षिप्त छोड़ गया!

ऐसा न था कि डिलि उसका योग्य पति न था। लेकिन पति के अंग से लगकर भी वह धनपुर की अदृश्य और सुखद छाया से मुक्त न हो पायी थी। खाते-पीते, सोते-जागते वह उसकी परछाईं को महसूस करती रहती। इससे उसे शान्ति मिलती थी।

डिमि बावली-सी हो दियासलाई खोज रही थी। नहीं मिली। नासपीटे उसके सारे घर को ही तहस-नहस नहीं कर गये, बल्कि उसके मन-मस्तिष्क भी झकझोर गये हैं। वह क्या खोज रही है, यह भी भूल गयी। बार-बार धनपुर की बातें उसके मन में घुमड़ने लगतीं, उसका चेहरा आँखों के सामने तिरने लगता।

वह जहाँ चला गया है वहाँ भी कोई नगर होगा! नगाँव की तरह। नदी भी होगी वहाँ—कलङ्-सी! सुभद्रा मिली होगी उसे! क्या उसके साथ वह वहाँ घर बसाकर रह पाएगा!

दियासलाई खोजते-खोजते सहसा उसका हाथ डिलि के दाव पर पड़ गया। लोहार के यहाँ से अभी हाल ही में खरीदा गया था—एकदम नया। उसे खाट के नीचे रख वह फिर से दियासलाई खोजना ही चाहती थी कि अचानक किसी के पैरों की आहट सुन उसने दाव को हाथ में कसकर पकड़ लिया।

''डिमि!''

''क्या है? यहाँ से सही-सलामत निकल जाओ, दारोगा! मेरे घर में घुसने की तुमने हिम्मत कैसे की?''

उसने अपनी मुट्ठी को दाव पर और भी कस लिया। पूरी तरह से चौकन्ना हो गयी थी वह। शइकीया ने टॉर्च से डिमि के मुँह पर रोशनी फेंकी। रोशनी पड़ते ही वह लम्बी साँस ले फुँफकारती नागिन की तरह दाव लिये सामने आ खड़ी हो गयी। मुट्ठी को उसने तनिक भी ढीला न होने दिया। रोशनी में उसने देखा, मानो शइकीया उसकी ओर देख-देखकर वैसे ही हँस रहा है जैसे जाल में फँसी हिरणी को देखकर शिकारी। आगबबूला हो वह बोल उठी :

''इतना कर लेने पर भी तुझे सन्तोष नहीं हुआ और अब बुरी नजर से मेरे पास भी आया है!''

शइकीया ने इस बार टॉर्च की रोशनी नीची कर ली। सहसा उसकी हँसी

गायब हो गयी। उसका चोट खाया हृदय अपमान की ज्वाला से भड़क उठा। निर्लज्ज वासना से दहकती हुई उसकी बाँहें डिमि को दबोच लेने के लिए छटपटा रही थीं। ऐसी खूँखार औरत को वह अपनी मर्दानगी जताने के लिए अधीर हो उठा। शइकीया पहले भी ऐसी अनेक औरतों को अपनी हवस की भट्ठी में झोंक चुका था। हाथ में रिवाल्वर और साथ में पुलिस की वर्दी का रौब होने पर निषिद्ध सम्भोग करने की उसकी वासना प्रबल हो उठी। केवल उसका ही नहीं, सभी शक्ति-सम्पन्न दुराचारियों के मनोभाव ही वैसे होते हैं। औरत जितनी लुभावनी होती है, वासना की ज्वाला उतनी ही अधिक भड़कती है।

शइकीया ने कठोर स्वर में कहा :

''उस समय एक नजर देख लेने के बाद से ही मैं तुझे चाह रहा था। इसीलिए तुझे गिरफ्तार नहीं किया था। और सबको चालान कर चुका हूँ। कानूनन तो तुझे पहले ही गिरफ्तार कर लेना चाहिए था। तब भी ऐसा कहती है? चल, अब ये दाव फेंक दे।''

दाव पर डिमि की मुट्ठी और अधिक कस गयी। कड़कते हुए बोली :

''तू यहाँ से जाता है या नहीं? मैं कोई तेरी रखैल नहीं हूँ।''

''तो धनपुर तेरा कौन था? तेरा मरद?''

डिमि की सारी देह क्रोध से झन्ना उठी। क्षण-भर वह कोई जवाब नहीं दे सकी कि धनपुर उसका क्या है। शइकीया से झूठ बोलने से भी कोई फायदा नहीं। उसके सामने ही धनपुर को उसने एक बार चूमा भी था। यह सच है कि धनपुर उसका पति नहीं, लेकिन उसे वह बचपन से ही प्यार करती आयी थी और उसकी मृत्यु के बाद भी उसे वह भूल नहीं पा रही थी।

शइकीया के होठों पर मुसकराहट फैल गयी। बोला :

''तू अधिक नखरेबाजी मत कर। जरा ठीक से सोच ले। डिलि को भी मैं छोड़ दूँगा। तुझे भी गिरफ्तार नहीं करूँगा। सच-सच बता, वे लोग तुम्हारे यहाँ ठहरे थे न? कौन-कौन थे वे लोग?''

डिमि उसकी चाल भाँप गयी। वह फिर कड़क उठी :

''यह सब क्या बकवास है! निकल जाओ यहाँ से! तू न तो मुझे पकड़ सकेगा और न मुझसे तुझे कोई बात ही मिलेगी।''

इस बार शइकीया ने जेब से रिवाल्वर निकाल ली और बोला :

''इसे देखती हो न?''

इसके पहले डिमि ने शायद रिवाल्वर नहीं देखी थी। टॉर्च की रोशनी में ही शइकीया ने डिमि की ओर रिवाल्वर दिखलायी :

''नहीं देखी है तो अच्छी तरह देख ले।''

डिमि ने रिवाल्वर की ओर देखा और कटाक्ष करते हुए कहा :

"ओह, तो मुझे मारने के लिए लाया है?"

शइकीया स्तब्ध हो गया। डिमि के सरल, निर्दोष चेहरे पर डर का कहीं कोई भाव भी नहीं था। हाँ, घृणा की झलक स्पष्ट थी। रिवाल्वर से भी वह नहीं डरती है, ऐसा सोचकर उसे आश्चर्य हुआ। वह कोई जवाब नहीं दे पाया।

"धनपुर को इसी से मारा था?" डिमि ने प्रश्न किया।

"धनपुर को मैंने नहीं मारा।"

"तब किसने मारा?"

"पता नहीं। शायद मिलिटरी ने," शइकीया ने हकलाते हुए कहा।

"तेरे जैसे ही कुत्ते ने मारा होगा," दाव पर और अधिक कसाव डालते हुए डिमि ने आँखें तरेरकर टिप्पणी की।

शइकीया का इसके पहले ऐसी निर्भीक महिला से कभी पाला नहीं पड़ा था। रिवाल्वर देखकर भी वह भयभीत नहीं हुई थी। कुत्ता कहे जाने के कारण उसका मन अपमान और प्रतिशोध की भावना से और भी अधिक दहक उठा। रिवाल्वर को हाथ में थामे हुए ही वह बोला :

"कुत्ता नहीं, बाघ कहो, बाघ!"

"बाघ? दूसरे के हुक्म पर बाघ इस तरह किसी आदमी को नहीं मारता। वह वन का राजा होता है। बाघ नहीं, तुम लोग तो सरकारी कुत्ते हो।"

डिमि इस बार मरने को तैयार हो गयी। उसने तय कर लिया कि इसके हाथों से देह को कलुषित कराने से मौत कहीं अच्छी। धनपुर की तरह ही वह भी मरेगी। सुभद्रा-जैसी दशा वह अपनी नहीं होने देगी। लेकिन गाँव को मिलिटरी ने घेर रखा है। इस समय शइकीया जो चाहेगा, वही करेगा। यदि उसे तीन-चार लोग पकड़ लेंगे तो वह भला क्या कर पाएगी! अब सोचना ही क्या? इसी दाव से वह अपनी भी गर्दन काट लेगी। उसे जीते जी पकड़ पाना शइकीया के लिए सहज नहीं होगा।

उसने देखा, शइकीया थोड़ा हिल-डुल भी नहीं रहा है। रिवाल्वर भी ठीक तरह से नहीं तान रखी है। पहले कभी वह इस प्रकार विमूढ़ नहीं हुआ था। डिमि के सुन्दर गोरे मुखड़े और हिल्लोलित उरोजों को देखकर उसकी वासना और अधिक भड़क उठी थी। शायद उस वासना के उफान के कारण ही उसकी देह कुछ-कुछ काँप रही थी। उसे लग रहा था कि डिमि को ऐसे ही पा जाना सम्भव नहीं। एक ही उपाय था कि उसे बन्दी बना लिया जाय लेकिन इसके लिए भी पुलिस की जरूरत होगी। यह सोचकर वहाँ से लौटने लगा।

कुछ देर तक शइकीया डिमि को टकटकी लगाकर निहारता रहा। उसके बाद टॉर्च बन्द कर रिवाल्वर ताने हुए ही बड़ी सावधानी से कोठरी से बाहर निकला।

इधर डिमि ने सोचा कि भागने का यही मौका है। सामने से भाग नहीं सकती थी। पकड़ लिये जाने की सम्भावना थी। तभी उसने निर्णय कर लिया कि कमरे की दीवार काटकर भागना अच्छा रहेगा। इससे पीछेवाली बँसवाड़ी में घुसने की सुविधा होगी। और कोई उपाय था भी नहीं।

शइकीया के बाहर निकलते ही भीतर से डिमि ने दरवाजे पर कुण्डी चढ़ा ली। ताकि शइकीया यदि फिर लौटकर आए भी तो दरवाजा खोलने में उसे कुछ विलम्ब हो जाए। फिर पाँच मिनट के अन्दर ही उसने बाँस की खपच्चियों से निर्मित दीवार चीर डाली और पिछवाड़े से निकल भागी। उसका अनुमान था कि गाँववाले निश्चय ही जंगल में कहीं छिपे होंगे। उनसे मिलकर यह रात तो वह काट ही लेगी। बाद में जो होगा देखा जाएगा।

पिछवाड़े की बँसवाड़ी से होती हुई वह सीधे नदी के किनारे वाले जंगल में घुस गयी। वहाँ से वह नदी-घाट की ओर चल दी। चलती क्या, दौड़ रही थी वह, उसे याद आया कि बलबहादुर शायद घाट पर ही हो।

नदी-घाट पर पहुँचते ही उसने गाँववालों की तलाश करनी चाही, लेकिन अँधेरे में कहीं कुछ भी तो नहीं दिखलाई पड़ता था। फिर भी इस समय उसे अँधेरा ही अच्छा लग रहा था। बलबहादुर के होने का कोई संकेत न पा वह धीरे-से पानी में उतर गयी। कपिली को तैरकर पार करने और घाट के उस ओर के खेतों में जा छिपने के अतिरिक्त उसे और कोई उपाय नहीं सूझा। दस एक मिनट में ही वह दूसरे किनारे जा लगी।

उसकी सारी देह भीग गयी थी। चलते समय अब लहँगे से फट्-फट् आवाज निकालने लगी थी। इसलिए उसने लहँगे को कसकर ऊपर की ओर समेट लिया। फिर बालू पर चलती हुई वह ईख के खेत में जा पहुँची। उधर अब भी कई-एक खेतों में ईख काटी नहीं गयी थी। खेत में घुसकर वह एक जगह एक पत्थर पर बैठ गयी। जहाँ से घाट पर होनेवाली बातचीत सुनाई पड़ सकती थी। वहीं चुपचाप बैठ उसने घाट की ओर कान लगा दिये।

अचानक उसने देखा : आग की लपटें उठ रही हैं। सारा गारोगाँव जल रहा है। घरों से उठनेवाली लाल-लाल जिह्वाएँ आसमान में लपलपा रही हैं। किसने लगायी है यह आग? यह कुकृत्य पुलिस के सिवा और कौन करेगा? अब वह घर फूँकने पर तुल गयी है। लोगों का सर्वस्व लूटकर, उन्हें अकारण कष्ट पहुँचाकर और स्त्रियों का सतीत्व नष्ट कर भी इन दुराचारियों की मंशा पूरी नहीं हुई है।

उसे हैरानी हुई कि गाँव के सारे मर्द कहाँ चले गये। इनमें धनपुर की तरह उत्साह क्यों नहीं! घुट-घुटकर मरने और भागने-छिपने से तो अच्छा था दुश्मनों को मारते हुए मर जाना।

घाट पर कुछ हलचल-सी हुई। गाँव के ही कुछ लोग वहाँ इकट्ठे हुए थे। डिमि ने फिर से उस ओर कान लगाया। उनकी बातों से लगा, वे सब आग के डर से बालू पर भाग आये हैं। ईख के खेत से निकलकर डिमि भी किनारे पर चली आयी।

घाट पर आकर उसने जोर की आवाज लगायी :

"वहाँ घरों में आग लगा दी गयी है और तुम सब यहाँ बैठे हाथ ताप रहे हो?"

उधर से किसी ने हाँक लगायी।

"अरे, तू कौन है?"

"मैं हूँ...डिमि।"

"अरी चुड़ैल, तू कहाँ मर गयी थी? शइकीया के लोग तुझे ढूँढ़ रहे थे। तू मिली नहीं तो उसने सारे गाँव को आग में झोंक दिया।"

डिमि ने जोर से ललकारा :

"तब तुम मर्द लोग कहीं छुपे बैठे थे? उसकी गर्दन क्यों नहीं उतार लाये?"

कहती हुई डिमि ने पानी में छलाँग लगा दी। तैरती हुई उस किनारे पर पहुँची जहाँ सभी मन मारे खड़े थे। डिमि एक बार फिर बुरी तरह भीग गयी थी। उसकी सारी देह पानी और कीचड़ से लिथड़ गयी थी। लहँगा निचोड़ती हुई उसने फिर गाँववालों से कहा :

"बड़े मर्द बनते हैं?"

किसी ने कुछ न कहा। उनकी आँखें नीची थीं।

"वे सब हैं या चले गये?"

"चले गये?"

"किसी ने देखा है या...?"

तभी झाड़ी से जयराम बाहर निकल आया। बोला :

"हाँ वे लौट गये, मैंने देखा था। जानती हो क्यों?"

"क्यों?" डिमि की आँखों में भी वही सवाल था, जो होठों पर था।

"मैंने सुना है कि हातीचोङ् और बारपूजिया की तरफ कांग्रेस और मृत्युवाहिनी की एक सभा हुई है। उसमें इन अत्याचारियों की हत्या करने के लिए संकल्प किया गया है। एक सूची भी तैयार की गयी है। और उसमें पहला नाम है शइकीया का। इन सबको पकड़ना है।" जयराम ने बताया।

"तुम्हें खबर कैसे मिली?"

"शान्ति-सेना के स्वयंसेवकों से पता चला।"

"तो शान्ति-सेना अब भी जिन्दा है?"

"हाँ।"

चेहरे का पानी पोंछ इस बार डिमि ने बालों को झटकार कर फैला लिया। क्षण-भर रुककर वह बोली :

"अब तुम लोग सब यहाँ आकर रुककर क्या कर रहे हो? चलो, चलकर आग बुझाओ।"

डिमि के स्वर में आदेश था। जयराम यह समझ भी नहीं सका कि पुरुषों को आदेश देने की शक्ति उसने कहाँ से पा ली! सबमें मानो चेतना की लहर दौड़ गयी। वे तेजी से गाँव की ओर दौड़ पड़े। सबके अन्त में चले वे दोनों—डिमि और जयराम।

चलते-चलते डिमि ने पूछा :

"रास्ते में बलबहादुर मिला था? वह घाट पर नहीं दिखा।"

"नहीं, वह फरार हो चुका है," जयराम ने रुकते हुए कहा। इधर पुलिस उसका कई बार पता करने आयी थी। मैं दूर-दूर की सारी खबर लेता रहा हूँ। केवल तुमसे ही भेंट नहीं हो सकी थी। लग रहा था उन लोगों ने कहीं तुम्हें मार तो नहीं दिया। आजकल किसी को मार डालना कुछ भी कठिन नहीं है, समझीं न! किन्तु तुम तो सचमुच बच निकली। शहर का क्या हालचाल है? गिरफ्तार हुए लोगों का क्या हुआ?"

जयराम के प्रश्न में एक उत्कण्ठा थी। गाँव लौटने के बाद डिमि को किसी के साथ अभी तक खुलकर बात करने का मौका भी नहीं मिला था। यहाँ पहुँचते ही लगातार एक के बाद दूसरी कितनी ही घटनाएँ घटती रहीं। नगाँव शहर में उसकी आँखों देखी घटनाएँ तो उसे मानो बहुत दिन पहले घटी प्रतीत हो रही थीं। यहाँ सारे दिन नयी-नयी घटनाएँ होते देख रही थी। फिर रोजमर्रा की सामान्य घटनाएँ तो ये थीं नहीं।

डिमि को सहसा गोसाइन की बात स्मरण हो आयी। कहने लगी :

"गोसाइन को पुलिस गिरफ्तार कर ले गयी थी, किन्तु थाने में जगह नहीं थी। जेल भी भर चुकी थी। इसलिए एक रात सबको थाने के बरामदे में ही रखा गया था। गोसाइन का फुफेरा भाई ही उस थाने का दारोगा है। नाम शायद अनन्त है। गोसाइन उसी आदमी को खोज रही थीं। पर वह मिलता कहाँ? इस शइकीया की तरह ही अत्याचारी होने के कारण उसे जनता का अभिशाप भोगना पड़ा है। उसे पकड़ने के लिए बहुतेरे जन घात लगाये बैठे हैं। आज सात दिनों से वह हातीचोङ् मौजे में ही है। जो क्रान्तिकारी अब तक गिरफ्तार नहीं हो पाये, उन्होंने शायद बारपूजिया और हातीचोङ् मौजे को ही अपना केन्द्र बना लिया है। उधर पुलिस ने भी उन दोनों क्षेत्रों में अपना जाल फैला रखा है।

"जेल के सामनेवाले रिजर्व मैदान में समय काटते-काटते गोसाइन ने यह

बात बतायी थी। उसे सुनकर मैंने घृणा से नाक सिकोड़ ली थी। गोसाइन के पिता या पति कोई भी अनन्त को देखना तक नहीं चाहते थे। किन्तु गोसाइन का व्यवहार उसके साथ अच्छा था। आन्दोलन के दौरान वह कई बार मायङ् भी गया था। गोसाइन ने चाय-नाश्ते से स्वागत-सत्कार कर उसे चेतावनी भी दे दी थी।

''सामान की नीलामी के लिए जैसे डाक बोली जाती है, वैसे ही गिरफ्तार किये गये लोगों की जमानत के लिए रिजर्व मैदान में डाक बोलनी पड़ रही थी। शहरी आदमी केवल देखने में ही फिट-फाट हैं। दरअसल वे बड़े डरपोक हैं—'ऊपर से फिट-फाट, भीतर से मोकामाघाट।' सौ-एक आदमी रहे होंगे। मायङ् मनहा, बेबेजीया, हातीचोङ्, बारपूजिया, कलियाबर और रोहा अंचलों के तमाम स्थानों से लोगों को गिरफ्तार कर वहाँ लाया गया था। जमानतें लेने के लिए भी कोई सामने नहीं आना चाहता है। केवल भुइयाँ के घर के एक-दो लड़के और कलियाबर से जाकर शहर में बस गये कुछ लोग ही शेरदिल हैं। कलियाबर से अनेक खेतिहरों को पकड़कर लाया गया है।

''दिन में धूप, रात में ठण्डक और तिस पर भी जानलेवा मच्छर—कष्ट का कोई पारावार नहीं था। पर किया क्या जाता, सभी के सभी खुले मैदान में ही पड़े थे। और गोसाइनजी—वह तो बेचारी पीड़ा से छटपटा रही थीं। प्रसव का समय भी तो निकट आ गया था। गर्भवती महिला की दुःख-पीड़ा देखकर भी बहुत देर तक पुलिस ने कोई खबर नहीं ली। क्रोध में सभी सरकार को उल्टी-सीधी गालियाँ तक देने लगे थे। संसार में इससे अधिक लज्जा की बात और क्या हो सकती है कि एक भले परिवार की महिला शहर के बीचों-बीच खुली जगह में दिन के उजाले में ही सबके सामने प्रसव करे। खबर पाते ही आखिर कहीं से फुकनजी आ गये। साथ में उनकी मोटर भी थी। उन्होंने खुद गोसाइन जी की जमानत ली और उन्हें एक सम्बन्धी के घर लिवा ले गये। भूखे-प्यासे शोक-सन्ताप और नींद न आने से बेहाल बन्दियों ने तभी चैन की साँस ली थी।

''उधर से ही तो मैं उस दिन गोसाइन को देखने भी गयी थी। तब तक वे एक पुत्ररत्न पा चुकी थीं। चाँद-सा मुन्ना : गोरा, बड़ा प्यारा। उसे पा गोसाइन ने मानो सब कुछ पा लिया। कहने लगी थीं, 'डिमि, गोसाईंजी को कहना कि आकर वे एक बार उसे देख जाएँ।'

''बात करते समय उनके चेहरे पर अपूर्व आनन्द की आभा फैल रही थी।

''बरुवा का घर खोज निकालने में मुझे अधिक समय लग गया था। वहाँ दरवाजे पर ताला पड़ा था। पड़ोस के ही एक आदमी ने बातों-बातों में पहले सारा परिचय पा लिया था और तभी भुइयाँ के घर जाने को कहा था। जैसे ही वहाँ पहुँची तो देखा कि वहाँ का हाल तो और बेहाल है। सारा घर पुलिस से घिरा हुआ

था। कलियाबर और मिछा के दो तरुणों को पुलिस पकड़ लायी थी। उनमें एक तगड़े बैल की तरह हट्टा-कट्टा और होशियार लग रहा था। जबकि दूसरा एकदम पिद्दी, दुबला-पुतला और निस्तेज। उनके घरों से कुछ सामान भी जब्त कर लाया गया था। पुलिसवालों के चले जाने पर भुइयाँ के लड़कों ने मुझसे कुछ बातचीत भी की थी। दरअसल नगाँव का काँग्रेस-ऑफिस भी वहीं था। मैंने रूपनारायण के सारे कागज-पत्र वहीं दे दिये थे।

"पर, वहाँ देने से क्या होगा? कांग्रेस के सभापति और शान्ति-सेना के संचालकों में से कोई तो नहीं थे वहाँ। आन्दोलन अपनी चरम सीमा पर है, किसे पता है कि इस समय कौन कहाँ है? कोई नहीं जानता। पर ये सब तथ्य की बातें हैं। कागज-पत्र भुइयाँ के लड़के ने ही रख लिये थे। उस लड़के से ही धनपुर वगैरह के बारे में भी जानकारी मिली थी। फिर उसने मेरे लौटने की व्यवस्था भी कर दी थी। ब्याह-काज के लिए दो आदमी मायङ् से दही लेने के लिए आने वाले थे। मोरीगाँव वाली सड़क से किसी प्रकार जीप आ जाती है। उसी से मुझे भी आने का मौका मिल गया। केवल मुझे ही नहीं, गोसाइन के साथ गिरफ्तार की गयी बानेश्वर राजा की पत्नी और कई जनी भी उसी जीप में आ गयीं।

"लौटती बार रास्ते में भी एक और नाटक देखने को मिला। रोहा से आगे सराइबाही पहुँचते ही देखा कि स्कूल के लड़कों का एक झुण्ड हाथों में तिरंगा लिये, गीत गाते हुए सोनाई की ओर चला जा रहा था। सोनाई को पारकर वे हेकोडाम्बरि की ओर बढ़ गये थे। गाँव के लालुङ्, मिकिर और ब्राह्मण, शूद्र आदि सभी बाहर निकलकर जुलूस देख रहे थे। शेरदिल थे वे सभी-के-सभी लड़के। क्या ठिकाना कि उनके सीने गोली से कब भून दिये जाएँगे!

"सुना है, शइकीया कहता है कि स्वतन्त्रता मिलने पर वह आत्महत्या कर लेगा। यह भी कहा जाता है कि बरहमपुर में फिन्स साहब ने तिरंगे को देखते ही जनता पर गोली चला दी थी। कुछ भी नहीं कहा जा सकता कि उन मासूम लड़कों के भाग्य में क्या लिखा है। उस आँचल में सामूहिक जुर्माना वसूल करने के लिए पुलिस कल-परसों से चारों और फैल गयी है। किसी एक दारोगा के बारे में यह भी सुनने को मिला कि वह लोगों पर ऐसे बर्बर अत्याचार कर रहा है जिन्हें सुनते ही लोगों के दिल दहल उठते हैं। वह सब सुनकर मुझे भी सब असहनीय लग रहा था। पर, अब तो वह सब मैं भी भोग ही रही हूँ।"

सारी बातें डिमि एक साँस में ही कह गयी। आग के उजाले में गीली चोली के भीतर उसके सीने की धड़कन तेज होती देख जयराम बोला :

"डिमि, तू अपने घर के पास-पड़ोस ही में ठहर जा। आग ताप ले, भीगे कपड़े भी सुखा ले। तब तक मैं एक काम करके आता हूँ।"

"कौन-सा काम?" डिमि ने पूछा।

जयराम गम्भीर हो गया। बोला :

"यह सब न ही पूछ तो अच्छा। तू कोई मृत्युवाहिनी में तो है नहीं।"

डिमि हँस दी, "अच्छा नहीं पूछूँगी। पर एक गीत तो सुनता जा! उन्हीं लड़कों का है यह गीत। सुनते ही मुझे याद हो गया था।"

वह आग से थोड़ी दूर हट गया, लेकिन डिमि वहीं जमी रही। सामने उसी का घर जल रहा था। सब कुछ स्वाहा हो चुका था। घर से सामान निकालने का समय भी चुक गया था। डिमि अपना सब कुछ जलते हुए देख रही थी। तब भी वह निर्विकार भाव से गीत गाने लगी :

> हे भारतवासी, यह दुःखद समाचार
> सुनकर भी क्यों बन बैठे लाचार
> कुटिल गौरांगों ने छोड़ी धर्मनीति
> आक्रामक दमनचक्र किंचित नहिं प्रीति
> ये अधर्मी अविवेकी पाखण्डी पिशाच...

उच्चारण साफ-साफ न होने पर भी डिमि के स्वर में बड़ी ही सहजता और मिठास थी। जयराम तन्मय हो गया। तन्मय ही नहीं हुआ, बल्कि सारी घटनाएँ भी उसकी आँखों के सामने नाच उठीं। आँखों से आँसू झरने लगे। कहीं डिमि न देख ले, इसलिए उसने दूसरी ओर मुँह कर चुपके से आँसू पोंछ लिये। जनता का गीत, जनता के द्वारा रचित गीत!

"क्यों, रो पड़े? क्या हुआ? धनपुर होता तो वह कभी नहीं रोता।"

"धनपुर वीर था, डिमि! हम लोग तो कायर हैं, कायर। नहीं तो स्वाधीनता की इस लड़ाई में इतने दिनों तक बचे कैसे रहते?...तूने सुभद्रा को तो नहीं देखा था न?"

"ऊँहूँ!"

"सुभद्रा बहुत पहले ही मरकर भूत बन गयी है।"

इस बार डिमि की आँखों में आँसू छलक आये। उसे याद हो आयी, धनपुर की भावी कल्पना। नगाँव की कलङ् वह अभी-अभी ही देखकर आयी थी। उसकी धारा क्षीण पड़ गयी थी। किनारे पर के एजार के पेड़ों में फूल-पत्ते नहीं रह गये थे। कहीं-कहीं एक-दो सोवालु, भेलकर और पमा के पेड़ भी दीखे थे। उसकी आत्मा एजार पर अटकी रह सकती है। हाय रे विधाता! सुभद्रा मरकर भूत बन गयी! डिमि यह निर्णय नहीं कर पायी थी कि धनपुर के लौटने पर वह उसे कैसे समझाती। धनपुर अगर सुभद्रा की खोज करता तो डिमि क्या बहाना बनाती! नहीं-नहीं,

वह आदमी ही कुछ और था। वह उसकी कभी खोज नहीं करता। उसका बाहरी मन शीशे जैसा सख्त था, पर गहराई से झाँकने पर उसका अन्तरंग मृदुल और मिठास भरा लगता था। बस, उसे चूम लेने को जी चाहता था।

आग से चट्-चट् की आवाज और धुएँ की कसैली गन्ध फैल रही थी। मानो बँगला-उत्सव की गन्ध हो। लेकिन इस विपदा में भी वह गन्ध डिमि को नहीं खल रही थी। एक लम्बी साँस छोड़ते हुए उसने अपना सिर ऊपर उठाया और चाँद को देखने लगी। आकाश में चाँद की कला—जैसे धनपुर की लम्बी आँख हो या फिर मन को हर क्षण लुभा लेनेवाली उसकी मुसकराहट हो।

जयराम डिमि से यों ही पूछ बैठा :

"डिमि, तुम धनपुर को बड़ा प्यार करती थीं न? तुम्हारा घरवाला भी तो है!"

डिमि से शइकीया ने भी प्राय: ऐसा ही प्रश्न किया था। ये सब प्रश्न पुरुषों के हैं। उसका मन असमंजस में पड़ गया। बोली :

"इन सब बातों का जवाब मुझे नहीं आता। पर एक बात मैं अवश्य जानती हूँ, अच्छी तरह समझती हूँ :

हृदय में बँधी तुम्हारी आस, कमर में बँधा हुआ है बल।
पैर में बँधे भ्रमर के पंख, भाग्य में बँधा कर्म का फल ॥"

जयराम को हिम्मत न हुई कि वह डिमि की ओर देखकर बात कर सके। पर-पुरुष को इस तरह चाहकर भी उसका मन तनिक भी विचलित नहीं हुआ। बल्कि इसे वह अच्छा ही मानती आयी। उसके चेहरे पर के भावों को परखने से यही अन्दाज होता था। पण्डितों के रचित शास्त्रों से कभी जीवन का सही मूल्यांकन हो सका है? जीवन तो एक खेल है। जयराम ने खुद ही मस्ती में एक गीत छेड़ दिया :

जीवन है इक खेल-तमाशा
जीते जी यह खेलूँगा।
मर जाऊँ गर इसी बीच तो
फिर दुःख सुख क्या झेलूँगा ॥...

कहा नहीं जा सकता कि आदमी पर कब और किस प्रकार विपत्ति आ जाती है।

"घर में आग लगा दी गयी। हमारे आदमी सताये जा रहे हैं, मारे जा रहे हैं। क्या यह सब भी तमाशा है?" डिमि ने पूछा।

"यह सब तमाशा कैसे कहा जा सकता है? यह सब तो आसुरी वृत्ति है। तमाशा करने के लिए खुलापन चाहिए। यह तो संकट की घड़ी है। इससे उबरने

पर ही तमाशा मनाया जा सकता है।''

डिमि आँख मूँदकर कुछ सोचने लगी : बचपन में कामपुर के गोसाईंजी के यहाँ उसने आषारिका राक्षसी का किस्सा सुना था। वह बघासुर की माता थी। सागर में रहती थी। सागर के ऊपर से जानेवाले पक्षियों, पुरुषों को वह निगल जाया करती थी। एक दिन हनुमानजी सागर पार कर रहे थे। राक्षसी हनुमानजी पर झपट पड़ी। हनुमानजी भला क्या डरते! राक्षसी ने मुँह फाड़कर हनुमानजी को निगल जाना चाहा। लेकिन हनुमानजी उसके मुख में प्रविष्ट हो गये और उसका पेट चीर डाला। विधाता ने शायद धनपुर को भी हनुमानजी की तरह ही बनाया होगा। इसीलिए तो वह मरते-मरते अपना खेल दिखा गया।

जयराम वहाँ से उठकर धीरे-धीरे चलने लगा। उसके मन में एक नये प्रतिशोध की भावना भड़क उठी। अब वह शइकीया को पकड़कर ही चैन लेगा। गोसाईंजी की हत्या का बदला उसे जीते-जी गाड़कर ही चुकाया जा सकेगा। लेकिन धनपुर की हत्या—वह तो मिलिटरीवालों ने की है। मिलिटरीवालों को पकड़ पाना सम्भव नहीं। सभी के चेहरे एक-से हैं। इसलिए जो भी पहले मिल जाय, मार दो। सबकी यही इच्छा है। मधु, दधि—सभी की। केवल आहिना कोंवर ही हाँ-ना कुछ नहीं बोला। भिभिराम और रूपनारायण चुप रहे आए। बड़े भावुक हैं ये। भला दुःख की बात वे क्या समझ सकेंगे!

उसे विश्वास था कि इस बार उसने स्वयं ही जिस तरह से जाल बिछा रखा है उसमें शइकीया और लयराम अवश्य फँसेंगे।

डिमि के कपड़े सूख चले थे। वह भी उठी और उसी ओर धीरे-धीरे कदम बढ़ाने लगी जहाँ और सभी साथी उसकी प्रतीक्षा कर रहे थे।

# तेरह

बाहर कड़ाके की सर्दी थी। सितारों का पता लगाने वाले आदमी की तरह रूपनारायण संजीवनी टोल के पास पहुँचा।

सामने आते हुए एक आदमी को रोककर उसने पूछा :

"भाई साहब, राइडङ्गीया जाने का रास्ता बता सकेंगे?"

उस आदमी ने रूपनारायण की तरफ देखकर रूखे स्वर में उत्तर दिया :

"मरना चाहते हो क्या? जरा इधर तो आना, मैं भी देख लूँ उस बहादुर का चेहरा।"

रूपनारायण असमंजस में पड़ गया। इस घड़ी पूरी सावधानी न बरती गयी तो मुसीबत खड़ी हो सकती है। इस बार उसने विनम्र होकर पूछा :

"अच्छा यह तो बता सकते हैं कि बरठाकुर का घर किधर है?"

वह आदमी और निकट आ गया। टॉर्च की रोशनी में रूपनारायण को अच्छी तरह देखने लगा। रूपनारायण को बड़ा आश्चर्य हुआ। यह आदमी उसे निगल जाना चाहता है क्या? उसने बन्दूक को कसकर थाम लिया। घबराहट में कोई सवाल-जवाब भी तो नहीं हो पाता। दधि, मधु और भिभिराम पीछे चमुवा गाँव में ही रह गये थे। उनके साथ दूसरी बन्दूकें भी रह गयी थीं। उन्हें बुलाने के लिए यहाँ से किसी को भेजना भी था।

रूपनारायण वहीं खड़ा रहा। वह अजनबी भी उसे बहुत देर तक घूरता रहा। अचानक रूपनारायण की आँखें चमक उठीं। उसके कन्धे पर हाथ रखते हुए उसने कहा :

"तुम टिकौ तो नहीं? कहाँ गये थे?...चाकोला घाट वाले खेत पर? हाथ में दाव और कुदाल भी है!..."

टिकौ की हैरानी प्रसन्नता में बदल गयी। उसने दूसरा ही सवाल पूछा :

"क्या रास्ते में जयराम से भेंट नहीं हुई?"

रूपनारायण को भिभिराम से पता चला था कि जयराम हातीचोङ् के लोगों की सहायता से पुलिस और सी.आई.डी. के अधिकारियों का सफाया करने की योजना बना रहा है और यहीं कहीं टिका है। यह दो दिन पहले की बात है। दीखलीआटि के सुरक्षित वन के पास ही नेताओं की कोई सभा हो रही है। बन्दूकें

वहीं छिपानी पड़ेंगी। राइडङीया के रास्ते पर ही वसुमती अस्त्र-भण्डार है। वहाँ से अपना काम निपटाकर उसे आगे जाना था। आगे सोनाई को भी पार करना है। जयराम से उसकी भेंट नहीं हो पायी। इसलिए टिकौ की बात सुनकर उसने तुरन्त कहा :

''उससे भेंट कहाँ हुई? वह तो लौट भी चुका होगा?''

''हाँ, जब काम पूरा हो गया तो यहाँ रुकने की जरूरत ही क्या थी? वैसे शइकीया और लयराम ने मायङ् को खँडहर बना दिया है।''

टिकौ की खाँसी उभर आयी और वह पास ही के एक पेड़ के तने से टिक गया। खाँसी रुकने पर टिकौ ने आगे कहा :

''माफ करना, मैं तुम्हें जल्दी पहचान न सका। गोसाईंजी और धनपुर तो रहे नहीं। मैं उनके साथ जा न सका। लेकिन इधर मैंने भी दो कमीनों को मार गिराया है।''

''किन्हें? शइकीया और लयराम को?''

''वे साले तो जाल फाँदकर निकल भागे।...लेकिन दो छोटी मछलियाँ जाल में घुटकर मर गयीं...''

अचानक थोड़ी ही दूर पर किसी गाड़ी के रुकने की आवाज आयी। टिकौ सतर्क हो गया। बोला :

''शायद मिलिटरी आ गयी। चलो, भाग चलते हैं।''

तभी सींगा बज उठा। टिकौ ने रूपनारायण को एक ओर खींचते हुए कहा :

''तुम बरठाकुर का घर खोज रहे थे न। वह यहाँ है नहीं। अब तक वह वहीं था, जहाँ हत्या की गयी थी। ये पुलिस वाले साले हमें चारों ओर से घेर लेंगे। हमें पहले चाकोला घाट को पार करना चाहिए। तुम मेरे पीछे-पीछे चले आओ...''

उसने कुदाल और दाव को पास की ही एक झाड़ी में फेंक दिया और भुनभुनाता हुआ फिर बोला :

''मैं घर आया था, खाना खाने के लिए...लेकिन उन पापियों ने इतना समय भी नहीं दिया कि कुछ खा-पी सकूँ।''

रूपनारायण उसके साथ चलने को तैयार हो गया। लेकिन चलते-चलते उसने पूछा :

''मैं अपने कई साथियों को पीछे छोड़ आया हूँ। वे सब चमुवा गाँव में हैं। उनका क्या होगा?''

टिकौ ने मुसकराकर कहा :

''उनके साथ उनकी बन्दूकें हैं न।''

''हाँ, हैं।''

"मैं सोनाई पार करते ही अपने किसी आदमी को वहाँ भेज दूँगा। इधर का रास्ता बहुत खतरनाक है। उन्हें दूसरे रास्ते से लाना था।"

किधर से लाना था, यह रूपनारायण को पता न था।

टिकौ को आशंका थी कि पुलिस पन्द्रह मिनट के अन्दर ही आ धमकेगी। वह रात को ही घरों पर धावा बोलती है, जब घरवाले घरों में नहीं होते।

सामने एक गड्ढा था। टिकौ ने उसे पार करते हुए कहा :

"बस, इसे पार कर जाओ। इसके बाद शइकीया के बाप की भी मजाल नहीं कि हमें पकड़ ले।"

रूपनारायण उसकी बात मानता गया। टिकौ बताता जा रहा था :

"अब तो इस अंचल में भी आन्दोलन बहुत तेज हो गया है। कुरुबावाही के प्रभु से लेकर टिकौ ग्वाल तक ऐसा कोई नहीं जो इसकी आग में कूद न पड़ा हो। बेबेजीया, कुजीदाँह, बामुनगाँव, क्षेत्री, चाकोलाघाट, खाटोवाल, करचोङ्, आइभेटी, राइडङ्गीया, हजगाँव—सभी जगह जनता जाग उठी है। दुधमुँहे बच्चे भी मिलिटरीवालों को टिटकारी मारने लगे हैं। इतना ही नहीं, हमारे साथियों ने परसों ही शइकीया के घर में घुसकर उसके आँगन में हल जोत दिया था।"

रूपनारायण ने अन्यमनस्क होकर कहा :

"तुम अपनी ही सुनाते जाओगे कि मेरी भी सुनोगे। भूख लगी है, भाई! खाने-पीने की कुछ व्यवस्था है?"

"खाना अब मिलेगा भी कहाँ? सोनाई पार होने के बाद देखा जाएगा।"

दोनों गड्ढे के किनारेवाले रास्ते पर आगे बढ़ते जा रहे थे।

बाँस की झोपों को भेदकर आनेवाली चाँदनी रास्ते पर बिछल रही थी। रूपनारायण का हृदय ऐसी धरती माँ के प्रति नत हो गया। लेकिन यह नमन वैसा नहीं था। जैसा सत्र के गोसाईं के प्रति उनके शिष्यों का होता है। इसमें एक प्रकार की वेदना भी थी। गोसाईंजी और धनपुर दोनों अलग-अलग कोटि के हैं। एक बन्दूक उठाता है रो-धोकर और दूसरा घोड़ा दबाता है गिनती कर। गोसाईंजी ने एक प्रकार से आत्म-बलिदान ही किया, और धनपुर—उसने तो हँसते-हँसते ही प्राणों की आहुति दी है। पर यह तीसरी कोटि किस प्रकार की है? ये क्या यह सोचते हैं कि देश का ऋण चुकाने के लिए मर जाना है या यह सोचकर ही प्राण दे रहे हैं कि सगे-सम्बन्धियों के ऋण चुकाने हैं। वाकई आँख होते भी ये अन्धे हैं। तनिक भी विवेक नहीं रखते। जयराम और टिकौ जैसे व्यक्ति यह नहीं समझते कि केवल हत्या कर देने से ही काम सिद्ध नहीं होता है।

रूपनारायण यही सब सोचता हुआ चल रहा था कि टिकौ ने अपनी बात आरम्भ कर दी :

"इधर ये लोग अपनी करनी से एक दिन भी बाज नहीं आते।"

रूपनारायण को उसकी अनर्गल बातें अच्छी नहीं लग रही थीं। बोला :

"चुप भी रहोगे? विष का बीज मत बोओ।"

"और रह भी क्या गया बाकी?"

"क्या हुआ?"

"होगा क्या! वह कामेश्वर है न, वह भी मुखबिर बन गया है।"

"क्या?" रूपनारायण चिन्ता में पड़ गया। उसने पूछा, "वह कहाँ है?"

"वनराज के पेट में।"

"मैं समझा नहीं।" रूपनारायण परेशान हो उठा।

टिकौ ने मन-ही-मन जल्दी से हिसाब लगाकर कहा :

"हातीचोङ् की तरफ बढ़ते ही वह मार डाला जाएगा। उसे इस बारे में सब कुछ पता है और उस जगह के बारे में भी सब कुछ जानता है जहाँ बन्दूकें छिपाकर रखी गयी हैं।"

"यह तो बहुत ही बुरी खबर है।" रूपनारायण अपनी बात पूरी न कर पाया।

टिकौ ने अपनी बात पूरी की :

"यहीं नहीं, उसने दीघली आटि का 'बन्दूक-प्रशिक्षण-केन्द्र' भी देख लिया है।"

"अच्छा...!" कहते हुए रूपनारायण गहरी चिन्ता में पड़ गया। वह कुछ बोल न पाया। इसका मतलब तो यही हुआ न कि पुलिस को इन सारी गुप्त योजनाओं के बारे में पता चल गया है। गोवर्द्धन पहाड़ की गुफाओं के बारे में वह किसी सीमा तक आश्वस्त था। लेकिन अब उन्हें भी छोड़ना होगा। योजना को कार्यान्वित करने योग्य कोई स्थान नहीं। लगता है नाव बीच धार में ही डूब रही है।

टिकौ इतना कुछ तो नहीं सोच-समझ पाता। उसे ये सारी बातें सहज ही लगती हैं। वह इनकी तहों में नहीं पहुँच पाता।

गड्ढा पार कर वे जिस रास्ते से आगे बढ़े थे, वह समाप्त हो रहा था। इसके आगे एजार का एक पेड़ था। दोनों उसके नीचे रुक गये। वहाँ दो गीदड़ सो रहे थे। आदमी की आहट पाते ही वे कच्चू के पौधों की ओर भाग गये। टिकौ ने कहा :

"अगर क्रान्तिकारी भी गीदड़ की तरह ही चालाक होते तो चिन्ता की कोई बात नहीं थी। लेकिन सबके सब तो गीदड़ हो नहीं सकते। इनमें बाघ, लोमड़ी और बन्दर भी होते हैं। जहाँ तक मेरी बात है, मैं बन्दर हूँ। एक सप्ताह पहले ही उधर कूदता-फाँदता चला गया था।"

"कहाँ।"

"रोहा, और कहाँ! वहाँ नेशनल वार फ्रण्ट की एक सभा हुई थी। शहर का

वह घमण्डी ऑफिसर भी वहाँ मौजूद था। पेमफ्लेयर साहब सभापित की कुर्सी पर थे। मौका मिलते ही मैंने वहाँ एक गीत भी गाया था।''

''कौन-सा?''

''मेरी जेब में बाँस की दो पट्टियाँ थीं, उन्हें बजा-बजाकर मैं जोर-जोर से गाता रहा। ससुरे सुनते रहे :

उत्तर में कपिली दक्खिन में सोनाई।
ताव के साथ लाव-लश्कर
मिलिटरी और फौज लेकर
शहर में पहुँचा लम्बोदर
तिलक का फोड़ दिया है सर
उत्तर में कपिली दक्खिन में सोनाई।
यहाँ अब भूतों का है राज
हमें तो है, स्वराज के काज
उत्तर में कपिली दक्खिन में सोनाई।
यहाँ कोई आ ना पाएगा।
फँसा तो जा ना पाएगा।
उत्तर में कपिली दक्खिन में सोनाई।''

टिकौ ने गाना बन्द कर दिया। रूपनारायण का बोझिल मन थोड़ा हल्का हो गया। उसने सोचा, यह भी कम बहादुर नहीं है। टिकौ के इस गीत गाने का क्या परिणाम हुआ, यह जानने के लिए उसका मन उत्सुक हो उठा। उसने पूछा : ''क्या दारोगा लम्बोदर शइकीया वहाँ नहीं था?''

''था क्यों नहीं। पर रहकर भी मेरा क्या कर लेता? बात ही बात में मैं स्वराज्य की बात कहकर वहाँ से निकल आया। शइकीया मुझे लगातार घूरता रहा। शायद पकड़ भी लेता पर पेमफ्लेयर साहब की बात ही और है। वे मुस्करा रहे थे। मानो गीत में उन्हें भी रस आ रहा था। ऑफिसर साहब का चेहरा फक पड़ गया था।'' टिकौ हँसने लगा।

रूपनारायण ने टिकौ की पीठ थपथपा दी। टिकौ का उत्साह दुगुना हो गया। बोला :

''तू तो जानता ही है कि गीत रचने-रचते ही मेरे बाल सफेद हुए हैं। अरे हाँ, वह सर्वेश्वर जो हमारा साथी था न, पक्का कम्युनिस्ट हो गया। वह जनयुद्ध की रट लगाते हुए घूमता रहता है। एक दिन एक सभा में उससे भी भेंट हो गयी। वह दुधमुँहा मुझ जैसे जरद्गव के हाथ पड़ गया। मैंने उसे वहीं दबोच लिया।''

रूपनारायण ने हँसते हुए पूछा :

"अच्छा बताओ तो भला, उसे कैसे दबोच लिया? कोई फायदा भी हुआ?"

"नहीं। फायदा क्या होता? बस, बहुत देर तक वह बक-बक करता रहा।"

"तुमने उससे कुछ कहा था क्या?"

"कई बार। पर कुछ फायदा नहीं हुआ। वह कुछ समझता ही नहीं!"

"हूँ।"

रूपनारायण का मन फिर कुछ भारी-भारी-सा हो गया : सर्वेश्वर वैसे गुणवान् लड़का है। लेकिन अवसर होते हुए भी देश की स्वाधीनता के लिए वह कुछ नहीं करना चाहता। इस भूल के लिए वह जीवन-भर पछताएगा।

टिकौ अनवरत बोलता ही जा रहा था। मानो वह चलता-फिरता एक महाभारत बन गया था। रूपनारायण के मन में धीरे-धीरे अनिश्चित भविष्य की एक धुँधली छाया तिरने लगी थी। उसकी तरह सर्वेश्वर भी यह कह सकता था कि रूपनारायण के गलत रास्ते पर भटक जाने से उसे दुःख होता है। पर उसका वैसा सोचना ही गलत है। युद्ध में हार-जीत तो होती ही रहती है। हारकर जीतना या जीतकर भी हार जाना—यही तो चिरन्तन रीति है। यह जरूरी नहीं कि रूस के लिए जो जनयुद्ध ठीक है, वह भारत के लिए भी उचित हो। वह समझ नहीं पाता कि युद्ध में अँगरेजों की सहायता क्यों की जाए। अँगरेजों ने हमें स्वाधीनता भी तो नहीं दी। देने के लिए कोई वादा भी नहीं किया है। अँगरेजों से जापान या जर्मनीवालों में क्या अन्तर है? एक-न-एक दिन सर्वेश्वर वगैरह सभी अपनी भूल अवश्य स्वीकार करेंगे।

वे सोनाई के तट पर पहुँच गये। नदी पार करने के लिए टिकौ एक नाव खोजने चल दिया। तब तक नदी में उतरकर रूपनारायण ने भी अँजुरी भरकर सोनाई का अमृत-जैसा पानी पी लिया। पेट की भूख थोड़ी शान्त-सी हो गयी। पान तो था नहीं इसलिए उसने एक बीड़ी ही सुलगा ली। नाव के आते ही वह उस पर जा बैठा। उसकी देह पर सात दिनों की धूल-मिट्टी जमी हुई थी। नहाने का समय भी कहाँ मिला था? पानी देखकर उसका स्नान को जी करने लगा। पता नहीं सोनाई में स्नान करने का फिर कभी अवसर मिलेगा! कहा जाता है कि सोनाई के पानी में कई देवी-देवता निवास करते हैं। एक हैं जलेश्वर। एक है जलदेवी। और भी—जलकुँवर, जलगिरि, मछन्दरी—बहुतों के नाम उसने बचपन से ही सुन रखे थे। ऐसा विश्वास है कि वे सब मछुओं, नाव डुबानेवालों और नदी पार करने वालों को बहुत परेशान करते हैं। उन देवताओं के बारे में सोचने पर अब उसे बड़ी हँसी आती। लेकिन इस अंचल में सोनाई यहाँ के गणदेवता की प्रिया के रूप में मान्य है। नहीं तो इसका नाम सोनाई क्यों होता! आन्दोलनकारियों के लिए भी यह सचमुच सोनाई है। इसके तट पर पहुँचे कि फिर पुलिस की क्या हिम्मत कि हममें से किसी को पकड़ ले।

ऐसा भी कहा जाता है सोनाई तट पर कोई अनजान आता है तो उसे परियाँ पकड़ ले जाती हैं।

किनारे के पेड़ों पर कौए विश्राम कर रहे थे। नाव खेने की छप्-छप् आवाज सुन वे काँव-काँव करने लगे। रूपनारायण की ओर देखकर टिकौ ने कहा :

''सुन रहे हो न यार! इन्हीं में से एक कौवे को श्रीरामचन्द्र ने सरकण्डे का बाण मारा था।'' उसका मन त्रेतायुग में लौट गया : ''विवाह के पश्चात् मैं इसी रास्ते घर लौटा था। तब इसी तट पर मुझे एक रात बितानी पड़ी थी। कहीं से कुरुबावाही के एक भगतजी भी आ गये थे। उन्हीं ने मुझे माधव कन्दलि रामायण का वह अंश सुनाया था। चित्रकूट में मन्दाकिनी के तट पर श्रीरामचन्द्र और सीताजी के विहार का प्रसंग था वह :

राम सीता क्रीड़ा करे चित्रकूट बने।  
शची समे देवराज येहेन नन्दने॥  
सीताक बुलिल राम हरषि बदने।  
अयोध्यार भोग आउर न परम मने॥  
गिरिर कन्दरे मन्द सुरभि अपार।  
आछोक मनुष्य मन मोहे देवतार॥  
मानस शिलार फोट सीता देवी दिल।  
अलिङ्गन्ते रामर हिताय सञ्चरित॥  
हेन देखि सीताये करिला परिहास।  
सुरत शृंगार बर भैल अभिलाष॥  
अनेक हरिष भैल रामर शरीरे।  
सीतार उरुत शिरे शुइला नदी तीरे॥

तत्पश्चात् राम को सोया हुआ देख एक कौवा आ गया और

सीतार रूपक देखि काक भैल भोल।  
एक दोवा करि गैया चापिलेक कोल॥  
राघवर आतिशय निद्रात देखिया।  
सीतार तनत परिलेक जम्प दिया॥

जानते हो इसका अर्थ? सुनो, मैं बताता हूँ इस सारी कथा का सार :

''राम और सीता चित्रकूट वन में क्रीड़ा कर रहे थे। वहाँ की गिरिकन्दराओं के सुख के आगे अयोध्या के भोग-विलास भी फीके पड़ गये थे। एक दिन राम नदी-तट पर सीता की जाँघ पर सिर रखकर सो रहे थे। तभी पास ही बैठा एक कौआ

सीता के रूप पर मोहित हो गया। वह फुदककर सीता की गोद तक पहुँचा और सीता के खुले हुए स्तन को चोंच मार दी। सीता के विह्वल होते ही राम की आँख खुल गयी। उन्होंने सरकण्डे का बाण साधा। कौआ तेजी से उड़ चला लेकिन बाण ने पीछा नहीं छोड़ा। अपने प्राण जाते देख वह बहुत डर गया। तब राम को दया आ गयी। उन्होंने कौए का वध न कर उसकी केवल एक आँख फोड़ डाली। उस दिन से कौआ एक आँख से ही देख पाता है।"

रूपनारायण के मन में यह कहानी बैठ गयी। राम-सीता को मन्दाकिनी के तट पर विहार करते समय बाधा उपस्थित करनेवाला यह कौवा प्रेमियों की आँख का सदा काँटा बना रहा है। टिकौ ने कहा :

"कौवे ने चोंच मारकर सीता के स्तन को घायल कर दिया था, पर प्रभु रामचन्द्र के हाथों का कोमल स्पर्श पा वह घाव भर गया।"

रूपनारायण के मन का जाल छिन्न-विच्छिन्न हो गया। उसे भी स्मरण हो आया यौवन से भरे एक जोड़े का : स्वयं उसे प्यार करनेवाली युवती का। सोनाई के तट पर अगर वह दूल्हा तथा वह युवती उसकी दुलहिन, यानी वर-वधू बनकर आते तो दोनों को कितना आनन्द होता!

बीड़ी का टुकड़ा फेंक वह नाव से उतरने के लिए तैयार हुआ। टिकौ ने नाव को रोककर बालू में लगा दिया। पहले रूपनारायण उतरा और उसके बाद टिकौ।

सोनाई का यह किनारा धूल भरा था। वहाँ से एक पगडण्डी जंगल की ओर चली गयी थी। उसी से वे दीघली आटि की तरफ बढ़ चले। सहसा रूपनारायण ने पूछा :

"कैम्प में जाने पर आदमी मिलेंगे?"

"हाँ, मिलेंगे।"

वे चुपचाप आगे बढ़ते रहे। कुछ दूर आगे जाने पर वे बायीं ओर मुड़ गये। अचानक थोड़ी दूरी पर रोशनी देखकर टिकौ सजग हो गया। बोला :

"अरे, इधर तो रोशनी दिखलाई पड़ रही है। जरा मैं छिपकर देख आता हूँ, बात क्या है। तब तक तू यहीं बैठ।"

"तेरे अकेले जाने से क्या होगा टिकौ, मैं भी साथ चलता हूँ। तेरे हाथ में कुछ भी तो नहीं है। दाव को भी तो फेंक आये।" रूपनारायण ने कहा।

टिकौ धीरे-से बोला :

"यह बुद्धिमानी का काम नहीं होगा। गीदड़ की तरह ही मैं इस अंचल के चप्पे-चप्पे से परिचित हूँ, समझे न। तू इस पेड़ तले ही थोड़ा आराम कर। मैं अभी लौटकर आया। मुझे तो सन्देह हो रहा है। लगता है, ये हमारे आदमी नहीं हैं। हमारे यहाँ से जाने के बाद आये हैं ये। यानी अब यहाँ भी काम तमाम हो गया। और

तुम्हें मालूम है?''

''क्या?''

''उसी जगह बन्दूकें भी गाड़ी गयी थीं।''

रूपनारायण भौचक्का रह गया।

टिकौ चला गया। रूपनारायण कुछ देर तक वहीं रुका रहा। बाद में वह पेड़ के नीचे जाकर बैठ गया। चाँदनी रात थी फिर भी वहाँ अँधेरा था। वह सोच रहा था—यह कामेश्वर का ही काम हो सकता है। विश्वासघाती कहीं का! इस जैसे लोग भी अच्छे-भलों के बीच छुपे रहते हैं। थोड़ी ही देर हुई थी कि टिकौ लौट आया। उसने बताया :

''जिसका सन्देह था, वही हुआ। कामेश्वर ने करीब दस पुलिसवालों को साथ लेकर उस गड्ढे की खुदाई की है। मैं बिलकुल निकट तक चला गया था। उनकी बात अच्छी तरह समझ नहीं सका। पर अभी वे उस गड्ढे तक नहीं पहुँचे हैं जिसमें मृतकों को गाड़ा गया है। शइकीया भी है। वह जोर-जोर से बतिया रहा था। पानीखेत से उड़ाकर लायी गयी बन्दूकों के बारे में भी वह जान गया है। उन्हें पाने के लिए उसने आदमी भी भेजे हैं। इतनी बातें तो मैं अपने कानों से ही सुनकर आ रहा हूँ।''

''पुलिसवाले कितने हैं?'' रूपनारायण ने पूछा।

''पुलिस नहीं, मिलिटरी है। एक दर्जन से भी अधिक।''

रूपनारायण ने आह भरते हुए कहा, ''तब तो इनसे मुकाबला नहीं कर पाएँगे। चल कैम्प तक चलते हैं। वहीं जाकर कुछ सोचेंगे।''

''कैम्प तक चलोगे?'' टिकौ ने पूछा।

''क्यों?''

''कामेश्वर कैम्प की बात भी जानता है। वहाँ भी आदमी भेज सकता है।''

रूपनारायण अवाक् हो गया।

टिकौ ने कहा, ''मैं एक तिरछी राह से वहाँ तक जाकर पहले देख आता हूँ। तू यहीं ठहर।''

रूपनारायण वहीं बैठ गया। टिकौ चला गया।

रूपनारायण अधिक चिन्तित हो उठा। पता नहीं सारे नेता कहाँ हैं! इस क्रान्ति का क्या होगा! मधु और दूसरे साथियों का क्या होगा! वैसे वे इतने कच्चे नहीं हैं : पकड़े जाने पर भी उनसे बन्दूकें नहीं मिल सकेंगी। पहले ही कहीं ठिकाने लगा देंगे वे। बन्दूकों के साथ नहीं पकड़े जाएँगे। पर अब मैं क्या करूँगा? हातीचोङ् के आदमियों की आँखों में धूल झोंककर शइकीया को कामेश्वर भला इधर ले कैसे आया? हो सकता है, नेताओं की सभा होने की बात सूँघकर ही वह मायङ् से यहाँ आया होगा। अधिकांश नेता तो पकड़ ही लिये गये हैं। जो बचे हैं, ऐसी हालत में

वे यहाँ से निश्चय ही निकल गये होंगे। क्या कह सकते; भाग भी गये हों। पर यहाँ से भागकर जाएँगे कहाँ? या फिर वे भी गिरफ्तार हो गये हों! टिकौ शीघ्र लौटने की बात कह चला तो गया, पर शायद उसे लौटना सम्भव न हो। उसे पहले ही सोच-विचार कर जाना था। सोनाई पार होते समय किसी ने ख्याल नहीं किया।

टिकौ के लौटने में एक घण्टा लग गया। लौटकर उसने रूपनारायण को बताया कि वहाँ एक भी जन नहीं है।

''नहीं है?''

''अब क्या किया जाए?''

''कहीं जाने के लिए कोई स्थान भी तो नहीं है।''

''हाँ, मैं भी यही सोच रहा हूँ। शइकीया जब तक लौट नहीं जाता, तब तक यहीं रुकना ठीक होगा। लेकिन...''

''लेकिन क्या?'' रूपनारायण ने जानना चाहा।

''दधि और उसके साथियों तक एक खबर पहुँचा देनी होगी।''

''पहुँचा भी सकोगे?''

''हाँ, क्यों नहीं। सवेरे होते-होते लौट आऊँगा। यहाँ से पश्चिम की ओर एक घाट है। वहाँ से चमुआ गाँव मील-भर भी तो नहीं है। पर वे सब होंगे कहाँ?''

''गायन बॅरा के यहाँ।''

''अच्छा, तब तू यहीं ठहर। मैं जल्दी ही लौट आऊँगा। तब तक छिपकर तू इन सबकी करतूत देख।''

''अच्छा।''

रूपनारायण के भीतर एक और प्रश्न बार-बार उठ रहा था। उसने टिकौ से पूछा : ''तुम लोगों के पहरेदारों के होते हुए भी भला वे आ कैसे गये? वे आ गये हैं, इसी से मैं सब समझ गया। सुनो, तुम दधि और मधु को मायङ् तक लौट जाने के लिए कह देना। वहाँ भी जोड़े-जोड़े आदमी पकड़े गये हैं। बहुतों को शहर ले जाया गया है। रेल उलटने के बाद भी बहुत लोग पकड़े गये हैं।''

उच्छ्वास छोड़ते हुए उसने फिर से कहा, ''भिभिराम और जयराम को इधर ही आने के लिए कहना। यहाँ से कहाँ जाना होगा, अभी तो केवल विधाता ही जानता है। ठीक हुआ तो यहाँ से सीधे कलियाबर तक जाया जा सकता है।''

''हाँ। जा तो सकते हैं, किन्तु कलियाबर जाकर क्या करेंगे? वहाँ तो मिलिटरी ने पहले से घेरा डाल रखा है। वहाँ छिपकर रहना आसान नहीं होगा। उल्टे जाल में ही फँस जाना पड़ेगा।''

टिकौ चला गया। रूपनारायण ने बन्दूक को कन्धे से उतार लिया। कारतूस

वाली पेटी भी खोल ली। पेड़ की आड़ में बैठ एक हाथ से बन्दूक और दूसरे हाथ से पेड़ को पकड़े हुए कुछ देर तक तो सावधान रहा लेकिन धीरे-धीरे उसे ऊँघ भर आयी। थोड़ी देर में ही उसकी आँखें लग गयीं।

टिकौ लौटकर आया। उसने रूपनारायण को जगाया, "लो, केले और चिउड़ा ले आया हूँ। खाओगे?"

रात का आखिरी पहर था वह। आकाश में उल्लू पंख मार रहे थे। आँखें खोलने पर टिकौ को देखते ही रूपनारायण सहम गया। अपराधी की तरह बोला :

"नींद आ गयी थी, रे।" कुछ सावधान होते हुए पूछा उसने, "हाँ, बता क्या बात है?"

"पहले खा ले। इस चोंगे में पानी भी ले आया हूँ।"

रूपनारायण एक मुट्ठी चिउड़ा लेकर चबाने लगा। जब खत्म हो गया तो पानी पी लिया। फिर केला खाते हुए उसने टिकौ से पूछा :

"और तू?"

"मैं कुछ नहीं खाऊँगा।"

"क्यों?"

टिकौ के दाढ़ी उग आयी थी। उस पर हाथ फेरते हुए उसने जवाब दिया : "कल जब आदमी को मरते देखा, तब से कुछ खाने का मन ही नहीं कर रहा है।"

"तो मारा ही क्यों था?"

"मैंने नहीं मारा रे। केवल देख रहा था। दो व्यक्ति मारे गये थे।"

"बस, बस, वह सब मत कह। मुझसे भी वह सब सहा नहीं जाता। हाँ, तो उनसे भेंट हुई?"

"नहीं," टिकौ ने कहा : "मेरे पहुँचने के पहले ही वे गिरफ्तार कर लिये गये थे।"

"और बन्दूकें?" रूपनारायण के कथन में एक विशेष उत्कण्ठा थी।

"बन्दूकें गायन बॅरा के बगीचे में ही गाड़ दी गयी थीं।"

"अच्छा। और जयराम?"

"वह भी पकड़ा गया।"

"और ये शइकीया वगैरह?"

"वे खोदकर बन्दूकें उठा ले गये।"

"और अपने कैम्प के सभी नेता?"

"वे सब पहले ही निकल चुके थे। शायद कहीं जंगल में छिपे हों।"

"अच्छा।"

''अब क्या किया जाएगा?'' टिकौ नहीं समझ पा रहा था।

रूपनारायण थोड़ी देर चुप रहा। बोला फिर :

''मैं सोचता हूँ मायङ् की ओर चल देना चाहिए।''

''इस समय रहने दो। रात में भी कई व्यक्ति पकड़े गये हैं वहाँ। डिमि नाम की एक गारो युवती भी पकड़ी गयी है। उसकी खूब पिटायी भी की है।''

''किसने?''

''पुलिस ने। इस समय भी वह पुलिस के हाथों में है।''

कुछ देर के लिए टिकौ चुप रहा। सोचकर उसने फिर कहा : ''शायद कल परेड होगी। मायङ् से गिरफ्तार किये लोगों में से रेल उलटनेवालों की शिनाख्त की जाने वाली है। गारो और नेपाली गाँवों के भी बहुत सारे लोगों को भी गिरफ्तार करके ले गये हैं।''

रूपनारायण चुप रहा। फिर थोड़ी देर बाद उसने पूछा :

''बन्दूकें जहाँ गाड़ी गयी हैं, कम से कम एक बार वहाँ तक तो चलो।''

''वहाँ अभी कैसे जाया जा सकेगा? वहाँ एक दर्जन मिलिटरी वाले तैनात हैं।''

''अब भी?'' रूपनारायण चकित हुआ।

''हाँ। अभी यहीं रुकना अच्छा है। पहले रात बीत जाने दो। सवेरे देखा जाएगा। कल शाम तक सोनाई पार कर खाटोवाल गाँव तक चलने का इरादा है। एक-दो नेताओं को भी बुलाया है।''

रूपनारायण थककर चूर हो गया था। इसलिए फिर से नींद आने में देरी नहीं लगी।

सोनाई-तट का सवेरा। चिड़ियों का प्रातः का कलरव। कितने ही रंग-बिरंगे पक्षी चहचहा रहे थे। प्रातःकाल के मलय पवन से जंगल के पेड़ों की पत्तियाँ डोल रही थीं। टिकौ कहने लगा :

''आते समय घर में चावल का इन्तजाम भी न कर सका। बरठाकुर की खेती बटाई में न मिलने पर इस बार भूखों मरना पड़ेगा। बरठाकुर की बीवी बड़ी कंजूस है। माँगने पर भी कुछ नहीं देती है।''

''यही तो व्यक्ति की कमजोरी है,'' रूपनारायण के स्वर में क्रोध और करुणा मानो दोनों भावनाएँ एक साथ आ मिली थीं। उसने कहा, ''टिकौ, भूखा केवल तू ही नहीं है। देश के न-जाने कितने घरों में चौका नहीं लगता है। उसके ही लिए तो यह सब किया जा रहा है।''

टिकौ कुछ नहीं बोला।

## चौदह

एक मछुआरन मछली बेचकर बरठाकुर के घर से निकली और फिर टिकौ के घर का दरवाजा खोलकर अन्दर घुस गयी। सामने ही आँगन था। टिकौ की स्त्री रतनी ने कमरे से बाहर निकलकर पूछा :

"आज कौन-सी मछली लायी हो, रचकी दी?"

आँगन में टोकरी रखते हुए रचकी ने कहा :

"अब इन मुए फौजियों के जुलम से कोई मछली नहीं बचनेवाली। चाहे वह सोनाई की हो या कलङ् की। बस, रुपया सस्ता हो गया है, वही उड़ रहा है। खैर, तेरे लिए किसी तरह एक पाम मछली बचाकर ले आयी हूँ।"

उसने टोकरी से मछली निकालकर आँगन में रख दी। मछली मरी हुई तो थी लेकिन सड़ी नहीं थी। रतनी ने उसे अपनी उँगलियों से छू-छाकर देखा और मुसकराकर बोली :

"इसे बरठकुराइन के घर से बचाकर कैसे ले आयी? क्या इस पर उनकी नजर नहीं पड़ी?"

उसने मछली को उठाकर रसोईघर के एक कोने में ढककर रख दिया। फिर पिछवाड़े की पोखरी पर हाथ-पाँव धो भीतर से पनबट्टे को भी उठाकर लेती आयी और वहीं आँगन में आकर बैठ गयी।

"अरी हाँ, मछली तो वह रख लेना चाहती थी, पर मैंने नहीं दी। तेरे लिए ले आयी। मेरा मरद भी तो आनेवाला है। रतनी, इस भगोड़े से मैं तंग आ गयी हूँ।"

रतनी पनबट्टा खोलने में लगी थी। वह कुछ कहना ही चाहती थी कि रचकी स्वयं आगे बोल उठी :

"मैं शहर से आ रही हूँ। वहाँ तो वाबेला-सा मचा है। शइकीया वकील के घर भी गयी थी। सारे मुलक में आग लगी है और उसके घर में चँदोवा टँगा है। उसने दस मछलियाँ खरीदीं। फिर बोला, "जलपान करती जा।" घर के भीतर दूसरा ही तमाशा था। उसकी बेटी रो-रोकर बेहाल थी। अपने कमरे में भीतर से कुण्डी लगाये रो-धो रही थी। सुना है, शइकीया वकील उसे जिसके साथ ब्याहना चाहता है, उसके साथ जाने की उसकी इच्छा नहीं है। वह किसी वॉलण्टियर के साथ ब्याह करना चाहती है। शइकीया ठहरा रईस आदमी। वह अपनी बेटी को किसी

वॉलण्टियर के संग बियाहेगा?''

"कौन वॉलण्टियर?'' रतनी ने सुपारी वगैरह डालकर पान का बीड़ा रचकी की ओर बढ़ा दिया। उसे स्वीकारते हुए रचकी बोली :

"उसे भी मैंने देखा है। लड़का बड़ा लायक है। तुम्हारे मरद के साथ ही तो पार्टी में घुसा है।''

"क्या नाम है उसका?''

"रूपनारायण।''

रचकी के चेहरे पर प्रसन्नता की हलकी-सी रेखा खिंच गयी। आगे कहने लगी : "हमारे बारपुजिया का ही है; लड़का बड़ा सुन्दर है। चतुर भी है। हमारे गाँव का नाम वही चमकाएगा। पढ़ते समय वजीफा पाता रहा है। शइकीया वकील ने उस पर तभी से आँख लगा रखी थी। सच री, लड़की-लड़के की बड़ी सुन्दर जोड़ी बनती।''

"क्या शइकीया वकील थोड़े दिन और नहीं रुक सकता। देश को आजाद होने में अब और कितने-से दिन रह गये हैं भला!'' रतनी ने कहा।

रचकी व्यंग्य में बोली :

"अरे शहरवाले लोग काने होते हैं। उन्हें कुछ सूझता थोड़े है। नोच-खसोटकर खाना-भर जानते हैं। सफेद कपड़े पहन लेने से ही कोई भला आदमी थोड़े हो जाता है। मैंने खुद अपनी आँखों से आरती को कई बार बाहर निकलते देखा है। शायद वो जानती है कि मैं रूपनारायण के गाँव की हूँ। अब यह सब सोचने से क्या?''

रतनी कुछ बोली नहीं। वह स्वयं एक वॉलण्टियर की घरवाली है। इसलिए वह सोच भी नहीं सकती कि वॉलण्टियर की घरवाली होना आपत्तिजनक है। हाँ, इसमें सन्देह नहीं कि उसे परेशानी अधिक उठानी पड़ी है। रात में जब कभी पुलिस, मिलिटरी और सी.आई.डी. वाले आ धमकते हैं। उसे जब-तब उन लोगों की मार सहनी पड़ी है। कभी-कभार वे उसे गालियाँ भी दे जाते हैं। इधर एक-दो शाम भूखा भी रहना पड़ा है। फिर उसके पैर भी भारी हैं। घर में दूसरा कोई है भी नहीं। टिकौ पहले बरठाकुर और शइकीया वकील की जमीन बटाई पर उठा लेता था। इस बार घर की बौनी तक नहीं कर सका है। शइकीया अपने खेत किसी दूसरे आदमी को बटाई पर देना चाहता है, पर जनता की ओर से अभी मनाही कर दी गयी है। इधर घर-आँगन, दालान-गौशाला सबको उसे ही झाड़-बुहार कर साफ-सुथरा रखना पड़ता है। उसका मायका है कलियाबर। वहाँ घर से बाप-दादे-भाई सबको पुलिस पकड़कर ले गयी है। घर में केवल माँ और भाभी रह गयी हैं, पर उनका हाल भी बेहाल ही है। तब भी पुरुष जन देश का काम कर रहे हैं। इससे बड़ा और भला क्या पुण्य होगा?

मुँह में एक पान ले रतनी ने पनबट्टे को उठाते हुए कहा :

"दीदी, शइकीया ने ठीक काम नहीं किया है। लड़की है तो क्या हुआ? लड़कियों का अपना मन नहीं होता क्या? रईस आदमी का मन फूटे घड़े जैसा होता है। अच्छी बात उसके भी मन में आती जरूर है, पर टिकती नहीं, बस यों ही निकल जाती है।"

रचकी ने टोकरी को सिर पर उठा रतनी की ओर एक बार गौर से देखा और कहा :

"तेरा समय पूरा हो रहा है क्या?"

"हाँ। पता नहीं यह हफ्ता भी निकल पाता है कि नहीं" कहते-कहते शर्म के मारे वह लाल हो गयी। उसकी निढाल देह किसी सुखद सम्भावना से रोमांचित हो उठी। रचकी ने मुसकराते हुए टिप्पणी की :

"मर्दों को लड़ाई में और औरतों को पैर भारी होने के समय जरा सँभलकर ही रहना पड़ता है। भारी चीजें मत उठाना। भुतही जगहों पर अकेली न जाना। मैं तो आती-जाती खबर लेती ही रहूँगी।"

"हाँ, आती रहना दीदी।"

रचकी चली गयी। रतनी कुछ क्षण वैसे ही खड़ी रही। लगा जैसे पेट में बच्चा हिल-डोल रहा है। बेटा होना चाहिए। यदि बेटा हुआ तो टिकौ की तरह ही उसकी आँखें कजरारी, ललाट चौड़ा, नाक नुकीली और कन्धे मजबूत होंगे। कहीं इस युद्ध में उसे कुछ हो गया तो वह बेटे को देख-देखकर अपने प्राणों को जुड़ा तो सकेगी।

वह अब तक उसी लोक में खोयी हुई थी। जैसे ही उसका ध्यान टूटा, वह रसोईघर में चली गयी और मछली धोने-बनाने में जुट गयी।

उसने आज तीन आदमी के हिसाब से चावल चढ़ाया। माटकादुरी साग और नरसिंह के पत्ते का झोल भी तैयार किया। पाम मछली भी तली और उसमें खट्टा मिलाकर उसका भी थोड़ा-सा झोल तैयार किया। बागीचे से नीबू भी ले आयी और उसके चार टुकड़े कर रखे। टिकौ पाम मछली के साथ खट्टे का झोल बहुत पसन्द करता है। ढेकिया साग और मटर की दाल की भी जुगाड़ बैठा ली। हाँ, चावल जरूर अच्छा नहीं था। मोटे धान का था। धान का मटका भी तो खाली पड़ा था, वह करे भी तो क्या! जो मिल गया, उसे ही पका लिया। रचकी से मछली भी तो उसने उधार ही ली थी। पैसे या उसके बदले धान के लिए वह ज्यादा तंग नहीं करती है। दुकान से कुछ आलू-प्याज लाना चाहती थी पर ला नहीं सकी। पैसे भी तो नहीं हैं। करघे पर उसने सूत का ताना चढ़ा रखा था, पर भरनी के लिए भी सूत चाहिए तभी तो काम आगे बढ़े!

बिछावन के नाम पर एक चटाई थी। फटे-पुराने कपड़ों को ही सी-साकर

उसने एक तकिया बना लिया था। इसके सिवा और उपाय भी तो नहीं। उस तकिये के ऊपर ही एक फटा-पुराना कम्बल डाल रखा था। वह कह नहीं सकती कि उस पर उसका पति आकर सो भी सकेगा या नहीं। और उस साथवाले आदमी को सोने के लिए कहाँ जगह देगी? पति से अकेले में मिलकर वह कुछ देर तक उससे बातें करना चाहती थी। उसने बड़े कमरे में भी तो चार चटाइयाँ रख छोड़ी थीं। अगर जरूरत हुई तो वहीं उसे सोने के लिए बिछा देगी।

काफी समय बीत गया तब भी कोई नहीं आया। उसे भूख लग आयी थी। भूख लग आयी तो क्या हुआ, घरवाले के आने तक तो उसे रुकना ही चाहिए। एक बार वह रास्ते की ओर देख भी आयी। दरवाजे के सामने ही शहर तक जाने वाली सड़क है। सड़क पर कोई नहीं दिखा। थोड़ी दूरी पर कीर्तन-घर का मणिकूट चमक रहा था मानो वह उसके मन का ही मुकुट हो। वह उस ओर थोड़ी दूर तक गयी भी, पर एक मिलिटरीवाले को देखते ही ठिठक गयी। यह तो रोजमर्रे की घटना हो गयी है।

कीर्तन-घर के पास की बँसवाड़ी में बाँस काटे जा रहे थे। उन्हें मिलिटरीवाले ले जाएँगे। इन लोगों की लालसा का कोई अन्त है? वह लौट आना चाहती थी। कीर्तन-घर में भजन-कीर्तन चल रहा था। उसके पूरा होने का समय भी हो रहा था। तभी उधर से भैंस की पीठ पर सवारी किये कोई एक गुजरा। उसी के थोड़ी ही देर बाद बरठाकुर आते दिखाई पड़े। वे कहीं से श्राद्ध खाकर लौट रहे थे। उनके अँगोछे में एक गठरी भी बँधी हुई थी। रतनी को देखते ही बोले :

"इधर क्या कर रही हो? घर जाओ। टिकौ आने ही वाला है।"

"आएगा क्या?" उसका मन उल्लसित हो उठा।

"हाँ, आएगा।"

बरठाकुर के साथ वह भी घर की ओर बढ़ चली। चलते-चलते बरठाकुर ने कहा, "लगता है आज रात ये बाज की तरह झपट्टा मारनेवाले हैं। भर-भर गाड़ी मिलिटरी आ रही है। सारे गाँव को घेर रही है। शायद दारोगा शइकीया को इन सबके आने की भनक मिल रही है।"

इस बार रतनी का मुँह फक हो गया। उसने पूछा :

"किसके आने की भनक लग गयी?"

"रूपनारायण की।"

रतनी का घर पहले पड़ता था। बरठाकुर ने उसके दरवाजे पर रुकते हुए कहा :

"कुछ होने पर पिछवाड़े से मुझे खबर कर देना। समझी न! लेकिन अपनी भाभी को मत बतलाना। वह कुछ समझती ही नहीं है। बात भी छिपाना नहीं जानती है वह।"

"अच्छा भैया।"

रतनी अपने घर में चली गयी। उसने देखा कि रसोईघर का दरवाजा खुला हुआ है। वह समझ गयी। भीतर टिकौ को देख उसकी खुशी का ठिकाना नहीं रहा। उसके साथ एक कोई और था। दोनों खाना खा रहे थे। साथ आया हुआ युवक मेमनसिंहिया पोशाक पहने हुए था। रतनी ने पूछा, "ये कौन हैं?"

"खाने के लिए मैंने तुम्हारा इन्तजार नहीं किया और हाँ, यह अपना रूपनारायण है। भगाकर ले आया हूँ। अभी तुरन्त छिपाकर भेजना होगा। मेरी कुदाल आँगन में ही रख दो। ससुरे कामेश्वर ने इसे भी देख लिया है। क्या करूँ, कुछ समझ नहीं पा रहा हूँ।"

"उसे पता कैसे लगा?"

"हरामजादा सबको पहचानता है। वही तो सबको पकड़वाने पर तुला हुआ है। तू जा, जल्दी से पान तो बना ला।"

"और कुछ नहीं चाहिए क्या?"

"नहीं।"

इस बार रूपनारायण ने गर्दन उठाकर रतनी की ओर देखा और बोला :

"आपके लिए तो कुछ भी नहीं छोड़ा। खटमिट्ठी पाम मछली भी पूरी डकार गये। ढेकिया साग भी खत्म हो चुका है। हाँ, मटर की दाल बड़ी अच्छी बनी है। और कुछ नहीं चाहिए।"

"अगर थोड़ा-सा आराम करना हो तो कर लें," रतनी ने कहा।

"आराम के लिए समय कहाँ है? यहाँ से भागने में ही कुशल है।"

रूपनारायण के चेहरे को देखकर रतनी का स्नेह उमड़ आया। एकदम कच्ची उमर दिखी उसकी। और चेहरा एकदम दप-दप ललाम। कहा :

"रचकी मछुआरिन आयी थी, वह एक बात कह रही थी।"

"कौन-सी बात?" हाथ में भात का कौर उठाये हुए ही रूपनारायण ने पूछा।

"वह आज शहरवाले शइकीया वकील के घर से लौट रही थी। कह रही थी कि वकील साहब के यहाँ लड़की का ब्याह है। लड़की शायद उदास है। उसका ब्याह कभी तुमसे होने की बात चली थी क्या?" रतनी ने कौतूहलवश पूछा।

रूपनारायण और नहीं खा सका। झटपट लोटा लेकर मुँह धोने उठ गया। रतनी ने रोकते हुए कहा, "मैं चिलमची यहीं उठा ले आती हूँ। उसी में मुँह-हाथ धो लीजिए। बाहर जाना ठीक नहीं है।" और वह एक बड़ा-सा भगौना उठा लायी।

टिकौ को कुछ गुस्सा-सा आ गया। बोला :

"तुम औरतों का भी अजीब स्वभाव है। आन्दोलन में जहाँ जिन्दगी-मौत का खेल चल रहा है, तुम्हें ब्याह की बात ही छेड़ने की सूझी? बेचारे को भर

पेट खाने भी नहीं दिया। हाँ, एक लोटा पानी दे!''

रतनी को खेद हुआ, पर अपने दोष को छिपाते हुए बोली :

''जरूरी लगा सो पूछ लिया। कल ही का तो ब्याह है। यदि आज नहीं तो और कब बतलाती?''

''आपने बताकर ठीक ही किया, भाभीजी।'' रूपनारायण ने कहा, ''वह ना-समझ अब भी मेरे बारे में सोचती है, यह जानकर मुझे जितना आनन्द हुआ उतना ही दुःख भी। आप ही बतलाइए, मैं क्या करूँ! वकील साहब शइकीया को मैंने थोड़े दिन और रुक जाने को कहा था।...पर मेरा भविष्य ही क्या है? मेरे लिए वह भला क्यों रुकते?''

''वह लड़की अच्छी है। अच्छी नहीं होती तो वह कभी की भूल गयी होती।'' रतनी ने अधीर होते हुए कहा।

टिकौ को यह सब अच्छा नहीं लग रहा था। झड़पकर बोला :

''अच्छा, अब चुप भी होगी। जा कुदाल निकाल ला। हम लोग आज शहर जाएँगे। मेरी वीणा भी निकाल लाना। एक वही रास्ता है, पर जाऊँ कैसे! लुकते-छिपते ही जाना पड़ेगा। जो जेल में ठूँस दिये गये हैं, उन पर मुकदमा चल रहा है। शहर में जाकर एक वकील खोजना है। लौटने में देर भी हो सकती है।'' रतनी के बिलकुल पास आकर उसने धीरे से समझाया :

''जरा सावधान ही रहना। अगर जरूरत पड़ जाए तो बरठाकुर को बता देना।''

रतनी इस बार लजा गयी। वह बाहर निकल आयी। कुदाल निकालकर उसने आँगन में रख दी और वीणा को अपने मरद के हाथों में थमा दिया।

इसी समय बाहर सड़क पर गाड़ी रुकने की आवाज सुनाई पड़ी। रतनी जल्दी-जल्दी आयी। बोली :

''वे आ ही गये।''

''आ गये?'' क्षण-भर के लिए वह जैसे विह्वल हो उठा। फिर सावधान होकर बोला :

''चल रूपनारायण! जो होगा, देखा जाएगा।''

''घर के पिछवाड़े से ही निकल चलें।'' रूपनारायण ने कहा।

एकाएक रतनी को बरठाकुर की बात याद आ गयी। बोली :

''बरठाकुर के पिछवाड़े से क्यों नहीं निकल जाते? मैं पुकारकर कहे देती हूँ।''

टिकौ ने मना किया, ''चिल्लाओ नहीं, बरठाकुर के पिछवाड़े का रास्ता मुझे मालूम है। तू पहले दोनों थालियाँ तो उठा ले। हम चलते हैं।''

और इतना कहते हुए वह रूपनारायण का हाथ पकड़कर बाहर खींच ले

गया। चलते समय रूपनारायण ने आँगन में रखी कुदाल उठा ली। देखने पर वह बिलकुल मैगनसिंहिया लग रहा था।

सूरज उस समय ढलने को था। उदास और बोझिल शाम धीरे-धीरे गहरा रही थी और पेड़-पौधे दोलायमान हो रहे थे।

रतनी की छाती धड़कने लगी। उसने दोनों थालियाँ उठायीं और उन्हें रसोईघर में पानी से भरी बड़ी बाल्टी में डाल दिया। वह जमीन पोंछने लग गयी। बरठाकुर ने ठीक ही कहा था कि आज वे झपट्टा मारेंगे।

तभी लगा जैसे बिना आवाज दिये ही कोई बाहरी दरवाजे से घुसता चला आ रहा है। बूटों की आवाज सुनाई दी।

"कौन?" रतनी ने जोर से पूछा।

"तुम सबका यमराज। कहाँ गये ये लोग?"

रतनी समझ गयी कि यह आवाज किसकी है। अब इधर ऐसा कोई व्यक्ति नहीं जो इस आवाज को न पहचानता हो। वह निडर होकर बोली :

"यम आया हो तो और जमाई आया हो तो—मैं जूठे बर्तन उठा रही हूँ। निकल नहीं सकती।"

"किसके जूठे बर्तन उठा रही हो? अपने खुद के या किसी और के? देखूँ तो।"

रतनी ने जल्दी से उठकर बाल्टी को ढँक दिया और फिर जमीन पोंछने में जुट गयी। इधर शइकीया बेहिचक धड़धड़ाते हुए अन्दर चला गया। रतनी ने उसकी ओर घूमकर देखा तक नहीं। पोंछा लगाते हुए ही बोली :

"भगत का लड़का होकर भी जूते पहने रसोईघर में घुसने में शर्म नहीं आती?"

"जूते की ठोकर लगने पर ही तुम लोगों की यह सब चोरी-भगोड़ी खत्म होगी।" शइकीया दारोगा ने बौखलाते हुए उत्तर दिया।

इतना सुनना था कि रतनी मानो रणचण्डी बन गयी। तमतमाकर बोली :

"किस चोरी की बात कह रहे हो? कभी तुम्हारी कोठी में सेंध मारने गयी थी क्या! चोर तो तुम लोग हो। दूसरों के घर-द्वार, चूल्हे-चौके तक बिना पूछे घुसते चले आते हो।"

शइकीया को यह अपमान सह्य नहीं हुआ। गुस्से में आकर उसने उसे एक ठोकर मारी और बाहर निकल गया। बूट की ठोकर से रतनी वहीं जूठन पर ही गिर पड़ी। ठोकर उसकी कमर पर न पड़ जाँघ पर लगी। कमर या पेट पर पड़ने

से तो अन्तकाल ही हो जाता। वह न तो चीखी-चिल्लायी और न ही कराही। कुछ देर वैसे ही पड़ी रहने के बाद वह उठी। अपने को सँभाला और फिर कपड़े उठाकर कुएँ पर स्नान करने चली गयी। वापस आकर खाना खाने ही बैठी थी कि तब तक शइकीया कुछ और मिलिटरी के जवानों को लेकर वहाँ फिर आ धमका। वह सीधे रसोईघर में घुस आया। आते ही उसने डपटा :

''जैसी है, वैसी ही निकल आ : हम तुझे गिरफ्तार करेंगे।''

''क्यों? क्या बिगाड़ा है तेरा?'' रतनी बाहर निकल सीधे शइकीया के सामने आ खड़ी हुई।

''तेरी कोई भी करतूत हमसे छिपी हुई नहीं है। मरद को भगा देने का बदला तुमसे ही लिया जाएगा।'' फिर शइकीया ने मिलिटरीवालों की ओर देखते हुए कहा, ''उसे बाहर निकाल लाओ।''

रतनी गुस्से में आग हो गयी। बोली :

''इसीलिए मर्द हुआ है न! मरद का बदला उसकी औरत से लेने पर तुले हो! तुम लोगों के पास नीति, मर्यादा, धरम कुछ भी नहीं रह गया है। तुम लोगों का सत्यानाश न हो तो कहना, हाँ।''

इतने में दो फौजी जवान आगे बढ़े और उसे बाहर निकल आने को कहा। रतनी ललकारते हुए बोली :

''खबरदार, जो मुझे छुआ भी। मैं खुद ही आ रही हूँ। पहले मैं खाना तो खा लूँ।''

शइकीया का सन्देह और भी बढ़ गया। कहा :

''फिर उस समय किसका जूठन धो रही थी?''

''चाहे जिसका भी धोऊँ, तुझे मतलब? और अब ज्यादा बक-बक मत कर। पहले मुझे खा लेने दे,'' कहकर रतनी भीतर चली गयी और एक थाली में भात, मछली का झोल, भाजी और दाल लेकर खाने बैठ गयी। चोट आ जाने पर भी उसे किसी से कोई डर-भय नहीं था। उसे लगा—शइकीया को वहाँ जितनी अधिक देर तक उलझाये रखा जाएगा, उसके पति के हित में उतना ही अच्छा होगा। एक और यम है कामेश्वर, लेकिन शइकीया के न रहने पर कुछ नहीं कर सकेगा। इतना तो है कि अगर शइकीया दायाँ हाथ है तो वह बायाँ हाथ। औरत की लाज, घर की रीति-नीति और माया-ममता सबको इन दुष्टों ने खतम कर दिया है। नगाँव के लोग अब अत्याचार के सामने झुकने के नहीं। अब तो बिलकुल सीधी टक्कर है। अब रोने-धोने से कोई लाभ नहीं। भला जयमती कभी रोयी थी?

''राक्षसिनी! खाना खा रही है या ढोंग कर रही है?'' शइकीया आपा खोकर बोला। उसे बाहर इन्तजार करते हुए अब तक आधा घण्टा हो चुका था।

थोड़ी देर बाद रतनी उठी और खाना पकाने के बर्तन, जूठी थाली वगैरह लिये हुए कुएँ की जगत पर जा जमी। शइकीया भी दाँत पीसकर रह गया। औरतों के कुछेक कामों में बाधा डालना आसान नहीं होता। इधर शइकीया को कुछ और घरों में भी जाना था। इसीलिए उसे जल्दी पड़ी थी। स्वयं पुलिस अधीक्षक का आदेश था—इस अंचल के सभी युवकों को गिरफ्तार करने का आदेश। इस अंचल में आन्दोलन की बढ़ती हुई गतिविधि को समाप्त करने का एकमात्र यही उपाय था। लेकिन युवकों से इस स्त्री का हौसला तो और भी गजब का था। इसे पुलिस का तनिक भी डर-भय नहीं था।

शइकीया हैरान था : आन्दोलन को कुचलने के लिए पिछले पाँच महीनों से क्या नहीं किया गया! डण्डे बरसाये; गोली चलायी, लोगों को जेलों में ठूँसा, जी भरकर अपमानित किया, जुर्माने वसूले। फिर भी कोई नतीजा नहीं निकला। पता नहीं, इन भोले-भाले किसानों को क्या हो गया है? किसान ही नहीं, गोसाईं-ब्राह्मण भी छूटे नहीं हैं। कॉलेज के विद्यार्थी भी लग गये हैं। लोग उन्हें पकड़वाते तो नहीं, उल्टे भगा देते हैं। भला स्वराज्य लेकर आदमी क्या करेगा? चाटेगा उसे या कानों में लटकाएगा? अब तो इसके लिए मरने-मारने में भी इन्हें हिचकिचाहट नहीं रही। गाय, बकरी, धान, कबूतर, पाट, गेहूँ—कुछ भी तो ये गाँव से बाहर नहीं जाने देते हैं। सब कुछ वसूलने के लिए मिलिटरी की सहायता लेनी पड़ती है।

शइकीया घड़ी देखकर चौंक उठा : पूरे चार बज चुके हैं। अब तक तो सभी व्यक्तियों को निकाल लेना चाहिए। लेकिन यह रतनी, इसका बर्तन धोना अभी तक खत्म ही नहीं हो रहा है। वह बस उन्हें माँजती ही जा रही है। क्या किया जाए! एक देहाती औरत के हाथों वह आज यों ही ठगा जाएगा क्या!

और न रुकते हुए इस बार शइकीया सीधे कुएँ पर ही पहुँच गया। उसने सारे बर्तनों को ठोकर मारकर कुएँ में गिरा दिया। रतनी से क्रोधपूर्वक बोला : ''अब चलती है या नहीं।''

रतनी कुछ बोली नहीं। उसने केवल दोनों हाथ ठीक से धो लिये। उसके बाद घर में जाकर उसने देह पर एक चादर डाल ली। फिर बाहर निकलकर शइकीया से 'चल' कहती हुई आगे बढ़ गयी। सड़क पर आ बरठाकुर के घर की तरफ देखकर उसने कहा :

''बरठाकुर भैया! इन लोगों ने मुझे गिरफ्तार कर लिया है। घर में सब कुछ तितर-बितर पड़ा है। जरा एक आदमी को भेज दीजिएगा।'' फिर शइकीया की ओर घूमकर बोली :

''चलो, कहाँ चलना है।''

बरठाकुर तेजी से बाहर निकल आये, और शइकीया को रोकते हुए कहा :

"देखते नहीं, इसके पैर भारी हैं। भला इसे कहाँ लिये जाते हैं?"

शइकीया फक हो गया। अपनी स्थिति साफ करते हुए वह बोला :

"गर्भवती होने पर भी इसे जाना ही पड़ेगा। जैसे मुतिया वैसी कुतिया, कोई सुनवाई नहीं होगी। और हाँ, आपको भी चलना है। आपको भी गिरफ्तार किया जाता है।"

"क्या!" बरठाकुर की आँखें विस्मय और क्रोध से लाल हो उठीं। बोले : "आप लोगों में कोई विचार नहीं रह गया है क्या?"

शइकीया ने हँसते हुए कहा, "पहले गिरफ्तार, फिर विचार। चलिए।"

दुबले-पतले, साँवले और कुरूप बरठाकुर। खुले बदन ही बाहर निकल आये थे। पैरों में खड़ाऊँ पहने थे। पीछे लम्बी चोटी लटक रही थी। बोले :

"गिरफ्तारी का परवाना है?"

"गाँव के सारे लोगों को गिरफ्तार करने का आदेश है। आप भी कोई छोटे-मोटे विद्रोही नहीं हैं। चलिए। आपको मालूम नहीं, कि यहाँ एक सी.आई.डी. और एक मिलिटरी का जवान लापता कर दिये गये हैं?" शइकीया ने गम्भीर स्वर में उत्तर दिया।

बरठाकुर कुछ देर तक निर्विकार भाव से शइकीया को देखते रहे। उन्हें लगा कि इससे बात करना बेकार है। कोई लाभ नहीं होगा। वे जाने के लिए तैयार हो गये।

उस रोज रात तक कुल चार सौ स्त्री-पुरुष गिरफ्तार कर लिये गये। उन सबों को पैदल ही नगाँव थाने तक रवाना कर दिया गया।

पथरीले रास्ते से होते हुए टिकौ और रूपनारायण एक पहर रात बीतते-बीतते शहर पहुँच गये। रूपनारायण ने कहा :

"टिकौ, अब भुइयाँ के घर की ओर चला जाए। वहीं चलकर कोई वकील तय करेंगे। एक-दो को नहीं, पचास आदमियों को रेल उलटाने के मामले में फँसाया गया है। सभी पकड़ भी लिये गये हैं।"

"हाँ, पहले वहाँ चलना ठीक रहेगा," टिकौ ने कहा। "इतनी जल्दी किसी वकील को पटा लेना भी तो आसान नहीं। मुँह से सब-के-सब बड़ी-बड़ी बातें करते हैं, पर कहा नहीं जा सकता कि अँगरेजों के विरुद्ध खड़ा होने का साहस कितनों में है! वहाँ भुइयाँ के लड़के ही कुछ बता सकेंगे।"

हयबर गाँव से कलङ्‌ पार कर वे जेल की बगलवाले रास्ते से चुपचाप आगे बढ़ते गये। जेल के पास पहुँचते ही रात के नौ बजने की घण्टी सुनाई पड़ी। वहाँ

सामने के मैदान की ओर देखकर रूपनारायण ने कहा :

"उस ओर कुछ शोर-गुल हो रहा है। चलकर देख लिया जाए, कहीं अपने ही लोग तो नहीं हैं।"

"तू ही जा, मुझे कोई पहचान लेगा। इस वेश में तुझे पहचानने की किसी में ताकत नहीं है।"

रूपनारायण को उसकी बात ठीक लगी। वह राजी हो गया। और मैदान की ओर चला गया।

टिकौ भी सीधे भुइयाँ के घर की ओर बढ़ गया। वहाँ जाकर रूपनारायण ने देखा कि वे सब उसके ही आदमी थे। कुछ देर वहीं रुक उसने सबकी हालत जानने और घटना का सही सुराग पाने की कोशिश की। दो मिनट में ही पता चल गया कि कई गाँवों से पुलिस उन सबको पकड़कर लायी है और जेल भिजवाने की तैयारी कर रही है। शायद जेल के अन्दर जगह नहीं होने से ही सबको खुले में बाहर रखा गया है।

उसने देखा कि एक औरत के पास जाकर पुलिस कुछ पूछताछ कर रही है। और सब प्रायः चुप थे। पुलिस ने उस औरत को साथ ले धीरे-धीरे जेल के फाटक की ओर बढ़ा दिया। तभी बिजली की रोशनी में वह औरत साफ-साफ दिखाई पड़ी। वह डिमि थी। रूपनारायण ने डिमि को उसी क्षण पहचान लिया। थोड़ी देर बाद जेल का छोटा दरवाजा खुला और डिमि को उसी के भीतर ठेल दिया गया। वह अदृश्य हो गयी।

उन आदमियों के सामने से ही रूपनारायण धीर-गम्भीर गति से आगे बढ़ गया। धीरे-धीरे वह कचहरी के निकट पहुँचा और वहाँ थोड़ी देर रुककर मुख्य सड़क से ही वह सिर झुकाये सीधे भुइयाँ के घर की ओर चल पड़ा। उसे यह खबर पहले ही मिल गयी थी कि लोगों की शिनाख्ती के लिए डिमि को गिरफ्तार किया गया है।

उसे अन्दाज हो गया कि उस दिन शायद शिनाख्ती का काम पूरा नहीं हुआ था। नहीं तो डिमि को आज यहाँ लाया ही नहीं जाता। और लोगों को रूपनारायण ठीक से पहचान नहीं सका।

रूपनारायण को लगा जैसे वह रूपनारायण नहीं, एक चलती हुई छाया है। आकाश में चाँद था, पर उसके मन में कहीं एक और चाँद खिल उठा था। दूरी अब अधिक नहीं रह गयी थी। उस घर के वह जितना निकट पहुँचता जा रहा था, उसकी छाया भी मानो उतनी ही अधिक साफ होती जा रही थी। आज उसे लेशमात्र भी उसके लिए खेद या क्षोभ नहीं था। रचकी भाभी से मिले समाचार ने ही उसे मानो मोह-मुक्त कर दिया था।...आरती रोयी भी थी। उसके लिए ही तो

रोयी थी। उसने मानो टटोलते-टटोलते ही स्यमन्तक मणि पा लिया था। इस समय उसका हृदय वैसी ही सान्त्वना खोज रहा था जैसीकि धनपुर डिमि से चाहता था। यह मात्र रोमांच नहीं था, बल्कि उसके हृदय में बचपन से ही स्नेहपूरित कमल खिला हुआ था। आरती! उसे आरती को आसीस देने की इच्छा हुई। वैसा ही आसीस जैसा उदार दृष्टिवाले अपने से छोटों को दिया करते हैं। पर आज उसके पास इसके लिए भी अधिकार नहीं था। हाँ, यह उसका अनुमान ही था। वह अपने को क्रान्ति की महान् साधना में जितना अधिक विलीन करता जा रहा था, उतना ही उस यात्रा की पूर्णता का अंकुर बनता जा रहा था। एक बाग में लगे किसी पौधे को उखाड़कर एकाएक किसी दूसरे बाग में लगा दिये जाने पर जैसे वह और ही रूप में बढ़ता है, वैसे ही वह भी बढ़ गया था।

नहीं, नहीं, यह सोचना भूल होगी। उसके मन की अवस्था ठीक वैसी नहीं है। आरती से वह विवाह करना चाहता था, लेकिन इस समय नहीं। अपना स्वप्न पूरा हो जाने पर। वैसे ही जैसे धनपुर सुभद्रा से विवाह करना चाहता था। लेकिन वैसी कल्पना के लिए उसे गुंजाइश नहीं थी। कारण, धनपुर तो सुभद्रा का हो भी चुका था। पर रूपनारायण को तो यही लगता रहा कि पता नहीं आरती उससे प्यार करती भी है या नहीं। उसके अन्तर में भी तो आरती के लिए पूरा-पूरा प्रेम नहीं जागा था, लेकिन आज उसे इस बात का पछतावा था। आरती के सामने सारी स्थिति सही-सही रखकर वह क्यों न उसे भी स्वराज्य-प्राप्ति के इस व्यापक आन्दोलन में खींच लाया?

थोड़ी ही देर में वह भुइयाँ के मकान पर पहुँच गया। दरवाजा खटखटाया। लेकिन देर तक जब दरवाजा नहीं खुला तो वह चिन्तित हो उठा। उसने एक बार जोर से आवाज लगायी :

"बापू! बापू!!...सो गये हो क्या? दरवाजा तो खोलो!"

तब भी भीतर से कोई आवाज नहीं आयी।

"टिकौ आखिर कहाँ चला गया होगा? कहीं गिरफ्तार तो नहीं कर लिया गया?" वह सोच ही रहा था कि तभी एकाएक दरवाजा खुला। एक बुढ़िया हाथ में लैम्प लिये खड़ी थी। वह खादी के कपड़े पहने थी। उसने देखते ही पूछा :

"क्या चाहिए? इतनी रात गये दरवाजा क्यों पीट रहे हो?"

"मुझे पहचाना नहीं क्या? मैं हूँ रूपनारायण।" रूपनारायण ने मुसकराते हुए कहा।

"भीतर आ जाओ बेटे!" बुढ़िया ने लैम्प थोड़ा तेज कर लिया। "तुम्हें खोजने दरोगाजी चार दिन से फिर रहे हैं। बापू को ही पकड़ ले गये हैं। टिकौ आया था। मैंने उसे मायङ् की गोसाइन के पास जाने को कहा था। उधर ही रहना

निरापद है। तुम भी उधर ही चले जाओ।"

भीतर होकर रूपनारायण ने दरवाजा बन्द कर लिया। फिर कहा :

"एक कटोरी पानी पिलाइए, माँजी। प्यास के मारे गला सूखा जा रहा है।"

रूपनारायण ने कुदाल को एक कोने में रख अपने कन्धे पर की गठरी उतार ली। बुढ़िया ने बड़े आग्रह से कहा :

"चलो बेटे, भीतर चलो। थोड़ा जलपान भी कर लो। पिठागुड़ी है।"

"नहीं, माँजी। अभी तो केवल पानी ही चलेगा। और हाँ, टिकौ ने वकील-अकील की बात चलायी थी क्या?"

"हाँ। वकील तो वह शइकीया ही है। उसी से पूछ सकते हो। टिकौ शायद उधर ही गया है। वह बता रहा था कि तुम लोग सुबह होने के पहले ही लौट जाओगे।"

बुढ़िया रसोईघर में चली गयी। उसके पीछे-पीछे कुछ कदम तक रूपनारायण भी गया और वहीं एक कुर्सी पर बैठकर उसने गठरी खोली। उसने अपना सूट निकाला। जल्दी से उसे पहनकर उसने वह गठरी फिर ज्यों-की-त्यों बाँध ली। दाढ़ी पहले जैसी ही बढ़ी रही। इस बीच बुढ़िया एक लोटा पानी ले आयी। रूपनारायण एक साँस में ही उसे गट-गट पी गया और बोला :

"इस गठरी को मैं यहीं छोड़े जा रहा हूँ। कहीं किसी कोने में छिपा देना।"

"नहीं, इसे यहाँ नहीं रखा जा सकता। अगर इसमें कोई जरूरी सामान हो तो निकाल लो। मैं इसे जला दूँगी!" रूपनारायण भी अनावश्यक बोझ से मुक्त होना चाहता था। उसने उसमें से एक धूप-चश्मा और एक दियासलाई निकालते हुए कहा :

"ठीक है, इसे जला ही देना। इसमें कुछ है भी नहीं। हाँ, गोसाइन के घर का रास्ता किधर से जाता है? उनका बच्चा तो ठीक है न?"

"हाँ, ठीक है। वहाँ पिछवाड़े की ओर से ही जा सकोगे। उसके घर से लगा हुआ ही शइकीया का घर है। वहाँ ब्याह का शामियाना तना हुआ दिखाई पड़ेगा।" इतना कह रूपनारायण को घर के पिछवाड़े तक ले जाकर बुढ़िया ने एक तने हुए शामियाने की ओर संकेत किया। वह जगह कोई अधिक दूर न थी। कुछ ही गजों का फासला था।

बुढ़िया से विदा हो रूपनारायण ने एक बीड़ी सुलगायी और धीर गति से विवाहवाले घर की ओर चल पड़ा।

टिकौ गोसाइनजी के घर के सामने ही सिमटकर बैठा हुआ था। रूपनारायण को आते देखकर वह खड़ा हो गया और कहा :

"बस, तेरी ही प्रतीक्षा थी। यहाँ काम नहीं होगा। गोसाइनजी ने शपथ दिलाकर लौटाया है और कहा है—'यहाँ फिर नहीं आना'।"

"क्यों?"

"कैसे समझाऊँ तुम्हें? यह घर उसी पुलिसवाले का है जो आज तक लापता है। बेचारी गोसाइनजी की दोनों ओर से संकट है। थोड़ा स्वस्थ होते ही वे मायङ् चली जाएँगी। मृत पुलिस अफसर भी इनका भाई था। देख रहे हो न! यह तो ऐसा काण्ड है जैसा न तो कभी हुआ है और न ही कभी सुना है। उनके पति मारे गये क्रान्ति में और भाई मारा गया है मुठभेड़ में। बच्चे की तबीयत भी ठीक नहीं है। नहीं तो वे यहाँ से पहले ही चली गयी होतीं।"

रूपनारायण का सिर एकबारगी चकरा गया। जहाँ जाता है, वहीं दो विपरीत स्थितियों का द्वन्द्व उपस्थित हो जाता है। थोड़ी देर तक सोचने-विचारने के बाद उसने पूछा :

"अब कहाँ जाओगे? शइकीया वकील से भेंट हुई थी?"

"नहीं, मैं वहाँ गया नहीं। तुम्हारा ही इन्तजार कर रहा था।" कुछ रुककर टिकौ ने फिर कहा, "मैं पहले जाकर देख आता हूँ। मेरे लिए तो यह अपना ही घर जैसा है। इनके खेत मैं बँटाई पर जोतता रहा हूँ। तू जरा इधर ही ठहर। मैं उसी नाते पहले हो आता हूँ।"

रूपनारायण के उत्तर की प्रतीक्षा किये बिना ही टिकौ पिछवाड़े से शइकीया के घर में घुस गया। रूपनारायण वहीं रुककर एक बीड़ी पीने लगा। उसके मन का सारा द्वन्द्व धुएँ के साथ ही बाहर फैलता गया। कश खींचते हुए वह शइकीया के घर-परिवार से अपने सम्बन्ध के बनते-बिगड़ते क्षणों की स्मृति में खो गया :

यही वह घर है, जिसे उसने एक दिन अपना माना था और इस घर के लोगों ने भी उसे प्यार देकर अपनाया था। आज इस घर में घुसने के लिए उसे प्रमाणपत्र की आवश्यकता है। आज दोनों के बीच वक्त की ही नहीं, सामाजिक रीति-नीति की दीवार भी खड़ी है। फिर भी, वह एक बार आरती से मिलना चाहता था। वह होगी तो घर पर ही, लेकिन उन्हें मिलने दिया जाएगा या नहीं? कौन जाने!

ठीक इसी समय, घर का दरवाजा खोलकर एक महिला बाहर जाती दिखी। वह किसी को ढूँढ़ रही थी शायद।

रूपनारायण ने बीड़ी का टोटा फेंकते हुए कहा :

"आप किसे ढूँढ़ रही हैं, माँजी?"

"आपको ही। आप बाहर क्यों खड़े हैं? अन्दर आ जाइए न।"

रूपनारायण घर के अन्दर चला आया। सामने ही बैठकखाना था। उस महिला ने उसे कुर्सी पर बिठाकर पूछा :

"आपने मुझे पहचाना नहीं?"

रूपनारायण ने उस महिला को सर से पाँव देखा, उसकी आँखें चमक उठीं।

उसने कहा :

"हाँ, अच्छी तरह।"

वह महिला धीरे-धीरे सहज हो गयी; मुसकराती हुई बोली :

"मैंने अपनी ननद से आपके बारे में सब कुछ सुन रखा है। बाहर क्यों खड़े थे? कहीं पुलिस से पकड़ा न दूँ...इसलिए डर गये थे न। ठीक ही तो है। कोई दूसरा होता तो मैं उसे पकड़वाये बिना चैन नहीं लेती। लेकिन मैं आपका बुरा कैसे चाह सकती भला?"

रूपनारायण अपनी पिछली स्मृतियों में खो गया था। वह महिला और कोई नहीं, उसके स्कूल की सहपाठिनी थी। उसका घर भी बारपूजिया ही है। उसे उसका नाम भी याद आया--हाँ, अनुपमा। वह दो वर्ष तक साथ ही पढ़ी थी। उसके बाद उसका विवाह हो गया था। उसने कहा :

"आपने मुझे पहचान लिया, बड़ी खुशी हुई। आपके पति के बारे में सुनकर मुझे भी दुःख है। पर क्या किया जाए?"

"हाँ, अब क्या किया जा सकता है? वह भी हमेशा यही कहा करते। मैंने उन्हें कई बार पुलिस की नौकरी छोड़ने की सलाह दी थी। पर माने नहीं। अपने ही गाँव में मारे गये।"

अनुपमा की आँखें डबडबा गयीं। उसने सुबकते हुए कहा :

"काल का बुलावा आ गया था और क्या! उन्हें जिस दिन पहली बार मैंने समझाया था, काफी झड़प हुई थी। लाख समझाने पर भी वह नहीं माने। आप लोगों का कोई दोष नहीं। यह तो मेरा ही दुर्भाग्य था।"

उसकी बड़ी-बड़ी आँखों से आँसू की गरम बूँदें टपक पड़ीं।

रूपनारायण स्थिर बैठा था। अनुपमा ने आँखें पोंछ लीं और एक क्षण रुककर बोली :

"हम एक गाँव के हैं। हमारे पुराने सम्बन्ध कहाँ जाएँगे? जरा बैठिए, मैं चाय बनाकर ले आऊँ...।"

"नहीं रहने दो।" रूपनारायण ने आत्मीयता प्रकट करते हुए कहा, "मैं एक बार गोसाइनजी से भेंट करना चाहता था।" उसके स्वर में आग्रह था।

अनुपमा बैठी रही। उसने आश्वस्त करते हुए कहा :

"हाँ-हाँ, क्यों नहीं।" लेकिन इसके साथ ही रूपनारायण का जी टटोलते हुए उसने पूछा, "आप लोग तो मुझे भी अपना दुश्मन समझते होंगे?"

"नहीं।" रूपनारायण ने उत्तर देते हुए कहा, "लेकिन अनुपमा! क्या यह सब तुम सहन कर सकोगी?"

"यदि ननद सह सकती है तो मैं क्यों नहीं?"

"तब बैठो। इस घटना के लिए मैं बड़ा दुःखित हूँ। मैंने सपने में भी नहीं सोचा था कि वे तुम्हारे पति होंगे। जानने पर भी क्या होता? हाँ, इतना जान लो कि इसमें मेरा कोई हाथ नहीं है। फिर हमारे हाथ-पाँव भी बँधे हुए हैं।"

अनुपमा कुछ देर तक यों ही गुम-सुम बैठी रही। उसकी खामोशी ही बहुत कुछ कह रही थी। उसने उठते हुए कहा, "तुम हमारा दुःख समझते हो, यही बहुत है। आगे भी यहाँ आते रहना। अरे हाँ, तुम यहीं बैठो। मैं ननद को बुला देती हूँ।"

रूपनारायण को अनुपमा पर तनिक भी अविश्वास नहीं हुआ। उसे लग रहा था कि अनुपमा पर अविश्वास करना अपने ऊपर ही विश्वास खो देना है।

थोड़ी ही देर बाद अनुपमा अपनी ननद के साथ लौट आयी। उनकी गोद में बच्चा भी था। आते ही ननद ने कहा :

"आपके नाम में ही कोई जादू है। आपके आते ही भाभी का दिल एकदम बदल गया।" इतना कहते-कहते गोसाइनजी जोर से हँस पड़ीं। वे फिर बोलीं, "पहले यह आमने-सामने होकर खुले दिल से बात भी नहीं करती थीं। मेरे सिर पर तो एक भूत सवार रहता था और इनके भी सिर पर एक दूसरा भूत। उत्तरा, गान्धारी और भानुमती जैसी ही हमारी दशा है। पुरुषों के किये का कुफल हम स्त्रियों को ही भोगना पड़ रहा है।"

रूपनारायण ने मुस्कुराते हुए कहा, "ठीक ही तो है। लेकिन स्त्रियाँ भी तो हमारी ही तरफ हैं। हैं न अनुपमा?"

अनुपमा कुछ नहीं बोली। वह चुपचाप अन्दर चली गयी। रूपनारायण अवाक्-सा रह गया।

गोसाइन ने सारी स्थिति को भाँपते हुए कहा :

"इसमें आश्चर्य की कोई बात नहीं। वह सब कुछ जानती-समझती हैं, पर जब कभी अपने को सँभाल नहीं पाती हैं। खैर, यह सब छोड़िए। गोसाईंजी से अन्तिम समय में तो भेंट हुई होगी न?"

"हाँ, हुई थी।" गोसाईंजी के अन्तिम क्षण का वर्णन करते हुए रूपनारायण अपने भगोड़ेपन की बात भूल गया। बात खत्म होने पर गोसाइन ने कहा :

"अच्छा, अब छोड़ो भी उन बातों को। हाँ, आप मुन्ने को देखना चाहते थे न? देख लीजिए। इसे पालने-पोसने का भार अब आप सब पर ही है। मेरा अपना तो कोई है नहीं।"

रूपनारायण कुछ देर तक बच्चे को निहारता रहा। एक आह अवश्य उसके मुँह से निकली। लेकिन बोल कुछ भी न सका।

कुछ क्षण उसी तरह बीते। कोई बात तो करने को बची नहीं थी। सभी ओर से एक अनिश्चय : एक संघर्ष। हर क्षण एक विपरीत द्वन्द्व। नहीं, उसे कुछ

और नहीं कहना। गोसाईंजी के अधूरे काम ही पूरा करने को पड़े हैं। गोसाइन ने अपने को धैर्य बँधाया, बोलीं :

"भगवान् करे, मेरी-जैसी दशा किसी की भी न हो। भाभी-जैसी दशा किसी की भी न हो। तभी हमारे स्वामी का बलिदान सार्थक होगा।"

गोसाइन विदा ले अन्दर चली गयीं। इसी समय अनुपमा फिर चली आयी। मुसकराने का प्रयास करते हुए उसने कहा :

"पासवाले घर में क्या हो रहा है, इसका पता है न?"

"हाँ, विवाह।" रूपनारायण ने कहा।

"यह केवल विवाह नहीं है, यह आरती का विवाह है।" अनुपमा ने थोड़े उच्च स्वर में ही उत्तर दिया।

तभी शइकीया वकील के घर से ढोलक की आवाज सुनाई पड़ी। रूपनारायण का मन थोड़ा चंचल हो उठा। ढोलक की आवाज मानो उसका उपहास कर रही हो। उसने अनुपमा की ओर देखा जैसे वह अब भी उसी वाक्य को दुहरा रही थी, रूपनारायण ने अपना सिर नीचा कर लिया। अनुपमा ने टोका :

"तुमने आरती की खबर तक नहीं ली। मन में दुःख नहीं होता है क्या?"

"अनुपमा! यह बात न पूछना ही अच्छा है। शायद मैं उत्तर नहीं दे सकूँ।"

"तब रहने दो।"

अनुपमा क्षण-भर को चुप हो गयी। फिर धीरे से बोली :

"उधर चलो। शइकीया वकील ने तुम्हें बुलाया है। पिछवाड़े से ही भेजने के लिए कहा है। चलो उठो।"

और रूपनारायण उसके यहाँ जाने के लिए उठ खड़ा हुआ।

# पन्द्रह

शइकीया वकील के घर के पिछवाड़े एक बाग था। बाग के एक कोने में आम के पेड़ तले दोनों रुक गये। अनुपमा ने कहा :

"तुम यहीं रुको। मैं अन्दर झाँक आती हूँ।"

झाँक आने का मतलब एकदम स्पष्ट था। विवाहवाले घर में रूपनारायण के आने की किसी को भनक न लगे। शइकीया से चुपचाप बात कर वहाँ से चुपके लौट आना होगा। निस्सन्देह यह काम आवश्यक था। लेकिन दूसरों के द्वारा भी तो इसकी सूचना शइकीया तक भिजवायी जा सकती थी। आने का एक और भी उद्देश्य था—प्रच्छन्न, सर्वथा अव्यक्त और अज्ञात। उसे अनुपमा ही ताड़ सकी थी। अनुपमा उसके हृदय की बात आखिर कैसे समझ गयी? शायद नारीजन्य सहज प्रवृत्ति के कारण ही। और उसने उसे 'तुम' कहकर पुराने दिनों की स्मृति ताजा भी कर दी थी। यह कोई साधारण सहानुभूति नहीं थी। अनुपमा के विवाह हुए भी तो अधिक दिन नहीं हुए थे। इसी अवस्था में इसके सारे अरमान लुट गये। कामनाएँ मुरझा गयीं। उसके दुःख से रूपनारायण का हृदय भर आया। उस क्षण वह कर्तव्यपरायण निष्ठुर सैनिक नहीं रह गया था। पुरानी सहपाठिनी के वैधव्य को सोच-सोचकर उसका हृदय असीम वेदना से विदीर्ण हो गया। गाँधीजी के कथनानुसार अगर यह आन्दोलन अहिंसक ढंग से आगे बढ़ाया जाता तो शायद ऐसी अघटनीय घटना नहीं हुई होती!

नारियाँ पुरुषों के हृदय में प्यार और दया की भावना बड़ी सहजता से उत्पन्न कर सकती हैं। इस समय रूपनारायण के मन की कठोरता बहुत कम हो गयी थी। अनुपमा की दुर्दशा ने उसके हृदय को दुर्बल बना दिया। गोसाइनजी की बातों ने यदि उसे दृढ़ता न प्रदान की होती तो शायद उसके मन को और भी अधिक कष्ट होता। एक ही घर में मित्र और शत्रु दोनों की विधवाओं का होना बड़ी विचित्र बात थी। अपने को सँभालते हुए उसने अपने कोट का कालर एक बार गर्दन तक खींच लिया। सर्दी के कारण उसे खाँसी भी आना चाह रही थी, पर जैसे-तैसे उसने उस पर काबू पा लिया।

तभी कुछ और महिलाएँ आपस में बातचीत करती हुई आँगन से पिछवाड़े की ओर निकल आयीं। उनमें से एक, हाथ में लैम्प लिये आगे-आगे चल रही थी। उसके पीछे-पीछे वे और सभी बातें करती हुई बढ़ रही थीं। एक ने कहा :

"गीत कैसा जमा?"

"देउति की माँ की तरह किसी ने नहीं गाया। उसे तो सारे ब्याह गीत याद हैं," लैम्प लिये महिला ने उत्तर दिया।

"अरे देउति की माँ को कुछ अक्ल भी है?" दूसरी ने बात जड़ दी। "देखो तो भला कन्या-स्नान पर 'अधिवास' गीत छेड़ बैठी। देखा नहीं, आरती की माँ मुँह भी नहीं खोल पा रही थी।"

"किस गीत की बात कर रही है तू?" तीसरी महिला ने पूछा।

"अरे वही गीत जिसका मुखड़ा कुछ इस तरह से शुरू होता है :

द्वारका में कृष्ण है री सखि छह महीने की बाट।
कुण्डिल में हैं रुक्मिणी री शशि करे उत्पात...

कन्या भी तो बिदक गयी थी। वह तो मैं थी जो उसे सँभाल रखा था", उसने उत्तर दिया। अपनी हँसी न रोकते हुए भी वह फिर बोली :

"मुँहफट हूँ न! बिना कहे मुझसे रहा ही नहीं जाता। उसके मन को मैं खूब समझती हूँ। एक साथ ही पढ़े हैं। खेले हैं, घूमे हैं। पहले वह स्वयं भी समझ नहीं पा रही थी। आखिर जब अपने भावी पति को उसने देख लिया, तब कहीं उसकी तरफ शायद मन ढल गया। बात भी तो ठीक ही है। एक है शिशुपाल और दूसरा था श्रीकृष्ण।"

"किसकी बात कर रही हो?" तीसरी ने पूछा।

"क्यों बन रही हो? और जैसे कन्या की हालत तुमने देखी ही नहीं थी, है न?"

"अच्छा, तो उसी रूपनारायण के बारे में कह रही हो। बहुत ही अच्छा लड़का था। पता नहीं, इस देवकन्या को छोड़कर कहाँ भटक रहा है?"

एक महिला ने गम्भीर स्वर में कहा :

"अरी, अब हर जगह ऐसी बातें मत करना। पहले शइकीया वॉलण्टियर का नाम भी नहीं सुनना चाहता था। पर अब, जब रूपनारायण का नाम सब जगह उजागर हो गया है, तब कहीं उसकी आँखें खुली हैं। पर अब क्या? कहावत है न, कि कलाई देखके कंगन, कण्ठ देखके हार और लड़की को देखके ही दूल्हा खोजा जाता है।"

"जाने भी दे। वह भी तो ठहरा दिगम्बर ही। फूल-सी प्यारी दुलारी कन्या को भला उसे सौंप देता! किसी जोगड़े के साथ जाने से अच्छा तो विषपान कर लेना ठीक है।"

आगे की बातें सुनाई नहीं पड़ीं। वे सब अब तक आगे निकल चुकी थीं। लैम्प का क्षीण प्रकाश-भर दीख रहा था।

रूपनारायण मुसकराया। सोचने लगा : यदि आन्दोलन में सक्रिय नहीं होता तो इस दरवाजे पर कल मैं ही दूलहा बनकर आया होता। लेकिन आज मुझे चोर की तरह यहाँ आम के पेड़ तले प्रतीक्षा करनी पड़ रही है। क्या मैं सचमुच दिगम्बर हो गया हूँ? योगी हूँ!...आरती ने कोई गलती नहीं की। मुझसे भी कोई भूल नहीं हुई है। प्रिय वस्तु का त्याग नहीं करने पर सिद्धि नहीं मिलती है। मुझे भी अन्तर्मन से आरती का परित्याग करना ही चाहिए। रचकी मछुआरिन से विवाह का समाचार पाने के बाद से ही मेरे मन में एक अन्तर्द्वन्द्व हो रहा था। पर वाकई मेरा मन चाहता क्या था? क्या श्रीकृष्ण की तरह ही रुक्मिणी को अपहरण करके मैं आरती को ले जाता? वास्तविक जीवन और उन पुराण-कथाओं में कितना अन्तर होता है? हाँ, आरती अगर रुक्मिणी की तरह होती तो कोई बात ही नहीं थी। किन्तु वह स्वयं रुक्मिणी तो बनी नहीं। रुक्मिणी होने पर वह किसी वेदनिधि को हमारे पास अवश्य भेजती। या फिर वह माता-पिता की बात स्वीकार न कर आन्दोलन के पूरे होने तक मेरी बाट जोहती। उसने कुछ भी तो नहीं किया। सच तो यह है कि आरती इस आन्दोलन का तात्पर्य ही नहीं समझती है। माता का स्नेह यानी इस विशाल हृदयवाली माता, धरती माता का स्नेह क्या होता है, इसे वह समझने लायक अभी शायद है ही नहीं। अभी यह उसके लिए 'माँ' यानी बच्चे को गोद में उठाकर केवल लालन-पालन करनेवाली रक्तमांस की बनी नारी भर है। माँ के व्यापक अर्थ और स्नेह को वह समझ पाती तो शायद वह विवाह-वेदी की ओर कदम भी न बढ़ाती।

यह भी सच है कि केवल आरती ही वैसी नहीं है। गोसाइन भी इस व्यापक अर्थ को समझकर स्वयं को नहीं समझा पा रही हैं। अनुपमा भी नहीं समझ सकी है। मर्दों की तरह औरतें होतीं ही नहीं। फिर इस आन्दोलन से वे सब प्रत्यक्ष जुड़ी भी तो नहीं हैं! नहीं, नहीं, बात ऐसी नहीं है। नहीं तो कॅली दीदी कैसे आ गयीं, डिमि कैसे निकल आयी? अनुपमा से भी तो मैंने पूछा था—'महिलाएँ भी तो हमारी तरफ ही हैं न?'

लेकिन अनुपमा ने कोई उत्तर नहीं दिया था। क्यों? क्या महिलाओं को स्वाधीनता नहीं चाहिए?

रूपनारायण का हृदय कचोट आया। उसकी आँखों में आँसू छलक आये। उन्हें स्वाधीनता क्यों नहीं चाहिए? स्वाधीनता चाहिए, अवश्य चाहिए। गाँवों में रतनी के समान भी तो महिलाएँ हैं। भोगेश्वरी और कनकलता कहाँ की थीं? नहीं, नहीं होने का कारण क्या है? अपना ही दोष है। समाज ने महिलाओं को सुविधा ही क्या दी है? इसलिए उन्हें रूढ़ियों को छिन्न-विछिन्न करना मुश्किल हो रहा है। जब तक हमारी महिलाएँ आगे नहीं आतीं, तब तक समाज कुसंस्कारों में इसी प्रकार जकड़ा रहेगा। उन्हें यह सारी बातें समझानी पड़ेंगी। आरती से भी मैं यही कहूँगा। यदि

वह सचमुच मुझे चाहती है तो वह अपना सारा प्यार इसी विशाल माता को अर्पित कर दे। मुझे तभी सन्तोष मिलेगा। केवल अपने को ही नहीं, उसे चाहिए कि वह अपने पति को भी इसी ओर उन्मुख करे। मैं उसे आशीर्वाद दूँगा। अवश्य दूँगा। अब मेरे लिए आरती की चाहना निरर्थक है। अब मैं उसे मित्र या बहन के सहज सम्बन्ध के रूप में स्वीकार करूँगा। यों प्रगाढ़ सम्बन्ध बनाना तो अब मेरे वश की बात नहीं है। समय भी तो कहाँ मिला! रुक्मिणी की तरह उसे अपहरण कर ले जाने की भी शक्ति तो मुझमें नहीं। हजारों वर्षों के संस्कार और अनुष्ठान को अकेले तोड़ने की क्षमता मुझमें नहीं है। इसके लिए तो एक अलग ही प्रकार की चेतना और जागरूकता की आवश्यकता होती है।

उसे लगा, ये सारी बातें महज अपने को सन्तोष दिलाने भर के लिए ही हैं। उसका कण्ठ सूखने लगा था।

अनुपमा ने बड़ी देर लगा दी। उसे रात में वापस भी तो होना है। टिकौ का भी पता नहीं चला। शायद उसे अब तक समय नहीं मिल पा रहा होगा।

विवाहवाले घर में फेरे पड़ने, भोजन-परसादी वगैरह का काम अभी पूरा नहीं हो पाया होगा। ढोलक पर थाप पड़नी अवश्य बन्द हो गयी है। शायद ढोलकिये नींद में ऊँघ रहे होंगे। रूपनारायण ने अपनी घड़ी पर नजर डाली। लौटने का समय भी निकला जा रहा है।

तभी पैरों की आहट सुनाई पड़ी।

अनुपमा!

अनुपमा एक सुघड़ और अविवाहिता किशोरी की तरह मुसकराती हुई आ रही थी। उसकी चाल में कोई अल्हड़ता नहीं थी। जबकि उसकी भरी-पूरी देह यौवन के सारे वैभव और ऐश्वर्य से सम्पन्न थी। ब्राह्मण घरों की कन्याएँ चूँकि अल्प वय में ही ब्याह दी जाती हैं, इसलिए उसमें यौवन का आगमन वस्तुतः विवाहोपरान्त ही होता है।

अनुपमा के विवाह के दो ही वर्ष तो बीते थे और उसे सयानी हुए कुछ ही माह। यौवन का ज्वार लहराया ही था कि पति मारा गया। विधवा ब्राह्मणी की जिन्दगी और मौत में अन्तर ही कितना होता है? आजीवन देह को तपाना पड़ता है। निरामिष आहार और सादा जीवन। सारा जीवन बोझ बनकर रह जाता है।

अनुपमा ने पास आकर कहा :

''मेरे साथ आओ।''

''कहाँ?''

विवाह मण्डप की रोशनी आम के पेड़ तक चली आयी थी। उसमें अनुपमा की मुसकराहट भी घुल गयी थी। बोली वह :

"मुझ पर अब भी भरोसा नहीं? तुम आओ तो सही।"

रूपनारायण अपने को किसी महिला के हाथों छोड़ देना नहीं चाहता था। ऐसी स्थिति में तो और भी नहीं। कदम बढ़ाने के पहले उसने फिर पूछा :

"शइकीया वकील से भेंट कराने ले जा रही हो क्या?"

"शइकीया तो अभी-अभी बाहर निकल गये हैं। टिकौ के गाँववाले आकर उन्हें कुछ कह-सुनकर साथ लिवा गये हैं। बहुत सारे पकड़े गये हैं। टिकौ की घरवाली भी पकड़कर लायी गयी है। जेल के सामनेवाले 'रिजर्व मैदान' में ही उसने एक बच्चे को जन्म दिया है। उसे भुइयाँ की पत्नी के यहाँ रखवाना है। भुइयाँ की पत्नी भी मोटर लेकर आयी थी। शइकीया को वही ले गयी है। जानते हो कुल कितने आदमी हैं? चार सौ।"

अनुपमा के कथन में किसी प्रकार का उद्वेग नहीं था। इस असाधारण घटना का वर्णन करने में मानो उसे एक प्रकार की अव्यक्त तृप्ति मिल रही थी। उसके निजी जीवन की दुर्घटना की तरह ही किसी भी दुखद घटना का समाचार मिलने पर उसे तृप्ति अनुभव करना शायद अस्वाभाविक नहीं था। लेकिन उसके स्वर में या चेहरे पर प्रतिहिंसा या प्रतिशोध की भावना नहीं थी। घटना को उसने सहज रूप में ही लिया था। मौत पर एकमात्र अधिकार विधाता का ही तो है, किसी आदमी का नहीं। सहज विश्वास की यह सान्त्वना अनुपमा को अच्छी लगी थी। अधिक जंजाल तो रूपनारायण के समान तर्क-पटु व्यक्तियों को ही होता है। वैसे लोग प्रत्येक काम का तार्किक विश्लेषण करते रहते हैं, मानो आदमी के हर काम के पीछे कोई न कोई युक्ति होती ही है।

"तब तो शइकीया से भेंट नहीं हो सकेगी। सम्भव हो तो टिकौ को ही बुला दो। जल्दी लौटना है।" कहते हुए रूपनारायण ने एक बार फिर घड़ी देखी।

अनुपमा ने कहा, "टिकौ से मेरी भेंट हुई थी। उसे तो अपनी पत्नी रतनी की चिन्ता से ही फुर्सत नहीं है।"

रूपनारायण को गुस्सा आ गया। बोला :

"भला अब पत्नी की चिन्ता करने से क्या लाभ होगा?"

अनुपमा मुसकरा उठी। उसकी इस मुसकराहट का भी एक विशेष अर्थ था। बोली :

"अब हर कोई तो तुम्हारी तरह किसी लड़की से पिण्ड छुड़ा नहीं सकता। तुम्हीं थे जो भाग निकले।"

"भाग कहाँ रहा हूँ?" रूपनारायण ने कुछ अनमने भाव से ही उत्तर दिया।

"तो चलो, एक बार आरती से मिल लो।"

"क्यों?" रूपनारायण का हृदय धड़कने लगा।

"इतने दिनों तक भागते रहने की कैफियत देनी पड़ेगी, चलो", अनुपमा ने जरा रूखे स्वर में कहा, "तुम्हें तो पता नहीं, पर मैं जानती हूँ कि उसने तुम्हारे लिए कितने आँसू बहाये हैं, अब उससे एक बार मिले बिना तुम नहीं जा सकते।"

यह बात उसकी सहपाठिनी अनुपमा कह रही थी। स्नेह और आदेश दोनों ही उसे उस ओर खींचे चले जा रहे थे। उन्हें ठुकरा देने का उसे कोई उपाय नहीं दीख रहा था। उसने पूछा :

"किन्तु, आरती से कहूँगा क्या?"

"सो तुम जानो। देश भर के लोगों को उपदेश देते फिरते हो, तो क्या आरती को नहीं दे सकते!" अनुपमा ने चुटकी ली। "जैसे मुझे उपदेश दे रहे थे, वैसे ही उसे भी दे देना।"

"तुम्हें तो मैंने कोई उपदेश नहीं दिया!"

"नहीं दिया है?" अनुपमा की कजरारी आँखों में एक प्रश्नसूचक भाव तैर गया। "हाँ, मुँह से ऐसा कुछ नहीं कहा, लेकिन परोक्ष रूप से तो उपदेश देते रहे। तुम्हारे मुखड़े को देखकर ही मैंने सबको क्षमा कर दिया है।"

रूपनारायण की आँखें छलछला आयीं! "मेरे मुखड़े को देखकर यह सबको क्षमा कर रही है। यह मानवी है या देवी?" रूपनारायण ने अपने आपसे ही पूछा। उसने कहा :

"चलो, चलता हूँ पर याद रखना, शइकीया से मेरी बातें नहीं हो पायी हैं। इधर रात में ही वापस होना होगा।"

अनुपमा खुश थी। उसका प्रस्ताव व्यर्थ नहीं गया। उसने कहा :

"यह सब भी हो जाएगा। उन्हें दूध लाने के लिए पुरणि गोदाम की ओर जाना ही है। अपनी गाड़ी से ही तुम लोगों को भी उधर छोड़ते आएँगे। टिकौ ने बताया था कि तुम लोगों को उधर ही कहीं जाना है।"

रूपनारायण को अनुपमा की बातों पर पूरा भरोसा हो चला था। उसने जैसे याद दिलाते हुए कहा :

"चलो, चलता हूँ। लेकिन देखती रहना। कहीं कोई ऐसी-वैसी बात न हो जाए!"

रूपनारायण ने एकदम ठीक कहा था। अनुपमा ने एक बार फिर आश्वस्त करते हुए कहा :

"ऐसा कुछ न होगा। निश्चिन्त रहो। और कुछ हो जाए तो मुझे कहना। अब जान-बूझकर अपने कर्तव्य से मुँह भी तो नहीं मोड़ना चाहिए।"

यह कर्तव्य का ही बन्धन था जिसे निबाहना था। अनुपमा आगे-आगे चल रही थी। रूपनारायण उसके पीछे सिर झुकाये चला जा रहा था। थोड़ी देर में दोनों

दरवाजा लाँघकर भीतर एक कमरे में प्रविष्ट हुए।

अनुपमा ने पास ही पड़ी एक कुर्सी पर रूपनारायण को बैठने का संकेत किया और मेज पर रखे लैम्प की बत्ती को थोड़ा तेज कर कमरे से बाहर निकल गयी।

रूपनारायण ने कमरे में चारों तरफ नजर दौड़ायी। एक मेज पर कुछ किताबें पड़ी थीं। कमरे में पर्दा नहीं था। पास में ही एक छोटा-सा बिछावन भी था। उस पर एक जोड़ी रिहा-मेखला पड़ी थी। उसके पास ही एक आईना भी था। किसी ने दाढ़ी बनाने की सामग्री भी वहाँ रख छोड़ी थी। एक छोटी-सी मेज़ पर जवाकुसुम की शीशी, एक कंघी और बिछावन पर ही प्रीति-उपहार की कई वस्तुएँ भी पड़ी थीं। दीदी-बहनोई के विवाह पर किसी ने एक कविता भी लिखकर भेंट की थी। उन सारी चीजों को देखते-देखते रूपनारायण का हृदय वैसे ही छटपटाने लगा जैसे कोई कबूतर तड़फड़ाता है। वह आँख मूँदकर सारे परिवेश को भूलने का प्रयास करने लगा।

पहले वह यदा-कदा आकर इसी कमरे में सोया करता था।

नहीं, वह सब सोचना अब आवश्यक नहीं है। यही काफी है। आन्दोलन के पहले जब कभी आता तो यहीं सोया करता था। आरती चुपके से कभी-कभी आधी रात को आकर दरवाजा ढकेल देती थी और दरवाजा खोलने पर मैं अवाक् रह जाता था। मानो कोई पण्डुकी पेड़ की डालियों से उतर आयी हो। हम दोनों हकलाते हुए बातें करते थे—एकदम असंलग्न बातें। उनका कोई ओर-छोर नहीं होता था। उसके आकर्षक यौवन की सुषमा को मैं मन्त्रमुग्ध निहारता रहता। तब मेरी सारी देह में अनजाने ही एक बिजली कौंध जाती थी। उसी समय आरती की माँ का रूखा स्वर सुनाई पड़ता और वह तुरत यहाँ से भाग खड़ी होती थी। लजाकर मैं भी किवाड़ बन्द कर सो जाता था। और तब घण्टों तक नींद नहीं आती थी।

—वे सारी बातें सोचने पर आज भी मुझे लज्जा की अनुभूति होती है। लेकिन उस आवेग की आँधी में भी जो आनन्द मिलता था, उसे मैं अस्वीकार नहीं कर सकता। यह मानना सत्य नहीं होगा कि उसमें दैहिक आकर्षण भर ही था। नहीं, कहीं-न-कहीं उसमें कुछ और ही प्रकार का आकर्षण भी अवश्य था। उसे मैं आज भी भूल नहीं पा रहा हूँ। अवश्य, कहीं-न-कहीं मुझमें अपराध की भावना भी है।

तब से मैंने आरती के नाम एक पत्र भी तो नहीं लिखा।

तभी रेशमी मेखले की सरसराहट की आवाज पा उसने अपनी आँखें खोलीं। उसने देखा कि आरती के साथ उसकी माँ भी कमरे में आयी हुई थी।

आरती की माँ ने कहा, ''इतने दिनों बाद तुम्हें हमारी याद आयी? चलो, आये तो सही। भैया के पैर छुओ बेटी! और बेटे रूप, तुम इसको आसीस दो।''

वह क्या कहे, कुछ सोच नहीं पाया। वह आरती से अकेले मिलना चाहता

था, पर वैसा सम्भव होता दिखाई नहीं पड़ा। आरती कुछ देर तक तो चुपचाप खड़ी रही। लेकिन फिर उससे रहा नहीं गया और फफककर रो पड़ी। रूपनारायण के लिए वह असहनीय हो उठा। वह रुलाई ही उसके अन्तर्मन की बात प्रकट कर रही थी—सदा-सर्वदा के लिए जुदा होने की बात। माँ ने टोका :

"तू फिर रोने लगी? चल प्रणाम कर!"

आरती ने झुककर रूपनारायण को प्रणाम किया। पाँव छूते समय उसने अपने हाथों से उसके जूते को स्पर्श किया। उसके साथ ही उसके रोने की आवाज तेज हो गयी। शायद फाँसी पर लटकाये जाते समय भी कोई इस प्रकार नहीं रोता। रुलाई बड़ी मर्मभेदिनी थी। रूपनारायण ने अपने पैरों को खींचते हुए कहा :

"मेरे सामने तुम्हें घूँघट काढ़ने की क्या जरूरत? चलो, यहाँ बैठ जाओ।"

आरती की माँ ने कोई रोक-टोक नहीं की। उसने ही आरती का घूँघट भी उठा दिया : कच्ची हल्दी-सी निष्प्रभ, फिर भी चेहरे पर सुकुमार शोभा की झलक थी। उसमें कोई चपलता नहीं थी। आँखों की पलकें कुछ सूज गयी थीं। शायद वह उसके पहले रोते रहने का परिणाम था।

बड़ी मुश्किल से आरती ने एक बार आँखें उठाकर रूपनारायण की ओर देखते हुए पूछा :

"आप लोगों का आन्दोलन ठीक से चल रहा है न?"

"हाँ।" मानो आन्दोलन रूपनारायण का कोई अपना व्यवसाय हो।

"आप सकुशल हैं न?"

"यह तो देख ही रही हो।"

पूछना चाहिए था उसे मन की अवस्था के बारे में, पर वह खबर जानना चाह रही थी शारीरिक अवस्था की। सीधे खुले तौर पर लड़कियों के लिए कुछ पूछना भी तो कठिन होता है। तभी तो वे जो पूछती भी हैं वह मात्र एक-दो वाक्यों में ही और वह भी अस्पष्ट। लेकिन रूपनारायण ने वैसा नहीं किया। उसने साफ-साफ कहा :

"आरती! तुम्हें तो शायद पता ही है कि मैं तुम्हें कितना मानता रहा हूँ। इसके बावजूद हमारे विवाह में बाधा उपस्थित हो गयी। कोई बात नहीं। अब तुम्हारा विवाह अन्यत्र हो रहा है। यह अच्छा ही है। तुम अब भी यदि मुझसे प्यार करती हो, तो अब वह ठीक नहीं है। तुम्हें अब वैसा नहीं करना चाहिए। हाँ, मैं जिसे प्यार करता हूँ, जिसके लिए मैंने सर्वस्व होम दिया है, तुम भी उसे ही प्यार करना। वह है हमारी महीयसी माँ, यानी भारतमाता।"

आरती कुछ बोली नहीं। स्तब्ध हो मात्र उसकी ओर देखती रही। उसके बाद उसने धीरे से कहा :

"मैं आपकी बात याद रखूँगी। आप जिसे माँ कह रहे हैं, वह मेरी..."

अपनी माँ के कठोर चेहरे की ओर देख वह रुक गयी। बात भी पूरी नहीं कर सकी। रूपनारायण ने कहा :

"नहीं आरती, तुम गलत समझ रही हो। वह तुम्हारी भी माता है, सौत नहीं। सौत है यह रूढ़िग्रस्त समाज, वहाँ मन में सोची गयी बातें भी कही नहीं जातीं।"

आरती कुछ कहना चाहती थी, पर कह नहीं सकी। वह फफक-फफककर रोने लगी।

"चल, दैयन का समय हो रहा है। हल्दी चढ़ाने वहाँ औरतें तुझे खोज रही होंगी।" आरती की माँ के स्वर में रुखाई थी।

"जाओ आरती। मैं तुम्हारे पास आकर सब कुछ पा गया। मुझे और कुछ नहीं चाहिए। हाँ, यह हमेशा याद रहे कि तुम्हें सुखी देखकर मैं भी सुखी हो सकूँगा।"

इस बार माता की उपस्थिति की परवाह न कर आरती ने कहा :

"मैं आपको क्या कहूँ? आप स्वयं ही अधिक समझते हैं। आपकी बात याद रखूँगी। भूलूँगी नहीं।"

इस बार आरती की माँ आदेश के स्वर में बोली :

"चल आरती, अब भैया का आशीर्वाद ले तो लिया है।" उसके बाद उसका स्वर भी सहसा करुण हो गया। बोली, "हमसे भी चूक तो हो ही गयी, पर अब सोचने से क्या लाभ! तुम्हारी आशा में हम लोग और कब तक बैठे रहते?"

आरती को सँभालती हुई उसकी माँ जिस दरवाजे से आयी थी, उसी से बाहर निकल गयी। रूपनारायण को लगा मानो स्वर्ग का मोती एक बार पाकर भी उसने कहीं आँगन में ही उसे खो दिया। फिर भी वह सन्तुष्ट था इसलिए कि उसका खोना निरर्थक नहीं हुआ।

एकाएक लगा मानो सब ओर अँधेरा फैल गया हो। लैम्प में भी जैसे रोशनी ही न हो।

कुछ क्षण बाद अनुपमा मिठाई और चाय के साथ कमरे में आ उपस्थित हुई। आते ही बोली :

"शइकीयानी मानी ही नहीं। जबरदस्ती चली आयी। मैं क्या करती? चाय ले लो। तुमने अपना कर्तव्य निभा दिया। शइकीया भी आ गये हैं। वे भी इधर ही आ रहे हैं।"

अनुपमा चुप हो गयी। रूपनारायण की आँखों से लगातार आँसू बहते देख वह मुस्करायी और अधिकार जताने के स्वर में बोली :

"मैं सब कुछ सहन कर सकती हूँ, तो तुम क्या इतना भी सहन नहीं कर पाओगे? मैं ठहरी स्त्री, पर तुम तो पुरुष हो।"

रूपनारायण सहज हो गया। उसने आँसू पोंछ लिये। वह प्लेट में रखी मिठाई उठाकर खाने लगा। बीच-बीच में चाय की चुस्की भी लेता जाता था। अनुपमा अब भी गम्भीर थी। कहने लगी :

"विरह ही तो जीवन है, मिलन नहीं।"

रूपनारायण कुछ बोला नहीं। वह केवल अनुपमा की बात का मनन करता रहा।

थोड़ी देर बाद, शइकीया के आने की आहट सुन अनुपमा पीछे वाले दरवाजे से निकल गयी।

शइकीया के चेहरे पर दुःख की गहरी रेखाएँ खिंच आयी थीं। वह रतनी को भुइयानी के यहाँ पहुँचाकर लौटे थे। नवजात शिशु को ठण्ड लग गयी थी। उसके लिए डॉक्टर को बुलावा भेजा गया था। भुइयानी स्वयं भी बच्चे को सेंक रही थी। बच्चे को एक झलक देखने की आशा में ही टिकौ भी उधर ही था। पुलिस अब भी गयी नहीं थी। उसे रूपनारायण के शहर में ही होने की भनक लग चुकी थी। शहर से आने-जाने वाले सभी रास्तों पर पुलिस तैनात हो चुकी थी। पुलिस को यह भी शक था कि रूपनारायण कहीं वकील शइकीया के घर में ही न छिपा हो, इसलिए मुसीबत कुछ अधिक बढ़ गयी थी।

शइकीया उसके पास आ बैठे। कहने लगे :

"चाय जल्दी पी डालो। मैं तुम्हें छोड़ आऊँगा।" कहते हुए उनका गला भर आया। "तुम्हारे प्रति मेरा बड़ा स्नेह है, पर सोची हुई बातें होती नहीं हैं, पग-पग पर बाधाएँ आ जाती हैं। आरती को आशीर्वाद देकर तुमने अच्छा काम किया। अब वह खुशी-खुशी यहाँ से ससुराल जा सकेगी। हर कोई तो कठिनाइयों को सही रूप में नहीं समझ पाता। पर मुझे विश्वास है, तुम सब सँभाल लोगे।"

रूपनारायण ने आरती की बात नहीं छेड़ी। केवल इतना ही पूछा :

"आपने लोगों की जमानत लेने की कुछ व्यवस्था की है क्या?"

शइकीया वकील ने हँसते हुए कहा, "जितना कुछ सम्भव था, किया है। पर अब कानून के दिन लद गये हैं। सबकी जमानत तो होगी नहीं, जिसके अपराध भीषण नहीं होंगे, उन्हें ही जमानत मिलेगी।"

शइकीया ने रूपनारायण की ओर देखा और फिर सहज भाव से कहा :

"अब इन सब बातों पर विचार मत करो। अब जब लड़ाई शुरू हो गयी है तो सामान्य दिनों की तरह कानूनी व्यवस्था तो लागू होगी नहीं। तुम लोगों के मुकदमे के बारे में जेल से भुइयाँ ने भी लिखा है। टिकौ ने भी सब कुछ बताया है। देखो कितना क्या कर पाता हूँ। जेल में कल सवेरे परेड होने की बात है। जल्दी प्रमाणित करना तो कठिन होगा। दारोगा शइकीया किसी गारो औरत को पकड़ लाया है।

वह कैसी है?"

"उसके सम्बन्ध में चिन्ता करने की जरूरत नहीं। वह ठीक है।" रूपनारायण ने कहा।

"मैंने और भी कई वकीलों को रख लिया है।"

शइकीया ने एक सिगरेट निकालकर सुलगा ली। कश लगाते हुए फिर बोले : "मैं जितनी भी कोशिश हो सकेगी, अवश्य करूँगा। तुम बिलकुल निश्चिन्त होकर लौटो। लेकिन तुम जाओगे कहाँ?"

"कलियाबर की ओर जाने का इरादा है। उधर ही कहीं छिपने में सुविधा होगी।"

"तब जल्दी ही तैयार हो जाओ। चाहो तो थोड़ा आराम भी कर सकते हो। तड़के ही चल दूँगा। मैं तुझे अपनी ही गाड़ी में भेज आऊँगा। और टिकौ?"

"उसे रहने दीजिए। वह कल के परेड का समाचार लेकर ही लौटेगा।" रूपनारायण ने कहा।

"अच्छा।"

तभी शइकीया को ध्यान आया। कहने लगे :

"हमारे पुरोहित बरटाकुर को भी इन लोगों ने गिरफ्तार कर लिया है। वे विवाह कराने भी नहीं आ सकेंगे। कल एक पुरोहित को भी खोजना पड़ेगा।"

इस बार रूपनारायण जोर से हँस पड़ा। उसे लगा, आरती का विवाह एक मजाक बन गया है। हाँ, विवाह एक मजाक ही तो है। भला मन्त्र, पुरोहित, रीति-रस्म—इन सबका विवाह यानी दो हृदयों के वास्तविक मिलन से क्या मतलब? विवाह तो उन दो हृदयों का पूर्ण, पवित्र और अविच्छेद्य सम्बन्ध है। ये सब केवल ऊपरी दिखावे हैं। इनमें किसी प्रकार की सच्चाई नहीं होती। रूपनारायण को जीवन की विडम्बना पर हँसी आ गयी।

शइकीया ने आश्चर्यवश पूछा। "क्यों, हँस क्यों दिये?"

रूपनारायण ने सिर झुका लिया : शइकीया ने यही प्रश्न दुहराना चाहा कि तभी अनुपमा भागती हुई अन्दर आयी और बोली :

"सर्वनाश! पुलिस यहाँ भी आ पहुँची है। उसने घर को घेर रखा है। अब क्या किया जाए?"

उसका तात्पर्य रूपनारायण को छिपाने से था। शइकीया निरुपाय थे। उन्होंने रूपनारायण की ओर देखा। अनुपमा ने बाहर के किवाड़ बन्द कर दिये। रूपनारायण ने धीरज से कहा :

"एक उपाय है।"

"क्या?" शइकीया ने पूछा।

"मुझे यह पोशाक उतार देनी होगी। बस दाढ़ी-भर बनाने की देर है। औरत का वेश धारण करना होगा। और फिर आप मुझे अपनी गाड़ी से ही छोड़ आइएगा।"

इतना कह रूपनारायण आईने के पास जा दाढ़ी बनाने की तैयारी करने लगा। उसने अनुपमा से कहा, "मेरे लिए तुम एक जोड़ी औरताना कपड़ों की व्यवस्था करो।"

अनुपमा तुरन्त बाहर निकल गयी। शइकीया वहीं खड़े रहे। रूपनारायण दाढ़ी बनाने में जुट गया। चार-पाँच मिनट में ही उसने दाढ़ी बना ली, एकदम साफ, चिकनी। फिर सिन्दूर की डिबिया माँगी। आधेक मिनट में ही वह भी मिल गयी। उसने ललाट पर एक बिन्दी लगा ली और केश सँवारे लिये। फिर पूछा :

"अनुपमा कहाँ चली गयी? आप जरा देखिए तो।"

तभी शइकीया ने बिछावन पर पड़ी रिहा-मेखला की ओर संकेत करते हुए कहा :

"नयी ही तो है। चाहो तो डाल लो।"

शइकीया बाहर निकल गया। रूपनारायण ने जल्दी से अपने कपड़े उतारकर रिहा-मेखला पहन ली। उसके बाद आईने में उसने अपनी सजावट देखी। बुरा नहीं दिखा। लेकिन एक ब्लाउज और एक चादर के मिल जाने पर वह पूरी तरह निश्चिन्त हो जाता। उसने अपने पुराने कपड़े बिछावन पर ही डाल दिये। जूता खोलकर नंगे पैर हो गया।

शइकीया फिर कमरे में लौट आये। रूपनारायण की ओर देखकर हँसते हुए कहा :

"अनुपमा अभी आ रही है।"

शइकीया चिन्तित हो गये। थोड़ी ही देर में अनुपमा भी आ गयी। और बोली :

"जरा देर हो गयी। चारों ओर पुलिस तैनात है। चीजें निकालकर लाने में भी सावधानी बरतनी पड़ी। सैण्डल, ब्लाउज और चादर होने से चल जाएगा न? वाह, देखने में तो तुम बड़े बढ़िया लग रहे हो।" उसके होठों पर मुसकराहट फैल गयी। फिर कहने लगी :

"तुम्हारा एक दूसरा ही नाम रखने को जी कर रहा है।"

"क्या नाम?"

"पटेश्वरी?"

आतंक की इस घड़ी में ही यह नाम सुनकर तीनों हँस पड़े। रूपनारायण को स्वयं बहुरुपियापन जैसा लग रहा था। गुवाहाटी में एक बार एक फैंसी फुटबाल मैच हुआ था। वहाँ शहर के एक किशोर खिलाड़ी ने महिला का वेश धारण कर मैच में भाग लिया था। उसने भी अपना नाम पटेश्वरी ही रखा था। मिसेज पटेश्वरी

थी सेण्टर फारवर्ड। एक बार बैक पास देते समय गिर जाने पर जब उसके सिर के बाल खुलकर गिर पड़े तो बेचारे को देखकर दर्शकों ने खूब फब्तियाँ कसी थीं। आज कहीं रूपनारायण की भी वैसी दशा न हो!

उसके गाँव में भी पटेश्वरी नामक एक औरत थी। सबकी दीदी थी वह। देखने-सुनने में बिलकुल मर्द जैसी। दीदी का काम ही था विवाह के योग्य लड़के-लड़कियों की शादी की बात तय करना-कराना। अनुपमा के लिए भी वर उसी ने खोजा था। विवाह-मण्डप में वह एक बार आनन्द-विभोर हो नाच भी उठी थी। उसने कहा था, 'रूप-गुण-सम्पन्न ऐसी जोड़ी बड़ी मुश्किल से ही मिलती है।'

रूपनारायण के मन में कुछ-कुछ हास्य-रस का संचार हो आया। थियेटर में महिला की भूमिका अदा करने का तो उसका अभ्यास रहा ही है। आज भी अभिनय करके ही उसने पुलिस से छुटकारा पाने की सोची है। स्त्रियों की भूमिका निबाहना हँसी-खेल नहीं। 'हरमोहन' में विष्णु भगवान् का मोहिनी रूप धारण कर शिवजी को मोहित करने का प्रसंग भी उसे याद हो आया। पर इस बार तो वह पुलिस की आँखों में धूल झोंकने की कोशिश कर रहा है!

आईने में अपना प्रतिबिम्ब देख रूपनारायण ने अपने को एक नयी युवती के रूप में पाया। वह अपने को ही अनजान जैसा लगा। सामने अनुपमा खड़ी थी। उससे आँखें मिलते ही वह झेंप गया। उसकी सारी देह रोमांचित हो उठी। अगर आरती भी उसे इसी पोशाक में देख लेती तो पता नहीं वह क्या सोचती?

रूपनारायण ने अनुपमा द्वारा लाये गये ब्लाउज और सैण्डल पहन लिये। ऊपर से जनाना शाल भी ओढ़ लिया। फिर घूँघट काढ़ते हुए उसने शइकीया से कहा :

"आप जाकर गाड़ी निकालिए और हाँ, उसे अन्दर तक लेते आइए।"

शइकीया निकल गये। अभी सुबह नहीं हुई थी। रूपनारायण अनुपमा से बोला :

" 'दैयन' देनेवाली सब औरतों को जगा दो जिससे पुलिस कुछ भाँप न सके। और तुम दो-चार जनी मिलकर मुझे गाड़ी तक ले जाकर उसमें बिठा देना।"

"सभी जाग गयी हैं। हाँ, मैं सोच रही थी कि तुम्हारे साथ भी कोई और जाए तो अच्छा होगा। लगता है, स्वयं शइकीयानी ही जाएँ तो ठीक रहेगा।"

"हाँ, बहुत ही अच्छा रहेगा।"

इस बीच रूपनारायण ने एक अँगोछा मँगवा लिया। उसमें उसने अपनी छोटी पिस्तौल लपेट ली। और फिर अनुपमा से कहा :

"शइकीयानी से कहो, जरा जल्दी करें।"

"अभी बताया न! शइकीयानी अभी तक कलवाली पोशाक में ही हैं। देह पर कम-से-कम एक चादर डाल लेने से भी चल सकता है। अच्छा, मैं अभी आयी,

तुम यहीं ठहरो!"

रूपनारायण की आँखें जल रही थीं। बनावटी वेश ही अटपटा-सा लग रहा था। और तो और, इस वेश में चहल-कदमी करना भी मुश्किल हो रहा था। पर और उपाय भी तो नहीं था। यही तो जीवन है। उसने कमरे में एक बार चारों ओर नजरें दौड़ायीं। देखा कि बिछावन तले एक महीन रंगीन रेशमी रूमाल पड़ा है। उसमें एक फूल भी काढ़ा गया है। उसने लपककर उसे उठा लिया। रूमाल से उठती हुई सेण्ट की गन्ध पा उसे लगा जैसे वह प्रेम की निशानी हो। यह भी तो हो सकता है कि इसे आरती ही जान-बूझकर यहाँ डाल गयी हो। तभी उसकी सारी मनोवेदना छूमन्तर हो गयी। उसने अनुभव किया कि यह रूमाल मानो अनन्त प्रेम का पंख है जिसके सहारे वह उस प्रेम-लोक तक उड़कर जा सकेगा, जहाँ आरती को वह एक बार फिर पा सकने में समर्थ होगा।

धत्, वह क्या सोचने लगा। यह तो मानो जन्मान्तरवाद का सूत्र है। गलत, बिलकुल गलत, वैसा कुछ भी नहीं होता है। यह सब तो कल्पना है, मात्र कल्पना।

तभी अनुपमा अन्दर आ गयी और मुसकराती हुई बोली :

"पटेश्वरी! चलो। पुलिस-अफसर मेरी जान-पहचान का ही है। सिलहट का है। गाड़ी तक साथ में केवल मेरे जाने से ही काम बन जाएगा। मैं ही तुम्हें गाड़ी में बैठा आऊँगी। कोई नहीं भाँप सकेगा। भाग्य की बात समझो!"

"तब शइकीयानी के जाने की जरूरत भी नहीं रहेगी।"

"हाँ, फिर उनकी जरूरत नहीं होगी।"

"मैं भी यही सोच रहा था कि वह तो कन्या की माँ हैं, भला कैसे जाएँगी?"

दोनों बातें करते हुए पोर्टिको तक निकल आये।

कुछ ही क्षणों में, गाड़ी के स्टार्ट होने की आवाज हुई और फिर उसके बाद सन्नाटा छा गया। पुलिस तब भी घर के चारों ओर तैनात थी। नाटक खत्म हो चुका था। 'दैयन' की तैयारियाँ होने लगी थीं। पर अनुपमा को वह सब असह्य हो उठा था। वह शइकीया के घर में एक क्षण भी नहीं रुकी। अपने भाग्य पर हँसती हुई वह धीरे-धीरे अपने घर की ओर कदम बढ़ा रही थी।

# सोलह

अनुपमा की आँखें झपकी ही थीं कि गोसाइन ने आकर जगा दिया :

"भाभी, भाभी! विवाहवाले घर में कुछ हो गया है। तुमने सुना कि नहीं?"

अनुपमा उठ बैठी। गोसाइन का चेहरा देखते ही वह समझ गयी कि कुछ गड़बड़ जरूर हुई है। उसने पूछा :

"क्या हुआ?"

"होगा क्या, रूपनारायण को पकड़ न पाने के कारण दारोगा शइकीया ने वकील साहब को ही गिरफ्तार कर लिया है। उस घर में कुहराम मचा हुआ है। वहाँ से तुम्हारे आने के बाद घर की कुर्की तक हो गयी। और तो और, कन्या का कमरा भी नहीं छूटा। दैयन अभिशाप बन गया।"

अनुपमा कुछ बोली नहीं। रूपनारायण के पकड़े न जाने की बात सुनकर उसे तसल्ली हुई। वकील की गिरफ्तारी के समाचार से वह तनिक भी विचलित न हुई। गिरफ्तारी, हत्या, घायल होना—ये सब तो आजकल आम बातें हो गयी हैं। बल्कि इस तरह की घटना जिस किसी दिन नहीं होती, उस दिन उसे दुःख होता है। तब भी उसने पूछा :

"घर के और सब लोग कहाँ हैं? किसी ने कोई इन्तजाम किया?"

"शइकीयानी जिला-अधिकारी के पास गयी हैं।"

"हाँ, तब तो कुछ हो सकेगा। जिलाधिकारी शायद शइकीयानी के पिता से अच्छी तरह परिचित हैं।" अनुपमा बिछावन से उतर आयी। हाथों में टूथब्रश और पेस्ट ले उसने पूछा :

"तुमने मुँह धो लिया न?"

गोसाइन एकाएक उदास हो गयी थीं। उनके चेहरे पर दृष्टि जमाती हुई अनुपमा ने हँसकर पूछा :

"क्या बात है? फिर कोई भगोड़ा आया है क्या?"

"हाँ।"

"कौन?"

"टिकौ। स्वयं भुइयानी पहुँचा गयी है। क्या करूँ, कुछ सोच ही नहीं पा रही हूँ। तुम्हारी ही बाट जोह रही थी।"

"कब तक रुकेगा?" अनुपमा ने ननद की ओर बिना देखे ही पूछा।

"पता नहीं।"

"जरा बुलाओ तो उसे।"

गोसाइन टिकौ को बुला लायीं। टिकौ ने अनुपमा की ओर देखकर सिर झुका लिया। उसके पति का खून किये जाने का दृश्य उसकी आँखों के समक्ष नाच उठा। अनुपमा ने उससे पूछा :

"आप कब तक टिकेंगे?"

"बस, दोपहर तक, फिर चला जाऊँगा।"

"जा सकेंगे न, कोई परेशानी तो नहीं होगी?"

"नहीं, कुछ नहीं होगा।"

"तो फिर रुक जाइए।"

अनुपमा मुँह धोने के लिए बाहर निकल आयी। टिकौ ने कहा :

"मैं जानता था, यह बात को समझनेवाली महिला हैं। ...आपने सुना है न, हमारा बच्चा नहीं रहा। हाँ, बच्चे की माँ बच गयी है।"

गोसाइन कुछ बोलीं नहीं। सहानुभूति प्रकट करने की सामर्थ्य भी अब उनमें नहीं रह गयी थी। उन्होंने केवल इतना ही पूछा :

"उसकी तबीयत तो ठीक है?"

"बुरी नहीं है, पर अभी ठीक भी तो नहीं कही जा सकती।"

गोसाइन को लगा कि टकौ की सफेद दाढ़ी पहचान में आ सकती है। चिन्ता के बोझ से उसका मुँह भी लटक गया था। बोलीं :

"स्वराज्य आएगा कि नहीं?"

टिकौ ने एक बीड़ी सुलगा ली। और कहा :

"आएगा, जरूर आएगा।"

गोसाइन ने टिकौ के चेहरे की ओर देखा। उन्हें लगा मानो इस उत्तर में ही उसका व्यक्तित्व निखर आया है। उन्हें काफी प्रसन्नता हुई। कहने लगीं :

"अच्छा, आप खाना खाकर तैयार हो जाइए।"

अनुपमा आरती के घर से लौट आयी। पुलिस ने वकील साहब को तब तक रिहा नहीं किया था। यह भी निश्चित नहीं हो पाया कि उन्हें आज रिहाई मिलेगी भी या नहीं। अत: ऐसे सम्बन्धी की खोज की जा रही थी जो कन्यादान की औपचारिकता निबाह सके। शइकीयानी सहमी-सहमी जरूर थी, पर उसने असीम धैर्य का परिचय दिया था। आरती के मन में भी अब उतना उद्वेग नहीं दिखा। चूँकि विवाह-वेदिका

पर बैठना है, मात्र इसलिए वह प्रस्तुत है। माता-पिता से विरोध करने का उसमें साहस नहीं था।

शइकीयानी के यहाँ से लौटते ही अनुपमा अपने कपड़े बदलने लगी। गोसाइन वहीं थीं। अनुपमा को इस तरह कपड़े बदले देख उन्होंने पूछा :

"कहीं जाना है क्या भाभी?"

"हाँ।"

"कहाँ?"

"शइकीयानी के साथ जेल तक। शइकीया से भी मिल आऊँगी। विवाह का सारा भार तो उन्हीं पर था न! उनकी गिरफ्तारी की खबर पा पुरणि गोदाम के लोग खुद ही दो बार दूध पहुँचा गये हैं। वरना बड़ी मुसीबत होती : उनके मुँह से ही सुनने को मिला कि उनके गाँव को पुलिस ने घेर रखा है। रूपनारायण आज शायद ही भाग सके!"

"सब विधाता के भरोसे है भाभी। धीरे-धीरे सभी आदमी टूटते जा रहे हैं। रूपनारायण के पकड़ लिये जाने पर अब बचेगा ही कौन?" कहती हुई गोसाइन का मुख भारी हो गया।

अनुपमा थोड़ी देर तक चुप रही। फिर उसने पूछा :

"टिकौ चला गया क्या?"

"जाने ही वाला है।" गोसाइन ने कहा। "जेल में आज पानीखेत वाले मुकदमे में फँसे लोगों की शिनाख्त होनेवाली है। जरा पता करना कि क्या हुआ।"

"अच्छा।"

अनुपमा ने साधारण वस्त्र ही पहन रखे थे। उसके चले जाने के पश्चात् टिकौ की खबर लेने के लिए गोसाइन बाहर निकलीं। लेकिन वह कहीं दिखाई नहीं दिया। शायद वह निकल गया था, पर उसके जाने का पता भी उन्हें नहीं चला! वे लौट आयीं। घर में भीतर जाकर शालिग्राम-शिला के पास घुटने टेककर उन्होंने टिकौ की सुरक्षा के लिए प्रार्थना की। इन्हीं शालिग्राम की पूजा उनके भाई भी करते थे। मायङ् से जब कभी उनके पति यहाँ आकर टिकते तो वे भी उन्हीं की पूजा करते थे। पति के लापता होने के दिन से अनुपमा भी उन्हीं के आगे प्रार्थना करती रही है। वह क्या प्रार्थना करती है, वही जाने। कहीं वह उल्टी प्रार्थना तो नहीं करती! एक ही भगवान् की शत्रु और मित्र दोनों द्वारा प्रार्थना किये जाने पर वे किसकी प्रार्थना का क्या प्रतिदान देते हैं, कुछ कहा नहीं जा सकता! वे किसी की ओर से बोल भी तो नहीं सकते। सबको सन्तुष्ट करना शायद उनके लिए कठिन होता होगा। कहा जाता है कि वे बड़े जाग्रत देवता हैं। सात पीढ़ियों के इष्ट-देवता रहे हैं वे। ऐसा भी सुना गया है कि एक बार कभी स्वप्न में आकर उन्होंने बताया था कि वह अब आगे

की अधिक से अधिक चार-पीढ़ियों तक और इस ड्योढ़ी में रहेंगे। इस समय चौथी पीढ़ी चल रही है। यह सोचते ही गोसाइन एक बार फिर दहल उठीं। क्या वह इस घर को छोड़कर चले जाएँगे? पता नहीं, उनकी कैसी कृपा रहती है?

तभी बाहर किसी महिला की आवाज सुन गोसाइनजी खड़ी हो गयीं। बाहर जाने पर देखा कि वहाँ एक मिकिर महिला खड़ी है। वह मुसकरा रही थी। गोसाइन ने कहा :

"लगता है, मैंने तुम्हें कभी देखा है?"

"हाँ, पहचानेंगी कैसे नहीं। मैं डिमि हूँ।"

गोसाइन को स्मरण हो आया। उस दिन भी वह आयी थी, पर शीघ्र ही लौट गयी थी। "आओ, अन्दर ही चली आओ," कहते हुए उन्होंने उसे अन्दर बुला लिया।

डिमि घर के अन्दर आ गयी। गोसाइन ने उसे बैठने के लिए एक पीढ़ा दिया। और पूछा :

"सुना था, तुम्हें जेल हो गयी थी?"

"हाँ, वहीं से छूटकर आ रही हूँ। आज परेड थी। हो गयी।"

"हो गयी? तुझे भी लोगों को पहचानने के लिए कहा था क्या?"

"हाँ। पर मैंने किसी की शिनाख्त नहीं की। सबको ही तो जानती हूँ—राजा, जयराम, आधोना—सबको। पर मैंने साफ-साफ बता दिया मैं किसी को भी नहीं पहचानती।" वह थोड़ी देर कुछ सोचती रही फिर एकाएक उसने पूछा :

"ये वकील साहब हैं कि नहीं?"

"यहाँ कहाँ? उन्हें भी तो जेल हो गयी।"

गोसाइनजी ने सारी घटना कह सुनायी। सुनकर डिमि मुसकरायी और बोली :

"तो रूपनारायण तो बच गया न?"

"नहीं, शइकीया दारोगा उसके पीछे पड़ा हुआ है। कहीं वह भी गिरफ्तार न कर लिया जाए?"

डिमि का चेहरा लटक गया। "भला तब क्या होगा? उधर मायङ् में लयराम का उत्पात बढ़ता ही जा रहा है। सुना है, उसे हमारे गाँव के लोगों ने बाँध रखा था।"

गोसाइन ने दोनों हाथों से अपना मुँह ढक लिया। बोलीं :

"वह सब मुझसे मत कह। मुझसे सहा नहीं जाता। हाँ, तू वकील साहब को क्यों खोज रही थी?"

"भुइयाँ साहब ने उनसे मिलने को कहा था। पैरवी करने के लिए शायद उन्हें ही लगाया गया है।" डिमि ने बताया।

"अच्छा, तो यह बात थी।"

"अब मैं तो उन्हें जानती नहीं। इसीलिए सीधे आपके पास दौड़ी आयी। वह घर पर हैं नहीं, तो यहाँ रुककर भी क्या करूँ? मैं चलती हूँ। मेरा मरद भी छूटकर आनेवाला है।"

"वह भी जेल में ही है क्या?"

"हाँ।"

गोसाइन का स्नेह उमड़ आया। उसे रोकते हुए वह बोलीं :

"चाय पीकर जाना। तुझे भूख नहीं लगी है क्या?"

"अच्छा पिला दीजिए। हाँ, आपका बच्चा ठीक है न?"

"तुम्हें उसकी याद है? उस कमरे में सोया है। जाकर देख ले।"

गोसाइन रसोईघर में चली गयीं। डिमि उठी और सीधे पास वाले कमरे का दरवाजा खोलकर अन्दर गयी। मुन्ना सो रहा था। उस चाँद को पालने में सोया देखकर उसका मन प्रसन्न हो गया। वह जगा होता तो वह उसके साथ थोड़ा जी बहला लेती। फिर भी, इतने से ही उसका हृदय जुड़ा गया।

किवाड़ को हौले से बन्द कर वह बाहर निकल आयी—बाहर आँगन की तरफ। वहाँ कोने में ही एक कुआँ था। बाल्टी से पानी खींचकर डिमि अपने हाथ-पाँव धोने लगी।

घर के पिछवाड़े एक बगीचा भी था और बाँसों का झुरमुट भी। उसके पास ही शइकीया वकील का घर था, जहाँ विवाह का आयोजन हो रहा था।

डिमि जल्द ही लौट जाना चाहती थी। इतने में एक आदमी बगीचे से होता हुआ आँगन में खड़ा हो गया। उसके हाथ में फरसा था। उसने डिमि को देखा तक नहीं और सीधे रसोईघर के दरवाजे तक पहुँच गया। उसने वहीं से आवाज दी :

"गोसाइनजी, जरा बाहर तो आइए।"

गोसाइन टिकौ की आवाज सुनकर झटपट बाहर निकल आयीं। आते ही उन्होंने पूछा :

"क्या हुआ? तुम निकल नहीं पाये अब तक?"

"निकलता कैसे? सभी ने बाधा डाली है।"

"सभी से मतलब?"

"भुइयानी ने।"

"पर इधर ठहरना ठीक नहीं होगा। भाभी अब लौटने ही वाली है। पता नहीं वह क्या सोचेगी? तुम लोग हातीचोङ् के आदमी हो न? कौन जाने, कहीं तुम भी उस पाप में शामिल थे क्या?"

टिकौ ने गोसाइन के चेहरे की ओर देखा। वह सोच नहीं सका कि ये मायङ्

वाली ही गोसाइन हैं या अनुपमा की ननद। वह डर गया। बोला :

"मैं अभी चला जाऊँगा। अब और फिर किसी को कष्ट नहीं दूँगा। यह औरत कौन है?"

"डिमि।"

"अच्छा, तो परेड हो गयी क्या?"

"हाँ, ठीक से ही हो गयी।"

"आपने अच्छा समाचार सुनाया। अच्छा अब मैं जाता हूँ लेकिन जाने के पहले एक बात पूछना चाहता हूँ?"

"क्या!"

"वो कैसे मारे गये थे, आप अच्छी तरह जानती हैं न?"

"मुझे जानने की कोई जरूरत ही नहीं। तुम लोग स्वयं मरने के लिए उत्पन्न हुए थे। मारने के लिए भी तुम लोगों का अवतार होगा, ऐसा तो हमने सोचा भी नहीं था। युद्ध में मार-काट तो होती ही रहती है। इसके लिए मुझे तनिक भी खेद नहीं है। खेद होने पर भी अब कहने के लिए कौन बचा है? महात्माजी ने ठीक ही कहा था—'खुद मर जाओ, पर किसी को मारो नहीं।' पर तुम लोग हो कि मारने पर भी उतारू हो गये। मुझे खेद इसी का है। उन्होंने भी बड़े दु:ख के साथ ही बन्दूक उठायी थी।" कहते-कहते वे एक क्षण के लिए रुकीं और आँचल से आँसुओं को पोंछने लगीं।

टिकौ गोसाइनजी की ओर अपलक दृष्टि से ताकता रहा। इस घर के मालिक का खून होते देख जिस प्रकार का दु:ख इसे तब हुआ था, अब भी इसे ठीक वैसी अनुभूति हो रही थी। उसे लगा—गाँधीजी की इच्छा के विपरीत यह तोड़फोड़ और खून-खराबा करने का मार्ग सचमुच गलत है। चूहे को मारकर हाथ गन्दा करने से कोई लाभ नहीं। खास दुश्मन तो ज्यों के त्यों बचे हैं : बन्दूक, पिस्तौल लेकर उन लोगों का मुकाबला करने की शक्ति उसमें है नहीं। उन लोगों की जो क्षति हुई है, वह भी कुछ मायने नहीं रखती। दरअसल उन लागों को चिन्ता हुई है जनता का भरोसा खो देने से। और इधर भी जनता का समर्थन लिये बिना ही लोगों ने ब्रिटिश सरकार को मुसीबत में डालने का बीड़ा उठा लिया। जो भी हो, इतना तो मानना ही होगा कि दु:ख, कष्ट, अत्याचारों को झेलकर हमारे कार्यकर्ताओं ने जनता के मन में अब स्वराज्य की भावना पनपा दी है। मानो डॉक्टर ने इंजेक्शन लगा दिया है। बन्दूक, पिस्तौल की अपेक्षा वही पद्धति अधिक कारगर हुई है। लेकिन सभी महात्मा गाँधी तो हो नहीं सकते। उसने कहा :

"माँ जी, आप शोक मत कीजिए। शोक करने से कोई लाभ नहीं है। जो हो चुका है, उसे प्रभु की इच्छा ही समझिए।"

इसी बीच डिमि भी वहाँ आ गयी। उसने संकोच से पूछा।

''गोसाइनजी, चाय बन चुकी क्या! लौटने के लिए मुझे अभी सवारी भी खोजनी है। जल्दी कीजिए। यह कौन है?''

फिर टिकौ को गौर से देखकर खुद ही बोली, ''हाँ, समझ गयी। अपने ही दल का आदमी है न?''

''हाँ।'' गोसाइन ने कहा। ''बेचारा पुलिस के डर से भाग-छिप रहा है।''

''कहाँ जाओगे?'' डिमि ने पूछा।

''पुरणि गोदाम तक।''

डिमि को हँसी आ गयी थी। बोली :

''तुम मर्द होकर भी डरते हो! मेरे साथ चलोगे? हयबरगाँव स्टेशन तक पहुँचा दूँगी। वहाँ से रेलगाड़ी में बैठकर चले जाना।''

''चारों ओर पुलिस है।'' टिकौ ने सहमते हुए कहा।

''इसकी चिन्ता मत करो। अमलापट्टी से निकलकर कलङ् पार करते हुए हयबरगाँव पहुँच जाओगे, बस। उधर खेतों के किनारे-किनारे सीधे नहीं जा सकोगे क्या?''

टिकौ ने गोसाइन की ओर देखा। वे स्वयं उधेड़बुन में पड़ी थीं। लग रहा था जैसे उसके चले जाने पर ही उन्हें तसल्ली होगी। टिकौ समझ गया कि गोसाइनजी उसे यहाँ अधिक देर तक आश्रय नहीं दे पाएँगी। फिर यहाँ रात तक रहना भी संकट से खाली नहीं है। इसलिए उसने डिमि से कहा :

''चलो, तुम्हारे साथ ही चला जाऊँगा। तुम साथ रहोगी तो कोई अधिक ध्यान भी नहीं देगा। और फिर गिरफ्तार हो ही गया तो किया क्या जा सकता है!''

गोसाइन रसोईघर के अन्दर जाकर दो कटोरियाँ ले आयीं। उसे दोनों के हाथों में थमाते हुए फिर अन्दर चली गयीं। एक बड़े बर्तन में चाय लाकर दोनों की कटोरियों में डालते हुए उन्होंने पूछा :

''कुछ खाएगी डिमि?''

''हाँ, कुछ हो तो दे दीजिए न! खाली चाय कैसे पीऊँ?''

''मेरा पेट भी कुछ माँग रहा है।'' टिकौ भी बोल पड़ा।

गोसाइन कुछ केले और थोड़े-से घिलापिठे ले आयीं। उन्होंने दो हिस्सों में करके केले के पत्तों पर दोनों को अलग-अलग दे दिये। टिकौ एक खम्भे से टिककर केले छीलने लगा। डिमि रसोईघर के दरवाजे के पास ही बैठकर चाय पीने लगी। इसी बीच गोसाइन भी अन्दर से पनबट्टा उठा लायीं और पान बनाने लगीं। चाय पीते-पीते डिमि बोली :

''जेल में रहना बड़ा अखरा। आदमी ठसाठस भरे हुए थे। मुझे जनाना वार्ड

में रखा गया था। वहाँ पानी भी नहीं था। खाने के लिए बस माँड-भात। उससे पेट भी भरता है? भुइयाँ जैसे दो-चार लोगों को जरूर अच्छी कोठरी में रखा गया है। उन्हें खाने को भी जरा ठीक-ठाक मिलता है। हम लोगों को तो ठूँस-ठूँसकर एक ही कोठे में घुसा दिया गया था। न जाने कहाँ-कहाँ से वालण्टियर गिरफ्तार करके लाये गये हैं। दिनभर में तीन-चार बार पकड़कर लाये जाते हैं। जेल के आदमियों की तो हुई सो हुई, पुलिस की नींद भी हराम हो गयी है। बाप रे, वहाँ तो बस, हर समय कुहराम मचा रहता है। एक बार महात्मा गाँधी की जय, एक बार इसकी जय, फिर दूसरी बार उसकी जय। ऐसा लगता ही नहीं कि वहाँ कोई जेल का साहब भी है। हाथों में लाठी लिये सिपाहियों को देखने पर ही अन्दाज होता है कि वे लोग भी मौजूद हैं।''

''परेड के लिए जाते समय डर नहीं लगा?'' टिकौ ने पूछा।

चाय की चुस्की लेती डिमि धीरे से बोली :

''डर क्या लगता! लाज जरूर लग रही थी। बीच-बीच में हँसी भी आ रही थी। भला झूठ बोलना किसे अच्छा लगता है? पर वहाँ तो झूठ ही बोली। परेड के बाद भुइयाँ मिल गया। वह बुड्ढा कहने लगा, 'अरी डिमि, तू देखने में ही भोली है, पर काम तो बड़ा कर दिया।' और फिर बातों-बातों में चुपके से ही उसने शइकीया वकील को खबर देने के लिए भी कह दिया था। जेल का जमादार भी सुन रहा था लेकिन वह अनसुनी करके वहाँ से खुद ही हट गया था। स्वराज्य की महिमा कितनी बड़ी है, यह मेरी समझ में तभी आ गयी। सच, जेल से बाहर आने को जी नहीं करता था।''

टिकौ जल्दी-जल्दी खाने लगा : बाहर धूप चढ़ आयी थी। उसका मन छटपटा रहा था। बोला :

''तुमने सचमुच बड़ा काम किया है, डिमि। लेकिन आन्दोलन करनेवालों की संख्या घटती जा रही है। रूपनारायण के गिरफ्तार कर लिये जाने पर तो सर्वनाश ही हो जाएगा।''

गोसाइन पान में चूना लगाती हुई बोलीं :

''मुझे भी लग रहा है कि वह भी जल्द ही पकड़ लिया जाएगा।''

''मेरे मन में भी कुछ ऐसा ही लग रहा है। पता नहीं, मेरा क्या होता है? कल रात ही पकड़ लिया गया होता अगर भुइयानी ने अपनी खाट के नीचे न छिपा दिया होता...बच्चे को देखना था सो देख लिया। वह जैसे आया, वैसे ही दुनिया से चला भी गया। और रतनी—वह तो मेरी ओर देखकर रो भी न सकी। भला रोती कैसे? पापियों ने रोने के लिए भी तो समय नहीं दिया।''

''अब तुम जल्दी तैयार हो जाओ, डिमि। रुकने से इस पर विपत्ति आ सकती

है।'' गोसाइनजी ने कहा।

दोनों जल्दी-जल्दी खा-पीकर उठे। डिमि कटोरी धोने के लिए जाने लगी तो टिकौ ने टोका, ''जात-पाँत का विचार अब ठीक नहीं जँचता। मैं तो कटोरी नहीं धोऊँगा।''

गोसाइन ने उसकी बात सुनी तो मुसकरा दीं। डिमि ने कटोरी वहीं छोड़ दी। पनबट्टे की ओर डिमि को देखते गोसाइन समझ गयीं। उन्होंने दोनों को एक-एक पान दिया और एक बीड़ा अपने मुँह में डालते हुए कहा :

''जरा सँभलकर ही जाना।''

दोनों चलने को हुए कि तभी अनुपमा दौड़ती हुई अन्दर आयी। इस समय उसके स्वभाव की गम्भीरता भी कहीं खो गयी थी। आते ही उसने बताया :

''सुना कुछ? रूपनारायण को इन लोगों ने गिरफ्तार कर लिया है। वह उस पोशाक में नहीं था जिसे पहनकर यहाँ से वह निकला था। कमर में एक अँगोछा भर लपेटे हुए था। उसके सिवा उसकी देह पर और कुछ भी नहीं था। हाथ-पैर ही क्या, सारी की सारी देह रस्सियों से बँधी थी। मैं जिस समय शइकीया वकील से बात कर रही थी, उसी समय उसे जेल लाया गया था। उसने मेरी ओर देखा और मुसकराया। अपने पैर की ओर इशारा भी किया। एक पैर से खून बह रहा था। मैं समझ नहीं सकी। शायद गोली लगी होगी।''

इतना कह चुकने के बाद ही अनुपमा यह अनुभव कर सकी कि वहाँ दो जन और भी खड़े हुए हैं। उसकी बात धीमी पड़ गयी। एक बार उसने दोनों को देखा और फिर अपनी नजर नीचे कर ली। कुछ क्षण तक सभी चुप रहे आये। टिकौ की अपनी अवांछित उपस्थिति पर मन-ही-मन खेद हो रहा था। मौन तोड़ते हुए गोसाइन से बोला, ''तब हम चलते हैं।''

''यह कौन है?''

''डिमि। गारोगाँव की।'' गोसाइनजी ने बताया।

''क्यों आयी है?''

गोसाइन ने सारी बात सुनायी। सुनकर अनुपमा भड़क उठी।

''चाहे जहाँ के भी हो, चले जाओ तुम लोग। यह पुलिस का घर है, समझे। वे यदि मर भी गये हैं तो क्या हुआ, उनकी पत्नी तो जीवित है। जाओ, निकल जाओ! तुम लोग आकर मुझे यहाँ तंग मत करो। जाओ!''

गोसाइन जिसके लिए डर रही थीं, वही हुआ। भाभी के मन का कोई ठिकाना तो है नहीं। कहा नहीं जा सकता कि वे कब ठीक रहेंगी और कब बिगड़ खड़ी होंगी। रूपनारायण के प्रति उनका निजी मोह होने के कारण ही उन्होंने उसके लिए उतना कुछ किया और स्वयं अनुभव भी किया। किन्तु टिकौ या डिमि के प्रति

वैसी कोई भावना तो है नहीं। इन सबको देखते ही उनका दुःख, क्रोध, अभिमान सब एक ही साथ भड़क उठा है। बात कहीं और अधिक न बढ़ जाए, इस आशंका से गोसाइन ने कहा :

"तुम लोग जाओ, डिमि। मैं भी यहाँ से चली जाती तो सुखी होती।"

डिमि गोसाइन की पीड़ा समझ गयी। वह तपाक से बोली :

"क्या आप सचमुच घर जाएँगी? ऐसे घर में आपको रहना भी नहीं चाहिए। चलेंगी? आपको घर तक छोड़ आने का जिम्मा मैं लेती हूँ।"

अनुपमा को लगा कि उसने ठीक काम नहीं किया। पर उसने इसके लिए क्षमा नहीं माँगी। वह तत्क्षण वहाँ से हट गयी : वालण्टियरों को देखते ही उसकी देह में आग लग जाती है। वैसा क्यों होता है, वह स्वयं भी समझ नहीं पाती है। वह अपने कमरे में चली गयी और अन्दर से दरवाजा बन्द कर लिया।

गोसाइन कुछ देर तक डिमि की ओर ताकती रहीं। वे जाने की ही बात सोच रही थीं। उन्हें अनुपमा के साथ रहना सचमुच मुश्किल हो रहा था। अनुपमा के कल के और आज के व्यवहार में कितना अन्तर है? कल के व्यवहार के पीछे रूपनारायण के प्रति उसकी बचपन की आत्मीयता कार्य कर रही थी। उसके लिए अनुपमा के प्राण अब भी रोते हैं; लेकिन और वालण्टियरों के लिए वैसा कुछ नहीं। दूसरों की कौन कहे, स्वयं गोसाइनजी के लिए भी कोई आग्रह नहीं। इसीलिए डिमि की बात सुनकर गोसाइन की भी इस घर को छोड़ देने की इच्छा हुई। पर उनके हाथ में दो पैसे भी तो नहीं थे।

"चलेंगी या यहीं रहना पसन्द करेंगी?" डिमि ने पूछा।

"चलूँगी।"

"कब?"

"तू पहले टिकौ को पहुँचा आ। हम रात को चापरमुखवाली रेलगाड़ी से जाएँगी।"

"अच्छा।"

जाते-जाते टिकौ भी कह गया, "गोसाइनजी, आपने जाने को सोचा, यह अच्छा ही किया। यों रहने से अच्छा है यहाँ से चला जाना ही। मन को शान्ति नहीं मिलने पर अपने लोगों के बीच में रहना भी दूभर हो जाता है।"

दोनों को जाते देख गोसाइन का हृदय पसीज गया : कोई कह नहीं सकता कि कहाँ-कहाँ के आदमी आकर कैसे अपने-से हो जाते हैं। दूसरी ओर अपने लोग भी पराये-जैसे लगने लगते हैं। दोनों जब तक आँखों से ओझल नहीं हो गये, तब तक वे वहीं खड़ी हो उन्हें देखती रहीं। और फिर अपने कमरे में चली गयीं। बच्चा अभी भी सो रहा था। वे अपने सामान को इकट्ठा करने लगीं। सामान ज्यादा

कुछ था भी नहीं। अपने साथ पहनने-ओढ़ने के कपड़ों के सिवा कुछ लायी भी तो नहीं थीं। बच्चे के कपड़े अनुपमा ने दिये थे। उन्हें भी साथ ले ही जाना पड़ेगा। बच्चा तो अब भी छाती के ही दूध पर रहता है। इसके लिए ऐसी कोई चिन्ता नहीं। रास्ते में उसे दूध पिलाते हुए ले जा सकेंगी। पर सूने घर में लौट आने की बात सोच-सोचकर उनका कलेजा धक्-धक् करने लगा। उन्हें ऐसा लगा मानो अपने घर में प्रवेश करते ही वे मूर्च्छित होकर गिर पड़ेंगी। ...लेकिन अब जाना तो होगा ही। उचित भी यही है।

वे रसोईघर में गयीं। वहाँ का काम निबटाकर वे अनुपमा को बुलाने गयीं। दिन ढलने को था। अनुपमा भीतर से दरवाजे पर कुण्डी चढ़ाकर सो रही थी। उनके 'भाभी, भाभी' कहकर दो-तीन बार पुकारने और दरवाजा ठक्-ठक् करने पर अनुपमा जगकर बाहर निकल आयी। उन्होंने देखा कि अनुपमा की आँखें थोड़ी सूजी हुई हैं। शायद वह कमरे में जाकर खूब रोयी थी। उसने कपड़े तक नहीं बदले थे। गोसाइन को उस पर सहानुभूति हो आयी। बोलीं :

"भाभी, खाने का समय हो गया है। स्नान करना चाहती हो तो कर लो।"

"नहीं, मुझे भूख नहीं है।"

"अरी, क्या कहती हो? सुबह से कुछ भी तो नहीं लिया। नहीं खाने से कैसे चलेगा?"

अनुपमा कुछ निर्णय न कर सकी कि उत्तर क्या दे। दुःखी मन से बोली :

"मैं कुछ सोच ही नहीं पाती कि मैं करूँ तो क्या करूँ। तुम्हीं कुछ बताओ। मेरा हृदय टुकड़े-टुकड़े हो गया है।"

"भाभी! अब तो जो होने को था, सो हो ही गया," गोसाइन ने समझाया। "शोक करते रहने से अब क्या होगा? धीरज से काम लो। सब ठीक हो जाएगा। मैं आज ही डिमि के साथ रेलगाड़ी से अपने घर चली जाऊँगी। बच्चे को भी आराम से लेती जाऊँगी। कोई असुविधा नहीं होगी। जरूरत पड़ी तो रात में जागीरोड रुककर वहाँ से तड़के चल दूँगी। तुम्हें भी शान्ति मिलेगी।"

अनुपमा भला क्या कहती! बोली :

"तुम खाना परोसो। यह सब बाद में सोचेंगे।"

गोसाइन बाहर निकल आयीं। अनुपमा भी स्नान-घर की ओर चली गयी।

जाड़े का सूरज काफी ढल चुका था। चापरमुखवाली रेलगाड़ी शाम को मिलती थी। उसे पकड़ने के लिए नगाँव से पाँच बजे ही निकलना पड़ेगा। इसीलिए गोसाइनजी ने बच्चे को नहला-धुलाकर कपड़े पहना दिये। उसे दूध भी पिला दिया। अनुपमा चुपचाप यह सब देख रही थी। पीछे वाले बरामदे में एक चटाई डाल बच्चे को गोसाइन ने उसी पर लिटा दिया और फिर अनुपमा से बोलीं :

"भाभी, जरा इसे देखना। मैं सामान वगैरह समेटकर अभी आयी।"

बच्चा चटाई पर लेटा-लेटा किलकारी मार रहा था।

अनुपमा कुछ बोली नहीं। चुपचाप चटाई पर जा बैठी और अबोध शिशु के सरल निर्दोष मुँह की ओर ताकती रही।

गोसाइन ने कमरे का सामान समेटकर कपड़े बदल लिये। फिर एक अँगोछे में थोड़े-से पान और सुपारी काटने की एक छोटी-सी सरौती बाँध ली। देर हो रही थी। डिमि किसी भी घड़ी आ सकती थी, इसलिए वे पूरी तरह तैयार होकर ही अनुपमा के पास आ बैठीं। उस समय बच्चा अपलक नेत्रों से छत की ओर ताक रहा था। गोसाइन बोलीं :

"अगर हो सके तो तुम एक नौकरानी रख लेना। नहीं तो अकेले रहना मुश्किल होगा। कहो तो मैं किसी को खोज दूँगी?"

"नहीं, जरूरत नहीं," अनुपमा ने सिर झुकाये हुए ही कहा।

"तब स्वयं ही खोज लेना। इस प्रकार शोक मत करते रहना।"

"अब और भी कुछ करने के लिए रह क्या गया है?" कहते-कहते अनुपमा की आँखों से आँसू ढुलक पड़े। "तुम्हें ऐसा लग रहा है कि मुझे तुम्हारा यहाँ रहना खल रहा है।...इन लोगों का आना मुझसे सहा नहीं जाता। तुम ठीक ही कह रही हो। तुम भी चली जाओ। मुझे किसी की जरूरत नहीं।"

बिलकुल छोटी बच्ची की तरह अनुपमा फूट-फूटकर रोने लगी। उसका रोना बड़ा ही हृदय-विदारक हो उठा। उसे रोते देख बच्चा भी रोने लगा। उसे उठाकर अपनी छाती से लगाती हुई अनुपमा और भी जोर से रोने लगी। इसके पहले गोसाइन ने उसे इस प्रकार रोते हुए कभी नहीं पाया। पति की मृत्यु का समाचार पाकर भी वह ऐसी बेहाल होकर नहीं रोयी थी।

इधर दीवार-घड़ी ने टन्-टन् चार बजा दिये। डिमि अब किसी भी क्षण यहाँ पहुँच सकती थी। गोसाइन का हृदय धड़कने लगा। फिर भी अपने को सँभालते हुए उन्होंने अनुपमा को समझाया :

"तुम्हारे इस प्रकार टूट जाने से कैसे चलेगा, भाभी? कौन जानता है कि किसे कब क्या हो जाएगा? लोग तो यह भी कहेंगे कि भैया अपनी ही करनी से मारे गये हैं, पर मैं तो सोचती हूँ कि यह सब दैव-संयोग था।"

"दैव, दैव, दैव। मैं यह सब नहीं मानती। यह सब इन्हीं लोगों की करतूत है," अनुपमा ने आँसुओं को रोकते हुए कहा।

"ठीक है, पर आदमी आखिर है तो यन्त्र ही। ...तुम इतना शोक न करो। रहा स्वराज्य, सो वह तो आएगा ही। और ये लोग—अब अच्छे हों या बुरे, स्वराज्य तो ये ही लाएँगे। विदेशी सरकार अब अधिक दिनों तक नहीं टिकने वाली।"

"नहीं टिकेगी?" अनुपमा ने आश्चर्य से पूछा, "यह तुम कैसे कह सकती हो?"

"नहीं तो सारा देश रणचण्डी का यह रूप धारण नहीं करता, भाभी।" गोसाइन ने दृढ़तापूर्वक कहा।

अनुपमा ने शिशु को इस बार कहीं और अधिक स्नेह से अपनी छाती से चिपका लिया। उसे विश्वास ही नहीं हो रहा था कि यह सरकार नहीं टिकेगी। बोली :

"हाँ, इन लोगों की ज्यादती तो देख ही रही हूँ। जेल में तिल धरने की भी जगह नहीं है। लोग ठसा-ठस भरे पड़े हैं। मुझे तो लगता है कि इन वालण्टियरों की जड़ खोदकर ही सरकार चैन लेगी।"

"कृष्ण को भी तो कंस ने जेल में ही रखा था। मारना भी चाहा था। पर क्या कुछ कर पाया? यह सरकार भी कुछ नहीं कर पाएगी। रही बात वालण्टियरों को जड़ से उखाड़ फेंकने की, सो वह सम्भव नहीं। इनकी रगों में रक्तबीज है; ये मरकर भी जी उठनेवाले हैं, मृत्युंजय हैं।"

अनुपमा को लगा कि ननदजी ने अपनी बात बड़ी दृढ़ता और आत्मविश्वास से कही है। वह सहम-सी गयी और धीरे-से बोली :

"पर मैं कुछ भी ठीक नहीं पा रही हूँ। इन लोगों में कोई विचार या सिद्धान्त तो दीखते नहीं। नहीं तो..."

"ठीक ही तो कह रही हो, भाभी। विचारों में भूल हुई है। भैया की हत्या कर इन लोगों ने बुरा ही किया है। भैया सरकार के बड़े विश्वासी कर्मचारी थे। वे सोचते थे कि कौरवों का खाकर भला पाण्डवों का गुणगान क्यों किया जाए। पर भीष्म, कर्ण, द्रोण सभी तो कौरवों की ओर से ही लड़े थे। फिर भी जीत तो पाण्डवों की ही हुई। क्यों?"

अनुपमा कुछ नहीं कह सकी। उसे यह युक्ति अकाट्य जैसी लगी। वह चुप हो रही।

तभी दरवाजे पर किसी के आने की आहट सुन पड़ी। गोसाइन ने उठकर देखना चाहा। डिमि होगी! लेकिन उन्हें रोकती हुई अनुपमा स्वयं उठ खड़ी हुई। समय ठीक नहीं है। किस ओर का कौन आदमी कब आ धमके, कुछ कहा नहीं जा सकता। उसने बच्चे को गोसाइनजी की गोद में डाला और कमरे से बाहर निकल आयी।

बैठकखाने में पहुँचते ही अनुपमा ने देखा कि दरवाजे पर रोहा थाने का दारोगा शइकीया खड़ा है। वह उसके पति का मित्र रहा है। उसे देखकर अनुपमा हुई तो असन्तुष्ट ही, पर भद्रता के नाते बैठने को कह उसने पूछा :

"कुछ काम था क्या?"

"काम तो कुछ नहीं है, किन्तु आपको जरा सावधान कर देने के निमित्त चला आया।" शइकीया ने यों ही मुसकराते हुए कहा।

"किस सम्बन्ध में?"

"सुनिए, आजकल समय ठीक नहीं है। सदर थाने में सुनने को मिला कि आजकल आपके यहाँ वॉलण्टियरों का अड्डा है।"

"अगर है भी तो इसमें आपको क्या परेशानी है?"

शइकीया ने धीमे स्वर में कहा, "इन्हीं लोगों ने आपके पति और मेरे मित्र की हत्या की है। एक असमी और अभी-अभी गिरफ्तार हुआ है। और बाकी लोगों के भी मैं पीछे पड़ा हूँ।"

अनुपमा को लगा जैसे उसके हृदय को बेधता हुआ एक तीर पार हो गया हो। वह सोचने लगी—क्या अभी-अभी जो आदमी यहाँ से गया था, वह भी उन्हीं हत्यारों में से एक है? वह इस बार शइकीया के सामने आकर बैठ गयी और बोली :

"ठीक ही हुआ। अब जल्दी ही इन सबको सजा हो, तो मेरे प्राणों को भी शान्ति मिले।"

लेकिन शइकीया की त्यौरी अभी भी चढ़ी हुई थी। कुछ डपटकर बोला :

"सदर थाने में ही सुना कि रूपनारायण को आप ही ने छिपाकर भगाया है। अभी-अभी जिस व्यक्ति को पकड़ा है वह भी आपके ही घर से गया था।"

डिमि का उल्लेख न होने से अनुपमा ने अनुमान लगा लिया कि वह नहीं पकड़ी गयी। उसने दारोगा से कहा :

"देखिए, इस सम्बन्ध में मैं आपसे कुछ भी कहना-सुनना नहीं चाहूँगी।"

"क्यों? यह तो आपके हित में न होगा। हम आपके लिए उनकी पेंशन दिलाने की कोशिश में हैं, और आप...सुन लीजिए! आपकी ननद यहाँ जब तक रहेंगी, ये लोग यहाँ आते ही रहेंगे। अच्छा तो यही है कि आप उन्हें यहाँ से जल्दी दफा कीजिए।"

"वह तो जाने के लिए तैयार बैठी है। मैं ही कुछ सोच नहीं पा रही हूँ।"

"क्यों?"

"वह जैसी भी हैं, आखिर हैं तो ननद ही न!" अनुपमा ने उत्तर दिया। "फिर उन्हें..."

"कोई सहारा चाहिए, यही न?"

"हाँ।"

शइकीया हँसने लगा। अपनी हथेली पर रूल नचाते हुए उसने कहा :

"इन लोगों के आन्दोलन की कमर मैं पहले ही तोड़ चुका हूँ। रूपनारायण के पैर में गोली लगी है, कहीं पैर भी न काटना पड़े। अभी कुछ कहा नहीं जा

सकता,'' कहते हुए उसने गुप्तचर की नाईं अनुपमा के चेहरे पर नजर टिका दी और उसके एक-एक भाव को पढ़ने लगा। थोड़ी देर बाद उसने पूछा :

''आप उसे जानती हैं?''

अनुपमा ने कोई उत्तर नहीं दिया। शइकीया ने फिर पूछा :

''क्या बात है? आप चुप क्यों हैं?''

''मैंने कहा न, मैं कुछ नहीं जानती।''

''बड़ा अच्छा जवाब है आपका!'' शइकीया ने झट से कहा। ''पर याद रखिए, आप जिसे सही मानकर चल रही हैं, उससे आपका ही नुकसान होगा...फिर भई, समय का तकाजा था, मुझे जो कुछ मालूम हुआ उसे बता देने के लिए ही यहाँ तक चला आया।''

अनुपमा ने शइकीया की बात एक कान से सुन दूसरे कान से निकाल दी। पति का मित्र होने पर भी उसके अन्तर में उसके प्रति किंचित् भी आदरभाव नहीं था। सारी बात को सहज ही लेती हुई बोली :

''मेरे हित-अहित की सोच-सोचकर आपको अपना दिमाग खराब करने की क्यों सूझी? पहले आपने यह भी सोचा है कि आपने अपने को कितना पतित बना लिया है। मैंने अपने पति से भी कहा था—अतिदर्पे हते लंका। यह तो सिद्ध ही है कि 'अतिशय रगड़ करै जो कोई, अनल प्रकट चन्दन तें होई।' और हुआ भी वही। गलती दोनों ओर से हुई है। नुकसान भी दोनों को झेलना पड़ा है। जहाँ तक ज्यादती की बात है, इसके लिए आप सब जिम्मेदार हैं, लेकिन प्रतिकार करनेवाले पक्ष को भी उसकी बहुत बड़ी कीमत चुकानी पड़ी है।''

शइकीया हतप्रभ हो गया। वह कोई प्रवचन सुनने के लिए यहाँ नहीं आया था। उसने कुर्सी से उठते हुए कहा :

''मेरा अपना जो कर्तव्य था उसे मैंने पूरा किया। अब बाकी आपको समझना है कि आपकी किसमें भलाई है।''

तभी बैठकखाने में डिमि ने प्रवेश किया। वहाँ शइकीया को देख वह स्तब्ध रह गयी।

''तू कहाँ से आ गयी?'' शइकीया दारोगा ने देखते ही पूछा।

''तुम्हें क्यों बताऊँ?'' डिमि ने उत्तर दिया।

''तू समझ रही है कि मैं नहीं जानता हूँ? तुझे पता है, टिकौ गिरफ्तार कर लिया गया है?''

''कब?'' डिमि विस्मित हो गयी। वह टिकौ को स्टेशन तक पहुँचाकर पुल पर से होती हुई अभी आ ही तो रही है।

''यही कोई आधा घण्टा पहले।''

"तो क्या अब तुम फिर से मुझे पकड़ने के लिए आये हो?"

"तूने ठीक ही सोचा," शइकीया ने हँसते हुए कहा। "तूने जेल जाने का ही काम किया है। बोल, किया है न?"

"नहीं। तुम मुझसे अपना बदला ले रहे हो।" डिमि का स्वर कोमल हो आया। "मुझे गिरफ्तार करके क्या पा लोगे? आप वापस चले जाएँ। मैं अपने घर जा रही हूँ। गोसाइनजी भी जाना चाहती हैं। उन्हें भी लिवा जा रही हूँ। हम औरतों को घर में ही बहुत काम होता है। मर्दों के साथ आप चाहे जैसा उलझा करें।"

डिमि इस बार निडर होकर शइकीया के सामने आ खड़ी हो गयी। शइकीया को बाध्य होकर थोड़ा पीछे हटना पड़ा। उसने रोष-भरे स्वर में कहा :

"मेरी गिरफ्तारी की बात छोड़! अब तू यहाँ से चला जा।"

थोड़ी देर तक मौन साधे शइकीया अनुपमा की ओर देखता रहा। अनुपमा समझ गयी कि शइकीया क्यों आया था। वह कुछ बोली नहीं। डिमि की ओर मुड़कर इस बार शइकीया ने जरा कोमल धीमे स्वर में कहा :

"तुम्हें गिरफ्तार करने मैं नहीं आया हूँ, डिमि। मैं यहाँ दूसरे काम से आया था। तुम्हें गिरफ्तार करेगी सदर थाने की पुलिस।"

डिमि के चेहरे पर विरक्ति का भाव खिंच आया। बड़े उपेक्षाभाव से बोली :

"तुम लोगों को वह परमेश्वर ही बताएगा। कहाँ है तेरा वह दारोगा भला, बुला उसे। इस देह को अब और भला कितनी यातना दोगे?"

"अच्छा यह तो बता तूने इन लोगों का साथ क्यों दिया? धनपुर के लिए न?"

डिमि का चेहरा शर्म के मारे लाल हो उठा। लेकिन वह तुरन्त ही सँभल गयी और ऊँचे स्वर में बोली :

"हाँ, यही समझ लो। और कुछ?"

शइकीया चला गया।

इस बार डिमि ने अनुपमा की ओर देखा। अनुपमा भी उसी की ओर टकटकी लगाये देख रही थी। दोनों एक-दूसरे का परिचय जानने के लिए आकुल हो उठीं। डिमि बोली :

"ओह, फिर जेल जाना पड़ेगा। क्या मुसीबत है? भला तुम्हें क्या बताऊँ कि घर में कितने काम पड़े हैं। कहा नहीं जा सकता कि इस साल खेती-पाती होगी भी या नहीं। घर-दालान को तो इन दुष्टों ने आग लगाकर राख कर ही दिया है। क्या बताऊँ कि कितनी मुश्किल है।...इस मुए ने तो मेरी देह को भी जूठा करना चाहा था। तनिक भी विचार नहीं है इसमें। पुलिस के पास दिमाग तो होता ही नहीं है। यह चाहता था कि मैं मायङ् के आदमियों को पकड़वा दूँ, पर मैंने वैसा नहीं किया। बस, इतनी-सी ही बात थी।"

अनुपमा इस बार समझ गयी कि डिमि के दुःख का कारण क्या है। उसे यह भी महसूस हुआ कि पुलिस ने सचमुच सारे नीति-नियम ताक पर रख दिये हैं; उनमें कोई विचार नहीं रह गया है। यह औरत आज ही तो जेल से छूटी है, फिर अभी तुरन्त ही गिरफ्तार करने की क्या आवश्यकता पड़ गयी। टिकौ का साथ देने के अभियोग में इसे केवल डाँट-डपटकर देने ही से काम चल जाता। उसके साथ स्टेशन तक जाने से ही डिमि इतनी बड़ी अपराधिनी बन गयी? बस, इतनी-सी बात पर! सचमुच यह अत्याचार है, घोर अत्याचार। उसने डिमि से पूछा :

"तब तो तू रेल उलटनेवाले सभी आन्दोलनकारियों को पहले से ही जानती थी?"

"हाँ। उसमें मेरा एक अपना आदमी भी था।"

"इसमें तेरा कोई कसूर नहीं, डिमि। आदमी इतने पत्थर दिल नहीं हो सकते। मेरे पति की हत्या करनेवालों में और लोगों के साथ टिकौ भी रहा होगा। है न।"

"क्यों?"

"क्योंकि वह पुलिस ऑफिसर थे," अनुपमा ने बताया।

"हाय! यह तो बड़ी दुःखद बात है। हूँ, तो तुम उस समय इसीलिए उस तरह बोल रही थीं न? बुरा मत मानना। ...यह सब मुझे जरा भी नहीं भाता। किसी की अकाल मौत क्यों हो? किसी की भी जान नहीं जानी चाहिए।"

डिमि अनुपमा से ऐसी ही बहुत सारी बातें कहती रही। उसकी अधिकांश बातें असम्बद्ध होते हुए भी बड़ी अन्तरंग और आत्मीय थीं। डिमि की सहानुभूति पाकर उसका हृदय भर आया। उसने कहा :

"चल, अन्दर चल। तेरे लिए ननद प्रतीक्षा कर रही हैं।"

दोनों भीतर चली गयीं। गोसाइनजी ने दोनों को देखकर सन्तोष की साँस ली। अनुपमा ने डिमि को बैठने के लिए एक पीढ़ा दिया। फिर दरवाजे की ओर जा वह बैठकखाने का बाहरी दरवाजा बन्द कर आयी। वापस आ चटाई पर बैठी ही थी कि घड़ी ने टन्-टन् कर पाँच बजा दिये। उधर रेलगाड़ी की सीटी भी सुनाई पड़ी।

"रेल तो चली गयी। तुम्हें इतनी देर कहाँ हो गयी री?" गोसाइन ने कहा।

डिमि से कुछ बोलते नहीं बना। पसीने से उसकी सारी देह भीग गयी थी। स्वयं अनुपमा ने ही सारी बातें विस्तारपूर्वक कह सुनायीं। सुनकर गोसाइन हँसती हुई बोलीं :

"बुखार के उतर जाने पर भी सिर में दर्द तो बना ही रहता है। कुछ-न-कुछ तो लगा ही रहेगा। ...हमारे भाग्य ही ऐसे हैं।"

इसी बीच अनुपमा बोल उठी, "अभी तो वे आएँगे ही!"

"आएँगे तो आएँगे।" डिमि ने उत्तर दिया।

"कुछ खाओगी नहीं?"

"हाँ। अगर दे सकती हो तो कुछ ले लूँगी। आज दिन भर खाना हुआ कहाँ है। कुछ हो तो दे दीजिए।"

अनुपमा के उठकर जाने के बाद मौका पा गोसाइन ने कहा—"री डिमि, मेरा मन यहाँ एकदम नहीं लग रहा है। अपने घर पहुँच जाती तो कितना अच्छा होता!"

"गोसाइनजी, मेरा मन भी तो घर की ओर ही लगा है। घर बनवा नहीं लेने तक मुझे भी चैन नहीं है।"

आँखें मूँदकर डिमि कुछ और बातें सोचने लगी। उसे धनपुर की याद आ गयी। आश्रम में खुले आकाश तले चाँदनी रात में धनपुर के साथ हुई उसकी बातें एक-एक कर ध्यान में आने लगीं। मानो वह एक अलग संसार था। इस संसार के साथ उसका कोई मेल नहीं। कलङ् नदी पार करते समय धनपुर का वह सपना उसके मन में सहसा कौंध गया। सुभद्रा के विरह से उसके हृदय को बड़ा सदमा पहुँचा था।

"क्या सोच रही है डिमि?" गोसाइन ने एकाएक पूछा।

"कुछ नहीं, यों ही सुभद्रा के बारे में..."

तभी उन्होंने कहा, "तू जरा बैठ। मैं बच्चे को भीतर सुलाकर अभी आयी।" डिमि वहीं बैठी रही। गोसाइन थोड़ी देर में लौट आयीं। आते ही बोलीं :

"कभी-कभी आधी रात को ऐसे लगने लगता है जैसे कहीं सुभद्रा रो-रोकर विलाप कर रही हो। उस रात चैन से सो भी नहीं पाती हूँ। धनपुर को उसके बारे में पता चल गया था न?"

"हाँ; मरने के समय।"

"हाय राम!"

"धनपुर और गोसाईंजी। इन्हीं दोनों के बलबूते पर ही मिलिटरी एक्सप्रेस उलट सकी। पर बाद में दोनों को प्राण त्यागने पड़े। वे आत्म-बलिदान के लिए तैयार थे, समझीं न गोसाइनजी। आखिरी घड़ी में शायद वे आपके लिए भी कुछ कह गये थे; कितनी सारी बातें हैं। उन्होंने अपना जीवन देश के लिए निछावर कर दिया।"

"हाँ डिमि, लेकिन देश को समझनेवाले आज कितने आदमी हैं? हाँ, एक बात सोचकर जरूर सन्तोष मिलता है..."

"क्या?"

"वे लोग धन-दौलत, बाल-बच्चे, घर-संसार सबसे अपने देश को कहीं अधिक प्यार करते थे।"

डिमि कुछ बोली नहीं। बस, अपलक नेत्रों से गोसाइनजी को देखती रही।

रात काफी बीत चुकी थी। घड़ी ने टन्-टन् बारह बजाये। तब भी बातें करती हुई दोनों जाग रही थीं। अनुपमा आरती का विवाह देखने चली गयी थी। वहाँ कोई बाजा नहीं बज रहा था। पुरोहित बरठाकुर नहीं थे। कन्या के पिता शइकीया भी नहीं थे। कन्या के बड़े भाई ने ही कन्यादान की रस्म पूरी की। डिमि और गोसाइन पिछवाड़े बरामदे में बैठी पुलिस के आने की आशंका कर रही थीं। बीच-बीच में बातें भी करती जा रही थीं। कुछ भी बाकी बचा नहीं था। बातों ही बातों में डिमि ने धनपुर से प्रेम हो जाने की बात भी स्वीकार की। गोसाइन को रेलगाड़ी के उलटने की घटना का पूरा-पूरा वर्णन सुनने का मौका तो मिला ही, आज बहुत दिनों के बाद उन्होंने दिल खोलकर बातचीत करने का सुयोग भी पाया था। बच्चा भी आज ठीक से सोया हुआ था। बीच में उसकी नींद नहीं उचटी थी। बाहर ठण्डक बढ़ती जा रही थी। अँधेरे में सितारों के सिवा और कुछ भी दिखाई नहीं पड़ रहा था। उन्हीं के बीच कहीं धनपुर या गोसाईंजी भी होंगे, ऐसा सोचकर मानो उन्हें पाने के लिए ही गोसाइन आकाश की ओर खोजभरी दृष्टि से जब-तब देख लेती थीं।

घड़ी ने एक, दो, तीन, चार करके कई बार घण्टे बजाये। पाँच बजने को हुए तो गोसाइन ने पूछा :

"लगता है, पुलिस नहीं आएगी।"

"कुछ भी नहीं कहा जा सकता। वह तो उसी समय आनेवाली थी," डिमि ने कहा।

किसी की आँखों में नींद नहीं थी।

तभी पिछवाड़े के रास्ते से अनुपमा आ गयी। आकर गोसाइन के पास ही बैठ गयी। बोली :

"वकील साहब जेल से छूटकर आ गये हैं। बस, किसी तरह वर-वधू का प्रणाम ग्रहण करने का अवसर पा सके हैं। एक खबर भी लाये हैं।"

"क्या?"

"सदर थाने के दारोगा ने नौकरी छोड़ दी है।"

"अच्छा! भला क्यों?" दोनों चौंक उठीं।

"यों ही जिस-तिस को गिरफ्तार करने की उसकी इच्छा नहीं है।"

"तो इसी कारण अभी तक पुलिस नहीं आ सकी।"

"वकील साहब ने कहा है कि पुलिस के लिए आशंकित होने की कोई जरूरत नहीं है। डिमि चाहे तो अब घर लौट जाए। सवेरे छह बजे एक गाड़ी है।"

"तो क्यों न भाभी, मैं भी इसी गाड़ी से चली जाऊँ?" गोसाइन ने पूछा।

"तुम्हें नहीं जाना है।"

"क्यों?"

"मुझे गलत समझकर ही तुम जाना चाहती हो, इसीलिए।" अनुपमा ने कहा। "यहाँ कुछ दिन और ठहरो। बच्चे को थोड़ा और बड़ा हो लेने दो। मैं खुद ही तुम्हें पहुँचा आऊँगी।"

"पर भाभी, मेरा भी तो एक अपना घर है।"

अनुपमा कुछ बोली नहीं। इसके विपरीत कोई तर्क देना सहज तो था नहीं। तभी डिमि ने कहा :

"गोसाइनज़ी, आप यहाँ कुछ दिन और ठहर जाइए। वहाँ पुलिसवालों ने आपके घर को भी घर जैसा तो रहने नहीं दिया है। इन लोगों ने वहाँ कुछ भी नहीं छोड़ा होगा। मैं आदमी भेजकर खबर करवा दूँगी। उसके बाद ही जाइएगा। अभी यहीं रहिए।"

इस बार अनुपमा ने गोसाइनजी की एक भी नहीं सुनी। उसने स्पष्ट शब्दों में कहा :

"तुम जाओ, डिमि। ननद अभी यहीं रहेंगी।"

डिमि चली गयी।

उसके जाने पर अनुपमा ने गोसाइन से कहा :

"समझ रही हो न। देश में कुछ हो गया है। मुझे अब अच्छी तरह से महसूस हो रहा है। नहीं तो इस गारो युवती तक का मन भला इस प्रकार विद्रोही क्यों हो जाता? पुलिस के आदमी काम क्यों छोड़ते? सैकड़ों जन इस प्रकार जेल क्यों जाते? लगता है इसका असर मुझ पर भी पड़ रहा है। पर, समझ नहीं पा रही हूँ कि यह कैसा असर है? भला रूपनारायण और डिमि को देखकर मैं अपना दुःख क्यों भूल गयी? पुलिस अधिकारी से मैंने विवाह भले ही किया है, पर औरों की नाईं ही तो मेरा मन है। केवल अपने बारे में ही सोचने से कुछ नहीं होगा। दूसरों की बात भी सुननी होगी, सोचनी होगी।"

गोसाइन कुछ नहीं बोलीं। उन्हें लगा, काश! गोसाईंजी होते तो अनुपमा के मुँह से यह सब सुनकर कितने खुश होते! गोसाइन को इस बार बहुत सन्तोष मिला। पर वह समझ नहीं पा रही थी कि अनुपमा के उन मनोभावों को किस तरह नये साँचे में ढाला जाए। ये सारी बातें तो हमारे सेनानी ही जानते हैं। कुछ लोग जेल में हैं, कुछ भागे-भागे फिर रहे हैं। और कुछ लोग इस काम में हाथ बँटाने के लिए समर्पित हो रहे हैं। जो शहीद हो गये हैं, उनका स्थान देश के और-और सपूत ले रहे हैं।

अनुपमा ने गोसाइनजी को और भी कई बातों से अवगत कराया :

"जेल में बन्द हमारे कार्यकर्ताओं ने भारतमाता की शपथ लेकर अपना संकल्प दुहराया है। वे जेल से छूटते ही अधूरे काम को पूरा करने के लिए एक बार फिर जुट जाएँगे। रूपनारायण तो अस्पताल में पड़ा होने पर भी हुंकार रहा है। आज तो सारे संसार की पददलित जातियाँ मुक्ति के लिए संग्राम कर रही हैं, फिर ये लोग क्यों नहीं करेंगे? ये वैसे ही क्यों रहेंगे? कभी नहीं रह सकते।"

जेल के बाहर आज भी बड़ी भीड़ थी। वॉलण्टियर लगातार पकड़-पकड़कर लाये जा रहे थे। और पुलिस—"वह भी थककर चूर हो चुकी है।"

अनुपमा मौन हो गयी।

गोसाइन उसकी बातें सुनकर किसी और चिन्ता में खो गयी थीं। वह सोच रही थीं : स्वाधीनता पा जाने के बाद यह देश कैसा होगा! लोग अच्छे बनेंगे या बुरे? अब तक यह रक्तपात, तोड़-फोड़, आगजनी, हिंसा की यह प्रवृत्ति कहाँ छूट सकी है?

बहुत देर तक मौन रहने के बाद अनुपमा ने पूछा :

"क्या सोच रही हो? बताओ न।"

और गोसाइन बस इतना ही बोलीं :

"स्वाधीनता पा लेने के बाद लोग अच्छे बनेंगे या नहीं?"

❑❑❑

णाणं पयासयं

वीर नि. सं. 2470

ई. सन 1944

भारतीय ज्ञानपीठ